여행과 인생

여행과 인생

LIFE & JOURNEY

과거의 기록 속에 녹아들어 있는 지난날을 회상하며 세계 6대륙에 걸친 여행
경험을 통해 인생의 궤적과 여행의 의미를 진솔하게 성찰한 에세이

여행과 인생

40여 년간의 체험에서 발견한
여행의 맛과 멋, 그리고 환상 │ 김영화 에세이

"내 삶에서 여행은 크나큰 낙이자,
배움과 성장의 원천이었다."

바른북스

40여 년 전 대학생 시절, 수학여행을 마치고 시외버스터미널에서 서울로 돌아오는 버스를 기다리는 동안 어떤 아저씨가 손금과 관상을 봐주고 있는 것이 눈에 띄었다. 재미 삼아 그 아저씨에게 손금을 보았는데 의외라는 표정을 지으며 나에게 해외 나들이 운이 있다고 했다. 흔히 손금이나 관상으로 수명, 재물, 출세와 같은 운명을 본다고는 들었지만, 해외 나들이 운도 알 수 있다는 것은 금시초문이어서 대수롭지 않게 웃음거리로 넘겨버렸다. 그러나 장기간의 해외 체류를 비롯하여 해외여행을 할 때마다 그때 일이 생각나곤 했다.

첫 번째 해외여행은 1983년 미국 유학길이다. 이때만 해도 해외여행이 자유롭지 않았고, 특히 젊은 여성이 홀로 외국에 나간다는 것은 상당히 드문 일이었기 때문에 해외 나들이 운이 있다는 것을 믿어도 그리 이상하지 않을 상황이었다.

4년 가까운 유학 생활을 마치고 귀국한 후, 지금처럼 해외여행이 대중화되어 있지 않은 시절이었음에도 학회 참석이나 업무 출장 등으로 해외여행을 할 기회가 꽤 많았다. 1990년대 말에는 스위스 제네바에서 직장생활을 하기도 했고, 대학에 자리 잡은 후에는 뉴욕에서 연구년을 보내기도 했다. 또 휴가철이나 방학에는 거의 빠짐없이 가족여행을 떠났다. 최근에는 부부가 이탈리아의 피렌체, 토스카나, 남부 소도시와 포르투갈에서 각각 '한 달 살기'를 하기도 하였다. 평소에 허리띠를 졸라매며 절약하면서도 여행에는 비용을 아끼지 않았다. 덕분에 아시아, 유럽, 북미, 남미, 오세아니아, 아프리카 6대륙을 다 다녀볼 수 있었다. 내 삶에서 여행은 크나큰 낙이자, 배움과 성장의 원천이었다. 나에게 여행이 갖는 의미는 각별했다.

은퇴 후 나의 삶을 돌아보고 싶다는 생각을 품게 되었고, 여행 경험이 많았던 만큼 여행을 주제로 내 인생의 궤적을 정리해 보는 것도 내 삶을 성찰해 볼 수 있는 하나의 방법이 될 수 있을 것 같았다. 대학 시절 만난 남편과 오래 떨어져 지낼 때마다 일기처럼 주고받은 편지와 이메일의 기록을 보관하고 있었고, 단기 여행을 할 때는 여행 일정과 짤막한 일지를 기록해 놓아, 기억을 되살릴 수 있는 자료가 마련되어 있었다. 더욱이 최근 두 차례의 유럽 한 달 살기 후에는 여행기를 저서로 출간하기도 하여 풍부한 자료가 기다리고 있었다.

일단 나의 여행 경험을 통해 내 삶의 단면을 정리해 본다는 데 의의를 두고 글을 써 내려갔으나, 집필 작업이 진행됨에 따라 나의 여행 경험을 서술하는 데서 더 나아가, 나의 경험을 바탕으로 여행에 관한 이슈들을 보다 일반적인 관점에서 성찰해 보아도 좋을 것 같다는 생각이 들었다. 여행은 목적, 장소, 동반자, 기간, 심리적·물리적 환경에 따라 그 경험의 내용과 의미가 달라진다. 여행의 목적은 학업, 취업, 업무상 출장, 순수한 휴가 등 다양하다. 동반자가 없는 나 홀로 여행, 가족여행, 부부여행, 친지와의 여행, 전혀 모르는 사람들과의 단체 패키지여행 중 어느 것인가에 따라 같은 장소를 방문하더라도 여행 경험의 본질과 의미에 차이가 난다. 또 3~4일 또는 열흘 내외의 단기 여행인가, 한 달 살기와 같은 중기 여행인가, 수개월 이상의 장기 여행인가에 따라 우리 경험의 성격은 달라진다. 이 모든 유형의 여행을 경험한 나로서는 여행에 대해 할 말이 꽤 있었다.

나의 여행 경험을 통해 내 삶의 한 궤적을 성찰해 보는 작업과 나의 여행 경험을 바탕으로 여행의 본질을 보다 일반적인 관점에서 조망해 보는 작업을 화학적으로 결합하기에는 역부족이었다. 대신 책을 두 부분으로 나누어 1부는 나의 개인적인 여행 체험기로, 2부는 여행의 의미에 대한 일반론으로 구성하였다.

유학, 직장 근무, 연구년을 포함한 해외여행 체험을 다룬 1부에는 여행 중 경험한 내 삶의 빛과 그림자, 크고 작은 깨달음과 배움, 이를 통한 나의 긴 인생 성장기가 담겼다. 물론 여행지를 소개하는 내용도 담겨 있다.

여행 기간에 따라 여행의 속성이 크게 달라지므로 1부는 여행 기간에 따라 반년에서 4년까지의 장기 체류 여행과 한 달 살기 여행, 그리고 3~4일에서 열흘 전후의 단기 여행으로 나누어 집필했다. 이중 패키지여행이 큰 비중을 차지했던 단기 여행 부분은 방문했던 수많은 장소를 평면적으로 나열하여 소개하는 방식으로 기술한 곳이 많아 독자가 지루해할 수도 있겠다는 생각이 들었다. 가독성을 높이기 위해 장기 체류 여행과 한 달 살기만 본문에 서술하고, 단기 여행은 관심 있는 독자들만 보도록 부록으로 처리하였다. 이 가운데 한 달 살기 부분은 두 차례의 한 달 살기 후 출간했던 〈60대 부부의 피렌체와 토스카나, 그리고 남부 이탈리아 소도시 한 달 살기〉(1판 수정, 2023)와 〈60대 부부의 포르투갈 한 달 살기〉(2023)에서 부분적으로 발췌하여 재구성하였다.

2부에서는 나의 여행 경험을 바탕으로 여행이 우리에게 주는 의미에 대해 보다 일반적인 관점에서 자유롭게 써 내려갔다. 사람들은 왜 여행을 떠나는지, 여행은 우리에게 어떤 가치를 지니는지, 우리가 여행에 대해 품고 있는 생각과 현실 사이에는 어떤 괴리가 있는지 등의 물음에 대하여, 설렘과 기대, 배움, 실물의 체험, 도전과 도약, 성찰과 관점, 자신의 발견, 관심과 취향, 자유, 휴식과 재충전, 관계, 여행의 깊이, 실망과 고행, 여행 경험의 간직과 공유와 같은 이슈들을 중심으로 답해 보려 하였다.

2부를 집필할 때는 2년 가까이 이탈리아를 여행하고 여행기를 펴낸 독일의 대문호 괴테와 여행을 사랑했고 여행에 대해 자신만의 철학을 가지고 있었던 니체의 글을 인용하여, 나의 부족한 문장력을 보완하였다. 어릴 때부터 문학적 천재성을 발휘했던 괴테는 20대의 젊은 나이에 공직에 진출하여 10년간 성공적으로 봉직하면서 부와 명예를 얻었지만, 문인으로서는 침체기를 보내야 했다. 그는 다시 예술가 정신을 회복하고 싶다는 열망에 강렬하게 사로잡혀, 오래전부터 그리워하던 이탈리아로 비밀리에 장기 여행을 떠난다. 괴테는 이탈리아 여행을 그때 시도하지 않았더라면, 자신이 완전히 파멸하고 말았을 것(괴테1, 170)이라고 했을 정도로 이탈리아 여행을 갈망했다. 그리고 이탈리아 여행을 통하여 다시 원숙한 문인으로 재탄생하게 된다. 이 여행 중 독일에 있는 친구들에게 보낸 편지와 일기 등을 바탕으로 집필한 책이 바로 최고의 여행 문학으로 평가받는 〈이탈리아 기행〉이다.

한편 친구 메타 폰 살리스로부터 "세상의 축복받은 장소들을 발견하는 두드러진 재능을 지닌 사람"[1]이라는 말을 들었던 니체는 건강상의 이유로 따뜻하고 건조한 지역을 찾아다녔고, 특히 자기의 삶에 위기와 고통을 느낄 때마다 여행을 떠났다. 니체는 그 스스로 여행 예찬론자였으며, 그의 사상은 산과 바다를 바라보며 사색할 수 있는 여러 곳을 돌아다니면서 무르익었다. 니체 사상의 분수령을 이루었던 대작 〈차라투스트라는 이렇게 말했다〉는 알프스의 고지 엥가딘의 질스마리아와 지중해 해안 도시 제노바와 라팔로, 그리고 니스와 에즈의 산과 하늘, 호수, 숲, 바위, 바다에서 얻은 영감으로부터 탄생한 작품이다.

나는 괴테의 저서 〈이탈리아 기행〉과 니체의 여행 철학이 잘 드러나 있는 니체의 저서 〈인간적인 너무나 인간적인〉에서 내 글의 맥락에 부합하는 부분들을 자주 인용하였다. 편의상 이 두 문헌은 본문에 다음과 같은 약어로 출처 인용하였다.

괴테1: 요한 볼프강 폰 괴테 저, 박찬기 · 이봉무 · 주경순 옮김(2018).
　　　이탈리아 기행 1. 민음사.
괴테2: 요한 볼프강 폰 괴테 저, 박찬기 · 이봉무 · 주경순 옮김(2018).
　　　이탈리아 기행 2. 민음사.
니 체: 프리드리히 니체 저, 강두식 옮김(2016). 인간적인 너무나 인간
　　　적인. 동서문화사.

　책의 주제 상 서정적이고 문학적인 표현이 어울리지만, 평생 논술만
써 온 나로서 그와 같은 표현은 내 능력 밖이었다. 대신 간결체로 일반
인들이 읽기 쉽게 표현하려고 노력했다. 두 차례의 한 달 살기 여행기
를 발간할 때는 내가 직접 찍은 사진을 책에 삽입했으나, 이번에는 디
지털카메라가 없었던 시절을 다루어야 했으므로 이 경우 인터넷에서
필요한 사진을 찾아 출처를 밝히고 사용했다. 예전에 방문했던 장소에
관해 서술할 때라도 이후 다시 방문하여 디지털카메라로 직접 찍은 사
진이 있으면 그 사진을 사용했으므로, 글에서 언급된 시기와 사진에
찍힌 시기가 다를 수 있음을 밝혀둔다.

목차

3 뉴욕 컬럼비아대학교에서 연구년 보내기 125

2부 여행의 의미

에필로그

부록:
단기 여행

아프리카 에티오피아 491

미주

1부

여행 속의
내 인생

4년간의 미국 스탠퍼드대학교 유학, 1년간의 국제노동기구International Labor Office(ILO) 제네바 본부 근무, 그리고 반년간 뉴욕 컬럼비아대학교에서 보낸 연구년은 모두 나 홀로 한 여행이다. 유학 시절에는 당시 친구였다가 약혼자가 된 현재의 남편과 우편으로 연락을 취했다. 편지는 거의 나의 일기와 같았다. 시도 때도 없이 편지를 써 놓고 며칠 치를 모아 보내곤 했다. 편지는 속성상 속내 깊은 사연을 표현하기 좋은 도구여서 당시 내 삶의 빛과 그림자를 적나라하게 보여주고 있었다. 유학 초창기에 미국에서 홀로서기 하는 과정, 불완전한 영어로 학업에 적응하느라 고생한 과정, 시간이 흐르면서 여유를 찾아가는 과정, 갈등과 번민 속에서 성숙해 가는 과정이 40년 가까운 세월을 건너뛰고도 파노라마처럼 펼쳐졌다.

제네바 ILO 근무 시절에는 과학기술의 발전 덕에 오랜 시간이 걸리는 국제우편 대신 즉시 소통할 수 있는 이메일로 남편과 매일 소식을 주고받았다. 남편은 우리가 주고받은 이메일을 모두 출력하여 보관해 놓았다. 별거의 기념품인 셈이다. 주고받은 이메일에는 당시 어떤 일로 기뻐하고 어떤 일로 근심했는지, 어떤 일로 씨름하고 어떻게 해결해 갔는지, 초등학교 저학년이었던 어린 아들의 교육 문제로 가까이서, 멀리서 얼마나 노심초사했는지 고스란히 들어있었다. 때로는 기억을 되살리며 미소를 짓기도 하고, 때로는 이런 일도 있었나 새삼 놀라기도 했다. IMF 경제위기 때 한국 직장인들의 애로가 얼마나 컸는지, 어린 자녀를 아빠 홀로 돌보는 것이 얼마나 힘든 일이었는지, 자녀를 키우는 데 대가족의 지원이 얼마나 값진 것인지 다시 한번 상기하게 되었다. 혼자서 보낸 유럽 생활이 결코 편안하고 즐겁기만 한 것은 아니었지만, 그래도 내 커리어에서 한 걸음 도약할 수 있게 해준 남편에게 새삼 고마움과 미안함을 느끼게 된다. 당시나 지금이나 한국 정치 상황이 똑같이 엉망이라는 사실, 당시에 비해 상황이 조금도 나아지지 않았다는 사실은 한숨을 쉬게 만들기도 했다.

뉴욕 컬럼비아대학교에서 역시 홀로 지낸 연구년 시절에는 이전의 두 장기 여행에 비해 훨씬 더 여유롭게 삶을 즐길 수 있었다. 자유로운 여행의 진수를 만끽했다고나 할까! 학업 스트레스에 시달렸던 유학 시절이나 진로에 대한 고민이 있었던 ILO 근무 시절과는 달리, 연구년 기간에는 이렇다 할 근심거리도 없이, 아무 데도 매인 곳 없이, 내가 하고 싶은 연구만 하면 되었다. 더욱이 단조롭던 제네바와는 대조적으로 뉴욕은 문화예술 자원이 무궁무진하고 역동적인 곳이어서 심심하거나 지루할 겨를이 없었다. 내가 스탠퍼드대학교 주변이나 제네바처럼 조용하고 평화로운 곳보다 이렇게 번잡하고 에너지 넘치는 대도시를 좋아하는 사람인지는 나 자신도 미처 몰랐다. 특히 세계적인 오케스트라의 클래식 공연과 세계 최고의 미술작품을 전시해 놓은 미술관들은 뉴욕에 머무는 내내 내 삶의 품격을 높여 주었다. 또 내가 머물던 아파트 바로 길 건너에 있던 센트럴 파크도 뉴욕에서 보내는 나의 삶을 풍요롭게 하는데 지대하게 공헌했다. 센트럴 파크는 녹음이 싱그러운 늦여름, 단풍이 들고 낙엽이 흩날리는 가을, 눈꽃 핀 나무로 온 천지가 하얗게 변한 겨울, 세 계절 모두 더없이 아름다운 풍광을 선사했다. "뉴욕에 온 것은 내 인생에서 내린 크고 작은 결정 중에 가장 잘한 결정 가운데 하나인 것 같다"는 기록도 찾아볼 수 있었다. 아들이 미국 동부의 한 대학에 막 진학한 때였는데, 방학 때는 친구들과 함께 다니러 와서 머물 수 있는 거처를 제공해 줄 수 있었다. 한국에서 출발하면 시간이 너무 많이 걸려 힘든 남미 여행을 미국에서 아들과 함께 다녀오기도 했다. 이때는 한층 더 발전한 과학기술 덕에 남편과 영상통화를 했으므로 남편과 주고받은 기록은 많이 남아 있지 않지만, 매일 쓴 일기 덕분에 당시의 경험을 회고하는 데 큰 어려움은 없었다. 더욱이 이때는 디지털카메라를 이용할 수 있는 시대였으므로 많은 사진을 남길 수 있었고, 사진은 회고의 훌륭한 자료가 되었다.

단기 여행은 개별적으로 다녀온 여행도 있고, 여행사 패키지 상품을 이용해 다녀온 단체여행도 있다. 개별적인 여행에서는 공무든 휴가든

여행과 인생

여행지에 대한 지식과 정보를 얻을 뿐만 아니라, 여행의 에피소드나 스토리를 찾을 수 있는 경우가 많다. 반면 패키지여행은 사전에 정해진 일정에 맞추어 가이드의 안내에 따라 관광하는 형태를 취하므로 여행지에 대한 지식과 정보를 얻고 여행지를 감상하는 것이 주가 된다. 자연히 패키지여행을 서술할 때는 방문지를 나열하여 평면적으로 소개하는 방식을 피할 수 없었다. 프롤로그에서 언급했듯이 가독성을 높이기 위해 패키지여행의 비중이 컸던 단기 여행은 부록으로 처리하였다.

나이가 들어감에 따라 점차 수박 겉핥기식의 짧은 여행에서 별 의미를 찾지 못하게 되었고, 보다 깊이 있는 여행을 하고 싶었다. '한 달 살기'는 그 하나의 대안이었다. 두 번째 연구년을 맞이했을 때 혼자 해외에 장기간 체류하기는 여러 가지로 부담스러웠고, 대신 남편과 함께 해외에서 '한 달 살기'를 할 계획을 세웠다. 피렌체에 거처를 정하고 틈틈이 주변 토스카나 중세 소도시를 다녀오는 콘셉트로 시도한 '한 달 살기'는 성공적이었다. 도시 전체가 박물관 같은 피렌체의 역사 · 문화적 의의를 충분히 깊이 있게 공부할 수 있었고, 토스카나 구릉의 아름다운 풍광과 기품 있는 중세 소도시를 둘러보며 여유로운 시간을 보낼 수도 있었다. 은퇴 후에는 포르투갈의 포르투와 리스보아에서 다시 한번 '한 달 살기'를 시도했다. 사전에 구체적인 계획을 세워 놓고 진행했던 피렌체와 토스카나 '한 달 살기'와 달리, 포르투갈에서는 큰 윤곽만 세워 놓고 그때그때 상황과 기분에 따라 일정을 정하는 방식을 취했는데, 포르투갈에 어울리는 방식이었던 것 같다. 두 번의 '한 달 살기'를 마치고 두 권의 여행기를 출간하여 소중한 여행 경험을 영원히 간직할 수 있게 되었다.

1

미국 스탠퍼드대학교 유학

첫 번째 해외여행은 미국 캘리포니아 팔로알토의 스탠퍼드대학교로 떠났던 나 홀로 유학길이다. 1983년 스물다섯 살 때였다. 한국에서 석사학위를 취득하고 그해 7월에 미국행 비행기에 올랐다.

석사학위 논문을 쓰느라 대학원 지원 준비에 많은 시간을 투입하지 못했으나, 다행히 국비 장학금을 받는다고 하면 미국 대학들에서 입학 허가를 잘 내주었다. 하버드대학교를 포함하여 지원한 대학교 네 곳에서 모두 입학허가를 받았다. 그 가운데 내 전공 분야의 지명도를 우선 고려하였고, 로스앤젤레스에 살고 있는 언니와의 지리적 거리를 감안하여 스탠퍼드대학교를 선택했다.

9월 학기 시작 전 언니네 집에 두 달 먼저 가서 적응 기간을 가졌다. 당시에는 여행을 떠날 때 경험한다는 미지의 세계에 대한 설렘과 기대

보다는 불확실성에 대한 불안감이 더 컸던 것이 사실이다. 운전면허를 취득하고, 스탠퍼드대학교 캠퍼스 생활에 필수적인 자전거를 배우고, 익숙하지 않았던 영문 타자도 숙달시키고, 틈틈이 언니와 형부를 따라 구경도 다녔다.

당시 캘리포니아는 미국 사람들이 가장 살고 싶어 하는 곳이었다. 지금은 집값도 비싸고, 물가도 비싸서 다른 지역으로 이주하는 사람들이 많다고 하지만, 그때는 다른 지역에 가서 캘리포니아에서 왔다고 하면 부러운 표정으로 감탄사를 연발하던 시절이었다. 우선 날씨가 온화하고, 볼거리와 즐길 거리가 많다. 스탠퍼드대학 인근만 하더라도 샌프란시스코와 요세미티 국립공원, 미국에서 가장 아름다운 해안도로 캘리포니아 1번 국도, 레이크 타호, 몬테레이와 카멜, 페블 비치와 17마일 드라이브 등 아름다운 풍광을 자랑하는 곳, 그리고 스키, 골프, 카지노 등 다양한 스포츠와 여흥을 즐길 수 있는 곳이 많다. 스탠퍼드대학은 4학기 제도였는데, 피로가 누적된 봄 학기가 되면 환상적인 날씨에 모두 나른해져서 창밖만 쳐다본다고 했다.

대학원생 기숙사와 룸메이트

인근에 실리콘 밸리가 있는 팔로알토는 지금이나 그때나 미국에서 집값이 가장 비싸고, 물가가 가장 높은 지역이다. 그래서 학생 대부분이 대학 캠퍼스 내에 숙소를 구했다. 대학원생 독신용 숙소는 단층 컨

여행과 인생

테이너 주택촌인 만자니타 파크와 고층 아파트촌인 에스콘디도 빌리지에 있었다. 첫해는 침실 세 개와 거실과 주방을 갖춘 컨테이너 주택에서 지냈다. 넓고 거실이 별도로 있어서 룸메이트와 시간을 같이 보내며 영어 실력을 높일 수 있을 것이라는 기대로 선택한 것이었으나, 두 명의 미국인 룸메이트 모두 개인주의적이어서 실익이 없었다. 방 사이에 방음도 신통치 않아 사생활도 보장되지 않았다. 컨테이너 주택이어서 여름에는 덥고, 겨울에는 추웠다.

두 번째 해부터는 아파트로 옮겨 지냈다. 침실 한 개와 거실, 주방으로 이루어진 대학원생용 아파트는 원래 부부용으로, 독신의 경우 한 사람은 방을 사용하고, 다른 한 사람은 거실을 사용했다. 물론 거실에도 침대가 비치되어 있었다. 룸메이트가 미리 침실을 사용하고 있었으므로 나는 선택의 여지 없이 거실을 사용할 수밖에 없었다. 그런데 지내다 보니 거실을 사용하는 것이 룸메이트에게 신경 쓰지 않고 주방을 자유롭게 이용할 수 있고 거실에 있는 식탁을 독차지할 수 있기도 하여, 룸메이트가 기본적인 예의만 지켜준다면 편리한 점이 많다는 것을 알게 되었다. 거실이 창문도 넓어 밝고 전망도 좋았다. 그래서 룸메이트가 졸업해서 나가고 나에게 선택권이 생긴 후에도 계속 거실을 사용했다. 현관에서 거실로 들어오는 입구를 커튼으로 가려 놓고, 선배 언니가 졸업하면서 물려준 연두색 카펫을 바닥에 깔아놓으니 내 거처는 나만을 위한 아늑한 공간으로 손색이 없었다.

2년 차에는 졸업을 앞둔 마음씨 좋은 미국인 공대 학생이 룸메이트가 되었다. 룸메이트는 서글서글하고 사려가 깊었으나, 집에는 밥을

스탠퍼드대학교 – 스탠퍼드대학교 홈페이지

여행과 인생

먹고 잠만 자러 왔기 때문에 대화를 나눌 시간이 거의 없었다. 더욱이 남자 친구와 항상 붙어 다녔으므로 나와 공유할 수 있는 시간이 많지 않았다. 이 룸메이트는 그 해 남자 친구와 동시에 학위논문 구두시험을 통과하고 남미로 여행을 떠났다. 그들이 페루에서 보낸 그림엽서가 아직도 내 보관함 속에 있다.

3년 차에는 같은 과의 대만 출신 신입생을 룸메이트로 맞이하여 졸업 때까지 함께 지냈다. 선배로서 이런저런 조언을 해줄 수 있었다. 한번은 나도 첫 학기에 그렇게 힘들었느냐고 푸념하며 엄마 생각이 난다고 눈물을 글썽거렸다. 어찌나 안쓰럽던지. 학기 시작할 때 화사했던 얼굴이 시간이 갈수록 어두워졌다. 밖에서 만나면 항상 정신이 없어 허둥대는 것이 역력했다. 이 룸메이트도 남자 친구가 생기면서 안정을 찾아갔다.

이 숙소는 고층 아파트라서 전망이 좋았다. 오래된 은행나무, 간간이 붉은 지붕을 얹은 집들이 살짝살짝 드러나는 녹음 짙은 숲, 그 뒤 아득히 먼 곳으로부터 어스름하게 눈에 들어오는 나지막한 산, 숲 앞에 펼쳐진 푸른 잔디밭, 드문드문 자전거 타는 아이들과 유모차를 끌고 다니는 엄마들, 하얀 테니스복을 입은 사람들이 뛰어다니는 테니스 코트-이것이 8층 내 방에서 내다보이는 전망이었다. 2년 차 가을에 쓴 기록에는 숙소에서 바라보는 가을의 정경이 혼자 보기에 아까울 정도로 아름답다는 글귀, 저녁 무렵의 석양과 그 아래 어둑해진 숲이 고즈넉한, 어찌 보면 대지의 적막함을 느끼게 한다는 글귀가 발견된다.

학교생활

학교 캠퍼스는 더할 나위 없이 아름다웠다. 미국에서 가장 아름다운 3대 대학 캠퍼스 안에 꼽힐 만했다. 히스패닉 스타일의 붉은 지붕을 얹은 나지막한 건물들이 들어서 있고, 여기저기 늘어서 있는 야자수가 휴양지를 연상시켰다. 또 녹지공간이 많아 그 위에 앉아 있거나 누워 있는 학생들을 자주 볼 수 있었다. 생존경쟁에서 살아남으려 고군분투하고 있는 학생들 각각의 머릿속은 고뇌에 가득 차 있을지언정, 겉으로 보이는 캠퍼스의 모습은 나른한 날씨와 함께 무척이나 평화로웠다. 캠퍼스 중앙에는 아름다운 메모리얼 교회가 있어, 주일에는 그 교회에 가서 예배드렸다. 캠퍼스 안과 인근의 쇼핑몰까지 자주색 미니버스 마거릿을 운행하고 있었으나, 자유롭게 이동하려면 자전거는 필수였다. 숙소와 강의실과 도서관 사이를 자전거로 오가는 것이 학생들의 일상적인 모습이었다.

한국에서 석사학위 논문을 쓰면서 미국 대학원 지원 절차도 병행해야 했고, 석사 취득 후에는 연구 조원RA으로 근무하던 연구소의 프로젝트에 계속 참여해야 했으므로, 영어 실력을 늘리기 위한 준비를 별도로 할 시간이 없었다. 영어 회화를 두어 달 배워 봐야 전공 수업에 별 도움이 되지 않을 것이라는 자포자기 심정도 한몫하여, 보통 가을학기 시작 전 여름에 미리 가서 이수하는 영어연수 과정에도 등록하지 않고 배짱 좋게 곧바로 첫 학기 강의실에 들어갔다.

대신 첫 학기에 전공과목과 함께 글쓰기 강좌를 수강하였다. 이 강좌는 단지 영어뿐만 아니라 글쓰기 실력을 향상시키는 데 매우 유용했다. 그때까지 한국에서는 국어 과목에서든 영어 과목에서든 그런 방식의 교육을 받아본 적이 없었다. 그때 배운 내용은 이후 학자로서 글을 쓰는 데도 계속 도움이 되었다. 미국 유학에서 얻은 큰 수확 중 하나이다.

예상대로 영어로 말하고 듣기는 힘들었다. 교수들은 대개 천천히 논리적으로 말하므로 교수의 강의는 비교적 알아듣기 쉬웠으나, 학생들은 논리가 부족한 말을 빠르게 쏟아내기 때문에 이해하기 힘들었고, 좀처럼 토론에 끼어들 수 없었다. 인문사회계열 수업은 대개 토론으로 진행되므로 스트레스를 많이 받았다. 내가 한국에서 받았던 영어교육은 문법 중심이었으므로, 시간을 많이 들여 작성할 수 있는 과제물은 영어 때문에 크게 걱정할 일은 없었다. 교수들도 영어 실력이 부족하지 않다고 격려해 주었지만, 말을 유창하게 하지 못하니 수업 시간이나 팀워크에서 멍청하게 보이는 것이 문제였다. 수업에서 꿀 먹은 벙어리로 앉아 있다가 나오는 날은 하루 종일 우울했다. 먼저 유학 경험을 했던 선배들 얘기로는 시간이 흐를수록 영어 말하기 실력은 오히려 줄어든다고, 결혼해서 가족과 같이 온 사람들은 가족과 보내는 시간이 많기 때문이고 독신자들은 스트레스를 많이 받으니 가급적 한국 사람들과 편하게 어울리려 하기 때문이라고, 듣는 것은 텔레비전 뉴스만 보아도 조금씩 늘지만 말하는 것은 시간이 해결해 주지 않는다고 하였다. 그 말이 딱 맞았다.

영어 실력과 관련해서 내가 최종적으로 내린 결론은 영어 실력은 한국어 실력과 비례한다는 것이다. 한국 사람이라 하여 한국어를 모두 다

잘하는 것은 아니다. 한국어를 논리적이고 유창하게 잘 구사하는 사람이 있는가 하면, 어눌하게 말하거나 의사 표현에 조리가 없는 사람이 있다. 한국어를 잘하는 사람은 영어나 그 외에 어떤 언어도 어느 정도 시간이 흐르면 웬만한 수준에 도달하게 된다. 반면 한국어 의사 표현이 서투른 사람의 경우 시간이 흐른다고 영어 구사 능력이 크게 향상되지 않는다. 어떤 사람이 영어로 말하는 스타일을 보면 한국어로 말하는 스타일과 똑같다는 것을 알아차리게 된다. 한국어 말투가 느리고 더듬거리면 영어 말투도 느리고 더듬거린다. 그 반대도 마찬가지다. 언어는 그만큼 전이력이 높은 영역이다. 또 한 가지 내가 터득한 것은 어느 주제에 대해 한국어로 자신 있게 말할 수 있을 정도라면, 영어로도 잘 말할 수 있다는 것이다. 따라서 영어를 잘하기 위해서는 기본적으로 평상시에 모국어 의사소통능력을 잘 기르고 아울러 관련 주제에 대해 폭넓고 깊이 있는 지식을 갖추어야 한다는 것이 내 결론이다.

시간이 흐르면서 미국인 학생들도 말을 유창하게 하는 것과 전공 실력은 반드시 일치하지 않는다는 것을 깨달아 갔다. 내 전공의 한국 유학생들은 대개 학부와 동일한 전공을 선택하여 석사과정까지 마친 후 동일한 전공의 박사과정에 진학하므로 기본기가 강하다. 영어 구사 능력이 부족하기는 하지만 언어 때문에 기본 실력이 가려지지는 않는다. 학기가 지나갈수록 강의실과 도서관과 숙소를 오가는 것이 전부였던 나의 초창기 유학 생활에도 여유가 생겼다.

이럭저럭 박사과정을 수료했다. 학교생활도 노련해지고, 심리적으로도 많이 안정되었다. 웬만한 일에는 쉽게 동요하지 않고 초연하게 대응할 수 있게 되었다. 논문제출자격 검정 절차를 통과하고 바로 논문 작업에 돌입했다. 사실 수업은 시간이 흐르면 끝이 보인다. 그러나 논문 작업은 어떻게 흘러갈지, 언제 어떻게 끝이 날지 아무도 알 수 없는 불확실성으로 가득 찬 긴 여정이다. 특히 미리 관심 주제를 정하고 들어오지 않는 경우 논문 주제를 잡는 데 어려움을 겪으며 시간을 많이 소모한다. 입학할 때 배정받은 지도교수와 관심 분야가 맞지 않아 논문 지도교수를 바꾸는 과정에서 다소간 마음고생을 하기는 했으나, 덕분에 매우 저명한 교수께 논문지도를 받을 수 있었다.

그 당시는 개인용 컴퓨터PC가 나오기 전이었다. 내 논문에는 대규모 자료의 통계 분석이 필요했기 때문에 전산실에서 컴퓨터와 씨름해야 했다. 학생이 컴퓨터를 사용하려면 사용료를 내야 했는데, 낮의 사용료가 밤의 사용료에 비해 세배나 비싸서 주로 밤에 작업을 했다. 이 소식을 들은 나의 논문위원회 교수 중 한 분이 고맙게도 자신의 컴퓨터 계좌를 빌려주셔서 나중에는 비용을 들이지 않고 마음껏 자료 분석을 할 수 있었다.

수업을 수강하던 시절에는 과제물을 타자기로 쳐서 제출해야 했으나, 논문 작업을 시작할 무렵에는 학교 전산실에 워드 프로세스 기능이 있는 컴퓨터가 비치되기 시작하여 논문 집필 작업이 훨씬 편리해졌다. 논문 집필 단계에서는 컴퓨터 워드 작업을 하느라 전산실에서 밤을 꼬박 새우곤 했지만, 그래도 타자기 시대를 벗어나 얼마나 다행인지 모른다. 3백 쪽이 넘는 논문을 타자기로 작업해야 했었다면 그 많은 수정과 편집 작업을 어떻게 처리했을지 생각만 해도 아찔하다. 컴퓨터 워드 작업이 가능해지면서 논문 집필 기간이 조금 과장하여 절반은 단축되었을 것이다. 그 덕분인지 당시까지 교육학과에서 박사학위를 취득했던 학생 중 가장 단기간에 속하는 3년 9개월 만에 졸업할 수 있었다.

논문심사 구두시험을 통과한 날은 내 생애 최고의 날이었다. 지난 4년간의 세월이 주마등처럼 스쳐 지나갔다. 나 자신이 대견했다. 장미 꽃다발, 와인 파티, 숯불갈비, 결혼을 앞둔 신부를 위해 열어주는 브라이덜 샤워Bridal Shower, 졸업생 환송회-연이어지는 축하 행사 끝에 드디어 졸업식 날이다. 이곳에서는 대학원별로 학위수여식을 먼저 하고, 학부생들과 함께 참석하는 전체 졸업식을 별도로 한다. 졸업식에는 언니와 형부가 참석하여 축하해 주셨다. 학위를 취득하기까지 음으로 양으로 많은 도움을 주신 분들이다. 내가 언니 집을 방문할 때마다 씨름해야 했던 어린 조카는 지금 아이 둘을 가진 엄마이자 변호사가 되어 있다. 올해 가족과 서울을 방문한다니, 조카에게 언니와 형부로부터 받은 은혜를 갚아야겠다.

논문심사 통과의 기쁨도 잠시, 논문 마무리 작업, 결혼 준비, 짐 정리에 눈코 뜰 새 없이 바쁜 나날을 보내고 드디어 귀국 길에 올랐다. 이렇게 유학 생활의 대장정을 마쳤다.

홀로서기

스물다섯 살. 스스로는 어른이라고 생각했지만, 처음으로 집을 떠나 혼자 외국에서, 그것도 경쟁이 치열한 대학이라는 사회에서 살아가는 것은 각오했던 것보다 힘들었다. 개발도상국 출신, 여성, 독신이라는 처지는 삼중의 핸디캡이었다. 한국 여학생 중 두세 명은 남편과 같이 학위과정을 밟고 있었고, 독신 여학생이나 기혼이지만 남편과 떨어져 지내는 여학생이 예닐곱 명 있었다. 가정을 꾸리고 공부하는 여학생은 가사와 육아라는 부담을 감수해야 하지만, 정서적으로 안정되어 있다는 장점이 있다. 혼자 와 있는 여학생은 그 반대다. 그런데 심리적인 문제는 매우 심각했다. 화가 나도, 자존심 상해도, 서글퍼도 다 혼자서 감내해야 했다.

첫해에는 상처받은 자존심, 경쟁과 불안, 피곤한 인간관계, 마음을 열고 소통할 사람이 없는 환경-이 모든 것이 나를 힘들게 했다. 그때의 기록을 보면 하루하루 그야말로 간신히 버틴다는 느낌과 푸념의 연속이었다. 자그마한 자극에도 쉽사리 기뻐하고, 화내고, 우쭐해하고, 우울해하는 감정의 기복이 여실히 드러났다, 하루살이 인생처럼 하루는 반짝 햇볕이 들었다가 하루는 잔뜩 구름이 끼는 온갖 변화무쌍한 나날들. 자기를 지탱해 줄 확고한 무엇인가를 잃어버린 채 외부에서 들어오는 자극에 민감하게 반응하는 생활이 한동안 계속되었다. 다음과 같은 기록은 그 당시 내 심리 상태의 단면을 보여주고 있다.

나지막이 드리워진 구름 낀 하늘 아래 낙엽이 쌓이고 뒹굴어도 수업 시간에 늦지 않게 서두르느라 자전거 페달을 밟기에만 잔뜩 신경을 써야 하는 상황, 비가 개인 뒤 서울과는 비교가 안 될 정도로 쾌청한 하늘을 보면서도 어떻게 생각을 정리하고 조직해서 리포트를 써야 할까에 전전긍긍해야 하는 상황에 문뜩문뜩 진저리 쳐질 때가 있다. 그래, 이렇게 해서 한 학기가 지나고, 일 년이 지나고, 서울 갈 날이 가까워오겠지.

<1983. 12. 2>

낮에는 이리저리 바쁘고, 의식적으로 부정적인 감정을 억눌러버리므로 표면으로 나타나지 않지만, 잠자리에 들 때나 잠에서 깰 때는 이런 여린 감정들이 겉으로 표출된다. 아침에 눈을 떠서 지금 미국이라는 생각을 하면 암울하고 현실을 직시하는 데 시간이 꽤 걸린다. 그 순간이 가장 견디기 힘든 시간이다. 그때의 심리 상태가 나의 가장 솔직한, 억누르지 않은 심리 상태인지도 모르겠다. 자꾸 이곳이 나의 삶의 터전이라고 자기최면을 걸어야겠다.

<1983. 12. 27>

2년 차부터는 심리적으로 꽤 안정되었고 더 단단해졌다. 미국 생활에 안착해 가고 있으며, 홀로서기에 성과를 거두고 있다는 징후들이 기록 여기저기 보인다. 저녁 가로등 불빛 아래로 쏟아지는 빗줄기와 굵은 빗방울 소리의 정취를 즐길 수 있을 정도로 마음에 여유가 생겼다. 이곳이 결코 잠시 발붙이고 있는 객지가 아니라, 홀로 설 수 있는 자신만의 아성과 삶의 터전이라는 생각도 했다. 더불어 인생, 인간, 사회, 부부, 가정, 삶의 방식에 대한 나의 생각과 감정과 관점에 광범위

   여행과 인생

하게 변화가 일어났던 시기이기도 하다.

마음을 차분히 가라앉게 하는 저녁. 가로등 불빛 아래로 쏟아지는 빗줄기가 보기 좋다. 굵게 떨어지는 빗소리 역시 듣기 좋다. 문득 이것이 나의 삶이구나, 이곳이 내가 발을 붙이고 사는 나의 삶의 터전이구나, 결코 잠시 발붙이고 있는 객지가 아니라, 주위의 모든 보살핌, 관심, 도움, 부대낌의 끈으로부터 나를 풀어내어 홀로 설 수 있는 나만의 아성이구나 하는 생각이 든다. 정말 색다른 삶의 장면, 색다른 삶의 의미들 속에서도 미처 그것을 깨닫지 못하고 귀중한 일 년을 보냈다는 아쉬움이 든다. 공부가 무엇이 없는지. 삶의 일부에 불과한 공부 때문에 많은 귀중한 것을 파묻어버린 채 보낸 나날들. 지난 일 년뿐 아니라 서울서의 생활도 그랬지. 떠밀려가던 생활. 이제 내 자신의 삶을 이끌어가야겠다는 다짐을 해 본다. 떠밀려 가는 것이 아니라, 냉소적으로 사는 것이 아니라, 이끌어가며, 낙관적으로 살아야겠다는 생각. 현재 내가 생각하고 행동하는 것이 옳다는 신념과 자신감 속에서.

〈1984. 11. 7〉

방학 때 잠시 귀국하여 집에 돌아오면 처음 며칠간은 가족과 친지를 만나 좋지만, 의외로 하루빨리 미국으로 돌아가고 싶었다. 내 삶의 터전은 가족이 있는 곳이 아니라 내 삶의 중심이 있는 곳임을 확인하게 된 것이다. 온 정신이 논문에 쏠려 있으니, 가족 옆에 있은 들 마음이 편할 리가 없다. LA에 있는 언니 집에도 처음에는 방학 때마다 매번 다니러 갔으나, 일을 하는 언니와는 이야기를 나눌 시간이 많지 않았고 어린 조카와 씨름하는 것 외에는 딱히 할 일이 없어 나중에는 거의 가지 않았다. 가더라도 짧게 머물다 돌아오곤 했다.

논문제출자격 검정 절차를 통과한 후, 서울에 가서 약혼식을 하고 돌아왔다. 만나는 사람마다 표정이 밝아졌다고 했다. 행복해 보인다고도 했다. 약혼이라는 제도가 주는 안정감도 한몫했을 터였지만, 이제 박사과정을 수료하고, 자격시험을 통과하고, 미국 생활에 어느 정도 적응되었다는 자부심이 크게 영향을 미쳤을 것이다. 중심이 교수의 피드백과 동료 학생들의 반응, 그리고 한국인들의 언행 등 내 밖에 있었던 유학 초창기와는 달리, 이제 내 안에 확고하게 자리 잡았다. 웬만한 외부의 자극에 쉽게 동요하지 않게 되었다. 미국 생활이 끝나간다는 것이 아쉽기까지 했다. 혼자 지내는 것이 점점 더 좋아졌다. 오히려 한국에 돌아가서 가족과 직장 상사와 동료들과의 관계 속에서 이리저리 부대끼며 살아갈 생각을 하면 스트레스가 쌓일 지경이었다.

유학 시절 내내 공부만 하며 지낸 줄 알았는데, 기록을 들춰보니 그 와중에도 참으로 공사다망했다는 사실에 스스로 놀라움을 금치 못했다. 대학 졸업을 앞두고 급성간염에 걸려 꽤 오래 고생한 적이 있었으므로 우선 건강관리에 신경을 많이 썼다. 자전거를 타고 캠퍼스를 누비는 것 자체도 운동이 되었거니와, 틈을 내어 더할 나위 없이 훌륭한 학교 수영장에서 수영도 하고 테니스도 치며 체력 단련에 힘썼다. 볼링을 치기도 하고, 당시에는 한국 사람으로서는 경험하기 어려웠던 스키와 세일링을 시도해 볼 기회도 있었다. 영화, 전시회, 음악회, 발레 관람 등 문화행사, 문과 한국 유학생 공부 모임, 외국인 유학생 전공 공부 모임, 성경 공부 모임, 그리고 여행과 살림살이에 이르기까지 그 어느 때보다 다채로운 활동을 하며 지낸 세월이었음을 새삼 깨닫게 된다.

새로운 사람들

사람들을 좁고 깊게 사귀는 성격임에도 불구하고, 기록 속에는 웬 사람들을 그리 많이 알고 지냈는지 모르겠다는 생각이 들 정도로 수많은 사람의 이야기가 적혀있었다. 가정을 꾸린 유학생 중에는 밥 먹으러 오라고 불러주는 분이 많았고, 혼자 와 있는 유학생들은 그들대로 같이 식사하자고 연락하는 일이 많았다. 명절처럼 특별한 날에는 초청을 공손하게 거절하는 것도 적지 않은 부담이었을 만큼 여기저기에서 연락이 많이 왔다.

유학 초기에는 한국 유학생들이나 그 배우자들과 종종 만나며 지냈다. 유학생 부인 중에는 고등학교 동창과 초등학교 동창도 있었고, 먼저 와 계셨던 학과 선배 가족도 있어서 이집 저집 다니며 한국 음식을 대접받기도 했다. 그러나 그것도 한두 번. 되갚을 수 없는 처지가 부담스러웠고, 부인들과는 다른 길을 걷고 있는 처지라 가까워질 수 없는 경계선이 있었다.

사람들과의 접촉은 빈번한데, 마음은 허전했다. 사람들을 많이 만나도 마음을 열어놓고 소통할 수 있는 사람이 없어서 그랬을 것이다. 배경이 다르고 성인이 되어 만난 사람들이라 공유할 수 있는 부분이 많지 않았다. 폐쇄된 한국 유학생 사회에서 독신 여성으로서 처신하기도 조심스러웠다. 말 한마디, 행동 하나하나가 순식간에 유학생 사회에 퍼져 나갔다.

한국 출신 여학생 대여섯 명 정도가 자주 만나곤 했다. 절반은 미혼, 절반은 결혼했으나 공부하느라 남편과 떨어져 지내는 유학생이었다. 중간에 결혼한 친구도, 이혼한 친구도 있었다. '먹자클럽'을 만들어 매주, 나중에는 격주로 주말에 돌아가며 포트럭potluck 식사(참석자 각자 음식 한두 가지씩 준비해 오는 식사)를 하기도 했고, 차를 가지고 있는 여학생의 차에 여학생들끼리 끼어 타고 태평양 연안의 예쁜 도시를 둘러보기도 했다. 성장 배경이 다르고, 전공도 다르고, 연령 차이도 컸으므로 속마음을 털어놓고 지내기에는 한계가 있었으나, 유학 생활을 견뎌 내는 데 적지 않은 의지가 되었다.

세월이 흘러 내가 고참이 되었다. 새로 들어온 여학생들은 나 때보다 유학 생활 준비가 더 탄탄히 되어 있는 듯했다. 그러나 내가 겪었던 심리 상태와 갈등을 피할 수는 없었던 것 같다. 엘리트 의식과 자부심, 1년 차들이 갖는 특유의 초조함과 불안, 그것을 나타내려 하지 않는 의식, 무의식중의 억제와 방어기제, 선배들의 여유로운 생활을 보며 품는 의구심-이들이 마주하고 있던 심리 상태가 아니었을까 싶다.

미국인을 비롯한 외국인 친구들이 생겨나니, 식사 약속도 잦아졌고 종종 서로 집에 불러 음식 대접하는 일도 늘어났다. 그때 기록에서 손

　　여행과 인생

님치레를 많이 했다고 "이곳에 와서 느끼는 것은 영어도 아니요, 공부도 아니요, 요리 솜씨뿐인 듯"이라는 자조 섞인 글귀가 눈에 띈다. 외국인들은 잡채와 불고기를 매우 좋아했다. 미국인 룸메이트는 잡채를 너무 좋아하여 요리법을 교환하자고 하더니, 이후 잡채를 세 번이나 만들어 먹었다. 그동안 나는 그녀가 알려준 요리를 한 번도 해 먹지 않았는데 말이다.

대만 출신 룸메이트는 김치를 무척 좋아했다. 김치 만드는 법을 가르쳐주었더니, 내가 2주씩 두고 먹는 분량을 닷새도 못 되어 다 먹어버리고는 또 담갔다. 친구들이 오면 우리가 과일 대접하듯 김치와 사이다를 대접하곤 했다. 룸메이트의 친구들도 다 김치를 좋아해서 한번은 김치 담글 때 친구들을 불러 요리 강습까지 했다. 이것도 일종의 국위선양이 아니었을까?

같은 과에 친하게 지내던 외국인 유학생이 몇 명 있었다. 각각 홍콩, 일본, 캐나다에서 온 여학생들이었다. 특히 홍콩 친구와는 퍽 가깝게 지냈다. 영국에서 학부를 졸업한 이 친구는 스탠퍼드대학에서 나보다 1년 먼저 유학 생활을 시작했으므로 내가 신입생으로 입학하자 나의 적응을 돕는 멘토로 지정받은 선배였다. RA도 하고, 도서관에서 아르바이트도 하고, 산호세에서 베트남 난민에게 영어를 가르치는 자원봉사도 하고 있어서 상당히 활동적이고 강인해 보였다. 그러나 서로 간에 심리적 거리가 좁혀지면서 점차 여린 모습들이 드러났다. 특히 남자 친구와 헤어진 지 얼마 안 되어 마음의 상처가 깊은 상태였다. 아시아에서 온 유학생끼리의 동병상련이라고 할까? 우리는 자주 만나 힘든 이야기도 나누고, 영화도 보러 다니고, 시장도 보러 다니고, 식사도 하러 다녔다.

내가 학위를 먼저 끝내고 귀국한 후에 그 친구는 많이 외로워했다고 한다. 아직도 보관하고 있는 그때 주고받던 편지에 그 외로움이 고스란히 담겨 있었다. 그 친구는 학위를 마치고 일본의 한 대학에 교수로 채용되어 근무하다가, 모국인 홍콩의 명문대학으로 자리를 옮겼다. 30년 전 유네스코 연수 차 일본 도쿄에 갔을 때 그 친구와 연락이 닿아 잠시 재회할 기회가 있었다.

일본 대재벌의 손녀라고 하는 일본 친구는 석사과정을 마친 후 일본으로 돌아갔고, 일본에서도 계속 편지와 엽서를 보내왔다. 내가 유학 생활을 마치고 귀국하는 길에 그녀가 도쿄로 초청하여, 며칠간 그녀의 집에 머물며 도쿄와 그 인근을 구경하기도 했다. 상당한 시간이 흐른 후 그 친구로부터 다시 스탠퍼드대학교로 돌아가 박사학위를 취득했고, 결혼도 하여 아기를 낳았다는 편지를 받았다.

캐나다 출신 친구는 결혼한 여성이었다. 위트가 넘치고 마음씨가 넉넉했다. 이따금 그 친구의 남편도 같이 만나 대화를 나누기도 했다. 집으로 불러 한국 음식을 만들어 주면 매우 맛있게 먹었다. 그 당시는 서양 사람들이 김치나 된장, 마늘 냄새를 역겨워하여 냄새가 나지 않도록 무척 조심하던 시절이었다. 지금과 같은 K-푸드 열풍은 상상도 하지 못할 때여서 요즈음 K-푸드 열풍에 대한 소식을 접하면 격세지감에 쓴 웃음을 짓곤 한다. 이 친구는 중국(당시는 중공)에서 2년간 체류하다가 스탠퍼드대학교 박사과정에 입학해서 공부하고 있던 1년 후배.

  여행과 인생

중국의 가족계획에 관해 논문을 준비하고 있었고, 논문계획서를 제출한 후 현장 연구를 위해 한동안 다시 중국에 가서 머물렀다.

이 친구들은 내가 유학 생활을 마치고 귀국한 후 곧 결혼 계획이 있음을 알고는 결혼식에 참석하겠다고 야단법석을 떨었다. 서로 열심히 일정을 맞추는 것 같더니, 결국은 일정 맞추기에 실패하여 결혼식 참석을 포기했다. 서로 바빠지면서 연락이 끊겼지만, 오래전의 경험임에도 유학 시절 추억 중 가장 큰 비중을 차지하고 있는 관계다.

자주 만났던 미국인 친구 가운데 60대 전후의 아주머니 한 분이 계셨다. 대학교의 국제센터에서는 영어 회화를 숙달시키고 싶어 하는 외국인 학생과 희망하는 지역 주민을 서로 연결해 주는 프로그램을 운영하고 있었다. 이 아주머니는 이 프로그램에 참여한 그 지역 주민이었다. 일주일에 한 번씩 만나 대화를 나누었고, 서로 격의가 없어진 후에는 같이 영화나 전시회도 관람하고, 식사도 하고, 쇼핑도 했다. 가족으로 딸 둘과 점잖은 노신사 남편이 있었다. 딸 하나는 스탠퍼드대학교 학부 졸업생이었다. 이 아주머니는 성격이 변덕스러워 마냥 좋기만 한 것은 아니었다. 딸들도 엄마와 성격이 비슷해 서로 충돌이 잦았으니, 아시아에서 온 참을성 많고 공손한 유학생과 만나는 것이 그 아주머니에게는 아마 큰 기쁨이었을 것이다. 유학 3년 차 되던 해에 62세의 남편이 실직하여 우울해하던 것이 기억난다. 이 아주머니로부터는 졸업할 때까지 적지 않은 도움을 받았다. 차가 없던 나를 처음으로 샌프란시스코에 데리고 가서 구경시켜 준 분도, 여름방학 잠시 귀국할 때 짐을 맡아준 분도, 공항에 차편을 제공해 준 분도, 미국 명절 때마다 집에 식사 초대해 준 분도 그 아주머니였다. 졸업 후 스탠퍼드대학교에서 특강을 요청받아 대학을 다시 방문한다고 했을 때 대학에서 마련해 준 호텔이 있었음에도 굳이 자기 집에 오라고 하여 그 집에서 하루 머물기도 했다.

가깝게 지내던 사람들이 떠나고, 새로운 사람들이 들어오는 일이 반복되니, 만나고 헤어지는 일이 자주 생겼다. 정들자 이별. 뭐 그런 경험을 많이 했다. 많이 의지하며 지내던 생물학과 선배 언니는 졸업하고 박사후과정을 이수하러 보스턴으로 떠났고, 도서관에 늘 붙어 다니던 통계학과 후배는 석사과정을 마치고 한국으로 돌아갔다. 선배 언니와는 계속 연락을 주고받았고, 보스턴에 들렀을 때 만나기도 했다. 후배는 내 결혼식에도 참석했다.

처음 두 해 동안 만난 사람들은 아직도 기억에 생생하게 남아 있는 반면, 그 이후에 만난 사람들은 같이 식사를 자주 한 기록은 있으나, 기억이 잘 나지 않는다. 내가 한국인 여학생 중 고참이 되어 왕언니 노릇을 하던 때였는데, 미국 생활에 적응되어 삶의 희로애락에 무뎌졌기 때문일까?

이들은 나를 정형화하기도 했다. 한국인 친구이든 외국인 친구이든 내가 놀거나 쉬고 있다고 하면 '너답지 않다', '믿을 수 없다'는 반응을 보였다. '나다운' 것이 어떤 것인가? 나는 공부만 열심히 해야 하는 사람인가? 그들의 눈을 통해 나 자신을 평가하고 분석해 보기도 했다.

유학 와서 만난 사람들과는 아무래도 허물 수 없는 경계가 있었던 반면, 서울에서 학창 시절에 만난 친구들과는 마음을 열어놓기 쉬웠다. 하버드대학교에서 학위과정을 밟고 있던 같은 전공의 선배와 후

여행과 인생

배, 위스콘신-매디슨대학교에 나보다 3년 먼저 와서 사회학을 공부하고 있던 고등학교 동창, 그리고 피츠버그대학교에서 경영학 공부를 하고 있던 사촌오빠와 전화로 수다 떠는 것이 유학 생활의 낙이자 매우 효과적인 스트레스 해소 방법이었다. 전화통을 붙들고 시시콜콜한 푸념으로 한 시간 넘어 통화하곤 했다. 전화요금이 많이 나왔으나 그만한 가치가 충분히 있었다. 모두 동병상련이라 공감이 잘 되었고, 다들 힘들어하고 있다는 사실로부터 서로 위안을 받았다.

우리는 대체로 기분이 좋을 때보다는 일이 잘 풀리지 않고 심기가 불편할 때 전화기를 든다는 경험을 공유하고 있었다. 하루는 과제물로 머리를 싸매고 있다가 위스콘신대학교 친구에게 전화했더니, 벌써 내 기분을 척 알아차렸다. 그 친구는 얼마 전 논문 제출을 위한 구두시험을 하나 보았는데 '죽을 쒀서' 우울해하고 있던 참이었다. 내가 아무래도 길을 잘 못 들은 것 같다고 했더니, 너무도 똑같은 생각을 하고 있어서 잠시 놀랐다고 했다. 다 비슷비슷한 경험과 생각과 심리 상태의 사이클을 겪으며 살아가고 있었다. 뚜렷이 달리 하고 싶은 대안도 없으면서 막연히 이 생활에 회의를 느끼는. 이 친구는 학위를 취득하고 미국 대학에 자리를 잡았다. 한참 후 서울에 들어와 결혼식을 하여 나도 그 결혼식에 참석했다.

여행 속의 여행

몬테레이와 카멜, 그리고 17마일 해안도로

늘 공부해야 한다는 중압감에서 벗어나기 어려웠던 유학생 처지, 그리고 재정 형편이 빠듯했던 국비 장학생 신분으로 여행다운 여행을 즐기기는 어려웠다. 가족과 함께 유학 생활을 하는 사람들은 대개 자동차가 있었기 때문에, 차를 타고 드라이브를 많이 하는 듯했다. 나는 차가 없었으므로 다른 사람의 신세를 지지 않으면 캠퍼스를 멀리 벗어나기가 쉽지 않았다. 그래도 1년 차 짧은 봄방학에는 한국 여학생 여섯 명이 이틀간 몬테레이와 카멜, 17마일 해안도로를 여행했다. 더할 나위 없는 절경이었다.

오리건 유진

고교 시절 가장 친하게 지냈던 친구 중 한 명이 바로 위스콘신대학교에서 사회학을 공부하고 있던 친구였고, 다른 한 명은 박사과정을 마치고 오리건주 유진의 한 대학에 교수로 자리 잡은 남편을 따라 유진에 와 있었다. 2년 차의 봄방학을 이용하여 닷새 일정으로 유진에 있는 친구 집을 방문하였다. 운전과 기름값을 공동 부담하면서, 갈 때는 같은 방향으로 가는 미국인 학생들의 차에 동승했고, 올 때는 오리

건에서 공부하고 있던 부인을 만나러 먼저 떠난 한국인 유학생의 차를 같이 타고 돌아왔다. 차로 12~14시간 걸리는 먼 거리였다. 유진은 삼림이 울창한 곳이다. 어디를 보아도 푸른 숲이 눈에 들어왔다.

유진에 머무는 동안 친구 부부가 신경을 많이 써 주었다. 하루는 북쪽의 포틀랜드까지 데리고 가 구경시켜 주었다. 친구는 아들을 낳아 키우며 살림하느라 정신없어 보였다. 원래 학창 시절에도 남달리 감수성이 예민하고 완벽함을 추구하던 친구였는데, 결혼 후 남편이 여러 가지로 기대에 못 미쳤던 모양이다. 새벽녘까지 남편과 시댁에 대한 불만을 한 보따리 털어놓아 그동안 코가 석 자였던 내가 오히려 상담자 노릇을 했다. 그 친구도 멀리 이국땅에서 힘든 사정을 털어놓을 사람 없이 외롭게 지냈던 것 같았다. 돌아올 때는 김밥에 약식까지 싸 주었다. 풍요로운 분위기였던 스탠퍼드대학교의 한국 유학생 동네와 달리 이곳은 수수하고 소박한 분위기였다. 한국인이든 미국인이든 여러 면에서 나와 다른 사람들 틈에서 심리적으로 겉돌며 지내다가, 비슷한 생각을 하고 비슷한 것을 좋아하는 옛 친구를 만나니 고향에 돌아온 듯 푸근했다.

위스콘신과 시카고, 뉴욕, 그리고 보스턴

3년 차를 마치고 맞이한 여름방학 때 뉴욕에서 사회학회가 열렸다. 학회 참석 길에 위스콘신대학교 친구에게 들려 일주일을 보내고,

시카고를 거쳐 보스턴까지 다녀왔다. 3주간의 긴 여행이었다. 친구는 뉴욕 학회까지 동행했다.

위스콘신대학교 캠퍼스도 스탠퍼드대학교 캠퍼스와 함께 미국에서 가장 아름다운 3대 캠퍼스 중 하나로 꼽힌다. 과연 많은 호수를 끼고 있는 캠퍼스는 아름다웠다. 친구와는 어린 시절부터 공유해 온 우리만의 역사가 있고, 생각하는 것과 처한 상황이 비슷해 소통이 잘 되었다. 내가 겪는 어려움이 독신 여성 유학생이 겪는 공통의 문제라는 것도 확인했다. 라면에 양송이버섯과 브로컬리를 넣고 끓이면, 맛도 좋아지고 건강식이 된다는 것도 배웠다. 호숫가를 거닐며 입이 마르도록 수다를 떨고, 노래도 부르고, 웃기도 많이 웃었다. 언덕 위의 잔디밭에 누워 호수를 바라보며 친구와 속내를 이야기하던 시간은 오랫동안 잊을 수 없었다.

위스콘신대학교에서 공부하고 있던 대학 선배들에게 친구가 미리 연락을 취해 놓아 오랜만에 한국에서부터 알던 동문을 만나볼 수 있었다. 내가 공부하고 있는 학문 세계에 대한 성취동기를 회복할 수 있었던 자리였다. 시카고에서는 시카고대학교에서 공부하고 있던 대학 선배 한 분의 안내로 대학 캠퍼스를 구경하기도 하고, 배에 올라 미시간호를 돌아보기도 했다. 시카고는 어둡고 음산한 거리와 건물들이 유난히도 매력적이던 도시로 기억에 남아 있다.

뉴욕에서는 일주일간 학회에 참석하면서 틈틈이 시간을 내어 맨해튼 시내를 구경하고, 미술관들을 관람했다. 뉴욕에 살던 사촌 언니들도 오랜만에 만나보았다. 뉴욕은 평화롭고 단조로운 팔로알토와는 대

     여행과 인생

조적인 분위기였다. 번잡하고, 흥미롭고, 빈부격차가 확연히 눈에 들어오는 그런 곳. 그러나 사람들이 왜 그리 뉴욕을 동경하는지는 잘 알 수 없었다. 그 후에도 몇 차례 뉴욕에 들른 적이 있으나, 뉴욕의 진수를 깨닫게 된 것은 그로부터 20여 년이 지나 뉴욕에서 반년간 살아본 후였다.

뉴욕 체류 후 보스턴까지 올라가 스탠퍼드대학교 생물학과에서 학위를 받고 박사후과정을 밟고 있던 선배 언니를 만났다. 동부에서 공부하던 남편과 떨어져 지내다가 박사과정을 마치고 합쳤는데, 그 선배 부부는 내가 그때까지 만나보았던 부부 중 가장 이상적인 관계를 유지하고 있는 부부로 보였다. 어느 한쪽이 다른 한쪽의 희생을 요구하거나 힘의 균형이 맞지 않는 부부가 아니라 서로 배려하고 존중하는 부부가 살아가는 모습을 보면서, 처음으로 결혼 생활도 할 만한 것이로구나 하는 생각을 했었다.

하버드대학교에서 공부하던 후배를 만나 대학 구경을 했다. 넓은 평지에 아름답게 자리 잡은 스탠퍼드대학과 달리, 하버드대학은 고풍스러운 대학 건물들이 마을 사이사이에 흩어져 있었다. 미국 건국 초기에 세워져 확장되어 나간 흔적이다. 찰스강이 흐르는 보스턴은 격조가 있었다. 그러나 지금은 아쉽게도 많이 쇠락했다고 한다.

이번 여행에서는 항공편이 제시간에 맞춰 운행되지 않아 애를 많이 먹었다. 연결편에 문제가 생겨 시간이 바뀌고, 공항이 바뀌고, 연결편을 놓쳐 비행기를 바꿔탄 경우가 대부분이었다. 미국이라는 나라의 항공 시스템이 원래 그런 것인지, 저렴한 항공권을 끊어서 그런 것인지는 잘 모르겠다. 공항에 마중 나오기로 되어 있던 일정도 있어서, 공항으로 메시지를 보내 돌아가도록 하고 바뀐 공항으로 다른 사람에게 픽업을 요청하는 등 신속한 임기응변이 필요했다. 휴대전화도 없던 시절이었으나, 그래도 당황하지 않고 잘 처리하여 무사히 여행을 마쳤다. 혼자서 씩씩하게 미국의 일곱 개 주를 동서로 가로질러 대륙 횡단했다는 사실은 나의 자존감 회복에도 도움이 되었다.

매머드 산으로 떠난 스키여행

3년 차 겨울방학에는 스키여행을 떠났다. 한인교회 목사님 내외분을 포함하여 교회와 이런저런 식으로 관련된 사람들 17명이 동행했다. 일요일 밤에 출발하여 아홉 시간의 긴 자동차 여행 끝에 시에라네바다 산맥을 넘어 매머드 산의 스키장에 도착했다. 이 산은 해발 3천 미터가 훨씬 넘는다니 백두산보다 높은 곳에서 난생처음 스키를 타 본 것이다.

아침 겸 점심을 즉석 육개장으로 해결하고 곧바로 스키장으로 출발했다. 오후 내내 엎어지고, 자빠지고, 엉덩방아 찧다가 마무리하고 다음 날 하루 종일 스키장에서 살았다. 그 결과 초보자 코스에서 탈출하여 중급자 코스에서 탈 수 있을 만큼 장족의 발전을 거두었다. 방향 바꾸는 법을 배우니 담력만 있으면 경사도는 문제가 아니었다. 같이 간 여학생 중에는 하도 넘어져 인생에 회의를 느낀다고 투덜대던 친구도, 더 이상 추태 보이는 것이 자존심 상한다고 둘째 날 오후부터는 아예 그만둬 버린 친구도 있었다. 반면 스키에 재미를 붙인 한 친구는 돌아온 후 스키용품 일체를 구입해서 열심히 스키를 타러 다니곤 했다. 3일째 점심때까지 스키를 타다가 다시 아홉 시간 걸려 목요일 새벽 집으로 돌아왔다. 며칠간 지독한 감기몸살로 고생했으나, 평생 잊지 못할 귀한 경험이었다.

이 스키여행에는 한인교회 교인으로서 성경 공부 모임을 같이 하는 직장인 교포 청년들이 동행했다. 이들은 대학 캠퍼스에서 마주치던 사람들과는 상당히 다른 모습이었다. 겸손하고, 온화하고, 우호적이고, 배려심이 강했다. 독실한 신자들이어서 그런가 하는 생각이 들었으니, 선교 효과를 거둔 셈이다. 교회와 직장인들의 기부 덕분에 학생들은 적은 비용으로 다녀올 수 있었다.

2

스위스 국제노동기구 제네바 본부 근무

1987년 6월에 약 4년간의 스탠퍼드대학교 유학 생활을 마치고 귀국한 후, 곧바로 결혼하고, 반년간 시간강사 생활을 하다가, 1988년 1월부터 한국교육개발원이라는 정부 출연 국책 연구기관에서 근무하기 시작했다. 연구가 내 적성에 잘 맞아 재미있게 연구 활동을 하였으나, 근무한 지 10년이 가까워오자 연구소 생활에 서서히 싫증 나기 시작했다. 대학으로 직장을 옮겨야 할 때였지만, 수도권 대학에는 내 전공 분야로 좀처럼 자리가 나지 않았다.

때마침 스위스 제네바에 있는 ILO 본부에서 취업 제안이 왔다. 1997년 40세를 바라보고 있던 때였다. 새로운 경험을 하면서 경력을 발전시킬 수 있는 좋은 기회였지만, 초등학교 저학년의 어린 아들이 있었고 남편도 건강이 좋지 않아 쉽게 결정하기가 어려웠다. 그러나 남편의 건

강도 회복 국면에 접어들었고, 아들은 엄마보다 아빠와의 관계가 더 돈
독했고, 무엇보다 남편이 적극적으로 권유하여, 일단 일 년 정도 근무
해 본 후에 아들을 데리고 가든지 돌아오든지 결정하기로 결론지었다.
살림은 시이모님께서 맡아주시기로 했다. ILO 현지에서 진행된 채용
인터뷰를 포함하여 1년간의 긴 취업 절차를 밟아 1998년 7월 초 제네바
로 날아갔다.

알프스의 샬레 같은 집

  ILO는 직원 복지가 잘 되어 있었다. 모든 이사 비용을 기관에서 다
부담해 주고, 처음 부임하면 집을 구할 때까지 임시 거처를 마련해 주
었다. 나는 ILO와 가까이 위치한 프랑스 페르니-볼테르의 한 레지던
스 호텔에 3주간 머물 수 있었다. 며칠간 생활해 보니 가족이 없으면
차를 사지 않고 대중교통으로 지낼 만할 것 같았다. 얼마나 오래 머물
지 확실하지 않은 상황에서 차를 사고팔고 관리하는 데 에너지를 소모
하기보다 대중교통을 이용하는 것이 좋을 것 같다는 판단이 섰다. 대
중교통으로 출퇴근할 수 있는 집을 구하는 것이 급선무였다. ILO와 유
엔 유럽본부의 게시판과 지역신문에서 정보를 얻어 여러 집을 찾아가
보았으나 마음에 드는 집이 없어 최종적으로는 부동산중개업자에게
의뢰했다. 열흘이 채 안 되는 동안 무려 열한 개의 집을 보았다. 집의
가격은 정확히 집의 가치를 반영하고 있었다.

　　　　　　　　　　　　　　　　　　

마침내 샹베시 지역의 조용한 주택가에 침실 하나와 널찍한 거실, 주방, 욕실, 창고가 있는 집을 합리적인 가격에 구했다. 합리적이라기보다는 가성비가 매우 높다는 표현이 맞을 듯 만족스러운 집이었다. 집을 보는 순간 "바로 이 집이다"라는 생각이 들었다. 알프스의 뾰족지붕 목조가옥 샬레처럼 3층에는 뾰족한 천장에 다락방이 있고, 목재 창틀로 둘러싸인 창문도 이중 여닫이로 되어 있는 전통적 분위기의 집이었다. 창밖에는 샬레의 상징과도 같은 화분이 놓여 있었다. 밖에서 보면 소박하지만, 내부는 육중한 목재로 실내장식이 되어 있어 격조가 있었다. 여섯 가구가 거주하고 있는 일종의 빌라로, 모든 살림살이와 가구가 갖추어져 있었다. 다만 텔레비전이 너무 낡아 새것으로 교체해 주기로 했는데, '세월아 네월아' 시간만 흘러갔다. 어쨌든 여러 번의 재촉 끝에 한참 지나서라도 교체가 되기는 했으니 다행이다. 우리나라만큼 모든 것이 신속하게 처리되는 곳은 세계 어느 곳에서도 찾아볼 수 없을 것이다.

2층의 내 방에서 창밖을 내다보면 나무와 꽃들이 눈에 들어온다. 아래층은 프렌치 레스토랑. 이 건물 주인이 어디선가 호텔을 운영하고 있다고 했다. 음식점이 아래에 있어서 시끄럽지 않을까 걱정했더니, 가벼운 담소 소리가 쥐 죽은 듯 조용한 것보다 오히려 사람 사는 맛을 느끼게 해주었다. 아침에 일어나 침실 창문을 열어놓고 침대에 누워 있으면, 새소리와 신선한 공기와 녹음이 귀와 코와 눈을 즐겁게 하는 그런 곳이었다.

단 한 가지 ILO에서 버스로 10분, 걸어서 30분 거리에 있는데, 버스가 자주 없어 기동력이 떨어지는 것이 불편했다. 그러나 ILO와 집 근처에 나무가 많고 운치 있는 산책로가 여러 곳 있어서 날씨가 좋을 때는 버스를 기다리기보다 걸어서 출근하거나 귀가하곤 했다. 집에 거의 다 오면 언덕 아래로 레만 호수 건너 저 멀리 눈 덮인 몽블랑 산봉우리가 보였다. 어떤 때는 어디서 왔는지 언덕 아래에 양 떼들까지 몰려와 풀을 뜯고 있어 한참을 바라보다 돌아오기도 했다. 가을에는 메마른 낙엽이 뒹구는 조용한 길을 걸어가며, 이런저런 생각에 잠길 수 있었다. 처음에는 몇 정류장 일찍 내려 걸어가다가, 나중에는 급하지 않으면 거의 걸어 다니곤 했다. 지금도 그 산책로가 그립다. 내 삶의 필수 요소인 음악을 듣기 위해 입주하자마자 당장 작은 오디오부터 들여다 놓았다.

ILO 생활

연구실의 전망도 훌륭했다. 10층에 있던 내 첫 번째 연구실에서 밖을 내다보면 멀리 고요한 레만 호수에 하얀 요트들이 점점이 떠 있는 모습, 그리고 ILO 앞의 드넓은 초지에서 말들이 풀을 뜯으며 한가로이 거닐고 있는 모습이 보였다. 두 번째 연구실은 레만 호수와 호수 건너 눈 덮인 몽블랑까지 보이는 곳이었다. 평화로움이 밀려드는 전망을 바라보며 일을 하였으니 얼마나 큰 행운인가!

ILO(상), ILO 연차대회(하) - ILO 홈페이지

　　대부분의 유엔 기구가 그렇듯이 ILO 전문직*의 주요 업무는 연구와 컨설팅이다. 사람에 따라 두 업무를 병행하여 수행하기도 하지만, 나는 전적으로 연구만 수행하는 연구팀에 소속되어 있었다. 우리 팀은

---

* 유엔 국제기구의 직원은 국제직원과 국내직원으로 나뉜다. 국제직원은 국적과 상관없이 전 세계 사람들을 대상으로 본부에서 채용을 진행하고, 합격 후 본인의 국적과 다른 근무지로 발령하기도 한다. 반면 국내직원은 본국 국민을 대상으로 현지사무소가 채용을 진행하고, 본인이 국적을 가진 나라에서 근무하게 된다. 국제기구의 주력 직원은 국제직원의 전문직군으로 국장급인 D(Director)급과 실무 전문직급인 P(Professional Officer)급으로 나뉜다. D급에는 D1과 D2가 있고, P급에는 P1에서 P5까지의 직급이 있는데, 박사학위가 있거나 변호사와 같이 전문자격증이 있으면 대체로 P3부터 시작하며, 여기에 경력이 더해지면 그 위 직급에서 출발할 수도 있다. P5가 되면 D1으로의 승진을 바라보게 되며, D2가 되면 사무총장 Secretary-General 계열 직위로의 승진이 가능해진다.

팀을 이끄는 말레이시아 출신 남성 국장(D2)과 머리가 벗겨지고 마음씨 좋은, 그러나 다소 권위주의적인 ILO 10년 근무 경력의 고참(P5) 이탈리아 남성, 아담한 체구에 위트가 넘치는 나와 같은 직급(P4)의 프랑스 여성, 나보다 아래 직급(P3)인 젊은 신입 프랑스 여성 등 네 명의 연구원, 그리고 영국 여성 사무직원(비서) 한 명과 역시 영국 여성 연구조원(RA) 한 명으로 구성되어 있었다.

우리 팀은 연구원 각자가 맡은 연구를 자율적으로 수행하면서 국장에게 이따금 개별적으로 보고하고 협의하는 방식으로 운영되었다. 나에게 부과된 연구과제는 크게 부담되지 않았으므로, ILO에 근무하는 동안 ILO 공식 연구보고서 외에 개인적인 논문도 여러 편 집필하여 국내외 학술지에 출간할 수 있었다.

팀원 간에는 공동 작업도 없고 회의도 없어서, 복도를 지나다가 우연히 맞닥뜨리는 것을 제외하고는 하루 종일 만나지 않는 날도 많았다. 스트레스받지 않고 편하다는 점에서 긍정적인 면도 있었지만, 국제적 환경에서 토론하고 아이디어를 교환하며 국제적 역량을 키울 수 있는 기회가 없다는 점에서 아쉬웠다. 혼자서 문헌을 읽고 글을 쓰는 것은 한국에서도 할 수 있는 일 아닌가?

ILO 생활에서 가장 힘들었던 일 중 하나는 점심 파트너를 구하는 문제였다. 유학 시절에는 학교 식당에서 혼자 식사하는 것이 전혀 이상한 일이 아니었다. 학생이든 교수든 샌드위치를 싸 오거나 식당에서 가벼운 점심을 사서 책이나 신문을 보며 혼자 먹는 사람들을 많이 볼 수 있었다. 그러나 이곳에서는 구내식당에서 혼자 식사하는 사람을 거

의 찾아볼 수 없었다. 같은 팀원이라고 우르르 몰려가서 식사하는 일
도 없고, 한국에서처럼 식당에 혼자 갔다가 아는 사람들이 있으면 같
이 앉아 밥을 먹는 일도 없었다. 바로 옆 방에 있는 동료라 하더라도
함께 점심을 먹으려면 전화로 미리 약속하고 가야 했다. 집이 가까운
사람들은 대개 집에 가서 점심을 먹고 온다고 하였다. 식당에 가도 우
리 팀원을 볼 수 없는 것을 보니, 그들은 아마 집에 가서 먹든지, 연구
실에서 먹든지, 외부에 나가서 먹는 것 같았다. 처음 몇 차례는 팀원들
과 서로 연락을 주고받으며 같이 식사했으나, 매번 전화하기도 꺼려지
고, 점차 혼자 식사해야만 하는 상황이 늘어났다. 극히 소수인 아시아
계 여성은 눈에 잘 띄기 때문에 처량하게 혼자 식사하고 있는 모습을
보이고 싶지 않기도 했고, 식당 음식이 기름지고 입맛에 맞지 않는 날
이 많아, 샌드위치나 김밥을 싸 와 연구실에서 먹거나, 처리할 일을 만
들어 밖으로 나가서 점심을 해결하곤 했다.

아래 직급의 프랑스 연구원은 나보다 두 달 나중에 들어왔는데, 그
녀가 ILO에 적응하는 것을 보면서, 새로운 환경에서는 누가 자기에게
다가오기를 기다려서는 뜻대로 되지 않으며, 자신이 먼저 적극적으로
다가가야 한다는 것을 깨닫게 되었다. 그녀는 옆방에 있는 같은 프랑
스 출신 선배 연구원과도 교류를 거의 하지 않고 연구실에만 틀어박혀
있는 것 같았다. 나도 굳이 말을 걸고 싶은 생각이 들지 않을뿐더러 아
예 그녀의 존재를 의식하지 않고 지내고 있는 것을 보니, 이미 정착해
있는 사람들이 먼저 자신에게 접근하기를 기대하는 것은 헛된 소망인
듯싶었다. 기존 직원의 입장에서 볼 때, 새로 온 사람은 자신의 시간과

에너지를 빼앗아 가는 불편한 존재가 아니겠는가?

　이곳 연구원들은 일반적으로 연구실의 문을 열어놓고 지냈다. 복도를 오가다가 연구실 문이 열려있으면 노크하고 들어가서 잠시 잡담을 해도 된다. 그러나 방해를 받기 원하지 않을 때는 문을 닫아 놓는다. 이때는 문을 두드리지 않는 것이 좋다. 성탄절 휴가철이 다가오자, 복도에서 사람들을 보기가 점점 어려워졌고 문이 닫혀 있는 연구실이 늘어났다. 휴가가 시작되기 전에 일을 마무리하려는 사람들의 공통적인 사정 때문이다.

　그러나 사람 사는 곳은 다 비슷하다고 생각하게 만드는 일이 종종 있었다. 목소리를 높여야 자기 몫을 챙길 수 있다는 사실이다. 남이 알아서 해주기를 조용히 기다리면 원하는 것을 얻을 수 없다는 것은 어디나 비슷했다. 이곳은 연구실이 크기에 따라 두 종류로 나뉜다. 원칙적으로 큰 연구실은 P5 직급과 국장급에게 배정되며 P4 이하에게는 작은 연구실이 배정된다. 그러나 P4가 큰 연구실을 쓰는 경우도 많았다. P4인 나는 처음에 작은 연구실을 배정받았다. 그런데 이 연구실은 바깥 계단 때문에 일부 공간이 잘려 나가 다른 연구실보다 더 비좁았다. 연구실을 배정받자마자 우리 팀 국장과 비서에게 사무실을 바꿔 달라고 요청했더니, 이곳도 공간 문제가 매우 민감하여 확신하기는 어렵지만 노력해 보겠다는 회신이 돌아왔다. P3 직급 신입 연구원(프랑스 출신 연구원)의 전임자가 다른 부서로 이동하였을 때, 공간이 온전했던 그 연구실로라도 이전하고 싶었으나, 이 후임 신입 연구원이 그 연구실을 차지해 버렸다. 국장과 비서에게 다시 한번 강하게 요구했더니, 큰 연구실을 찾는 중이니 기다려 보라고 했다. 11월이 되자 비서에게서 다

　　　　　　　　　　　　　　　　　　　　여행과 인생

른 층에 큰 연구실이 나왔는데 옮기겠느냐는 연락이 왔다. 우리 팀의 연구실이 있는 10층에는 사무총장의 집무실이 있어서 누구든지 이 층에 한 번 자리를 잡으면 좀처럼 옮기려 하지 않는다고 했다. 사무총장과 물리적으로 가까이 지내고 싶어 한다는 얘기다.

겨우 사귀어 놓은 팀원들과 떨어져서 고립된 채로 지내기 싫어 확실한 답을 하지 않았더니, 12월 초에 드디어 우리 팀원들의 방과 조금 떨어져 있기는 하지만 같은 층의 큰 방으로 이사할 수 있다는 연락이 왔다. 그러나 짐을 꾸리던 중에 갑자기 비서가 내려와 짐을 옮기지 말고 기다리라고 했다. 원래 그 방을 사용하고 있던 부서에서 그 방을 내줄 수 없다고 한다는 것이다. 그런데 다음날 출근했더니 내가 사용하던 방에는 다른 사람의 짐이 들어와 있었고, 내 짐은 큰 방으로 옮겨져 있었다. 연구실 배정 문제가 워낙 민감하니 배정 담당 부서에서는 관련 부서와 사전 협의 없이 일단 일을 저지르고 보는 듯했다. 그리고 나서 이 배정 담당자는 휴가를 떠나버렸다. 항의를 받을 수 없도록 배정 일정과 자신의 휴가 일정을 조정한 것 같았다. 서울의 연구소에서 근무할 때(그 후 대학에서 근무할 때도 마찬가지) 공간 문제로 다툼이 일어나는 것을 여러 차례 보아온 터라 상황이 어떻게 돌아가는지 이해가 되었다. 어쨌거나 투쟁의 결과 큰 방을 쟁취하게 되었다.

처음에는 이상이 없던 컴퓨터가 자꾸 문제가 생겨 기술부서에 여러 차례 수리를 요청했더니, 컴퓨터를 바꾸는 것이 좋겠다고 했다. 기술부서에서 제공하는 중고 컴퓨터로 바꾸거나, 아니면 팀 예산으로 새 컴퓨터를 살 수 있다고 했다. 비서에게 알아보니, 우리 팀은 이미 컴퓨터와 프린터 구입에 필요한 예산을 신청한 상태였다. 거기에 내 몫만 제외되어 있었다. 예산을 신청할 즈음에는 내 컴퓨터에 이상이 없어 요구를 안 했기 때문이다. 사정을 이야기했더니 컴퓨터와 프린터를 둘 다 신청한 프랑스 연구원의 프린터 예산을 내 컴퓨터 예산으로 돌려, 나도 새 컴퓨터를 확보할 수 있게 되었다. 제한된 자원을 나누어 써야 하는 경쟁적인 조직에서는 일단 가능한 한 많은 정보에 접근할 수 있어야 하고, 필요한 것이 있으면 강하게 자기주장을 하는 것이 생존의 방법임을 다시 한번 확인한 사건이다.

1년 계약이 끝나갈 무렵 계약 연장 의사를 물어보는 사람이 많아졌다. 한국 정부에서는 내가 한국으로 돌아올 경우, 후임을 한국인으로 채우고 싶어 했다. 많은 사람이 낮은 직급에서라도 ILO에서 근무하고 싶어 하며, 지원했다가 낙방한 사람도 있다고 하였다. 우리 팀의 고참 이탈리아 연구원은 계속 남아 자기와 같이 연구하기를 희망했다. 10년 만에 바뀐 사무총장의 캐비닛cabinet에서는 여러 통로로 나에 대한 평가를 수집하며 나를 다른 방식으로 활용하고 싶어 한다는 정보도 흘러나왔다. 반면 서울에서 들려오는 소식은 암울했다. 연구소의 분위기는 최악의 상태였고, 예전 동료들은 모두 나에게 이곳에 더 머물 것을 권유했다. 미련도 있었으나, 더 이상 가족과의 별거를 감수할 만큼의 유인가는 없다는 판단이 섰다. 더욱이 서울의 한 대학에서 내 전공 분야로 교수직 채용 절차가 진행되던 상태였기 때문에 돌아가는 것이 옳다는 결론을 내렸다.

영어로 소통하기 불편한 제네바

　스위스는 공용어가 원칙적으로 독일어, 프랑스어, 이탈리아어, 로망슈어 등 네 개 언어다. 이중 로망슈어는 사용 인구가 적어 일부 지역을 제외하고는 공용어로 사용되지 않는다. 상품을 구입하면 모든 설명서가 공용어로만 적혀있어서 나는 비문해자, 즉 문맹인과 다름없었다. 텔레비전에서도 공용어로만 더빙이나 자막 처리되므로 스위스 방송은 볼 일이 없었다. 스위스 방송이 영어 더빙이나 자막을 내보냈더라면 스위스 사람들의 삶을 이해하는데 훨씬 더 도움이 되었을 텐데, 미국이나 영국에서 수입한 프로그램조차 프랑스어나 독일어 더빙 처리를 해서 방영하니 시청하기가 어려웠다. 영어 방송은 CNN과 BBC밖에 없었기 때문에 뉴스만 보며 지냈고, 국제 뉴스만 보게 되니 내 시각도 자연히 국제적으로 되어갔다. 당시 유엔 사무총장이었던 가나 출신 코피 아난Kofi Annan은 1999년 동티모르 위기 등 국제적인 사건으로 국제 뉴스에 자주 등장한 덕분에 지금도 역대 유엔 사무총장 중 반기문 사무총장을 제외하고 유일하게 내 기억에 남아 있는 인물이다.

　식당에 가 보면 우리가 미국식 문화에는 어느 정도 친숙해져 있으나 유럽식 문화에는 노출될 기회가 별로 없었다는 것을 알 수 있었다. 지금이야 우리도 식생활이 글로벌화되어 유럽 음식을 즐겨 먹지만, 당시만 해도 유럽 음식에 접할 기회가 많지 않았다. 식품점은 생소한 음식 투성이였고 그나마 프랑스어로 적혀있어서 뭐가 뭔지 알 수가 없었다. 향신료의 종류가 하도 많아 후추를 사러 여러 번 여러 마켓에 들렀다가 어느 것이 후추인 줄 몰라서 되돌아오기를 여러 번. 결국은 작은 가게에 들러 주인에게 물어보고 샀다.

식당 메뉴판도 프랑스어로 되어 있고 주문도 프랑스어로 해야 하는 식당이 많아, 식당에 가는 것도 신경을 많이 써야 했다. 내 집 아래층이 프렌치 레스토랑인데도 주문에 자신이 없어 거의 일 년이 지나서야 가 보았을 정도이니 제네바라는 동네가 프랑스어 문맹자에게 얼마나 불편한 곳인지 짐작할 수 있을 것이다. 내가 처음 도착할 때부터 정착에 많은 도움을 준 노동부 파견 공무원이 주제네바 대사와 함께 이 프렌치 레스토랑에서 점심 정식을 먹었는데 매우 좋았다는 말을 듣고서야 들려볼 생각을 했다. 메뉴판을 공부할 필요 없이 정식을 시키면 되니 말이다. 결국에는 주문할 정도의 프랑스어를 할 줄 아는 미국인 스태프와 같이 가 보았다.

미용실을 이용하려 해도 프랑스어가 필수적이다. 미용실은 예약제이므로 전화 예약을 하거나 직접 방문하여 예약해야 한다. 문제는 미용사들이 영어를 한마디도 못 알아듣는다는 것이다. 첫 번째 방문길에는 예약을 하지 않아 머리를 자르지 못하고 다음번 예약만 하고 돌아왔다. 예약한 날에 가서 원하는 스타일을 대충 제스처로 설명했는데, 완성된 머리 스타일은 기대 이상이었다. 다음번부터는 프랑스 동료에게 전화 예약을 부탁하곤 했다.

제네바가 프랑스어권이어서 더 힘들었던 것 같다. 프랑스는 영어를 사용하는데 매우 거부감을 느낀다는 것을 익히 들어 알고 있었고, 실제로 프랑스 가게에서 영어를 쓰다가 모욕을 느낄 정도로 불손한 취급을

   여행과 인생

당한 적도 있다. 반면 북유럽으로 여행을 가 보니 노르웨이나 네덜란드
는 영어에 매우 개방적이었다. 텔레비전에서도 영어로만 방송되는 프
로그램이 많았다. 영어권에서 수입한 프로그램은 더빙이나 자막 처리
하지 않고 모두 영어 그대로 방영하고 있었다. 영어교육 차원에서 그렇
게 한다니, 북유럽 국가들이 글로벌 시대에 더 잘 대응하고 있는 것처
럼 보였다. 아마 취리히와 같은 독일어권이었다면 생활하기가 다소 편
했을지도 모른다. 프랑스어권보다 영어에 더 개방적이었을 것이고, 나
도 대학입학예비고사에서 영어 대신 독일어를 선택할 정도로 독일어를
열심히 공부했으므로, 오랜 세월이 지나기는 했어도 독일어 읽기가 어
느 정도 가능했을 것이다.

한국보다 유일하게 저렴한 수영장에서 건강관리 하기

ILO에서 버스로 두세 정류장만 가면 공영 수영장이 있었다. 내가 경
험한 바로는 한국보다 싼 것은 이 수영장이 유일했다. 깊이가 2.5~3미
터, 길이가 30미터나 되었다. 탈의실도 과학적으로 만들어 놓았는데,
문제는 잠금장치가 없었다. 이곳은 기본적으로 신뢰에 바탕을 둔 사회
라고는 하지만 그래도 자물쇠가 있어야 할 것 같았다. 청소하러 지나
다니는 직원에게 물어보았더니, 돈을 주고 사야 한다고 했다. 빌려주
는 곳은 없고 자기에게 여분이 있으니 하나 주겠다고 했다. 돌려줄 방
법을 묻자 9스위스프랑이나 되는데도 그냥 가지라고 했다. 열쇠가 하

나밖에 없으므로 잃어버리지 않도록 조심하라는 당부까지 했다. 그 친절이 놀라울 따름이었다. 주중 점심시간을 이용해 한 번, 주말에 한 번씩 수영장에 다니며 건강관리 겸 기분 전환을 했다.

세계 최고의 물가와 관대한 국제기구 복지

잘 알려져 있듯이 스위스는 물가가 세계에서 최고로 높은 곳이다. 집값, 교통비, 식품비, 외식 물가 모두 매우 비싸다. 급여 수준도 구매력도 세계 1위라고 하였다. 유엔 소속 국제기구는 연봉을 책정할 때 현지 물가수준을 반영하므로 스위스에 있는 국제기구 직원들의 연봉 수준이 가장 높다. 게다가 국제기구 직원은 소득세도 내지 않는다. 직원 복지도 잘 되어 있어 장거리 출장은 비즈니스석을 이용하고, 자녀와 떨어져 근무하는 여성에게는 연간 한차례 자녀가 엄마를 방문할 수 있도록 일반석 항공권이 제공된다. 아들도 겨울방학을 이용하여 나를 방문할 때 이 혜택을 이용하였다.

휴가는 연간 한 달 정도 된다. 연봉 기준으로 하루당 휴가 수당이 책정되어 휴가를 가지 않는 경우 연봉에 더해 추가로 휴가 수당이 나오게 되어 있다. 지금은 우리나라도 연월차수당이라는 비슷한 제도가 있으나, 그때만 해도 휴가 대신 금전적 보상을 받을 수 있다는 것은 소득을 높일 수 있는 놀라운 제도가 아닐 수 없었다. 그래서 여행을 갈 때도 주말 또는 공휴일을 끼고 휴가를 내어 휴가 사용을 최대한 줄이려고 애썼다.

ILO 차원에서 언어와 컴퓨터 등 유·무료의 다양한 교육 프로그램을 제공하여 상당히 많은 직원이 점심시간에 이런 교육 프로그램을 수강하고 있었다. 프랑스 동료는 스페인어를 배우고 있었다. 나도 컴퓨터와 프랑스어 과정을 신청하여 배우기 시작했는데, 성과는 그리 높지 않았다.

ILO 내에 의사가 상주하고 있어 가벼운 질환은 그 의사에게 치료받을 수 있었다. 병가를 낼 경우 진단서를 이 의사에게 보내면 의사가 아무런 병명이나 소견 진술 없이 병가 가부(미좀)만 표시하여 인사부에 통보한다. ILO로 출발할 날짜를 잡아놓고 근무하던 직장에 휴직계를 내었다가 떠나기 얼마 전 갑작스럽게 수술을 받게 되어 휴직을 연기해야 했는데, 이때 나의 상태를 시시콜콜 적어내게 하여 직원 모두가 알게 되었던 경험이 악몽같이 떠올랐다. 지금은 우리나라도 개인정보보호에 대한 의식이 강화되어 많이 달라졌으나, 이것이 선진국과 후진국의 차이라는 것을 뼈저리게 느꼈던 기억이 있다.

당시 국제기구 연봉이 예전만 못하다고는 했으나, 시니어 직급(P4)으로 부임한 내 경우 스위스 평균 소득의 세 배 정도 된다고 하였다. 더욱이 IMF 금융위기로 달러 환율이 치솟아 있을 때였으므로 한국의 연구소 동료들이 농담 반 진담 반으로 대통령 봉급 다음으로 높다고 할 정도였다.

그러나 물가가 높아 가족이 함께 거주하는 경우 집세, 자녀의 국제학교 교육비 등 생활비가 많이 들었다. 가족이 여행할 때 항공편이나 기차로 이동하면 경비가 많이 들기 때문에 대부분 자동차를 이용했다. 유럽 국가들이 대체로 작고 서로 인접해 있으므로 국가 간 이동이 수월할 것 같지만, 자동차로 이동하려면 시간이 오래 걸리므로 길거리에 버리는 시간이 많을 수밖에 없다.

나는 혼자였으므로 집세와 생활비 부담이 적었고 여행 경비 부담도 적어서 여행을 많이 했다. 가족을 동반하지 않은 덕분에 저축도 많이 할 수 있었다. 당시 한국은 IMF 금융위기에 직격탄을 맞고 있던 때여서 연구소나 기업이나 모두 어려운 상황이었다. 대량 감원과 임금 삭감으로 고통을 겪고 있었고, 직장에서 버티고 있던 사람들도 위기감에 노심초사해야 했던 시절이다. 대기업에 다니고 있던 남편이 서울에서 매일 보내오는 소식 중에는 우울한 소식이 많았다. 이런 상황에서 높은 연봉을 받고, 여행을 즐기며, 저축도 할 수 있었으니, 얼마나 큰 행운인가!

프랑스는 스위스에 비해 물가가 훨씬 저렴한 편이었다. 은발의 짧은 커트 머리를 하고 있던 프랑스 동료는 자기와 파트너 모두 프랑스에 가서 머리를 관리한다고 하였다. 스위스에서는 프랑스보다 비용이 두 배나 더 들 뿐 아니라, 미용사도 만족스럽지 못하다고 불평하였다. 한번은 기차를 타고 프랑스 리옹에 가서 머리도 자르고 관광도 하는 방법도 고려하고 있다고 했다. 기차표 가격과 커트 가격을 합해도 제네바에서 커트만 하는 비용 정도밖에 들지 않는다는 것이다.

제네바에 바로 인접해 있는 프랑스의 페르니-볼테르는 물가가 훨씬 저렴하여 제네바에서 그 지역으로 건너가 장을 보는 사람들이 많았다.

페르니-볼테르로 가는 버스에는 배낭을 멘 젊은이들이나 작은 카트를 끄는 노인들이 많이 탔다. 특히 주말이면 그쪽 노선의 버스는 짐꾸러미를 잔뜩 든 사람들로 꽉 차곤 했다. 나도 베트남 상점에서 아시아 식품을 사거나, 미용실에서 커트할 때는 프랑스 지역으로 건너가곤 하였다.

ILO 인근의 유엔 유럽본부 건물 내에 쇼핑센터 사피^{SAFI}가 있다. 일종의 백화점인데, 면세이므로 시중보다 가격이 저렴했다. 의복을 비롯해 공산품이 필요할 때는 대개 이 쇼핑센터를 이용했다.

유엔 창립기념일인 10월 24일에는 유엔 기구에 근무하고 있는 직원들에게 제네바 최고의 음악당 빅토리아홀에서 열리는 스위스 로망드 오케스트라 공연 초대권을 보내왔다. 프로그램은 우리에게 익숙한 스메타나의 〈몰다우〉와 드보르자크의 〈사육제 서곡〉 및 〈신세계〉였다. 모처럼 내 귀를 호강시킬 수 있었던 기회였다. 연주를 들으며, 이 세상에 음악이 없다면 살아가는 것이 얼마나 힘들까 하는 생각을 했다.

스트레스가 적은 신용사회

거리에 다니는 사람들의 얼굴은 다들 편안해 보였다. 특히 마켓에 가 보면 질서를 잘 시키고, 아무리 오래 기다려도 짜증 나는 표정을 짓지 않았다. 여러 상황에서 타인을 배려하는 태도도 엿볼 수 있었다. 한 번은 내가 타야 할 버스에서 사람들이 하차하고 있는 것이 보여 버스를 놓치지 않으려고 뛰어갔더니, 마지막으로 내리던 사람이 나를 보고는 문이 닫히지 않도록 자동문 단추를 누른 채로 기다리고 있었다. 짜증 낼 만한 일이 생기지 않을 만큼 사회가 체계적이고 합리적으로 작동한다고 볼 수도 있고, 사람들이 편안하니까 웬만한 일에는 짜증을 내지 않는 것 같기도 했다. 나도 제네바에 온 이후 짜증을 내본 적이 거의 없다. 상사나 동료나 가족의 불합리한 태도를 감당해야 하는 일이 없으니 짜증 날 일이 없기도 했지만, 한국에서였으면 조바심치고 스트레스받았을 일도 편안히 넘길 수 있었다. 환경이 좋으면 사람의 기질도 확실히 좋아지는 모양이다. 제네바는 안전하기도 했고, 미국보다 격이 높아 보였다. 거리의 사람들 옷차림새도 고급이냐 아니냐를 떠나서 단정했다.

스위스는 신용사회라는 흔적이 곳곳에서 나타났다. 수영장의 탈의실에 잠금장치가 없다는 것은 이미 언급한 바 있다. 융프라우 전망대에서 엽서를 쓰느라고 선글라스를 탁자 위에 올려놓고는 깜빡 잊어버리고 나왔다가 한참 후에 다시 가 보았더니, 그렇게 많은 사람이 오가는 곳인데도 그냥 그 자리에 있었다. 일을 처리할 때도 서류를 많이 요구하지 않았다. 대한항공의 내 마일리지를 가족이 사용할 수 있도록 마일리지 합산 작업을 추진했는데, 한국에서는 남편이 수많은 서류를 갖추어 직접 사무실에 찾아가서 처리해야 했던 반면, 스위스에서는 남편과 아들이 내 가족임을 확인하는 개인적인 메일 한 통으로 간단히 해결되었다. 신뢰라는 사회적 자본의 위력을 단적으로 보여주는 사례였다.

여행과 인생

새로운 사람들

우리 팀 네 명의 연구원 중 나보다 서너 살 많은 프랑스 연구원은 프랑스 국립 연구소에서 근무하다가 이 연구소가 문을 닫는 바람에 ILO로 이직하였다고 한다. 미국 코넬대학교에서 경제학으로 박사학위를 받았는데, 학위과정 중에 미국인 룸메이트의 오빠를 알게 되어 15년 정도 결혼은 하지 않은 채 동거하고 있었다. 파트너는 프랑스에서는 괜찮은 직장에 다니고 있었으나, 자기와 함께 이곳으로 온 후 좋은 직장을 얻기 어려워 학원 강사를 하고 있다고 했다. 주말 커플을 할 수도 있지만(파리까지 기차로 4시간 거리), 떨어져 지내기 싫어 남자 쪽에서 자기의 커리어를 희생한 셈이다.

젊은 신입 프랑스 연구원은 이탈리아의 유러피안대학교에서 역시 경제학으로 박사학위를 취득한 후 독일에서 박사후과정을 밟았고, ILO가 그녀의 첫 공식 직장이라고 했다. 남자 친구가 독일에 있는데, 아직 학위를 끝내지 못해 주말 커플을 하고 있었다. 주말마다 독일에 (기차로 4시간 거리) 다니러 가느라 바쁜 듯 보였다.

국제기구의 문제는 배우자가 함께 이동하기 어렵다는 점이다. 같은 직장을 구하기 어렵고, 따라서 따라온 배우자는 본인의 능력에 비해 급이 낮은 직장에서 일할 가능성이 크다. 특히 여성을 따라온 남성은 편견까지 더해져 격에 맞는 직장을 잡기가 그 반대 경우보다 더 어렵다고 했다. 더욱이 제네바 본부에서 몇 년 근무한 후에는 아프리카 등 현장에 나가 5년 정도 근무해야 하므로 어려움이 가중된다.

우리 팀의 국장이나 팀원들과의 인간관계는 원만하게 유지되었다. 국장이 먼저 만나기를 요구하거나 일의 진행을 압박하는 일은 거의 없었고, 연구원 스스로 일정을 짜서 중간중간 국장에게 보고하는 방식으로 일이 진행되었다. 국장은 나의 산출물에 대해 언제나 만족스러워했다.

그러나 국장과 유럽 출신 팀원들과의 관계는 매끄럽지 않았다. ILO 계약이 거의 끝나갈 무렵 가장 가깝게 지내던 프랑스 동료와 점심을 함께하며, 우리 팀의 인간관계에 대해 들을 기회가 있었다. 내가 어차피 떠날 사람이므로 솔직하게 털어놓았을 것이다. 국장과 고참 이탈리아 연구원과 사이가 매우 좋지 않은 것은 익히 알려진 사실이며(나도 이탈리안 연구원과 대화하면서 알아차릴 수 있었다), 국장은 유럽 출신 연구원 모두와 아예 대화하려 하지 않는다고 했다. 심지어 복도에서 마주쳐 인사를 해도 받지 않는다고 했다. 국장이 프랑스 연구원들과 이탈리아 연구원이 한편이 되어 있다고 생각하는 듯하다고 했다. 지난번 내가 국장을 만났을 때 불만스러운 말투로 나머지 팀원들에게서 아직 아무것도 보고받지 못했다고 말하는 것을 들었는데, 이 프랑스 친구에 의하면 국장에게 보고서를 보내도 응답이 없다고 했다.

신임 사무총장이 부임한 후 조직 개편으로 ILO 전체가 뒤숭숭해져 있었고, 이에 대해 부서 또는 팀별로 많은 정보가 오가고 있었다. 그러나 우리 팀에서는 팀원 간에 비공식적인 정보만 오갈 뿐 국장으로부터 아무 말도 들을 수가 없었다. ILO에서 계속 근무해야 하는 직원 처지에서는 조직 개편과 자신들의 거취 문제가 매우 중요한 이슈일 수밖에 없다. 조직 개편에 대해 문의한 이 프랑스 친구의 이메일에 대해 국장으로부터 아무런 회신이 없어 직접 국장을 찾아갔더니, 본인은 아무 할 말이 없다고 했단다. 누구의 말이 진실인지 모르겠으나 인간관계로 인한 갈등은 어느 일터에서나 피할 수 없다는 것을 확인할 수 있었다. 출신 국가가 다양한 직원들이 근무하는 국제기구에서는 출신국 간의 권력관계도 곁들여지므로 인간관계가 더욱 복잡미묘한 듯했다. 우리 팀의 문제는 유럽계 부하직원을 통솔해야 하는 아시아계 상사의 어려움일 수도 있다는 생각이 들었다.

우리 팀원 외에 한국에 다녀간 경험이 있는 미국인 스태프와 가깝게 지냈다. ILO에 나보다 반년 먼저 와 있었던 이 친구는 나이 들어 경력을 전환한 특이한 여성이었다. 49세라는 많은 나이임에도 나보다 낮은 직급(P3)이었으나, ILO 생활에 만족하고 있었다. 이 친구를 통해 알게 된 사실은 미국인들 중에는 평생 여행을 거의 하지 못하는 사람들이 많다는 것이다. 미국 중부의 시골 출신인 이 친구는 자기 부모와 형제자매들이 한 번도 그 지역을 벗어나 본 적이 없다고 했다. 미국에는 그런 사람들이 많다고 했다. 우리는 종종 밖에 나가 점심을 같이 먹기도 하고, 집에 초대하여 저녁을 함께하기도 했다. 프라하 여행에 동행하기도 했다.

ILO에는 한국인이 몇 명 근무하고 있었다. 이곳 직원으로는 나보다 먼저 와 있던 P3 직급의 남성 연구원, P3 직급의 미국 교포 출신 젊은 여성 변호사, 프랑스에서 7년간 통번역 공부를 하고 박사학위를 취득한 31세의 젊은 여성, 그리고 한국 노동부에서 파견된 서기관이 있었다. 사회학을 전공한 남성 연구원은 가족과 같이 와 있었다. 여성 변호사는 별로 사교적이지 않아 자주 만나지는 않았으나 오스트리아 여행에 동행하기도 했고, 파견 공무원은 내가 제네바에 정착하는 데 많은 도움을 주었다. 프랑스에서 통번역을 공부한 젊은 친구는 외무부가 한국인의 국제기구 취업을 촉진하기 위해 실시하는 국제기구 전문 외무부 시험에 합격하여 한국 정부의 지원을 받으며 '영 프로페셔널'이라는 지위로 와 있었다. 2년 계약이라고 했다. 영어와 프랑스어가 거의 완벽했고 마당발이어서 다섯 명이 모이면 그중에 적어도 한 명은 아는 사람이 있을 정도였다. 이 친구와는 이따금 식사나 차를 같이 했다. 이 친구에게 공짜 티켓이 생겨 버라이어티 쇼를 함께 본 기억이 난다. 풍자 코미디였는데, 프랑스어 공연이어서 나는 전혀 못 알아들었고, 프랑스어가 거의 완벽한 그 친구는 연신 웃었다. 풍자는 모국어로 관람해도 충분히 이해하기 쉽지 않은데 더욱이 프랑스어를 전혀 못 알아듣는 사람에게는 어떠하랴? 버스가 끊길 시간이라는 핑계로 일찍 일어섰다. 미리 잘 알아보지 않고 갔던 나의 잘못이었다.

제네바 주재 외교관과 제네바 소재 국제기구에서 일하는 직원, 그리고 파견 공무원들이 종종 모임을 하고 있었다. 제네바에 거주하는 대학 동문 20~30명 정도의 모임도 있었다. 제네바에 도착하자마자 로잔에 있는 공원에서 다섯 가족과 만나 고기를 구워 먹은 상견례로부터 시작하여 이런저런 기회에 이들과 몇 차례씩 만났다.

이 당시만 해도 어느 모임에 가나 여성은 나 혼자일 때가 많아 홍일점의 상황에 익숙해져 있던 시절이었다. 제네바에서의 모임도 그러했다. 이곳에서 만난 사람들은 여성을 대하는 태도에 차이가 컸다. 외교

   여행과 인생

관을 그리 오래 했어도 여전히 가부장적이거나 투박하고 방어적인 태도를 보이는 사람에서부터 매우 부드러운 매너를 지닌 사람에 이르기까지 다양했다. 세련된 매너와 재치가 돋보였던, 은퇴를 앞둔 주제네바 대사와 식사할 기회가 있었는데, 내가 제네바에 도착했을 때 대사관에 인사하러 오지 않아 서운했다고 하셨다. 어디를 가나 인사는 나에게 가장 어려운 숙제 가운데 하나다.

미국 유학 시절에 이미 경험했듯이 외국 생활에서 한국 사람들은 도움을 주기도 하지만 스트레스의 원인이 되기도 한다. 내가 외국 생활을 할 때 가능하면 한국인과 일정한 거리를 두고자 하는 이유이다. 한번은 ILO 연차대회 참석차 한국에서 온 생면부지의 노동부 사무관을 유엔 쇼핑센터 사피에서 우연히 만났다. 체구가 크고 목소리도 큰 여성이었다. 물건을 사려고 하는데 직원과 말이 통하지 않아 혼잣말로 불평하는 것을 듣고 소통을 도와주었더니, 이것저것 사면서 계속 도움을 요청했다. 쇼핑센터가 곧 문을 닫을 시간이었고 나도 사야 할 것들이 있었으므로, 더 이상의 요청을 거절하고 내 볼일을 보았다. 계산대에서 다시 만나게 되어 계산을 도와주고 나와서 통성명하며 잠시 대화를 나누었다. 이 사무관은 다음 날 자기가 취리히에 가려고 하는데 다짜고짜 같이 가자고 하는 것이었다. 완곡하게 거절하였는데도 포기하지 않고 여러 차례 요청하였다. 무례함이 도를 넘어섰다. 공무원들이 외국에 나오면 현지 한국인으로부터 대접받는 것이 당연하다는 의식을 가지고 있는 듯했다. 진상을 만난 것이다. 단호하게 거절 의사를 표하고 뒤도 돌아보지 않고 내 갈 길을 갔다.

여행 속의 여행

　제네바는 유엔 유럽본부를 비롯해 200여 개의 국제기관이 소재한 현대적인 도시로, 전통적인 유럽의 모습을 감상하기에 그리 적합한 도시는 아니다. 구시가는 제네바보다는 베른이나 루체른과 같은 도시에 더 잘 보존되어 있기는 하지만. 전통적인 유럽 구도시 모습을 제대로 볼 수 있는 곳으로 스위스는 이탈리아를 비롯한 다른 유럽 국가들에 비해 경쟁력이 떨어진다. 스위스의 경쟁력은 알프스에 펼쳐진 아름다운 자연과 예쁜 시골 샬레 마을이다.

　ILO에 업무가 본격적으로 시작되기 전인 여름휴가 기간에 도착했으므로, 주말을 이용해 알프스 융프라우를 비롯해 스위스의 정수를 맛볼 수 있는 명소를 몇 군데 찾아 나섰다. 당시 유엔 기구는 휴가가 연간 한 달 정도 되었기 때문에, 이후에도 유럽 여러 도시를 꽤 많이 돌아다녔다. 대개 연휴 전후로 휴가를 내어 한 지역씩 여행했으므로 여러 지역을 한꺼번에 돌아보는 것보다 비용은 많이 들었지만 오래 기억할 수 있는 이점이 있었다.

　스위스의 취리히, 루체른, 리기, 베른, 몽트뢰, 체르마트와 마터호른, 그린델발트와 융프라우, 그리고 프랑스, 오스트리아, 네덜란드, 노르웨이, 영국, 체코, 이탈리아의 여러 도시를 이때 방문할 수 있었다. 연말에 방학을 이용하여 제네바에 온 아들과 남편과 함께 열흘 남짓 여행한 스위스 알프스 마을 체르마트, 이탈리아와 프랑스 파리, 그리고 ILO 동료들과 함께 떠난 오스트리아와 체코 여행을 제외하면 모두 나 홀로 다

　　　　　　　　　　　　　　　　　여행과 인생

닌 여행이었다. '나 홀로' 여행에서는 아무도 아는 사람이 없고 눈치 볼 사람 없이 익명성이 보장하는 자유를 마음껏 만끽할 수 있었다.

처음부터 프랑스의 알프스 몽블랑과 스위스의 하이라이트인 알프스 융프라우를 방문하여 세계에서 가장 아름다운 자연경관을 각인시켜 놓았더니, 이후 관광은 감흥이 덜했다. 스위스에 오래 체류할 예정이라면 조금 덜 유명한 곳부터 돌아보고 융프라우와 같은 세계적인 관광지는 아껴두었다가 마지막에 가 보는 것이 여행 전략인 것 같다. 제네바 체류 중 가 보았던 여행지 가운데 나중에 다시 가 본 곳들에 대해서는 부록의 '단기 여행' 부분에서 다시 언급할 것이므로 이곳에서는 인상적이었던 부분만 간략히 기술하려 한다.

알프스

알프스는 지중해에서 시작되어 이탈리아, 스위스, 프랑스, 독일 등 네 개 나라에 걸쳐 뻗어가다가 오스트리아의 수도 빈 가까이에서 끝이 난다. 알프스는 서부, 중부, 동부 세 지역으로 나뉜다. 우리에게 가장 잘 알려진 몽블랑이 속해있는 프랑스의 몽블랑 산군山群은 서부 알프스에 속하며, 베르너 오버란트 산군의 융프라우와 발리스 산군의 마터호른 등 스위스의 알프스는 중부 알프스에 속한다.

샤모니와 몽블랑

스위스에 도착해서 가장 먼저 찾아간 여행지는 프랑스의 알프스 몽블랑이다. 몽블랑은 알프스에서 가장 높은 봉우리(4,807m)를 자랑한다. 버스를 타고 제네바에서 한 시간 반 거리에 있는 몽블랑 등산기지 샤모니-몽블랑에 도착했다. 이 버스는 제네바에서 아침 8시 반에 출발하여 샤모니에서 오후 4시 반에 되돌아오는 일종의 관광버스다. 점심 식사와 관광 안내까지 제공하는 프로그램과 교통편만 제공하는 프로그램이 있는데, 나는 자유롭게 시간을 보내고 싶어 후자를 선택했다.

샤모니에서 로프웨이를 타고 20분 정도 올라가면 에귀유뒤미디라는 곳의 북봉 산정에 다다르게 된다. 여기에서 계단을 올라가도 전망대가 나오지만, 여기서 다시 철교를 건너고, 암벽에 뚫린 터널을 통과하여 더 높은 중앙봉(3,842m)의 전망대에 오르면, 이곳에서 바라보는 전망은 훨씬 더 멋지다. 바로 눈앞에서 유럽 최고봉 몽블랑과 이 최고봉을 둘러싼 다양한 형태의 산봉우리들을 볼 수 있다. 몽블랑은 가까이에서 보는 것보다 멀리서 전체 산세와 어우러진 모습을 보는 것이 더 인상적이었다. 솔직히 가까이에서 보면 우리 설악산보다 규모가 큰 산봉우리라는 느낌이 들 뿐이었다.

샤모니에서 빨간 전동차를 타고 몽탕베르까지 20분 정도 내려가서 다시 로프웨이를 타고 메르드글라스 빙하로 내려갔다. 몽탕베르로 가는 전동차는 빽빽한 침엽수림 사이를 헤치고 나아갔다. 시베리아 횡단열차는 아니었지만, 이 짧은 순간이 마치 영화 속의 한 장면 같이 느껴

여행과 인생

졌다. 빙하까지 곁들여진 웅대한 알프스 산세는 외경심을 불러일으키기에 충분했다.

그린델발트와 융프라우

제네바에 도착한 지 한 달여 만에 베르너 오버란트 산군의 융프라우를 찾아가서 이틀간 '알프스의 하이디' 노릇을 톡톡히 하고 왔다. 제네바에서 기차(등산열차, 전동차 포함)를 다섯 번 갈아 타고 다섯 시간 정도 달려가서 유럽에서 가장 높은 곳에 있는 기차역이라는 융프라우요흐역에 도착했다. 베르너 오버란트 산군에서 가장 높은 봉우리가 융프라우이며, 이 봉우리와 이보다 약간 낮은 봉우리 사이에 융프라우요흐라고 불리는 움푹 들어간 곳이 있는데, 여기에 전망대가 있다. 나중에 들은 바로는 융프라우요흐로 가는 여정이 세계에서 가장 비싼 기차여행이라고 했다.

스위스를 대표하는 등산 기지이자 관광지인 그린델발트에서 등산열차와 전동차를 갈아타며 융프라우요흐역으로 가는 길은 눈부신 백설의 산봉우리들과 명봉 아이거 암벽, 그리고 웅장한 빙하가 어우러져 절경을 이룬다. 역 구내에 있는 두 개의 통로는 각각 별도의 전망대로 이어진다. 한쪽 전망대에서는 융프라우의 두 봉우리와 만년설, 그리고 유럽에서 가장 긴 알레치 빙하가 보였다. 다른 한쪽에 있는 '얼음의 궁전'이라는 곳에는 빙하를 파내어 만든 푸르스름한 색깔의 작은 공간에 갖가지 모양의 얼음조각이 전시되어 있었다. 융프라우요흐에서는 산

봉우리를 바라보기만 할 수 있는 것이 아니라, 설원으로 나가 직접 걸어볼 수도 있었다.

역사 위의 레스토랑에서 점심으로 스파게티를 먹었다. 소금과 치즈 가루가 섞인 양념을 치즈 가루인 줄 알고 잔뜩 뿌린 탓에 음식이 무척 짰다. 배는 고프고 버릴 수는 없어서 억지로 다 먹었더니 계속 목이 말라 콜라를 잔뜩 마셔버렸다.

첫날 융프라우를 관광하고 그린델발트에서 하루를 묵었다. 해발 2천 미터가 넘는 곳에 자리한 그린델발트는 아이거와 베터호른 기슭에 초원이 넓게 펼쳐져 있는 지역이다. 한쪽으로는 우뚝 솟은 웅장한 산과 빙하를 볼 수 있고, 다른 한쪽으로는 이보다 낮은 산들로부터 완만하게 경사져 내려온 구릉을 볼 수 있다. 이 넓은 초원에 꽃으로 장식한 예쁜 알프스의 샬레들이 띄엄띄엄 자리 잡고 있다. 유행가 가사처럼 정말 '저 푸른 초원 위에 그림 같은 집'이다. 초원의 곳곳에 닦아놓은 좁은 길은 하이킹 코스다.

휴가철이라 그린델발트는 각지에서 몰려온 사람들로 무척 붐볐다. 호텔에서 체크인하고 중심가인 하우프트거리를 거닐었다. 음식점이나 카페에는 사람들이 모두 쌍쌍이 또는 여럿이 모여 앉아 흥겨운 표정으로 왁자지껄 이야기를 나누고 있었다. 서양인들은 동양인들과 달리 다른 사람들을 별로 의식하지 않는다고 하여, 혼자 여행하는 사람들이 꽤 많을 줄 알았다. 그러나 '나 홀로' 여행객은 찾아보기 어려웠고, 나이가 많으나 젊으나 모두 커플이거나 가족 단위로 다니고 있었다. 여행이라기보다 휴양이라는 의미가 강해서 그런가 보라고 생각했는데,

여행과 인생

융프라우요흐(상), 마터호른(하) – 스위스관광청

이후 유럽 다른 도시들을 여행할 때도 다르지 않았다. 특히 혼자 여행하는 여성은 정말 찾아보기 어려웠다. 내가 '나 홀로 여행자'의 선구자가 아니었나 하는 생각이 들 정도였다. 짜게 먹은 점심 때문에 계속 물배를 채워 밥 생각이 없기도 했거니와, 다들 흥겨워하고 있는 식당에 혼자 들어가기도 멋쩍어서 저녁은 아이스크림 하나로 대신했다. 여행 중 가족 생각이 가장 간절할 때는 혼자라서 고급 식당에 선뜻 들어가지 못할 때인 듯싶다.

다음날 그린델발트에서 체어리프트(경치를 구경하기 좋도록 옆으로 향해 앉는 리프트)를 타고 피르스트에 올랐다. 30분을 타고 올라가는 내내 예쁜 샬레가 마치 장식처럼 보이는 푸른 초원, 위 빙하와 아래 빙하, 그리고 융프라우를 비롯하여 만년설이 덮여있는 산봉우리들의 황홀한 풍광을 넋 놓고 감상했다. 마침내 피르스트에 오르자, 장대한 대자연의 파노라마가 펼쳐졌다.

그린델발트에서 버스와 도보로 30분 정도 가면 위 빙하인 오버러 그린델발트 빙하에 도착한다. 푸르스름한 색깔을 띠고 있는 이 빙하는 좌우의 낭떠러지에 끼어 얼음폭포를 이루고 있으며, 빙하에 뚫려 있는 얼음동굴도 볼 수 있었다.

스위스에는 겉으로는 허술한 것처럼 보이지만, 알고 보면 고도의 기술이 사용된 곳이 많다. 융프라우로 가는 마지막 전동차 길은 산을 뚫어 한 시간 이상을 터널로만 가게 되어 있었다. 터널은 콘크리트를 입히지 않고 암석을 그대로 살려놓았다. 높이가 4천 미터 가까이 되는 곳에 그런 터널을 뚫어 놓았으니 그 기술에 감탄할 따름이다.

그린델발트에서는 하이킹, 파라 글라이딩, 래프팅을 즐기고, 겨울에는 스키도 탄다. 신선놀음하는 곳이다. 만년설이 덮인 산, 에메랄드빛 호수, 저 푸른 초원과 그림 같은 집-이곳에 사는 사람들의 모습은 어떻게 사는 것이 '잘' 사는 것인지에 대해 계속 생각해 보게 했다. 이런 모습이 잘 사는 모습인 것 같기도 하고, 아닌 것 같기도 하고. 서울에 있는 남편과 아들 생각이 많이 났다. 같이 보았으면 얼마나 좋았을까. 전망대에서 서울 가족에게 그림엽서를 한 장 띄웠다.

체르마트와 마터호른

아들이 겨울방학을 이용하여 남편과 함께 제네바에 다니러 왔을 때, 알프스 마을 체르마트에서 알프스 봉우리 마터호른을 바라보며 크리스마스이브를 보냈다. 체르마트는 눈 덮인 알프스와 아담하고 예쁜 뾰족지붕의 목조 가옥, 그리고 스키를 즐기러 온 사람들이 크리스마스 분위기를 고조시키는 아주 크리스마시Christmassy한 곳이다. 우리가 머문 아늑한 호텔의 로비도 불꽃이 활활 타오르는 벽난로와 화려한 크리스마스트리로 크리스마스 분위기를 한껏 돋우고 있었다.

이튿날 마터호른을 가까이서 볼 수 있는 전망대까지 곤돌라를 타고 올라갔다. 올라온 모든 사람이 그곳에서부터 스키를 타고 내려간다. 스키 코스가 워낙 길어서 점심거리를 준비해서 올라온다고 했다. 스키 없이 올라온 사람은 우리가 유일했고, 곤돌라를 다시 타고 내려간 사람은 우리 말고는 어린아이가 고산증으로 힘들어하여 되돌아가는 가족이 유일했다. 우리는 그 세계적인 스키장에서 스키를 타지 못하고 그냥 내려온 것에 대해 두고두고 아쉬워했다. 특히 남편은 다른 여행 일정을 줄이더라도 이곳에서 스키를 탔어야 한다고 몹시 후회스러워했다. 마터호른은 높이가 4,478미터인 매우 높은 산이어서 남편과 아들 모두 고산증에 힘들어했다. 어지럽고 다리가 후들후들 떨린다고 했다. 우리는 사진을 찍고 서둘러 내려왔다.

제네바

제네바는 국제기구들이 밀집된 신시가지와 몽블랑 다리 건너 구시가지로 나뉜다. 신시가지는 전체적으로 현대적이고 깔끔하고 차분한 느낌을 준다. 특별히 볼만한 곳도 없고 그다지 매력적이지 않다.

그러나 몽블랑 다리를 건너가면 풍경이 확 달라진다. 쇼핑가에는 고급 물건들이 산더미처럼 쌓여있고, 수천만 원씩 하는 시계들이 길거리 쇼윈도에 즐비하게 진열되어 있었다. 잘 차려입은 사람들이 편안한 얼굴로 쇼핑하러 나온 모습들이 눈에 많이 띄었다. 구시가지는 언덕 위에 자리하고 있다. 이곳에서야 전통적인 유럽풍의 집들을 발견할 수 있어 다소나마 고풍스러운 유럽 도시의 분위기를 맛볼 수 있다. 오래된 성당과 대형 박물관도 이곳에 있다.

루체른

스위스 중부에 위치한 루체른은 제네바에서 기차로 세 시간 거리에 있는 꽤 먼 곳이다. 도시가 크지 않아 박물관이나 미술관을 일일이 관람하는 것이 아니라면 반나절에 충분히 둘러볼 수 있으므로, 세 시간씩이나 기차를 타고 일부러 가기에는 시간과 비용이 다소 아깝게 느껴진다. 주변에 알프스 자락의 전망 좋은 산이 두 군데-필라투스와 리기-있어서 이 산에도 올라 가 볼 계획을 세우고 8월 말 이틀 일정을 잡아 루체른을 찾았다. 그러나 숙소와 날씨 관계로 하루만 머물다가 제네바로 돌아왔다.

루체른은 구도시 전체가 중세의 모습을 간직하고 있는 데다가 호수를 끼고 있어서 듣던 대로 고풍스럽고 아름다웠다. 사진이나 영상에 자주 나오는 카펠교와 슈프로이어교를 건너가 보았다. 카펠교는 유럽에서 가장 오래되고 가장 긴 나무다리라고 한다. 지붕 들보에는 삼각형 널빤지에 그린 그림이 백여 개 걸려 있다. 다리 중간에 팔각형의 석조 탑이 있는데, 등대를 겸한 루체른 방위 탑이었다고 한다. 역시 삼각형 널빤지 그림이 걸려 있는 슈프로이어교 위에는 특이하게도 자그마한 교회가 세워져 있다. 이 두 다리 사이 강 우안 일대가 구시가이다. 예쁘장한 상점, 광장, 분수, 성벽 등을 걸어서 돌아보았다.

루체른 구시가를 돌아본 후 호수에서 유람선을 타고 주변의 풍경을 감상하다가 리기산으로 연결되는 마을에서 하선했다. 여기서 케이블카를 타고 리기산까지 올라갔으나, 가는 날이 장날이라고 구름이 많이 끼어서 전망이 잘 보이지 않았다. 리기산 정상에서는 360도 시야에 알프스와 쥐라산맥과 중앙평원이 한눈에 들어오며 아래에 펼쳐지는 호수와의 조화가 눈부시다고 하여 기대를 많이 하고 갔는데, 실망이 이만저만이 아니었다. 다음 날도 날씨가 마찬가지일 것이라고 하여 필라투스는 포기하고 돌아가기로 결정했다.

더욱이 예약한 숙소도 별로 신뢰가 가지 않았다. 제네바 한국 음식점에서 루체른의 한인 민박을 소개하는 지역신문 광고를 보고 예약했는데, 루체른에 도착하자마자 먼저 찾아가 본 민박집은 어수선하고, 체계도 잡히지 않고, 뭔가 석연치 않았다. 주인은 민박 사업을 새로 시작하는 상황이어서 그렇다고 했지만, 우리가 지금 생각하는 비앤비와 많이 달랐다. 호텔에 묵을 생각으로 민박 예약을 취소했는데, 필라투스 관광을 포기한 까닭에 숙박할 필요가 없어졌다.

지난번 융프라우에 갔을 때는 교통수단 간 연결이 편리하게 되어 있었고 안내 자료도 잘 갖추어져 있어서, 온갖 교통수단을 그렇게 여러 번 갈아타면서도 잘못 탄 적이 한 번도 없었다. 그러나 이번에는 안내 자료가 부실하여 산에 다녀올 때 기차도 한번 잘못 탔고, 산에서 루체른으로 돌아올 때는 한 젊은 부부가 도와주지 않았더라면 많이 당황할 뻔했다. 갈 때는 호상 유람선에서 내려 바로 등산 열차를 타게 되어 있어서 간단했으나, 올 때는 기차, 케이블카, 버스, 다시 기차 두 번을 갈아타야 했다. 그런데 그런 안내가 없었고 케이블카 승하차장에서 기차 정거장까지 한참 떨어져 있는데도(도로공사로 한쪽이 막혀있기 때문이라는 데도) 안내 표시가 없었다. 기차 운행 시간표도 제대로 되어 있지 않았다. 어느 젊은

여행과 인생

부부가 여기저기 물어가면서 나에게 가르쳐 준 덕분에 간신히 돌아올 수 있었다. 첫 번째 여행이었으면 나도 긴장해서 타기 전에 미리 역무원들에게 확인하였을 텐데, 워낙 안내가 잘 되어 있던 지난번 경험이 독이 되기도 했고, 두 번째 여행이라고 방심한 것이 사달이었다.

젊은 부부는 무척 친절했다. 걸어가면서 계속 자신들을 제대로 따라오고 있는지 확인하였다. 기차에서는 바로 옆자리에 앉아 어디서 내려야 하는지 설명해 주었다. 자신들이 한 정거장 먼저 내리게 되자, 나에게 바로 다음 정거장에서 내리라고 재차 확인하고 내렸다. 우리가 꼭 배워야 한다는 생각이 들 정도로 타인을 배려하는 그들의 태도가 돋보였다.

루체른 주변의 산들은 날씨를 예측하기 어려워 복불복인 데다가, 산 투어 요금이 워낙 비싸서 구름만 보자고 올라가기에는 부담이 크다. 루체른은 제네바에서 가는 여행객에게는 그리 친화적이지 않은 곳이다.

로이커바트와 온천

11월에 접어들었다. 스산해진 날씨가 온천이 그리워지는 계절의 시작을 알리는 신호를 보내고 있었다. 스위스 중남부에 유명한 온천이 있다고 하여 찾아 나섰다. 제네바에서 차로 약 세 시간 거리에 있는 로이커바트라는 곳이다. 이 온천 지대는 벌써 눈 덮인 산으로 둘러싸여 있었다. 일종의 워터파크로 우리나라 워터파크에 비해 규모는 컸으나, 내부 시설의 수준은 아기자기하고 섬세하게 꾸며놓은 우리나라 워터파크에 미치지 못했다. 실외에는 미지근한 물이 담긴 넓은 수영장이 있었고, 실내에는 아주 작고, 어둡고, 김이 가득 서린 온탕이 하나 있을 뿐이었다. 다양한 종류의 온탕을 갖추고 있는 우리나라 온천이 그리웠다. 물에 들어가 있어도 다소 추위를 느낄 정도로 수온과 실내 온도가 모두 낮았다. 이곳 사람들은 사우나를 별로 즐기지 않는 모양인지 추가 비용을 내고 들어가야 하는 사우나 시설도 열악했다. 그래도 오랜만에 뜨거운 사우나에서 몸을 풀고 싶어 잠시 들어가 땀을 내고 나왔다.

기대했던 온천은 아니었지만, 기분 전환하기에 충분했다. 더욱이 온천 가는 길에 차창 밖으로 내다보이는 스위스의 가을 풍경은 환상적이었다. 단풍이 든 알프스 자락의 나무들, 황금색으로 물든 드넓은 포도밭, 낙엽이 흩날리던 몽트뢰의 호숫가, 호반의 아름다운 시옹성, 호수 근처의 고풍스러운 건물들, 눈 덮인 산-이 절경 속에서 스위스의 가을을 맛볼 수 있었다. 아침 일찍 출발하여 저녁 늦게 귀가했지만 피곤하지 않았다. 온천에서 휴식도 취하고, 많이 걷지도 않은 여행이었기 때문일 것이다.

제네바에서 한 시간 거리에도 온천이 있어 몇 차례 간 적이 있다. 12월 중순에 온천의 회원권을 가지고 있던 프랑스 연구원의 제안으로 여성 팀원 세 명이 금요일 근무 후 온천에 가서 일종의 '쫑파티'를 했다. 이곳 역시 물이 미지근했다. 스위스 온천은 우리나라나 일본 온천처럼 수온을 높게 설정하지 않는 것 같다.

     여행과 인생

베른

11월 말. 가을의 끝자락이다. 제네바로부터 기차로 두 시간 거리에 있는 스위스의 수도 베른에 다녀왔다. 베른의 구시가는 중세의 분위기를 그대로 간직하고 있어 스위스에서 가장 정연한 아름다움을 과시하는 곳으로 알려져 있다. 과연 제네바보다 훨씬 더 전통적인 유럽 분위기를 풍기고 있었다. 전체적으로 차분하면서 격조가 있고, 사람들의 옷차림도 품위가 있었다.

기차역에서 나와 슈피탈거리로부터 시작하여 구시가를 둘러싸듯 흐르고 있는 아레강 위의 키르헨펠트다리까지 1.5킬로미터를 걸으면 구시가를 거의 다 볼 수 있다. 로마의 영향 아래 있던 도시들이 다 그렇듯이 길거리의 바닥이 모두 반들반들한 작은 돌로 포장되어 있는데, 그 위로 전차가 다니고 자동차들이 차선도 없이 지나다녔다. 전차를 기다리는 사람들(이 길에는 정류장 표시도 없다)과 자동차와 전차가 뒤죽박죽 뒤섞여 있는 것 같은데도 다들 알아서 잘 다니고 있었다. 거리에는 거의 10미터 간격으로 각각 특별한 의미가 있는 조각과 분수가 세워져 있다. 이들은 15세기에 세워진 것으로부터 근세 작품에 이르기까지 여러 세기에 걸쳐 제작된 것이라고 했다.

도시의 이름 베른은 곰을 뜻하고, 도시의 상징 역시 곰이다. 시조 단군 할아버지가 곰에서 태어났다는 우리나라 건국 설화처럼 이 도시를 만든 것이 곰이라는 설화가 전해 내려오기 때문이라고 한다. 키르헨펠트다리를 건너면 곰 공원이 나온다. 여행안내 책에도 나오는 곳이어서 들러 보았더니 우리나라 자연농원에 있는 곰 우리만 한 호를 파 놓고 곰 공원이라고 하였다. 내가 갔을 때는 곰도 한 마리만 보였다.

베른 가는 길은 별로 감흥이 없었다. 계절로는 아직 늦가을이지만 겨울처럼 삭막했다. 전주에 눈이 내려 아름다운 설경을 기대했으나, 녹은 눈 위로 초지가 드문드문 드러나 있어 깨끗한 설경을 감상할 수는 없었다.

몽트뢰

본격적인 겨울의 시작 12월이다. 지난번 로이커바트 온천 가는 길에 기차에서 내다보이던 몽트뢰 호반의 늦가을 풍경이 계속 눈앞에 아른거렸다. 내가 좋아하던 영화 〈닥터 지바고〉의 한 장면을 떠올리게 하는 풍경이었다. 유리아틴에서 우연히 재회한 유리 지바고와 라라가 팔짱을 끼고 걸어갈 때, 휘몰아치는 바람에 낙엽이 소용돌이치던 장면. 이때 격정적으로 흐르던 '라라의 테마'는 언제 들어도 심금을 울린다.

내 생애에 처음이자 마지막으로 맞이하는 스위스의 가을일 듯싶어, 본격적인 알프스의 가을 풍경을 놓친 것이 못내 아쉬웠다. 가을은 지나갔지만 다시 한번 몽트뢰를 찾았다. 별 사전 정보도 없이 그냥 불쑥 기차를 타고 떠났다.

휴양도시 몽트뢰는 제네바에서 기차로 한 시간 남짓 걸리는 거리에 있다. 레만호숫가의 언덕에 자리한 자그마한 도시로, 언덕 아래 호수를 따라 시옹성까지 뻗어 있는 산책로가 일품이다. 마침 눈발이 흩날

   여행과 인생

몽트뢰(상)와 시옹성(하) – 스위스관광청

려서 낙엽이 뒹굴던 가을의 정취와는 또 다른, 평화로운 분위기를 연출하고 있었다.

아니나 다를까 몽트뢰는 릴케나 롤랑 등 예술가들이 사랑하던 도시라고 한다. 차이콥스키가 바이올린 협주곡을 완성한 곳이라고도 한다. 영국의 전설적인 록 그룹 퀸의 보컬 프레디 머큐리는 그 아름답고 평화로운 모습에 반해 레만호수가 보이는 아파트에서 살며 녹음 스튜디오를 구해 음악 작업을 했다. 그는 종종 마음의 평화를 원한다면 몽트뢰로 오라는 말을 했다고 한다. 1996년 그의 사망 5주년을 기리기 위해 호숫가에 그의 동상을 세웠다고 하는데, 나는 그 동상을 본 기억이 없다. 하긴 그때는 퀸이라는 그룹의 노래는 좋아했어도 프레디 머큐리에 대해서는 아는 바가 없었으니, 동상을 지나쳤던들 관심 있게 보지 않았을 것이다. 인구 2만의 이 작은 도시에서 해마다 세계적으로 유명한 재즈 페스티벌과 클래식 페스티벌이 열린다. 몽트뢰를 사랑한 예술가들에게 충분히 공감이 갈 만큼 마음에 들었던 도시로 기억에 남아 있다.

시옹성은 마치 넓디넓은 레만호수 위에 떠 있듯이 자리하고 있는 아담하면서도 아름다운 성이다. 호숫가를 따라 계속 이어지는 산책로를 한 시간가량 걸어가면 시옹성에 도착한다. 한 시간가량 성을 돌아보고, 다시 한 시간가량 걸어서 되돌아왔다. 아주 멀리 반려견 한 마리를 데리고 산책 나온 여성 한 사람 말고는 아무도 보이지 않는 호젓한 길을 흩날리는 눈발 속에서 레만호수의 물소리를 들으며 천천히 걸었다. 스위스처럼 안전한 곳이 아니라면 혼자 그렇게 걸어갈 엄두를 내지 못했을 정도로 호젓했다. 원래는 꽃길이라는데 겨울이라 꽃은 볼 수 없

여행과 인생

었다. 사철 매력이 넘칠 듯한 길이다.

취리히

1999년 5월 2일 노동절 휴일. 스위스 최대 도시 취리히에 다녀왔다. 중앙역에서 나와 역 앞 광장에서 취리히호반까지 뻗어 있는 반호프거리를 걸었다. 보행자 거리인 이 거리 일대가 리마트강 좌안의 구시가로 이곳에 고급 상점과 백화점, 은행이 즐비하게 늘어서 있다. 건물의 높이가 모두 낮고, 도로 한 가운데 전차가 다니기는 하지만 자동차 운행이 금지되어 있어서, 번화가임에도 차분한 분위기를 풍기고 있었다.

케교를 건너 강 우안의 구시가로 향했다. 이곳에는 미술관과 박물관이 몰려 있다. 그중 취리히 미술관에 들렀다. 이 미술관은 중세부터 현대에 이르는 초일류급 작품을 소장하고 있는 곳이다. 로댕의 조각 〈지옥문〉과 스위스를 대표하는 화가 호들러의 작품, 그리고 고흐, 세잔, 모네, 피카소, 고갱, 샤갈, 자코메티 등 세계 미술사에 빛나는 거장들의 대표작을 관람할 수 있어 행복했다.

오스트리아

1998년 9월 초순에 연휴를 이용하여 5일간 오스트리아의 빈과 잘츠부르크에 다녀왔다. 스위스 밖으로는 처음 시도하는 여행이었다. 이번 여행에는 미국에서 온 한국 교포 여성 변호사가 동행했다. ILO에 근무하고 있는 한국인 여성 스태프 세 명이 언젠가 함께 여행하기로 했으나, 이번에는 영 프로페셔널로 온 젊은 친구가 부모와 튀르키예 여행을 할 예정이었으므로 둘만 떠나게 되었다. 만난 지 얼마 되지 않았고, 자주 만난 것도 아니고, 한국말도 서투른, 그리 사교적이지 않은 이 동료와 떠나는 것이 내내 불안하긴 했지만, 혼자 여행하는 것과는 다른 좋은 점이 있을 것이라 믿고 같이 떠나는 것에 동의했다.

빈

ILO 직원들은 휴가를 앞두면 아예 여행 가방을 들고 출근하여 퇴근하자마자 여행길에 오르거나 여행길에서 가방을 들고 곧바로 출근하곤 했다. 나도 여행 가방을 들고 출근했다가 제네바역에서 저녁 7시 반 기차를 타고 출발했다. 제네바에서 세 시간 만에 취리히역에 도착하여 침대 기차로 갈아타고 아침 8시경 빈에 도착했다. 이동 시간을 절약하기 위해 야간열차 침대칸을 이용했는데, 생각만큼 편안하지는 않았지만 시간 절약 면에서는 매우 효율적이었다.

동반자와 같이 떠나는 여행의 이점 중 하나는 여행 중에 상의하며 일정을 정할 수 있어, 마음의 짐을 덜게 될뿐더러 긴장감도 누그러뜨릴 수 있다는 것이다. 이번에는 숙소도 사전에 예약하지 않고 떠났다. 빈 기차역에서 내리자마자 곧바로 안내센터에 들러 가성비 좋은 숙소를 구했다.

여행과 인생

호텔에 짐을 내려놓고 빈 시내 구경에 나섰다. 빈은 교통수단을 이용해야 하는, 생각보다 규모가 큰 도시였다. 구시가지를 둘러싸고 환상도로가 나 있고, 명소 대부분이 이 도로를 따라 양쪽에 위치해 있다. 우리는 우선 버스를 타고 환상도로를 한 바퀴 돌아본 후 걸어서 시내를 둘러보았다. 바로크, 고딕, 로마네스크 양식 등 다양한 양식의 건축물이 즐비하여 볼거리가 많았다. 그러나 전통 양식의 건축물이 밀집된 구도시를 잘 보존하고 있는 유럽의 일반적인 관광 도시와 달리, 빈은 전통적 건축물과 현대식 건축물이 뒤섞여 있어서 정돈된 느낌을 주지 않았다.

첫날 주요 명소를 둘러보고, 저녁에는 음악의 도시에 온 만큼 요한 슈트라우스와 모차르트 콘서트를 관람했다. 빈에서는 오페라와 콘서트, 왈츠 등을 상업성 있게 꾸며서 매일 밤 이곳저곳에서 공연하고 있었다. 빈의 오페라하우스는 파리와 밀라노의 오페라하우스와 함께 유럽 3대 오페라하우스에 속하므로 이곳에서 오페라 한 편을 관람하고 싶었다. 그러나 그날 밤은 친숙하지 않은 오페라만 공연하고 있어서 클래식 오케스트라 공연을 관람하는 것으로 방향을 바꾸었다. 같이 간 변호사는 복장이 너무 캐주얼하다고 재치 있게 머플러를 허리춤에 감아 치마처럼 꾸미고 입장했다.

둘째 날 오전에는 녹음이 우거진 빈 숲 패키지투어에 참여했다. 빈 숲은 빈시 면적의 세 배나 되는 광활한 녹지대이다. 이 숲속에는 수백 개의 하이킹 코스와 수많은 성과 마을이 흩어져 있고, 숲 일대는 아름다운 포도밭이 펼쳐져 있는 와인 산지라고 한다. 특히 제그로테라는 광산 속의 푸른 호수가 인상적이었다. 땅을 파내려 가다가 지하수를 이용하여 개발한 인공 호수인데, 모터보트를 타고 유람할 수 있게 해 놓았다.

오후에는 합스부르크 왕가의 여름 궁전이었던 쉰브룬 궁전을 관람하고 저녁에는 케른트너거리를 거닐었다. 거리 곳곳에 젊은 악사들이 악기를 연주하며 노래하는 모습을 심심치 않게 볼 수 있었다. 지금이야 우리나라도 버스킹이 흔하지만, 이때만 해도 처음 보는 광경이라 신선했다.

잘츠부르크

셋째 날은 아침 일찍 잘츠부르크로 출발했다. 오전에 도착하여 호텔에 짐을 풀고, 도보로 구도시 일대를 관광했다. 잘츠부르크는 아담하면서 예쁘고 짜임새 있고 옛 분위기가 물씬 풍기는 도시다. 모차르트가 태어나 작곡 활동을 하던 곳이며, 빈 못지않은 음악의 도시로 손꼽힌다. 예스러움이 그대로 간직되어 있어, 같이 간 변호사는 마치 모차르트가 걸어 나올 것 같다고 했다. 비가 와서 구경하기에 좋은 날씨는 아니었지만, 도시가 작아서 오후 반나절 동안 웬만큼 다 돌아볼 수 있었다. 저녁에는 여행안내 책에 소개된 음식점에서 닭과 국수로 만든 정통 오스트리아 요리를 먹었는데, 별로 입맛에 맞지 않았다. 변호사는 국수만 먹고, 나는 닭만 먹었다.

다음 날 오전에는 '사운드 오브 뮤직 투어'라는 패키지투어에 참가했

 여행과 인생

다. 이 영화를 어릴 때부터 열 번도 더 넘게 본 것 같다. 지금도 비행기를 타면 흘러간 영화 상영 메뉴에 이 영화가 포함된 때도 있어, 종종 시청하곤 한다. 아무리 보아도 감동적이고 질리지 않는 영화다. 이 투어는 영화 〈사운드 오브 뮤직〉의 촬영 장소를 찾아다니는 관광 상품인데, 호엔 잘츠부르크 요새, 모차르트 생가와 광장, 미라벨 정원 등 잘츠부르크 시내의 명소뿐 아니라 오스트리아의 알프스와 초원과 호수도 둘러볼 수 있어 매우 만족스러웠다. 특히 할슈타트는 내가 상상했던 전형적인 알프스 마을의 모습을 하고 있었다. 16년 후 남편과 함께 다시 방문했을 때는 비가 내려 차분히 가라앉은 또 다른 할슈타트의 풍경을 감상할 수 있었다.

오후에는 잘츠부르크 시내를 다시 천천히 돌아보았다. 잘츠부르크는 간판이 특이하고 아름다운 것으로 유명하다. 눈이 내리고 간판에 조명까지 더해지면 아주 사랑스러울 것 같은 곳이다. 성탄절 무렵 가족과 함께 다시 한번 와보았으면 좋겠다는 생각을 했다.

제네바행 기차는 하루에 두 번밖에 없고 자정을 넘겨 출발하는 기차를 예약했기 때문에 한참 기다려야 했다. 잘츠부르크에서 이틀 내내 머무는 일정은 조금 길게 여겨진다. 예약 담당자가 침대칸을 하루 전 일정으로 잘못 예약하여 의자에 앉아서 올 수밖에 없었다. 예약 담당 직원의 착오였지만 확인을 철저히 하지 않은 나에게 최종 책임이 있어 같이 간 변호사에게 매우 미안했다. 침대 요금은 환불받았다.

오스트리아는 전반적으로 불친절했다. 딱딱한 게르만족이라 원래 그렇게 퉁명스러운 것인지, 변호사 말대로 인종차별인지 잘 모르겠다.

잘츠부르크 전경(상), 할슈타트 호수(하) – 오스트리아 관광청

여행과 인생

변호사는 다시는 이곳에 안 오겠다고 펄쩍 뛰었다. 오랜 기간의 이민 생활로 인종차별에 매우 민감한 것 같았다.

변호사는 똑똑하고 자아가 강한 여성의 대표적인 유형인 듯 보였다. 스스로 자신을 '솔리터리' 하다고 자인할 정도로 주위 사람에게 별로 신경을 쓰지 않고 혼자 골똘히 생각하는 시간이 많다고 했다. 내가 말을 걸기 전에는 좀처럼 말을 하지 않아, 뭔가 서운하거나 불편한 것이 있는 건 아닌지 신경 쓰일 때가 종종 있었다. 그래도 우려했던 것과는 달리 서로 껄끄러운 일이 생기지 않아서 다행이었다. 다음에 다시 이 친구와 단둘이 여행을 떠나고 싶은 생각은 없지만, 전체적으로 볼 때 혼자서 여행한 것보다는 괜찮은 점이 꽤 많았던 것 같다.

이탈리아

베네치아와 피렌체, 그리고 로마

아들이 겨울방학에 엄마를 만나러 남편과 함께 제네바에 왔다. 남편은 회사 일이 바빠 이번 여행에 동행할 수 있을지 확실치 않다고 하였으나, 다행히 시간을 낼 수 있었다. 가족의 제네바 체류 날짜가 확정되자마자 제네바역에 있는 쿠오니여행사에 들러 여행 일정을 상담하고 교통편과 숙소를 예약했다. 연중 최고의 성수기인 크리스마스와 연말연시 시즌이어서 여행 물가가 매우 비쌌다. 남편과 아들이 12월 22일

밤에 제네바에 도착하면 다음 해 1월 3일까지 13일간 제네바(1박)-체르마트(1박)-베네치아(1박)-피렌체(2박)-로마(2박)-나폴리-폼페이-로마(1박)-파리(2박)-제네바(2박)를 여행하는 일정을 잡았다. 혼자 떠나는 여행 같았으면 내가 직접 예약했을 텐데, 멀리서 날아온 가족이 함께하는 여행이므로 실수가 없도록 여행사의 도움을 받았다. 배보다 배꼽이 크다는 말대로 실제 여행비용에 비해 여행사의 예약 대행비가 상대적으로 매우 비쌌다.

남편과 아들은 22일 밤에 제네바 공항에 도착했다. 아들은 오랜만에 엄마를 만난다고 깔끔하게 이발하고 아빠가 새로 사준 파카를 입고 예쁜 모습으로 나타났다. 그 반가움을 무어라 표현하랴. 크리스마스이브를 알프스 마을 체르마트에서 보내고, 성탄절 오후에 베네치아를 향해 출발하여 밤 8시경 베네치아역에 도착했다. 배를 타고(베네치아에서는 택시가 배라는 것을 이때 처음 알게 되었다) 산 마르코 광장 근처에 있는 숙소를 찾아 나섰다. 어두워서 잘 보이지 않는 데다가, 좁은 골목이 많아 예약해 놓은 숙소를 찾기가 무척 어려웠다. 한참을 헤맨 끝에 드디어 도착했는데, 엘리베이터는 세 사람이 간신히 들어갈 수 있을 정도로 좁았고, 방은 우리나라 여인숙 수준이었다. 베네치아의 물가, 특히 숙박비는 매우 비싸고 가성비가 매우 낮으므로, 아침 일찍 도착하여 하루 종일 구경한 후 묵지 말고 떠나야 한다는 것을 나중에야 알게 되었다.

겨울이어서 해가 짧았어도 하루 동안 골목골목 걸어 다니며 웬만한 곳은 다 둘러볼 수 있었다. 날도 춥고, 안개도 많이 끼어있던 베네치아는 우리의 기대에 미치지 못했던 것이 사실이다. 날씨 좋은 계절에 다

여행과 인생

시 와보면 좋겠다고 생각하며 다음 날 피렌체로 출발했다.

피렌체는 도시 전체가 박물관 같은 느낌이었다. 하루 관광을 마치고 저녁 늦게 발길 닿는 대로 찾아간 식당 또한 기억에 많이 남는다. 지역 주민들이 이용하는 허름한 식당이었는데, 라벨 없는 유리병에 담은 하우스 와인이라는 것과 얇은 피자를 이곳에서 처음으로 맛보았다. 당시 우리나라에는 두꺼운 피자밖에는 없던 시절이었다. 정말 맛이 있었던 기억에 지금도 배가 그리 고프지 않을 때는 얇은 피자를 시켜 먹는다.

지금은 피렌체에서 빼놓을 수 없는 것이 가죽제품이라는 것을 웬만한 여행객들은 다 알지만, 당시 이런 것도 모르고 길거리를 걸어가던 우리는 길 한가운데서 마주친 가죽 시장에서 벨트와 백팩을 너무도 싼 가격에 하나씩 사고는 무척 좋아했다. 벨트는 우리 돈으로 만 원 정도였던 것으로 기억하고 백팩의 가격은 기억나지 않지만, 하여튼 잘 샀다고 만족스러워했다. 남편은 서울에 돌아와 벨트가 다 헤질 때까지 애용하면서 그때 몇 개 더 사 오지 못한 것을 내내 아쉬워했다.

피렌체에서는 2박 3일간 머물렀으나, 그나마 저녁에 도착해 아침 일찍 떠났기 때문에, 르네상스의 수많은 보고寶庫 속에서 두오모 성당과 그 종탑, 그리고 메디치 리카르디 저택의 정원을 잠시 구경하는 데 그칠 수밖에 없었다. 박물관과 미술관은 줄이 너무 길어 들어가지도 못하고 발걸음을 돌려야 했고, 그 유명한 미켈란젤로의 〈다비드상〉도 복제품만 보고 만족해야 했다. 베키오 다리를 건너 미켈란젤로 광장에 올라갔다가 돌아오면서 다음번에 체류 기간을 길게 잡아 다시 오자는, 실현 가능성에 대해 별로 확신 없는 기대를 하며, 아쉬움을 달랬다.

포로 로마노(상), 콜로세움(중), 트레비 분수(하)

여행과 인생

로마는 역사·문화적 도시 중 하이라이트이므로 조금 더 여유 있게 돌아볼 수 있도록 4일간 체류하는 일정을 잡았다. 미켈란젤로의 〈천지창조〉와 〈최후의 심판〉이 그려져 있는 바티칸 궁전 내 시스티나 예배당 관람은 패키지투어를 이용했고, 나폴리와 폼페이를 당일로 다녀오는 패키지투어를 이용하여 근교 도시도 방문했다. 가이드의 설명이 도움이 많이 되었으나, 영어로 설명하는 데다가 예술과 건축 관련 전문 용어들이 많아 이해하는데 한계가 있었다.

로마 시내는 오래된 문화유적과 현대식 건물이 섞여 있어, 정연한 모습의 피렌체나 프라하 구도시와 달리 어수선한 인상을 주었다. 오스트리아 빈에 갔을 때 받았던 인상과 비슷했다. 대기 오염도 심했다. 소매치기를 극도로 조심한 덕분에 실제로 당한 적은 없었으나, 남편의 파카 옆 주머니가 칼로 찢기는 경험은 피할 수 없었다. 그럼에도 크리스마스 직후여서 밤이 되자 불 밝힌 화려한 조명이 로마 시내의 분위기를 한껏 띄우고 있었다.

먼 거리는 대중교통을 이용하기도 했지만, 웬만한 로마의 명소들은 지도를 보며 일일이 걸어서 찾아다녔다. 정말 많이 걸었다. 몇 달에 걸쳐 걸어야 할 걸음을 나흘간 다 걸은 것 같다. 어린 아들은 군소리 없이 잘 따라다녔다. 고맙고 기특했다. 몇 해 후 출장길에 다시 로마를 찾았던 남편은 눈 감고도 찾아다닐 수 있을 정도였다고 했다. 자유여행이 고생스럽기는 해도, 버스에 편안히 앉아 있으면 알아서 목적지에 데려다주는 패키지여행보다 유리한 지점이다.

나폴리와 폼페이

로마에서 출발하여 나폴리와 폼페이를 당일로 관광하는 투어 상품에 참가했다. 나폴리는 브라질의 리우데자네이루와 오스트레일리아의 시드니와 함께 세계 3대 미항의 하나로 알려진 곳인데, 우리 눈에는 그다지 아름다워 보이지 않았다. 지저분하고 무질서한 대도시라는 인상 그 이상도 그 이하도 아니었다. 해변도 마찬가지였다. 높은 곳에 올라가 바라보면 나폴리의 아름다움을 체감할 수 있다고 하는데, 우리는 그런 기회를 얻지 못했다. 몇 해 후 회사 일로 나폴리를 다시 방문했던 남편이 이곳에 대해 받은 인상 역시 여전히 호의적이지 않았다.

폼페이는 1세기 베수비오 화산의 폭발로 단 18시간 만에 완전히 잿더미가 되어 역사에서 사라졌던 도시이다. 16세기 말에 유적들이 발견되면서 발굴 작업이 시작되었으나, 2천 년대에 이르러서도 전체의 3분의 2 정도만 발굴을 마친 상태라고 한다. 이 도시는 무엇보다 그 완성도와 웅장한 규모로 주목받는다. 사망한 로마인들의 화석을 비롯해 당시 로마인들의 생활상을 알 수 있는 다양한 유적들을 만날 수 있다. 천년 넘게 화산재에 뒤덮인 채 외부와 차단되어 있었으므로 보존 상태가 매우 좋고, 순식간에 용암과 화산재에 덮이는 바람에 당시 죽은 사람의 자세와 표정까지 그대로 남아 있다.

로마에서 만났던 가이드에게 폼페이에 관해 물어보았더니, 고고학적 관심이 있는 것이 아니라면 굳이 갈 것을 권유하지 않는다고 하였다. 그 이유를 알만 했다. 뜨거운 뙤약볕 아래 그늘도 없이 황량한 유

여행과 인생

적 터를 걸어 다녀야 했다. 사람들이 살고 있던 집이나 가게에 들어서서 그들이 사용했던 소품들을 보자 비로소 잔잔한 호기심이 발동했다. 결과론이지만 모처럼 어렵게 떠난 가족여행인데, 나폴리와 폼페이보다는 다른 곳에서 시간을 더 보냈으면 좋았겠다는 아쉬움이 남았다.

밀라노

1999년 5월 중순. 가장 아름다운 계절에 패션의 도시 밀라노를 방문했다. 제네바에서 밀라노까지는 기차로 3시간 40분 거리이다. 밀라노는 지난번 가족과의 이탈리아 여행 때 방문할 계획을 세웠다가, 여행 기간을 고려하여 방문할 도시를 줄이는 것이 좋겠다는 여행사 직원의 권유에 따라 최종적으로 포기한 곳이다.

밀라노는 복잡한 대도시였다. 아담하고, 조용하고, 깔끔하고, 녹음이 우거지고, 잔잔한 호수가 있는 제네바와 매우 대조적이었다. 심지어 서울을 생각나게 했다. 밀라노에도 유명한 성, 성당, 미술관 등 명소가 많지만, 기차역으로부터 걸어서 다닐 수 있는 범위 내에서 시내를 둘러보았다. 다행히 고딕 양식의 유명한 밀라노 대성당은 도보 범위 안에 있어서 그 거대한 외관을 관람할 수 있었다.

무엇보다 밀라노는 역시 패션 도시다웠다. 거리의 상점에는 멋진 의상과 구두, 핸드백이 즐비하게 진열되어 있었다. 큰맘 먹고 반액 할인을 하는 작은 핸드백 하나를 샀다. 돌아오는 기차 안에서 직원이 돌아다닐 때 세금을 환불받아야 했는데, 지난번 프랑스 여행 때 제네바역에서 환불받은 것만 기억하고는 기회를 놓쳐버렸다. 프랑스는 제네바와 국경이 면해 있으므로 제네바역에서 세금을 환불받을 수 있지만, 이탈리아 국경은 제네바와 떨어져 있기 때문에 기차 안에서 받아야 했다.

프랑스

안시

1998년 9월 제네바에서 기차로 한 시간 반 거리에 있는 프랑스의 예쁜 마을 안시에 다녀왔다. 안시행 기차의 운행 간격이 길어 새벽 일찍 집을 나섰다. 이 기차역은 작은 역이라 발권하는 사람도 없었고, 자동발매기도 고장 나 있었다. 그냥 돌아와야 하나 망설이고 있는데, 관리인이 나타나 그에게 사정 이야기를 했다. 그냥 기차를 타고 가다가 다음 역을 지나면 승무원이 탈 테니, 그 승무원에게 표를 사라고 했다. 자기가 이야기해 놓겠다고 했다. 다음 역에서 승차한 승무원이 검표하러 오다가 나를 보고는 웃으면서 무언가 말을 했다. 프랑스어라서 못 알아들었지만 아마 기차표가 없지 않으냐는 소리였을 것이다. 인상착의를 전화로 다 말해 놓은 모양이다. 참 친절하기도 한 곳이다.

최근 자료에 의하면 안시는 프랑스인들이 은퇴 후 살고 싶어 하는 도시 1위에 뽑힌 곳이라고 한다. 구시가는 규모가 작아 두어 시간 정도면 웬만한 곳을 다 둘러볼 수 있다. 알프스의 빙하가 녹으며 만들어진

여행과 인생

안시 – 위키백과

안시 호수에서 시내 쪽으로 에메랄드빛 개천이 흐르고 있어 도시 전체가 무척 아름답다. 개천 위에는 아담한 아치형 다리들이 놓여 있고, 그 주변으로 옛 건물과 꽃으로 장식한 카페들이 나란히 들어서 있다. 길거리의 노천카페, 작은 상점, 성당, 성 등 전형적인 유럽 구도시의 모습을 간직하고 있는 예쁘장하면서도 운치 있는 마을이다. 개천 한가운데에 중세 때 성과 감옥으로 사용되었던 붉은 뾰족지붕의 자그마한 건축물 팔레 드 릴이 들어서 있어 마을 경관을 더 돋보이게 한다.

안시 박물관-성으로 발걸음을 옮겼다. 중세 시대에 성이었던 이곳은 현재 박물관으로 꾸며져 있는데, 비싼 입장료에 비해 크게 볼만한 것은 없었다. 피곤하던 차에 일부분만 관람하고 나왔다. 그러나 이곳에서 내려다보이는 구도시와 호수가 어우러진 멋진 풍경은 이 높은 곳까지 힘들여 올라온 보람을 느끼게 하였다. 기차 출발 시각까지 시간이 많이 남아, 호숫가 벤치에 앉아서 한참 동안 망중한을 즐겼다.

그때만 해도 안시는 한국 사람에게 잘 알려지지 않은 보석과 같은 도시였으나, 요즈음은 프랑스나 제네바를 여행하는 한국인들의 방문을 심심찮게 받는 듯하다. 이제는 구도시 관광뿐 아니라 프랑스에서 두 번째로 크다는 안시 호수에서 수영이나 보트 타기와 같은 수상 놀이를 즐기는 사람도 꽤 있다고 한다.

리옹

10월 초순에는 제네바에서 기차로 한 시간 반 거리에 있는 프랑스

 여행과 인생

리옹에 다녀왔다. 리옹은 프랑스에서 파리와 마르세유 다음으로 큰 도시다. 주로 다른 도시로 가는 중간기지 역할을 하므로 사람들이 관광지로서 많이 찾는 곳은 아니지만, 구시가지에는 유네스코 세계문화유산으로 등재된 곳이 있을 정도로 볼거리가 꽤 있다.

워낙 큰 도시여서 도보로 접근할 수 있는 곳 중심으로 주요 명소를 돌아보았다. 성당 등 명소들이 언덕 위에 자리 잡고 있어서 올라가느라 힘들었던 기억이 난다. 제네바에 비해 물가가 훨씬 저렴하여 옷도 몇 벌 샀다. 프랑스는 제네바보다 물가가 싸지만, 대신 프랑스 거주자가 아니면 기차표 반값 할인 혜택이 적용되지 않으므로 교통비가 많이 들었다.

파리

남편과 아들과 이탈리아 여행을 마치고 마지막으로 방문한 곳이 파리이다. 1998년 섣달그믐날 로마 테르미니역에서 야간열차 침대칸을 타고 출발하여 새해 첫날 파리에 도착, 사흘간 머물렀다. 로마에서 파리까지는 약 15시간 걸렸다. 오스트리아 여행 때도 느꼈지만 야간열차 이동은 시간을 절약할 수 있는 좋은 전략이다. 기차 내 식사로 비둘기 요리가 나와 두고두고 이야깃거리가 되었다. 아들은 요즈음에도 맛은 별로였으나 신기했던 그 비둘기 요리 얘기를 종종 한다. 비둘기를 먹는다는 것이 매우 인상적이었나 보다.

파리는 2년 전 경제협력개발기구OECD 회의 출장차 방문한 적이 있으므로 이번이 두 번째 방문이었다. 당시 일행 네 명 중 세 명은 다른 지역을 경유했다가 이틀 후 파리에서 합류하기로 했으므로, 나 혼자 먼저 파리에 도착했다. 파리 OECD와 유네스코UNESCO에 각각 파견 나와 있던 교육부 서기관 두 명이 마중 나와 편의를 봐주었다. 다음날 회의에 참석한 후, 주말에 합류한 나머지 일행과 함께 파리 일대를 구경하고, 멀리 생말로를 거쳐 유명한 관광지 몽생미셸까지 다녀왔다.

서울과 부산 간 거리보다 먼 곳이었음에도 쏜살같이 달리는 교육부 서기관의 차를 타고 당일로 다녀올 수 있었다. 생말로에 들어서자마자 파란색으로 칠한 버스 정류장 부스가 눈에 들어왔다. 당시 우리나라에서 공공적인 것은 모두 무채색 일색이었다. "이렇게 예쁘게 색칠한 버스 정류장도 있을 수 있구나" 감탄했던 기억이 지금도 생생하다. 이때는 차에서 내리지도 않고 그냥 스쳐 지나갔으므로 생말로에 대해서 아는 바가 전혀 없었다. 20년 후 남편과 다시 들렀을 때 생말로가 영국 해협과 접해있고 성벽에 둘러싸인 항구도시라는 것을 알게 되었다. 그때 성곽길에서 눈 아래로 펼쳐지는 생말로 해변의 모습은 절경이었고, 생말로 시내도 꽃들로 장식된 건물과 노천카페 파라솔이 느슨한 휴가지 분위기를 물씬 풍기고 있었다.

생말로에서 동쪽으로 한 시간 거리에 천년의 역사를 지닌 몽생미셸이 있다. 당시 몽생미셸이 어떤 곳인지 알지도 못한 채 따라나섰는데, 멀리서부터 다가오는 그 웅장하고 환상적인 모습을 보는 순간 입을 다물 수가 없었다. 몽생미셸은 작은 바위섬 위에 지어진 수도원이다. 바위산 전체에 고딕과 로마네스크 양식의 장엄한 수도원이 자리하고 있다.

여행과 인생

프랑스는 파리 중심가보다 시골이 더 사랑스러웠다. 평화로운 시골 풍경과 순박한 느낌을 주는 시골 사람들의 모습이 참으로 마음에 들었다.

유럽이라는 세계를 처음으로 맛보게 해 준 프랑스는 미국과는 비교가 안 될 정도로 인상적이었다. 역사와 전통은 현재의 부와 힘이 보장해 줄 수 없는 또 다른 귀중한 국가의 자산임을 확인할 수 있었다. 그러나 역사와 전통이 국력과 국격을 담보해 주지 않는다는 것 또한 확실했다. 거대하고 화려한 베르사유 궁전을 보면서 반만년 역사와 전통을 지닌 우리나라 궁궐의 소박함이 문득 떠올랐다. 우물 안 개구리로 이웃 강대국의 눈치를 보며 명맥을 유지해 왔던 조선 왕조의 위상이 유럽 세계를 뒤흔들던 프랑스 절대왕정의 위세와 비교되었다. 아울러 과학적인 현대 건축 기술의 역할을 대신했던 당시 백성들의 피와 땀도 이곳저곳에 어른거렸다.

항상 혼자 다녔던 그동안의 해외 출장과 달리 이때의 출장은 동행이 있었을 뿐 아니라 현지에서 친절한 안내도 받을 수 있어서 매우 흡족했다. 더욱이 발표하거나 토론에 참여해야 할 의무도 없었고, 옵서버 자격으로 앉아 있다가 보고서를 쓰기만 하면 되는 출장이어서 부담이 적었다. 이렇게 조건 좋은 출장 기회가 또 있으면 좋겠다는 희망을 품고 귀국길에 올랐었다.

두 번째로 가족과 함께 방문했을 때는 첫 번째 방문 때와 같은 감동은 없었으나 파리는 여전히 볼 것이 무궁무진한 사랑과 낭만과 예술의 도시임이 틀림없었다. 특히 화려한 조명이 불을 밝힌 야간의 샹젤리제 거리는 압권이었다. 일정이 촉박하여 시간이 오래 걸리는 미술관과 박물관은 건너뛰거나 외관만 관람하고, 파리 시내를 빠르게 둘러보았다.

예술가의 거리인 몽마르트르 언덕을 빼놓을 수는 없었다. 그러나 몽마르트르 언덕은 기대한 것과 달리 낭만적이지 않았고, 상업적인 데다가 지저분했다. 거리에 자리 잡은 화가 중 한 사람에게 아들 초상화를 부탁했으나, 결과물은 마음에 들지 않았다. 언뜻 동양인이 동양인의 특색을 더 잘 파악하여 더 비슷하게 그릴 수 있지 않았을까 하는 생각이 들었다. 그러나 이미 기차는 떠난 뒤였다. 액자로 만들어 놓은 이 초상화는 지금도 아들이 쓰던 방에 걸려 있다.

남편과 아들은 파리에서 사흘간 여행한 후, 제네바에 돌아와서 이틀 머물고 서울로 돌아갔다.

영국 런던

봄이 되었다. 1999년 4월 초의 어느 새벽녘에 런던을 향하여 제네바 공항을 출발했다. 4일간의 여정이었다. 런던은 멋진 성과 성당, 녹음이 우거진 공원, 꽃이 피어있는 예쁜 정원, 미술관과 박물관, 원조 뮤지컬이 상영되고 있는 극장, 많은 상점이 들어서 있는 멋진 거리 등 다양한 즐길 거리가 있는 곳이다.

첫째 날은 아침부터 하루 종일 빨간색 이층 버스를 타고 런던 시내 지리를 익혔다. 빨간색 버스는 런던의 명소 수십 군데를 연결하여 자유롭게 타고 내렸다가 다시 탈 수 있게 되어 있는 시내 관광용 버스이

   여행과 인생

다. 런던탑에서 내려 관광한 것을 제외하고는 온종일 이 버스 위에서 런던 시내를 구경했다. 4월임에도 날씨가 매우 쌀쌀하여 저녁이 되자 개방된 버스 2층에 앉아 있을 수가 없었다. 아래층으로 내려왔는데도 덜덜 떨려 고생을 많이 했다.

둘째 날부터는 버스와 전철을 이용하여 본격적으로 관광에 나섰다. 궁전이나 성당은 이미 오스트리아와 이탈리아, 그리고 프랑스의 여러 도시에서 많이 본지라 외관만 관람하고, 이번 런던 여행에서는 미술관과 박물관, 정원과 공원을 중심으로 둘러보았다. 그 유명한 대영박물관 The British Museum과 내셔널 갤러리, 테이트 브리튼, 테이트 모던에서 세계적인 작품들을 감상했다. 대영박물관은 800만 점 이상의 유물과 민속 예술품을 소장하고 있으므로 제대로 보려면 며칠 걸리는 곳이지만, 반나절을 할애하여 주요 전시품만 추려서 관람했다. 대영박물관은 신전의 파사드와 기둥 등 해외 원정 때 피정복국에서 통째로 들고 온 유물들을 전시해 놓은 것으로 악명이 높기도 한 곳이어서, 특히 이 유물들을 빼놓지 않고 관람하려고 신경 썼다. 물론 한국관도 빠뜨리지 않았다. 한국관은 삼성문화재단이 지원하고 있었다. 한류가 세계적으로 퍼져 나가고 있는 지금은 보다 확장되어 있을 것이라고 기대해 본다.

박물관과 미술관에서는 고도의 집중력이 필요하고 또 오래 서 있어야 하므로, 명소 중에서 관람 피로도가 가장 높은 곳이다. 다음 코스로는 녹음과 꽃을 바라보며 휴식을 취할 수 있는 공원이나 정원이 제격이다. 런던은 시내 곳곳에 하이드 파크와 켄싱턴 가든, 퀸 매리즈 가든 등 아름다운 공원과 정원이 많다. 공원에는 아직 녹음이 우거지지는 않았지만, 대신 파릇파릇 물이 오른 신록과 푸른 잔디가 작품 관람으로 지친 눈을 시원하게 해 주었다. 사람의 손이 많이 닿아 인공미가 돋보이는 일본의 정원과는 달리, 영국의 정원은 다소 야생적인 모습으로 자연미를 풍기고 있었다. 낮은 담 너머로 보이는 개인 주택 안의 정원도 비슷했다. 하이드 파크의 푸른 잔디 위에 놓인 긴 등받이 의자에 비스듬히 누워 청명한 하늘 아래 오리와 물새들이 한가로이 노닐고 있는 연못의 평화로운 풍경을 바라보며 휴식을 취하는 맛과 멋을 어디에 비할 수 있을까?

나흘간의 런던 일정은 서둘러 다음 목적지를 찾아가야 한다는 강박증에 시달리지 않아도 될 만큼 적당했다. 다만 아쉬웠던 것은 뮤지컬 극장이 모여 있는 피커딜리 서커스를 여러 차례 지나치면서도 뮤지컬 공연을 보지 못한 것이다. 호텔이 중심가에서 다소 떨어진 켄싱턴 지역에 있었기 때문에 안전상 어두워지기 전에 돌아와야 했다. 런던의 야경을 보지 못한 것도 아쉬움으로 남는다.

네덜란드 암스테르담, 그리고 리세와 잔세스칸스

4월부터 5월 초까지는 튤립 시즌이므로 암스테르담 여행을 위한 항공편과 숙소 사정이 좋지 않다. 그러나 우연찮게 할인된 항공권을 구할 수 있어서 4월 중순 주말을 이용하여 네덜란드에 다녀올 계획을 세웠다. 숙소는 여행사를 통해 간신히 구할 수 있었는데, 다행히 그 위

　　여행과 인생

치나 시설에 비추어 가성비가 매우 높은 편이었다.

화려하지 않은 아름다움으로 잔잔한 매력을 풍기고 있는 암스테르담을 보자마자 첫눈에 반해버렸다. 수많은 운하, 흰색 창틀로 장식되어 틈새 없이 이어져 있는 독특한 건물, 그리고 신록이 우거진 나무들이 어우러져 매혹적인 풍경을 빚어내고 있었다. 아마 황량한 겨울에 왔더라면 이처럼 아름답다는 느낌을 받을 수 없었을 것이다. 여행지가 주는 느낌에는 역시 계절이 매우 큰 영향을 미친다. 암스테르담의 야경 역시 아름다웠다. 번쩍이는 조명이 만들어 내는 화려한 아름다움이 아니라, 가로등 불빛의 빛무리와 운하가 어우러져 자아내는 은은한 아름다움이었다.

기차역에서 뻗어나가는 중심 거리는 자유로워 보이는 사람들로 넘쳐나 무척 활기가 있었다. 그러나 일요일 아침 일찍 나와 보니 한산한 거리에 약에 취한 사람들이 이리저리 비틀거리며 다니고 있어 덜컥 겁이 났다.

방문하고 싶은 곳 1순위였던 고흐 미술관은 애석하게도 공사로 휴관 중이었다. 대신 그 옆에 있는 시립미술관과 국립미술관에서 렘브란트의 〈야경〉을 비롯해 세계적인 명작들을 감상할 수 있었다.

암스테르담에서 차로 한 시간 거리에 리세라는 꽃마을이 있다. 버스를 타고 마을에 들어서자, 광활한 벌판에 오색찬란한 튤립이 나란히 줄지어 피어있는 것이 보였다. 해마다 이맘때 꽃 축제가 열리는 쾨켄호프 공원에는 튤립을 포함한 형형색색의 꽃이 만개해 있었다. 이 드넓은 공원에는 꽃뿐만 아니라 수목이 우거져 있고 운하도 흐르고 있어, 산책하듯 구경하기에 매우 좋다. 이때만 해도 우리나라 사람들은 주로 여름과 겨울의 방학이나 휴가철을 이용하여 여행을 다녔으므로, 이 튤립 시즌에 맞추어 이곳을 찾는 사람이 많지 않았다. 희귀한 경험을 했다는 사실에 뿌듯했다. 공원에서 엽서 한 장을 써서 서울 가족에게 띄웠다.

암스테르담에서 기차로 40분 정도 거리에 있는 '풍차마을' 잔세스칸스를 방문했다. 원래 7백여 개의 풍차가 있었다고 하나, 내가 갔을 때는 단 여섯 개만 남아 있었다. 어쨌든 네덜란드는 운하와 풍차와 튤립으로 유명한 곳이니 이들을 둘러보는 것은 필수다. 다른 나라나 도시에 비해 네덜란드는 그 지역의 특색을 드러내는 기념품의 종류도 많고 품질도 우수했다. 여행지에서 늘 사 가는 작은 전통 인형 외에 풍차가 그려진 세라믹 장식품도 하나 샀다.

노르웨이 오슬로와 베르겐

스위스에 온 지 얼마 안 되어, 스위스의 알프스가 예쁘다면 노르웨이의 숲과 피오르는 장엄하다는 말을 들었다. 그래서 노르웨이에 꼭 한번 가 보고 싶었다. 북유럽은 가을과 겨울에는 낮이 짧기 때문에 봄과 여름이 여행의 적기이다. 5월 말에 3일 일정으로 노르웨이에 다녀왔다.

노르웨이 여행은 한마디로 출발부터 돌아올 때까지 계획대로 된 것

 여행과 인생

이 하나도 없는 여행이었다. 제네바에서 비행기가 연발하여 코펜하겐에서 연결편을 놓치고 다음 비행기를 탔는데, 오슬로에 도착했더니 비가 쏟아져서 착륙이 지연되었다. 예정보다 한 시간 반 늦게 오슬로 공항에 내렸다. 공항에 도착하자마자 듣게 된 소식은 내가 가려고 했던 송네피오르 코스가 사고로 인해 그 주말에 폐쇄되었다는 것이다. 피오르는 빙하의 침식으로 형성된 'U'자나 'V'자 모양의 협곡에 바닷물이 들어와 생긴 좁고 긴 만을 말한다. 노르웨이 여행의 하이라이트는 바로 이 피오르 관광이다. 당일 밤 오슬로에서 야간열차를 타고 7시간 거리에 있는 베르겐으로 이동하여 그곳에서 송네피오르 관광을 시작할 예정이었으므로, 오슬로에서는 첫날 숙소를 예약해 놓지 않았다. 안내센터를 통해 부지런히 오슬로에서 숙박할 수 있는 숙소를 찾아보았으나 모두 만석이어서 구할 수가 없었다.

일단 기차를 타고 베르겐에 도착해서 대안을 찾아보기로 했다. 설상가상으로 기차를 타고 가다가 사고로 철로가 폐쇄된 지점에서 버스로 갈아타고 한참을 이동한 후 다시 기차로 갈아타야 하는 여정이었으므로 잠을 잘 수가 없었다. 그러나 덕분에 끊임없이 눈앞에 펼쳐지는 웅장한 설산, 울창한 숲, 신비로운 폭포가 빚어내는 아름답고도 경이로운 풍경을 감상할 수 있었다. 당시 일몰이 밤 9시경, 일출이 새벽 3시경이었기 때문에 가능한 일이었다. 또 이러한 불편 때문에 기차표 가격도 많이 할인되었다.

베르겐으로 이동하는 동안 여행안내 책을 보며 폐쇄된 송네피오르 대신 하르당에르피오르를 관광하기로 결정하고 가는 방법을 연구했

노르웨이 피오르

다. 기차에서 내려 버스→배→버스→기차를 갈아타고 가야 하는 코스였다. 기차가 연착하는 바람에 부리나케 움직여 선착장 행 버스에 올라탔다. 선착장에 도착하여 배를 기다리고 있는데, 같은 버스를 탔던 이곳 주민이 다가오더니 배를 타려면 세 시간이나 기다려야 한다고 했다. 여행안내 책에 나와 있던 시간표는 평일 시간표였다. 버스를 놓칠까 봐 서두르는 바람에 기차역에서 주말 시간표를 확인하지 못한 것이 사달이었다. 선착장이 있는 곳은 아주 작은 마을이어서 세 시간 동안 둘러볼 곳도 없었다. 이럴 줄 알았으면 차라리 그 시간에 베르겐을 구경하고 오는 편이 나았을 텐데, 후회한들 무슨 소용이 있으랴. 그는 내가 타고 온 버스가 배보다 느리기는 해도 그 노선이 배의 노선과 거의 비슷한 데다가 종착지가 오슬로이니 중간에 다른 교통수단으로 갈아탈 필요도 없다고 배 대신 버스 타기를 권유했다. 다행히 그 버스는 출발 전이었다. 별수 없이 다시 버스에 올랐다.

버스 차창 밖으로 계속해서 아름다운 경치가 펼쳐졌다. 장관이었다. 버스는 중간에 20분 정도 페리에 승선하였으므로 배에서도 아름다운 경관을 감상할 수 있었다. 그곳이 내가 원래 계획했던 곳이었다면 그 아름다움에 만족했을 것이다. 그러나 이번 여행의 하이라이트를 놓치고 난 후인 데다가, 계속 이동하느라 그 장관을 카메라에 담지 못해 매우 애석했다. 그 경관이 적어도 하르당에르피오르의 일부인 것으로 믿고 싶었다. 오슬로까지 버스로 11시간이 걸렸고, 전날 오슬로에서 출발하여 베르겐을 거쳐 다시 오슬로에 도착하기까지 무려 19시간을 계속 기차와 버스에서 보냈으니, 이것이 하르당에르피오르가 아니었다면 너무 허망하게 시간을 보낸 것이다.

오슬로에서는 뭉크 미술관을 꼭 관람하고 싶었다. 그러나 처음 이틀은 계획에 차질이 생겨 관람 시간이 지나서 도착했고, 마지막 날은 휴관일이어서 결국 뭉크 미술관도 놓치고 말았다. 불행 중 다행으로 국립미술관에서 뭉크의 그 유명한 〈절규〉를 감상할 수 있었다. 〈절규〉는 평생 자신의 소중한 가족들을 따라다녔던 질병과 광기와 죽음에 둘러싸여 고통스러워했던 뭉크의 일그러진 자화상이다.

버스까지 타고 가서 방문했던 비겔란 공원은 매우 인상적이었다. 이 공원에는 노르웨이의 자연주의 조각가 구스타프 비겔란^{Gustav Vigeland}과 그 제자들이 제작한 2백여 점의 대형 조각 작품들이 전시되어 있다. 청동이나 화강암, 주철 등 다양한 소재로 인간의 탄생에서 죽음까지의 삶의 모습과 감정을 표현한 작품들이다. 특히 높은 화강암 기둥에 수많은 인간 군상을 조각해 놓은 의미심장한 작품 앞에서 많은 시간을 보냈다. 이 공원의 하이라이트인 모노리트다. 제작 기간이 13년, 높이가 17미터나 되는 대작이다. 위로 올라가려 안간힘을 쓰는 인간들이 다른 인간들을 밟거나 서로 붙잡고 늘어져 뒤엉켜 있는 형상이었다. 인간의 본성을 표현하려 했던 작품일 것으로 추측해 보았는데, 나중에 자료를 찾아보니 이 121명의 인간 군상은 '영원한 삶의 굴레'를 표현하고 있다고 한다. 나름대로 내린 해석이 얼추 맞았다. 이 공원은 조각품뿐만 아니라 푸른 잔디, 분수, 꽃이 핀 정원, 나무가 우거진 숲이 모두 갖추어져 있어 시민의 휴식 공간으로 손색이 없었다.

노르웨이 민속 박물관도 기대 이상이었다. 노르웨이 각지에 흩어져

여행과 인생

비겔란 공원의 조각 작품(상), 베르겐(하)

있던 170채 정도의 목조 가옥을 해체해서 옮겨 놓은 곳인데, 특히 12세
기에 지어진 목조건물 스타브 교회는 매우 특이한 모습이었다. 바이킹
의 조선 기술을 살린 건물이라고 했다. 이 민속 박물관은 전체적으로
포근하고 평화로운 느낌을 주는 곳이다. 건물부터 내부 장식에 이르기
까지 모두 목조로 되어 있어, 나무를 좋아하는 나를 오래 머물고 싶게
하였다. 그러나 시간이 많지 않아 서둘러 돌아보고 나와야 했다. 카메
라 필름도 나를 도와주지 않았다. 하이라이트를 찍으려는 순간 필름이
끝나버렸다. 제네바로 돌아오는 여정도 순탄치 않았다. 코펜하겐에서
비행기가 연발하는 바람에 밤늦게야 귀가할 수 있었다.

노르웨이는 듣던 대로 그 장엄하고 경이로운 대자연의 풍광이 감탄
을 불러일으키는 곳이었다. 가족과 함께 자동차를 빌려 울창한 숲속
곳곳을 돌아다녀 보고 싶다는 생각이 들었다. 가족과 다시 한번 오기
는 했으나 단체여행이었으므로 아쉽게도 20년 전 기차와 버스 속에서
스쳐 지나갔던 대자연을 속속들이 여유롭게 즐길 기회는 없었다.

체코 프라하

여름의 시작 6월. 스위스 생활을 청산하고 서울로 돌아갈 날이 얼
마 남지 않았다. 마음이 조급해 왔다. 6월 중순에 나이 많은 미국 출신
ILO 스태프와 이틀 일정으로 프라하에 다녀왔다. 스위스에서 떠나는
마지막 여행이었다.

프라하는 듣던 대로 중세 유적들이 잘 보존되어 있어 피렌체처럼 도시 전체가 박물관 같다는 인상을 주었다. 많이 알려진 유명 건축물은 말할 것도 없고, 프라하시민회관 '오베츠니 둠'이 퍽 인상적이었다. 이곳은 연주회와 전시회 등이 열리는 일종의 복합문화공간인데, 그동안 유럽 도시에서 잘 볼 수 없었던, 유려한 곡선이 강조된 그림과 장식들이 눈길을 끌었다. 이 시민회관은 체코 아르 누보 양식의 건축과 예술의 종합판이라고 했다. 이곳이 마음에 들어 우아한 여성의 형상을 아르 누보 양식으로 디자인한 입장권을 오래도록 보관했다. 동행이 있었으므로 야간에도 안전에 대한 우려 없이 거리를 활보할 수 있었다. 카를교를 천천히 걸어가며 바라보는 프라하의 야경도 참으로 아름다웠다.

이 친구와는 제네바에서 여러 차례 식사도 같이하고 서로의 집도 방문할 만큼 친밀한 관계가 형성되어 있었다. 마음이 잘 맞아 많은 대화를 나눌 수 있었고 그것 또한 프라하 여행을 더욱 값지게 했다. 이번 여행을 위해서도 나 혼자 계획을 세우고 준비했으므로, 이 친구는 내가 서울로 돌아가면 가장 아쉬운 것이 유능한 여행 안내인을 잃어버리는 것이라고 농담했다.

3

뉴욕 컬럼비아대학교에서
연구년 보내기

스위스에서 귀국하여 대학으로 자리를 옮기고 다시 정신없는 생활이 계속되었다. 아들은 사춘기에 접어들어 엄마를 힘들게 했고, 강의와 밀려드는 연구과제, 그리고 학교 안팎의 이러저러한 요청으로 인한 부담도 만만치 않았다. 아들은 소위 '이해찬 세대'에 속해 어느 날 갑자기 "한 가지만 잘하면 대학에 갈 수 있다"라는 입시 정책의 적용을 받게 되었다. 아들이 한국의 건강하지 못한 입시문화에 휘둘리는 것이 싫어 아들을 미국 고등학교로 유학 보내고, 아들의 대학 입학 시기에 맞추어 연구년을 떠났다. 아들이 동부에 있는 대학에 진학했기 때문에 나에게 들리기 편하도록 나도 뉴욕 맨해튼에 있는 컬럼비아대학교 교육대학원에 자리를 잡고, 맨해튼의 어퍼 웨스트 지역에 아파트를 구했다.

뉴욕에 도착한 순간 아무도 나를 알지 못한다는 사실이 나를 자유롭게 해줄 것이라는 기대로 기분이 들떴다. 공기에서부터 자유로움이 느껴졌다. 뉴욕 공항에는 미리 약속한 대로 내가 거주할 아파트를 구해준 부동산중개인이 마중 나왔다. 40세의 여성이었다. 집에 짐을 가져다 놓고 하루 종일 한국 마켓과 은행 등에 데리고 다니며 정착에 도움을 주었다. 뉴욕 한국인 중에는 야박한 사람들이 많다고 들었는데 예상 밖이었다. 자기 말로도 특별 서비스라고는 하던데 이따금 식사도 같이하고, 어려운 일이 있으면 연락할 만한 사이가 되었다.

센트럴 파크 길 건너에 자리한 아파트

컬럼비아대학교에서 박사과정을 밟고 있던 대학 은사의 아드님에게 부탁하여 출발하기 전에 미리 아파트를 구했다. 아파트는 오래되어 다소 낡기는 했으나 상당히 넓고 주변 환경도 안전하여, 악명 높은 맨해튼 주택 사정에 비추어 보면 매우 양호했다. 원래 세를 놓던 집이 아니라 여기 살던 집주인의 아저씨가 캘리포니아로 이주한 후 이따금씩 들리는 집이어서 모든 가구와 살림살이가 갖추어져 있었다. 오디오와 텔레비전이 모두 두 대씩 있고, 공기 청정기도 있었다. 다만 창밖을 내다보면 잿빛의 삭막하고 낡은 콘크리트 건물이 시야를 가로막고 있어 가슴을 답답하게 했다. 눈만 돌리면 하얀 요트가 점점이 떠 있던 호수, 말들이 거닐던 풀밭, 녹음이 우거진 또는 낙엽 지던 나무들을 쉽게 볼 수 있던 제네바의 전망이 그리웠다. 그러나 길 하나만 건너면 뉴욕의 명물 센트럴 파크가 있어 위안이 되었다.

같은 건물의 다른 층에 살고 있던 집주인은 자그마한 체구의 젊은 아프리카계 여성이었는데, 코가 오똑하고 예뻐서 마치 모델 같았다. 아니나 다를까 배우이자 가수였으며 브로드웨이에서도 공연했었다고 했다. 초등학교와 유치원에 다니는, 아직은 손이 많이 가는 두 아들이 있어 배우 일을 그만둔 모양으로, 당시는 전업주부였다. 집주인은 아프리카계 특유의 발음과 억양이 전혀 없이 완전한 동부 표준말을 썼다. 예일대학교를 졸업했다고 했다. 역시 아프리카계인 남편도 매우 핸섬했다. 자기가 살고 있는 집 말고도 맨해튼같이 비싼 곳에 임대주는 자기 소유의 집이 또 있다니 부자인 듯했다. 장식장 안에 우간다의 이디 아민 대통령이 유엔 행사 파티에 초청하는 초청장이 진열된 것으로 미루어 보건대, 이 집안이 우간다 엘리트 계층 출신이 아닌가 하는 추측도 해 보았다.

마음 씀씀이도 야박하지 않아 요구 사항을 어렵지 않게 다 들어 주었다. 엄청나게 많은 조미료에 수건, 행주, 세제, 구급약까지 다 비치되어 있었다. 이따금 뉴욕 필하모닉 오케스트라의 공연 리허설 티켓도 갖다주었다. 뉴욕 인심치고는 참으로 넉넉했다. 다만 겨울은 다가오는데 난방설비가 제대로 작동하지 않아 애를 먹였다. 집주인은 간단히 고칠 수 있는 상황이 아니라고 별도의 히터를 제공해 주겠다고 했으나, 히터로 뉴욕의 추운 겨울을 버티기 어려울 것 같았다. 옥신각신 끝에 결국 난방설비를 수리받아 겨울을 춥지 않게 지낼 수 있었다.

집주인에 의하면 맨해튼은 동네마다 계층 구분이 아주 뚜렷한데, 이

지역은 백만장자에서부터 서민층에 이르기까지 다양한 계층이 섞여 있다고 했다. 자기는 그래서 좋다고. 맨해튼에는 온갖 인종이 다 모여 산다. 순수 백인보다 그렇지 않은 사람들이 더 많이 눈에 띄는 것 같았다. 이 지역의 안전에 대해 염려했더니, 어디서나 범죄는 일어나게 마련이고 이 지역도 그 수준이라고 하며 나의 염려를 불식시켰다.

컬럼비아대학교와 연구

컬럼비아대학교는 뉴욕 시내에 있는 대학이라 캠퍼스가 좁고, 특히 교육학과가 있는 교육대학원은 본 캠퍼스에서 다섯 블록이나 떨어진 곳에 독립된 건물만 갖추고 있었다. 물리적 환경으로 말하자면 드넓은 캠퍼스를 갖춘 스탠퍼드대학교와는 비교가 되지 않았다. 그러나 소위 아이비리그 대학에 속하는 우수한 대학이다. 뉴욕의 위험 지역이었던 할렘에 위치해 있으므로 한때 대학의 서열이 크게 하락했지만, 할렘의 재개발 이후에 다시 급상승하는 중이었다. 교육학을 전공하는 한국 학생들이 가장 선호하는 대학 중 하나임을 증명하듯이 교육대학원에만 한국 학생들이 130여 명 재학하고 있다고 하였다.

컬럼비아대학교 교육대학원은 독립채산제이기 때문에 본 대학의 재정 지원을 받지 못하고 있으며, 따라서 등록금 의존도가 매우 높다고 했다. 그러면서도 중국의 대학원생들을 수백 명씩 1년간 무료 연수생으로 받는다고 했다. 다 학교 부담, 교수 부담이 되는 학생들이다. 교수가 안식년을 떠나면 스탠퍼드대학에서는 1년간 기간제 교수를 채용한다는데, 이곳은 그런 배려가 전혀 없어 남아 있는 교수의 부담이 크다고 했다. 나를 방문학자_{visiting scholar}로 초청해 주신 레빈 교수에게 학생들이 그렇게 많이 찾아오는 이유를 알만 했다. 레빈 교수가 스탠퍼드대학에 재직하시던 시절의 제자였던 같은 전공 분야의 젊은 교수가 중국으로 안식년을 떠나, 그 교수의 학생들을 레빈 교수가 떠맡았기 때문이다. 원로 교수라고 배려해 주는 것도 없는 모양이었다.

레빈 교수는 스탠퍼드대학교 유학 시절 은사님이시다. 그의 수업을 듣기도 했고, 내 학위논문 프로포절 위원회 위원이시기도 했다. 내가 졸업한 후 이곳으로 자리를 옮기셨다. 나의 연구 관심 분야로 많은 연구물을 산출하고 있는 교육시장화연구센터National Center for the Study of Privatization in Education(NCSPE)의 소장을 맡고 계셔서 연락을 드렸더니, 이 연구소의 일에 엮이지 않은 채 연구소 안에 자리를 얻어 자유롭게 내 연구를 할 수 있도록 처리해 주셨다.

지금도 그 기조가 유지되고 있지만 당시 미국 교육계에는 공교육에도 사교육과 같이 시장 논리를 도입하자는 교육 시장화 열풍이 몰아치던 때였다. 1980년대 전반부터 미국 공교육(미국에서 공교육은 공립학교 교육을, 사교육은 사립학교 교육을 의미한다)에 경쟁력이 없다는 위기의식이 고조되었고, 그 원인은 공립학교 간 경쟁이 없기 때문이라는 진단이 내려졌다. 사립학교는 학생을 유치하기 위해 다른 사립학교, 또는 공립학교와 경쟁해야 하며, 따라서 학생과 학부모에게 매력적인 교육 프로그램을 제공하려고 노력한다. 반면, 공립학교의 경우 우리나라처럼 학생에게 학교 선택권이 없고, 학생들이 거주지 인근의 학교에 강제 배정되므로 학교가 학생을 모집하기 위해 별다른 노력을 기울일 필요가 없다. 공립학교는 가만히 있어도 정원이 차게 마련이고, 학생 수에 따라 교육청에서 교육비를 받는다. 교사도 굳이 열심히 가르치려고 애쓰지 않아도 불이익을 받는 것이 없다. 학생과 학부모에게 공립학교도 선택할 수 있는 권리를 주고, 공립학교 간, 그리고 공립학교와 사립학교 간 경쟁을 촉발하여 공립학교에도 우수한 교육을 제공하려는 동기를 유발하자는 것이, 조금 단순화시킨 경향은 있지만, 교육 시장화 정책의 핵심이다. 당시 교육에 이와 같은 시장 논리를 도입하는 정책에 대해 찬성과 반대 진영으로 나뉘어 찬반 논쟁이 격렬하게 전개되고 있었고, NCSPE는 각 관점에 기반한 연구물들을 산출 또는 유통하고 있었다. 방금 산출된 따끈따끈한 자료들이 많아 나도 관련 주제로 논문 한 편을 작성하여 학술지에 게재하였다.

종종 점심시간에 열리는 브라운 백 런치에 참여하여 미국 교육의 실상을 파악할 수 있게 하는 특강을 듣기도 하고, '사립학교 리더십'이라는 강좌를 청강하기도 했다. 이 강좌는 컬럼비아 교육대학원의 특별 프로그램이라는 데, 수강생들이 모두 사립학교 교사들이었고, 학생에게 학교 선택권이 있는 공립학교인 차터스쿨charter school과 명문 사립학교 방문, 사립학교 인사 초청 특강, 구글과 같은 민간 기업 방문 등 미국 사립학교와 민간 조직의 현장을 체험할 수 있는 기회를 많이 제공했다. 오랜만에 학생의 위치에서 공부하니 그것도 신선했고, 교수의 교수 방법도 눈여겨볼 수 있었다. 학자뿐 아니라 미국 최대 교원노동

조합인 전미교육협회National Education Association 회장, 지역사회의 교육 개혁에 매진하고 있는 지역교육시민단체 회장 겸 교육 운동가와 변호사를 비롯해 현장에서 교육과 관련하여 활동하는 다양한 분야의 인사들이 대거 참여하는 연례 심포지엄에도 참여할 기회가 있었다.

원래 연구년을 내가 유학했던 스탠퍼드대학교에서 보내려고 했고, 지도교수셨던 카노이 교수께 연락을 취하여 승낙을 받아놓은 상태였다. 그런데 아들이 동부에 있는 대학으로 진학하는 바람에 스탠퍼드대학교로 가는 것을 취소하고 컬럼비아대학교로 행선지를 바꾸게 되었다. 뉴욕 체류 거의 끝 무렵에 카노이 교수가 컬럼비아대학교를 방문하셔서 오랜만에 만나 뵐 수 있었다. 뒤늦게 얻은 쌍둥이 아들을 만나러 오셨다고 했다.

NCSPE에는 미국, 캐나다, 이스라엘, 이탈리아에서 온 방문학자 각 한 명과 나를 포함해서 한국에서 온 방문학자 두 명이 기간을 달리하여 자리 잡고 있었다. 자리라는 것은 책상과 컴퓨터를 제공받고 있다는 의미이다. 연구소 안은 사람이 많아 산만하고 공기도 좋지 않아, 주로 도서관이나 집에서 일을 했다. 처음에는 일주일에 서너 번 연구소에 나가다가, 한글 작업이 필요해지면서 연구소에 나가는 횟수가 줄어들었고, 다른 방문학자들도 연구소에 자리를 지키고 있지 않았으므로, 다른 방문학자들과는 거의 교제할 기회가 없었다. 다만 내 바로 앞자리에 있던 미국인 방문학자와는 종종 미국 정치 이야기를 나누었다. 이따금 나와 유사한 전공으로 공부하고 있던 한국 유학생들이 찾아와서 인사했다.

박사과정에 재학하고 있던 연구소의 부소장(부소장이라기보다 총무라는 명칭이 어울렸다)은 설거지에서부터 컴퓨터 실어 나르기까지 온갖 궂은일을 다 하는 매우 착하고 사려 깊은 친구였다. 내가 귀국하기 전 연구소 스태프 및 한국 유학생들과의 송별회를 주선하여 연구소 생활에 유종의 미를 거둘 수 있게 해주었다.

자주 대화를 나누었던 미국인 방문학자는 송별회 도중에 고모가 병원에 갑자기 입원하셨다고 연락이 오는 바람에 중간에 일어섰다. 고모가 93세 암 환자셨는데 자녀가 없어서 이 조카가 아들 노릇을 하는 모양이었다. 미국 사람들은 개인주의적이라고 하지만, 이 방문학자 집안은 부모와 부모의 형제자매 대가족이 친밀한 관계를 유지하며 지내는 것 같았다. 아버지 세대와 자기 세대, 그리고 조카들까지 세 세대가 찍은 가족사진을 자기 컴퓨터의 배경 화면으로 깔아놓았다. 고모까지 보살피는 것을 보면서 우리나라보다 더 전통적이라는 생각을 했다. 내 유학 시절 지도교수셨던 카노이 교수도 99세 노모를 끝까지 모셨다고 했다.

나의 연구년 목표는 두 가지였다. 하나는 연구비 지원을 받은 연구를 수행한 후 저서 한 권을 출간하는 것이고, 다른 하나는 계속 미뤄왔던 〈교육사회학〉 대학 교재를 집필하는 것이었다. 강의 부담도, 근무 부담도 없었으므로 아무것에도 얽매이지 않고 내가 하고 싶은 연구를 마음껏 할 수 있었다.

집에서 학교까지는 도보로 30~40분 정도 걸리는 거리였다. 운동 삼아 왕복 중 한 번은 걸어서 다니다가, 점차 왕복 다 도보로 다니는 날이 늘어났다. 특별한 일이 없으면 주중 3일은 학교에 나가 문헌을 읽고, 수요일에는 집에서 한글 작업을 하고, 주말에는 문화생활을 했다. 이렇게 뉴욕 생활이 정착되어 갔다.

뉴욕 생활

JFK 공항에서 집으로 가는 길에 차창 밖으로 내다보이는 뉴욕의 인상은 나쁘지 않았다. 여기저기 공사를 위한 비계가 설치되어 있어 복잡하기는 했으나, 하늘은 맑고 공기는 깨끗했다. 9월 초에 도착했으므로 계절상 가을 초엽이라고 할 수 있었지만, 날씨는 여름이었다. 길가의 가로수는 여전히 녹음이 짙었고, 곳곳의 잔디밭은 푸르렀다.

예전 뉴욕에 몇 차례 짧게 방문했을 때는 도시 전체가 어두운 느낌이었고, 솔직히 사람들이 왜 그리 뉴욕을 동경하는지 이해하기가 어려웠다. 엠파이어 스테이트 빌딩이나 자유의 여신상 외에는 특별히 구경할 만한 기념비적인 장소가 없다는 인상을 주는 곳이었다.

그러나 뉴욕의 진수는 적어도 몇 달간 살아봐야 알 수 있다는 것을 이번 기회에 깨닫게 되었다. 뉴욕 생활의 백미는 뭐니 뭐니 해도 문화생활이다. 뉴욕은 뮤지컬, 오페라, 클래식 연주회 등 세계적 수준의 문화예술 활동이 끊임없이 펼쳐지고, 세계적 수준의 미술관과 박물관 등 풍부한 문화자원이 기다리고 있는 곳이다. 카네기 홀과 같은 고급 연주회장의 연주회에서부터 센트럴 파크나 브라이언트 파크에서 열리는 무료 콘서트에 이르기까지 다양한 방식으로 클래식 공연을 즐길 수 있는 곳이었다.

나 홀로의 삶을 살기에도 편안한 도시다. 영화에서처럼 신문을 들고 길가 카페나 공원 벤치에 앉아 혼자서 커피를 마신다거나 브런치를 먹는 광경을 도처에서 볼 수 있었다. 스위스 제네바와는 달리 혼자의 삶이 어색하지 않은 곳이었다.

뉴욕은 코스모폴리턴 도시답게 외국인들이 살기에도 편리한 도시다. 길거리에서는 다양한 인종의 뉴요커들을 볼 수 있었고, 지하철에 앉아 있으면 이해할 수 없는 다양한 언어들이 들려와 바벨탑이 연상되었다. 지하철 탑승권 발매기는 영어 말고도 스페인어, 중국어, 일본어 등 다양한 언어로 이용할 수 있었다. 또 한국 식당을 비롯해 온갖 종류의 인터내셔널 식당이 즐비하여 입맛에 맞는 음식을 찾아 먹는 데 별 어려움이 없었다.

내가 뉴욕에 체류했던 때는 정치적으로, 그리고 경제적으로 전 세계에 영향을 미쳤던 커다란 두 사건이 일어났던 시기이다. 미국 대통령 선거가 있었고, 소위 '서브프라임모기지' 사태로 월가가 직격탄을 맞았던 시기였다. 나는 미국 역사상 최초로 흑인 대통령 버락 오바마가 선출되어 미국 사회에 주는 의미가 남달랐던 선거를 직접 목격했다. 한편 월가에서 시작된 서브프라임 금융위기는 전 세계적으로 확산되었고, 나에게도 직접적인 영향을 미쳤다. 달러 환율이 치솟았기 때문에 나의 체재비도 예상보다 많이 들게 되었다. 이상하게도 스위스에 체류할 때도, 뉴욕에 체류할 때도 모두 금융위기가 발생하여 달러 환율이

　　　　　　　　　　　　　　　　　　　　여행과 인생

치솟았다. 그러나 전자의 경우 돈을 버는 상황이었으므로 환율 상승이 반가웠던 반면, 후자의 경우 반대로 돈을 쓰는 처지였으므로 환율 상승에 침울해했다는 것은 아이러니가 아닐 수 없다.

이때는 '허드슨강의 기적'이라고 불리는 대형 항공사고가 발생한 시기이기도 하다. 2009년 1월 뉴욕시 라과디아 공항에서 출발해 노스캐롤라이나주 샬럿으로 향하던 비행기가 이륙 후 2분 만에 갑자기 날아든 새떼와 충돌하여 엔진 두 개가 동시에 나가 버렸다. 라과디아 공항으로 되돌아가는 것도, 근처 공항에 착륙하는 것도 불가능한 상황에서 기장은 허드슨강에 비상 착수하기로 결정하였고, 이 모험적인 시도는 성공하여 승객 150명 전원이 생존하였던 기적과 같은 사건이었다. 이 사건의 진행과 구조 상황이 시시각각 텔레비전 방송으로 보도되어, 하루 종일 가슴 졸이며 텔레비전 앞에 앉아 있었던 것이 기억난다.

겨울로 접어드니 뉴욕 전체의 분위기가 성탄절 준비로 들썩였다. 집집마다 문 앞에 크리스마스트리를 만들기 위해 준비한 커다란 전나무가 놓이고, 우리 아파트 건물 앞에도 트리용 전나무가 잔뜩 쌓였다. 비즈니스용 고층 건물이 밀집된 맨해튼 한복판의 브라이언트 파크는 이 공원의 넓은 잔디밭을 일찌감치 스케이트장으로 만들어 무료로 개장했다. 가을에는 무료 콘서트를 열더니, 지역 주민을 위한 노력이 돋보였다. 지금은 우리나라 시청 앞 광장도 겨울에는 스케이트장으로 만들어 일반인에게 개방하지만, 그때만 해도 우리나라에서 볼 수 없었던 이 모습이 퍽 인상적이었다. 개장일 야간에는 스타들이 나와 다채로운 공연을 펼쳤고, 이것을 텔레비전 방송국에서 중계도 했다. 나도 아들과 함께 구경하러 갔는데, 너무 늦게 도착한 탓에 자리를 잡을 수 없어 소리만 듣다가 돌아섰다. 메이시 백화점에서 연례행사로 여는 크리스 마스 퍼레이드와 그 유명한 록펠러센터 트리 점등식도 볼 수 있었다. 크리스마스이브에는 아들과 함께 시내의 교회에 가서 예배를 드렸다.

뉴욕 하면 우선 마천루, 금융가, 고급 백화점 등 극치에 달한 현대 문명이 떠오른다. 그러나 자연이 빚어내는 뉴욕의 풍경 역시 아름답 다. 뉴욕의 가을은 단풍과 낙엽으로 고혹적이다. 눈 내리는 겨울의 뉴 욕은 교통지옥을 견뎌야 하는 불편함도 있지만 역시 매력적이다. 여기 에는 뉴욕의 명물 센트럴 파크가 한몫을 톡톡히 한다.

센트럴 파크의 여름, 가을, 그리고 겨울

아파트 바로 길 건너에 그 유명한 센트럴 파크가 자리하고 있었다. 맨해튼 한 복판에 인공적으로 만들어진 센트럴 파크는 여의도 크기만 큼 넓은 공원이다. 세계에서 인구가 가장 조밀하고 고층 빌딩이 빽빽 이 들어서 있는 곳에 이렇게 넓은 공원이 있다니, 이 공원을 기획한 사 람들의 혜안이 놀라웠다. 센트럴 파크는 마치 뉴욕의 허파와 같은 곳 이다.

센트럴 파크에는 전에 뉴욕을 방문했을 때 들러 본 적이 있었으나, 시간도 없었고 위치에 따라서는 위험하다고도 하여 잠깐 맛만 보고 나 오곤 하였다. 워낙 넓어 길 찾기도 어려운 데다가 안내 표시도 잘 되어

                                         여행과 인생

있지 않아 길 잃어버리기 십상이다. 정글 같은 느낌을 주는 울창한 숲도 있고, 날씨가 좋을 때 여기저기 사람들이 앉기도 하고 눕기도 하는 넓은 잔디밭도 있고, 보트를 탈 수 있는 아담한 호수도 있다. 셰익스피어 가든과 같이 꽃이 피어있는 모습도 볼 수 있다. 실외 공연장도 있어 이따금 무료 연주회도 열린다.

센트럴 파크는 뉴욕에 머무는 동안 내가 가장 자주 들렀고, 가장 사랑했던 곳이다. 뉴욕에 도착한 지 며칠 지나지도 않아 미국 사람들처럼 짧은 바지를 입고 본격적으로 센트럴 파크를 걷기 시작했고, 날씨가 추워지기 전까지는 거의 매일 운동 삼아 공원을 걸었다. 언제 나가도 조깅하는 사람들, 반려견을 산책시키는 사람들을 만날 수 있는 그런 곳이다. 공원의 지리를 어느 정도 익힌 후에는 집 근처 마음에 드는 조용한 곳 한 군데를 물색하여 단골로 찾아가서 책을 읽곤 했다. 서늘하지만 햇살이 좋은 쾌청한 날씨에 넓디넓은 잔디밭 여기저기에서 조무래기 아이들이 공 차는 것을 바라보며 한적하게 시간을 보내고 있는 풍경-지금 돌이켜 보아도 마음이 평화로워진다. 반년을 머무는 동안 녹음이 우거진 여름, 단풍이 들고 낙엽이 흩날리는 가을, 온 천지가 눈으로 덮인 겨울의 센트럴 파크의 모습을 모두 감상할 수 있었으니, 크나큰 행운이 아닐 수 없다.

센트럴 파크의 가을은 리처드 기어와 위노나 라이더 주연의 영화 〈뉴욕의 가을〉에 나오는 그대로였다. 천고마비의 계절은 한국에만 있는 것이 아니었다. 뉴욕의 가을 하늘도 푸르고, 청량하고, 높았다. 가을의 정취가 무르익어 가면서 공원에 나가는 날도 많아졌다. 며칠 전 단풍으로

물들고 낙엽이 뒹구는 고혹적인 만추의 정경을 사진 찍었는데, 2~3일 후 나가 보면 더 아름다워져 있고, 2~3일 후 또 나가 보면 더 아름다워져 있어서, 공원의 가을 풍경을 카메라에 많이 담았다. 단풍 구경을 따로 갈 필요가 없었다. 센트럴 파크의 단풍과 낙엽, 그 가을 정취를 어디에 견줄 수 있으랴!

매해 11월에는 뉴욕시 마라톤 대회가 열린다. 어느 휴일 오후 센트럴 파크에서 아직 가 보지 않은 곳을 찾아 동쪽을 향해 가로질러 갔는데, 마침 마라토너들이 공원 바로 옆길을 지나가고 있었다. 한참 마라톤을 구경하다가 공원 안으로 들어오니, 공원이 구경꾼들로 북적거리고 있었다. 마라톤 구경과 가을 단풍 구경을 동시에 할 수 있는 기회를 한껏 즐기고 있는 듯 보였다.

가을이 깊어지고 초겨울에 접어들면서, 공원의 낙엽이 거의 다 지고 나뭇가지가 앙상해졌다. 여전히 공기는 신선하고, 잔잔한 호수는 평화로웠으나, 내가 센트럴 파크에 나가는 횟수는 점점 줄어들었다. 날씨도 날씨려니와 연구가 궤도에 올라 일에 몰두하는 시간이 많아졌기 때문이다. 집에서 라디오를 FM 클래식 채널에 맞춰 놓고, 따끈한 차를 마시며 작업하는 시간은 참으로 행복했다. 공원 산책 시간이 줄어들면서 건강을 생각하여 학교에 버스 대신 걸어서 오가는 횟수를 늘렸다. 걷는 것은 언제라도 상쾌하다. 특히 쾌청한 하늘 아래 차가운 공기가 얼굴을 스칠 때는 더없이 상쾌하다.

눈 내린 겨울 센트럴 파크의 모습은 또 다른 매력을 발산했다. 공원은 온통 새하얀 세상이 되었다. 호수 가장자리는 살얼음으로 덮였으나

여행과 인생

센트럴 파크의 여름(상), 가을(중), 겨울(하)

수면은 여전히 잔잔했고, 호숫가의 자그마한 오두막과 정자의 지붕에
도 눈이 쌓였다. 바람만 강하게 불지 않으면 추위에도 개의하지 않고
여전히 사람들이 공원에 들렸다. 간간이 아이들이 눈썰매 타는 모습과
개들이 뛰어다니는 모습도 보였다. 눈 덮인 공원은 언제 나가 보아도
결코 적막하지 않았다.

쇼핑의 천국 뉴욕

　뉴욕은 쇼핑의 천국이기도 하다. 최고급 백화점에서부터 저렴한 제
품을 파는 시내 아웃렛에 이르기까지 자신의 취향과 형편에 따라 원하
는 거의 모든 것을 구할 수 있는 곳이다. 특히 블랙 프라이데이라고 불
리는 추수감사주일 금요일은 엄청난 폭의 할인판매를 시작하는 날이
라 각종 백화점이 사람들로 장사진을 이루었다. 나도 추수감사절 방학
을 이용해 뉴욕에 온 아들과 이 대열에 합류했다. 이날은 뉴욕 밖에서
도 사람들이 물밀듯이 몰려와 시내의 교통체증이 심각했다. 우리는 수
많은 인파에 질려 나중에 좀 차분하게 돌아볼 생각을 하고, 일단 아들
에게 당장 필요한 장갑과 크로스백만 사 들고 돌아왔다. 추수감사절
시즌부터 시작하여 이듬해 2월까지 계속 가격이 내려간다. 다만 이때
를 기다리다가 인기 있는 제품과 치수가 다 팔려서 원하는 것을 구하
지 못할 수도 있다.
　이때부터 성탄절까지 본격적인 쇼핑 시즌인데, 내가 뉴욕에 머물던

해에는 금융위기로 경기가 침체되어 신통치 않을 것이라는 전망이 지배적이었다. 벌써 실업률이 치솟고, 시에서는 대중교통 요금을 28퍼센트나 올리겠다고 선언했다. 월가에서 기부금을 지원받아 교육 사업을 벌이던 지역시민단체들은 월가로부터 재정 지원이 대폭 감소하여 대대적인 감원을 단행했다. 나처럼 타국에서 온 사람조차 미국의 경제적 어려움을 피부로 체감할 수 있었다.

성탄절 시즌에는 백화점과 고급 상점들이 마치 크리스마스 기분을 내기 위한 아이디어 전쟁을 치르는 것 같았다. 상점마다 기발한 진열장 장식을 선보였다. 길거리에는 강추위에도 아랑곳하지 않고 사람들이 넘쳐났다. 길거리가 마치 관중들이 구름떼처럼 몰린 공연장을 방불케 하였다. 휘트니 미술관이 있던(지금은 다른 곳으로 이전했다) 매디슨대로 75번가부터 59번가 사이에 정말 고급스러운 상점과 사람들이 몰려 있었다. 관광객이 아니라 부유한 토박이 뉴요커들의 구역이라는 느낌이 바로 와닿았다. 긴 밍크코트를 휘감은 귀부인이 역시 잘 차려입은 남편과 같이 쇼핑을 나와서 커다란 쇼핑백에 겹겹이 물건을 사 들고 다니는, 영화에서 보았던 바로 그 광경을 볼 수 있었다. 뉴욕이라고는 하지만 그동안 주로 눈에 띈 사람들은 청바지를 걸쳐 입은 관광객이나 검은 정장을 차려입고 바삐 걸어가는 직장인들이었다. 진짜 부유한 뉴요커를 보기는 이 시즌의 이 동네가 처음이었던 것 같다. 뉴욕은 계층에 따라 구획이 정확히 나누어져 있다는 집주인의 말이 충분히 이해되었다.

뉴욕의 백미 문화예술

뉴욕 생활의 백미는 뭐니 뭐니 해도 문화생활이다. 뉴욕은 브로드웨이 뮤지컬, 뉴욕 필하모닉 오케스트라 연주회, 뉴욕 메트로폴리탄 오페라 등 일 년 내내 도시락을 싸서 공연만 찾아다녀도 다 보지 못할 만큼 풍성한 문화예술 활동이 펼쳐지는 문화예술의 도시이다. 뉴욕 메트로폴리탄 박물관, 흔히 모마MoMA로 불리는 현대 미술관, 구겐하임 미술관, 휘트니 미술관 등 내로라하는 미술관과 박물관도 즐비하다.

공연장 입장권을 구매하는 방법은 다양하다. 재빠르게 행동하면 많이 할인된 가격으로 입장권을 구할 수 있다. 컬럼비아대학교에 가장 고마웠던 점은 학생과 교직원에게 문화행사 입장권을 저렴한 가격에 제공하고 있다는 것이다. 입장료가 20달러씩 되는 미술관도 학생증만 있으면 무료로 입장할 수 있고(대학 신분증을 만들 때 담당자가 학생 신분증이 혜택이 많다고 학생 신분증으로 만들어 주어서 혜택을 많이 보았다), 100달러가 넘는 오페라 입장권도 학생과 교직원에게 15달러에 팔기도 했다. 다만 할인된 입장권은 바로 매진되므로 재빠르게 행동해야 한다.

평일의 경우 저녁 공연보다 낮의 마티네 공연이 훨씬 싸다. 주말 공연은 당연히 더 비싸다. 공연 시작 두 시간 전부터 남은 티켓을 할인된 가격에 판매하는 러시rush 티켓은 싸기는 한데, 긴 줄에 서서 기다려야 하고 내 앞에서 매진될 수 있다는 불확실성을 감수해야 한다. 뉴욕 필이나 뉴욕 메트 오페라단은 최종 리허설을 공개하기 때문에, 할인이 적용되는 이 기회를 활용해도 된다. 오페라의 리허설은 의상을 다 갖

여행과 인생

춰 입는 드레스 리허설이다.

브로드웨이 뮤지컬

뉴욕에 오기 전에 서울에서 온라인으로 브로드웨이 뮤지컬 〈오페라의 유령〉을 예매해 두고, 뉴욕 도착 이틀 만에 관람했다. 컬럼비아대학교에도 아직 가 보지 않은 채 뮤지컬부터 보았다고 남편이 못 말리는 사람이라고 했다. 이 뮤지컬은 한국에서 한국 배우들의 공연을 본 적이 있는데, 역시 브로드웨이 공연 수준이 탁월했다. 다만 관람객이 어수선하게 왔다 갔다 하는 등 관람 태도는 수준 이하였다. 〈헤어스프레이〉도 기대 이상으로 훌륭한 뮤지컬이었다. 무대도 화려했다. 아들 생각이 났다. 아들도 보면 재미있어할 만한 작품이었다.

아들과 함께 관람한 〈맘마미아〉는 정말 대단했다. 서울에서도 한국 출연진의 공연을 가족이 함께 본 적이 있는데, 아들은 브로드웨이 뮤지컬이 비교가 안 되게 좋다고 했다. 당시만 해도 우리나라 뮤지컬은 노래보다는 춤과 연기가 우선이 아니었나 싶다. 이곳 브로드웨이 스타들은 정말 노래를 잘 불렀다. 무대 세팅은 어느 정도 따라간다 해도, 가수의 실력은 따라가기 쉽지 않은 것 같다. 아빠를 너무도 좋아하는 아들은 이 멋진 뮤지컬을 우리만 본 것이 아쉬웠는지, 아빠도 같이 보았으면 좋았겠다고 했다.

〈위키드〉는 〈오즈의 마법사〉 후속편을 뮤지컬로 만든 작품이다. 오즈의 마법사 얘기를 잘 몰랐지만, 그런대로 따라갈 수는 있었다. 눈요기가 대단한 작품이었고, 극장도 내가 가 본 극장 중 가장 훌륭했다. 좌석이 카네기 홀과 링컨센터의 에이버리 피셔 홀이나 오페라하우스보다도 널찍하니 좋았다. 이 작품이 다른 작품보다 비싸고 할인 티켓이 좀처럼 나오지 않는 이유를 알 것 같았다. 당시 〈위키드〉는 〈라이언 킹〉과 1, 2위를 다툰다고 했는데 내가 보기에도 그 수준들이었다. 〈라이언 킹〉은 전년도에 뉴욕을 방문했을 때 최고로 비싼 가격을 들여 관람한 후, 들인 돈이 전혀 아깝지 않다고 생각했던 작품이다. 브로드웨이에서 충분히 1위를 할 만한 뮤지컬이었다. 이번 뉴욕 체류 중에 아들만 혼자 가서 보게 했는데, 아들도 무척 좋아했다.

다만 뮤지컬 〈시카고〉는 매우 실망스러웠다. 등장인물들이 왜 그리 노래를 못했는지 지금도 이해가 가지 않는다. 가수들의 목이 쉬어 목소리가 제대로 나오지 않을 정도였다. 낮에는 관람객이 주로 관광객이므로 성의가 없었나 하는 생각도 들었다. 얼마 후 막을 내렸다고 하는데, 내용에 시사성은 있지만 눈요깃거리도 없고 가수가 노래도 못하여, 브로드웨이 뮤지컬에 부정적 인상을 받게 만드는 주역이었다. 한국에서 완벽했던 뮤지컬 영화를 먼저 본 상태여서 더 그렇게 느꼈는지도 모르겠다.

뮤지컬은 아니지만 뉴욕에서 가장 오래된 브로드웨이 대형 극장 '라디오 시티'에서 매년 공연하는 유명한 〈크리스마스 쇼〉도 아들과 함께 관람했다. 장면 하나하나는 눈요기하기에 좋으나 온갖 잡동사니를 섞어 놓은 듯한 작품이어서, 뉴욕의 고급문화에 눈높이를 맞추어 놓은

　　　　　　　　　　　　여행과 인생

나로서는 높이 평가할 수 없었다. 뉴욕의 유명한 볼거리를 한번 보았다는 것에 의미를 두었다.

클래식 음악의 바다

브라이언트 파크에서 열린 무료 콘서트

뉴욕에서는 9월 말부터 뉴욕 메트로폴리탄 오페라단과 뉴욕 필하모닉 오케스트라의 공연 시즌이 시작되고, 연중 다채로운 콘서트가 무척 많이 열린다. 9월 말부터 브라이언트 파크에서 3주간 저녁 무료 콘서트가 열렸다. 브라이언트 파크는 맨해튼 시내의 빌딩 숲 한가운데에 있는 공원인데, 거대하고 야생적인 센트럴 파크와는 달리 아담하고 잘 가꾸어져 있어서 또 다른 매력을 풍긴다. 점심시간에 이 공원에서 직장인들이 샌드위치 등을 먹고 있는 것을 자주 볼 수 있었다. 이 무료 콘서트는 브라이언트 파크에서 그해 처음으로 기획한 행사로, 해마다 더 확대해 나가겠다고 했다.

첫날은 뉴욕 필의 단원들이 나와서 모차르트의 〈클라리넷 5중주〉와 드보르자크의 〈현악 4중주〉를 연주했다. 뉴욕 필이 이 공원에서 공연한 것은 이번이 처음이라고 했다. 명문 오케스트라 연주를 코앞에서, 그것도 무료로 즐길 수 있어서 행복했다. 클라리넷 연주자 스탠리 드러커Stanley Drucker는 18세에 뉴욕 필에 들어와서 60년간 연주 생활을 한 베테랑 연주자로 이듬해에 은퇴한다고 했다. 한 직장에서 60년이라! 우리나라에서는 상상도 못 할 일이다. 미국 사회의 연령 개념에 감탄할 뿐이다. 오랫동안 클라리넷을 연주해 왔던 아들이 같이 보았으면 좋았겠다는 아쉬움이 남았다. 이후 뉴욕 메트 오페라단, 뉴욕 팝스 오케스트라단 등 유명 연주단들의 공연이 줄줄이 계획되어 있었고, 나는 이중 클래식 장르만 추려서 관람하였다. 공항에 마중 나왔던 부동산중개인이 저녁 식사를 제안하여 한번은 이 중개인과 저녁 식사 전에 공연을 같이 보았다.

뉴욕 메트로폴리탄 오페라

오페라는 내가 썩 즐기는 장르는 아니다. 귀에 익은 아리아가 나올 때는 즐겁지만, 나머지 시간은 지루할 때가 많다. 그래도 뉴욕까지 왔으니 뉴욕 메트 오페라단의 공연을 보아야 하지 않겠는가. 푸치니의 〈나비부인〉은 나에게는 역시 지루했다. 앞좌석에 앉아 있던 한국인처럼 보이는 건장한 두 남성은 공연 중 꾸벅꾸벅 졸더니, 두 번째 휴식 시간 때 나가서는 돌아오지 않았다. 나비부인의 유명세에 비해 삽입된 아리아는 거의 귀에 익지 않은 곡들이었다. 그해 무대를 획기적으로 바꾸었다고 했는데, 매우 현대적인 무대를 연출했다. 그러나 처지고, 느리고, 길어서 현대인들에게는 좀 어떨지. 다른 오페라 공연들은 할인 티켓을 구하기가 만만치 않았던 반면, 이 공연은 좌석이 많이 남아 있어서 할인 티켓을 쉽게 구할 수 있었던 이유가 있었다.

                                           여행과 인생

베르디의 오페라 〈라 트라비아타〉는 친숙한 곡들이 많으므로 꼭 관람하고 싶었던 오페라다. 할인 티켓을 구하기 위해 여러 방식을 검토해 보고 메트 오페라와도 여러 차례 접촉했으나, 결국은 할인 티켓을 포기하고 거금을 들여 일반 티켓을 사야 했다. 토요일 마티네라 조금 더 비쌌지만 밤늦게 돌아오지 않아도 된다는 이점이 있었다. 〈라 트라비아타〉는 역시 귀에 익은 곡들이 많아 충분히 즐길 수 있었다. 그러나 티켓을 반값에 구입할 수 있었다면 딱 좋았겠다는 아쉬움을 남겼다. 독일계 여주인공은 탁월했으나, 남주인공은 음정도 맞지 않을 때가 많았고 높은 평가를 받을만한 수준은 아니었다.

〈닥터 아토믹Dr. Atomic〉이라는 처음 들어보는 오페라의 드레스 리허설을 관람했다. 로스 알라모스에 모인 거물들이 첫 번째 원자폭탄 실험을 준비하면서 겪어야 했던 스트레스와 불안감을 어떤 방식으로 처리했는지에 초점을 맞춘 오페라다. 2005년에 샌프란시스코 오페라단에서 초연한 후, 유럽의 네덜란드 오페라단과 미국 시카고 리릭 오페라단에서 공연했고, 이 공연들로부터 피드백을 받아 2008년에 새로 제작하여 뉴욕 메트 오페라 무대에 올린 것이었다. 내가 본 오페라가 바로 이 오페라이다. 당시 은퇴를 앞둔 뉴욕 필의 음악감독 로린 마젤Lorin Maazel의 후임으로 내정된 젊은 앨런 길버트Alan Gilbert가 오케스트라를 지휘했는데, 오페라 못지않게 이 지휘자가 화제에 오른 공연이었다.

집주인이 티켓 두 장을 가져다주어 내가 청강하던 수업을 같이 수강하고 있던 한국인 여학생과 함께 보러 갔다. 무료로는 볼만한 공연이었으나, 당연히 귀에 익은 아리아는 없었고, 배경음악이 중심이 되었다. 공연 시간은 왜 그리 긴지. 어쨌거나 현대물 오페라가 어떤 것인지 경험할 수 있었던 기회였다. 인터넷을 검색해 보니 2009년에 무대에 올려진 후 무대 공연 실적이 없고, 2023년 과학과 음악 축제의 일환으로 네덜란드 위트레흐트의 어느 폐가 기차 창고에서 공연되었다는 기록이 있을 뿐이다. 내가 참으로 희귀한 오페라를 본 것이었다.

뉴욕 필하모닉 오케스트라 연주회

뉴욕에 머무는 동안 뉴욕 필의 연주회를 관람하러 링컨센터의 뉴욕 필 전용 음악당 에이버리 피셔 홀(현 데이비드 게펜 홀)을 조금 과장하여 내 집처럼 드나들었다. 내가 관람한 첫 번째 공연은 브람스의 〈피아노 퀸텟〉과 드보르자크의 〈교향곡 9번 신세계〉였다. 연주 내내 더할 나위 없이 황홀했다. 이 세상에서 하모니와 팀워크가 만들어 내는 가장 훌륭한 산물이 바로 오케스트라 연주가 아닐까? 지휘자는 마린 올솝Marin Alsop이라는 여성 객원지휘자였다. 그녀는 당시 볼티모어 오케스트라의 음악감독으로 재임하고 있었는데, 미국의 주요 오케스트라의 음악감독으로 임명된 최초의 여성 지휘자였다고 한다. 그때만 해도 여성 지휘자는 매우 드문 시절이었으므로 세간의 주목을 많이 받았고, 이 연주가 음악 비평가들의 입에 많이 오르내렸다. 2022년 반 클라이번 국제 피아노 콩쿠르의 결승전에서 임윤찬과의 협연에 감격하여 눈물을 흘렸던 지휘자가 바로 이 마린 올솝이다. 텔레비전 영상을 통해 연륜이 쌓인 그녀의 뒷모습을 보자 뉴욕 시절에 대한 그리움이 아련하

 여행과 인생

게 밀려왔다.

당시 뉴욕 필의 수장은 78세 고령의 로린 마젤이었다. 정상급 거장 중에서 내한 공연을 가장 많이 했던 지휘자다. 2008년 뉴욕 필의 평양 공연을 지휘했던 바로 그 지휘자로, 반세기에 걸쳐 열다섯 번이나 한국을 찾아왔다고 한다. 그만큼 나를 비롯한 한국인 클래식 애호가에게 친숙한 지휘자다.

로린 마젤에 대해서는 평가가 엇갈린다. 어릴 때부터 천재적인 자질을 드러냈던 세계적인 지휘자라는 평과 뉴욕 필의 퇴보를 가져왔다는 평. 지휘자에게 있어서 78세라는 나이는 무엇을 의미할까? 지휘의 세계는 경륜이 존중받는 세계일까, 아니면 요즘 다른 분야에서처럼 약진하는 후진에게 밀리는 '뒷방 노인네'의 의미를 지니는 세계일까? 뉴욕 필이 2002년에 로린 마젤을 음악감독으로 지명하면서 세대교체에 실패했다는 평을 들었던 것을 보면, 지휘 분야도 신선한 바람이 필요한 분야인 것 같기도 하지만, 세계적인 지휘자 중 백전노장이 많은 것을 보면 경륜이 큰 역할을 하는 세계인 것도 맞는 것 같다.

뉴욕 필의 가을과 겨울 시즌에는 로린 마젤뿐만 아니라 리카르도 무티Riccardo Muti, 쿠르트 마주어Kurt Masur, 구스타보 두다멜Gustavo Dudamel 등 명성이 자자한 지휘자와 바이올리니스트 안네-소피 무터Anne-Sophie Mutter, 피아니스트 라두 루푸Radu Lupu와 같은 세계적인 연주자의 공연도 관람할 수 있었다.

특히 당시 27세의 약관이었던 젊은 지휘자 구스타보 두다멜의 공개 리허설은 기억에 많이 남는다. 뉴욕 필은 내가 그다지 즐겨 듣지는 않는 구스타프 말러의 〈교향곡 5번〉을 연주했는데, 나는 그때 연주보다는 젊음과 열정이 돋보였던 두다멜의 지휘에 매료되었다. 두다멜은 머리끝에서 발끝까지 몸 전체로 지휘했다. 음악이 살며시 고조되는 부분에서는 발뒤꿈치를 들고서 발레하는 듯한 모습을 보였다. 빠글빠글한 짧은 단발머리를 쉴 새 없이 흔들면서 연륜이 쌓인 오케스트라 단원에게 이것저것 요구하며 열정적으로 지휘하는 모습이 무척 인상적이었다. 그 후로 두다멜에 대해 관심을 많이 갖게 되었고, 한국에 돌아와서도 예술의 전당에서 그가 지휘하는 시몬 볼리바르 유스 오케스트라 내한 공연을 관람하기도 했다.

두다멜은 전년도에 우리나라에서도 공연한 전력이 있었다. 그러고 보면 한국에서도 훌륭한 문화자원에 접할 기회가 많은데, 시간과 재정 형편상 찾아다니지 못하고 있는 것인지도 모르겠다. 나에게 뉴욕이 좋았던 것은 문화자원이 풍부하기 때문이기도 하지만, 시간이 넉넉하고 비용에 신경을 덜 써도 되었기 때문이기도 하였을 것이다.

두다멜은 실력도 실력이지만 스토리를 가진 지휘자여서 더욱 많은 주목을 받는다. 1981년 베네수엘라에서 태어난 두다멜은 열 살 때부터 '엘 시스테마El Sistema'를 통해 바이올린을 배우기 시작했다. 엘 시스테마는 마약과 폭력이 난무하는 베네수엘라 빈민가의 청소년들에게 악기를 연주하게 하여 이들의 정서를 순화시키려는 목적으로 호세 안토니오 아브레우José Antonio Abreu라는 경제학자이자 음악가가 만든 음악교육 프로그램이다. 두다멜은 아브레우에게 지휘를 배웠고, 18세에 베네수엘라의 시몬 볼리바르 유스 오케스트라 음악감독을 맡게 되었다.

2009년에는 28세의 나이로 로스앤젤레스 필하모닉 오케스트라의 최연소 음악감독으로 발탁되었다. 그는 이후 LA 필을 미국에서 가장 성공적인 오케스트라로 성장시켰다는 평가를 받았다고 한다. '지휘계의 슈퍼스타'로 불리는 두다멜이 2026년 뉴욕 필의 음악감독으로 부임한다고 하니, 나로 하여금 다시 한번 뉴욕 시절의 그리운 추억을 떠올리게 한다.

헨델의 칸타타 〈메시아〉 리허설 티켓을 이미 구매했는데 집주인이 또 한 장 갖다주어, 마침 크리스마스 방학을 이용하여 뉴욕에 다니러 온 아들과 같이 관람했다. 이 공연은 두고두고 이야깃거리가 될 에피소드를 만들었다. 메시아는 세 악장으로 되어 있고 그 유명한 '할렐루야'는 2악장의 마지막 곡이다. 바로크 음악이 대체로 무난하므로 나는 전체 곡을 기분 좋게 감상했지만, 아들은 내내 졸다가 할렐루야를 연주할 시점에 와서 눈을 떴다. 그런데 바로크 음악 전문 지휘자라고 하는 톤 쿠프만Ton Koopman이 할렐루야는 연습할 필요가 없다고 그냥 다음 곡으로 넘어갔다. 할렐루야를 듣기 위해 온 사람이 많은데 참으로 기가 막힐 노릇이었다. 청중들이 우르르 나가버렸고 우리도 그중 두 명이었다. 이 공연 때문에 자기 계획보다 며칠 일찍 뉴욕에 왔던 아들은 툴툴댔다.

두 차례 관람한 리카르도 무티의 지휘는 또 다른 개성이 있었다. 거의 앉았다가 일어나기도 하고, 연주자들이 놀라지 않을까 우려될 정도로 갑작스럽게 강렬한 자세로 돌진하느라 격한 숨을 몰아쉬기도 했다. 오페라나 연극 무대의 배우처럼 감정을 행동으로 크게 표현하며 종횡무진 다채로운 지휘 모습을 보여주어, 마치 무대 위의 연기를 보는 느낌이었다. 박력이 넘쳐서 젊은 느낌이 들었는데 65세나 된다고 했다. 베를린 필하모닉 오케스트라에 새로 부임한 음악감독 사이먼 래틀 Simon Rattle도 세대교체를 이루었다고 하여 한참 젊은 줄 알았더니 50대 중반이었다. 서구에서는 50대와 60대가 아직도 사회의 중추를 이루고 있는 것일까? 아니면 음악의 세계에서만 그런 것일까?

한 프로그램에서 깜짝 놀랄 정도로 심각한 장애를 지닌 바리톤 가수가 나와 아리아를 불렀다. 그 몸에서 어떻게 그런 목소리가 나올 수 있을지 놀라웠다. 불행하겠다는 생각보다는 신의 축복을 받았다는 생각이 앞섰다. 아울러 하나님은 공평하시다는 생각도 들었다. 저런 비운 속에서 저런 축복을 얻을 수 있다니. 아마 서구 사회였기 때문에 그의 달란트가 꽃을 피울 수 있었을 것이다.

뉴욕 필의 음악감독 로린 마젤의 전임자였던 쿠르트 마주어가 지휘하는 멘델스존의 세 곡을 끝으로 뉴욕 필 연주회 관람의 막을 내렸다. 당해 연도가 멘델스존 탄생 200주년이었다. 내가 평소에 애호하여 자주 듣던 〈바이올린 협주곡〉은 공연장에서는 오히려 그 익숙함으로 인해 연주가 밋밋하게 여겨졌고, 처음 들어본 오페라 곡이 신선하게 다가왔다. 수백 명은 족히 될 것 같은 합창단의 합창과 솔리스트의 독창도 감동적이었다. 쿠르트 마주어는 82세의 나이에 프랑스 국립교향악단의 수석 지휘자를 맡으며, 여전히 활발하게 공연 활동을 하고 있었다.

지휘자는 연주자와는 매우 다른 통합적인 능력이 요구되는 직업이다. 연주자는 자기 영역만 숙달하면 되지만, 지휘자는 모든 연주자의 연주를 이끌어 하모니를 이루어야 하므로 리더십의 정수를 보여주는 자리다. 그래서 지휘자는 대통령, 장군과 함께 남자의 3대 로망이라는 말이 있는 모양이다.

이곳 뉴욕 필 공연 청중의 90퍼센트 이상은 노년층인 것으로 보였다. 낮 공연은 더욱 그랬다. 노인들은 뉴욕 필의 회원으로 가입하여 연중 저렴한 가격으로 공연을 즐기는 듯했다. 회원이 아니더라도 경로할인 혜택이 많았다. 우리 세대가 노년층이 되면 우리나라도 중산층 노인들이 이렇게 세련된 노년기를 보낼 수 있을지 의문도 들었고 부럽기도 했다. 반면 이곳도 젊은이들은 밤늦게까지 일하느라 여유가 없는 모양이다. 또는 젊은이들이 클래식 음악에 매력을 느끼지 못하기 때문에 공연장에서 잘 보이지 않는 것일 수도 있다.

카네기 홀 공연

뉴욕에 머무는 동안 그 유명한 카네기 홀에 한 번은 꼭 가봐야 할 것 같아 아이작 스턴 홀에서 공연하는 제임스 레바인James Levine 지휘의 보스턴 심포니와 피아니스트 다니엘 바렌보임Daniel Barenboim의 협연 티켓을 구했다. 카네기 홀에는 여러 곳의 연주회장이 있는데, 음악계에서 선망하는 연주회장은 대극장 아이작 스턴 홀이다. 스턴 홀에서 공연 기회를 얻기는 매우 어렵고, 여기서 공연한다는 것은 정말 영광스럽고 명예로운 것이라고 한다. 우리나라의 가수 패티킴 씨와 조용필 씨가 스턴 홀에서 공연한 적이 있다. 장켈 홀과 같은 소극장은 대관료만 내면 쉽게 대관할 수 있으며, 카네기 홀에서 공연했다고 자랑하는 사람 중 다수는 이 소극장에서 공연한 것이라고 한다.

지휘자 제임스 레바인은 의자에 앉아서 지휘했다. 척추관협착증 때문이었던 것 같다. 첫 번째로는 제임스 레바인과 다니엘 바렌보임이 슈베르트 피아노곡을 연탄連彈으로 연주했다. 두 고령의 거장이 함께 연주하는 것을 보는 것은 매우 드문 일이다. 두 번째 곡은 베토벤의 〈피아노협주곡 3번〉. 나머지 두 곡은 엘리엇 카터Elliott Carter와 스트라빈스키의 현대 음악이었다. 스트라빈스키의 곡은 흥미롭지는 않았지만, 불협화음이 많다는 현대 음악에 대한 선입견과는 달리 상당 부분이 편안한 음률로 이어졌다. '불협화음 속의 조화'랄까? 미국 작곡가 카터의 곡은 그의 100주년 생일을 기념하여 무대에 올려진 것이었다. 공연 후 생일 케이크와 함께 작곡가가 등장하고 생일 축하 음악이 울려 퍼졌다. 카터는 3년 후 103세에 세상을 떠났다.

뉴욕 사람들의 공연 매너는 수준 미달이었다. 중간에 나가는 사람, 늦게 들어오는 사람, 기침하는 사람, 애기하는 사람 등 진상들이 많았다. 연주가 끝나기가 무섭게 지휘자가 인사도 하기 전에 우르르 일어나 나가버려 내가 다 민망할 정도였다. 지휘자가 그래도 두어 번 나와 인사하는데, 커튼콜도 하지 않고 그냥 나가버렸다. 그러니 뉴욕 필이 한국과 일본에 공연하러 오면 단원들이 그렇게 좋아한다고 한다. 우레와 같은 박수가 쏟아져 나오고 커튼콜을 대여섯 번은 받으니 말이다. 뉴욕 필의 정기 연주회에 오는 청중들은 베토벤의 〈운명 교향곡〉같이 우리에게 익숙한 곡보다는 초연이나 드물게 연주되는 곡을 선호한다는 말을 들었다. 전문적인 클래식 애호가들이 많다는 얘기다. 그런데 왜 연주자들에게 기본적인 예의도 갖추지 않는 걸까?

교회 칸타타

크리스마스를 앞두고 성모 마리아 교회에서 클라리온 뮤직 소사이어티가 공연하는 바하 크리스마스 콘서트에 다녀왔다. 바하는 2백 곡 이상의 칸타타를 작곡했는데, 그중 대부분은 교회 행사에 사용하기 위해 성서적 주제로 만든 교회 칸타타였다고 한다. 바로크 시대의 교회 음악을 교회에서 듣는 기분은 참으로 신선했다.

계절을 막론하고 나의 클래식 연주회 탐방은 계속되었지만, 겨울이 되자 따뜻한 집에서 클래식 음악을 들으며, 차를 마시며, 작업을 하는 데 맛을 들였다. 틈틈이 음악 영화도 다운받아 보았다. 〈어거스트 러시〉, 〈샤인〉, 〈피아노〉, 〈피아니스트의 전설〉, 〈천재소년 비투스〉, 〈파리넬리〉, 〈불멸의 연인〉, 〈카핑 베토벤〉, 〈칼라스 포에버〉 등이 이때 본 음악 영화들이다. 10년 전 제네바의 빅토리아 콘서트홀에서 스메타나의 〈몰다우〉와 드보르자크의 〈신세계〉 연주를 들으며, 이 세상에 음악이 없다면 얼마나 삭막할까 하는 생각을 해 본 적이 있다. 10년이 지난 이때도 다시 그런 생각을 해 보았다는 기록이 남아 있다.

미술관 관람

　뉴욕은 수준 높은 미술작품을 감상할 수 있는 최고의 도시이기도 하다. 현대 미술관, 뉴욕 메트로폴리탄 박물관, 휘트니 미술관, 구겐하임 미술관 등 세계적인 미술관이 가득한 곳이다. 휘트니 미술관은 2015년 중반 하이라인 파크와 허드슨강 사이로 이전하였지만, 당시에는 네 미술관 중 현대 미술관을 제외하고는 모두 맨해튼의 어퍼 이스트에 몰려 있었다. 그래서 집에서 나와 센트럴 파크를 가로질러 들르곤 하였다.

　뉴욕 메트로폴리탄 박물관은 회화와 조각, 사진, 공예품 등 다양한 장르의 작품을 3백여만 점 소장하고 있는 세계적인 박물관이다. 맨해튼 어퍼 이스트의 네 개 블록에 걸쳐 있을 정도로 규모가 크다. 동서고금을 막론하고 광범위한 시대와 지역에 걸쳐 수집한 예술품을 전시하고 있다.

　워낙 규모가 큰 박물관이어서 여러 차례 방문했다. 한번은 아들과 동행했다. 내가 그동안 방문했던 미술관이나 박물관 중 이렇게 시간을 들여 속속들이 관람한 곳은 일찍이 없었다. 이집트의 스핑크스부터 근현대 미술 거장들의 회화에 이르기까지 수많은 걸작을 한자리에서 감상할 수 있었다. 뿐만 아니라 박물관 옥상에서는 센트럴 파크를 비롯하여 맨해튼의 아름다운 풍광을 내려다볼 수 있다. 매일 오가던 공원을 한 발짝 물러서 한 치 위에서 바라보는 맛은 색달랐다.

　더욱이 이 박물관에서 참으로 마음에 드는 가방을 하나 구입할 수

　　　　　　　　　　　　　　　　　여행과 인생

있어서 행복했다. 소위 말하는 검정 '프라다 천' 바탕에 회색으로 'The New York Metropolitan Museum of Art'라는 글씨가 은은하게 쓰여 있는 역사다리꼴 모양의 가방이었다. 가벼운 데다가 노트북이나 책을 넣고 다닐만한 크기여서 서울에 돌아와서까지 요긴하게 사용했다. 다 낡아서 볼품없게 되자 아들에게 다시 똑같은 제품을 온라인으로 구매하여 방학에 가지고 나오게 할 정도로 마음에 들어 했던 가방이다. 몇 해전 오랜만에 여행길에 들고 갔다가, 손잡이가 다 벗겨져 아쉬워하며 버리고 돌아왔다. 온라인 주문이 가능할지 싶어 박물관 사이트에 들어가 보았더니, 가방이 모두 신상품들로 바뀌어 있었다. 세월이 얼마나 흘렀는데, 왜 아닐까?

약칭인 MoMA로 더 잘 알려진 현대 미술관은 19세기 말부터 현재까지의 미술작품을 전시해 놓은 근현대 미술관이다. 우리나라 사람들이 가장 친숙하게 느끼는 인상파 화가의 작품부터 전시되어 있다고 보면 된다. MoMA는 1929년에 현대 미술 전문 미술관으로 개관하여 인상파 화가의 작품과 앙리 마티스나 파블로 피카소와 같은 당시 신진 작가들의 작품을 전시하기 시작했다. 고흐의 〈별이 빛나는 밤〉과 피카소의 〈아비뇽의 처녀들〉, 그리고 달리의 〈기억의 지속〉 등 듣기만 해도 가슴이 벅차오르는 걸작을 포함하여 20만 점 이상의 작품을 소장하고 있다. 프리다 칼로와 구스타프 클림트, 잭슨 폴록, 앤디 워홀과 로이 리히텐슈타인의 작품도 볼 수 있다. 미술계의 흐름을 지배하고 있는 곳으로 알려져 있다.

뉴욕에 머무는 동안 네 차례에 걸쳐 MoMA를 방문했다. 그중 세 번은

링컨센터(상),
뉴욕 메트로폴리탄
박물관 이집트관(중),
구겐하임 미술관(하)

고흐의 특별전 '밤의 색채 전'을 관람하러 간 것이었다. 사람이 많아 세 번째 시도 만에 관람할 수 있었다. 특별전의 주제는 '별이 빛나는 밤'이었다. 밤에는 빛이 없으므로 화가들은 밤의 정경을 그리는데 애로가 있었고, 그래서 많은 경우 상상 속의 그림을 그리곤 했다. 고흐가 고민했던 것도 그것이었고, 결국은 가로등 빛, 전등 빛, 별과 달의 빛 등을 이용해서 그림을 그렸다고 한다. 에른스트 키르크너^{Ernst Ludwig Kirchner} 특별전 '키르크너와 베를린 거리 전'과 미로 특별전 '회화와 반反 회화 전'도 신선했다.

휘트니 미술관은 20세기에서 21세기 미국 현대 예술에 초점을 맞춘 미술관이다. 혁신적인 아이디어를 가지고 있으나 이를 실현할 기회가 없어 힘든 시간을 보내고 있던 미국의 신진 예술가를 위한 장을 제공하려는 목적으로, 1931년 밴더빌트 가문의 창립자인 게르트루드 밴더빌트 휘트니가 자신의 이름을 따 이 미술관을 설립하였다. 팝 아티스트 제프 쿤스^{Jeff Koons}의 많은 작품을 볼 수 있는 곳이다. 내가 들렀을 때는 알렉산더 콜더^{Alexander Calder}의 '모바일' 특별전이 열리고 있었다.

광산재벌이자 철강 사업가인 솔로몬 구겐하임이 수집한 현대 미술품을 기반으로 설립된 구겐하임 미술관은 그 독특한 외관으로 한층 더 주목받는다. 흰색의 달팽이 모양 외관과 나선형 계단으로 설계되어 있어 매우 인상적이다. 주로 비구상 계열의 작품들을 전시하고 있다.

음식과 레스토랑 위크

　뉴욕은 음식 문화가 발달해 있는 곳이다. 다국적의 마켓도 많고 다국적의 식당도 많아 여러 나라의 음식을 맛볼 수 있다. 내가 뉴욕에 머무는 동안에는 외식 물가가 합리적이었고, 음식 배달도 가능했다. 32번가의 한인타운에는 한국 마트도 있어서 음식을 해 먹는 데 거의 문제가 없었다. 스위스 시절과 비교하면 정말 축복이었다. 우선 영어로 쓰여있어 다 읽을 수 있고, 우리에게 익숙한 음식들도 많았다. 컬럼비아대학교 교육대학원 근처에도 크지는 않지만, 한국 마켓과 일본 마켓이 다 있어서 아쉬운 대로 이용할 수 있었다.

　가장 쉽게, 그러면서도 맛있게 먹을 수 있었던 메뉴는 '대패 삼겹살'이었다. 32번가의 한국 마켓에서 얇게 저민 돼지 삼겹살을 사다가 구워 상추와 함께 먹는 날이 가장 많았다. 아들이 다니러 왔을 때도 가장 좋아했던 음식이다. 그것도 해 먹기 귀찮은 날에는 집 근처에 있는 중국 음식점에 가서 단품을 먹거나 음식 배달을 주문해서 해결하기도 했다. 때때로 유학 시절에 많이 먹던 소꼬리를 사다가 곰국을 끓여놓고 며칠씩 먹기도 했다. 유학 시절에 소꼬리는 미국 사람들이 먹을 줄 몰라 내버리는 부위였기 때문에 가격이 무척 쌌다. 한국에 비해서 여전히 저렴하기는 했지만, 유학 시절에 비하면 값이 많이 올랐다. 미국 사람 중에도 소꼬리를 먹는 사람들이 꽤 있는 모양이었다. 홍합을 넣고 끓인 미역국도 단골 메뉴였다. 음식을 장만할 때면 먹는 것이 힘들었던 스위스 시절이 자주 상기되었고, 그때마다 감사한 마음이 들었다.

1월 18일부터 2주일간 뉴욕 레스토랑 주간이 시작되었다. 레스토랑 주간은 여름과 겨울 각각 2주일씩 열리는데 뉴욕 전 지역의 레스토랑 음식을 할인된 가격으로 제공하는 음식 축제다. 미슐랭 스타 셰프를 포함한 유명 셰프의 음식을 저렴한 가격에 맛볼 수 있는 절호의 기회이다. 행사에 참여하는 업체는 모두 애피타이저-메인-디저트의 세 코스 식사를 등급별로 동일한 가격에 판매한다. 따라서 평소에 가격이 비싼 레스토랑의 할인 폭이 커지게 된다.

뉴욕에서 가장 고급으로 알려진 음식점 세 곳에 예약을 시도하였으나, 모두 이미 만석이었다. 차선으로 다른 고급 음식점 두 곳을 예약했다. 평일에야 혼자 가서 먹어도 무방하겠으나, 주말에 혼자 가면 좀 서글퍼 보일 것 같아 피하려 했는데, 남아 있는 날짜가 일요일밖에 없었다. 아들이 뉴욕에 있을 때였으면 좋으련만.

첫 번째 프렌치 레스토랑은 음식도, 분위기도 만족스럽지 못했다. 엄청나게 넓은 홀에 좌석이 빽빽이 들어서 있는 전형적인 대중음식점이었다. 레스토랑 위크의 특별 메뉴가 아니라 기존의 점심 세트 메뉴였는데, 성의 없는 샐러드, 홍어 지느러미 찜, 그리고 후식으로 나온 셔벗 모두 맛이 신통치 않았다. 홍어 지느러미 찜은 새로운 요리를 먹어 보았다는 점에서 의미를 둘 수 있을지 모르겠다.

아시아계 사람이라고는 나 말고 미국인과 같이 식사하는 젊은 여성 한 사람뿐이었다. 거리의 그 많던 아시아계, 아프리카계, 히스패닉계 사람들은 다 어디 갔는지. 백인들 틈에 아시아 여성이 그것도 혼자서 식사했다. 나이가 들어서 뻔뻔해진 것인지, 뉴욕이 스위스보다는 더 익숙한 느낌이 들어서인지, 주뼛거리지도 않고, 주눅 들지도 않고, 사진도 찍어가며, 주는 음식을 씩씩하게 다 먹고(셔벗은 남겼다) 나왔다.

두 번째 식당의 품격은 먼저 식당보다 한 수 높았다. 음식에 정성이 담겨 있었다. 지난번 식당은 규모가 커서 웬만큼 익명성이 보장되었으나, 이곳은 작은 규모의 가족적인 식당이라 아시아계 사람들은 눈에 많이 띄었어도 혼자 식사하기는 상당히 멋쩍었다. 그래도 개의치 않은 척하고 천천히 접시를 다 비우고 나왔다.

아들의 방문

방학 때면 아들이 뉴욕에 다녀갔다. 첫 번째 방문은 10월 중순의 짧은 방학 기간. 도착하기가 무섭게 대학 친구들과 어울리느라고 엄마와 보낼 시간이 없었다. 같이 식당에도 가고, 미술관에도 가고, 공원에도 가고, 뉴욕 여러 곳을 구경시켜 주고 싶었는데 한인타운에서 친구들과 노는 것이 제일 좋았나 보다. 닷새를 머물렀는데 나흘 연속해서 새벽에 들어왔다. 아들을 기다리느라 잠을 많이 설쳤지만, 그래도 아들이 옆에 있어 마음이 푸근했다.

아들의 두 번째 뉴욕 방문은 11월 말 추수감사절 방학 때였다. 역시 대학 친구들과 노느라고 바빴다. 밤늦게나 새벽에 들어와서 아침 먹으라고 대여섯 번 깨울 때까지 자다가, 아침 먹고 다시 점심 먹을 때까지 자다가, 점심 후에 슬그머니 외출하여 또 밤늦게 들어오는 것이 아들

    여행과 인생

의 뉴욕 생활이었다. 조금 일찍 들어와도 개그 프로그램을 늦게까지 보다가 새벽에야 잠자리에 들었다. 못마땅했지만 잔소리를 해봐야 별 효과도 없이 충돌만 할 것 같아 그냥 내버려두었다. 야행성 생활 패턴이 자리 잡은 모양이었다. 학기 내내 공부에 시달렸으니, 방학 때라도 해방감을 느끼도록 내버려두는 것이 옳다는 생각을 했다. 그 와중에 아들과 라디오 시티에서 하는 〈크리스마스 쇼〉와 브로드웨이 뮤지컬 〈맘마미아〉를 보았다. 아들이 좋아했다.

아들이 오면 적적하지 않아 좋은 면도 있고, 생활 리듬이 깨져 불편한 점도 있다. 조용히 나만의 세계에 머물 수 있었던 시간이 다시 일상의 때로 오염되어 버린 듯한 느낌을 피할 수 없었다.

겨울방학에는 아들이 근 한 달간 뉴욕에 머물렀다. 서울에서도 잘 안 하던 식사 준비를 하여 매 끼니를 정성스레 차려 먹였다. 몸과 마음이 편해서인지, 그동안 식사 준비하는 것에 익숙해져서인지 별로 힘들다는 생각은 들지 않았다. 이 말을 들은 남편은 자식이기 때문에 그렇다고 의미심장한 말을 했다. 아마 남편이었다면 이렇게 하지 않았을 것이라는 의미가 함축된, 그리고 일면 수긍이 가는 코멘트였다.

겨울방학에는 아들 친구들 대부분이 잠시 뉴욕에 들렀다가 서울로 돌아갔으므로, 처음 며칠을 제외하고는 뉴욕에서 아들과 함께 놀아줄 사람이 없었다. 대신 내가 아들을 독차지할 수 있었다. 함께 뉴욕 필의 공연도 보고, 메트로폴리탄 박물관도 관람하고, 아웃렛에서 쇼핑도 하고, 뉴욕 체류 버킷리스트에 있던 브루클린 브리지도 걸어보고, 열흘간 남미 여행도 했다.

눈발이 흩날리는 날 아들이 겨울방학을 마치고 다시 학교로 떠났다. 근 한 달을 머물다가, 더욱이 남미 여행 때 계속 붙어 있다가 떠나게 되니 퍽 서운했다. 한국에서 긴 여름방학을 보내고 미국에 돌아갈 때는 시원한 감도 없지 않았는데 웬일일까? 아마 내가 혼자 지내기 때문이었을 것이다. 내 일에는 방해가 많이 되었지만, 그래도 든든했는데. 아들을 지하철역까지 데려다주고 오랜만에 센트럴 파크를 걸었다. 눈이 쌓이고 있었다.

여행 속의 여행

남아메리카 페루, 아르헨티나, 브라질

남아메리카는 한국에서 가기에는 부담이 큰 여행지이다. 지금은 남미행 항공 노선이 다양해져서 비행시간이 줄었다고 하지만 당시에는 서른 시간이 넘어 걸리는 데다가 비행기를 여러 번 갈아타고 가야 했다. 그래서 로스앤젤레스에 친지가 살고 있으면 그곳에서 며칠 머물다가 남미 여행을 떠나는 사람들이 많았다.

나의 뉴욕 연구년 버킷리스트 중 하나는 남미 여행이었다. 이번 기회를 놓치고 한국에 돌아가면 아마 남미 여행 기회를 다시 잡기는 어려울 것이라는 생각을 했다. 아들의 겨울방학이 길기 때문에 그때를 이용하여 같이 다녀올 계획을 세웠다. 뉴욕에서 한국인이 운영하는 여행사에 연락하여 여행상품을 예약했다.

12월 31일 밤에 뉴욕에서 출발하여 1월 9일 아침에 뉴욕으로 돌아오는 열흘 일정의 여행이었다. 지금은 남미에 관광지가 많이 개발되어 한 달 일정의 여행상품도 나와 있지만, 당시에는 남미 하면 마추픽추와 이구아수 폭포만 떠올리던 시절이었으므로, 그 두 곳을 관광하는 데 여행의 방점을 찍었다.

10년 전 남편과 아들이 제네바에 다니러 와서 가족여행을 떠났을 때도 섣달그믐날을 파리행 야간열차에서 보냈던 추억이 있다. 이번에는 섣달그믐날을 페루 리마행 비행기에서 보내게 되었다. 여행지는 페루와 아르헨티나, 그리고 브라질 3개국. 페루에서는 리마에서 출발하여 쿠스코, 마추픽추, 티티카카 호수와 우루섬을 관광하고, 이어 아르헨티나로 넘어가서 수도인 부에노스아이레스와 이구아수 폭포를 관광한 후, 브라질로 건너가 브라질 쪽에서 이구아수 폭포를 관광하는 일정이었다.

잉카문명은 12세기경에 싹을 피워 16세기까지 존재했던 문명이다. 부끄럽게도 잉카문명이 매우 오래된 고대문명이라고 생각했는데, 이것은 우리나라의 세계사 교육이 남미 역사에 대해서는 취약하다는 것을 시사한다. 그나마 문자가 없었으므로 스페인 점령 전의 잉카문명에 대해 기록된 바가 없고, 그래서 잉카유적은 이해하기도, 그 가치를 평가받기도 더욱 어렵다고 한다.

페루에서 첫 번째로 관광한 도시 쿠스코는 15세기 초부터 16세기 초까지 약 100년간 남아메리카 일대를 지배했던 잉카 제국의 수도이자 문화의 중심지였다. 해발 3,399미터에 달하는 고산지대에 자리 잡고 있어 이곳에서 고산병으로 힘들어하는 여행객이 상당히 많았다. 아들도 머리가 깨지는 듯 아프다고 했다. 태양의 신전 또는 황금의 신전이라 불리는 코리칸차, 중심 광장인 아르마스 광장과 12각 돌, 로레토 거리 등 잉카문명의 흔적이 여기저기 남아 있어 남미 여행의 백미로 꼽히는 곳이다. 특히 12각 돌은 돌을 정교하게 다듬어 돌과 돌 사이에 종이 한 장 들어갈 틈이 없도록 쌓아 여러 차례의 지진에도 버틸 수 있었을 만큼 견고한 축조 방식을 보여주는 것으로 유명하다. 이러한 완벽한 석조 건축 기술은 잉카유적 도처의 석벽에서 볼 수 있다.

다음 날 관광열차 편으로 대망의 공중 도시 마추픽추를 방문했다. 잃어버린 잉카문명을 고스란히 간직한 마추픽추는 1911년 한 서양학자에 의해 발견되기 전까지 수풀에 묻힌 채 아무도 그 존재를 몰랐다. 그래서 '잃어버린 도시'라고 불린다. '공중 도시'라고 불리기도 하는데, 그 이유는 해발 2,430미터나 되는 산꼭대기에 건설되어 산과 절벽, 밀림에 가려져 있으므로 아래서는 전혀 볼 수 없고 오직 공중에서만 그 존재를 확인할 수 있기 때문이다. 총면적이 5제곱킬로미터에 달하는 마추픽추는 도시 절반 정도가 경사면에 세워져 있고, 유적 주위는 성벽으로 견고하게 둘러싸여 완전한 요새 모양을 갖추고 있다. 1만여 명이 거주했던 것으로 추정되며, 스페인 정복자들의 파괴의 손길이 닿지 않은 유일한 잉카유적이라고 한다.

마추픽추에서 가장 눈여겨볼 만한 것은 역시 수준 높은 건축 기술이다. 모양도 크기도 제각각인 커다란 돌을 정확하게 다듬어 빈틈없이

   여행과 인생

단단하게 이어 붙인 성벽과 건물을 볼 수 있다. 돌의 표면을 젖은 모래에 비벼서 매끄럽게 갈았다고 한다. 가파른 산비탈에 계단식 밭을 만들고 여기에 배수시설까지 갖추고 있었다. 이곳이 세계 7대 불가사의 중 하나가 된 이유라고 한다. 가파르고 긴 계단 위에는 초록색 풀이 카펫처럼 깔려 있어 멋진 풍경을 연출하고 있었다.

다음 여행지는 남미에서 가장 크고, 배가 다니는 호수로는 세계에서 가장 높은 곳에 있다는 티티카카 호수이다. 안데스산맥의 눈 녹은 물이 모여 형성된 호수로, 페루와 볼리비아 사이의 해발 3,850미터 고원에 자리하고 있다. 쿠스코에서는 괜찮았던 나도 이곳에서는 고산병을 피할 수 없었다. 아들 말로는 밤새 끙끙댔다고 했다. 쿠스코에서 고산병을 겪었던 아들은 이번에는 오히려 괜찮았다.

티티카카 호수는 구름 한 점 없는 하늘과 어우러져 한없이 맑고 평화로웠다. 호수에는 호수에서 자라는 '토토르'라는 갈대를 끌어모아 수백 겹의 두께로 만든 인공 섬이 40여 개 떠 있었다. 이 섬들은 갈대가 물에 젖어 썩으면서 점점 가라앉으므로 주기적으로 갈대를 쌓아주어야 한다고 했다.

우리는 배를 타고 호수 가운데 있는 우로스섬을 방문했다. 이 섬에서 350명 정도가 생활하고 있었고, 학교와 교회도 있었다. 주민들은 대개 어업에 종사하며, 특히 깊은 호수에서 잡아 올리는 송어는 이곳의 명물로 꼽힌다. 주민들은 갈대 섬에서 갈대 배를 타고 갈대 순을 먹으며 살아가고 있었다.

지금은 많이 상업화되었다고 하지만, 그때만 하더라도 순박해 보이는 주민들이 우리를 친절하게 맞이했다. 페루 사람들은 남녀 모두 두 터운 중절모를 쓰고 있는데, 그 이유는 햇살이 너무 강해 머리를 보호 하기 위해서라고 한다. 티티카카 호수를 다녀온 후 모자를 쓰지 않았 던 아들의 두피가 햇볕에 타서 벌겋게 달아올랐다.

아르헨티나와 브라질 여정은 너무 여유롭다 싶을 정도로 이완된 일 정이었다. 부에노스아이레스에 도착하자 거리에서 매혹적인 탱고가 흐르고 있었다. 우리가 가장 먼저 발을 들여놓은 곳은 탱고의 발상지 인 라 보카 지구이다. 이곳은 아르헨티나의 초창기 이민자가 모여 살 던 지역으로, 이들이 하루 일을 끝내고 골목에 있는 선술집에 모여 춤 을 추며 향수를 달래던 것이 탱고의 시작이었다고 한다. 그래서 탱고 에는 이민자의 서러움과 고독, 뱃사람을 기다리는 그리움과 추억, 매 춘부의 버림받은 아픔이 스며있다. 이 작은 마을에는 원색으로 강렬하 게 채색된 건물들이 들어서 있고, 축구 영웅 마라도나 조각상도 보였 다. 따사로운 햇살까지 곁들여져 '낭만'과 '정열'이라는 단어를 떠오르 게 하는 마을이었다. 이민자들의 애환이 서려 있는 곳임이 믿기지 않 을 만큼 예쁘고 화려했다. 페루의 음산한 날씨에 움츠려 있던 아들은 물을 만난 고기처럼 생기가 돌았다. 이곳이 마음에 든다고 했다.

햇볕이 내리쬐는 노천카페에 앉아 음료를 마시고 있었더니 탱고 음 악으로 버스킹을 하고 있던 아저씨가 춤을 추자고 불러내었다. 그렇다 고 내가 나가서 탱고를 출 사람은 아니다. 저녁에는 오페라하우스를 방불케 하는 멋진 공연장에서 와인을 곁들인 식사를 하며 탱고 공연을 관람했다.

여행과 인생

부에노스아이레스 시내에 돌아다니는 사람들은 온통 백인이었다. 당시만 해도 뉴욕을 비롯한 서구의 대도시 중에는 다문화 사회에 접어든 지 오래되어 여러 인종과 민족이 자연스럽게 섞여 있는 곳이 많았다. 내가 다녀본 대도시 중에 이렇게 백인 일색이었던 곳은 처음이었다. 가이드에 의하면 포르투갈이 브라질을 점령했을 때는 아프리카에서 흑인들을 노예로 들여왔던 반면, 스페인이 아르헨티나를 점령했을 때는 이민 온 귀족들이 본국에서 백인 하인들을 이삼백 명씩 거느리고 왔다고 한다. 그래서 브라질에는 흑인들이 많지만, 아르헨티나의 수도는 여전히 백인 사회로 남아 있는 것 같다.

세계에서 가장 거대한 폭포인 이구아수 폭포는 아르헨티나와 브라질의 경계에 있고, 양쪽에서 보는 풍경이 매우 다르다. 그래서 이 폭포를 제대로 감상하려면 두 나라를 다 방문해야 한다. 우리의 여행 일정은 다행히 양쪽에서 다 바라볼 수 있도록 짜여 있었다.

젊은 시절 보았던 롤랑 조페Roland Joffe 감독의 영화 〈미션〉에서 아마존 우림 지역의 웅장한 폭포가 나오는 장면을 보면서, "내가 생전에 저런 비현실적인 곳에 한번 가 볼 수 있을까"라는 의문을 품어본 적이 있다. 그 의문의 이면에는 실현 가능성이 없을 것이라는 예상이 깔려 있었다. 엔니오 모리코네Ennio Morricone가 작곡한 〈가브리엘의 오보에〉의 애잔하고도 감미로운 선율과 함께 화면에 떠오른 거대한 폭포와 원시림은 내가 가 볼 수 없는 환상 속의 장소라는 생각을 했었다. 그런데 그런 환상 속의 장소를 실제로 가 보게 되었으니 그 감동은 이루 말할 수 없었다. 이구아수 폭포 주변 지역을 이구아수 국립공원으로 깔끔하

마추픽추(상), 이구아수 폭포(중, 하)

여행과 인생

게 조성해 놓아 영화 속의 원시림과 같은 느낌을 맛볼 수는 없었으나, 여전히 감동적이었던 것은 틀림없다.

〈가브리엘의 오보에〉는 이후 여러 버전의 편곡을 거쳐 연주되었고, 〈넬라 판타지아〉라는 제목의 성악곡으로도 편곡되어 여러 가수에 의해 불리고 있다. 한때 나의 휴대전화 벨 소리로 사용했을 만큼 내가 좋아하는 곡 중 하나이기도 하다.

브라질 쪽 이구아수 폭포를 관광할 때는 지프차로 폭포까지 약 3.5킬로미터를 이동한 후 25인승 고무 쾌속정으로 이구아수 폭포의 상류인 '악마의 목구멍'(아르헨티나 쪽의 폭포를 방문했을 때 위쪽 가까이에서 보고 왔다) 아래까지 약 6킬로미터를 거슬러 올라가는 짜릿한 체험도 했다. 비옷을 입었는데도 옷이 흠뻑 젖었고, 아들은 무척 재미있어했다.

항공 이동 시간을 제외하고 8일간 남미의 북쪽으로부터 남쪽, 동쪽을 휘돌아 치는 일정이었지만, 후반부의 일정이 여유로워 그리 피곤하다는 느낌은 들지 않았다. 페루는 날씨도 춥고 고산지역이어서 다소 부담이 되었지만, 이후 아르헨티나와 브라질에서는 뜨거운 태양 아래 유유자적한 남미의 기운을 한껏 느낄 수 있었다.

처음 페루 일정은 로스앤젤레스 지역의 한인 여행사를 이용한 평균 연령 65세의 고령 팀과 합류하여 30여 명의 인원이 함께 소화했으나, 티티카카 호수와 우로스섬을 관광하는 일정부터는 뉴욕에서 출발한 여행자들만 동행했다. 뉴욕팀은 신부 한 명, 여의사 한 명, 신혼의 변호사와 아내, 그리고 나와 아들, 이렇게 여섯 명이었고 그중에서 내가 가장 연장자인 듯했다.

신부님은 뉴욕 스태튼 아일랜드에 있는 수도원에 머물면서 4년째 공부하고 있었다. 그해 여름에 한국으로 돌아가 서울의 한 수도원에서 교육 담당 일을 할 예정이라고 했다. 페루에서는 고산증 때문에 산소 호흡기까지 착용해야 할 정도로 고생을 많이 했다. 신부의 특성인지, 아니면 성격이 원래 그런 것인지, 사람을 편안하게 만드는 타입이었다.

국내 최대 법무법인에서 근무한 지 7년이 되었다는 신혼의 변호사는 컬럼비아대학교의 법과대학원에서 1년 과정의 석사과정을 밟고 있었다. 회사에서 모든 비용을 다 대주며, 66번가에 월세 3천 달러가 넘는 아파트에서 살고 있다고 했다. 겸손하고 예의가 발랐고, 그의 아내는 목소리를 듣기 어려울 정도로 내성적이었다.

미혼의 여의사는 심장 영상학과 전문의로 서울의 대형 종합병원에서 근무하다가 연수차 캐나다 토론토의 한 병원에 와 있다고 했다. 바늘로 찔러도 피 한 방울 안 나올 것같이 야무진 사람이었다.

사람 수가 적어 튀는 사람이 있으면 힘들 상황이었으나, 전반적으로 다들 무난하여 시종일관 여행이 편안했다. 모두 이번 봄이나 여름, 겨울에 한국에 돌아갈 예정이라 그 전에 남미 여행을 다녀오려는 사람들이었다. 우리 둘을 제외한 나머지 일행은 브라질의 리우데자네이루에서 이틀을 더 보내고 우리보다 이틀 늦게 여정을 마치기로 되어 있었다.

초반 대형 그룹이 같이 다닌 여행길에서는 스탠퍼드대학교 사회학과에서 박사학위를 받고 미국의 한 주립대학교에서 교수를 하고 있던 36세의 스탠퍼드 동문을 만났다. 스탠퍼드대학교에다가 내가 부전공을 한 사회학과에서 공부한 터라서 공유할 수 있는 이야깃거리가 무궁무진했다. 스탠퍼드대학의 교수들을 비롯해 서로 아는 사람도 무척 많아 대화가 끊이지 않았다.

패키지여행은 동반 여행객들의 행태를 관찰하면서 사람에 대해 많은 것을 생각하게 한다는 점에서 또 다른 매력이 있다. 유적이나 풍경은 보고 돌아서면 잊어버리기 쉽고 또 아쉬운 대로 사진이나 동영상을 통해 간접 체험을 할 수도 있다. 그러나 사람들과의 만남을 통해서 얻는 것은 대체 불가하고 기억에 오래 남는다. 다만 잘 맞지 않는 사람들을 만났을 때 여행을 망쳐버릴 위험성은 감수해야 한다. 이번 여행에서는 나와 전혀 다른 분야에 종사하는 이질적이면서도 편안한 사람들 대여섯 명과 해박한 가이드(해박하지 않은 가이드도 있어서 그 점에서는 불만스러웠지만)가 전해주는 새로운 지식과 정보를 들으며, 오붓하고 여유롭게 시간을 보내는 맛이 참으로 좋았다.

남미 여행을 같이 갔던 뉴욕팀 신부님과 젊은 변호사 내외와는 여행 후 뉴욕에서 두 차례 더 만났다. 한인타운에서 점심을 먹고, 아들이 여러 차례 얘기하던 고려당에 가서 차를 마셨다. 고려당은 32번가답지 않게 실내장식이 근사했다. 두서없이 이런저런 이야기를 많이 나누었다. 편안한 마음으로 만날 수 있었던 것을 보니 나와 비교적 코드가 맞는 사람들이었던 것 같다. 전혀 다른 분야에 종사하는 사람들이라 더욱 즐겁게 시간을 보낼 수 있었을 것이다.

변호사 내외가 집으로 초대하여 2월에 한 번 더 만났다. 아파트는 지은 지 4~5년밖에 안 되는 새 건물로 수영장을 비롯한 운동시설이 다 갖추어져 있었고 옥상에는 허드슨강을 바라볼 수 있도록 라운지를 만들어 놓았다. 트럼프 계열의 유명한 아파트라고 했다. 내가 거주하고 있던 아파트와의 임대료 차이만큼의 가치가 충분히 있어 보였다. 이곳은 미리 입주 신청서를 제출하여 심사받아야 하는데, 신청 비용만 2천~3천 달러나 된다고 했다. 입주 절차를 까다롭게 하여 아무나 들어오지 못한다는 것을 과시하려는 듯했다. 변호사-그것도 젊은 변호사인데도-와 대학교수 간 경제적 지위의 차이를 느낄 수 있었다. 어쨌거나 뉴욕에 반년 머물면서 남의 집에는 처음 가 본 것이었다. 맨해튼의 집 사정이 내가 거주하는 아파트 같지마는 않다는 것, 임대료의 가치가 어느 정도 된다는 것을 알 수 있는 기회였다.

선밥과 싱거운 반찬이 입에 맞지는 않았지만 그래도 그릇을 싹 비우고, 오후 내내 그 집에 머물며 화기애애하게 이야기를 나누었다. 신부님으로부터 신부의 세계에 대해 여러 정보를 얻었다. 수도회 신부의 용돈과 교구신부의 월급이 얼마나 적은지도 알게 되었다. 신부는 가족도 없고 의식주가 모두 해결되기는 하지만, 정말 금욕주의적인 생활을 해야 하는 듯했다. 그런 생활을 신실하게 한다면 정말 존경받아야 마땅하다. 요즘 신부를 하지 않으려는 이유를 알 것 같았다.

이해관계가 얽히지 않은 이런 인간관계는 부담도 없고 편안해서 좋다. 보통은 이럴 때 명함이라도 주고받을 텐데 우리는 그런 것도 하지 않았다. 이 사람들과 다시 만날 기회가 없을 것이라는 생각에 아쉬움이 남기는 했지만, 그래서 더 편안하게 대화를 나눌 수 있었을 것이다.

 여행과 인생

뉴욕시 근교 모홍크 산장

10월 하순. 이 시기가 미국 동부 단풍의 절정이라고 한다. 센트럴 파크의 단풍만으로도 충분히 만족할 만했지만, 본격적인 단풍 구경을 하고 싶었다. 인터넷을 검색하여 여행사 상품을 한군데 예약했으나 당일 아침 비가 주룩주룩 내려 취소하고, 그다음 주에 뉴욕시에서 북쪽으로 약 두 시간 거리(145km)에 있는 모홍크 국립공원으로 당일치기 여행을 다녀왔다. 오랜만에 대도시에서 벗어나 차를 타고 교외를 달리는 것만으로도 가슴이 확 트였다. 가는 길의 단풍도 환상적이었다.

그러나 가까운 곳이라고 상세히 점검하지 않고 떠난 대가를 톡톡히 치러야 했다. 버스 정류장에서 내리면 모홍크 국립공원까지 걸어서 갈 수 있을 것으로 예상했으나, 모홍크는 정류장에서 매우 멀리 떨어져 있었고, 연결 편 대중교통도 마땅히 없었다. 순간 당황했지만, 포기할 수는 없어 택시를 잡아탔다.

모홍크 국립공원은 국가역사유적으로 지정된 '모홍크 산장^{Mohonk} Mountain House'으로 유명하다. 이 산장은 허드슨 계곡에 호수를 끼고 자리 잡은 아름다운 리조트이다. 지금은 예약 손님이 아니면 주차장에서 입장료를 내고 주차한 후 30분 정도 걸어 올라가야 한다고 하는데, 그당시는 입장료 없이 산장 바로 앞까지 택시가 들어갈 수 있었고, 리조트 전체를 자유롭게 둘러보는 것이 허용되었다.

단풍잎이 많이 떨어지기는 했어도 모홍크의 전경은 더할 나위 없이 아름다웠다. 날씨는 화창했고, 낙엽을 밟으며 호젓한 산책길을 걷는 기

분도 여유로웠다. 호수 옆의 오르막길을 따라 산 쪽으로 올라가면 산장의 전망이 한눈에 들어온다. 영롱한 코발트 빛 호수와 호숫가의 흰색 빅토리아풍 산장호텔, 그리고 오두막 모양의 목조 가옥을 알록달록 물든 숲이 둘러싸고 있는 모습은 가히 고혹적이었다. 산장에서 점심을 먹고 산장 안팎을 돌아본 후, 경치 좋은 곳에 자리를 잡고 한동안 망중한을 즐겼다.

여행과 인생

버킷리스트 완성하기

뉴욕시는 크게 맨해튼, 브롱크스, 퀸스, 브루클린, 스태튼 아일랜드 등 다섯 개의 행정구역으로 나뉜다. 뉴욕시 전 지역을 둘러보는 것이 내 뉴욕 체류 버킷리스트에 있었다. 브롱크스에는 청강하는 수업에서 학생과 학부모가 선택할 수 있는 공립학교인 차터스쿨을 방문하러 갈 때 가 보았고, 브루클린에는 아들과 브루클린 다리를 건너 잠시 맛보기를 해 보았고, 스태튼 아일랜드에는 유학 시절 학회에 참석했다가 자유의 여신상을 보러 가며 들린 적이 있다. 귀국을 얼마 남겨놓지 않고 아직 가 보지 않은 퀸스의 플러싱에 다녀왔다.

퀸스는 히스패닉계, 아프리카계, 아시아계 이주민이 대거 거주하는 지역으로, 차이나타운과 한인타운이 밀집되어 있다. 퀸스에서는 전철이 지상으로 운행되어 바깥을 구경하기 좋았다. 퀸스에 들어서니 재개발 전의 할렘같이 지저분하고 낡고 피폐해 있다는 느낌이 와닿았다.

돌아오는 길에 센트럴 스테이션에서 내려 역 내부 사진을 몇 장 찍고 유엔으로 향했다. '진짜' 뉴요커들을 맨해튼 동쪽 42번가 근처에서 만나볼 수 있었다. 청바지나 잠바 차림을 거의 볼 수 없었고 검정 코트를 입은 신사, 부츠에 스커트 차림의 숙녀들이 눈에 띄었다. 이제부터는 검은색 복장을 애용해야겠다는 생각이 들 정도로 거의 검은색 차림 일색이었다. 진짜 뉴요커를 보지 못해 안달하는 아들에게 알려주어야겠다고 마음먹었다. 1, 2, 3번 대로 42번가의 주변에 가 보라고.

유엔에서 카메라의 건전지가 다 소진되어 조마조마해하며 사진을

유엔에 전시된 역대 유엔 사무총장 사진

찍었다. 아침에 72번가까지 왔다가 카메라를 두고 나온 것을 알아차리고는 다시 지하철을 타고 집에 돌아가서 가지고 나오는 소동을 벌였는데, 하루 종일 카메라가 말썽이다. 다행히 찍고 싶은 것을 다 찍을 수 있었다. 전시된 역대 유엔 사무총장 사진 맨 끝에 반기문 사무총장의 사진이 걸려 있었다. 한국인들에게는 자긍심을 불러일으킬 만했다. 유엔을 방문하니 10년 전 ILO 근무 시절의 추억이 떠올랐다.

미국은 세계에서 가장 부유하고 힘 있고 민주주의가 발전한 나라이며 (요즈음에는 달라지기는 했어도), 그중에서도 뉴욕은 세계에서 가장 고급스럽고 세련된 도시에 속한다. 그래서 미국과 뉴욕은 오래전부터 그런 나라

 여행과 인생

와 도시였다고 착각하기 쉽다. 그러나 20세기 초만 하더라도 뉴욕, 곧 미국이라는 사회는 무법천지였던 곳이다. 뉴욕에 체류하는 동안 뉴욕을 배경으로 한 영화를 여러 편 다운받아 보았다. 그 가운데 〈갱스 오브 뉴욕〉, 〈아메리칸 갱스터〉, 〈원스 어폰 어 타임 인 아메리카〉 등의 영화는 20세기 전반 뉴욕의 어두운 모습을 적나라하게 보여주었다. 이 영화들을 보면서, 미국과 뉴욕이 세계 최고의 나라와 도시가 되기까지는 참으로 많은 희생이 따랐고, 치열한 노력이 필요했을 것이라는(물론 세계대전과 같은 외부 요인도 큰 도움이 되었지만) 생각이 들었다. 그러니 온 국토가 완전히 파괴되었던 6·25전쟁 이후 불과 반세기 만에, 원조를 받던 나라에서 원조를 하는 나라로 눈부시게 변신한 한국의 모습에 세계가 놀라지 않을 수 없을 것이다.

피렌체와 토스카나, 그리고
남부 이탈리아 소도시 한 달 살기[2]

직장생활을 시작한 후 학회 참석, 연수, 출장, 그리고 가족과의 휴가 여행을 통해 6대륙 40개국의 수많은 도시를 방문했다. 그러나 어느 시점에서부터인가 주요 명소들을 훑고 지나가는 짧은 여행에서 별 의미를 찾을 수 없게 되었고, 분위기 있는 도시에서 장기간 머물며 주변 지역을 여유롭게 오고 가는 여행을 해 보고 싶다는 생각에 사로잡혔다.

남편이 사업 은퇴 후 시간 활용에 유연성이 생겼고, 내가 두 번째 연구년을 맞이했던 2018년 가을에 우리 부부는 당시 여행권에 등장하기 시작했던 '한 달 살기'를 시도하였다. 이탈리아의 피렌체에서 3주 머물며 피렌체와 토스카나의 소도시를 둘러본 후, 아말피 해안과 바리 주변의 남부 소도시로 이동하여 1주 여행하는 일정이었다.

피렌체를 처음 방문한 것은 1998년 12월. 가족과 떨어져서 스위스 제네바의 ILO 본부에 근무하던 중 겨울방학을 이용해서 초등학교 3학년이었던 아들이 아빠와 함께 엄마를 만나러 스위스에 왔을 때였다. 가족과 열흘 남짓 이탈리아 주요 도시와 프랑스 파리를 둘러보는 여행을 했는데, 그때 가장 인상적이었던 곳이 피렌체였다. 피렌체는 도시 전체가 박물관 같은 느낌이었다. 그러나 체류 일정이 짧아 많은 아쉬움을 남기고 떠나야 했던 곳이다.

'한 달 살기' 1순위 후보지는 피렌체. 그런데 피렌체가 토스카나의 주도이며, 토스카나에는 중세의 자취가 남아 있는 소도시들과 나지막한 구릉, 포도밭, 올리브나무, 사이프러스 등 아름다운 자연이 사람들을 매료시키고 있다는 것을 알게 되었다. 푸치니와 피노키오의 고향, 대리석의 산지라는 것도 알게 되었다. 그동안 토스카나는 남프랑스의 프로방스와 함께 막연하게 환상적인 이미지로 그려지는 동경의 대상이었을 뿐, 그 지역에 대해 자세히 알 기회는 없었다.

피렌체를 기반으로 하여 3주 남짓 피렌체의 곳곳을 꼼꼼히 둘러보면서, 사이사이 토스카나의 소도시들을 한군데씩 당일 여행하는 것으로 여행의 큰 골격을 세웠다. 이번 기회에 1999년 〈내셔널 지오그래픽〉이 '죽기 전에 꼭 가봐야 할 50곳' 중에서 1위로 선정했다고 하는 남부 아말피 해안과 당시 여행 블로그에서 심심치 않게 추천하고 있던 마테라를 비롯한 남동부 바리 주변의 소도시도 다녀보자는 생각에 마지막 일주일은 이탈리아 남부 여행에 할애했다.

한 달 살기 계획

이번에 연구년을 받으면 그동안 수업 때문에 해외여행을 할 수 없었던 봄이나 가을에 피렌체와 토스카나 주변 소도시를 둘러보자는 계획을 세우고, 틈틈이 정보를 수집했다. 요즘은 가족끼리 또는 '나 홀로' 자유롭게 여행하는 사람들이 많아졌고, 이들이 여행 후기와 각종 정보를 블로그에 올려놓아 여행 계획을 세우는 데 큰 도움이 된다.

숙소도 호텔뿐 아니라 비엔비가 발달해 있어 다양한 선택지가 존재하며, 아파트를 합리적인 가격에 통째로 빌리는 것도 수월해졌다. 사진과 신뢰할 만한 후기들 덕분에 직접 가 보지 않아도 어느 정도 숙소의 상태를 파악할 수 있어 그것도 매우 편리하다. 20년 전 가족과의 이탈리아 여행을 계획할 때, 제네바 기차역에 있던 쿠오니여행사를 여러 차례 방문하여 상담도 받고 예약도 했던 것에 비하면 정말 격세지감이 아닐 수 없다. 당시 발품을 많이 팔아 준비했음에도 불구하고 그다지 만족스럽지 못했던 숙소가 많았다. 특히 베네치아의 숙소는 너무 열악하여 남편의 원성을 많이 샀다.

2018년 8월 마지막 주가 되어서야 대학 보직을 면하고 보직 때문에 연기되었던 연구년을 승인받을 것을 알게 되었고, 이를 알자마자 곧바로 여행 준비에 착수했다. 꿈에 그리던 날씨 좋은 10월 한 달간의 여행을 계획하였으나, 10월 말에 집안에 큰 행사가 있어 부득이 11월 한 달로 연기할 수밖에 없었다. 토스카나는 이때가 비수기에, 우기이고, 일몰 시간도 빨라져서 여행 적기는 아니지만, 이듬해 봄까지 기다리기에는 마음이 너무 급했다. 오히려 비수기라 관광객이 적어 쾌적하고 가성비 높은 여행을 할 수 있다는 것을 위안 삼아 여행 결심을 굳혔다.

세부적인 여행지로는 블로그에 올라와 있는 여행 후기들을 차근차근 검토한 후 토스카나에서 아레초, 시에나, 산지미냐노, 몬탈치노, 피엔차, 몬테풀치아노, 피사, 루카 등을 정해놓고, 피렌체와 로마 중간 지점에 있는 움브리아주의 아시시와 피렌체 북서쪽에 있는 친퀘테레를 추가했다. 남부 여행은 아말피 해안의 아말피, 포지타노, 라벨로와 남동부 풀리아주의 주도인 바리 주변의 마테라와 알베로벨로를 목적지로 정했다.

늦가을의 피렌체와 피에졸레

에어비앤비를 통해 구한 숙소는 만족스러웠다. 유럽 영화에서 볼 수 있었던 나무로 된 육중한 정문이 있는 건물의 5층. 건물이 오래되어 좀 낡기는 했으나, 집 안은 정성 들여 꾸며놓은 듯한 인상이었다. 집도 매우 넓었다. 특히 거실이 넓어 답답하지 않았고 내 집 같이 편안했다. 집주인 본인이 살던 집이라 생활에 필요한 모든 물품이 갖추어져 있었다. 우리가 첫날 먹을 수 있도록 물, 우유, 빵 등 간단한 음식도 준비해 놓아 배려심이 느껴졌다.

피렌체는 상당히 복잡했다. 관광객도 많고 길이 좁아 이동이 불편했다. 두 사람이 나란히 걸을 수 있는 공간이 나오지 않아 앞서거니 뒤서

 여행과 인생

피렌체 전경(상), 피티 궁전 저택(하)

거니 하며 걸을 수밖에 없었다. 우리가 기대했던 여유롭게 거닐 수 있는 공간은 아니었다. 20년 전의 기억으로는 이렇게까지 정신없는 도시는 아니었던 것 같은데, 그때는 겨울이어서 그랬을까? 도시도 많이 지저분해졌고 피렌체의 랜드마크인 산타 마리아 델 피오레 두오모 성당도 많이 변색해 있었다.

그러나 도시 전체가 박물관 같다는 인상은 여전히 유효했다. 중세와 르네상스 시대의 건물이 꽉 들어차 있는 피렌체는 분명 시간이 멈춰선 도시였다. 사진으로만 볼 수 있었던 천재 예술가들의 수많은 걸작이 어디를 가도 눈에 들어오는 피렌체는 그 어느 도시도 따라올 수 없는 보고임이 틀림없었다. 특히 미켈란젤로의 다비드상을 비롯하여 거대한 조각품-비록 복제품이기는 하지만-이 늘어서 있는 시뇨리아 광장과 란치의 개랑은 여전히 장관이었다.

이번에는 성당, 미술관과 박물관, 궁전과 정원을 샅샅이 찾아다니며, 유적과 예술작품을 여유 있게 감상했다. 20년 전 옥외에 전시된 복제품 몇 가지 외에 별로 본 것 없이 떠났던 한을 원 없이 풀었다. 무엇보다 수십 개의 성당을 돌아다니면서, 성당의 구조와 문화, 역사, 그리고 정치에 대해 배우게 된 것은 피렌체와 토스카나 여행으로부터 얻은 큰 수확이다. 일례로 평소 유럽의 성당을 관람하면서 중앙 제단과 회중석과는 별도로 여기저기 따로 예배드릴 수 있는 공간들이 있어 이 공간들의 용도가 궁금했었다. 이탈리아어로 카펠라cappella, 영어로 채플chapel이라고 하는 이 예배당은 성직자나 교인들이 개별적으로 예배드리는 공간이다. 그런데 르네상스 시대에는 각 예배당을 특정 가문

     여행과 인생

이 후원하며 거의 소유하는 시스템으로 운영되어, 종교적인 기능뿐 아니라 가문의 위세를 상징하는 정치적, 사회적 기능도 수행했다는 것을 알게 되었다. 또 성당을 장식하고 있는 수많은 위대한 예술품의 탄생과 운명에는 당시의 복잡한 정치적, 사회적 역동이 은밀하게 작용했다는 것도 알게 되었다. 피렌체와 르네상스의 탄생에 미친 메디치 가문의 엄청난 영향력도 두 눈으로 분명하게 확인할 수 있었다.

특히 성당 벽화의 대부분을 차지하고 있는 프레스코화의 매력에 흠뻑 빠져버렸음을 고백하지 않을 수 없다. 프레스코화의 은은한 색조는 마음을 평화롭게 한다. 산 마르코 수도원 수도사들이 기거했던 마치 감옥 같은 독방의 벽에 한 점씩 그려져 있던 프라 안젤리코의 담백하면서 온화한 프레스코화는 가슴 속에 오래 남아 있을 것 같다.

가을의 정취가 무르익은 어느 날 복잡한 피렌체를 뒤로하고, 잠시 피렌체의 북동쪽 비탈진 언덕 위에 자리 잡은 단아하고 품위있는 마을 피에졸레를 방문했다. 피에졸레의 미노 광장까지 언덕을 올라가는 길은 황홀한 풍광을 자랑하고 있었다. 피에졸레는 돌담 하나하나가 깔끔하게 정돈되어 있었고, 거리와 건물들 역시 정갈한 느낌을 주었다. 피에졸레 언덕의 구름 한 점 없는 하늘 아래로는 아름다운 피렌체의 파노라마가 펼쳐지고 있었다.

피에졸레는 단테의 〈신곡〉, 보카치오의 〈데카메론〉, 헤르만 헤세의 첫 번째 소설 〈페터 카멘친트〉 등 세계적인 대문호들의 저작에서 배경이 되었을 만큼 영감을 불러일으키는 곳이다. 포스터의 소설 〈전망 좋은 방〉에서 비브 목사의 초대로 여주인공 루시 허니처치 양의 일행이

피에졸레 산 프란체스코 성당 광장

소풍을 갔다가, 허니처치 양이 조지 에머슨에게 운명적인 키스를 '당했던' 곳이기도 하다. 프라 안젤리코가 이곳에 거주하면서 작품 활동을 하기도 했다.

파노라마 전망대에서 계단을 오르면 언덕 맨 끝 지점에 산 프란체스코 성당 광장이 나온다. 이 광장에 들어서면 먼저 돌 십자가를 가운데 품고 있는 탑을 만나게 된다. 성당 주변은 고요하고 성당 외관은 아무 치장도 하지 않아 소박하고 고즈넉한 느낌을 준다.

성당 안으로 들어가니 갑자기 마음이 평안해졌다. 허세와 사치를 전혀 찾아볼 수 없는 자그마한 공간이다. 진한 갈색의 내부는 화려한 대리석과 황금색으로 치장한 피렌체의 성당과 달리 따스하고 온화한 느낌을 주었다. 갈고 닦은 시골집 같은 느낌이랄까! 오래 머물러 있고 싶은 마음이 들었다. 우리가 들어갈 때 한쪽에 앉아 있던 여행객 한 명이 우리가 다 둘러보고 나올 때까지 그대로 앉아 있는 것을 보니 이 여행

     여행과 인생

객도 같은 마음이었나 보다. 성당 박물관 벽에 그려져 있는 병자를 돌보는 그림, 장례를 치르는 그림, 수감되어 있는 죄수를 만나는 그림들은 소외된 사람들을 돌보는데 헌신했던 산 프란체스코의 정신을 이어받은 성당임을 증명하고 있었다.

피에졸레의 인상이 너무 좋아 그 후에도 야경을 보러 한 차례 더 방문했다. 미노 광장에서는 벼룩시장이 열리고 있었다. 일몰까지 시간이 많이 남아 있어, 카페에서 커피를 한 잔씩 마시면서 몸을 녹인 후 전망대로 올라갔다. 오후 네 시 반경에 일몰이 시작되었다. 조금 더 기다리자, 불빛이 보이기 시작했다. 피에졸레에서 내려다보는 피렌체의 야경은 미켈란젤로 광장에서 내려다보는 야경에 미치지는 못했으나 역시 아름다웠다.

몽환적인 토스카나의 중세 소도시: 아레초, 시에나, 산 지미냐노, 몬탈치노, 피엔차, 몬테풀치아노, 피사, 루카, 피스토이아, 프라토

토스카나 구릉의 고혹적인 풍광과 중세 소도시의 정취는 피렌체에서 쌓인 피로감을 말끔히 씻어주었다. 피렌체에서 당일로 다녀오는 일정은 매우 효율적이었다. 모든 도시가 피렌체에서 기차나 시외버스로 한 시간 반에서 두 시간 반 거리에 있고 규모가 크지 않기 때문에, 아침 일찍 출발하면 어두워지기 전에 돌아올 수 있었다. 우리는 늦지 않

발도르차

여행과 인생

게 귀가하여 휴식을 취하려고 일몰 전에 귀갓길에 올랐지만, 교통편이 늦게까지 있으므로 체력이 뒤따라준다면 야경을 보고 돌아와도 시간은 충분하다. 다만 몬탈치노와 피엔차, 그리고 몬테풀치아노는 대중교통으로 접근하기 불편한 곳이어서 이 세 도시를 당일에 다녀오는 와인 투어 상품을 이용했는데, 매우 탁월한 선택이었다.

토스카나의 소도시들로 가는 길은 그야말로 몽환적이었다. 수확이 끝나고 황금색으로 물든 포도밭, 늘씬하게 솟아올라 도열하고 있는 진초록의 사이프러스 나무, 그 사이사이 모습을 드러내는 정겨운 올리브 나무, 그리고 부드럽게 물결치는 구릉의 능선이 끝없이 이어진 발도르차 평원에서는 적당히 가라앉은 늦가을의 정취가 물씬 풍겨 나오고 있었다. 이 황홀한 토스카나의 풍광 앞에서 우리는 언제나 할 말을 잃었다.

토스카나의 중세도시 중에서도 특히 황토색으로 물든 시에나에는 볼만한 명소들이 무척 많다. 시에나에서는 아홉 쪽의 부채꼴 모양으로 나누어져 한쪽으로 기울어져 있는 캄포 광장으로부터 관광을 시작하게 된다. 푸블리코 궁전의 시립 박물관과 만지아 탑, 산타 마리아 델라 스칼라 박물관 복합단지, 시에나 두오모 산타 마리아 아순타 대성당 등 넘쳐나는 명소들이 우리를 기다리고 있었었다.

피렌체 두오모 성당이 경쟁자 시에나와 피사의 두오모 성당보다 더 크고 웅장한 성당을 갖고 싶다는 피렌체의 욕망으로부터 탄생했다는 사실이 알려주듯이 시에나 두오모 성당은 당시 이탈리아에서 가장 크고 멋진 성당중 하나였다. 피렌체에서 이 성당보다 더 큰 두오모 성당을 짓자, 시에나는 피렌체 두오모 성당보다 더욱 웅장하고 화려한 성당

시에나 전경(상), 산지미냐노 치스테르나 광장(하)

여행과 인생

을 갖고 싶어 시에나 두오모 성당의 확장 공사를 시작했다. 그러나 시에나를 휩쓸고 지나간 흑사병으로 인해 결국 미완성에 그치고 말았으며, 현재의 모습은 13~14세기에 걸쳐 만들어진 모습이다.

시에나 두오모 성당의 파사드는 초록색이 섞인 회색, 흰색, 분홍색 대리석과 섬세한 조각으로 화려하게 장식되어 있고, 성당 내부는 피렌체의 어떤 성당보다도 화려하고 웅장하고 독특하다. 성당에 들어서면 우선 흰색 바탕에 초록색이 섞인 검은색으로 가로줄을 넣은 독특한 대리석 기둥에 눈길이 간다. 성당의 바닥에는 만화스러운 대리석 상감 모자이크 그림이 가득 그려져 있다. 그 바닥 그림 중에서 특이하게 피렌체에서는 볼 수 없었던 이집트의 예언자 헤르메스의 형상을 찾아볼 수 있었다. 천장은 짙푸른 색 바탕에 금빛별이 그려져 있어 밤하늘의 별을 연상시킨다. 의자 하나에 거울을 설치해 놓고 거울을 통해 천장화를 볼 수 있게 해놓아, 고개를 뒤로 젖히고 천장을 쳐다보아야 하는 수고를 덜어 주었다.

성당 옆에 있는 피콜로미니 도서관은 찬란하다는 표현이 어울렸다. 천장에는 신화를 소재로 한 프레스코화가, 벽에는 피콜로미니의 열 가지 주요 행적을 그린 프레스코화가 화사한 색채로 가득 그려져 있다. 프레스코 벽화 아래에는 일일이 손으로 그린 찬송가 악보들이 전시되어 있는데, 이 악보 위에도 화사한 색깔의 성화가 그려져 있다. 정말 인상적인 방이다.

토스카나에는 시에나처럼 볼거리가 많아 체력의 고갈을 무릅쓰고 일일이 찾아다녀야 했던 도시도 있지만, 산지미냐노나 발도르차 평원의 소도시들과 같이 명소들을 봐야 한다는 부담 없이 발길 닿는 대로 골목골목 돌아다니다가, 양지바른 광장의 테라스 카페에서 차도 마시고 식사도 하며 여유로운 시간을 보냈던 도시도 있다. 오래 머물 수 있는 여행은 성격이 다른 도시들을 적절히 안배하여 다닐 수 있어서 좋다.

절벽 위의 아름다운 어촌마을 친퀘테레

이탈리아 말로 친퀘Cinque는 다섯을, 테레Terre는 땅을 의미한다. 친퀘테레는 리오마조레, 마나롤라, 코르닐리아, 베르나차, 몬테로소 알마레 등 다섯 개의 어촌마을로 이루어진 국립공원이다. 다섯 마을은 모두 해안 절벽에 형성되어 있어 1870년 철도가 개통되기 전까지는 바다를 통해서만 접근할 수 있었다.

이 지역을 특별하게 만든 것은 인간의 힘으로 불모의 자연환경을 크게 변화시켰다는 것이다. 거의 천 년 동안 친퀘테레 주민들은 포도와 올리브를 재배할 수 있는 경작지를 얻기 위해 바다에 면해 있는 절벽의 경사면을 개간해 왔다. 매우 가파른 경사면을 여러 층으로 깎아 사암 벽돌로 돌담을 쌓고, 회반죽 없이 해변의 자갈들을 이어 붙여 계단식 경작지를 확보했다. 이러한 계단식 경작지는 대부분 12세기에 개간된 것이라고 한다. 이 지역 주민들의 피땀 어린 노력의 산물이 그 가치를 인정받아 친퀘테레는 1997년 인근 지역 및 섬과 함께 유네스코 세계문화유산에 등재되었다.

친퀘테레 여행의 백미는 절벽 위에 해안을 따라 닦아놓은 길을 걸어가며, 절벽 경사면에 옹기종기 모여 있는 알록달록한 파스텔 톤 집들이 푸른 바다와 계단식 포도밭과 올리브밭을 배경으로 만들어 내는 풍광을 즐기는 것이다. 친퀘테레에서 가장 잘 알려진 트레킹코스는 첫째 마을 리오마조레에서 다섯째 마을 몬테로소 알 마레까지 걸을 수 있는 청색 트레일 '센티에로 아추로'이다. 13킬로미터 코스로 걸어서 대여섯 시간 정도 소요된다. 구간별로 평탄한 코스도 있고 꽤 가파르고 험난한 코스도 있다. 가장 평탄하고 예쁘다고 알려진 코스가 첫째 마을 리오마조레에서 둘째 마을 마나롤라로 가는 '연인의 길Via dell'Amore'이다. 시간도 20분 정도면 충분하다고 해서 우리는 '연인의 길'만 걷고 나머지 마을은 마을을 연결하는 기차로 이동할 계획을 세웠다.

그러나 몇 주 전 이탈리아를 강타한 폭우로 친퀘테레도 큰 손상을 입어 리오마조레에서 세 번째 마을 코르닐리아까지의 트레일이 폐쇄되는 바람에 계획에 차질이 생겼다. 먼저 리오마조레를 둘러본 후, 곧바로 기차를 타고 가장 끝에 위치한 몬테로소 알 마레에 가서 점심을 먹고, 내려오면서 나머지 마을들을 돌아보는 것으로 계획을 변경하였다.

몬테로소 알 마레의 '벨베데레 식당'에 대한 호평이 많아, 전화로 예약하고 이 식당을 찾아갔다. 우리가 갔을 때는 시작할 무렵이었으므로 식당이 텅 비어 있었으나, 시간이 흐르자, 그 많은 좌석이 사람들로 거의 다 찼다. 테라스에는 빈자리가 없었다. 한국인 여행객이 우리 말고도 두 팀 더 찾아왔고, 여행객뿐만 아니라 현지인들도 이 식당을 애용하는 것 같았다. 복구 공사용 복장을 한 근로자들, 임신하여 배가 부른

친퀘테레

예비 엄마 그룹도 눈에 띄었다.

이 식당의 주특기 요리는 '안포라 벨베데레'라는 해산물 요리이다. 주문을 하면 세숫대야만큼 큰 그릇을 가져다 놓고 한참 기다리게 하다가 커다란 도기에 음식을 담아 가지고 나와 큰 그릇에 쏟아붓는다. 가재 한 마리, 왕새우 네 마리, 문어 한 마리, 오징어, 하얀 생선 살, 홍합을 넣어 토마토소스로 국물을 낸 요리인데, 내가 진정으로 이탈리아에

여행과 인생

서 기대했던 지중해식 해산물 요리였다. 두 사람이 먹기에 너무 양이 많았으나, 테라스에 앉아 태양이 내리쬐는 바다를 바라보며 와인과 함께 느긋하게 남김없이 다 먹었다. 추천할 만한 식사였다.

마을 안에 특별히 볼 것은 없다. 기차 운행 간격이 한 시간이나 되어, 한 마을에 한 시간을 머물러 있어야 하는데, 고역이었다. 절벽의 바위를 뚫어 기찻길을 내었기 때문에, 기차도 거의 터널 속을 지나간다. 심지어는 역에서도 일부 승객을 터널 안에 내려주는 때도 있었다. 따라서 기차를 타고 가며 바다를 바라보는 호사도 누릴 수 없었다. 친퀘테레는 기대했던 만큼 볼거리가 많은 곳이 아니었고, 더욱이 우리가 꼭 하고 싶었던 트레킹조차 할 수 없어서 실망스러운 기억이 남아 있는 곳이다.

성인의 도시 아시시

아시시는 내가 이번 여행에서 방문한 곳 중 가장 인상적이었던 곳이다. 토스카나에 속한 도시는 아니며, 피렌체 남동쪽에 자리한 움브리아 지역의 수바시오 산기슭 아시오라는 구릉의 비탈에 조성된 작은 도시다. '제2의 그리스도', 또는 '또 한 명의 그리스도'로 불릴 만큼 그리스도를 본받고 그 가르침을 충실히 따르고자 했던 성인 프란체스코의 고향이자 활동 무대였다. 피렌체 기차역에서 아시시 기차역까지는 완행열차를 타고 두 시간 반 정도 걸리므로 아침 일찍 집을 나섰다.

아시시 산 프란체스코 대성당

산 프란체스코 대성당으로 올라가는 길은 정갈하고 격조가 있었다. 깔끔하게 정돈된 돌담집이 이어지고, 곳곳에 돌을 쌓아 만든 아치형 문들이 보였다. 아치형 문 사이로는 성당의 돔과 종탑, 늘씬한 사이프 러스 나무, 웅장한 성채와 성문이 살짝살짝 얼굴을 내밀었다. 식당과 상점들은 외관을 꽃으로 예쁘게 장식해 놓았고, 거리 양옆의 좁은 골 목마다 만들어 놓은 운치 있는 돌계단들은 골목으로 들어가 보고 싶은 충동을 불러일으켰다.

산 프란체스코 대성당 앞에 이르자 얕은 계단이 성당 건물까지 층층이 이어진 드넓은 로제 광장과 광장 양쪽으로 셀 수 없이 많은 열주가 길게 늘어선 회랑이 눈앞에 펼쳐졌다. 감탄할 수밖에 없는 순간이었다. 이 회랑은 그 옛날 성당을 찾아온 수많은 순례자가 머물던 공간이라고 한다. 성당은 로마네스크 양식으로 지어진 하층부와 이탈리아 고딕 양식의 상층부로 나뉘어 있는데, 여행자들은 광장 오른쪽 끝에 있는 성당 하층부 입구로 들어가서 성당 하층부와 지하무덤을 본 후, 성당 상층부로 올라가 관람하고 상층부에 있는 성당 정문으로 나가게 된다.

나는 20개월간 이탈리아 여행을 했던 대문호 괴테가 왜 이 아름다운 산 프란체스코 성당의 건축에 혐오감을 느껴 들어가 보지도 않고 지나쳐 버렸는지 그의 설명을 읽고도 잘 이해가 되지 않는다. 바빌론식 건축 양식 때문일까? 개신교 신도인 괴테가 가톨릭 신도인 대위를 만나 경험한 종교적 불편함 때문일까?(괴테1, 197) 그것들이 성당을 외면할 만큼 그렇게 심각한 이유가 될 수 있었을까?

아시시는 전체적으로 중세도시 모습을 하고 있지만 새롭게 태어난 도시 같은 느낌을 준다. 1997년 발생한 두 차례의 대지진으로 이 지역이 크게 붕괴했고, 산 프란체스코 대성당을 비롯하여 많은 성당이 큰 손상을 입어, 이후 대대적인 복구 작업이 진행되었다. 그래서인지 토스카나의 중세도시 산지미냐노처럼 도시 전체가 매우 깔끔한 인상을 준다. 산 프란체스코 대성당도 중세 성당답지 않게 지은 지 얼마 되지 않은 새 건축물 같은 인상을 풍겼다.

산 프란체스코 대성당은 전 세계 프란체스코 수도회의 본부가 있는 곳으로, 그리스도교인뿐만 아니라 평화를 염원하는 모든 사람에게 소중한 곳이다. 교황 요한 바오로 2세의 뜻에 따라 1986년부터 이곳에서 프란체스코 성인의 평화 정신을 이어받는 '세계 종교인 평화 기도회'가 열리고 있다. 이 기도회에는 세계 40여 개 종교 지도자들이 참석한다. '평화의 사도'로 불리는 성 요한 바오로 2세는 그 해와 2002년에 이 기도회에 참석했다. 당시 교황은 그리스도교의 여러 종파와 타 종교 지도자들이 모인 자리에서 함께 평화를 기원하며 기도를 바쳤다.

성당 내부는 화려하다. 치마부에, 죠토 디 본도네, 시모네 마르티니, 피에트로 로렌체티 등 당대 최고의 예술가들이 그린 은은한 프레스코화가 벽과 천장을 가득 메우고 있다. 잠시 청빈의 대명사인 프란체스코 성인과는 어울리지 않는다는 생각이 들었다. 이 성당은 성인 사후에 새로 지어 성인의 유해를 모신 성당으로, 성인의 의지와는 관계없이 만들어졌기 때문에, 이렇듯 화려한 모습을 하고 있는 것이 아닐까 추측해 보았다.

내부 그림 중에서도 죠토가 그린 〈새들에게 설교하는 프란체스코〉가 특히 인상적이었다. 성인이 나무 아래에 앉아 있는 새들 무리에게 바느질과 길쌈을 할 줄 몰라도 이렇게 고운 옷을 입혀 주신 하나님께 감사하며 찬미를 드려야 한다고 설교하시는 것을 새들이 성인을 올려다보며 귀 기울여 듣고 있는 그림이다. 그림이 참으로 사랑스럽다.

상층부에서 밖으로 나오면 돌담으로 둘러싸인 푸른 잔디밭이 나오고 왼쪽 멀리 아련하게 산 지아코모 성문이 보인다. 광장 아래로는 열주와 함께 아시시의 풍경이 그림처럼 펼쳐진다. 잔디밭이 있는 이 언덕이 바로 죄수들의 처형이 이루어져 '지옥의 언덕'으로 불리다가 산 프란체스코의 유해가 이장된 후 '낙원의 언덕'으로 바뀌어 불리는 곳이다. 푸르른 언덕은 정말 낙원의 언덕 같은 느낌을 준다. 이 잔디 언덕 멀리에 젊은 시절 말을 타고 전쟁터에서 돌아오는 지친 모습의 프란체스코 동상이 보였다.

중심지인 코무네 광장은 산 프란체스코 성당보다 더 위쪽에 자리 잡고 있어서 계속 비탈을 올라가야 한다. 광장 중앙에는 코린트 양식의 기둥 여섯 개가 떠받치고 있는 미네르바 신전이 보인다. 기원전 100년경 고대 로마 시대에 지어져 미네르바 신에게 바쳐졌던 이 신전은 교회로 개조되었다가 감옥으로 바뀌었고, 다시 교회로 사용되다가 지금은 아시시 시립미술관으로 사용되고 있다. 흥미롭게도 산 프란체스코 대성당을 외면했던 괴테가 미네르바 신전의 아름다움에는 극찬을 아끼지 않았다.

> 마침내 우리는 본래의 아시시 구시가지에 도착했다. 보라, 가장 많은 찬사를 받아 마땅한 건물이 내 앞에 서 있지 않은가. 이것은 내가 본 최초의 완전한 고대 기념물이다. 이런 작은 도시에 알맞은 음전한 신전이며, 또한 매우 완전하고 훌륭하게 설계되어 있기 때문에 어디에다 내놓아도 이채를 띨 것이라고 생각된다(괴테1, 198).

점심시간이 되어 식당을 찾아갔다. 블로그에서 추천한 에르미니오 식당은 마조레 요새로 올라가는 통로 아래쪽 조용한 골목 안에 자리 잡고 있었다. 이 식당은 3대째 운영해 오고 있는 아시시 전통 식당으로 미슐랭 가이드에서 추천한 곳이라고 했다. 이른 시간이어서인지 손님은 우리가 유일했고, 직원들이 한쪽 테이블에서 잡담을 나누며 파스타용 국수와 라비올리를 만들고 있었다. 영화 〈대부〉의 주제곡과 〈넬라 판타지아〉가 은은하게 흐르는 가운데, 화덕에는 잔잔한 불길이 지펴지고 있었다. 환상적인 분위기였다.

블로그에서 추천한 세트 메뉴를 주문했다. 올리브유를 바른 마늘빵, 다진 올리브와 버섯이 들어간 스파게티, 토마토소스로 조리한 소고기 미트볼이 나왔다. 마늘빵은 정말 맛있었고, 스파게티도 괜찮았고, 미트볼은 조금 짰으나 전체적으로 훌륭한 식사였다.

점심 식사 후 아시시 두오모 성당인 산 루피노 성당과 성녀 키아라를 기리기 위해 지어진 산타 키아라 성당을 방문했다. 산타 키아라 성당은 외관이 하얀색과 연한 분홍색 대리석으로 이루어져 여성스러운 분위기를 풍겼고, 성당 왼쪽 면에 지어진 반쪽 모양의 분홍색 아치가 우아하면서도 현대적인 인상을 풍겼다. 성당 내부에 들어서면 안쪽에서 산 다미아노 수도원으로부터 옮겨온 '다미아노 십자가'를 볼 수 있다. 산 다미아노 수도원은 프란체스코 성인과 키아라 성녀가 하나님 음성을 들었던 곳이다. 이 십자가에 달린 예수님이 입술을 움직이며, 프란체스코에게 말을 거셨다는 일화도 전해진다.

키아라 광장에는 청소년들이 몰려 있었다. 숙제하러 들린 것인지, 이곳이 친구들과의 만남의 장소인지, 사진을 찍으며 왁자지껄하게 떠들고 있었다. 이곳에서 보는 아시시의 전망도 예술이다. 위쪽을 올려

   여행과 인생

다보면 **빽빽**하게 늘어선 사이프러스 나무 위로 장중하게 서 있는 마조레 요새가 눈에 들어온다. 아래를 내려다보면 산비탈의 올리브 나무 군집과 평화로운 아시시 평원이 펼쳐진다.

'천사들의 산타 마리아 대성당'으로 가기 위해서는 언덕 아래로 내려와서 버스를 타고 기차역으로 돌아가야 한다. 조금 더 머물고 싶다는 아쉬움을 뒤로 하고 언덕 아래 버스 정류장으로 출발했다. 아시시의 경치를 구경하며, 이 아름다운 곳을 떠나기 안타까워하며, 예쁘게 만들어진 계단들을 내려가니, 카페와 쇼핑센터가 있는 건물이 나왔다. 이 건물을 나가면 버스 정류장이 나올 듯싶었지만, 확실히 하기 위해 카페에 들러 주인에게 물어보았다. 마침 주인과 담소를 나누고 있던 손님이 본인도 역으로 가는 길이라며 동승을 제안했다. 우리는 고마워하며 따라나섰다. 이 이탈리아 아저씨 덕분에 우리는 자동차를 타고 기차역까지 편하게 올 수 있었다.

천사들의 산타 마리아 대성당은 산 프란체스코가 "가서 허물어져 가는 나의 집을 고쳐 세워라"라는 하나님의 음성을 듣고 직접 수리한 세 번째 성당 포르치운콜라가 있는 곳이다. 포르치운콜라라는 이름은 '작은 몫'이라는 뜻을 지니는데, 건축이 이루어진 토지의 일부를 가리킨다. 이 경당은 프란체스코 수도회의 시작인 '작은 형제회'가 만들어진 곳이며, 성녀 키아라가 산 프란체스코 성인의 도움을 받아 수도 생활을 시작한 곳이기도 하다.

포르치운콜라에 순례자들이 많이 찾아오자, 교황 바오 5세는 포르치운콜라를 보호하고 더 많은 순례자를 맞이할 수 있도록 포르치운콜

마조레 요새 전경(상), 포르치운콜라(하)

라를 둘러싼 매우 큰 성당을 짓도록 하였다. 이 대성당이 바로 '천사들
의 산타 마리아 대성당'이다. 이 대성당은 1909년에 바로크 양식으로

여행과 인생

재건축되었는데, 대성당에는 포르치운콜라 외에도 전이경당과 장미경당, 장미정원이 있다.

대성당에 들어서니, 정면에 장난감같이 예쁜 작은 경당이 대성당 천장에서 들어오는 자연 채광 아래서 환하게 빛나고 있었다. 이것이 바로 포르치운콜라이다. 경당의 규모는 폭 4미터, 길이 7미터에 불과하다. 경당 앞면에는 승천하신 예수 곁에서 기도하고 있는 성모의 화사한 프레스코화가 그려져 있고, 경당 안쪽 제단 벽에도 수태고지와 승천하여 예수님 곁에 나란히 앉으신 성모의 그림이 빛나고 있었다. 좁은 경당 안에는 양옆에 각각 대여섯 개의 나무 좌석이 놓여 있고, 그 앞에서 사람들이 무릎을 꿇고 기도하고 있었다. 나도 잠시 앉아 기도를 드렸다.

아시시는 성자의 도시, 순례자의 도시답게 인심도 좋았다. 주요 명소들이 입장료를 받지 않았다. 화장실도 무료였고, 점심 먹은 식당도 퍽 고급스러웠으나 자릿세를 받지 않았다. 이곳저곳에서 많은 지원을 받아 재정이 풍부하기 때문인지, 기독교의 나눔과 섬김의 자세가 아시시의 삶에 배어 있기 때문인지는 모르겠으나, 아시시에 대한 호감을 높이는 데 한몫하고 있음은 분명했다.

한국인이 다른 나라 사람들에 비해 종교심이 강한 모양이다. 비수기라 많지 않은 여행객들 가운데 한국 여행객들을 다섯 팀이나 만났다. 천사들의 산타 마리아 대성당에는 한국말로 되어 있는 안내서들이 비치되어 있었고, 산타 키아라 성당 기도실에는 한국말로 기도문이 적혀 있었다. 아시시는 평소에도 한국인 방문이 많은 것 같았다.

아말피 해안의 소도시 아말피와 포지타노, 그리고 라벨로

아말피 해안은 피렌체나 토스카나와는 전혀 다른 빛깔로 우리에게 다가왔다. 피렌체와 토스카나에서 학습 여행을 했다면, 이곳에서는 자연이 보장해 주는 진정한 휴식을 취할 수 있었다. 굴곡이 심한 해안도로를 롤러코스터 타듯 달리면서 절벽에 매달려 있는 알록달록한 집들과 푸른 바다가 어우러진 풍광을 감상하는 맛은 상상을 초월한다. 이 순간을 어떻게 간직할지 아쉬워 자꾸 뒤를 돌아보게 하는 그런 풍경들이 이어졌다.

해안에서 조금 떨어져 산 중턱에 자리 잡은 단아한 라벨로는 특히 인상적이었다. 늦가을이라는 것이 믿어지지 않을 정도로 녹음이 우거진 숲과 산책로, 바로 아래 내려다보이는 지중해의 푸른 물결과 함께 숨이 멎을 듯이 아름다운 무한의 테라스, 정원 곳곳에 놓여 있는 조각상, 그리고 고색창연한 회랑을 갖춘 라벨로의 빌라 침브로네 정원은 우리의 발걸음을 붙들어놓았다. 해가 질 무렵 황금빛으로 물든 세련된 포지타노의 풍경도 평생 잊지 못할 것이다.

아말피 해안에서 철썩거리는 파도 소리를 들으며 즐긴 저녁 식사 역시 남부 여행의 백미였다. 저녁 식사를 하기 위해 호텔 여직원이 알려준 식당 중 하나인 스메랄디노 레스토랑을 찾아갔다. 해안가인 만큼 지중해식 해산물을 먹기로 했다. 중심 광장에서 꽤 떨어진 해변에 널찍하게 자리 잡은 식당이었다. 우리는 바다가 보이는 테라스로 안내를 받았다. 손님도 거의 없는 데 바로 옆 좌석에 한국인 여성 두 명이 식사를

아말피(상), 라벨로 빌라 침브로네의 '무한의 테라스'(중), 일몰의 포지타노(하)

끝내가고 있었다. 한국인들이 참으로 여행을 많이 한다는 것을 새삼 깨닫게 되었다.

우리가 묵는 호텔의 여직원에게서 추천받은 음식 중 세 가지를 주문했다. 수제 해산물 파스타, 따뜻한 문어와 오징어샐러드, 얇게 저민 도미찜이다. 이탈리아에 온 이후 가장 고급스러운 메뉴였다. 음식값이 꽤 부담스러웠지만 한국에서 같은 급의 식당 음식값에 비하면 그리 비싼 편은 아니었다. 음식값을 비롯해 물가가 한국보다 이탈리아에서 더 낮은 것 같았다. 음식 맛이 우리 혀에 착 감길 정도는 아니었으나 철썩거리는 파도 소리를 들으며 와인과 함께 먹는 해산물 요리는 으뜸이었다. 우리는 둘 다 최고의 기분으로 식당을 나섰다.

시간이 멈춰 선 남동부의 바리와 마테라, 그리고 알베로벨로

아드리아해에 면해 있는 항구도시 바리는 풀리아주의 주도로서 이탈리아 남동부 여행의 거점 역할을 하는 도시이다. 바리에는 관광거리가 있는 구도시와 계획된 신도시가 분리되어 깔끔하게 조성되어 있었다. 바리 주변에는 우리가 다녀온 마테라와 알베로벨로 외에도 가 볼 만한 도시들이 많다. 특히 남부의 피렌체로 불리는 바로크 예술의 도시 레체는 피렌체 숙소의 호스트도 강력하게 추천할 만큼 멋진 도시라는데 가 보지 못하여 매우 애석했다. 이곳까지 가 보려면 하루를 더 할

　여행과 인생

애하거나 자동차를 빌려서 기동력 있게 움직여야 한다.

마테라는 17세기 중엽부터 19세기 초 주도가 포텐차로 이전될 때까지 바실리카타주의 주도였다. 그러나 산업화가 진행되는 동안 이탈리아에서 가장 낙후된 빈민촌으로 전락하게 되었다. 주민들이 동굴을 파서 만든 집에 전기도 상하수도 시설도 없이 거주했던 사시 지구는 이탈리아 정부에게는 그 존재를 감추고 싶은 치부였다. 정부는 이 지역의 재개발을 시도하기도 했으나, 주민들의 강한 저항으로 성공하지 못했고, 그 덕분에 이 지역은 보존될 수 있었다.

사시는 한동안 버려져 있다가 그 잠재적 가치를 깨달은 정부와 민간 단체들에 의해 복원되기 시작했다. 특히 여러 영화와 텔레비전 드라마의 배경이 되면서 본격적으로 사람들의 관심을 끌게 되었다. 고대 예루살렘을 연상시키는 풍경 때문에 이곳에서 예수 그리스도에 관한 열 편 정도의 영화와 이십 편 정도의 텔레비전 드라마가 촬영되었다고 한다. 레비 원작, 로시 감독의 〈그리스도는 에볼리에서 멈추었다〉, 멜 깁슨 감독의 〈패션 오브 크라이스트〉, 리메이크된 〈벤허〉와 같은 영화들이 마테라에서 촬영되었다.

이탈리아 정부는 1952년 특별법을 제정하여, 사시 거주자들을 새로 조성된 현대 도시의 새로운 거주지로 이주시킬 것을 결정하였다. 3만 명 정도였던 사시 인구의 절반인 1만 5천 명 정도가 1953년에서 1968년 사이에 사시 지구의 집을 비우고 정부가 제공한 새 거주지로 이주하였다. 사시 지구의 동굴 가옥들은 도시공학자들의 설계에 따라 외관과 배관, 배수시설을 갖추게 되었고, 보존된 3천여 호의 동굴 가옥들

마테라의 사시

은 현재 관광객을 위한 식당이나 숙박시설, 박물관, 상점 등으로 활용
되고 있다. 사시 지구의 70퍼센트는 국가와 시청에서 소유하고 있다고
한다.

마테라는 지중해 지역에서 가장 완전한 선사시대 동굴 거주지의 대
표적인 사례로 꼽혀, 1993년에 유네스코 세계문화유산으로 등재되었
고, 2019년 유럽 문화 수도로 선정되기도 하였다. 유럽문화수도는 유
럽연합 회원국 도시 가운데 매년 두세 곳을 문화와 예술의 중심지로
선정하여 문화행사를 지원하는 제도이다. 이에 발맞추어 이탈리아 정
부도 2019년을 '마테라의 해'로 지정하여 우리가 방문했을 때는 대대적
인 복원과 보수 작업을 진행하고 있었다.

선사시대부터 7천 년간 인류 활동이 끊임없이 지속되어 왔던 마테
라는 피렌체나 토스카나의 중세 소도시들보다 더 오랫동안 시간이 멈
춰 선 도시라는 느낌을 준다. 척박한 석회암 협곡에 동굴을 파고 살아
왔던 사시 주민들의 오랜 고난의 흔적을 간직한 도시, 그런데도 불행
했던 과거를 소재로 새로이 관광 인프라를 조성하여 도약하고 있는 도
시를 돌아보며 착잡한 감회에 젖었다. 이번 여행의 목적지로 접근성이
떨어지는 마테라를 포함한 것에 대해 염려가 많았으나, 사시의 전망을
보는 순간, 이런 불편을 감수할 만한 충분한 가치가 있음을 단번에 확
인할 수 있었다.

이번 한 달 살기의 마지막 여행지인 알베로벨로에 가기로 한 날이
다. 아침에 일어나니 비가 세차게 쏟아지고 있었다. 주방 언니가 오늘
하루 종일 비가 올 것이므로 숙소에서 머물면 어떻겠냐고 조언하였다.

알베로벨로 트룰리 마을

그러나 날씨가 이렇다고 해서 이탈리아 여행 마지막 일정을 취소할 수는 없었다. 다음날이면 이탈리아를 떠나는데. 남편은 우비까지 챙기고 나는 보온 내의까지 챙겨 입고 중앙역으로 출발했다.

알베로벨로는 '아름다운 나무'라는 뜻으로 풀리아 지방에서만 볼 수 있는 전통가옥 트룰리 마을이 있는 곳이다. 트룰리는 토착민들이 주변 지역에서 채굴한 석회암을 거칠게 가공하여 쌓아 올린 건물에 원추형 지붕을 얹은 가옥을 말하며, 이 건축방식은 현재까지 남아 있는 대표적인 선사시대 건축 기술로 평가받고 있다.

트룰리의 원형은 하나의 원추형 회색 지붕 아래 하나의 하얀색 건물로 이루어져 있다. 이 가옥 형태는 계속 유지되었으나, 거주에 불편을 느낀 주민들이 마을을 떠나 다른 곳으로 이주하면서 마을은 침체했다. 1996년 알베로벨로가 유네스코 세계문화유산으로 등재되면서 이 마을은 풀리아주의 대표적인 관광지로 부상했고, 활기를 되찾았다.

여행과 인생

알베로벨로로 가는 길은 순탄하지 않았다. 기차에서 버스로 갈아타야 했는데, 시간표도 복잡했고, 안내책에 나와 있는 정보도 맞지 않았다. 알베로벨로에 도착하여 버스에서 내린 순간 미아가 된 기분이었다. 비바람은 몰아치는 데 관광객은 하나도 보이지 않았고, 어디로 가야 할지 방향을 잡을 수가 없었다.

우선 구글 지도에 구시가지를 가로지른다는 인디펜덴차 거리를 찍고 위쪽으로 걸어 올라갔다. 7분 정도 걸어가니 검은 돌 지붕의 하얀 트룰리가 집중적으로 나타나기 시작했다. 동화 속 마을 같다는 표현이 딱 맞았다. 그러나 문을 연 상점이나 식당은 하나도 없었고, 사람조차 보이지 않았다. 비바람은 몰아쳤고 당황스러웠다. 비바람 속에서도 사진은 찍어야겠기에 곱은 손가락을 억지로 펴고 사진 몇 장을 찍었다. 트룰리 마을을 계속 걸어가니 트룰리가 끝나는 지점에서 넓은 주차장이 나왔고 구글 지도의 안내는 끝났다. 이곳이 인디펜덴차 거리였다.

멀리 또 다른 트룰리 마을이 보였다. 우리가 지나친 트룰리는 현지인들이 거주하는 마을인 아이아 피콜라 지구이고, 멀리 보이는 트룰리가 관광지인 몬티 지구인 것 같았다. 구글 지도상으로는 큰길을 9분 정도 걸으면 몬티 지구에 도착하는 것으로 나오는데, 비바람 때문에 도저히 걸어갈 자신이 없어 오던 길로 되돌아왔다.

이탈리아 여행계획을 100퍼센트 달성하고, 거기에다 계획에 없던 피스토이아와 프라토까지 다녀와 120퍼센트의 성취를 했다고 자기평가했는데, 마지막 목적지 알베로벨로는 성취 기준 미달이었다. 날씨도, 운행 시간도 모두 도와주질 않았다. 정말 힘든 하루였다. 자고로 자만은 금물이라는 교훈을 되새기게 했던 마지막 여정이었다.

한 달 살기 경험 간직하기

피렌체에 도착한 후 시차 적응에 실패해서 수면이 부족한 데다가, 여유 있게 돌아보기로 했던 원래의 계획과 달리 처음부터 욕심스럽게 강행군하여 초기에 매우 힘들었다. 한 군데만 보기로 하고 나섰다가, 여기까지 왔으니 근처의 명소 한두 군데를 더 보자고 욕심을 내어, 집에 돌아올 때는 녹초가 되어 있곤 했다. 그 덕분에 일찌감치 숙제를 마치고, 마지막 이틀은 여유 있게 쉬면서 다음 여행지로의 이동을 위해 재충전할 수 있기는 했지만, 한 달 '살기'에 방점을 찍은 여행이었던 만큼, 좀 더 여유와 휴식에 비중을 두었더라면 좋았겠다는 생각이 든다.

피렌체와 토스카나 3주 일정은 길지도 짧지도 않고 딱 적당했다. 피렌체의 문화유적 탐방과 토스카나 소도시 탐방을 번갈아 가며 하는 일정도 기분 전환에 효과적이면서 피로감을 적게 느낄 수 있도록 하여 좋았다.

계절도 괜찮았다. 이탈리아 여행에는 5월이나 10월이 춥지도 덥지도 않아 최적기이지만, 11월도 차선으로 좋은 시기라고 할 수 있다. 우리나라 10월 정도의 기온에다가, 관광 비수기여서 피렌체 중심지를 제외하고는 사람들도 많지 않아 여유 있게 여행하기에 매우 좋다. 성수기에 비해 숙박비를 비롯하여 물가가 싼 것은 말할 것도 없다. 뜨거운 여름의 토스카나와 이탈리아 남부 여행은 우리에게는 고역일 것이라는 생각이 든다. 늦가을의 정취는 중세도시, 그것도 관광객이 떠난 조용한 중세도시에 무척 잘 어울렸다. 다만 11월은 우기여서 걱정했는데, 우리가 머무는 동안에는 비가 많이 오지 않았다. 우리가 도착하기 한두 주 전에 이탈리아에 폭우가 내려 베네치아를 비롯한 많은 도시가 큰 해를 입었다고 하더니, 그때 비구름이 소진되었던 모양이다. 비 때문에 여행에 지장을 받았던 곳은 마지막 여행지 알베로벨로 한 군데였다. 비수기여서 소도시에서는 문을 열지 않은 식당이나 상점들이 많아 다소 썰렁한 것도 단점이기는 하다.

이번 여행은 남편이 동행했기 때문에 가능했다. 여행의 기획은 내가, 집행은 남편이 한 셈이다. 현지에서 길을 찾고, 짐을 옮기고, 교통편을 확인하는 것은 남편의 몫이었다. 식당을 선택하고, 계획했던 식당이 문을 닫았거나 여의하지 않았을 때는 대안을 찾아 끼니를 해결할 수 있게 해주었다. 비바람이 몰아칠 때는 사진을 잘 찍을 수 있도록 방향을 맞추어 우산을 받쳐 주기도 했다. 진정으로 여행의 동반자 역할을 톡톡히 했다.

한 달간의 너무도 소중한 경험을 기억에 남기고 싶기도 했고, 한 달 살기를 계획하는 사람들과 우리의 경험을 공유하고 싶기도 하여 〈60대 부부의 피렌체와 토스카나, 그리고 남부 이탈리아 소도시 한 달 살기〉라는 제목의 책을 발간했다. 이 책의 집필 과정은 일종의 복습 과정이었고, 이 복습은 한 달간 여행의 산물을 오롯이 내 것으로 만들 수 있게 했다. 집필하는 기간 내내 마음은 이탈리아에 가 있었고, 이 기간은 여행의 연장이어서 행복했다.

5

포르투갈
한 달 살기[3]

2022년 여름으로 예정된 은퇴를 앞두고 이런저런 생각을 많이 하면서도 딱히 거창한 은퇴 계획을 손에 쥘 수 없었지만, 한 가지 분명한 계획은 다시 한번 남편과 '한 달 살기'를 해 보아야겠다는 것이었다. 텔레비전에 우리가 이탈리아에서 방문한 곳이 나올 때마다 감회에 젖곤 하면서, 한 번 더 이런 체험을 해 보고 싶다는 생각을 자주 했다.

나의 은퇴 이듬해인 2023년 봄에 두 번째 '한 달 살기'를 추진했다. 이번에 우리가 한 달 살기 지역을 선택하기 위해 고려한 몇 가지 조건이 있다. 우선 체류 근거지의 전체적인 경관과 분위기가 좋아야 한다. 특별히 거창한 문화유적이나 유명한 볼거리가 많지 않아도 도시에 운치가 있어야 한다. 두 번째, 피렌체와 인근의 토스카나 중세 소도시들처럼 근거지 주변에 가 볼 만한 도시 또는 마을들이 있어야 한다. 유럽 도시는 대부분 크지 않아 한 도시에만 머물러 있으면 너무 단조로울 수 있으므로 볼거리가 있는 다른 지역을 오갈 수 있어야 한다. 세 번째, 우리는 둘 다 운전하기를 싫어하기 때문에 이런 곳에 기차나 버스 등 대중교통으로 접근할 수 있어야 한다. 네 번째, 이번에는 관광객이 북적이는 피렌체와 달리 번잡하지 않은 곳에서, 돌아다니느라 체력을 너무 많이 소모하지 않고, 맛있는 음식을 먹으며, 전망 좋은 곳에서 커피나 와인을 마시며, 느긋하게 시간을 보내기에 적합한 곳이어야 한다. 마지막으로 물가가 너무 비싸지 않아야 한다.

이 기준에 적합한 도시로 포르투갈의 포르투를 선택했다. 포르투를 근거지로 정하여 3주 남짓 머물며 인근의 소도시를 둘러보고, 나머지 1주일가량은 15년 전 가 본 적이 있는 리스보아에서 체류하며 역시 인근 도시들을 방문하기로 계획을 세웠다.

한 달 살기 계획

내가 사람들에게 포르투갈 여행계획을 말하면 대부분 왜 포르투갈에 가려고 하는지 의아해했다. 포르투갈은 이탈리아처럼 문화유적이 많은 곳도 아니고, 알프스를 낀 중부 유럽처럼 자연경관이 빼어난 곳도 아니어서 한국에서는 그동안 관광지로 그다지 주목받지 못했던 곳이기 때문일 것이다. 포르투갈은 유럽 국가 중에서도 낙후되어 있고 물가가 저렴하다는 정도로 알려져 있고, 축구선수 호날두 외에는 특별

     여행과 인생

히 유명한 점이 없는 나라이기도 하다. 그중에서도 포르투는 더욱 생경한 도시이다. 보통 '리스본(리스보아)'은 알아도 포르투는 잘 모른다. 그래서 포르투갈 체험은 스페인 여행 때 잠시 리스보아 인근을 둘러보는 정도로 끝나는 경우가 많다.

우리도 약 15년 전인 2007년 뜨거운 8월 스페인과 포르투갈 단체 여행 때 2박 3일간 리스보아와 인근의 신트라, 땅끝마을로 알려진 카보 다 호카를 방문한 적이 있다. 그때 리스보아 알파마 지구에 늘어서 있던 낡은 파스텔 톤 건물들과 그 건물들 사이에서 바람에 흩날리던 빨래가 애잔한 분위기를 뿜어내고 있었고, 나는 이 독특하고도 애잔한 풍광에 매료되었다. 과거 대항해 시대에 선도적으로 세계를 탐험하면서 식민지를 개척했던 대제국의 영광을 뒤로한 채 쇠락해 가는 나라의 단면을 보여주고 있다는 생각을 했었다.

당시 우리를 안내했던 가이드가 포르투갈 북쪽에 있는 포르투라는 곳이 매우 아름답다고 꼭 가 보라는 조언을 했다. 이 가이드는 최고의 전문성을 갖추고 있을 뿐 아니라 여행객들에게 최상의 서비스를 제공해 주려고 열의를 다하여 퍽 신뢰가 갔다. 그때 포르투라는 곳을 기억해 두었는데, 최근 포르투 여행 경험을 올린 블로그들을 심심치 않게 발견하게 되었다. 그중에는 한 달 살기 경험 후기도 있었다. 아드님이 포르투 여행 경험이 있는 동료 교수님이 전해주신 바에 의하면, 포르투는 물가도 매우 싸다고 하였다.

포르투는 포르투갈에서 리스보아 다음으로 큰 도시이다. 그러나 리스보아에 비해 더 운치가 있고 아름답다고 했다. 어느 블로그에 의하면

포르투갈의 골목길

여행과 인생

스페인의 세비야, 체코의 프라하와 함께 유럽에서 가장 로맨틱한 도시로 손꼽히며, 온화한 날씨, 바다와 강, 강변의 일몰과 같은 자연경관과 다양한 볼거리가 어우러져 여행자들의 호평이 끊이지 않는다고 했다. 최근 한 달 살기가 유행하는 곳이라고도 했다. 더욱이 기차나 버스로 한두 시간 거리에 아베이루, 코스타 노바, 코임브라, 브라가, 기마랑이스 등 볼거리를 지닌 소도시들이 있어 우리가 정한 기준에 맞았다. 포르투를 근거지로 정하여 23일을 머물고, 리스보아에서 나머지 8일을 체류하기로 계획을 세웠다. 그러나 이탈리아 여행 때처럼 미리 일정을 세밀하게 짜지 않고 두 도시에 머물면서 마음 내키는 대로 유유자적하게 시간을 보내기로 했다. 진정 '살기'에 방점을 둔 여행을 즐기고 싶었다. 시기는 2023년, 여행하기 가장 좋은 계절인 5월로 잡았다.

잔잔한 아름다움이 매혹적인 포르투

에어비앤비를 통해 구한 현대식 아파트는 만족스러웠다. 리모델링한 지 얼마 되지 않아 깨끗했고 세련되었으며, 주요 관광지와 그리 멀지 않으면서도 주택가에 위치해 조용했다. 무엇보다 햇볕이 잘 들어, 기분을 밝게 했다.

포르투는 유럽의 전통적 분위기가 물씬 나면서, 아늑하고, 여유롭고, 잔잔한 아름다움이 있는 매력적인 도시다. 사람들이 친절하기까지 하다. 포르투에서는 피렌체처럼 역사·문화적 의의가 큰 유적이나 예술작품을 많이 만나볼 수는 없지만, 금빛 찬란한 탈랴 도라다와 푸른 아줄레주로 장식한 화려한 성당들은 두 눈을 즐겁게 하기에 부족함이 없었다. 또 꼭 가봐야 한다거나 공부해야 하는 부담 없이, 그리고 하루 종일 돌아다니느라 녹초가 되어 귀가할 필요 없이, 피렌체에서보다 더 여유를 누릴 수 있었다. 구시가지 바로 앞에 아름다운 도루강이 흐르고, 조금 더 나가면 푸른 대서양과 고운 백사장이 드넓게 펼쳐지며, 포르투 시립공원, 올리베이라스 정원, 코르도리아 정원, 모후 정원 등 이곳저곳 숲이 우거진 공원과 녹음 짙은 정원이 많아 휴식처를 찾는 데도 어려움이 없었다. 다만 우리의 기대와는 달리 포르투에도 이제 관광객이 넘쳐나고, 진행되고 있는 공사도 많아서, 번잡한 것이 흠이라면 흠이었다.

쾌청한 날씨는 우리의 '포르투 살기'에 여유로움을 더해주었다. 구름 한 점 없는 쪽빛 하늘과 따사로운 햇살, 그리고 강과 바다에서 불어오는 청량한 바람은 '신선놀음'하기에 안성맞춤이었다. 가장 기분 좋은 추억은 명소 관람보다 따가운 햇살 아래 강변이나 바닷가의 노천카페에서 싱그러운 바람을 맞으며 커피나 와인을 홀짝이던 시간이다. 대서양 마토지뉴스 해변에 있는 한 바의 넓게 펼쳐진 테라스 파라솔 아래서 푸른 대서양과 광활한 백사장, 그리고 작열하는 태양과 선선한 바닷바람의 조화를 만끽하며 한가로이 커피와 맥주를 마셨던 시간은 말 그대로 신선놀음이었다. 우리는 포르투갈에 머무는 동안 이런 신선놀음을 여러 번 경험했다. 5년 전 11월에 떠난 이탈리아 여행 때 차분한 분위기가 여행의 맛을 더해준다고 생각했었는데, 밝고 화창한 날씨를

   여행과 인생

동루이스 1세 다리(상), 포르투 대성당(중), 마토지뉴스 해변(하)

접하고 보니 여행의 맛은 역시 5월의 따사로운 햇살 아래에서 더 감미로워지는 것임을 부인할 수 없을 것 같다.

포르투는 주변 도시를 탐방하기 위한 거점 도시로서도 훌륭했다. 남쪽으로 아베이루와 코스타 노바, 북쪽으로 브라가와 기마랑이스 등 주요 도시들을 완행열차로 한 시간 남짓이면 방문할 수 있다. 남쪽으로 더 멀리 떨어져 있는 코임브라도 급행열차를 이용하면 두 시간이 채 걸리지 않는다. 모든 도시에서 명소가 밀집된 구시가지는 넓지 않으므로, 기차역에 도착한 후에는 대부분 걸어서 탐방할 수 있었다.

포르투 근교 소도시
: 브라가, 아베이루, 코스타노바, 코임브라,
기마랑이스, 미라마르

근교 도시들은 모두 각각 특색이 있었다. 기도의 도시라고 불리는 브라가의 봉 제주스 두 몬트 성소는 특히 인상적이었다. 무엇보다 573개 계단이 압권이었다. 상부의 계단은 하얀 벽면으로 둘러싸여 지그재그 형식으로 설계되어 있는데, 아래에서 올려다보면 대칭을 이룬 독특한 기하학적 균형미가 참으로 놀랍다. 계단 옆에는 중간중간 작은 예배당이 설치되어 있고, 예배당 안의 테라코타 조각물은 맨 아래 예배당부터 본당의 중앙제단에 이르기까지 예수의 수난 장면을 순서대로 표현하고 있다. 계단 사이 층계참에는 예수님 제자들의 석상과 분수가

브라가 봉 제주스 두 몬트 성소(상), 코스타노바(중), 아베이루(하)

아름답게 조각되어 있다. 옛날 순례자들은 이 계단을 무릎으로 기어서 성당까지 올라갔다고 한다.

코스타 노바 석호를 마주하고 사주沙洲 위에 조성된 줄무늬 가옥 마을은 마음에 쏙 들었다. 쭉 늘어선 빨강, 노랑, 파랑, 초록의 알록달록한 줄무늬 가옥도 예뻤거니와 그 앞의 탁 트인 잔잔한 석호와 시원한 바람도 일품이었다. 줄무늬 가옥은 원래 어부들이 장비를 보관하기 위해 지은 집이었다고 한다. 예전부터 안개가 많이 끼는 지역이어서 어부들이 멀리서도 집이 잘 보이도록 줄무늬를 그려 넣기 시작했고, 그래서 집집이 줄무늬와 색이 다르다는 말도 전해진다. 지금도 마을 주민들은 본인들이 직접 집에 페인트를 칠한다고 한다.

아베이루는 운하와 화려한 색으로 채색된 관광용 보트인 몰리세이루, 그리고 아르 누보 양식의 건축물로 관광객을 끌어당기는 도시이다. 운하와 베네치아의 곤돌라 비슷한 몰리세이루에 주목하여 아베이루를 포르투갈의 베네치아라고 하지만, 도시와 운하가 넓고 현대적이어서 베네치아만큼 운치가 있지는 않다. 그럼에도 운하 주변은 아르 누보 양식의 건축물과 어우러져 아름답다.

포르투갈 건국의 역사를 간직한 기마랑이스는 브라간사 저택과 기마랑이스 성 등 고풍스러운 건축물과 아름다운 조경이 어우러져 단아하고 정갈한 느낌을 주는 도시다. 페냐 산자락의 언덕에 자리 잡은 페냐 성소에서는 기독교 관련 조형물들이 산책로를 따라 이어져 있고 성소의 가장 높은 곳에 아르데코 양식의 현대적이고 담백한 카르무의 성모 마리아 성당이 자리하고 있어 종교적 분위기를 느낄 수 있다. 또한 페냐 산자락의 탁월한 자연환경 속에 자리 잡고 있어 전망이 좋고 휴식 공간으로도 훌륭하다. 일종의 '종교 테마파크'인 셈이다. 성소에서 시내로 내려오면 두 개의 첨탑이 솟아 있는 위로의 성모 성당과 함께 아름다운 풍광을 빚어내는 브라질 헤푸블리카 광장의 화단이 기마랑이스에 대한 호감을 높이는 데 한몫한다.

포르투 남쪽으로 완행열차 25분 거리에 있는 미라마르 마을의 세뇨르 다 페드라 해변과 드넓은 백사장, 그리고 해변 암석 위에 세워진 붉은 지붕의 아담한 예배당이 어우러진 풍광도 잊지 못할 것이다. 포르투에서 남쪽으로 기차여행을 하다 보면, 바닷가에 도보용 나무 데크가 매우 길게 조성된 것을 볼 수 있다. 기차에 앉아서도 데크 위에서 사람들이 걷고, 뛰고, 자전거를 타기도 하는 모습이 보인다. 세뇨르 다 페드라 해변에서도 이 데크에 진입할 수 있는 입구가 만들어져 있다. 이런 뜨거운 햇살 아래서도 적지 않은 사람들이 걷고 있었다. 우리도 데크에 올라 걸어보는 행운을 누렸다. 햇빛이 너무 강해 오래 걷기는 어려웠다. 잠시 맛만 보고 멋만 내고 돌아내려 왔다.

다만 코임브라는 다소 실망스러웠다. 우선 장거리이므로 시간을 절약하기 위해서는 급행열차를 이용해야 하고, 따라서 기차 요금이 많이 든다. 코임브라의 주요 관람지는 코임브라대학교인데, 관람지의 비싼 입장료에 비해 관람 인프라는 관람객 친화적이지 못했다. 큰 기대를 했던 코임브라대학의 하이라이트 조아나 도서관 3층 '고귀한 홀'은 관람 시간을 엄격히 통제했고, 그 안에서 사진 찍는 것조차 금지되어 있어 유감스러웠다. 뜨거운 날씨에 구글 지도의 안내에 의지하여

기마랑이스 브라질 헤푸블리카광장^(상), 미라마르 세뇨르 다 페드라 예배당^(중), 코임브라대학교^(하)

여행과 인생

땀 흘리며 비탈길을 걸어 올라가 도착한 정원은 우리가 방문하려고 했던 정원이 아니었고, 구글 지도는 기차역으로 돌아올 때 역시 가장 비효율적으로 길을 안내했다. 아마 우리를 많이 지치게 했던 뜨거운 날씨와 구글 지도의 엉뚱한 길 안내도 코임브라에 대한 인색한 평가에 영향을 미쳤을 것이다.

전통과 현대가 공존하는 언덕의 도시 리스보아

23일간의 포르투 체류를 마치고 리스보아로 이동했다. 리스보아의 산타 아폴로니아 역에서 내려 숙소 앞까지 태워다 줄 택시를 잡는 것이 큰 숙제였다. 사전 정보에 의하면 숙소가 상 조르즈 성안에 있으므로 일반 택시 외에는 접근할 수 없는 데다가, 좁은 골목이 많아 택시들이 꺼리는 지역이라고 했다. 제일 앞 택시에서 나와 있던 기사에게 주소를 보여주었더니 다른 기사와 무언가 상의한 후 타라고 했다. 호스트가 조언하기를 먼저 주소를 보여주고 그 앞까지 가지 못하겠다고 하면 다음 택시를 타라고 했기 때문에 다소 의심스럽기는 했지만 승차했다. 아니나 다를까 걱정했던 대로 상 조르즈 성문 앞까지 와서는 2백여 미터만 걸어가면 된다고 하며 더 이상 못 간다고 내리라고 했다. 그 큰 가방을 끌고 어떻게 비탈을 올라갈까 막막했지만, 말도 잘 안 통하는 데다가 워낙 강경하여 대안이 없었다. 내려서 각자 가방 하나씩 끌고 숙소에 도착했다. 포르투갈은 거리의 바닥을 잘게 다듬은 돌 조각으로 포장하기 때문에 노면이 울퉁불퉁하다. 짐을 끌기에는 최악이다. 남편은 두고두고 불평했다. 특히 다른 택시들이 우리 숙소 근처를 지나갈 때마다 예외 없이 이 못된 운전기사에 대해 불평을 쏟아냈다.

설상가상으로 숙소는 예상보다 더 안 좋았다. 일찌감치 바이샤 지구에 구해놓았던 숙소가 건물 계단 공사를 한다고 하여 새로 구한 숙소다. 시간이 얼마 남지 않은 상태여서 선택의 폭이 좁았고, 투숙객의 후기는 그런대로 괜찮았으나 한국인 후기가 하나도 없어 께름직하기는 했다. 좁고, 컴컴하고, 환기도 잘 안되고, 집기도 부족한 것이 많았다. 포르투 숙소가 훌륭했기 때문에 상대적으로 더 미흡하게 느껴졌을 가능성도 없지 않다. 호스트는 얼굴도 비치지 않고 모두 메시지로 대신했다. 체크인도 오전 11시경 현관문 키패드 비밀번호를 메시지로 알려주고는 알아서 들어가도록 했다. 키패드는 처음 2~3일간 원활하게 작동하지 않아 우리를 가슴 졸이게 했다. 택시 기사에 숙소 문제까지 겹쳐 남편은 무척 언짢아했다.

리스보아는 포르투보다 훨씬 더 큰 대도시이다. 당연히 관광객도 더 많고, 더 번잡하다. 포르투에서는 거의 볼 수 없었던 아시아계 여행객도 자주 눈에 띄었다. 남편은 옆에서 들려오는 다양한 언어들의 폭포수 속에서 바벨탑이 연상된다고 했다. 내가 15년 전 뉴욕 지하철에서 느꼈던 것을 그대로 느꼈던 모양이다.

리스보아에는 전통적 색채가 강한 지역과 현대적인 색채를 띤 지역이 공존한다. 알파마는 리스보아에서 옛 모습을 가장 잘 간직하고 있는 곳이자 가장 낙후된 지역이다. 15년 전 리스보아를 방문했을 때 내

여행과 인생

가 그 애잔한 모습에 매료되었던 바로 그곳이다. 1755년 발생한 리스보아 대지진 때 알파마 지역은 높은 위치, 그리고 미로 같은 좁은 골목과 광장 덕분에 상대적으로 피해가 적어서, 좁고 구불구불한 골목길을 유지한 채 원래 자리에 그대로 재건축을 시행했다고 한다. 그 덕에 우리가 지금도 예전의 골목길을 걸어 다닐 수 있게 되었다. 반면 대지진으로 폐허가 된 나머지 대부분의 시가지는 바둑판 모양으로 구획 지어지고 가옥의 배열도 표준화되어 내진 역량을 갖춘 근대도시로 탈바꿈하였다. 특히 호시우 광장과 코메르시우 광장이 위치한 바이샤 지구는 피해가 매우 심해 완전히 새로 개발되었으며, 이 지구에 문화 · 상업 · 행정 · 교통 관련 시설이 집중되어 있다.

머무는 동안 안정된 느낌이 들었던 포르투와 달리, 리스보아에서는 스쳐 지나가는 이방인이라는 느낌이 강하게 들었다. 체류 기간이 상대적으로 짧았고, 그나마도 근교 도시 여행에 시간을 많이 할애했기 때문이라는 이유도 중요하게 작용했을 것이다. 리스보아에서는 '살기'보다 '관광'에 치우쳤던 것이 사실이다. 더 본질적인 이유를 찾아본다면, 포르투의 구시가지는 전통적인 모습으로 일관성을 유지하고 있어 심리적으로 그 안에 스며들기 쉬웠던 반면, 리스보아의 경우 전통적 지역과 현대적인 지역이 뒤섞여 있어 정합성이 없다는 점, 그래서 그 안에 심리적으로 안착하기 어렵다는 점 때문이 아닐까 하는 생각도 들었다.

그러나 리스보아 역시 아름다운 도시임이 분명하다. 높은 언덕이 많아 어디서 보아도 붉은 지붕과 성당의 종탑, 그리고 테주강이 어우러진 아름다운 리스보아의 파노라마가 펼쳐졌다. 거리에는 보라색 꽃이

리스보아 테주강변 전경

흐드러지게 핀 나무들이 눈에 많이 띄었다. '자카란다'라는 꽃으로 일 년에 봄과 가을 두 번 피는 특이한 꽃이라고 했다. 시간이 없어서 가 보지는 못했지만, 에두아르두 7세 공원이나 몬산투 공원과 같은 녹지 공간도 많다. 아마 우리가 리스보아에서 더 오래 머물렀다면 리스보아에 대한 호감도가 더 높아졌을 것이다.

포르투갈 체류 마지막 날 아침, 숙소 근처에 있으나 아직 가 보지 못한 포르타스 두 솔 전망대를 찾아 나섰다. 전망대에 서니, 알파마 동네, 테주강, 국립 판테옹의 웅장한 돔, 비센트 드 포라 수도원이 한 폭의 그림같이 펼쳐졌다. 방향을 조금 돌리면 테주강에 며칠째 떠 있는 크루즈 여객선이 알파마의 붉은 지붕들과 어우러져 또 한 폭의 그림으로 다가왔다.

이른 아침이어서 아직 사람들이 많지 않았다. 전망대 광장 노천카페에서 테주강을 바라보며 커피를 마셨다. 포르투를 떠난 이후 오랜만에

여행과 인생

가져보는 여유로운 시간이었다. 리스보아 일정에 여유가 있었다면 이곳에 자주 내려와 커피나 와인을 한잔씩 마시며 아름다운 리스보아 전망을 즐겼을 것이다. 번잡한 리스보아에 좀처럼 호감이 가지 않았던 우리도 마음에 여유가 생기니 리스보아가 아름다운 도시라는 것을 새삼 깨닫게 되었다.

비센트 드 포라 수도원과 국립 판테옹 사이의 광장에서 열리고 있는 벼룩시장에 잠시 들렀다가 돌아오는 길에 다시 포르타스 두 솔 전망대에 들려, 이번에는 전망대 아래에 있는 레스토랑에 들어가 차가운 음료를 한잔씩 마셨다. 레스토랑에 앉아 있는 사람들의 표정은 모두 평화로웠으나, 레스토랑에 들어오는 사람들의 얼굴은 벌겋게 달아올라 힘들어 보였다. 남편은 우리가 리스보아에서 이런 여유로운 시간을 많이 가졌다면 리스보아를 좋아했을 것이라고 했다.

저녁 식사 후 소화도 시킬 겸 아침에 갔던 포르타스 두 솔 전망대에 다시 나갔다. 집에서 5분 거리밖에 안 되는 곳을 오늘에서야 찾아 나섰고, 오늘만 세 번 들렸다. 리스보아에서는 근교 도시 여행을 먼저 하느라 출발 장소가 있는 바이샤 지구부터 다니기 시작했기 때문에, 막상 내가 머물고 있던 알파마 지구에서는 떠나기 전날에야 커피 한잔 마실 여유를 찾게 된 것이다. 저녁이 되니 날이 서늘해지고 테주강에서 전망대로 불어오는 바람도 시원했다. 테주강에는 크루즈 여객선에 이어 흰색 요트들이 점점이 떠 있었다. 포르투갈에서의 마지막 저녁을 테주강을 바라보며 이렇게 보냈다.

리스보아 근교 소도시
: 파티마, 나자레, 오비두스, 신트라, 에보라, 몬사라스

리스보아도 근교 도시를 방문하기에 좋은 위치에 있다. 우리는 리스보아 북쪽에 위치한 파티마, 나자레, 오비두스, 서쪽의 신트라, 그리고 동쪽 알렌테주 지역의 에보라와 몬사라스를 방문했다. 시간이 촉박하여 신트라를 제외하고는 소그룹 패키지투어 상품을 이용했다.

리스보아에 도착한 바로 다음 날 아침 일찍, 우리 부부와 미국인 여성 두 명, 그리고 스페인 출신 부부, 이렇게 여섯 명의 일행이 에보라를 향해 출발했다. 듣던 대로 알렌테주 지역의 풍광은 포도밭과 올리브나무와 코르크나무 일색이었다. 포르투 근교에서는 전혀 보지 못했던 드넓은 평원 위에서 방목된 소들이 풀을 뜯고 있는 모습도 종종 눈에 띄었다.

포르투갈에서 알렌테주 와인의 생산량과 소비량이 가장 많다더니 끝이 보이지 않는 포도밭이 이를 증명해 주었다. 가이드에게 이렇게 와인이 많이 생산되는데도 이상하게 한국에서는 포르투갈 와인을 볼 수 없다고 했더니, 포르투갈 와인은 대부분 국내에서 소비되므로 다른 나라에 알려질 기회도, 수출할 기회도 없다는 대답이 돌아왔다.

코르크나무 껍질에는 두꺼운 코르크층이 있는데, 수령 약 25살이 되면 코르크층을 벗겨내도 생장에 지장이 없다고 한다. 뿐만 아니라 벗겨낸 후 평균 9년 만에 코르크층이 다시 재생되므로 한 나무에서 계속 코르크를 채취할 수 있다. 코르크나무는 수명이 백년에서 오백 년 사이라고 하니 참으로 장구한 세월 동안 자신의 일부를 인간에게 기증하는 헌신적인 나무다. 코르크층을 벗겨낸 나무들은 벗겨낸 자리가 마치 상처 입은 피부처럼 벌겋게 드러나 있어 애처로워 보였다.

에보라에 도착하여 먼저 뼈 예배당으로 유명한 상 프란시스쿠 성당부터 관람을 시작했다. 그리 크지 않은 공간에 벽과 여덟 개의 기둥이 뼈와 두개골로 빽빽하게 장식되어 있었다. 뼈 예배당 입구의 위쪽에는 "Nós Ossos Que Aqui Estamos Pelos Vossos Esperamos(여기 있는 우리 뼈들이 당신을 위해 기다리고 있습니다)"라는 문구가 적혀 있다. 이러한 문구에 비추어 뼈 예배당을 만든 이유에 대해 "이렇게 많은 사람은 결국 죽어서 해골과 뼈만 남겼다. 무엇보다 죽음을 기억하라, 죽음을 잊지 말라"라는 메시지를 전달하려 한 것이라고 해석하기도 한다. 우리는 보지 못했지만, 예배당의 지붕에는 "Melior est die mortis dies nativitatis"라는 전도서 7장 1절의 구절이 라틴어로 쓰여 있다고 한다. "죽는 날이 태어나는 날보다 낫다"는 뜻이다. 에보라 대성당과 에보라 로마 신전 등 명소 몇 군데를 관람한 후 점심을 먹고 몬사라스로 출발했다.

에보라 동쪽으로 40여 분 거리에 위치한 몬사라스는 흰색 집들이 아기자기하게 들어서 있는 아담하고 예스럽고 예쁜 성곽 마을이다. 과디아나강을 사이에 두고 스페인 국경과 맞닿아 있어 이곳에서 스페인이 보인다. 이렇게 멀고 작은 마을에 누가 찾아올까 싶은데, 단체 관광객들이 제법 있었다.

대형 와이너리의 와인샵에 들어가 스페인이 내려다보이는 전망 좋은 2층 테라스에 앉아 와인을 시음했다. 와인 시음 자체보다 적당히 구름 낀 하늘 아래서 시원한 바람을 맞으며, 와인을 홀짝거리며, 아름다운 스페인 국경 너머를 바라보는 평화로움이 우리를 자리에서 일어나지 못하게 했다. 또 한 번의 신선놀음이었다.

리스보아로 돌아가는 길 내내 굵은 빗줄기가 쏟아졌다. 걸어서 돌아다니는 동안에는 비가 내리지 않더니, 날씨가 기가 막히게 우리를 도와준 셈이다.

이틀 후 역시 아침 일찍 파티마와 나자레, 그리고 오비두스를 방문하는 소그룹 투어에 나섰다. 이번에는 미국인 부부, 스페인 출신 여성 두 명, 미국 뉴저지에 거주하는 타이완 출신 부부 등 여덟 명이 함께 출발했다. 가장 먼저 들른 파티마 성소는 바티칸에서 인정한 세계 3대 성모 마리아 발현지 중 한 곳이다. 20세기의 산물이라 그리 오랜 역사를 지닌 장소는 아니지만, 매년 육백만 명에서 팔백만 명 사이의 순례자가 찾아온다고 했다. 아름다운 성모 대성당과 긴 회랑, 넓은 광장, 그리고 광장 한 복판에 자리한 교황 요한 바오로 2세의 동상, 매우 키가 크고 가늘어 마치 현대예술작품 같은 예수 그리스도의 십자가가 여백의 미를 드러내며 어우러져 있다. 광장을 가로질러 대성당 맞은편에는 대형 현대식 타원형 성당인 산티시마 트린다드 성당(성삼위 성당)이 있다. 8천5백 명을 수용할 수 있는 세계에서 네 번째로 규모가 큰 성당이라고 한다. 가톨릭 신자들이 워낙 많이 찾아오는 곳이라 대성당에 들어가지 못한 신자들은 이곳에서 미사를 본다.

파티마 성소는 가톨릭 신자가 아니더라도 경건한 마음이 들게 하는 곳이다. 산 프란체스코 대성당이 있는 이탈리아의 아시시를 상기시켰

   여행과 인생

파티마 성소

다. 더욱이 비가 내려 차분해진 분위기가 이곳에 성스러움을 더했다. 남편은 파티마 성소를 브라가의 봉 제주스 두 몬트 성소와 함께 이번 여행에서 방문한 곳 중 최고의 명소로 꼽았다.

나자레로 이동하여 해안 절벽 위의 시티우 마을에 들어서니, 그리 크지 않은 예쁘장한 광장이 보였다. 광장 한편에는 아름다운 성당 나자레 성모 성소가, 맞은편 바다 쪽으로는 자그마한 메모리아 예배당이 자리하고 있다. 이곳에서 점심을 먹고, 서핑 장소를 구경하기로 했다. 가이드가 추천해 준 식당을 찾아가는 길에 마주한 절벽 아래의 푸른 바다, 백사장, 붉은 지붕, 그리고 한 마리의 갈매기가 빚어내는 풍광은 우리의 탄성을 자아냈다. 눈을 돌리니 광활한 바다와 바다 위로 돌출한 절벽의 조화가 숨을 멎게 했다.

점심 후 서핑 장소로 이동했다. 이곳의 파도는 큰 파도big wave를 넘어서서 거대한 파도giant wave로 불린다. 바닷속에 5킬로미터 깊이의 협곡이 있어서 센 바람이 불면 거대 파도가 형성된다. 그런데 이 거대 파도는 겨울철에만 발생하며, 그중에서도 15일 정도의 짧은 기간에만 발생하기 때문에 서핑 애호가들이 이 기간을 목매어 기다린다고 한다. 서핑 장소로 내려가다 보면 사람의 몸에 사슴의 얼굴을 하고 손에는 서핑보드를 쥔 채 기다리는 듯한 자세로 바다를 바라보는 커다란 조각상이 서 있다. 이 조각상은 바로 거대 파도를 기다리고 있는 모습을 형상화한 것이다.

거대 파도가 겨울에만 형성된다는 것을 미처 몰랐던 나는 나자레에서 무엇보다 거대한 파도가 눈앞에 펼쳐지기를 기대했었다. 나자레를 방문하기로 결정한 것도 이 거대 파도 때문이었다. 그러나 거대한 파도가 밀어닥친다는 것을 상상할 수 없을 정도로 바다는 고요하고 평온했다. 언젠가 겨울의 거대 파도 시즌에 다시 이곳을 방문할 수 있을까?

오전 내내 비가 쏟아지던 날씨는 이미 다 개어 화창하다 못해 뜨거웠다. 이곳 날씨는 참으로 변화무쌍하다. 오비두스에 도착하여 성채로 들어서니 바로 왼쪽에 성벽으로 올라가는 계단이 보였다. 계단 앞에서 가이드가 사준 진지냐를 시음했다. 알코올 도수가 20도라 우리의 예전 소주 도수와 비슷한 술이다. 야생 체리와 계피를 넣고 만든 달콤한 술로 초콜릿으로 만든 잔에 담아 나온다. 술을 마시고 초콜릿 잔까지 씹어먹으면 된다. 작은 한 잔을 마셨음에도 금방 배 속이 화끈거렸다.

성벽을 한 바퀴 돌고 내려와 거리를 걸었다. 중심 거리라고는 하지만 흰색 바탕에 파란색과 노란색의 테를 두른 예쁜 기념품 가게와 카페, 식당이 이어져 있는 골목길이다. 오비두스에 대해 텔레비전에서도 소개했고, 많은 블로그에서 극찬하여 기대를 많이 했는데, 성곽으로 둘러싸인 형형색색의 아담하고 예쁜 중세마을 그 이상도 그 이하도 아니었다.

15년 전 방문했던 신트라는 이번 여행에서 제외할까도 생각했지만, 남편이 전혀 기억에 없다고 하여 다시 방문했다. 워낙 관람객이 많아 어느 곳이나 대기 시간이 길므로 개장하자마자 들어가야 시간을 절약할 수 있다는 여행 후기를 참고하여 이틀을 할애했다. 하루는 우리가 전에 가 보았던 페나 궁과 정원, 하루는 가 보지 않았던 헤갈레이라 별장에 다녀왔다. 페나 궁은 여전히 동화 속의 궁전처럼 알록달록한 색으로 치장하고 있었으나, 예전 방문 때 보다 색의 선명도가 떨어지는 듯 보였다. 녹음이 우거진 넓은 정원은 산책하기 좋았다.

헤갈레이라 별장은 마법의 동화 속에 나올 것 같은 저택과 우아한 정원이 아름답게 어우러져 있는 매우 인상적인 곳이다. 최우선 순위 관람 장소인 우물부터 관람하고, 정원을 여유 있게 구석구석 돌아보았다. 사진을 찍지 않고서는 지나칠 수 없는 명소가 너무 많았다. 어디를 배경으로 사진을 찍어도 아름다운 풍경화가 그려졌다. 정원 곳곳에 서 있는 고풍스러운 건축물과 조각, 어디서나 황홀한 모습으로 다가오는

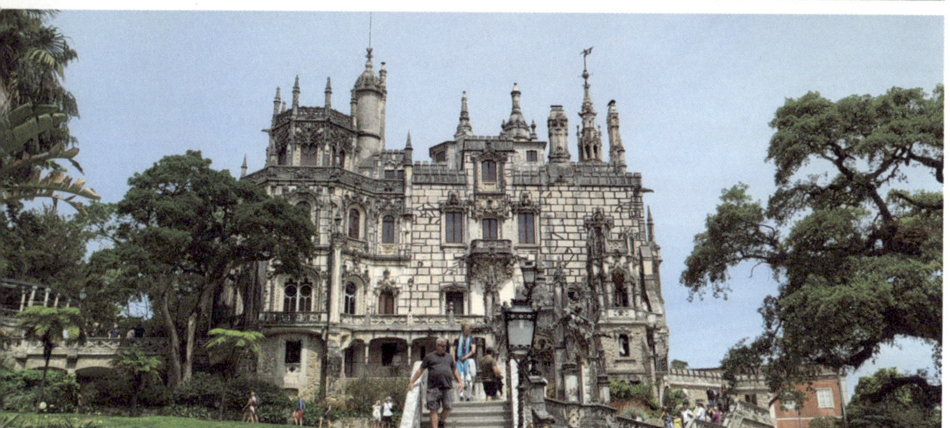

신트라 헤갈레이라 별장

저택, 녹음이 우거진 숲, 여기저기 숨어있는 작은 동굴, 예쁘게 가꾸어진 화단-이 모든 것이 황홀경이었다. 개인적으로는 훨씬 더 유명한 페나 궁보다 훨씬 더 매혹적인 곳이라는 생각이 든다.

신트라에 오면 으레 인근의 카보다 호카를 방문한다. 유럽의 서쪽 끝에 있으므로 땅끝마을로 불리는 곳이다. 우리는 이전에 방문한 적이 있었으므로 이번에는 건너뛰었다. 당시 특별히 볼거리는 없고 바람도 무척 강해, 오래 머물지는 않았다. 다만 어느 가게에서 땅끝마을을 방문했다는 인증서를 받아온 것은 기억에 남는다.

여행과 인생

포르투갈의 문화예술

아줄레주

아줄레주는 '광택을 낸 돌멩이'라는 뜻의 아랍어에서 유래된 용어로, 타일에 주석 유약을 사용해 그림을 그려 만든 포르투갈의 도자기 장식 타일이다. 초기에는 여러 색깔의 타일을 만들어 자른 후 타일 조각들을 기하학적 무늬가 만들어지도록 다시 이어 붙이는 모자이크 방식이 사용되었다. 그러다가 타일 표면에 직접 그림을 그리고 이 그림 타일을 이어 붙이는 방식으로 발전해 갔다. 또한 반복적인 기하학적인 무늬나 단순한 꽃 모양에 국한되어 있던 타일 예술이 타일 작품을 통해 특별한 이야기나 심지어 감성을 전달하는 방식으로 진화해 갔다.

우리는 방문한 모든 도시에서 역사적 사건이나 성서에 나오는 이야기를 그림으로 표현한 아줄레주를 쉽게 만났다. 특히 가장 보편적인 흰색과 푸른색의 아줄레주는 그 독특한 신선함이 나의 마음을 단번에 사로잡았다. 포르투 대성당은 아줄레주의 정수를 보여주는 곳이다. 회랑의 벽면과 바로크 양식의 성구 보관실이 모두 푸른색의 아줄레주로 장식되어 있고, 성당 2층 테라스에는 두 벽면 전체가 모두 아줄레주로 채워져 있어 사람들이 그 앞에서 사진을 찍느라 분주했다. 성당이나 궁전과 같은 특별한 건물뿐만 아니라 식당이나 기차역, 지하철역, 골목길의 담벼락 같은 일상적인 공간에서도 아줄레주를 볼 수 있다. 세계에서 가장 아름다운 기차역으로 알려진 포르투의 상 벤투 역은 포르

아줄레주 국립 박물관의 아줄레주 특별전: 바스티앙 토마시니 작품전

투갈의 역사적 사건을 2만여 개의 타일에 이야기식으로 표현한 푸른색 아줄레주가 벽을 장식하고 있다. 리스보아의 거의 모든 지하철역도 아줄레주로 장식되어 있다.

리스보아의 아줄레주 국립 박물관에는 15세기 후반부터 현대에 이르는 수많은 아줄레주 작품들이 연대기별로 전시되어 있어 아줄레주에 관심이 있는 사람들은 반드시 방문하기를 권하고 싶다. 우리가 방문했을 때는 프랑스 작가 바스티앙 토마시니Bastien Tomasini의 아줄레주 특별전이 열리고 있었다. 사진을 포르투갈 전통문화의 아이콘인 파두 및 아줄레주와 결합한 작품들이었다. 작품을 처음 보는 순간 매우 강렬하고 현대적이라는 인상을 받았다. 격렬하면서도 깊은 표정을 짓고 있는 남녀의 얼굴들을 빨강, 파랑, 노랑의 원색으로 표현한 아줄레주였다. 남성을 바다로 떠나보내는 여성의 관점에서 사랑 이야기를 만들어, 이 이야기를 일련의 아줄레주 패널에 표현하였다고 한다. 덕분에 아줄레주가 현대에 이르러 어떻게 진화하고 있는지를 엿볼 수 있었다.

여행과 인생

칼사다 포르투게자

포르투갈에서 광장이나 거리, 보행로에 들어서면 바닥도 예술작품 같다는 생각이 들 때가 있다. 작고 평평하게 다듬어진 돌조각으로 규칙적인 무늬를 넣어 포장해 놓았기 때문이다. 이처럼 작게 다듬어진 돌로 포장한 포르투갈식 보도를 칼사다 포르투게자라고 한다. 작은 돌조각으로 포장한 길은 로마의 영향권 아래 있었던 지역에서 쉽게 발견할 수 있지만, 포르투갈식 포장은 19세기 이후부터 널리 사용되었다. 많은 경우 무늬를 넣어 모자이크 형태로 포장한다. 호시우 광장으로 불리는 동 페드루 4세 광장이나 벨렝 지구의 발견 기념비 앞 광장처럼 물결이 너울대는 무늬로 포장한 곳도 있고, 바둑판처럼 규칙적으로 배열한 무늬 등 기하학적 패턴으로 포장한 곳도 많다. 건물의 건축 연도와 같이 의미 있는 글자와 형상을 삽입하여 포장하기도 한다.

탈랴 도라다

금빛 찬란한 탈랴 도라다는 포르투갈 성당 장식의 화려함의 극치를 보여준다. 피렌체의 성당들이 저명한 화가들의 은은한 프레스코화와 색 대리석 장식으로 화려함을 은근하게 드러내고 있다면, 포르투갈의 성당들은 반짝이는 금박 장식에 기대어 화려함을 '노골적으로' 뽐내고 있었다.

포르투 산타 클라라 성당의 탈랴 도라다

　탈랴 도라다는 나무로 조각한 후 그 위에 얇은 금박을 두드려 입히는 조각 기법이다. 이 금박 조각 장식은 17~18세기 포르투갈 바로크 양식의 중요한 특징적 요소 중 하나가 되었다. 특히 성당과 예배당의 제단과 기둥, 천장을 장식하는 데 많이 사용되었다. 나무는 대리석과 같은 재료에 비해 가격이 저렴하고 다루기가 쉽다. 돌을 깎는 것보다 작업 시간이 훨씬 단축되고, 표면에 금박을 씌우니 화려하면서도 전체를 순금으로 만드는 것보다 경제적이다. 17세기 후반에 식민지였던 브라질에서 금광이 발견되어 포르투갈에 금이 풍부해지자, 성당의 중앙제단이나 예배당 하나 정도를 꾸미는 데 사용하던 금박 장식을 성당 전체에 사용하는 곳이 많아져, 포르투갈의 성당은 점점 더 화려해졌다.

　많은 성당이 탈랴 도라다로 장식되어 있지만, 특히 포르투 산타클라라 성당의 탈랴 도라다는 그 눈부신 화려함이 타의 추종을 불허한다.

본당에 들어서자 저절로 탄성이 나왔다. 아담한 규모의 본당은 중앙 제단과 양쪽 벽면이 온통 반짝거리는 금박으로 장식되어 있고, 천장도 붉고 푸른 대리석과 금박이 질서정연하게 무늬를 이루어 화려하기 이를 데 없다. 찬란하다는 표현이 딱 어울릴 것 같은 성당이다. 탈랴 도라다 양식을 가장 잘 볼 수 있는 곳이라는 평가를 받을만했다.

2층에서는 성당의 내부 장식을 복원하는 작업 과정을 영상으로 상영하고 있었다. 최근 몇 년간 복원작업이 진행되었던 모양이다. 탈랴 도라다가 침침하게 변색해 있던 다른 성당과 달리, 산타 클라라 성당 내부의 탈랴 도라다가 유난히 반짝반짝 빛나고 있었던 이유가 바로 이 복원작업 때문인 듯싶었다. 산타 클라라 성당은 작지만, 반드시 방문해야 할 곳이다.

포르투갈의 음식과 커피

아침 식사와 저녁 식사는 주로 집에서 해 먹고, 점심 식사는 밖에서 사 먹었다. 아침 식사는 서울에서와 같이 과일과 빵, 달걀, 우유, 요구르트, 치즈 등으로 해결했다. 저녁은 서울에서 가지고 간 기본 식재료에 마트에서 사온 고기나 생선, 해물, 야채를 섞어서 한국식으로 해 먹었다. 거의 밖에서 사 먹은 점심의 경우 포르투갈 토속 음식을 가능하면 많이 먹어 보려고 애썼다.

포르투에 도착한 지 닷새 정도 지난 후 우리는 가성비가 좋은 토속 음식점을 발굴하여, 문어구이, 정어리구이, 오징어구이, 대구구이, 대구 브라스(대구 살을 쌀, 감자, 달걀 등과 섞어 익힌 음식), 대구 브라가(튀긴 대구), 곱창 스튜 등 그 식당의 메뉴에 있는 거의 모든 음식을 먹어 보았다. 대구구이가 짰던 것을 제외하고는 대체로 만족스러웠다. 우리는 이 단골 식당 덕분에 포르투 체류 내내 점심 걱정을 덜어 행복했다.

포르투갈 음식은 대부분 우리 입맛에 맞았다. 이 모든 음식은 와인과 함께 먹어야 제맛이 나는데, 금상첨화로 와인 가격도 저렴하다. 우리는 포르투갈 음식을 먹을 때는 거의 빠짐없이 와인을 마셨다. 집에 와인을 사놓고 밖에서 와인을 건너뛴 날에는 집에서라도 한두 잔씩 마셨다. 서울에서는 레드 와인을 즐겨 마시곤 했는데, 포르투갈에서 주로 생선이나 해물 요리를 먹다 보니 화이트 와인에 맛을 들이게 되었다.

포르투갈에는 대구 요리 방법이 수백, 수천 가지 있다고 할 만큼 대구 요리가 대중적인 음식이다. 우리도 다양한 방식으로 만든 여러 가지 대구 요리를 맛보았는데, 대부분 맛이 괜찮았다. 그러나 대구는 포르투갈 근해에서는 잡히지 않고 북대서양에서 잡아 장시간 이송해 오므로 염장을 많이 한다고 했다. 그래서 소금기를 얼마나 적절히 빼느냐 하는 것이 음식의 맛을 결정하는 관건이라고 한다.

문어를 좋아하는 남편은 포르투갈에 문어 음식이 많아 흐뭇해했다. 신트라 전망이 시원하게 내려다보이는 고급 레스토랑에서 남편이 주문한 문어구이는 데친 야채 위에 통째로 구운 작은 문어를 얹어서 삶은 감자를 곁들여 나왔다. 지금까지 포르투의 우리 단골식당에서는 썰어 놓은 문어구이만 먹어 보았으므로 통 문어 한 마리를 보고는 우리

 여행과 인생

둘 다 감격스러워했다.

해물 밥과 해물 스튜 등 해물 요리도 훌륭했다. 기마랑이스의 식당에서 먹은 아귀 해물 밥도 으뜸이었고, 나자레의 식당에서 먹은 해물 요리도 일품이었다. 나자레에서는 날씨가 쌀쌀하여 전채 요리로 따끈한 생선 수프를, 주요리로 오징어구이와 칼데이라다 나자레를 주문했더니, 접대하는 직원이 탁월한 선택이라고 추켜세웠다. 날씨가 이렇게 꾸물거릴 때는 칼데이라다가 최고의 음식이란다. 칼데이라다는 솥에 넣고 조린 생선 요리로 포르투갈식 생선스튜이다. 네 가지 종류의 생선을 감자와 함께 토마토소스에 조려 나오는 요리인데, 맛도 좋고, 양도 많고, 따끈따끈해서 우리 둘 다 대단히 흡족해했다. 가성비도 매우 좋은 식사였다.

포르투갈 커피는 맛도 좋고 값도 싸다. 진하고 중후함이 느껴지는 맛. 거의 매일 커피를 사 마셨는데, 한두 번을 제외하고는 가격과 관계 없이 어디서 먹든지 맛이 좋았다. 아메리카노를 시키면 구정물 같은 커피를 내오던 이탈리아와는 대조적이었다. 커피 원두를 브라질과 북아프리카 등 옛 식민지에서 무관세로 수입해 오기 때문에 값이 싸다고 한다. 이곳에서는 메뉴에 아메리카노를 '에스프레소 더블'로 표기해 놓은 곳이 꽤 많다. 즉 이런 카페나 식당에서 아메리카노는 양이 두 배인 에스프레소의 개념이고, 따라서 매우 진하고, 가격도 에스프레소보다 비싸다.

포르투갈의 삶

　포르투갈 사람들은 스페인 사람들과 민족의 기원은 동일하지만, 성향은 매우 다르다고 한다. 일반적으로 포르투갈 사람들은 조용하고 침착하고 친절하다는 평이 나 있다. 나의 경험으로는 투박하면서도 진솔한 인상을 풍긴다. 표정이 밝고 떠들썩하고 거들먹거리는 스페인 사람들과 대조적이다. 민족관도 투철하고 과거에 대한 향수와 자긍심도 대단하다고 한다.

　포르투갈은 유럽에서 물가가 가장 저렴한 도시에 속한다. 유럽이나 북미지역에서 포르투갈로 여행을 많이 오는 이유 중 하나도 바로 상대적으로 저렴한 여행비용일 것이다. 특히 시장 물가는 상당히 저렴하다. 즉, 집에서 음식을 해 먹으면 생활비가 많이 들지 않는다. 그러나 최근 들어 포르투갈에서도 물가가 많이 올랐다고 한다. 특히 외식 물가는 고공행진 중이다. 포르투보다 수도인 리스보아의 물가가 당연히 더 높다. 국민소득이 1만 달러 정도 더 높고 최근 물가가 많이 오른 우리나라와 절대적으로 비교해서도 음식 가격이 결코 낮은 편이 아니다. 숙박비도 5년 전 이탈리아 여행 때와 비교해 보면 비싼 편이고, 대중교통비도 우리나라보다 비싸다(대신 버스나 트램은 매우 깨끗하고 쾌적하다). 명소 입장료도 최근에 모두 올랐고, 무료였던 곳도 유료로 전환되었다. 관광 수입을 높이려고 안간힘을 쓰는 듯한 느낌이 들 정도였다. 우리가 유로 환율이 최고점에 도달한 시점에서 환전한 것도 물가가 비싸게 느껴지게 하는 데 일조한 바 있기는 하다.

　　　　　　　　　　　　　　　　　　　　여행과 인생

길거리에서 영어는 잘 통하지 않는다. 리스보아보다 포르투에서 더 그렇다. 나이 든 사람은 말할 것도 없고 젊은 사람도 영어를 잘 못한다. 그러나 큰 식당이나 상점에서는 적어도 직원 한 명은 손님을 상대할 수 있을 정도의 영어를 구사할 줄 안다. 인도나 파키스탄계처럼 보이는 직원이 일하는 기념품 가게나 식당이 많은 데, 그 이유가 이들이 영어를 잘하기 때문인 듯하다. 그래도 제스처, 눈치, 구글 번역기에 의존하여 한두 번을 빼놓고는 의사소통에 실패한 적이 없으니, 영어 때문에 자유여행을 두려워하는 사람들에게는 주눅 들지 않고 다닐 수 있다는 점에서 오히려 더 좋은 여행지일 수 있다.

한 달 살기 경험 간직하기

이탈리아 여행 때처럼 이번 여행도 기획은 내가, 집행은 남편이 한 셈이다. 내가 언제 어디를 갈지 계획을 세우고 방문지에 대한 정보를 수집하면, 남편은 식당을 정하고 교통편을 확인하고 길을 찾았다. 사십 년 전 소대장 출신인 남편은 아직도 '나를 따르라' 식으로 길을 안내하여 이따금 충돌하기도 했지만, '길치'에 가까운 나로서는 남편에게 많이 의존한 것이 사실이다. 더욱이 이번에는 매일 방문지, 식사한 식당과 먹은 음식 이름, 지출한 경비까지 상세히 정리해 주어 여행기를 집필하는 데 많은 도움이 되었다.

미리 일정을 세부적으로 짜놓고 출발했던 이탈리아 여행 때와는 달리, 이번에는 사전에 큰 윤곽만 잡아놓고 그때그때 형편과 기분에 따라 유연하게 일정을 잡았기 때문에, 내가 기획했더라도 남편과 자료를 공유하고 상의하는 시간을 많이 가졌다. 한 사람이 주도하기보다 둘이 적절히 역할 분담하여 협업하는 부분이 많을수록 둘 다 여행에 깊이 관여하게 되어 여행에서 얻는 것이 많아진다. 다만 이 경우 언쟁의 소지가 커지므로 의사소통의 묘가 필요하다.

이번에도 우리의 포르투갈 한 달 살기 여행기를 책으로 펴냈다. 책을 집필한다는 생각을 확실하게 갖지 않고 떠났던 이탈리아 한 달 살기와 달리, 이번에는 처음부터 책을 발간할 계획을 세우고 떠났고, 여행지에서 매일 여행기를 작성했다. 이탈리아 한 달 살기 책에 대한 반응이 좋았고, 이 책을 보신 지인들이 이번에도 책을 내라고 독려하셨다. 단체여행이나 여러 곳을 주마간산 식으로 돌아다니는 자유여행에 식상한 여행자들이 대안으로 한곳에 오래 체류하며 그 지역을 깊이 있게 체험하는 생활형 여행에 관심을 보이는 것이 아닐까 싶다. 요즈음 건강하고, 체력도 좋고, 은퇴 후 시간적, 경제적 여유가 있는 나이 든 세대에게 한 달 살기가 로망이 되어가고 있다는 느낌을 자주 받는다.

벌써 포르투 마토지뉴스 해변의 고운 백사장과 바다로부터 불어오던 청량한 바람, 구름 한 점 없는 파란 하늘에서 내리쬐던 따가운 햇살, 이 황홀한 자연을 마주하고 테라스 바에서 마시던 진한 커피가 아련해진다. 다음에는 어디에서 한 달 살기를 해 볼까 궁리하며, 다시 한번 꿈을 키워 본다.

여행과 인생

2부

여행의

의미

인간의 속성을 나타내는 여러 정의 중에 '호모 비아토르Homo Viator'라는 말이 있다. 호모 비아토르는 '여행하는 인간', '길을 걷는 인간', '순례하는 인간' 등으로 번역되는 라틴어로, 현대 프랑스의 그리스도교적 실존주의 철학자 가브리엘 마르셀Gabriel Marcel이 인간을 이렇게 규정했다고 한다.[4]

프랑스의 수학자이자 철학자인 파스칼은 저서 〈팡세〉에서 인간이 '자기 방에 평온하게 머무르는 법을 모른다는 것'이 인간의 모든 불행의 유일한 원인이라고 하였다. 후에 인간 불행의 더 근본적인 원인을 '무력하고 죽을 수밖에 없는 우리 인간의 처지'에서 찾았지만, 파스칼이 거처를 떠나 이동하려는 인간의 성향을 비판적으로 본 것은 분명하다.

....나는 인간의 모든 불행은 단 한 가지 사실, 곧 자기 방에 평온하게 머무르는 법을 몰라서 생겨난다고 누누이 말하곤 했다. 살아가는 데 충분한 재산을 소유한 사람이 자기 집에서 기분 좋게 지내는 방법을 안다면, 굳이 항해한다든지 요새를 포위하기 위해 집 밖으로 나서지는 않을 것이다. 일평생을 도시에서 꼼짝하지 않고 지내는 것을 견딜 수 없다고 여기기 때문에 사람들은 그렇게나 비싼 대가를 지불하고 군직軍職을 사기도 하며, 자기 집에 거하는 것이 즐겁지 않기 때문에 대화를 하고 도박같은 오락을 찾아 헤맨다.[5]

반면 여행을 사랑했고 여행에 대해 자신만의 철학을 가지고 있었던 니체는 자신이 "언제나 '집안에 틀어박혀' 있지 못했던 것에" 감사하며, 여행을 찬미했다.

나는 나의 수많은 모험에, 그리고 그때까지 내가 소심하게 한 구석에 웅크리고 있거나 구석으로만 파고든 개구리처럼 언제나 '집안에 틀어박혀' 있지 못했던 것에 얼마나 감사한 마음을 가졌던가! 오늘날 나는 얼마나 놀라운지! 이 무슨 새로운 전율인가! 피로함 속에서도 행복이! 햇빛 속에서의 휴식이! 그리고 내가 들었던 수많은 새로운 소리들, 이 수많은 해후, 이 드물게 우아한 수많은 정감! 그 무렵 내가 듣지 못했던 그 무엇이 있을 수 있었단 말인가!(니체, 547)

여행과 탐험을 즐겼던 〈보물섬〉과 〈지킬 앤드 하이드〉의 작가 로버트 루이스 스티븐슨Robert Louis Stevenson은 여행지와 관계없이 '떠남' 그 자체에서 여행의 의미를 찾았다. "나는 어떤 장소에 도착하기 위해서가 아니라, 그저 떠남 자체를 위해 떠난다. 나는 오직 여행 자체를 위해 여행한다. 움직일 수 있다는 것은 위대한 축복이니까"[6]라고.

우리나라 사람들에게 해외여행은 이미 대중화되었고, 특히 젊은 세대에게 여행은 어쩌다 하는 특별한 행사가 아니라 삶의 일상적인 일부가 되었다고 해도 지나친 말은 아니다. 사람들은 흔히 여행에서 즐겁고 낭만적인 어떤 것을 기대한다. 유명한 유적과 문화예술작품을 관람하고, 멋진 자연을 감상하고, 새로운 문화에 접하고, 새로운 음식을 먹고, 새로운 사람을 만나며 기쁨을 느낄 것이라고 기대하면서 여행을 동경한다.

그러나 여행에는 즐거움이나 낭만만 있는 것은 아니다. 여행은 비용이 많이 들고, 피곤하고, 때때로 여행 중에 위험한 상황에 놓이기도 한다. 여행을 별로 좋아하지 않는 나의 친지 중에는 텔레비전에서 다양한 세계 여행 프로그램을 편안하게 잘 볼 수 있는데 뭐 하러 사서 고생하며 여행을 가느냐는 친지도 있다. 야구를 제대로 보려면 야구장에 가지 말고 집에서 텔레비전 중계를 시청하는 것이 좋다고 주장하는 것과 비슷한 이치이다.

그럼에도 사람들은 굳이 여행을 떠난다. 코로나 사태가 끝나자 가장 폭발적으로 늘어난 것이 바로 여행 수요다. 불경기라고 아우성치면서도 연휴가 되면 공항이 여행자로 초만원을 이룬다. 왜일까? '호모 비아토르'

여행과 인생

라는 인간의 본질적 속성 때문일까? 아니면 포기할 수 없는 여행의 멋과 맛이 있기 때문일까? 멀리 떠나야만 비로소 깨달을 수 있는 삶의 진리가 있기 때문일까? 여행은 과연 우리에게 어떤 의미를 주는 것일까?

설렘과 기대

여행은 준비 단계에서부터 이미 시작된다. 여행지를 결정하고, 항공편과 숙소를 예약하고, 여행지에 대한 정보와 배경지식을 공부하는 이 모든 과정에서 여행을 앞둔 사람들의 마음은 벌써 설레기 시작한다. 물론 이 과정을 힘들고 귀찮아하는 사람들도 있지만, 자유여행을 즐기는 많은 사람은 이 과정에서 실제 현지 여행 못지않게 흥분을 맛본다.

〈여행의 기술〉의 저자 알랭 드 보통 Alain de Botton은 특히 비행기의 출·도착을 알리는 모니터 화면에서 공항의 매력을 찾는다. 그는 모니터 화면들의 계속되는 호출은 "언뜻 단단하게 굳어버린 듯한 우리의 삶이 얼마나 손쉽게 바뀔 수 있는지를 보여준다"라고 했다. 어디로라도 "이륙하는 비행기가 있다는 생각", "비행기에 올라타기만 하면" "몇 시간 뒤에 우리에게 아무런 기억이 없는 장소, 아무도 우리의 이름을 모르는 장소에 착륙할 것"이라는 생각으로 "우리 기분의 갈라진 틈들을 메우는 것"이 즐겁다고 했다.[7]

나도 지금보다 젊었을 때는 여행을 떠나기 위해 공항에 도착하는 순간 가장 마음이 설렜다. 막상 여행지에 도착해서는 시차에 적응하는 것부터 시작하여, 길을 찾고 하루 종일 걸어 다니느라 녹초가 되어, 멋진 풍광과 문화유적들에 대한 환상적인 기억이 멀찌감치 달아나 버리기도 한다. 그러나 곧 비행기에 올라 여행을 떠난다는 단 한 가지 확실한 사실은 기대와 설렘을 갖도록 하는데 충분했다. 어릴 적 소풍 전날 김밥과 삶은 달걀을 넣어갈 소풍 가방을 준비해 놓고 비가 오지 않기를 기도하며 잠을 설치던 그때의 들뜬 기분과 다를 바 없을 것이다. 그래서 공항에 들어선 순간은 언제나 나를 가장 설레게 하는 시간이었다.

코로나 사태가 거의 끝나갈 무렵 우연찮게 나가 보았던 인천공항이 썰렁하게 비어 있어 안타까워했던 기억이 있다. 공항은 미지의 세계를 향해 곧 떠날 생각으로 가슴 부푼 사람들이 북적여야 제맛이 나는 곳이다.

배움

현대 사회는 평생학습사회라는 말을 많이 한다. 평생 학습해야만 생존할 수 있는 사회이며, 또 평생 누구나 언제 어디서나 학습할 수 있는 사회라는 뜻이다. 학교 교육을 마치면 학교에서 배운 지식으로 평생 살아갈 수 있었던 과거 산업사회와 달리, 사회의 변화 속도가 빠르고 지식의 소멸과 생산의 주기가 짧은 현대 사회에서는 학교 졸업 후 불과 2~3년 만에 쓸모없게 되는 지식이 적지 않다. 특히 이공계는 이런 현상이 더 심하여, 군대에 다녀오면 가기 전에 배웠던 것이 쓸모없어진다는 얘기들을 곧잘 한다.

    여행과 인생

우리는 학교를 졸업하고도 끊임없이 공부하지 않으면 생존 자체가 불가능한 시대를 살아가고 있다. 이것은 비단 전문적인 영역이나 직업 생활에만 해당하는 것이 아니다. 일상생활에서도 계속 배우지 않으면 살아가기 어려운 세상이 되었다. IT 활용 기술을 익히지 않으면 은행 업무를 처리하기도, 식당에서 음식을 주문하기도 힘든 것이 현실이다.

더욱이 '공부는 다 때가 있다'는 기존 관념, 즉 성인이 되면 학습 능력이 사라진다는 종래의 관념을 깨는 이론들이 산출되면서 성인들의 학습은 그 필요성과 가능성 모두 주목을 받게 되었다. 한 예로 심리학자 레이몬드 카텔Raymond Cattell의 지능이론에 의하면 일반지능은 유동fluid지능과 결정crystallized지능으로 나누어지는데, 유전적, 신경 생리적 영향 등 뇌의 자연적인 발달에 따라 발달하는 유동지능은 청년기까지 증가하다가 성인기 이후에는 감소하지만, 환경이나 이전 경험, 문화적 영향 등에 의해 후천적으로 발달하는 결정지능은 나이가 들어서도 계속해서 증가한다. 즉, 결정지능의 존재는 우리가 노년이 되어서도 학습할 수 있다는 것을 시사한다.

배움은 의도적이고 계획적인 과정을 통해서만 일어나는 것은 아니다. 교육학자들에 의하면 우리가 평생에 걸쳐 배우는 것 중 학교나 문화센터의 교육 프로그램과 같이 계획된 교육과정을 통해 의도적으로 배우는 것 보다 일상생활에서 경험을 통해 우연히 배우는 것의 비중이 훨씬 크다. 전문가들은 후자를 경험학습이라고 부르기도 한다. 현대 사회에서는 인터넷과 각종 미디어, 인공지능의 발달로 배움의 수단이 매우 다양해졌고, 우리는 굳이 교육기관에 등록하지 않더라도 필요한 지식을 거의 무한대로 제공받을 수 있게 되었다. 경험학습의 환경이 더 잘 조성되어 가고 있다는 것을 의미한다.

여행 역시 배움의 중요한 원천이다. 낯설고 이국적인 환경에서는 모든 것이 익숙한 모국의 환경에서보다 이 우연적인 경험학습이 훨씬 더 잘 일어날 것이다. 우리는 여행에 필요한 세세한 지식과 여행지에 대한 정보에서부터, 세상을 바라보는 안목, 도전 정신, 다양성에 대한 인식과 포용 등 열거할 수 없이 많은 것을 여행 과정에서 알게 모르게 배운다.

17세기 중반부터 19세기 초반까지 유럽 상류층 자제들 사이에서는 '그랜드 투어'[8]라고 불리는 유럽 여행이 유행했다. 그랜드 투어란 짧게는 3~4개월에서 길게는 수년에 걸쳐 이탈리아와 프랑스 등지를 여행하던 관행으로, 엘리트 교육의 최종 단계 역할을 했다. 영국 역사학자 브루스 레드퍼드Bruce Redford는 그랜드 투어에 보다 엄격한 기준을 적용하여, '영국의 젊은 남자 귀족 혹은 젠트리가 여행 주체'이고, '전체 여행을 책임지고 수행하는 동행 교사'가 있으며, '로마를 최종 목적지로 삼는 여행 일정'이 있고, '평균 2~3년에 이르는 장기 여행'일 때 그랜드 투어로 규정할 것을 제안하기도 했다.

당시 유럽 교육의 근간은 고대 그리스 · 로마로부터 르네상스로 이어지는 역사, 문학과 예술, 정치와 수사학이었다. 상류층 자제들은 모국에서 이 분야의 배경지식을 쌓은 후, 이국의 문물을 실제로 체험하면서 역사와 문화예술, 외국어와 세련된 매너를 배우기 위해 이탈리아의 고대 로마 유적지와 르네상스를 꽃피운 도시들, 그리고 세련된 취향의 도시 파리를 방문하는 일종의 문화여행을 떠났다. 그랜드 투어는 바로 이 문화여행을 지칭한다. 물론 이 여행을 떠나기 위해서는 개인 교사와 하인들을 동반하는 등 엄청난 여행비용을 감당해야 했으므로 그랜드 투어는 재력과 지위를 갖춘 상류층의 전유물이 되었다. 또한 젊은이들이 부모의 눈길을 벗어나 일탈을 감행하는 등 폐해도 있었다. 그러나 상류층 자제들에게 높은 학식과 교양, 그리고 국제적 감각을 연마할 수 있는 기회가 된 것은 틀림없다.

그랜드 투어라는 말을 처음 사용했다고 알려진 영국의 가톨릭 신부 리처드 라셀스Richard Lassels는 건축과 고전, 그리고 예술에 대해 배우고 싶다면 프랑스와 이탈리아를 방문해야 하며, 귀족의 자제들이 세계의 정치와 경제, 사회를 제대로 이해하기 위해서는 반드시 그랜드 투어를 해야 한다고 주장했다.[9] 철학자 존 로크는 당시 저서 〈교육론〉에서 젊은이들이 결단력과 예의범절을 배울 수 있는 절호의 기회로 여행을 적극 권장하기도 했다.

영국 상류층으로부터 시작되었던 그랜드 투어는 곧 유럽 전역으로 퍼져나갔고, 상류층 자제들뿐 아니라 홉스, 볼테르, 괴테, 몽테스키외, 루소, 모차르트 등 많은 지식인과 예술인도 이에 동참하였다. 1786년 37세의 나이에 이탈리아로 여행을 떠나 20개월간 그곳에 머물렀던 괴테는 로마 여행을 학교 수업에 비유하고, 로마 여행에서 즐기기보다 배우는 편이 많다고(괴테1, 247~248) 했다.

누구든지 여행 중에는 길을 가면서 가능한 한 모든 것을 허겁지겁 얻으려 한다. 매일 무언가 새로운 것이 주어지고, 그것에 대해 생각하고 판단하는 데 바쁘다. 여기에 와보니까 마치 커다란 학교에 들어간 것처럼 하루 수업이 너무나도 많기 때문에, [친구들에게-저자] 보고할 용기가 사라지고 마는 것 같다(괴테1, 221).

우리가 여행하는 이유 중에는 다른 문화나 자연에 대한 호기심과 새로운 것을 알아가는 기쁨을 빼놓을 수 없다. 조금 더 전문적으로는 '지적 호기심의 충족'이라는 말로 표현할 수 있다. 심리학자 매슬로 Abraham Maslow는 인간의 욕구를 다섯 단계로 나누고 한 단계의 욕구가 충족되면 다음 단계의 욕구를 추구하게 된다고 하였는데, 가장 마지막 단계의 욕구에 이 지적 호기심을 충족하려는 욕구가 포함된다. 매슬로의 이론에 의하면 가장 원초적인 단계인 생리적 욕구가 충족되면 다음에는 차례로 위험에 대비하려는 안전의 욕구, 타인과의 만족스러운 관계를 추구하는 애정과 소속의 욕구, 가치 있는 인간으로서 인정받고자 하는 존중의 욕구를 추구하게 되고, 마지막으로 자아실현 욕구를 갖게 된다. 자아실현 욕구는 자신의 잠재력을 최대한 발휘하려는 욕구로, 이 욕구가 충족되면 사람들은 행복하고 만족스러운 삶을 살 수 있다는 것이 매슬로의 주장이다. 자아실현 욕구는 사람마다 다르게 나타나는데, 지적 호기심을 충족시키려는 욕구도 그중 하나이다. 기본적인 의식주가 해결된 후에는 생존하는 데 꼭 필요하지는 않지만 뭔가 의미 있는 일을 하고 싶어지고, 봉사를 하거나 취미활동을 하거나 새로운 것을 배워가는 과정에서 의미를 발견하게 된다. 여행은 바로 지적 호기심과 배움에 대한 욕구를 충족시킴으로써 자아실현에 이를 수 있게

여행과 인생

하는 훌륭한 수단이 된다.

배움은 여행을 준비할 때부터 시작된다. 특히 개별적으로 떠나는 자유여행은 여행사에서 다 알아서 챙겨주는 패키지여행과는 달리 모든 것을 스스로 해결해야 하므로 많은 지식과 정보를 입수해야 한다. 나는 두 차례의 한 달 살기를 준비하면서 숙소로 아파트 한 채를 통째로 빌리는 방법을 비롯하여 기차 일등석을 이등석보다 저렴하게 예약하는 방법, 좌석을 잡을 때 햇빛을 피하는 요령, 환율의 영향을 받지 않고 체크카드를 사용하는 방법, 유심칩을 가장 효율적으로 구입하는 방법 등을 배울 수 있었다. 당연히 두 번째 포르투갈 한 달 살기 때는 첫 번째 이탈리아 한 달 살기에 비해 시행착오가 훨씬 적었다.

우리는 흔히 새로운 것을 보는 과정에서 그동안 몰랐던 사실이나 현상에 대해 배움이 일어난다고 생각한다. 그러나 아는 만큼 보인다는 말이 있듯이, 사전 지식을 얼마나 가지고 여행 현장을 보는가에 따라 배움의 내용과 질과 양은 의미 있게 달라진다.

우리 부부가 한 달 살기를 했던 피렌체는 역사적인 문화예술의 보고이다. 따라서 돌아보려면 많은 공부가 필요한 곳이다. 예를 들어 르네상스와 메디치 가문, 당대 세력 가문 간 권력관계, 예술작품과 성당의 정치적 기능을 이해하고 있어야 문화예술작품과 유적들의 역사적, 문화적, 사회적, 정치적 의의를 이해할 수 있다. 예술과 건축에 관심이 있는 여행자와 사회과학에 관심이 있는 여행자 간에는 배움의 내용이 다를 것이고, 깊이 있는 지식과 안목을 가지고 있는 여행자와 그렇지 않은 여행자 간에는 배움의 질과 양에서 차이가 날 것이다.

　나는 피렌체 여행을 떠나기 전 피렌체와 르네상스, 그리고 메디치 가문에 대한 서적들을 여러 권 읽었고, 관람 바로 직전에 다시 읽어보았다. 여행에서 돌아와 책을 집필할 때 다시 한번 내 여행 기록과 사진과 책과 인터넷 자료들을 검토하였다. 이러한 예습과 복습 과정이 없었다면 피렌체 여행에서 얻은 배움은 반감되었을 것이다.

　배움은 그 종류에 따라서는 역설적으로 머리와 마음을 비웠을 때, 즉 여유 속에서 더 잘 일어날 수 있다. 무언가 완수해야 할 과제가 있는 상태에서는 새로운 것이 눈에 잘 들어오지 않는다. 유학 시절 인생에 대해 많은 것을 배우기는 했으나, 미국이라는 사회에 대해서는 그다지 배운 바가 없다고 해도 틀린 말은 아니다. 누가 미국에 관해 물어오면 아는 것이 별로 없다는 공허한 깨달음과 마주해야 했다. 전공 공부에 매달리느라 다양한 세상 경험을 하지 못했을 뿐 아니라, 미국 사회에 대해 다양한 관심이나 문제의식 자체를 갖지 못했기 때문인 것 같다.

　반면 그로부터 20여 년이 지나 반년간 뉴욕에 다녀온 후에는 미국이라는 나라의 이모저모에 대해 할 이야기가 꽤 많았다. 그동안 사회를 바라보는 시야가 넓어진 덕에 어떤 측면에 질문을 던져야 할지 나름대로 터득하게 되었고, 여유 있는 생활 덕분에 관심의 범위를 확장할 수 있었기 때문이다. 남미 여행 후 동행했던 일행과 만나 담소를 나누었을 때 적지 않게 놀랐던 것은 당시 컬럼비아대학교 법과대학원에서 석사과정을 밟고 있던 젊은 변호사가 미국이라는 사회가 어떻게 돌아가고 있는지 잘 알지 못하고 있다는 사실이었다. 뉴스만 보아도 알 만한 단순한 정보도 모르고 있는 것이 많았다. 나의 유학 시절처럼 공부하

　　　　　　　　　　　　　　　　　　여행과 인생

느라 다른 데 관심을 둘 여유가 없었기 때문이었을 것이다.

여행을 통한 배움에는 보는 것 못지않게 듣는 것도 중요하다. 전문성이 높은 여행 가이드는 배움의 중요한 원천이 될 수 있다. 15년 전 스페인·포르투갈 여행이나 6년 전 영국 일주 여행을 안내했던 가이드는 최고의 전문성을 갖추고 있어서 그들로부터 여행지의 문화와 역사에 대해 많은 것을 배웠다. 반면 전문성이 낮은 가이드는 가치 있는 지식과 정보를 제공하지 못할 뿐 아니라 사실을 왜곡하기도 한다. 개별여행을 할 때는 현지에서 여러 패키지여행 상품에 참여할 때가 있는데, 그때 만난 가이드들이 동일한 사건이나 현상에 대해 서로 다른 얘기를 할 때가 적지 않았다. 따라서 책을 집필하거나 블로그를 작성하려면 언제나 교차 검토가 필요하다.

현지인들의 태도나 다른 여행자의 행동을 관찰하면서도 흥미로운 사실을 발견할 수 있다. 큰 소리와 과장된 몸짓으로 떠들어대는 이탈리아인, 다소 투박하지만 진솔하게 느껴지는 포르투갈인, 떠벌리기 좋아하고 약삭빨라 보이는 스페인인, 자칫 인종차별로 오해할 수 있게 하는 다소 교만한 태도의 오스트리아인, 상냥하고 친절하고 타인을 배려하는 일본인, 무질서하고 아무 데서나 큰 목소리로 떠들어대는 중국인. 나라 간, 심지어 도시 간에 나타나는 사람들의 특성 차이를 비교해 보는 것도 흥미롭다.

괴테는 이탈리아 비첸차의 올림피아 아카데미가 주최하는 회합에 참석하여 주제를 놓고 토론하는 장면을 관찰하며, 이탈리아인들과 독일인들 간 차이를 재미있게 묘사하였다.

그리고 무엇보다 일반 참석자들이 매우 활발했다. 브라보라고
외치고, 박수를 치고, 웃기도 했다. 나도 이렇게 나의 국민들 앞
에 서서 그들의 흥을 돋우어줄 수 있다면 하고 생각해 보았다. 그
러나 우리들[독일인-저자]이 애호하는 방식은 자기 사상의 정수를
종이에 인쇄해서 돌리고 모두가 한쪽 구석에 웅크리고 앉아 각
자 힘에 맞게 이것을 야금야금 씹어대는 것이다(괴테1, 105).

그러나 일반화의 오류는 분명 경계해야 한다. 최근에 신칸센을 타고
일본 도호쿠 지방을 여행한 적이 있다. 열다섯 명이 동행한 패키지여
행이었는데, 가이드가 두 번째 열차에서는 자유석을 끊었기 때문에 빈
좌석을 찾아야 했다. 우리는 어린 손녀가 있었으므로 적어도 붙어 있
는 두 자리가 필요했지만, 먼저 탄 일본 사람들이 세 자리 중 가운데
좌석을 비워놓거나 빈 좌석에 짐을 올려놓고 양쪽 좌석에 앉아 있어,
붙어 있는 두 개의 빈자리를 찾을 수가 없었다. 며느리와 손녀가 자리
를 찾아 헤매는 것을 보고도 모두 모르는 척했다. 결국 여러 군데 빈자
리를 놔두고 손녀는 아빠 무릎에 앉아서 이동했다. 한국 승객 같으면
자리를 옮겨 두 자리를 마련해 주었을 것이다. 일본 사람들은 친절하
고 배려심이 강하다는 고정관념이 깨지는 순간이었다.

여행과 인생

실물의 체험

온갖 영상 미디어가 발달하고 디지털 자료를 비롯하여 양질의 시각 자료가 주변에 풍성하게 널려있는 현대 사회에서는 집에 편안히 앉아서도 위대한 예술작품과 유적들을 감상할 수 있다. 그럼에도 불구하고 우리는 이들을 직접 보기 위해 지구 반대편까지라도 기를 쓰고 찾아간다. 실물을 직접 눈으로 관찰할 때 영상을 통해서는 얻기 어려운 차별화된 가치를 발견할 수 있기 때문이다.

백문이 불여일견百聞不如一見이라는 속담은 여행의 효용성을 압축적으로 시사해 준다. 백 번 듣는 간접경험은 한 번 보는 직접경험에 미치지 못한다는 뜻이니, 아무리 책이나 텔레비전에서 방영되는 영상을 통해서 세계 방방곡곡의 문물과 풍광을 접하더라도 직접 한 번 가서 보느니만 못하다는 의미로 해석할 수 있다.

괴테는 이전부터 알고 있던 것들도 실제 눈으로 보고 많은 생각을 한 후에야 비로소 자기 것이 되었다고 하였다(괴테1, 343). 그리고 이탈리아 건축의 대가 팔라디오가 만든 건축물을 감상하며, 위대한 작품의 가치는 그림이나 미사여구를 통해서가 아니라 직접 눈으로 보고 실제 크기와 구체성을 확인할 수 있을 때 비로소 깨달을 수 있다고 하였다. "추상적인 정면 도상에서뿐만 아니라, 전체에 걸친 원근법상의 접근과 후퇴를 곁들여 3차원의 아름다운 조화를 통해서만 심미적인 정신을 만족시킬 수 있다"는 것이다(괴테1, 98~99).

나도 피렌체 메디치 예배당의 신성구실 사그레스티아 누오바에서 미켈란젤로의 조각상들을 바라보며 감탄했던 것이 생각난다. 물론 사전에 작품들을 찍어 놓은 사진도 보았고, 소개해 놓은 글도 보았고, 심지어 미켈란젤로 광장에서 일부 조각상의 청동 복제품도 보았으나, 진품 실물을 신성구실 안에 놓인 상태로 눈앞에서 보았을 때 느꼈던 그 감동은 말로 표현하기 어렵다. 특히 강한 근육질의 남성과 달빛에 취해 잠자는 부드럽고 매끈한 몸매의 젊은 여인을 표현한 〈낮〉과 〈밤〉의 조각상을 보는 순간, 미켈란젤로가 대리석에 생명을 불어넣었다는 세간의 평가에 충분히 공감할 수 있었다. 미켈란젤로의 천재성을 가까이에서 진정으로 깨달을 수 있던 시간이었다.

'스탕달 증후군'이라는 용어가 있다. 위대한 예술작품을 보고 일반적인 감동을 넘어 흥분 상태나 호흡곤란을 경험하는 등 정신적으로 강하게 충격받는 현상을 의미한다. 프랑스 작가 스탕달이 피렌체에 있는 산타 크로체 성당에서 예술작품을 관람한 후 너무 감동하여 심장이 뛰고 쓰러질 것 같은 경험을 했다고 한다. 스탕달 외에도 걸작을 감상하며 이런 증세를 나타내는 사람들이 적지 않다는 것이 밝혀지면서 이런 현상에 스탕달 증후군이라는 명칭이 붙었다.

나도 스탕달 증후군이라고까지 하기는 어렵지만 피렌체에서 걸작들을 감상하며 숨이 막힌다거나 가슴속 깊은 울림을 경험한 적이 꽤 여러 차례 있었다. 피렌체의 아카데미아 미술관에 들어서면 가장 먼저 매너리즘 계통의 조각품 중 최고 걸작이라고 평가받는 잠볼로냐의 거대한 조각상 〈사비네 여인의 능욕〉이 보인다. 젊은 남자가 여인을 안고 있고, 젊은 남자의 다리 사이에 끼어있는 늙은 남자가 이들을 바라

여행과 인생

미켈란젤로 〈낮〉과 〈밤〉(상), 잠볼로냐 〈사비네 여인의 능욕〉(하)

보고 있는 모습이다. 여인은 젊은 남자로부터 빠져나오려고, 젊은 남자는 여인을 놓치지 않으려고, 늙은 남자는 젊은 남자에게서 벗어나려고 안간힘을 쓰고 있다. 이 조각상을 보는 순간 숨이 턱 막혔다. 4미터가 넘는 대리석 덩어리를 깎아 세 사람이 뒤엉켜 있는 형상을 어떻게 이렇게 섬세하면서도 역동적으로 표현할 수 있을까! 이들의 현실감 나는 근육의 움직임에서도 역시 역동적이고 강렬한 힘이 느껴졌다. 작가는 관람자들이 이 조각상을 어느 위치에서 감상해도 무방하게 하는 데 중점을 두었다고 하니, 이 얼마나 지난한 작업이었을까! 이 작품은 실제로 어느 위치에서나 완벽하게 보였다.

역시 아카데미아 미술관에 전시되어 있는 미켈란젤로의 〈네 명의 죄수〉 시리즈는 미완성 작품이었기에 더욱 강렬한 울림을 주었던 작품이다. 미켈란젤로는 이 작품을 통해 육체 속에 갇혀 있는 영혼의 알레고리를 죄수로 표현하고자 하였다. 그러나 작품의 주제를 떠나, 미완성 상태인 죄수가 대리석 안에 갇혀 있는 형국만으로도 그 영원한 번민과 고뇌가 가슴에 절절하게 와닿았다. 죄수를 돌덩어리의 굴레로부터 구원해 줄 유일한 존재인 작가가 사라졌으니, 이들은 영원히 돌 속에 갇혀 있을 수밖에 없다. 죄수들이 느끼고 있을 숨 막히는 고통이 내 가슴을 옥죄어 왔다. 특히 〈지구를 들고 있는 죄수〉는 돌 속에 두 다리가 깊숙이 파묻히고, 머리 쪽에 커다란 돌덩어리가 얹혀 있어 더욱 고통스러워 보였다.

한편 5년 전 방문한 몰타의 성 요한 대성당은 그 화려함으로 강렬한 인상을 남긴 곳이다. 성당에 들어서자마자 눈앞에 펼쳐진 찬란한 광경

 여행과 인생

미켈란젤로, 왼쪽부터 차례로 〈지구를 들고 있는 죄수〉, 〈젊은 죄수〉, 〈수염난 죄수〉,
〈잠에서 깨어나는 죄수〉

에 우리는 한동안 입을 다물지 못했다. 조촐하고 소박한 외관과 대조적으로 내부는 그 넓은 벽면과 기둥 전체가 모두 황금을 씌운 부조로 번쩍번쩍 빛나고 있었고, 화려한 바로크 양식의 장식이 천장과 대리석 바닥을 비롯해 모든 공간을 빈틈없이 채우고 있었다. 성당을 둘러보는 내내 감탄을 멈출 수가 없었다. 포르투의 산타클라라 성당에서 본 탈랴 도라다의 눈부신 화려함 역시 잊을 수가 없다. 실제로 가 보지 않으면 그 가치를 사진으로도, 글로도 제대로 파악하기 어려운 곳이다.

괴테는 실물을 직접 관찰할 때 우리는 그것의 진정한 본질을 이해하고 전달할 수 있으며, 사색이나 판단이 가능해진다고 하였다. 그는 베수비오 화산을 등반하여 분출하는 용암을 관찰하면서, "어떤 사실에 관해 천 번쯤 이야기를 들었다 하더라도 사물의 특질은 역시 직접 관찰함으로써 비로소 우리들에게 밝혀진다(괴테1, 351)"고 하였다. 문서나 구두로 전달받는 방법은 극히 소수의 예외를 제외하고는 대개 불완전하지만, 한 번이라도 명확하게 실물을 보아두면 그것은 살아 있는 인상과 연결되므로, 책을 읽거나 다른 사람한테서 이야기를 들어도 흥미가 깊어지고, 비로소 사색하거나 판단할 수 있게 된다는 것이다(괴테1, 256~257).

내가 괴테의 〈이탈리아 기행〉을 읽을 때 바로 이런 경험을 했다. 이탈리아를 가 보지 않았다면, 괴테의 여행기를 읽으면서 생각하거나 판단하기도 어려웠을뿐더러, 무엇보다 읽는 것 자체가 지루했을 것이다. 괴테는 왜 도시 자체가 박물관 같은 피렌체에 세 시간만 머물렀을까?[10] 왜 피렌체의 수많은 르네상스 유적과 문화예술작품을 제쳐두고 보볼리 정원을 콕 집어 예찬했을까? 왜 아시시에서는 그 아름다운 산 프란체스코 성당을 외면하고 미네르바에만 사로잡혔을까? 이런 의문은 내가 실제 그곳을 방문하지 않았다면 던질 수 없는 질문이다.

우리가 시각 자료를 통해 사물을 관찰하면 대개 그 사물 자체나 사물의 부분적인 모습만 보게 된다. 예술작품이나 건축물은 그 공간적 배경이나 맥락 속에서 전체적으로 조망할 때 본연의 가치를 더 분명히 발견할 수 있고 심지어 이를 완전히 새로운 시각에서 바라보게 되기도 한다. 괴테는 로마에서 실물을 접하고 이를 전체로서 바라보았을 때 느꼈던 감동을 다음과 같이 표현하였다.

.....부분적으로 잘 알고 있던 것을 실제로 눈앞에 전체로서 바라볼 때, 거기에서 새로운 삶이 시작되기 때문이다. 나의 젊은 시절의 모든 꿈이 생생하게 내 눈앞에 되살아난다. 내 기억 속에 남아

여행과 인생

있는 최초의 동판화—아버지는 로마의 조감도를 대기실에 걸어놓고 있었다.—를 지금 실물로 바라보고 있는 것이다. 그리고 그림으로, 스케치로, 동판으로, 목판으로, 석고로, 코르크 세공 등으로 일찍이 보아서 알고 있던 것들이 이제 내 앞에 즐비하게 늘어서 있다. 어디를 가나 새로운 세계 속의 친지를 발견하게 된다. 모든 것이 내가 벌써부터 상상했던 그대로인 동시에 모든 것이 또한 새롭다. 나의 관찰과 관념에 대해서도 똑같은 말을 할 수 있다. 나는 이곳에 와서 별로 새로운 생각을 가지게 된 것도 없고 아주 낯선 것을 발견하지도 않았다. 그러나 낡은 관찰, 관념도 여기서는 매우 명확하고 연관성 있게 되어서 새로운 것이나 다름없다고 볼 수 있는 것이다(괴테1, 212).

피렌체의 산 마르코 수도원을 방문했을 때 가장 인상 깊었던 곳이 수도사들이 기거했던 40여 개의 독방들이다. 독방은 수도사들의 기도실이자 침실이었던 곳으로 좁고 작은 창문이 하나만 나 있어 마치 감옥과 같은 느낌을 준다. 가구라고는 딱딱한 나무 침상 한 개와 책걸상 한 개씩이 고작이다. 신에게 자신을 바쳤던 수도사들의 고행의 흔적이 역력했다. 그러나 이와는 대조적으로 독방의 벽에 한 점씩 그려져 있는 프라 안젤리코의 담백하면서 온화한 프레스코 성화는 보는 사람의 마음을 푸근하게 했다. 고행하던 수도사들이 이 성화를 바라보며 잠시 위안을 찾지 않았을까? 아니면 안젤리코가 사람들을 영성으로 안내하는 데 탁월한 화가로 칭송받듯이 이 그림들이 수도사들의 묵상에 깊이를 더

해주었을지도 모른다. 독방과 이 성화들을 사진으로 보았다면, 열 지어 있는 감옥 같은 독방들과 독방의 벽에 한 점씩 그려진 성화를 전체로서 관찰하지 않았다면, 이들이 풍기는 심오한 영적 분위기를 충분히 체감하지 못했을 것이다.

조금 맥락에서 벗어난 얘기이기는 하지만 건축물이나 문화예술 작품들을 그 배경과 함께 전체적으로 조망해야 할 필요성을 강조하는 차원에서 내 경험을 또 한 번 언급하고자 한다. 작품들을 성당이나 궁전, 또는 광장 등의 원래 위치해 있던 공간에서 감상할 때는 미술관에서 감상할 때와는 또 다른 감흥을 느낄 때가 많다. 예를 들어 피렌체의 산타 마리아 노벨라 성당의 벽면을 장식하고 있는 마사초의 프레스코화 〈성 삼위일체〉를 미술관에서 관람했다면 그 진가를 제대로 평가하기 어려웠을 것이다. 성당에 안치된 가족묘의 장식으로 제작된 이 작품은 3차원의 공간으로 그려져 있어 그림이 그려진 벽면 전체가 하나의 예배당처럼 보인다. 아치 모양의 천장은 벽을 파고 들어가 있는 듯한 착시 현상을 일으킨다. 벽면 안쪽 깊숙이 십자가에 달린 성자를 들어 올리는 자세를 취하고 있는 성부, 하얀 비둘기로 형상화된 성령, 십자가에 달린 성자, 그 앞 성자의 다리 양옆으로 서 있는 마리아와 요한, 그리고 예배당 밖 맨 앞 가장자리에서 무릎 꿇고 있는 후원자 도메니코 렌지 부부가 차례로 자리하고 있는 것처럼 입체적으로 보인다. 아마 성당의 벽면에 그려진 채로 감상했기 때문에 벽면 전체를 예배당처럼 보이게 하는 그 입체감을 더욱 뚜렷하게 느낄 수 있었을 것이다. 하물며 작품을 담고 있는 사진과 작품을 배경과 함께 전체적으로, 그리고

여행과 인생

입체적으로 감상할 수 있는 실물의 차이는 어떠하랴!

풍경은 더 말할 나위 없다. 제한적인 화폭이나 화면에 담긴 풍경은 그 진면목을 드러내는 데 한계가 있다. 그 자신 문필가였던 괴테는 로마에서 온갖 종류의 풍광을 조망하며, "천 개의 화필로도 다하지 못할 것을 한 자루의 펜으로 어찌 다 묘사할 수가 있으랴(괴테1, 220)", "오랫동안 머릿속에 그리면서도 상상력으로는 도저히 포착할 수 없었던 통제된 전체가 발견된다(괴테1, 226)"며 화필과 문필의 한계, 그리고 상상력의 한계를 절절히 표현하였다.

이탈리아 남동부에 있는 마테라를 방문했을 때다. 석회암 협곡에 동굴을 파고 살아왔던 사시 주민들의 오랜 고난의 흔적을 간직한 도시 마테라는 접근성이 떨어져 제대로 찾아갈 수 있을지 많이 염려했던 곳이었다. 그러나 란프란치 궁전 옆의 전망대에서 양쪽 사시의 전망을 본 순간, 마음고생할 만한 가치가 충분히 있음을 단번에 확신할 수 있었다. 한쪽 사시에서는 그라비나 협곡 너머로 거칠고 척박한 석회암 절벽에 군데군데 뚫려 있는 동굴들이 눈에 들어왔다. 다른 한쪽 사시에서는 마치 협곡의 경사면에 집을 다닥다닥 지어 놓은 것 같은 광경이 펼쳐졌다. 그러나 이중 상당수는 원래 동굴이던 곳을 겉으로 보이는 앞부분만 집처럼 개축한 것이어서 내부는 여전히 동굴이고, 뒤쪽은 협곡 절벽에 붙어 있는 형태를 취하고 있다. 주민들이 20세기 중엽까지 전기도 상하수도 시설도 없던 저 동굴들에서 거주했었다니, 이들이 얼마나 고달픈 삶을 견뎌야 했을지 짐작이나 할 수 있을까! 이 불행한 과거를 간직하고 있는 도시를 바라보며 착잡한 감회에 젖었다. 그 경

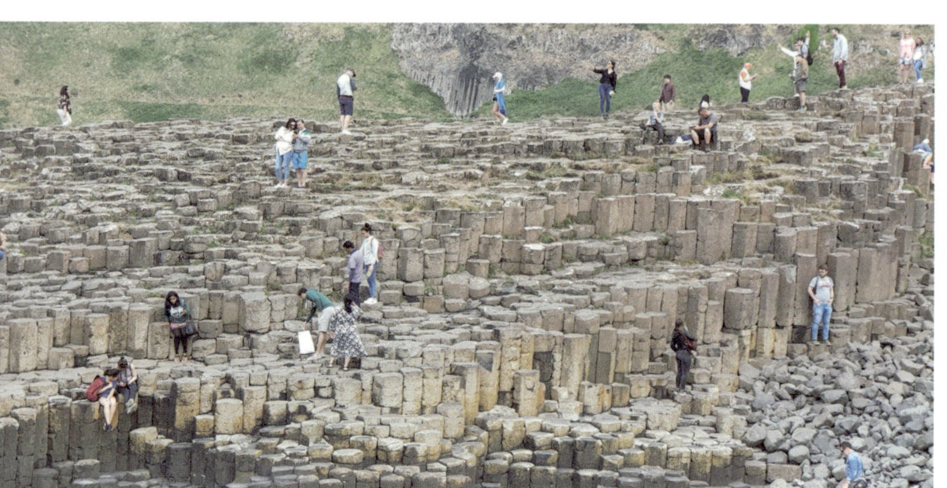

자이언츠 코즈웨이

이로운 풍광에 감탄하기도 송구스러운 곳이었다.

영국 북아일랜드의 주상절리 자이언츠 코즈웨이 역시 상상을 초월한 독특한 풍광을 자랑하고 있었다. 바다로부터 세차게 불어오는 바람 속에서 바라보고 걸어보고 높이 올라가 보지 않으면 그 감동을 온전히 느낄 수 없는 곳이다(부록 영국과 아일랜드/북아일랜드 참조).

도전과 도약

인생은 도전의 연속이다. 좀 진부하기는 해도 틀린 말이 아니다. 익숙한 환경에서 벗어나 생경하고 낯선 곳과 낯선 사람들 사이에서, 낯선

  여행과 인생

음식을 먹고, 낯선 곳에서 잠을 자고, 한 번도 가 보지 않은 곳을 찾아 다니는 것 역시 도전이다. 특히 계획 없이 훌쩍 떠나는 여행은 더 말할 나위 없다. 출국하는 편도 항공권만 구해서 떠나는 여행을 생각해 보라. 첫 번째 행선지만 정해놓은 채 그 후에는 어디로 갈지, 어디서 묵을지, 언제 돌아올지 알 수 없는 무한 자유여행 – 한 번쯤 이런 여행을 꿈꾸는 사람은 적지 않지만, 이를 실행에 옮길 만큼 여건과 용기를 갖춘 사람은 많지 않다.

그러나 일단 이런 '무모한' 도전에 성공한다면, 그 삶은 큰 변화를 맞이할 것이다. 그동안 미처 알지 못했던 세계를 만나게 되고, 새로운 것을 깨닫게 되며, 자신의 새로운 모습을 발견하여 자존감을 느끼기도 하고, 이제 그 무엇도 두려울 게 없다는 자신감을 얻기도 하며, 자신의 삶을 한 단계 도약시키는 기회로 삼기도 한다.

28세의 독일 청년 파비안 직스투스 쾨르너Fabian Sixtus Körner는 단돈 30만 원을 들고 2년 2개월 동안 5대륙 10개국을 여행한 후 '나는 무엇이든 될 수 있고, 어떤 삶이든 살 수 있다'는 것을 깨닫게 된 것이 가장 큰 소득이었다고 말한다.[11] 실내건축학을 전공한 평범한 청년이었던 쾨르너는 졸업논문을 끝내고 모두 구직활동에 전념할 때, 과감하게 수련여행을 떠났다. 숙식만 제공받는 조건으로 현지에서 일자리를 구해 여행비용을 충당했다. 일자리를 구하지 못해 끼니를 거른 적도 있으나, 쇼핑센터 현장의 건축 보조로부터 시작해 인디 레이블의 앨범 디자이너에 이르기까지 세계 각처에서 무려 열두 개의 직업을 체험하게 된다. 그 과정에서 각국 최고의 전문가들과 일하는 기회를 얻기도 했고, 여행 중 작업한 영상물로 대회에서 입상하기도 했다. 아무것도 계획한 것 없이 무작정 떠난 여행이었지만, 여행이 끝났을 때 그는 유능한 제너럴리스트로 변신해 있었다. 독일로 귀국한 그는 디자인, 건축, 사진, 영상 등 다양한 영역에서 활동하고 있으며, 세계적 강연 프로그램의 연사로 활약하고 있다.

우리나라에서도 오랜 세월 다니던 직장에 과감하게 사표를 던지고 세계여행을 떠나는 사람들의 이야기를 종종 접하게 된다. 그때마다 그들의 용기에 놀라움을 금치 못하곤 한다. 나에게도 그 정도까지는 아니지만 용기가 필요했던 해외 생활의 경험이 있다. 40세를 코앞에 두고 있던 해에 제네바 ILO 본부에서 취업을 제안받았다. 처음에는 가정 사정으로 현실성이 없다고 판단하여 진지하게 고려해 보지 않았다. 남편에게 지나가는 말로 건네 보았을 뿐인데, 남편은 뜻밖에 ILO로의 이직을 적극 권유했다. 집안 사정이 여의하지 않았을 뿐 아니라 국제기구에서 잘 적응할 수 있을지, 가정이 있는 사람으로서 이후의 커리어를 어떻게 설정해야 할지 확신이 서지 않아 고민을 많이 했다. 오랜 숙고와 망설임 끝에 일단 혼자 제네바로 날아갔다. 내 인생에서 20대에 떠났던 유학 이후 두 번째 큰 도전이었다. ILO에서 1년간 근무한 후 역시 많은 고민 끝에 더 이상 계약을 연장하지 않고 귀국했으나, 제네바 생활은 내 커리어에 있어서나, 인생 전반에 있어서 도약의 발판이 되었다. 귀국 후 대학에 자리를 잡게 되었고, 국제기구 근무 경력은 훈장처럼 내 이력에 따라다녔다. 고달팠던 인생살이도 생기를 되찾았다.

2019년 봄에 다녀왔던 시칠리아 여행 이후 코로나 사태로 인해 5년

여행과 인생

간 해외에 나가지 못하고 있다가, 은퇴 후 포르투갈 한 달 살기를 계획하면서 이런저런 걱정을 많이 했다. 특히 과연 60대 후반에 접어든 우리의 건강과 체력이 장기 해외여행을 뒷받침해 줄 수 있을지 상당히 염려되었다. 그러나 이런 걱정은 기우였고, 산더미처럼 준비해 간 상비약을 하나도 먹지 않고 여행을 마칠 수 있었다. 돌아와서 근육량과 체지방을 측정해 보았더니, 신체 상태가 현저하게 개선된 것으로 나타났다. 하루도 빠짐없이 포르투와 리스보아의 언덕길을 걸어서 오르내린 덕분일 것이다. 포르투갈의 건강 식단도 한몫했을 것이다. 포르투갈 한 달 살기를 통해 우리 부부는 여전히 건강하고, 활기차고, 새로운 삶에 도전할 자세가 되어 있다는 것을 확인할 수 있었다. 도전하지 않았다면 이런 자신감을 맛볼 수 없었을 것이다.

괴테에게도 지금으로부터 약 240년 전의 이탈리아 여행은 크나큰 도전이었다. 수행원을 동반하지 않은 채 혼자서 여행 가방 하나와 배낭을 메고 마차로 여행했던 괴테는 사전 준비나 안내 없이 이탈리아를 여행하는 것이 얼마나 무모하며 환멸과 비애를 느끼게 하는지를 뼈저리게 체험했다. 그럼에도 불구하고, 이탈리아를 보고 싶다는 일념으로 이탈리아 여행에 모든 것을 다 걸었다.

지금 나는 사전 준비나 안내도 없이 이 나라에 들어오는 것이 얼마나 무모한 일인가를 뼈저리게 느끼고 있다. 여러가지 화폐가 통용된다는 점, 마차에 관한 일, 물가, 형편없는 여관 등 날마다 부딪히는 어려운 일로 인하여, 나처럼 처음으로 혼자 여행하는

사람, 그러면서도 끊임없이 즐거움을 추구해 오던 사람은 정말
로 환멸과 비애를 느끼지 않을 수 없을 것이다. 그러나 나는 어떠
한 대가를 치르더라도 이 나라를 보고 싶다는 생각 외에는 아무
소망도 없었다. 그리고 설사 익시온(그리스 신화 속의 라피테스족의
왕. 여신 헤라를 연모한 나머지 모독 죄로 제우스에 의해 지옥의 불 마차에
결박되었다―옮긴이)의 차바퀴에 매여서 로마로 끌려가더라도 불평
할 생각은 없다(괴테1, 204).

이탈리아를 여행하며 이탈리아의 문화예술을 온몸으로 받아들였던 괴
테는 "새롭게 개조"(괴테2, 183~184)되어서 그가 갈망했던 바와 같이 예술가
정신이 충만한 문인으로 재탄생하여 제2의 인생을 맞이하게 되었다.

성찰과 관점

교육학 분야에서는 오랫동안 '관점을 전환할 수 있는 학습'의 중요성
을 강조해 왔다. 단순히 지식을 암기하거나 기존의 지식과 관점에 기대
어 생각하는 것이 아니라 비판적이고 새로운 시각으로 현상을 바라볼
수 있는 안목을 기르는 것이 중요하다는 것을 의미한다. 이러한 안목은
학문이나 기업, 예술을 막론하고 그 어느 분야에서나 절실히 요구된다.
심지어 니체는 때때로 자신을 잃어버리고 또다시 발견하는 법을 터
득해야 한다고 했다. '하나의' 인격에 묶여 있는 것이 해로울 수밖에 없

여행과 인생

는 사상가에게 해당하는 말이라는 것을 전제했지만(니체, 590) 사실 누구에게나 적용될 수 있는 말일 것이다.

그런데 우리는 쳇바퀴 도는 생활환경에서 우리의 관점을 쉽게 전환할 수 있을까? 현재의 자신을 잃어버리고 또 다른 나를 발견할 수 있을까? 니체의 다음 글은 그 하나의 대답이 될 수 있을 것이다.

> 일정한 직업의 테두리 안에서 바쁘게 일하는 사람들은 저마다 세상 물정에 대한 일반적인 견해들을 거의 변함없이 가지고 있다. 그 견해들은 그들의 머릿속에서 차츰 굳어지고 나날이 전제군주적으로 되어가기만 한다. 그러므로 그것들을 버리게 하는 기회가 매우 중요하다. 이런 경우를 당해야만 비로소 새로운 개념들과 감정이 다시 밀려들 수 있고, 인간의 힘이 일상적인 의무와 관습이 부과하는 요구 때문에 헛되이 소비되는 일도 없기 때문이다. 사람들은 모두 정신 건강을 위해 많은 여행을 해야 한다. 그리고 할 일이 많으면 많을수록 더 많은 여행을 해야 하는 것이다. 그러므로 일반적인 견해들의 변경을 자기 임무로 여기는 자들은 여행자에게 말을 걸어야 한다(니체, 605).

요즈음 직장을 쉬거나 아예 그만두고 장기간 여행을 떠나는 사람들을 심심찮게 볼 수 있다. 직장 일에 지쳐 휴식을 위해 떠나는 사람들이 있는가 하면, 매너리즘에 빠진 자신의 삶을 성찰하고 새로운 삶을 설계하기 위해 떠나는 사람들도 있다. 자기 삶이 뭔가 근본적으로 잘못

된 길로 가고 있다는 생각이 들거나, 지금 상황을 과감히 벗어나지 않으면 자기 인생에 희망이 없다고 생각되어 여행을 떠나기도 한다. 특히 졸업이나, 이직, 이혼, 은퇴 등 생애 전환기에서 자신의 인생을 되돌아보고 앞날을 계획하기 위해 긴 여행을 떠나는 사람들이 많다.

여행 중에 새로운 아이디어를 얻기도 하고, 인생과 일에 대한 관점이 획기적으로 변화된 자신을 발견하기도 한다. 여행 후, 별 의미를 찾지 못하면서 습관적으로 해오던 일을 용기 있게 그만두고, 자신에게 의미 있는 일을 찾아 나설 수도 있다. 공부를 새롭게 시작할 수도 있고, 여행 작가가 될 수도 있고, 아프리카 오지에서 구호 활동을 하는 국제구호단체에 합류할 수도 있다. 이렇게 극단적이지는 않더라도 여행은 인생이나 사업의 우선순위를 바꾸는 계기가 될 수도 있다. 앞서 언급한 독일 청년 쾨르너는 2년여의 세계여행을 마친 후 "시선을 어디로 돌리든 모든 것이 새로운 광채로 빛난다. 오래된 익숙함조차 새롭게 보인다. 이 낯선 익숙함이야말로 여행에서 얻은 새로운 시선이다. 익숙하고 당연한 것들을 낯설게 보는 것에서부터 나만의 삶이 시작될 것"[12]이라고 하였다.

토스카나에서 와인너리 투어를 하며 아담하고 평화로운 중세마을 몬탈치노에 들렀을 때의 일이다. 자그마한 한 초등학교 학생들의 하굣길에 학교를 나서던 선생님처럼 보이는 남성과 우연히 눈이 마주쳐 서로 가볍게 목례했다. 멋진 스카프를 두른 그 남성을 보면서 "이 동네 사람들은 어떤 생각을 하며, 어디에 의미를 두며 살아갈까?" 하는 의문을 품어본 적이 있다. 행복할까? 마음이 평화로울까? 지루할까? 대도시의 삶

　여행과 인생

이 그립지는 않을까? 그때 나에게는 그런 삶의 모습이 결코 부러워 보이지 않았다. 베네치아를 사랑했으면서도 "어디든 일이 없는 곳에서는 살 생각이 없으므로(괴테1, 168)" 그곳에 오래 머무르려 하지 않았던 괴테처럼 나도 내가 헌신할 공적인 일이 없는 단조로운 삶은 잠시 일상으로부터 탈출할 수 있는 휴식 기간으로 충분할 것이라는 생각을 했다. 막연하게 동경하던 평화롭고 한적한 삶의 모습이 막상 눈앞에 펼쳐지자, 저건 내가 원하는 삶이 아니라는 생각이 확실해졌다. 그러나 복잡하고 거대한 대도시의 경쟁적인 일터에서 피로에 찌든 일상을 보내고 있던 사람 중에는 '저게 바로 참다운 삶의 모습이다'라는 생각이 번쩍 들어 새로운 인생을 개척하려고 시도하는 사람도 있을 것이다.

니체는 사람들이 체험은 지나치게 많이 하면서 숙고는 너무 적게 한다고 비판하였다(니체, 547). 여행은 숙고와 성찰의 기회를 제공하며, 숙고와 성찰을 동반한 여행은 새로운 관점과 안목, 더 나아가 새로운 사상을 배태한다. 니체의 사상도 산과 바다를 바라보며 사색할 수 있는 여러 곳을 유랑하면서 무르익었다.

건강이 나빴던 니체는 자신의 건강에 이로운 환경을 찾아 유럽의 수많은 도시를 돌아다녔다. 특히 자기의 삶에 위기와 고통을 느낄 때마다 여행을 떠났다. 교수직에서 물러나 유랑하는 철학자로서 지낸 마지막 10년 동안은 겨울에는 태양이 내리쬐는 지중해의 해안 마을에서, 여름에는 건조한 고지 기후를 나타내는 스위스의 엥가딘의 산에서 보냈다. 겨울에는 먼저 이탈리아의 제노바에 머물다가 프랑스 니스로 향했고, 여름에는 고지 엥가딘의 질스마리아에서 머물렀다. 봄과 가을,

그리고 마지막 해 겨울에는 이탈리아 내륙의 토리노에서 지냈다.

사람들은 자신이 체험하는 것을 머무는 공간의 맥락에서 번역하여 받아들인다. 니체의 작품이 집필 장소에 의해 영향을 받았을 것이라 가정하고 그 관련성을 파악하려는 시도들이 있었다. 다소 무리가 있는 시도들도 있으나, 여러 측면에서 둘 사이에 관계가 있는 것은 분명한 것 같다. 프랑스 니스에서는 '열린 세계관'을 지닌 '프로방스적인 특성'을 발견하여 이로부터 '유럽을 초월한 광대한 세계주의적 의미'를 찾아냈고, 이를 니체 스스로가 자신의 정체성으로 규정한 '좋은 유럽인'의 아이디어로 발전시켰다.[13] 그는 독일인, 민족주의, 제국주의, 군국주의를 비판하며, 자신을 '고국이 없는' 좋은 유럽인 중 한 명이라고 생각했던 것으로 보인다.[14]

한편 르네상스 이후의 군주들과 근대의 강력한 지배자들을 떠올리게 했던 이탈리아 토리노는 니체의 평화주의가 탄생한 곳이라고 한다.[15] 니체는 토리노의 분위기와 광장 중심에 우뚝 서 있는 청동 기마상의 시선에서 '좋은 유럽인들'이 죽어갔던 메스 근방에서의 전쟁 참상을 떠올렸다. 그는 "그렇게 뛰어난 젊은이들, 에너지, 힘을 대포 앞으로 데려가는 것은 미친 짓"이라고 비판하였다. "다가오는 전쟁과 호엔촐레른 왕가의 정치적 음모에 대한 그의 강박관념과 귀족 도시 토리노와의 상관관계"는 장소가 니체의 작업에 영향을 미쳤음을 보여주는 또 하나의 사례였다.[16]

니체 사상의 분수령을 이루었던 대작 〈차라투스트라는 이렇게 말했다〉는 알프스의 고지 엥가딘의 질스마리아, 그리고 지중해 해안 도시들의 산과 하늘, 호수, 숲, 바위, 바다에서 얻은 영감으로부터 탄생한 작품이다. 니체는 1881년 질스마리아 실바프라나 호수의 숲에서 산책하던 중 피라미드 모습으로 우뚝 솟아오른 거대한 바위 옆에 멈추어 섰을 때 이 대작의 근본 사상인 '영원회귀'에 대한 아이디어가 떠올랐다고 했다.[17] 이후에도 니체는 이 바위에서 많은 시간을 보냈다고 한다.

이듬해 겨울, 라팔로의 바다가 보이는 두 산책길에서 차라투스트라라는 인물이 하나의 유형으로 니체를 찾아왔다.

이듬해 겨울[1882~1883] 나는 제노바에서 멀지 않은 라팔로의 만[타굴리오 만]에서 살았다……아침이면 나는 조아글리 쪽으로 올라가는 아름다운 길을 따라 남쪽으로 오르곤 했다. 소나무 숲을 지나고 멀리 바다가 바라보이는 길이었다. 오후에는 건강이 허락할 때마다 산타 마게피타 만 전체를 돌고 언덕을 올라 포르토피노 끝까지 걷곤 했다……이 두 산책길에서 〈차라투스트라〉 1부의 전체, 그리고 무엇보다도 차라투스트라라는 인물이 하나의 유형으로 떠올랐다. 더 정확히 말하자면 그가 나를 엄습했다……[18]

니체는 이탈리아 북서부와 프랑스 남동부의 지중해에 면한 도시들에 머무르며, 강렬한 태양 빛을 반사하는 평온한 바다에서부터 파도가 바위 절벽에 부딪혀 솟구치는 바다에 이르기까지 형형색색의 바다를 경험하였다. 그는 이탈리아의 제노바와 라팔로, 프랑스의 니스와 에즈에서 이렇게 다양한 모습을 연출하는 바다를 바라보며 〈차라투스트라는 이렇게 말했다)를 완성했다. 니체는 이 저작에 대해 친구 프란츠 오버베크에게 쓴 편지에서 집필 작업 전체를 자신이 처음 경험한 항해에 비유했다. 그리고 이 저작을 대담한 "뱃사람의 이야기"라고 표현했다.[19]

자연으로부터 새로운 철학을 끌어낸 사람으로 18세기 말에서 19세기 전반까지 활동했던 영국의 낭만주의 시인 윌리엄 워즈워스를 언급하지 않을 수 없다. 워즈워스는 많은 지역을 돌아다녔던 니체와 달리 대학 시절 등 잠시를 제외하고는 평생 레이크 디스트릭트의 자연 속에서 지냈다. 새와 양, 꽃, 냇물, 호수, 산, 구름, 하늘의 아름다움을 찬양했던 워즈워스의 작품에 대하여 드 보통은 단순히 자연의 아름다움을 표현한 것이 아니라 "우리의 행복에 대한 요구 그리고 불행의 기원에 대하여 독창적인 주장을 하고(드 보통, 175)" 있는 것이라고 주장했다. 워즈워스는 도시가 우리의 영혼에 미치는 영향에 관심을 두었다. 그의 작품에는 자연이 도시의 삶에서 비롯된 상처와 불행을 치료하는 치료제와 같은 것이라는 심오한 철학이 자리 잡고 있으며, 이러한 철학은 서양 사상사에 큰 영향을 미친 것으로 평가된다. 드 보통은 워즈워스가 독자들로 하여금 "평소의 관점을 버리고, 잠시라도 다른 눈으로 세상을 보면 어떨지 생각해 보게 하며, 인간의 관점과 자연의 관점 사이를 오가게 한다(드 보통, 193)"고 하였다.

성찰과 관점의 전환 또는 정립에는 자연과 사람, 유적, 예술작품 등 여러 대상과의 만남이 계기가 되지만, 타국에서 접하는 무형의 사회 제도나 문화 역시 의미 있는 영향을 미친다. 나는 뉴욕에 체류하는 동안 '나이'에 대해 깊이 생각해 보는 기회를 갖게 되었다. 나는 50대에 막 접어들었을 때였고, 남편은 40대 중반에 다니던 직장을 그만두고 자신의 사업을 시작하여 당시 그리 크지 않은 회사를 경영하고 있었다. 1990년대 중엽에 불어닥친 IMF 경제위기 이후 한국에서도 평생고용 시스템이 무너진 까닭에, 대기업 직원들조차 40대라는 한창 일할 나이에 자신의 진로를 고민해야 할 정도로 고용의 지속성이 보장되지 않았다. 한편 평생직장이 보장된 교수 중에는 나이가 들어가면서 경륜을 발휘하는 교수가 있는가 하면, 연구 실적이 저조해서 대학평가에 피해를 주는 서글픈 존재로 전락하는 교수들도 있었다. 학생들도 일부 탁월한 업적을 이룬 노교수를 제외하고는 일반적으로 젊은 교수를 선호하는 경향이 있었다. 그래서 아마 나도 당시 나이에 대해 교차하는 감정을 품고 있었을 것이다.

그때 전 세계에서 가장 자본주의적이고 가장 효율성을 중시하는 미국이라는 사회에서 전통적으로 경로사상을 강조해 왔던 우리나라보다 고령층의 경륜이 더 높이 평가받고 있다는 인상을 받았다. 상당히 충격적이었다. 대학교수만 하더라도 70대의 교수가 여전히 적극적으로 활동하고 있었고, 또 학교와 사회는 이들의 업적과 능력을 인정해 주고 있었다. 미국에는 대학교수의 정년제도가 아예 없다. 나를 컬럼비아대학교로 초청해 주신 레빈 교수나 유학 시절 지도교수였던 스탠퍼드대학교의 카노이 교수나 모두 70대인데도 현역으로 활발하게 활동하고 계셨다. 반면 우리나라에서는 이 글을 쓰고 있는 오늘 아침에도 '국가 석학'으로 선정되었고 '대한민국 최고과학기술인상'을 수상한 고등과학원 부원장이 65세 정년을 맞이했는데, 국내에 연구할 곳이 없어

파격적인 대우를 제시한 중국 연구소로 가게 되었다는 기사를 접했다. 고등과학원에서 이분을 '석학 교수'로 모시고 싶었으나 인건비가 한정되어 있어 불가능했다고 한다. 이것이 그때로부터 15년 이상이 흐른 작금의 한국 학계의 현실이다.

미국 대통령 취임식에 참석한 고령의 국회의원, 세계적인 오케스트라를 지휘하고 있는 고령의 지휘자, 역시 고령인 오케스트라 단원을 통해서도 나이에 대한 미국 사회의 존중과 관대함을 엿볼 수 있었다. 얼마 전에 작고한 일본 지휘자 오자와 세이지小澤征爾는 음악가의 특별한 향기는 나이가 들면서 나타난다고 했다. 그는 나이가 들어도 경험을 통해 변하고, 이것이 지휘자라는 직업의 한 특징일 수도 있다고 했다. 그 자신도 86세에 빈 필하모닉 오케스트라를 이끌고 일본을 순회했다. 96세에 뉴욕 필을 지휘한 스웨덴 지휘자 헤르베르트 블롬슈테트 Herbert Blomstedt는 뉴욕 언론으로부터 '96세에도 새로운 면모를 보인 지휘자', '베토벤을 가장 활기 있게 연주하는 지휘자'로 평가받았다. '세상에서 가장 바쁜 지휘자 10위'에 이름을 올리기도 했다.[20]

이 외에도 80대에 왕성하게 활동하는 백전노장의 지휘자들이 많다. 2024년 기준으로 88세인 주빈 메타 Zubin Mehta는 지난해 말 의자에 앉아 로스앤젤레스 필하모닉 오케스트라를 지휘하며 피아니스트 조성진과 협연했다. 빈 필하모닉 오케스트라 신년 음악회에서 여섯 번이나 지휘했던 리카르도 무티(83세)는 2025년 신년 음악회에서 일곱 번째 지휘봉을 잡는다고 한다.[21] 지휘자들의 부단한 자기 연마와 실력, 그리고 건강과 체력도 놀랍거니와 고령자가 계속 활동할 수 있는 무대를 편견 없이 제공하고

          여행과 인생

있는 서구 사회의 고령 친화적인 환경이 감탄스러울 뿐이다.

지휘자뿐 아니라 오케스트라 단원들도 평균 연령이 우리나라 단원들에 비해 훨씬 높다. 머리가 희끗희끗한 나이 지긋한 연주자가 많고, 젊은 연주자들은 거의 눈에 띄지 않는다. 뉴욕 필 뿐만 아니라 유럽의 유수 오케스트라 단원에게서 공통적으로 나타나는 현상이다. 이와 대조적으로 우리나라 오케스트라에는 모두 젊은 연주자들이 포진하고 있어, 나는 오래전부터 이 차이가 궁금했다. 우리나라 오케스트라는 연주자들이 오랜 연륜을 쌓을 만큼 역사가 길지 못하기 때문일까? KBS 교향악단의 70년 가까운 역사도 연주자를 붙들어놓고 성장시키기에 부족한 것일까? 아니면 우리나라 단원들은 일찍 퇴출되는 것일까?

내가 보았던 미국 사회의 단면은 경로사상의 전통은 온데간데없이 노인들을 본받을 것이 없고 귀찮기만 한 '짐짝' 취급하는 우리나라의 풍토와 대조적이었다. 우리 사회도 고령화하면서 고령층에 대한 인력 의존도가 높아질 것이고, 그렇게 되면 노인에 대한 인식도 변화할 것이라 기대해 본다. 그러기 위해서는 노인 자신의 태도도 변화해야 한다. 뉴욕 체류 덕분에 노년층도 나이를 내세워 대접만 받으려는 '진상'이 아니라 경륜으로 승부할 수 있는 실력자가 되어야 한다는 진솔한 숙고와 반성의 시간을 가질 수 있었다.

자신의 발견

혼자 하는 여행은 외부의 방해를 받지 않은 채 자기의 내면을 진지하게 들여다보며, 자신을 새롭게 이해하고, 자신의 정체성을 새롭게 찾고, 자신과 진실한 관계를 맺을 수 있는 기회를 마련해 준다. 니체는 방랑자가 방랑의 끝에서 자기 자신을 만날 수 있다는 것을 다음과 같이 표현하였다.

> 이곳을 떠나라! 방랑자여, 앞으로 나아가라! 너는 아직 인간을 발견하지 못했다! 아직도 네가 보아야 할 많은 나라와 바다가 남아 있다. 네가 앞으로 '어떤 사람을' 만나게 될지 그 누가 알 수 있단 말인가! 그것은 아마도 너 자신일 것이다!(니체, 615~616)

우리가 자기의 삶에 파묻혀 지낼 때는 자신을 객관적으로 들여다보기 어렵다. 타인이 만들어 내는 나의 모습을 나 자신이라고 생각하기도 하고, 내 안에 있는 본연의 모습이 겉으로 드러나지 않게 억압하기도 한다.

그러나 홀로 여행할 때는 나에 대한 타인의 평가에 연연하지 않고 자신을 객관화하면서, 현재의 자기가 아닌, 자신의 다른 모습과 가능성을 발견할 수 있다. 오롯이 나만의 세계 안에서 나는 누구인가, 어떤 사람인가, 어떻게 살아가야 할 것인가 생각하며 자신을 재발견하게 된다. 특히 젊은 시절에는 더욱 그렇다.

     여행과 인생

유학 시절 기록에는 나 자신에게 이런 질문을 참 많이 던졌다는 흔적이 고스란히 남아 있었다. 니체에 따르면 "인간은 스스로에 대해서 또는 자기 자신에 따른 탐색과 포위 공격에 대해서, 매우 잘 방어한다(니체, 261)"고 하는데, 젊은 시절의 나는 자신에 대해 매우 비판적이고 인색했다. 유학 시절 초창기에는 혼자 보낸 그 많은 시간을 자기를 공격하여 소진하는데 써버렸다. 시간이 흐르며 홀로서기에 성과를 거두면서 니체가 말하는 "자신과 더불어 홀로 있는 것에 익숙해져서 스스로를 타인과 전혀 비교하는 일 없이 편안하고 즐거운 기분으로 자기와 다정한 대화를 나눌 뿐만 아니라, 미소를 띠며 독자적인 삶을 엮어 나가는(니체, 289)" 사람들 대열에 간신히 끼게 되었던 것 같다.

괴테는 그의 이탈리아 여행의 목적을 "여러 대상을 접촉하면서 본연의 나 자신을 깨닫기 위해서(괴테1, 87)"라고 했다. 그가 말한 자기 자신에 대한 깨달음은 능력 측면이기도 했고, 지식의 측면이기도 했고, 정신적인 측면이기도 했다(괴테1, 250~251). 그는 자기 자신을 철저하게 부정하고 새로 시작해야 한다는 것을 자각했고, 심지어 로마 땅에 발을 들여놓은 그날부터 자기의 제2의 탄생, 진정한 재생이 시작되고 있다고 생각했다(괴테1, 246).

그리고 두 번째로 로마를 방문했을 때는 자신의 특성을 아주 잘 파악하게 되었으며(괴테2, 238), "로마에서야 비로소 저 자신을 발견했고, 자신과 일치감을 느끼며 행복했고, 또한 이성적으로 되었(괴테2, 399)"다고 하였다. 그의 이탈리아 여행 목적은 충분히 달성된 듯 보인다.

독일 청년 쾨르너는 2년 2개월 동안 세계 각처를 여행하면서 여행에 자신의 진짜 모습을 발견하도록 하는 힘이 있다는 것을 깨우쳤다.

수련여행을 떠나기 전까지만 해도 나는 소심한 쪽에 가까웠고 무엇보다 주어진 틀에서 벗어나려는 시도 자체를 꿈꾸지 못했을 것이다. 하지만 여행 속에서의 나는 달랐다. 나는 좀 더 과감해졌고 남들의 비웃음을 살 만한 위험도 기꺼이 감수할 자신이 있었다. 여행은 나에게 힘을 주었다. 내 안에 숨어 있던 진짜 모습을 끄집어내는 힘, 그게 바로 길 떠나는 자들에게만 허용되는 마법의 비밀이다.[22]

관심과 취향

최근에는 자신의 관심과 취향에 맞는 주제로 특화된 여행을 떠나는 사람들이 늘고 있다. 전문가를 동반하여 박물관과 미술관, 콘서트, 운동경기, 역사, 음식, 건강과 치유 등 특정 주제에 초점을 맞춘 여행상품에 참가하기도 하고, 자신이 직접 자신의 관심 분야에 맞는 여행을 기획하여 떠나기도 한다. 자전거동호회나 산악동호회에서 유명 산지와 트레킹 코스를 따라가며 도전적인 여행을 하기도 한다. 이런 여행은 비슷한 관심을 가진 사람들끼리 경험을 공유하며 배움과 취미활동의 깊이와 범위를 확장하는 기회가 된다.

한편 여행을 통해 우리는 자신의 취향을 알아가기도 하고 새로운 취

향을 습득하기도 한다. 우리는 여행 중 많은 문화예술 작품을 접하게
된다. 문화예술 체험도 하게 된다. 많은 예술가들이 활동했던 프로방
스를 여행하며, 미술작품, 특히 고흐나 세잔과 같은 인상주의 작가의
작품 세계에 흥미를 느끼기도 한다. 그래서 좀 더 깊이 있게 배우고 싶
어 문화센터에서 미술 감상 강좌를 수강하기도 한다. 포르투갈의 푸른
아줄레주에 매료되어 두 번째 포르투갈 방문 때는 아줄레주 체험 프로
그램에 등록하고 직접 아줄레주를 제작해 보기도 한다. 여러 성당을
관람하면서 성당의 건축과 구조의 차이에 대해 새롭게 관심이 생겨 많
은 자료를 찾아가며 계속 공부하기도 한다.

　나는 문화예술의 정수를 맛볼 수 있는 뉴욕에서 반년간 체류하며 클
래식 음악과 지휘자에 대해 특별한 관심을 두게 되었다. 원래 클래식
음악을 즐겨 듣는 편이고 틈틈이 연주회에 다녀오기도 했지만, 음악이
나 지휘자에 대한 지식을 얻으려고 일부러 자료를 찾아볼 만큼 열정적
이었던 것은 아니다. 그러나 뉴욕에서 유수 오케스트라와 지휘자의 공
연을 관람하는 동안 클래식 음악과 오케스트라, 지휘자에 대해 열심히
인터넷을 검색해 보았고, 클래식 음악 영화를 다운받아 집중적으로 감
상하기도 했다. 여전히 전문적인 클래식 애호가는 아니지만 클래식 음
악에 대한 나의 취향과 그 깊이에 변화가 있었던 것은 사실이다. 은퇴
후 가장 먼저 큰마음 먹고 거금을 들여 장만한 것이 클래식 음악을 듣
기에 적합한 오디오였다.

　유럽 여행에서 수많은 문화유적을 마주하고 유럽과 뉴욕의 세계적
인 미술관에서 유명 작가의 작품들을 감상하면서 문화예술에 대한 나

의 안목 역시 격상되었다. 은퇴 후 나의 독서목록에는 예술에 관한 책이 늘어가고 있다. 올가을에는 고등학교 동문회에서 주관한 '현대 미술과 건축' 관련 박물관 강좌를 수강하면서, 2개월간 행복한 마음으로 미술과 건축에 관한 나의 지적 지평을 넓혀갔다.

취향은 원래 개인적인 것이지만, 집단의 규정에 의해 영향을 받는다. 취향이 계급적 속성을 지닌다는 프랑스 사회학자 피에르 부르디외 Pierre Bourdieu의 주장은 학계에서 많은 주목을 받아왔다. 예를 들어 프랑스 사회에서는 오랫동안 클래식 음악이나 예술작품을 감상하는 행위를 고급문화로 간주해 왔다. 사회와 시대에 따라 무엇을 고급문화로 규정하는지는 다르지만, 모든 사회는 공통적으로 고급문화의 향유를 지위가 높은 계층의 정체성을 드러내는 취향으로 규정한다는 것이 부르디외의 주장이다. 즉, 높은 계층에 속한 또는 속하기를 원하는 사람들은 자신의 실제 개인적인 취향과 상관없이 계급사회가 규정한 고급문화를 향유하려 한다는 것이다.

여행에서 표출되는 관심이나 취향 역시 집단적인 규정의 영향을 받을 수 있다. 우리는 무엇을 보고, 어디서 무엇을 먹어야 할지 결정할 때 여행안내서나 여행을 다녀온 선행 경험자들의 추천과 평가에 의존한다. 특히 최근에는 소셜 미디어가 발달하여 여행 블로그에 올라온 타인의 여행 경험과 평가를 마치 진리인 양 추종하는 경향도 있다. 이런 평가는 여행지를 처음 방문하는 사람들에게 도움이 되는 측면도 있지만, 맹점도 있다. 이들의 평가가 다분히 주관적인 것임에도 우리는 감탄해야 할 곳과 맛있는 곳에 대해 선입견을 지닌 채 여행하게 된다.

　여행과 인생

일반적으로 사람들은 많은 사람이 동의한 의견에 동조하려는 성향이 있으므로 이용자의 평점은 다분히 '부익부 빈익빈' 현상을 보인다. 그럼에도 우리는 이 평점을 맹신하곤 한다. 니체는 타인의 평가에 의존하는 여행자의 수동성을 다음과 같이 꼬집는다.

멋진 풍경이기 때문에 예술작품의 소재가 되는 경우도 많지만, 유명 화가의 화폭에 담겼기 때문에 멋진 풍경으로 규정되어 많은 사람의 방문을 받기도 한다. 텔레비전 드라마나 영화의 배경이 되었던 곳도 마찬가지다. 고흐의 그림 속에 많이 등장한 아를이나 세잔의 아틀리에가 보존된 엑상프로방스는 실제로 아름다운 곳이기도 하지만, 이 두 예술가 덕분에 그 이상의 미적 가치를 인정받고 있는 것은 아닐까? 고흐의 그림 〈밤의 카페 테라스〉의 소재가 되었던 노란 색감의 카페는 평범하기 그지없는 카페임에도 많은 사람이 이 카페를 보려고 찾아간다. 우리도 이 카페 앞 테라스에 앉아 시원한 맥주를 마시며 즐거워했던 경험이 있다. 여행 블로그를 보니 얼마 전 이 카페가 폐업했다고 하여 서운해하는 여행자들이 많았던 것 같다.

우리가 6년 전 영국을 여행할 때 그 목가적인 아름다움을 칭송해 마지않았던 윈더미어 호수 인근의 레이크 디스트릭트(부록 영국과 아일랜드/

잉글랜드와 웨일스 참조)는 1720년대만 하더라도 〈로빈슨 크루소〉의 저자 대니얼 디포Daniel Defoe가 "황량하고 무시무시하다"라고 표현한 곳이었다고 한다. 드 보통의 저서 〈여행의 기술〉에 의하면 당시 유복한 영국 사람들이 선호하는 여행지는 주로 이탈리아였으며, 영국의 자연은 이들의 관심 밖으로 밀려나 있었다. 영국의 귀족들이 애호한 작품도 주로 로마나 나폴리의 풍경을 그린 그림이었다. 상술한 그랜드 투어의 영향이기도 했다. 그러다가 18세기에 들어서며 영국의 자연을 소재로 한 작품들이 등장하게 되었고, 자기 나라를 여행하기 꺼리던 영국인들의 태도 역시 바뀌기 시작했다. 영국의 자연을 다룬 시인이나 화가의 작품이 두드러지게 증가하면서 자기 나라를 여행하려는 사람들도 폭발적으로 증가하였다. 시인 윌리엄 워즈워스가 영감을 받고 서정시를 집필했던 레이크 디스트릭트도 그중 한 곳이다. 1845년이 되자 이곳에는 양의 수보다 관광객 수가 더 많다는 이야기가 나올 정도였다고 한다.

유명 관광지를 하나라도 놓칠세라 지친 몸을 이끌고 기를 쓰며 찾아다니지만, 별다른 감흥을 느끼지 못한 채 감탄을 '강요'당하는 경우도 적지 않다. 차라리 아까 그 한적하고 평화로운 곳에서 좀 더 휴식을 취할걸 그랬다고 후회하기도 한다. 사실 우리 집 바로 앞에 있는 개천가 생태공원과 봄이면 벚꽃이 만개하고 여름이면 메타세쿼이아가 하늘을 뒤덮는 산책길은 내가 여행하며 감동했던 어느 공원에 못지않은 곳이지만, 외국에 있지 않다고 하여, 멀리 찾아갈 필요가 없다고 하여, 매일 찾아갈 수 있다고 하여, 외국에 있는 그 공원만큼 나의 감동을 불러일으키지 못하고 있는지도 모른다.

   여행과 인생

우리는 이국적인 풍물을 감상할 때 더 자유로워질 필요가 있다. 자기가 최초의 발견자가 될 수 있다고 생각한다면 '볼만한 곳'을 자신의 관심과 취향에 맞게 자유롭게 찾아낼 수 있을 것이다. 발견되기를 기다리는 곳은 무궁무진하기 때문이다. 정처 없이 돌아다니다가 감탄할 만한 곳을 스스로 찾아내는 것도 여행의 큰 기쁨이 아니겠는가!

자유

아들이 태어난 후부터 줄곧 직장생활과 육아를 병행해야 했고, 남편도 건강이 좋지 않아 꽤 오랫동안 입·퇴원을 반복하던 시기를 견뎌야 했다. 아이를 돌봐주시던 분도 나의 출·퇴근 시간에 맞추어 출·퇴근하셨기 때문에 퇴근 후에도 육아와 집안일로 잠시도 쉴 틈 없는 일상이 계속되었다. 남편이 입원해 있을 때였다. 목이 아파 참을 만큼 참다가 동네병원에 갔더니, 우리 사정을 잘 아시는 의사 선생님께서 목 안쪽에 노랗게 곪은 곳이 한두 군데가 아니라고, 왜 이렇게 사느냐고 연민이 섞인 질책을 하셨다. 내가 삶을 힘겹게 버텨가고 있다는 것도 미처 인식하지 못할 정도로 정신없이 살아가던 시절이었다. 지금 돌이켜보면 이때가 내 인생에서 가장 암울했던 시기가 아니었을까 싶다.

이런 상황에서 홀로 제네바로 날아갔을 때 느꼈던, 모든 짐을 벗어버린 듯한 홀가분함과 해방감은 평생 잊을 수 없을 것이다. 물론 집을 구하고, 새로운 직장과 터전에 적응해야 하는 부담이 있었고, 서울에 두고 온 어린 아들과 남편의 건강이 염려되긴 하였으나, 처음 두세 달은 그야말로 자유로움의 극치를 맛볼 수 있었다.

무거운 일상의 짐을 벗어 던졌다는 사실보다 나를 더 자유롭게 만들었던 것은 타인의 시선으로부터 탈출할 수 있다는 것이었다. 제네바에서는 서울만큼 남들을 의식하지 않아도 되었다. 수많은 다국적 직원 사이에서 남들이 나를 어떻게 볼지 크게 신경 쓰지 않아도, 남들과 비교하지 않아도 되는 삶이 마음에 평안을 가져다주었다. 때로 고립감을 느끼기도 했지만, 돌아가면 나를 반겨줄 터전과 가족이 있다는 사실은 어두운 감정을 가라앉혀 주었다.

제네바 체류 중에 잠깐씩 떠났던 나 홀로 여행들은 나를 타인의 시선으로부터 더욱 완벽하게 벗어날 수 있게 해주었다. 철저한 익명성은 끊임없이 주변 사람들의 반응에 신경 써야 했던 서울 생활이나, 타국이라고는 하지만 상사나 동료들을 어느 정도 의식하지 않을 수 없는 직장생활의 부담으로부터 나를 완전하게 해방시켜 주었다. 런던 하이드 파크 잔디 위에 하늘을 보고 누워 있어도, 이 사람 저 사람 낯선 사람을 붙잡고 길을 묻고 다녀도, 며칠째 똑같은 후줄근한 옷을 입고 다녀도, 아무도 눈치 볼 사람이 없었다. 이로부터 느끼는 자유로움은 여행의 동반자가 없다는 외로움을 압도하고도 남았다.

스위스에서 귀국하여 대학으로 직장을 옮긴 후 다시 고단한 생활이 시작되었다. 제네바 이전 시절에 비하면 삶의 질이 비교할 수 없을 만큼 높아졌으나, 사춘기에 접어든 아들, 강의와 밀려드는 연구과제, 학교 안팎에서 요구하는 일의 부담 등 나의 일상은 여전히 빡빡하게 돌

    여행과 인생

아가고 있었다.

이런 와중에 맞이한 연구년을 보내기 위해 뉴욕에 도착했을 때 처음 맛본 뉴욕의 공기는 바로 자유의 맛 그 자체였다. 뉴욕의 공기가 실제로 깨끗해지기도 했지만, 설령 오염이 되어 있었더라도 나에게는 청량하게 느껴졌을 것이다. 내가 이 자유 속에서 반년을 보낼 수 있다니!

6개월이라는 길다면 길고 짧다면 짧은 기간을 타지에서 나 홀로 지낸다는 것은 주민이라고 하기에도 애매하고 그렇다고 단지 스쳐 지나가는 이방인도 아니어서, 오히려 여행객이 느끼는 설렘, 그리고 이곳에 잠시나마 터전을 잡고 지내는 거주자가 누릴 수 있는 안정감과 시간적 여유를 동시에 맛볼 수 있다는 것을 의미했다. 특히 뉴욕과 같이 나 홀로의 삶에 우호적인 곳은 자유로움을 만끽할 수 있는 여건이 충분히 갖추어져 있었다. 길가 카페나 공원에서 혼자 신문을 보며 커피를 마시거나 브런치를 먹는 사람들을 쉽게 만날 수 있는 뉴욕은 타인의 시선을 의식하지 않으면서 혼자의 삶을 마음껏 즐길 수 있는 곳이었다.

아무도 아는 사람이 없는 베네치아의 군중 사이에서 고독을 즐기고, 로마에서 가명을 사용하며 자신의 신분을 굳이 밝히려 하지 않았던 괴테의 처신을 나는 충분히 이해할 수 있다. 괴테는 베네치아에 도착해서 그곳에 잠시 머물 결심을 하고는 그동안 갈망해 왔던 고독을 그제서야 제대로 맛볼 수 있게 되었다고 행복해했다. 아는 사람이 아무도 없는 군중 사이를 홀로 헤치고 지나다닐 때처럼 절실하게 고독을 느낄 때는 없기 때문이다(괴테1, 117). 그는 사람들과 헤어져 다시 자연과 자신만을 벗으로 할 때 특히 행복감에 젖었다(괴테1, 202).

괴테가 로마에 도착했을 때는 이미 그가 로마에 와 있다는 소문이 퍼져 있었다. 예술가들은 유일하게 낯선 여행자였던 그를 괴테라고 추측하였으나, 괴테와 친구로서 교제했었다고 거짓 주장하던 사람이 그가 괴테가 아니라고 잘라 말했다고 한다. 이런 미묘한 이유로 괴테는 가명을 사용하여 자기의 신분을 숨기려 했지만, 그 후에 다른 곳에 가서도 가능하면 신분을 드러내지 않으려 했다. 10년간의 공직 생활이 가져온 권태와 예술가 정신을 회복하고 싶은 열망이 상승 작용하여 이탈리아 여행을 떠난 괴테로서는 신분을 밝히지 않는 것이 이탈리아 생활을 더 자유롭고 편하게 즐길 수 있다고 생각했을 것이다.

> 사실 여기도 다른 곳과 별로 다를 것이 없다. 나와 함께, 혹은 나를 통해서 어떤 일이 이루어질 수 있는가 같은 것은 벌써 생각만 해도 싫증이 난다. 사람은 어떤 당파에 속해서 그 당파가 정열과 책략을 가지고 싸우는 데 가세하고, 예술가와 그 애호가들을 칭찬하고, 경쟁 상대를 헐뜯고, 권세가나 부자에게 굴종하지 않으면 안 된다. 그런 허례 때문에 이 세상으로부터 도피해 버리려고까지 생각하고 있는데 하물며 아무 목적도 없이 내가 그걸 감수해야 할 이유가 있겠는가(괴테1, 225~226).

괴테는 여행 중 낯선 상황에서 만난 낯선 사람들과 자연스러운 관계에서 다시 인간적인 상태를 만끽할 수 있었던 반면(괴테2, 250), 폐쇄된 고향 친지 집단이나 독일에서 온 여행자들에 대해서는 불편한 감정을 감추지 않았다. 낯선 독일인들은 피했고, 그럴 수 없는 절친한 사람들은 자신을 방해하거나 이탈리아 여행 중 변화한 자신의 사고방식을 간섭할 수 있다는 것에 대해 우려하였다(괴테2, 250~251).

니체 역시 사색과 집필을 위해 "고독, 심원한 마음의 평정, 격리, 고립"을 보장하는 환경을 원했다. 이러한 요건이 갖추어진 환경에서만이 자신의 문제들을 깊이 파고들 수 있었기 때문이다.[23] 니체가 "자신의 건강이나 정신적인 안정과 관련하여 가장 행복한 선택"[24]이었다고 생각했던 이탈리아의 제노바를 떠나 프랑스의 니스로 옮겨간 이유 중 하나도 "제노바에서 너무 유명해져서 더 이상 자신이 원하는 식으로 살 수 없었"고, 반면 니스는 충분히 넓어 자기를 "숨겨줄 수 있다"고 생각했기 때문이다.[25]

원래 익명성은 아무도 나를 모른다는 안도감에 편승하여 일탈과 범죄를 저지르고 싶은 충동을 부추기는 성향이 있으므로 교육학적으로는 지양해야 할 현상으로 여겨진다. 학생들 간, 그리고 학생들과 교사 간 서로 얼굴과 이름을 다 알 수 있는 소규모 학교를 이상적인 학교로 보는 이유 중 하나도 바로 소규모일수록 이 익명성의 부정적 영향을 줄일 수 있기 때문이다. 그러나 익명성은 바로 그 안도감으로 인하여 자신을 구속하고 있던 세계에서 과감히 빠져나와 오롯이 자유를 누릴 수 있는 용기를 불러일으키기도 한다. 여행이 보장하는 익명성은 바로 이러한 긍정적 역할을 할 수 있다.

휴식과 재충전

내가 공항을 좋아했던 또 하나의 이유는 곧 비행기를 타면 그 공간에서는 아무것에도 방해받지 않고 필요한 서비스를 받으며 내가 원하는 것만 할 수 있기 때문이었다. 비행기 안에서는 아무 생각 없이 '멍 때리기' 할 수도 있고, 단전 호흡을 하며 명상할 수도 있고, 잠을 잘 수도 있고, 영화를 볼 수도 있다. 또는 방해받지 않고 오롯이 학회나 회의 발표 준비를 할 수도 있다. 비행기 안에서는 완전한 나만의 시간을 보장받을 수 있다.

사적인 여행의 목적을 단순화시키면 많은 것을 보고 체험하는 것과 휴식을 취하고 재충전하는 것으로 나누어 볼 수 있겠다. 유럽 구도시의 성당과 궁전, 미술관 등 명소를 보러 다니는 여행은 전자에 속하고, 인도네시아의 발리와 같이 경치 좋은 해변의 리조트로 떠나는 여행은 후자에 속한다. 오랫동안 우리 부부는 스스로 남편은 '리조트 여행 스타일', 나는 '돌아다니는 여행 스타일'이라고 규정지었다. 그런데, 여행을 다녀보니, 여행 스타일은 이렇게 획일적으로 규정할 수 있는 것이 아니었다. 심리적, 신체적 상태 등 현실 상황에 따라 여행 취향이 수시로 바뀐다는 것을 깨달았다.

일에 시달려 피로에 찌들어 있을 때는 나도 리조트 여행 스타일이 되고, 남편도 한갓지고 마음에 여유가 있을 때는 돌아다니는 여행 스타일이 되었다. 나도 직장 일이 바쁘고 아들이 어려서 항상 일에서 헤어나지 못했던 때는 제주도의 고급 호텔에서 3~4일씩 푹 쉬다 오는 여행을 좋아했다. 공항에서 집으로 돌아오는 차 안에서 여지없이 나를 기다리고 있는 빡빡한 일상을 생각하며 우울했던 적이 꽤 많다. 두 차례의 유럽 한 달 살기를 하면서 놀란 것은 남편이 명소 목록에 올라와 있는 곳을 일일이 찾아다니려 했다는 것이다. 나는 별로 중요하지 않은 성당은 외관만 보고 돌아오고 싶었으나, 남편은 안에 들어가 2층 발코니까지 꼼꼼히 보고 나왔다. 패키지여행 때는 차만 타면 잠을 자고, 명소 관람에도 별로 적극성을 보이지 않아 남편은 역시 리조트 스타일이라고 생각했었는데, 그렇지 않았다. 반면 나는 비슷비슷한 명소보다는 짙푸른 숲속을 걷거나, 경치가 좋고 바람이 살랑살랑 부는 곳에서 커피나 와인을 마시며 쉬는 시간을 많이 갖고 싶어 했다. 여행 취향은 현실과 상호작용한다. 나의 경우 나이가 들어갈수록 삶에 쉼표를 찍는 느린 여행이 좋아지는 것 같다.

친구들끼리 유럽 여행을 떠났던 한 전업주부 지인은 호텔이 좋고 나쁘고는 전혀 문제가 되지 않았다고 했다. 호텔 식당에 미리 차려져 있는 조식을 우아하게 먹을 수 있다는 사실만으로도 행복했다고 하였다. 내가 식사 준비를 전적으로 담당했던 시절에는 나에게도 식사 걱정을 하지 않아도 되는 것이 여행의 큰 매력 중 하나였다. 귀소본능이 강해 인천공항에 도착하는 순간이 가장 좋다던 남편도 은퇴 후 식사 준비를 맡아 하는 날이 잦아지니, 인천공항에 도착하면 심란하다고 했다.

여행은 일상에서 벗어나 휴식과 재충전할 수 있는 소중한 기회다. 또한 일상에서 상처받은 마음과 정신을 치유할 수 있는 기회이기도 하다. 특히 여행에서 만나는 자연은 우리에게 평온함을 선사한다. 녹음이 우거진 숲길을 걸으며, 서늘한 바람이 불어오는 바닷가의 백사장

테라스 바에서 와인이나 상그리아를 마시며, 맑고 잔잔한 에메랄드 빛깔 빙하 호수를 하염없이 바라보며, 우리는 머리와 마음을 비우고 자연이 안겨주는 진정한 휴식을 누릴 수 있다.

자연은 우리가 무슨 생각을 하고 무슨 행동을 하든, 우리에게 뭐라 하지 않는다. 우리에게 무언가 기대하지도 않고 우리를 판단하지도, 평가하지도, 책망하지도 않는다. 우리가 바라보는 대로 그저 그 자리에 있을 뿐이다. 나무 아래서 빗소리를 듣거나 잎들 사이로 스며드는 햇살을 지켜보기 좋아했던 시인 윌리엄 워즈워스는 자연이 우리에게 고요함과 아름다움으로 감명을 주고, 도시의 삶에서 나타나는 비꼬인 충동을 진정시켜 준다고 하였다(드 보통, 189). 자연에 대한 워즈워스의 생각은 도시에서 불행한 경험을 한 후 5년 만에 다시 와이강 유역을 산책하다가 영감을 받아 지은 시 〈틴턴 수도원 몇 마일 위에서 지은 시〉에 집약적으로 표현되어 있다. 이 시에서 그는 자연의 치유력을 칭송하고, 자연으로부터 얻은 회복력은 자연을 떠난 이후까지 지속되어 도시의 삶에서 겪어야 하는 고단함과 고통을 이겨낼 힘이 된다고 하였다.

그러나 여행이 저절로 휴식과 회복력을 가져다주는 것은 아니다. 오히려 휴식을 위해 떠난 여행이 고생길이 될 때가 비일비재하다. 새벽에 일어나 저녁 늦게 숙소에 돌아오는 빡빡한 여행 일정을 소화하느라 입술이 부르트기도 한다. 홍삼정에, 비타민 C에, 갖가지 건강보조제를 챙겨 먹으며 다니는 여행객도 많이 보았다. 가족과 같이 떠나는 여행은 특히 고생스러울 때가 많다. 어린 자녀를 돌보고 연로하신 부모님을 모셔야 하는 여행은 휴식은커녕 고행길이다.

여행과 인생

일거리를 잔뜩 싸 들고 떠나는 여행 역시 마찬가지다. 일거리를 지참하지 않더라도 직장과 일이 머리에서 떠나지 않는다면 눈앞에 아무리 아름답고 풍요로운 자연이 있은들 휴식을 취할 수가 없다. 내가 조금 더 젊었을 때는 여행을 떠날 때 일거리를 꼭 챙겨갔다. 비행기를 탈 때도 무겁기만 하고 보지도 않을 책을 한두 권 꼭 들고 탔다. 일거리, 읽을거리가 없는 빈손은 항상 불안했다. 일거리를 지참했는데도 일을 하지 못하면 더 불안했다. 일종의 일중독이었던 것 같다. 나이가 들어가면서 여행할 때 머리를 많이 써야 하는 무거운 일거리는 아예 가지고 가지 않는다. 짬짬이 읽을 수 있는 가벼운 책 한두 권만 지참한다.

괴테가 이탈리아를 여행할 동안 독일에서 그의 편지를 받아본 친구들은 그렇게 멋진 경관 아래에서조차 어떤 중압감을 암시하는 듯한 우울함이 그의 편지 속에서 발견된다고 그에게 여러 차례 유감의 뜻을 전했다. 괴테는 모든 대가를 감수하려 할 만큼 갈망하던 이탈리아 여행길에까지 산문 형식의 〈이피게니아〉를 운문 형식으로 개작하는 일거리를 지참했고, 이 작업은 여행 내내 마음의 부담으로 작용할 수밖에 없었다 (괴테1, 258).

그렇다고 숙소나 카페에서 마냥 빈둥거리는 것이 능사는 아니다. 자칫 권태로워지고, 따분해지고, 여행의 의미를 상실할 수 있다. 비싼 경비를 들여 여기까지 와서 뭐 하는 것인가 하는 회의가 들 수도 있다.

이쯤 되면 여행에서 진정한 휴식을 취한다는 것이 결코 녹록치 않음을 짐작할 수 있을 것이다. 여행에서 진정한 휴식을 취하고 싶다면, 그에 적합한 여행 환경을 만들어야 한다. 자신이 스트레스받지 않고, 즐길 수 있는 방식으로 시간을 보낼 수 있어야 한다. 우리가 이탈리아와 포르투갈에서 한 달 살기를 할 때는 아침 일찍 일어나 오전 느지막이 외출하거나, 오후 너덧 시경이면 귀가하는 날이 많았다. 나는 빈 시간을 이용하여 여행기를 작성했다. 포르투 아파트의 거실 창가에 있는 작업 테이블 앞에 앉아 여행기를 쓰고 있으면 창밖에서 따스하고 밝은 햇살이 가득 들어왔다. 창밖으로는 초록색 잎이 무성한 나무들이 내다보였다. 야자수도 보이고 노란 레몬과 주황색 열매가 가득 열린 나무들도 보였다. 하얀 갈매기가 날아다니고 이따금 개 짖는 소리만 들릴 뿐 참으로 고요하고 평화로웠다. 나는 이 시간이 참 행복했다. 나에게는 이것이 바로 진정한 휴식이었다.

똑같이 일만 보를 걷더라도, 명소를 구경하거나 작품을 관람하며 천천히 걷는 것과 녹음이 우거진 숲속에서 집중하여 걷는 것은 천양지차다. 우리가 피렌체와 토스카나에서 한 달 살기를 할 때 하루에 2만 보 이상 걷는 날이 많았다. 그런 날은 파김치가 되어 돌아오곤 했다. 토스카나의 중세 소도시 루카에서 산책로가 잘 조성된 성곽에 올라 작정하고 빠른 걸음으로 30분을 걸었더니, 오전에 명소를 관람하느라 쌓였던 피로가 말끔히 사라졌다. 피렌체 미켈란젤로 광장 뒤편의 싱그러운 숲길을 산책했을 때도, 노르웨이 베르겐의 플뢰엔산 전망대 뒤쪽 울창한 숲속을 걸었을 때도, 아름드리나무들이 쭉쭉 뻗어 있는 뉴질랜드의 레드우드 숲에서 삼림욕을 즐겼을 때도, 비록 짧은 시간이었지만 에너지가 재충전되는 느낌을 받았다. 여행 중에도 자신에게 적합한 휴식과 재충전의 방법을 찾아야 한다.

관계

　낯선 곳으로 여행하면서 우리는 낯선 사람들과 새로운 관계를 맺게 된다. 새로운 사람들과의 관계는 새로운 깨달음을 가져다줄 수도 있고, 외로움을 달래줄 수도 있고, 뜻하지 않은 귀중한 정보를 얻게 해 줄 수도 있고, 도리어 스트레스를 안겨 줄 수도 있다. 일시적인 관계에 그칠 수도 있고, 여행 후까지 지속되는 돈독한 관계로 발전할 수도 있다. 어떠한 성격의 관계이든 우리의 회상 속에 남아 있는 관계라면 그 관계는 우리 삶을 풍요롭게 만드는 의미 있는 자원이다.

　특히 여행지에서 혼자 오래 지내게 되면, 시간이 흐르면서 소통할 사람들을 찾게 된다. 그러나 새로운 세상에서 만나는 각양각색의 사람 중에서 자신의 취향에 맞는 사람을 찾기는 그리 쉽지 않다. 나이가 들어갈수록 자기 내면에 이미 많은 것이 형성되고, 융통성이 줄어들게 된다. 자연히 만나는 사람들의 폭은 넓어지나, 마음을 터놓을 수 있을 만큼 깊이 있는 관계를 맺을 수 있는 상대는 줄어든다. 그래서 우리는 흔히 청소년기에 만난 고등학교 친구와 가장 친하고 그 우정이 오래 지속된다고 말한다.

　유학 시절 새로운 사람들을 꽤 많이 만났다. 유학 초창기에는 나와는 자라온 환경도, 현재 처해 있는 상황도 다르지만 한국인, 유학생, 같은 과, 여성, 독신 등 누구와라도 공통된 부분이, 따라서 공유할 수 있는 부분이 있을 것이라고 기대하면서, 이런 공통점에 애착을 기울였고, 이런 공통점에 기대어 이들과 돈독한 관계를 맺으려 애썼다.

그러나 시간이 흐를수록 인간은 '개별적인 존재'라고 생각하는 편이 자연스럽다는 것을 깨달아 갔다. 누구나 나와 공통된 범주에 속하는 사람이 아니라 그냥 하나의 인간으로 생각해야 특별한 기대도 하지 않고, 또 쉽게 어울릴 수 있다는 깨달음이다. 짧지 않은 세월을 홀로 지내야 하므로 마음을 터놓을 수 있는 인간관계를 맺고 싶었으나, 그보다는 독립심을 기르는 편이 평온한 삶을 영위하기 위한 지름길이라는 생각을 하게 되었다.

유학 시절 내내 티격태격하면서도 도움을 많이 받았던 나이 지긋한 미국 아주머니와 그녀의 점잖은 노신사 남편에게서 내가 무슨 공통 의식을 느낄 수 있었겠는가? 한국 같았으면 전혀 같이 어울릴 수 없는 상대들인데, 그곳에서는 전부 '친구friends'로 통했다. 미국 사람들은 나이, 성별, 직업과 관계없이(물론 계층이나 학력의 장벽은 존재하지만) 자유롭게 관계를 맺고 다양한 주제로 대화를 나누곤 했다. 그들은 특별한 친구를 자랑하고 친구들을 서로 소개하는 것에 대단한 의미를 부여했다. 나도 몇 차례 초대받아 생면부지의 그들 친구와 어색하고 불편한 식사 자리를 함께한 적이 있다.

포르투갈 한 달 살기를 마친 후 읽었던 파스칼 메르시어의 소설 〈리스본행 야간열차〉에는 깊은 외로움에 젖어있던 의사 프라두가 "지속성과 신뢰감과 친밀한 이해심을 보이는 이 모든 것이 마음을 진정시키기 위해 만들어낸 속임수는 아닐까? 매순간 견딜 수 없으므로 불안하고 혼란스러운 이 덧없음을 은폐하고 없애려는 시도……"라며[26] 인간관계의 덧없음을 말하는 글귀가 나온다. 이 당시 내가 인간관계에 대해 이 정

여행과 인생

도로 염세적이었다고는 생각하지 않지만, 상당히 초연한 자세를 취했던 것은 사실이다.

미국의 사회학자 그라노베터^{Mark Granovetter}는 사회적 관계, 즉 인맥을 연결의 강도에 따라 '강한 연결'과 '약한 연결'로 나누었다. '강한 연결'은 자주 만나는 친밀한 사람들 간의 관계로 대체로 깊고 좁은 속성을 지닌다. 반면 '약한 연결'은 그리 친밀하지 않고 이따금 만나는 관계로 넓고 얕은 경향이 있다. 이중 취업 등 사회생활의 성공에 더 도움이 되는 관계는 '약한 연결'이라는 것이 그의 사회적 관계론의 골자다. '강한 연결'의 인맥에 속한 사람들의 배경은 동질적인 경향이 있는 반면, '약한 연결'의 관계망에 속한 사람들의 배경은 이질적인 경향이 있다. 이질적인 배경을 가진 사람들끼리 맺는 약하지만 넓은 관계는 자신이 모르는 다양하고 중요한 정보를 얻을 수 있는 원천이 된다. 반면 동질적인 배경을 가진 사람들끼리 맺는 좁고 강하게 연결된 관계에서는 구성원들이 서로 다 아는 정보들이 공유되거나, 또는 이해관계가 같을 때 경쟁 상대가 되어 결정적으로 중요한 정보나 새로운 정보를 얻기 어려워진다. 여성이나 저학력, 저소득 계층, 유색인종 등 취약 집단의 인맥은 동질적인 강한 연결의 특성을 갖는 경향이 있다. 이러한 강한 연결이 심리적으로 안정감을 얻는 데는 도움을 주지만 이들의 사회적 성공에는 남성이나 고학력, 고소득 계층, 백인이 가진 '약한 연결'의 인맥만큼 도움을 주지 못한다.

여행은 약하지만 넓고 이질적인 인맥을 형성할 기회를 만들어 준다. 유학 시절의 초창기에 내가 원했던 인간관계는 심리적 안정감을 줄 수 있는 좁고 깊고 강한 연결이었지만, 시간이 흘러가면서 넓고 약하게 연결된 관계에 안착했던 것 같다. ILO 근무 시절에는 줄곧 약한 연결의 관계를 유지했다. 심리적 안정감의 원천은 서울의 가족으로 충분했고, 제네바에서는 해외에서 일하며 살아가기에 필요한 만큼의 관계를 맺어가며 지냈다. 이따금 스트레스를 주는 관계도 있었으나, 다양한 사람들과의 관계는 대체로 해외 생활을 편리하고 풍요롭게 하는 데 도움을 주었다. 다양한 삶의 모습을 관찰할 수 있었던 좋은 기회이기도 했다.

여행은 새로운 사람들과 새로운 관계만 만들어 주는 것은 아니다. 가까이 있을 때 진심 어린 대화를 나누지 못했던 오랜 지인들과 진솔하게 소통할 수 있는 기회도 만들어 준다. 나의 유학 시절은 고등학교 때 친하게 지내다가 대학 진학 후 사이가 뜸해졌던 동병상련의 친구들과 대학 선후배, 그리고 서울에 있는 친구들과 계속 연락을 주고받으면서, 그동안의 심리적 공백을 채워나갈 기회를 열어 주었다.

나는 오랫동안 한번 맺은 인간관계는 부득이한 경우가 아니라면 평생 지속되어야 한다는 생각을 고집하고 있었다. 그래서 평생 친구가 되어도 괜찮겠다는 마음이 드는 사람들 중심으로 인간관계를 맺었고, 이러저러한 사정으로 이들과 사이가 소원해지면 상처를 받거나, 뭔가 잘못된 것 같다고 생각하곤 했다. 자연히 가벼운 관계는 사회생활을 위한 최소한의 필요에 따라 유지할 뿐 큰 의미를 두지 않았고, 이런 모임에는 최소한으로만 참석하곤 했다.

그런데 여행 중에 우연히 만난 사람들과 부담 없이 대화를 나눌 때

　여행과 인생

오히려 더 즐거움을 느낄 수 있다는 것을 경험하게 되면서, 모든 유형의 인간관계는 순간순간 즐거움을 준다면 그 자체로 가치가 있다는 나만의 독자적인 인간관계 철학을 갖게 되었다. 여행에서 오다가다 만난 사람들과는 익명성이 보장될 뿐 아니라 관계가 일시적이므로, 굳이 나를 포장하지 않고 자유롭게 대화를 나눌 수 있다. 식당에서 우연히 합석한 사람, 호텔이나 식당의 한가로운 직원, 정류장에서 같이 기차나 버스를 기다리는 사람, 기차나 버스에서 옆 좌석에 앉은 사람 모두 쉽게 가벼운 이야기를 주고받을 수 있는 대상들이다. 사회성이 좋은 사람들은 연락처를 주고받으며 귀국 후까지 관계를 유지하기도 하지만, 나는 그런 스타일과는 거리가 멀다. 그래서 익명성이 더욱 확실히 보장되는 외국인들과의 대화가 좀 더 편하다. 언어의 제약이 있기는 하지만 피차 영어가 모국어가 아닐 때는 문법 좀 틀려도 부담이 없다. 단편적으로나마 상대 나라의 문화에 대해 알 수 있는 기회이기도 하다.

뉴욕에서 연구년을 보낼 때 아들과 남미 여행을 마치고 뉴욕으로 돌아온 후, 동행했던 신부님과 신혼의 변호사 내외와 같이한 '애프터 미팅'은 기억에 많이 남는다. 변호사의 아파트까지 방문하여 그 아내가 차려준 서투르지만 정성이 담긴 점심 밥상을 맛있게 먹고 저녁 무렵까지 수다를 떨다가 헤어진 날이었다. 다시 만날 일이 없는 사람들이지만 한때 이렇게 즐거운 시간을 함께 보낸 것만으로도 크나큰 인연이요, 그 자체로 의미 있는 관계라는 생각을 했다.

단체 패키지여행은 새로운 사람들을 만날 좋은 기회이다. 최근에는 고객을 취향과 관심사가 비슷한 20~30대로 제한하여 판매하는 패키지

상품도 생겼다는데, 인기가 매우 좋다고 한다. 자신의 관심을 충족시킬 뿐 아니라 또래 친구를 사귈 수 있다는 장점이 있기 때문일 것이다.

그러나 단체여행은 여행 내내 동반 여행객들에게 신경 써야 하는 어려움이 있어 성격에 따라서는 불편을 감수해야 한다. 우리가 처음 단체여행을 떠날 때는 현지에 도착하여 관광버스에 오르자마자 가이드가 일행에게 각자 자기소개를 하도록 요구했다. 남편이나 나나 그 시간을 매우 싫어했다. 그런데 자기소개를 싫어하는 사람이 우리만은 아니었나 보다. 시간이 흐르면서 자기소개 시간이 없어졌고, 여행자들을 귀찮게 하지 않았다. 굳이 하나의 여행공동체라는 의식을 갖도록 강요하지 않았다. 여행이 끝날 무렵 으레 하던 일행의 단체 사진 찍기도 어느 사이엔가 없어졌다. 여행에서 돌아온 지 얼마 지나지 않아 일행의 얼굴이 가물가물해지고, 조금 더 지나면 단체 사진을 보아도 낯선 얼굴뿐이니, 단체 사진을 찍는 행위는 별 의미가 없는 것이 맞는 것 같다. 더욱이 요즈음같이 개인정보보호에 신경 쓰는 시대에는 더 말할 것도 없다. 개별여행이 여의하지 않아 단체여행을 하지만, 다른 사람들과 엮이지 않고 자신들만의 시간을 즐기고 싶어 하는 여행자들이 많은 모양이다. 여행자들의 기호 변화를 여행상품에 잘 반영하는 것이 여행사의 경쟁력 아니겠는가!

그럼에도 이삼일이 지나면 서로 얼굴을 익히게 되고, 인사를 하게 되고, 식사 시간에는 같은 식탁에 앉은 여행자들끼리 말을 섞게 된다. 어디를 여행해 보았는지, 어디가 좋았는지 등으로부터 시작하여 '호구조사'까지 하기도 한다. 같이 식사하면서 멀뚱멀뚱 있기도 어색하여,

     여행과 인생

나는 어느 정도 대화를 주고받지만, 낯선 사람들과의 이런 어색함을 끔찍이 싫어하는 남편은 입을 꾹 다물고 있어 내가 가시방석에 앉아 있을 때가 많다. 그래서 친지나 가족이 여러 명 같이 떠나 다른 여행자들과 굳이 말을 섞을 필요가 없는 여행이 편하다. 아들이 결혼하여 며느리와 손녀가 생기고 다섯 명이 가족여행을 떠나게 되니 여간 좋은 것이 아니다.

나는 내 직업이 교수라는 사실을 감출 수 있을 때까지 감추려 할 때가 많다. 보통 교육자에 대해서는 성직자만큼은 아니더라도 어딘가 남들보다 더 모범적일 것을 기대하며, 무언가 실수나 잘못을 발견하면 일반 사람보다 몇 배는 더 많이 비난하는 경향이 있다. 그래서 부담스럽고 자유롭지 못하다. 더욱이 여행까지 와서 그렇게 구속받고 싶지는 않은 것이 솔직한 심정이다. 그런데 희한하게 다들 내 말투만 듣고도 내가 선생님이라는 것을 알아챈다. 패키지여행을 부담스럽게 만드는 요소 중의 하나다.

여행자는 종교의 유무를 떠나 여행길에서 창조주의 입김과 손길을 느끼기도 한다. 특히 장엄한 대자연 앞에서 신의 존재를 의식할 때가 적지 않다. 대자연의 풍경에서 경이로운 또는 숭고한 어떤 것을 느낄 때 우리는 인간의 연약함과 한계를 인정하게 되고 인간과 자연을 넘어선 초월적인 존재를 떠올리게 된다. 신과의 관계가 더 돈독해지는 것이다.

처음 알프스의 몽블랑을 방문했을 때 그 웅장한 산세와 어마어마한 빙하 앞에서 인간의 왜소함을 절감하며, 잠시 이 광대한 대자연과 이런 대자연을 창조한 신 앞에서 우리 모두 겸허해져야 한다는 자성의

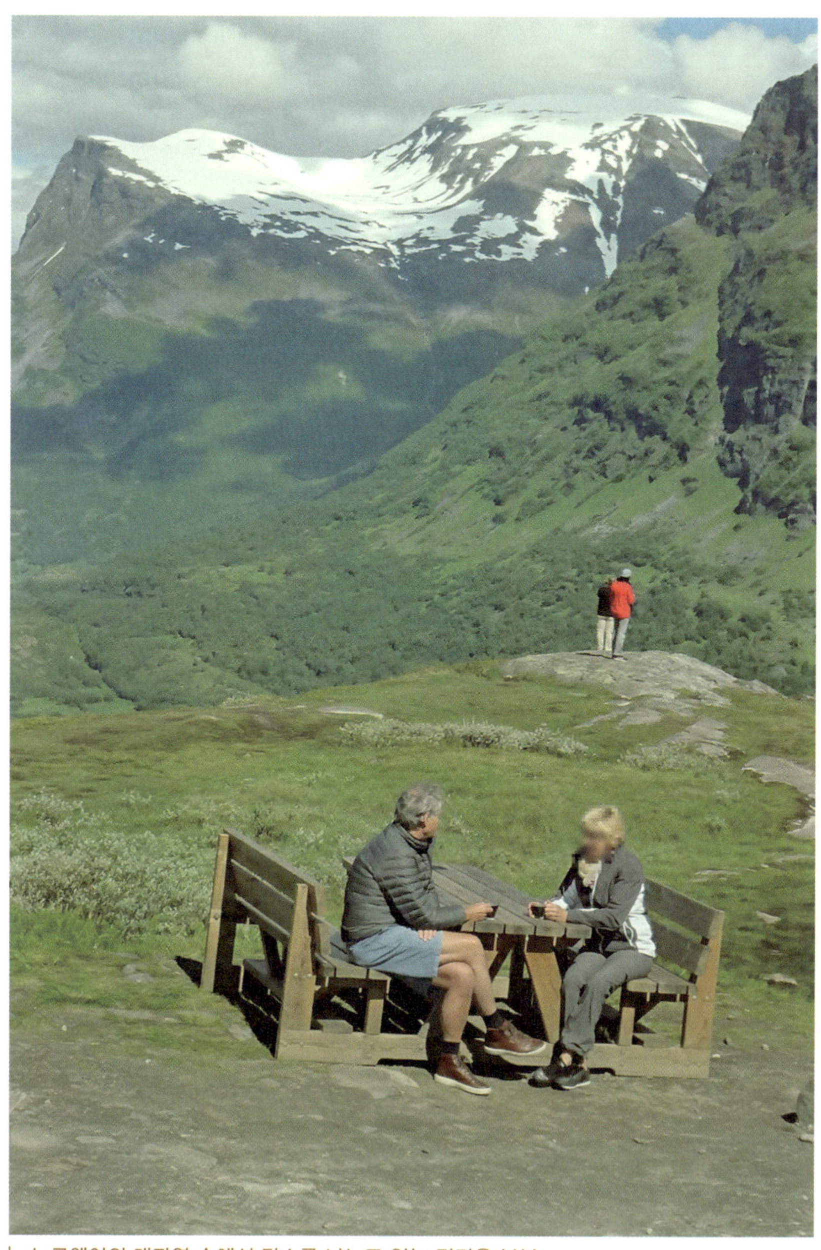

노르웨이의 대자연 속에서 담소를 나누고 있는 정겨운 부부

여행과 인생

시간을 갖던 경험이 있다. 노르웨이에서 게이랑에르피오르로 이동하는 길에 광활한 대자연을 배경으로 담소를 나누고 있던 나이 지긋한 정겨운 부부 한 쌍을 보며, 창조주가 창조를 마치신 후 "보시기에 심히 좋았더라" 하신 창세기 말씀이 떠올랐던 경험도 있다. 인간에게 땅에 있는 모든 것을 다스리라고 하셨으나, 궁극적으로는 당신이 창조한 세계에서 바로 이렇듯 사랑스러운 인간과 범접할 수 없이 숭고한 자연이 조화롭게 공존하는 모습을 기대하신 것이 아니었을까?

비단 장대한 자연 앞에서만 신의 자취를 느끼는 것은 아니다. 여행 중에는 평소에 별생각 없이 지나치던 일상적인 광경도 주목하게 되고, 그 안에서 신의 뜻을 찾기도 한다. 포르투갈에서 한 달 살기를 할 때 공원은 물론 숙소 앞 골목길에서도 공작새가 유유히 걸어 다니는 것을 자주 볼 수 있었다. 꼬리를 활짝 핀 더할 나위 없이 우아하고 아름다운 공작새가 매우 괴이한 울음소리를 낼 때마다 안타까움을 느끼면서도, 한편으로 하나님은 공평하시다는 생각을 한 적이 있다. 모든 것을 다 갖출 수는 없다는 교훈을 주시려는 것 같다고.

여행의 깊이

니체는 여행자를 다섯 등급으로 구분했다(니체, 405). 첫 번째 등급은 관찰 '당하는' 입장의 여행자로 여행의 대상이며, 이른바 눈먼 자들이다. 여행자로 보이기를 바랄 뿐 실제로는 아무것도 보지 못한 자라는 의미로 해석할 수 있을 것이다. 두 번째 등급은 스스로 세상을 관찰하는 여행자이다. 나름의 식견과 안목을 가지고 여행지에서 만나는 것을 주체적으로 관찰하는 여행자이다. 세 번째 등급은 관찰한 결과에서 어떤 것을 체험하는 여행자이다. 관찰한 사실을 바탕으로 무언가를 깨닫고 느낀다면 이것은 체험으로 연결되었다고 할 수 있다. 네 번째 등급은 체험한 것을 다시 체득해서 그것을 계속 몸에 지니고 다니는 사람이다. 일회성 경험이 아니라 우리가 흔히 '체화' 또는 '내면화'라는 용어로 표현하는 것을 의미하는 것으로 보인다. 다섯 번째 등급은 관찰한 것을 모두 체험하고 체득한 뒤, 집에 돌아와서 곧장 그것을 다시 여러 행위와 일 속에서 필연적으로 드러내며 나가는 사람이다. 즉, 체화한 것을 자기의 삶에 적용하고 실천에 옮기는 자를 의미한다. 그리고 니체는 인생의 여로를 걷는 인간도 이와 마찬가지로 다섯 종류로 나누어지며, 가장 낮은 등급의 사람들은 수동적 인간, 가장 높은 등급의 사람들은 내면화한 것을 철저히 발휘하며 살아가는 행동가라고 하였다. 물론 니체 본인은 자신을 다섯 번째 등급에 속한 자로 규정했다.

드 보통의 저서 〈여행의 기술〉에서 니체가 제안하는 여행의 예를 찾아볼 수 있다(드 보통, 146~147). 니체는 학자나 탐험가처럼 사실을 수집하는 일을 부정적으로, 심지어 '모욕적'으로 보았고, 반면 내적이고 심리적인 풍요를 목적으로 이미 잘 알려진 사실을 이용하는 일을 찬양했다. 예를 들어 어느 여행자가 오래된 유적을 관찰하면서 우리의 사회와 정체성이 과거에 의해서 형성되어 왔다는 사실을 깨닫고, 그 과정에서 연속성과 소속감을 확인하게 되어, 자신이 허무하고 개별적인 존

여행과 인생

재를 넘어서 있으며, 자신의 존재가 용서받을 수 있다는 것을 알고 행복해졌다면 그의 이 여행은 니체의 기준에 비추어 찬양할 만한 여행의 요건을 갖춘 것이다.

괴테는 두말할 것도 없이 다섯 번째 등급에 속한 자의 전형이다. 그는 이탈리아라는 광대한 세계에서 생활하면서 깨닫고 자기 갱신한 예술 정신과 도덕적 정신을 귀국해서 자기 자신에게 실현할 수 있으리라고 생각했다. 실제로 귀국 후 원숙한 문학가로 재탄생하여 제2의 인생을 살아간 것을 보면 그는 분명 여행에서 체화한 것을 실제로 삶에 적용하며 실천에 옮긴 행동가였다고 하겠다.

> ……그러나 지금 나는 확신을 가지고 전념하고 있다. 그리고 자기를 부정하지 않으면 안 된다고 생각하면 할수록 그건 더욱 기쁜 일이 된다. 나는 흡사 탑을 세우려고 하면서 불확실한 기초공사를 해놓은 건축 기사와 같다. 그러나 다행히도 빨리 그걸 깨닫고서 이미 땅속에 축조해 놓은 것을 미련 없이 깨부수고, 기초를 확대하고 개량하고, 토대를 더욱 튼튼하게 하려고 노력하며, 미래의 건물이 보다 견고한 것이 되리라는 믿음을 미리부터 즐거움으로 삼고 있는 것이다. 귀국하면 이 광대한 세계에서의 생활이 나에게 가져다준 도덕적 효과를 나 자신에게 실현시킬 수 있으리라고 생각한다(괴테1, 250~251).

여행을 처음 시작하는 사람들은 여행사에서 기획한 패키지여행 상품을 많이 이용한다. 패키지여행은 대체로 빠듯한 일정에 가능하면 많은 곳을 관광하도록 설계되므로, 버스에서 내려 후다닥 둘러보고 다시 버스를 타고 이동한다. 그러다 보면 어디에서 무엇을 보았는지 잘 기억나지 않고, 다 그곳이 그곳인 것 같은 느낌을 받기도 한다. 일정에 대해 일체 신경 쓰지 않고, 가이드가 안내하는 대로 시간을 잘 지켜 따라 하기만 하면 되므로 매우 편하지만, 여행 후 얼마 지나면 기억에 남는 것이 많지 않다. 니체의 첫 번째 등급에 해당하는 수동적인 여행자가 되기 쉽다.

여러 이유로 패키지여행에 만족하지 못하는 사람들은 본인이 직접 계획을 세워 개별여행을 시도한다. 개별여행은 처음부터 끝까지 모든 것을 여행자 스스로 기획해야 하므로 때때로 귀찮고 힘들 수도 있으나, 시행착오까지 포함하여 많은 것을 기억하게 된다. 시간적 여유도 있기 때문에 명소만 신속하게 구경하고 발길을 돌리는 단체여행과 달리 하나하나 천천히 관찰하거나 감상하고, 나름대로 해석을 내리기도 하며, 단순히 명소를 훑어보는 것 이상의 체험을 할 수 있게 된다. 이 과정에서 내면에 깊이 자리 잡고 있던 감성과 정서가 발동하기도 한다.

많은 곳을 여행하다 보면, 더욱이 같은 곳을 여러 번 방문하다 보면 별다른 감흥이 일지 않는다는 것을 느낀다. 그렇게 감동했던 유럽 중세 구도시의 예쁘고, 단아하고, 고풍스러운 골목길의 모습도, 웅장한 성당의 모습도, 화려한 궁전의 모습도 무덤덤해진다. 이때가 되면 여행자는 여행으로부터 잘 알려진 명소를 관광하는 것 이상의 무언가를 찾고 싶어 한다. 추구하는 여행의 깊이가 깊어지는 것이다.

   여행과 인생

패키지여행이나 여러 곳을 주마간산 식으로 돌아보는 개별여행에서 더 이상 의미를 찾지 못하는 여행자 중에는 한곳에 오래 체류하며 그 지역을 깊이 있게 체험하는 생활형 여행을 시도하는 사람들이 있다. 우리 부부도 이들에 속한다. 비교적 최근에 시도한 두 차례의 '한 달 살기'는 유럽 세계와 여행의 노하우에 대한 우리의 식견을 크게 넓혀준 것이 사실이다. 그러나 주민들과 교류하며 그 지역의 삶에 깊숙이 스며들어 있는 문화적 정취를 느끼기에는 한계가 있었던 것 또한 사실이다.

물론 패키지여행과 개별여행, 그리고 생활형 여행의 가치를 기계적으로 평가할 수는 없다. 중요한 것은 여행자의 태도이기 때문이다. 패키지여행이라 하더라도 여행지와 방문 예정 명소에 대해 미리 조사하고 무엇을 중점적으로 보아야 할지 검토한 후 여행에 참여한다면, 그리고 돌아온 후에 여행에서 체험한 것을 내면화하고 자기의 삶에 적용한다면 니체가 규정한 등급은 달라질 수 있다. 반대로 개별여행이나 생활형 여행이라 하더라도 여행에 임하는 자세에 따라 수동성이 강한 여행자가 될 수도 있다. 그러나 개연성으로 보면 대체로 그렇다는 말이다.

여행에 의미를 더해주고 그 품격을 고양하는 하나의 방법은 여행의 주제를 정하는 것이다. 최근에는 성지순례, 미술관 투어, 클래식 음악 여행, 건강 여행, 음식 여행, 산악여행 등 특정 주제에 초점을 맞추어 전문가를 동반하는 여행상품을 이용하는 여행자들이 늘어나고 있다. 그러나 이렇게까지 전문화된 여행이 아니더라도 개인적으로 건축, 종교, 문학, 미술, 음악 등 다양한 영역 가운데 하나를 선택하여 관심 있는 주제를 정해놓고 떠난다면, 거기에 덧붙여 그 주제에 대해 미리 공

부까지 하고 떠난다면 더더욱, 여행 중 우리가 얻게 되는 지식과 정보
는 중구난방이 아니라 일정한 깊이와 체계를 갖추게 될 것이다.

우리는 흔히 지역 단위로 여행한다. 한 지역에서 자연과 여러 시대
에 걸쳐 탄생한 다양한 문화유적과 예술작품을 관광한 후 다음 지역으
로 이동하여 동일한 형태로 관광한다. 드 보통은 전혀 관련성이 없는
건물들을 동일한 지역에 있다는 지리적 논리만으로 동시에 관람하는
것은 "대학 강좌에서 주제가 아닌 크기에 따라서 책을 권하는 것만큼
이나 피상적(드 보통, 163)"이라고 비판한다. 이런 여행은 우리의 호기심
을 왜곡한다는 것이다. 여행에 주제나 스토리가 있다면, 좀 더 깊이 있
는 학습 여행이 될 것이다.

실망과 고행

여행 Travel의 라틴어 어원인 Travai는 고역, 고난, 힘든 일을 뜻한
다. '집 떠나면 고생길'이라는 말이 있듯이 여행은 낭만적이기만 한 것
이 아니라, 힘도 들고 고생도 많이 해야 하는 행위이다. 이탈리아를 여
행하고 싶어 열병을 앓았던 괴테조차 가족과 친지들 사이에서 안전하
고 편안하게 지낼 수 있는 고향을 떠나 세계 이곳저곳을 직접 체험해
보기 위해 불편과 위험을 자초하는 인간을 "불가사의한 존재"라고 생
각한 적이 있다(괴테1, 73).

공항에서는 이착륙 시간이 어긋나 연결 편 비행기를 놓치기도 하고,

폭풍, 폭우, 폭설 등 자연재해로 비행기가 결항하여 여행 일정이 완전히 꼬이기도 한다. 수화물이 부서지기도 하고 도착하지 않아 애를 먹기도 하고 내용물을 분실하기도 한다. 아들의 대학 입학 지원을 앞두고 아들이 다니는 고등학교를 방문하러 가던 중이었는데, 애틀랜타공항에 가방이 도착하지 않았다. 내 수화물이 내가 탄 항공기에 실리지 못한 것이었다. 다음 날 저녁이 되어서야 호텔로 가방이 도착했다. 그동안 옷도 갈아입지 못하고, 화장도 하지 못한 채 아들 선생님들을 만나고 다녀야 했다. 자외선 차단제를 바르지도 못하고 햇볕을 가려줄 양산도 없이 뙤약볕이 내리쬐는 넓은 캠퍼스를 돌아다니는 바람에 얼굴에 검은 티가 잔뜩 생겼다. 아들은 여름방학을 맞이하여 귀국하던 길에 공항에서 가방을 열어 짐 검사를 받았는데, 그 와중에 새로 산 수영복을 분실했다. 검사하는 직원이 어디 떨어뜨린 것인지, 집어 간 것인지는 알 수 없으나, 어쨌든 아들의 기분을 매우 언짢게 만들었다.

스페인 단체여행 때였다. 수화물을 찾는 곳에서 소매치기가 많으니 짐을 조심하라고 주의를 주던 인솔자가 정작 본인의 짐을 분실하고 말았다. 불행 중 다행으로 미리 걷어 보관하고 있던 여행객들의 여권은 다른 가방에 넣어 무사했으나, 현금과 개인 물품을 잃어버리고 말았다. 공항에 신고했지만 끝내 찾지 못했다.

파업이 잦은 유럽에서는 기차 운행이 중단되어 일정이 어긋나는 일이 심심치 않게 벌어진다. 관광버스가 고장나 대체 버스를 기다리느라 한나절을 소모하기도 한다. 우리나라처럼 모든 일이 신속하게 처리되는 나라도 드물고, 특히 서구에서는 일 처리에 '세월아, 네월아' 하므로, 하염없이 기다리며 아까운 시간을 흘려보내기도 한다. 수리를 받을 때도 마찬가지다. 중국 여행 때였다. 버스에 문제가 생겨 카센터를 찾아가야 했다. 저녁 식사 시간 무렵이라 운전기사와 가이드는 우리를 어떤 식당에 내려놓고, 카센터를 찾아 버스 수리를 맡겼다. 우리가 저녁 먹을 동안 수리가 가능하다고 했으나, 시간은 계속 지체되었다. 식당에서 마냥 기다리기가 지루하여 식당 밖으로 나왔다가, 잠깐 사이에 모기에게 정신없이 물려 허겁지겁 다시 식당 안으로 들어갈 수밖에 없었던 불상사도 일어났다. 그날 우리는 자정이 다 되어서야 숙소에 도착했다.

여행지에 도착해서도 예기치 못한 일이 발생하여 당황하는 일이 비일비재하다. 최근 1년여 동안만 보자. 리스보아에서 택시 운전사가 상조르즈 성안으로 들어가지 못한다고 우리를 숙소에서 멀찌감치 떨어진 곳에 내려놓아 울퉁불퉁한 언덕길을 무거운 가방을 끌고 걸어 올라가야 했던 일, 숙소가 예상보다 훨씬 낙후되어 있어 실망했던 일, 비가 거의 오지 않는 두바이에 1년 치 비가 하루 동안 쏟아져 거리가 온통 물난리가 나는 통에 도보 이동이 거의 불가능했던 일(부록 아랍에미리트 참조), 아들네와 같이 갔던 일본 여행 때 그날이 일본 공휴일이라 붐빌 것을 예상 못 한 가이드의 판단 착오로 도쿄역에서 보관함을 찾아 거의 한 시간을 헤매던 일 등 참으로 많다.

오래된 일로 오슬로 공항에 도착할 때부터 제네바에 돌아올 때까지 계획대로 된 것이 하나도 없었던 1999년 노르웨이 여행, 아름다운 알프스 산봉우리를 보러 비싼 비용을 치르고 산에 올라갔다가 구름이 끼

　　　　　　　　　　여행과 인생

어 아무것도 보지 못하고 내려온 경험, 꼭 관람하고 싶었던 미술관을 찾아갔으나 휴관이어서 그대로 돌아왔던 경험은 1부에서 이미 서술한 바 있다.

여행지에서 아파 고생하기도 한다. 두바이와 아부다비 여행 때는 무릎 인대 부근에 염증이 생겨 여행 내내 고통스러워하다가 급기야 공항에서 휠체어 서비스까지 받아야 했다(부록 아랍에미리트 참조). 캐나다에서는 숲길을 신나게 걸어가다가 오른발을 크게 접질렸다. 즉시 한의원을 찾아가서 침이라도 맞았어야 했는데, 그냥 참고 돌아다니는 바람에 돌아와서 오래도록 고생했다. 오른발을 계속 다치는 걸 보면 그때 즉시 관리하지 않은 후유증인 것 같다. 캄보디아에서는 호텔 수영장에서 수영하다가 결막염에 걸렸다. 다행히 호텔에서 준 약이 효과가 있어 그 이후 여행에 지장을 주지 않았으나 잠시 가슴이 철렁 내려앉았다.

오스트레일리아 시드니에서 열린 학회 참석 때 가방을 소매치기당하여 영혼이 탈탈 털리는 해프닝도 경험했다(부록 오스트레일리아 참조). 이탈리아의 알베로벨로와 같이 날씨가 도와주지 않아 기대했던 일정을 포기해야 하는 상황도 심심치 않게 발생하며, 크게 기대하고 들어간 음식점에서 음식이 시원찮아 실망한 적도 비일비재하다. 하와이 오하우섬 식당에서 꽤 많은 거스름돈을 팁으로 '의도적으로' 오인하여 불쾌하게 만들었던 일은 여행지 전체를 부정적으로 인상 지우는데 크게 영향을 미쳤다(부록 아들의 고등학교 졸업 기념 하와이 가족여행 참조).

일반적으로 여행지에 도착하면 시차로 인한 피로와 새로운 환경으로 인한 긴장감, 그리고 쉴 새 없이 돌아다녀야 하는 일정으로 인한 체력 소모가 겹쳐, 여행을 떠나기 전의 설렘은 멀찌감치 달아나 버리고 만사가 귀찮아질 때가 많다. 여행이 끝나갈 무렵이 되면 관광지에 도착해도 일부 여행객은 아예 버스에서 내리지 않고, 다른 여행객이 관광을 마치고 돌아올 때까지 버스에서 기다리기도 한다.

패키지여행은 그나마 버스로 이동하여 피로도가 덜 하지만, 개별여행은 많이 걷게 되므로 보통 녹초가 되어 숙소에 돌아온다. 다음부터는 한두 군데만 가 보고 지치기 전에 돌아오자고 매번 다짐하지만, 일단 집을 나서면 이왕 가는 길에 여기도 들르고 저기도 들르고 싶은 욕심 때문에 영락없이 파김치가 되어 돌아온다. 심지어 숙소에서 저녁을 먹고 어느 정도 기운을 차리게 되면 다시 나가 산책이라도 하고 싶은 충동을 억누르지 못한다. 그리고 다시 지쳐서 돌아온다.

요즈음 '한 달 살기'를 많이 하는데, 우리처럼 한 곳에 터전을 잡고 근교 도시들을 오가며 한 달을 지내는 것이 아니라 한 달 동안 계속 이동하며 여행하는 형태를 많이 취하고 있다. 한 달 전후 일정의 패키지여행 상품도 등장하고 있다. 남미나 아프리카가 대표적인 여행지이다. 혈기 왕성한 젊은이들이야 여행 후 며칠 쉬고 나면 금방 피로에서 회복되겠지만, 나이 든 사람들은 이런 여행을 다녀오면 상당 기간 후유증에 시달린다. 최근에 각각 한 달 가까이 가족과 남미 여행을 다녀온 두 지인은 이구동성으로 '예전 같지 않다'고 하며, 여행 후유증에서 회복하는 데 시간이 오래 걸렸다고 했다. 이렇게 장기간 시간을 낼 수 있는 사람들은 대체로 은퇴한 고령층이라는 것을 감안할 때, '여행은 고행'이라고 생각하는 사람들이 상당할 것임을 짐작할 수 있다.

 여행과 인생

고행이 나쁜 것만은 아니다. 종교인들은 신앙심을 고양하기 위해, 일부러 세계 성지를 순례하며 고행을 자초하지 않는가? 우리나라에서 얼마 전 준비 부족으로 물의를 일으켰던 잼버리 대회 같은 행사는 고행을 통해 청소년들이 몸과 마음을 단련하고, 인격을 수양한다는 취지가 강하다. 배낭여행과 같은 저비용 고효율 여행을 많이 하는 젊은이들은 몸과 마음이 고달플 것을 예상하면서도, 이국적인 것에 대한 동경과 호기심을 해소하고 넓은 세상에서 견문을 넓히는 것이 이 고달픔을 상쇄하고도 남을 것이라는 기대를 품고 여행을 떠난다.

그러나 나이가 들면 과욕은 금물이다. 은퇴 후 부부가 산티아고 순례길을 완주할 계획을 세우고 열심히 체력을 단련했음에도 불구하고, 순례 중 무릎 관절을 비롯해 몸 이곳저곳 무리를 해서 고생한 지인도 있다. 이제 자신의 체력과 몸 상태에 맞는 여행계획을 세워 무리 없는 여행을 하는 데 방점을 찍을 때다.

앞서 사진의 한계와 실물을 직접 보아야 할 이유와 필요성에 대해 피력하였지만, 사실 사진을 보고 감탄해 마지않던 명소를 실제로 보고는 실망하는 적도 많다. 사진은 가장 보기 좋은 위치에서 멋진 모습을 훼손하는 주변의 방해물을 다 제거한 채 정제된 상태로 찍기 때문에 별 볼일이 없는 곳도 별 볼일이 있어 보인다. 내가 잡지의 사진에 실리거나 텔레비전에서 방영하는 멋진 관광지를 보고 감탄하면 남편은 사진이라서 멋져 보이는 것이라고 초를 치곤 한다. 실제로 사진에서 아름다워 보이던 명소가 직접 가서 보면 지저분하기도 하고, 보존 상태도 좋지 않고, 많은 관광객으로 어수선하기도 하여 기대에 미치지 못

하는 경우가 드물지 않은 것이 사실이다. 나에게는 하와이와 나폴리가
그랬다.

일반적으로 여행안내 책은 명승지를 다소 과대 포장하여 소개하는
경향이 있다. 여행을 다녀온 사람들도 고비용을 치르고 다녀온 자신의
여행을 정당화하고 싶은 마음에 경험담을 실제보다 더 미화시켜 표현
하곤 한다. 따라서 후발 여행자들은 막연한 환상을 가지고 명소를 찾
아가지만, 때때로 실망하기도 한다.

나는 오랫동안 모래사막에 가 보고 싶어 했다. 연이어 펼쳐지는 둥
근 모래언덕에서 낙타가 유유히 걸어가는 광활한 사막의 모습을 보
고 싶었다. 그동안 사막이라고 하여 기대하고 가 보면 마른풀이 자라
고 있거나 돌밭으로 이루어진 사막이었다. 사막은 대부분 암석사막이
나 자갈사막이고, 모래사막은 전체 사막의 20퍼센트에 불과하다니 당
연했을 것이다. 그런데 여행안내 책자나 여행 블로그의 사진을 통해
보았던 두바이의 사막은 내가 그리워하던 모래사막이었고, 나는 두바
이 · 아부다비 여행을 떠나며 이 사막 투어에 가장 큰 기대를 걸었다.
그러나 막상 가 보았던 두바이 사막에는 내가 기대했던 둥근 모래언덕
은 없었다. 바람이 빠진 듯 납작한, 진흙밭 같아 보이는 비탈만 눈앞에
펼쳐졌다. 사진이 과장되었을 수도 있고, 며칠 전 내렸던 폭우로 모래
언덕의 형체가 자취를 감추었을 수도 있다. 이유가 무엇이었던지 나의
실망은 이만저만이 아니었다.

여행이 지옥으로 변해 버리는 것은 비단 외부의 물리적인 상황에 의
해서만은 아니다. 동반자와의 사소한 다툼으로 짜증이 나거나 마음이

    여행과 인생

심란해지면 장밋빛이었던 신세계는 순식간에 어두운 잿빛으로 변해 버린다. 속이 부글부글 끓어올라 아름다운 풍경도 아름답게 보이지 않는다. 유명한 걸작도 눈에 들어오지 않는다. 남편과 같이 여행하면서 나도 여러 번 겪었던 일이다. 남편은 다혈질이어서 자주 언성을 높이고, 그래서 내 속을 곧잘 긁어놓는다. 그나마 다행인 것은 조금만 지나면 언제 그랬냐는 듯이 태연하게 말을 걸어온다는 것이다. 반대로 나는 좀처럼 내 쪽에서 먼저 화를 내지 않지만 한번 화가 나면 쉽게 풀지 않는다. 그러나 세월이 흐르며 상대가 다가올 때는 받아 주는 것이 속 편하다는 것을 깨우쳐 갔다. 냉전을 유지하는 것 자체가 피곤한 일이며, 에너지를 소모해야 하는 일이다. 특히 여행 중에 냉전이 오래가면 그 여행은 망쳐버리고 만다. 자존심이고 뭐고 빨리 풀어버리는 것이 상책이다.

여행 경험의 간직과 공유

우리는 멋진 풍경을 보고 연신 감탄하지만, 그 기억은 안타깝게도 영원히 지속되지 않는다. 사람에 따라 차이는 있으나 나이가 들어갈수록 기억할 수 있는 기간은 짧아진다. 나와 같은 60대에 접어들면 불과 2~3개월 만에 여행 경험에 대한 기억이 가물가물해진다.

그래서 우리는 사진을 찍고, 그림을 그리고, 글을 써서 기록으로 남긴다. 카메라가 없었던 시절에 이탈리아를 여행했던 괴테는 여행 내내 기록과 그림을 남겼다. 오랫동안 화가를 꿈꾸었던 괴테는 스스로 그림을 그리기도 했지만, 여행길에 화가를 동반하여 그림을 그리도록 하였다. 로마에서 괴테를 맞이했던 화가 티슈바인은 괴테가 이탈리아반도에 머무는 동안 함께 여행을 다니며 그림을 그렸고, 시칠리아에서는 크니프라는 초보 화가가 그림 그리는 일을 전담하기도 했다. 물론 크니프가 그린 그림은 괴테가 소유하는 조건이었다(괴테1, 356).

디지털카메라와 카메라 기능이 좋은 휴대전화는 우리의 경험을 영원히 간직할 수 있게 해주는 혁명적인 발명품이다. 제네바 체류 시절만 하더라도 아날로그 카메라에 필름을 끼워 사진을 찍어야 했으므로 간직하고 싶은 풍광을 마음껏 찍지 못했다. 따라서 일정 부분 기억의 단절을 감수할 수밖에 없다. 그러나 연구년을 보낸 뉴욕 시절에는 디지털카메라를 이용할 수 있게 되어 사진을 원 없이 찍었고, 그 시절을 훨씬 더 효과적으로 회상할 수 있었다.

휴대전화의 카메라 기능이 획기적으로 좋아져서 카메라를 대체할 수 있게 된 후부터는 대상을 자세히 감상하거나 관람하기 전에 먼저 휴대전화를 마구 눌러대며 사진부터 찍는다. 특히 패키지여행처럼 관람 시간이 제한되었을 때는 나중에 찬찬히 살펴보자는 생각으로 부지런히 사진부터 찍어 놓기도 한다.

드 보통은 "아름다움이 기억 속에서 얼마나 오래 살아남느냐 하는 것은 우리가 그것을 얼마나 의도적으로 파악하느냐에 달려"있으며, "카메라는 보는 것과 살피는 것 사이의 구별, 보는 것과 소유하는 것 사이의 구별을 흐려버린다"고 카메라의 맹점을 지적한다. 그는 카메라

     여행과 인생

가 대상물을 세밀히 관찰함으로써 지식을 얻으려는 노력을 "잉여의 것으로 만들 수도" 있으며, "사진을 찍음으로써 우리의 할 일을 다 했다는 느낌을 줄 수도 있다"고 비판하면서(드 보통, 283), 그림의 장점을 옹호한다. 그림을 그릴 때는 대상에 대해 여러 문제를 제기하고 또 스스로 답을 찾으면서 대상에 관련된 다양한 이슈들을 성찰하게 되며(드 보통, 283), "아름다움과 추함에 대한 판단 능력(드 보통, 287)"도 기를 수 있게 된다고 주장했다.

드 보통이 그의 글에서 인용했던 영국의 미술평론가이자 사상가인 존 러스킨John Ruskin도 사람들이 사진을 "적극적이고 의도적으로 보기 위한 보조 장치"로 활용하는 것이 아니라, "보는 것을 대체하는 물건"으로 사용하여, "전보다 세상에 주의를 덜 기울이게 되었다"는 문제점을 지적했다(드 보통, 282). 러스킨이 여행 경험을 간직하는 방식은 스케치였다. 그는 스케치를 하게 되면 "아름다움을 느슨하게 관찰하는 데서부터 자연스럽게 발전하여 그 구성요소들에 대한 깊은 이해를 얻게 되고, 따라서 그것에 대한 좀더 확고한 기억을 가지게 된다(드 보통, 279)"고 하였다. 그는 스케치를 잘하는 사람과 스케치에 취미가 없는 사람 두 명이 산책을 나갔다고 가정했을 때 스케치에 취미가 없는 사람은 나무가 푸르고 태양 빛이 기분 좋다고 느낄 뿐 더 이상 생각하지 않을 것이지만, 스케치를 잘하는 사람은 "아름다움의 원인을 찾고", "햇빛이 소나기처럼 나뉘어 머리 위에서 은은한 빛을 발하는 잎들 사이로 흩어지고, 마침내 공기가 에메랄드 빛으로 가득 차는 모습" 등 가장 세밀한 부분까지 놓치지 않고 꿰뚫어 볼 것이라고 두 사람의 차이를 비교했다(드 보통, 289~290).

러스킨의 스케치 방식이나 스케치를 독려하는 드 보통의 주장이나 일견 타당하지만, 그림 그리기에 특별한 재능도, 여행 중에 그림 그릴 시간적 여유도 없는 평범한 일반 사람들에게는 사진만큼 기억과 경험을 간직하기 좋은 도구는 없을 것이다.

그림을 대신하여 카메라의 한계를 극복할 수 있는 도구는 글이다. 매일 여행기를 기록하면 객관적인 사실뿐 아니라 주관적인 느낌과 관점까지 간직할 수 있다. 나는 매일은 아니더라도 며칠에 한 번씩 일기를 써 왔다. 특히 장기 여행 때는 편지든, 이메일이든, 일기든 어떤 식으로든 나의 경험에 대해 기록을 남겨왔다. 이 책을 집필하면서 그 기록을 다시 살펴보니 그때 내가 무엇으로 기뻐했고, 행복해했고, 우울해했고, 근심했는지, 어떤 광경을 보고 무엇을 느끼고, 어떤 생각을 했는지 다시 떠올릴 수 있었다. 때로는 내가 이런 생각을 했었는지, 내가 이런 심리 상태였는지, 내가 이런 것도 보았는지, 기억하지 못하고 있던 경험도 회상해 낼 수 있었다.

두 차례의 한 달 살기 후에는 아예 여행기를 책으로 출간했다. 노트북을 지참하여 현지에서 거의 매일 그날의 여행일지를 작성했다. 첫 번째 한 달 살기였던 피렌체와 토스카나, 그리고 남부 이탈리아 소도시 여행 때에는 처음부터 책을 발간할 계획으로 여행일지를 쓴 것은 아니지만, 나만의 경험으로 간직하는 데 그치지 않고 한 달 살기에 관심이 있는 많은 사람과 공유해도 좋겠다는 생각이 들어 책으로 출간했다. 두 번째 포르투갈 한 달 살기를 떠날 때는 처음부터 책을 발간할

여행과 인생

 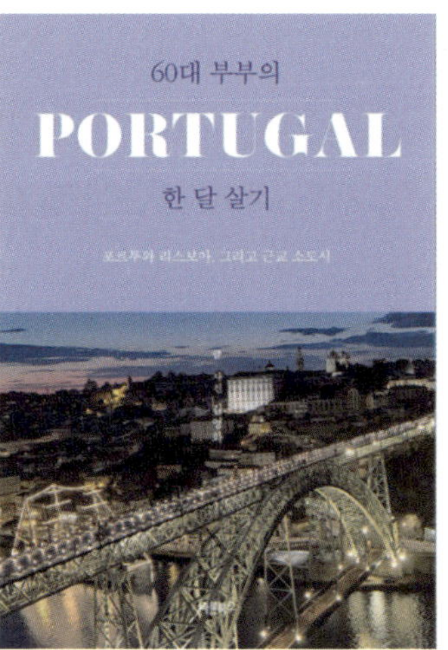

계획을 세웠다. 나의 한 달 살기 책을 참고하여 이탈리아 여행을 다녀온 지인들의 반응이 고무적이었고, 이 책을 보신 분들이 이번에도 책을 내라고 권유하셨다. 장난기 있는 지인들은 농담 반 진담 반으로 나를 '작가'라고 부르기도 했다. 현지에서 찍었던 수천 장의 사진을 일일이 들여다보며, 스쳐 지나갔던 작품들에 대한 해석과 평가를 다시 검토하는 작업을 통해, 여행의 산물을 온전하게 내 것으로 만들 수 있었다. 지금도 가끔 책을 들여다보며 추억에 잠긴다. 텔레비전에 우리가 갔던 곳이 나오면 책을 가져다가 펼쳐보곤 한다.

자신의 외국 체류 경험을 소재로 자전적 여행기를 여러 권 출간했던 무라카미 하루키村上春樹는 여행기를 쓰는 자신만의 독특한 방식을 소개한 바 있다.[27] 그는 여행할 때 작은 수첩을 들고 다니면서, 필요한 것을 그때그때 자신이 알아보기 쉬운 제목 형태로 짤막하게 적어놓는다. 날짜나 장소 이름이나 숫자 등은 잊어버리지 않도록 꼼꼼히 메모해 두지만, 그 외에는 가능하면 세밀한 기술이나 묘사를 하지 않고 사진도 찍지 않는다. 대신 자기 자신이 직접 녹음기와 카메라가 되어 눈으로 정확히 관찰하고, 머릿속에 생생하게 새겨 넣는 일에 집중한다. 그래서 그런지 그의 여행기 문체는 서정적이거나 미사여구가 많지 않고, 간결하고 담백하다. 그는 사진을 일일이 보아야만 모습이나 형태가 생각난다면 "살아있는 글"을 쓰기 어렵다고 했다. 그만큼 여행지에서 펼쳐지는 풍경이나 볼거리에 자신을 몰입시킨다는 뜻이다. 그는 여행을 마치고 한두 달 후에 글을 쓰기 시작한다는데, 그동안 잊히지 않고 떠오르는 기억만 자연스럽게 연결하여 굵은 줄기를 형성하면 된다고 했다.

나는 반대로 사진을 많이 찍는 편이고, 그날그날 체험한 것을 가능하면 상세하게 기록하려고 하는 스타일이다. 글을 쓸 때는 사진들을 일일이 들여다보며 회상하는 작업을 거친다. 탁월한 여행작가와 평범한 여행자의 차이일 수 있겠지만 정답은 없다. 자신에게 맞는 기록 방식이 최선의 방식일 것이다.

여행 기록은 원할 때마다 되돌려 볼 수 있는 영화와 같은 것이다. 어떤 방법으로든 여행에서 얻은 경험을 간직하고, 진정 자신의 것으로 소유할 수 있을 때 여행에 의미가 더해질 것이다. 잠시 눈요기하고 돌아서면 잊어버리는 여행의 의미는 무엇일까?

여행 경험을 간직하고 싶은 욕구는 더 나아가 이를 다른 사람과 공유하고 싶은 욕구로 발전한다. 비슷한 관심을 가진 사람에게 도움을 주겠다는 이타적인 욕구의 발로일 수도 있고, 나의 경험을 널리 알리

여행과 인생

는 데서 일종의 성취감을 맛보고자 하는 성취동기의 발로일 수도 있다. 이탈리아를 보고 싶은 욕망으로 몸살을 앓았던 괴테도 이탈리아에서 그 욕구를 충족한 후에는 "친구들과 조국이 그립고 돌아가고 싶은 생각이 간절"하며, "더욱이 이렇게 많은 보물을 나 혼자만 독점하지 않고 남들과 함께 나누어서, 평생 동안 인도와 촉진의 귀중한 자료로 삼게 될 것을 확신하기 때문에 더욱 귀국 날짜가 기다려진다(괴테1, 211)"고 했다.

한편 파스칼은 여행에 대한 인간의 욕구를 여행 경험에 대해 떠벌리고 싶은 허영의 발로라고까지 폄훼했다. 알고자 하는 인간의 욕구는 대개 그것에 대해 말하고 싶은 허영에 지나지 않으며, "가령, 여행에 대해 아무 말도 하지 않고 단지 구경하는 즐거움만을 위해서라면, 결국 여행을 매개로 아무런 소통의 가능성이 없다면 어느 누구도 바다 여행을 하지 않을 것"[28]이라고 여행 경험의 소통과 공유를 비판적으로 보기도 했다.

여행 경험을 공유하고자 하는 욕구는 그 원인이나 목적이 무엇이든 요즈음 여행기가 봇물 터지듯 쏟아져 나오고 있는 현상을 설명해 준다. 최근에는 많은 여행객이 책 대신 인터넷에 블로그를 만들어 여행 경험을 올린다. 더 신속하고, 더 광범위하게 경험을 간직하고 공유할 수 있는 방법이다. 젊은 층에는 책보다 더 친숙한 방법일 수 있다.

　남편과 주고받은 편지글들은 날짜별로 정리되어 바인더와 클리어 파일에 철이 되어 있었다. 지인들과 오간 편지와 엽서, 카드들은 큰 종이 상자에 뒤죽박죽 담겨 있었다. 누렇게 색이 바랜 여러 권의 오래전 일기장도 서가 한구석에 처박혀 있었다. 여행 일정표와 짤막한 기록, 여행할 때 모은 자료들은 여행지별로 봉투나 클리어 파일에 담겨 방문한 순서대로 서가 아래 칸에 보관되어 있었다. 이 자료들을 간직한 데에 어떤 목적이 있었던 것은 아니다. 아마 우리 부부에게 추억을 간직하려는 습성이 있었던 것 같다.

　그러나 이 자료들이 눈에 띌 때마다 어떤 식으로든지 활용할 방법이 없을까 잠깐씩 궁리해 보곤 하다가 은퇴를 맞이하였다. 이 시점에서 나의 삶을 한번 정리해 보고 싶다는 욕구, 남달리 여행을 많이 했던 경험, 그 누구도 소유하기 어려운 귀중한 자료의 존재, 그리고 글쓰기를 좋아하는 내 취향이 접점을 이루어 나를 이 책의 집필로 이끌었다.

과거의 기록 속에 녹아들어 있는 지난날을 회상하면서 예기치 못한 감회가 교차했다. 4년간의 유학 시절이 고스란히 담겨 있는 편지글을 며칠간 몰두해서 읽고 나니, 내가 마치 그 시절로 되돌아가 있는 듯 한동안 시도 때도 없이 그 시절이 계속 머릿속에 맴돌았다. 배우들이 촬영하고 있는 영화나 드라마에 몰입하면 배역에 감정이입이 되어 촬영이 끝나고도 한동안 그 배역에서 헤어나지 못한다는 얘기를 들은 적이 있다. 이와 유사한 경험이 아니었나 싶다.

제네바 ILO 근무 시절에는 유학 시절과는 또 다른 삶의 과제들이 있었으나, 훨씬 성숙한 방식으로 새로운 경험을 쌓아 갔다. 학위 취득과 홀로서기에 급급했던 유학 시절과 달리 가족이 제공하는 심리적 안전망 속에서-공간적으로 멀리 떨어져 있기는 했지만-국제기구라는 일터, 스위스라는 나라, 유럽이라는 세계에 대해 보다 깊이 있게 관찰하고 성찰할 수 있었다.

뉴욕에서 보낸 연구년 시절은 나의 황금기였다고 해도 과언이 아니다. 심각하게 고민해야 하는 별다른 삶의 이슈 없이, 자유로운 환경에서, 세계 최고 수준의 문화예술을 즐기며, 내가 하고 싶은 연구를 마음껏 할 수 있었던 시절이었다. 아들과 함께 떠났던 남미 여행은 뉴욕에 체류하지 않았더라면 아마 실행하기 어려웠을 것이다.

수많은 나라와 도시 곳곳을 누비고 다녔던 단기 여행들은 세상에 대한 나의 안목을 넓혀주었고, 이탈리아와 포르투갈에서 시도한 두 차례

의 한 달 살기는 단기 여행으로 맛볼 수 없었던 여행의 깊이를 채워주
었다.

다채로운 나의 여행 경험을 회고하면서, 여행이 우리에게 주는 의미
를 깊고 넓게 숙고해볼 수 있었다. 사람들은 왜 여행을 떠나는지, 여행
은 우리에게 어떤 가치를 지니는지, 우리가 여행에 대해 품고 있는 생
각과 현실 사이에는 어떤 괴리가 있는지 등. 덕분에 청년기 이후 접하
지 못했던 세계적인 대문호 괴테와 철학자 니체의 글을 다시금 읽어보
는 호사도 누릴 수 있었다.

니체는 지혜로운 작가가 글을 쓰는 이유는 어떤 다른 후세를 위해서
가 아니라 자기 자신의 후세를 위해, 즉 자기의 늘그막에도 기쁨을 느
낄 수 있도록 하기 위해서(니체, 371)라고 했다. 나의 과거를 회상하며 쓴
이 글은 니체의 말대로 나의 만년晩年의 삶에 기쁨을 가져다줄 것이라
고 기대해 본다.

탈고 후 과연 누가 이 책의 독자가 될지 분명하게 감을 잡기 어려웠
다. 훌륭한 인물의 자서전도 아니요, 여행에 실질적인 도움이 되는 정
보를 제공하는 책도 아니요, 여행 일반론이라고 하기에는 개인적인 여
행 경험에 대한 기록의 비중이 큰 책이다. 그러나 독자층을 뚜렷하게
염두에 두고 집필한 글이 아닌 만큼 다양한 유형의 독자들이 이 책을
읽고 여행과 삶에 대해 잠시 생각해 볼 기회를 갖게 된다면 더할 나위
없이 큰 보람을 느낄 것이다.

1995년 괌으로 첫 번째 해외 가족여행을 다녀온 후, 가능하면 가족끼리 해외 나들이를 자주 하려고 노력했다. 개별여행과 단체여행, 휴가와 출장을 포함하여 어느덧 6대륙 40개국을 다녀오게 되었다. 여행한 시간 순서대로 서술할까도 생각해 보았으나, 여행지를 대륙별로 나누어 서술하는 것이 더 체계적이고 가독성이 높을 것으로 판단했다. 여행지를 먼저 대륙별로 나누고 그 안에서 다시 나라별로 나누어 서술하였다. 다만 괌과 하와이는 정치적으로는 미국에 속해있기는 해도 지리적으로는 대륙에 속해있지 않으므로 태평양이라는 별도의 절을 할애하여 서술했다. 남미와 같이 1부에서 다룬 지역은 제외했다.

부록:
단기 여행

태평양

첫 번째 해외 가족 여행지 괌

당시 남편이 근무하던 회사의 훌륭한 사원 복지제도 덕분에 국내외 일부 5성급 고급 호텔에 매우 저렴한 가격으로 묵을 수 있었다. 괌의 하이아트 호텔도 그중 하나였다. 1995년 여름 우리는 이 호텔에서 6일 간 체류했다.

동남아시아 발 항공편이 대개 그렇듯이 괌행과 귀국행 항공편 모두 밤에 출발하여 비행기에서 밤을 보내야 했다. 더욱이 출발이 지연되어 피곤한 채로 새벽녘이 되어서야 호텔에 도착했다.

거제도 크기만 하다는 괌에는 유명 해양 관광지답게 다양한 해양 관광 프로그램이 많이 개발되어 있었다. 스노클링, 바나나 보트, 제트 스

키, 민속 쇼, 선상 디너쇼 등. 스노클링은 매우 흥미로웠다. 형형색색의
예쁜 물고기들이 해변 입구까지 몰려왔다. 뜨거운 태양이 내리쬐는 바
다에서 스노클링을 너무 오래 하는 바람에 우리 부부 모두 다리와 등이
새빨갛게 익어 오래도록 고생했다. 아들이 어릴 때 수영을 배운 덕분
에 염려하지 않고 물놀이를 즐길 수 있었다. 우리는 수영을 일찍 가르
친 것에 자화자찬했고, 또 충분히 그럴 만했다. 다만 음식을 비롯해 해
양 놀이 프로그램의 품질은 만족스럽지 못했다. 가성비도 높지 않았다.
그동안 괌을 방문하는 한국인들이 많이 증가하였으므로 요즈음은 많이
달라졌을 것이다.

하이아트 호텔은 괌에서 가장 좋은 호텔이라고 하는데도 부대 시설
이 수영장밖에 없었다. 그러나 야자수가 들어서 있는 정원은 아름다웠
다. 방에서 밖을 바라보면 야자수 가운데로 바다가 곧바로 보이고 햇
볕도 잘 들어 매우 쾌적했다. 일정이 여유로웠으므로 호텔 수영장과
정원에서 시간을 많이 보냈다.

호텔이 우수하다는 것을 결정적으로 알 수 있었던 것은 고객의 분실
물 처리 방식이었다. 우리가 해양 스포츠를 하면서, 그리고 폴리네시
아 민속 쇼의 출연진과 함께 사진사에게 꽤 비싼 비용을 치르고 사진
을 찍었는데, 그 사진을 호텔 방에 두고 귀국했다. 꿈까지 꿀 정도로
상심이 매우 컸다. 큰 기대를 하지 않고 호텔에 전화했더니 사진을 보
관하고 있었고 우리가 두고 온 어댑터와 함께 소포로 보내주었다. 그
고마움은 이루 말할 수 없었다.

아들의 고등학교 졸업 기념 하와이 가족여행

2008년 여름에 아들이 미국에서 고등학교를 졸업했다. 미국은 대학 졸업보다 고등학교 졸업을 더 중요하게 여긴다고 한다. 고등학교 졸업과 동시에 자녀가 부모에게서 독립한다고 생각하기 때문이다. 그래서 부모가 대학 졸업식에는 가지 않아도 고등학교 졸업식에는 반드시 참석한다고 한다. 우리 부부도 아들 졸업식에 참석하여 축하해 주고, 귀국 길에 하와이에 들러 졸업 기념 여행을 했다.

결론적으로 우리가 경험한 하와이는 사람들의 입에 회자하듯이 낭만적이고 멋진 곳은 아니었다. 우선 그 유명한 와이키키 해변이 인공적으로 조성되었다는 사실에 매우 실망했다. 호텔과 주택들이 해변에 너무 가깝게 들어서고 방파제와 부두, 빗물 배수관 등 많은 구조물이 모래의 자연스러운 들고 남을 방해하여 해변의 침식 문제가 생겼다고 한다. 해변을 유지하기 위해 캘리포니아 남부에서 모래를 수입하여 퍼다 붓는 지경에 이르렀고, 해변의 한 구역에서 모래를 가져다가 다른 구역을 채우는 사태도 발생했다. 지금도 와이키키 해변을 유지하기 위해서 엄청난 예산을 들여 지속적인 관리를 하는 실정이라고 한다. 넓고 시원하게 펼쳐진 아름다운 백사장 대신 칙칙한 모래사장이 우리를 맞이했던 이유인 것 같다.

하와이에 대한 인상이 좋지 않았던 이유가 몇 가지 더 있다. 호놀룰루의 한 대형 레스토랑에서 저녁 식사를 하고 직원에게 100달러 지폐를 지불했는데, 감사하다고 말하고는 거스름돈을 가져다주지 않았다.

여행과 인생

거스름돈이 몇십 달러가 되었는데, 다 팁으로 간주하고 사라져 버린 것이다. 물론 우리는 거스름돈을 가지라는 말을 하지 않았는데 말이다. 한참 기다리다가 그 직원이 눈에 띄지 않아 그대로 식당을 나섰다. 우리가 어수룩하게 보였던 모양이다.

하와이에 도착하여 우리 가족만 따로 안내하는 한인 가이드를 구해 관광을 다녔다. 군함 방문 일정에는 군함 내부를 관람하도록 되어 있었으나, 가이드가 외관만 구경하도록 하고 이동해버렸다. 이 사건도 우리의 기분을 상하게 했다. 폴리네시안 민속촌도 방문하고, 민속 쇼도 관람하고, 해안가를 따라 아름다운 풍광도 감상하고, 화산섬의 분화구에도 올라가 보았는데, 기억에 남는 것이 별로 없다. 남편은 제주도보다 나은 것이 없다고 했다. 해양 놀이 활동을 하지 않았기 때문일까? 미국 본토에 다녀오느라 피곤했기 때문일까? 아들도 여행 내내 별로 흥겨운 표정이 아니었다. 다만 여행이 끝날 무렵 허술하고 소박한 바에서 시끌벅적한 사람들 틈에 앉아 시원한 맥주를 한잔씩 들이켰던 기억만은 또렷하게 남아 있다. 그 사진에서는 우리 모두 활짝 웃고 있었다.

아시아

일본

　일본은 우리나라와 가장 가까운 곳이라는 지리적인 이점과 여행 인프라가 잘 갖추어져 있다는 이점, 그리고 무엇보다 우리가 좋아하는 온천이 많다는 이점 때문에 가장 빈번하게 방문한 나라다. 회사 일로 수개월 일본에 체류한 경험이 있는 남편은 일본 사회의 질서 의식, 깨끗함, 친절하고 예의 바름에 매우 높은 점수를 주는 편이다. 그래서 과거 역사와는 별개로 일본에 호의적이다. 본인의 말대로 귀소본능이 강해 여행을 그다지 반기지 않는 남편도 일본에 가자고 하면 반갑게 따라나선다.

　도쿄 출장으로부터 시작하여 가족, 제자, 학과 교수, 지인들과 휴가

　　　　　여행과 인생

를 보내러 여러 차례 일본을 여행했다. 규슈의 후쿠오카, 아소, 구마모토, 사세보, 벳푸, 쿠로가와, 유후인, 우레시노, 혼슈의 교토, 히로시마, 아오모리, 하코네, 후쿠시마, 에노시마, 가마쿠라, 요코하마, 요나고, 마쓰에, 구라요시, 고마쓰, 가나자와, 나고야, 오쿠히다 온센쿄, 다카야마, 게로, 에치고 유자와, 다자와, 모리오카, 그리고 홋카이도의 하코다테, 삿포로, 오타루, 노보리베츠, 비에이와 후라노 등 수를 헤아릴 수 없을 정도로 많은 곳을 방문했고, 그중에는 여러 차례 방문한 곳도 있다. 이 가운데 인상적이었던 여행 몇 건만 소개하려 한다.

친구 방문과 유네스코 연수 참석

내가 처음 일본에 간 것은 1987년 미국 유학을 마치고 귀국하는 길에 유학 시절 같이 공부했던 일본 친구를 만나러 도쿄에 들렀을 때였다. 그때 그 친구 집에 며칠간 머물며, 도쿄와 도쿄 인근을 구경했다. 일본 대재벌을 할아버지로 둔 친구였는데도 혼자 사는 다다미방 아파트는 정말 협소했다. 그 당시 일본이라는 나라는 국가는 부자이지만 국민은 가난하다는 말을 듣곤 했는데, 과연 일본 일반 사람들의 삶은 우리나라 사람들의 삶에 비해 더 검소해 보였다. 중산층의 저변이 넓고, 빈부격차가 적다는 것이 당시 일본의 경쟁력이었던 것 같다.

두 번째 일본 방문은 그로부터 6년 후 한국교육개발원 재직 당시 유네스코에서 주관하는 연수 프로그램에 참여하기 위해서였다. 20일간 각국 대표가 참석하여, 교육을 주제로 세미나도 하고, 현장 견학도 하는 프로그램이었다. 기본적인 연수는 도쿄에서 진행되었으나, 중간에 주최 측의 안내로 참가자들 모두 히로시마와 교토를 방문할 수 있었다.

비즈니스호텔에 숙소를 구해주었는데, 꼭 필요한 것은 다 있지만 간신히 움직일 수 있을 만큼 방이 작은 호텔이었다. 일본의 비즈니스호텔이 어떤 것인지 이때 알게 되었다. 일과시간 후와 주말을 자유롭게 활용할 수 있었으므로, 혼자서 도쿄 시내를 여기저기 많이 구경하고 다녔다.

아직도 기억에 남는 곳은 우에노 공원이다. 공원 안에 있는 도쿄 국립 박물관에서 일본 120년 역사를 개관하는 특별 행사가 열리고 있었다. 일본이라는 나라를 알려면 가 볼 필요가 있다고 생각되어 찾아갔으나, 박물관보다는 그 앞의 분수와 나무들에 더 눈길이 갔다. 우에노 공원은 평온과 평정 그 자체였다. 반면 신주쿠의 도쿄 국립공원은 기대와 달리 실망스러웠다. 까마귀의 울음소리가 음산하게 울려 퍼지고, 나무와 잔디는 거의 가꾸어지지 않아 황폐해 보였다. 일본의 공원은 모두 아름다울 것이라는 기대가 사라져 버렸다. 그래도 국립공원인데.

꽤 긴 기간 체류했으므로 도쿄의 지리를 거의 파악할 수 있었다. 스탠퍼드대학교 유학 시절에 가깝게 지내던 홍콩 친구가 도쿄의 한 대학에 교수로 자리 잡고 있어서 오랜만에 만나 함께 저녁 식사를 할 수 있었다.

여행과 인생

겨울 온천여행

우리 부부가 일본에서 가장 사랑하는 것은 눈 내리는 겨울에 김이 모락모락 나는 따끈한 노천탕에 몸을 담근 채 망중한을 즐기는 온천욕과 일본의 전통적인 고급 숙박시설 료칸의 다다미방에서 정성스레 서빙을 받는 일본 석식 정식 가이세키이다. 그래서 일본 여행은 대부분 겨울에 했고, 일정에 반드시 온천 방문과 가이세키를 포함했다. 그리고 언제나 다다미방에 침구를 깔아주는 화실에 묵었다.

아오모리

2007년 12월 성탄절 무렵 가족이 아오모리 겨울 온천여행에 나섰다. 여행사에서 항공편과 숙소만 예약해 주는 개별여행 상품을 이용했다. 호시노 리조트 계열의 아오모리야에서 이틀, 아오모리 국립공원 안에 위치한 오이라세계류에서 이틀을 체류하는 일정이었다. 아오모리 국제공항에 도착한 후 대기하고 있던 료칸의 송영 버스를 타고 아오모리야로 이동했다. 아오모리야는 오래되어 보였으나, 무척 넓었다. 고마키 온천의 원천 100퍼센트를 사용하는 온천수는 수질이 좋았고, 전통 일본식 조식과 가이세키도 만족스러웠다. 주변에 아름다운 공원시설을 갖추고 있어, 온천욕 외에도 산책하거나 구경할 거리가 있는 것도 장점이었다.

아오모리야에서 이틀을 보낸 후 료칸 셔틀버스를 타고 한 시간가량 걸려 국립공원에 속하는 오이라세계류로 이동했다. 오이라세계류 호텔은 계곡 기슭에 위치한 리조트이다. 대형 난로에 불이 활활 타오르고 있는 호텔 로비는 운치 있고 아늑했다. 핫코다산에서 솟아오르는 온천수가 온천장에 넘쳐흐르고 있고, 눈 덮인 자연에 둘러싸인 노천온천도 일품이어서 진정한 휴식을 취할 수 있었다.

아오모리는 사과로 유명한 지역이지만 눈이 많이 오는 곳으로도 유명하다. 오이라세계류 계곡에 눈이 많이 쌓여 걸어가면 정강이까지 눈 속에 파묻혔다. 힘겹게 계곡을 거슬러 올라가니 옥외에 칸막이가 되어 있는 탈의실과 함께 누구나 들어갈 수 있는 노천온천이 보였다. 남편과 아들은 이 새로운 체험의 기회를 놓칠세라 들어가서 온천욕을 하고 나왔다.

오이라세계류 계곡은 설경이 좋아 아오모리야보다 더 마음에 들었다. 호텔에서 상영하는 영상을 보니 봄, 여름, 가을, 겨울 네 계절이 각각의 모습으로 모두 아름다웠다. 특히 가을의 단풍은 더없이 아름다웠다. 가을에 꼭 한 번 더 와야겠다고 다짐했고, 실제로 가을에 여러 차례 방문을 시도했으나, 이 호텔에 리모델링이 진행되었던 듯 여의하지 않았다.

문제는 다음 날 귀국길에 올랐을 때였다. 호텔 셔틀버스를 타고 공항에 도착했는데, 눈이 너무 많이 와서 항공기 이착륙이 중단되었다고 했다. 호텔 출발 전에 알았더라면, 호텔에 하루 더 머물 수도 있었을 텐데, 공항에 와서야 이 소식을 전달받아 당황스러웠다. 일단 항공기 운행에 지장이 없는 홋카이도 쪽으로 올라가서 비행기를 타는 대안

     여행과 인생

이 있었다. 공항에서 항공 일정을 바꾸고 셔틀버스 기사에게 기차역으로 데려다 달라고 하여 기차역에서 홋카이도의 하코다테행 기차에 올랐다. 하코다테의 한 여관에서 그날 저녁을 지내고, 다음날 하코다테 공항에서 귀국 편 비행기에 올랐다. 일본 상황을 잘 알고 일본어를 잘하는 남편 덕분에 긴급 상황에 잘 대처할 수 있었다. 나 혼자였다면 어땠을지 생각하기도 싫다.

요나고와 마쓰에

2013년 1월 시마네현과 돗토리현 중심의 패키지여행 상품을 이용하여 남편과 3박 4일간 겨울 온천여행을 다녀왔다. 온천과 먹거리에 중점을 둔, 효도 여행이라면 딱 맞을 듯한 느낌의 느슨한 일정이었다.

마쓰에 성은 400년 전통이 고스란히 남아 있는 성이어서 운치가 있었다. 일본 내 대부분의 성은 메이지 유신 때 봉건 영주제의 붕괴와 동시에 파괴되었는데, 마쓰에 성은 파괴되지 않고 남아 있는 소수의 성 중 하나라고 했다. 복원을 거쳐 옛 멋이 살아 있지 않은 나머지 성들과 달리, 마쓰에 성은 건물도 조경도 예스러움이 돋보였다. 마쓰에 성을 둘러싸고 있는 해자는 작은 배로 유람할 수 있을 만큼 규모가 컸다. 무려 열여섯 개나 되는 다리를 지날 때마다 배의 천정이 내려앉으므로 고개를 수그려야 하는 재미난 유람을 했다. '수그리'라는 선장의 신호가 떨어지면 일제히 머리를 수그리는 모습이 웃음바다를 만들었다.

일본 정원은 잘 가꾸어진 인공적인 아름다움으로 칭송을 많이 받는다. 인공미의 극치를 보여주는 정원으로 유명한 아다치 미술관을 방문했다. 설계자 아다치 젠코足立全康가 설립한 아다치 미술관은 전시된 근대 일본 화단 기장들의 작품도 작품이지만, 5만 평의 광대한 공간에 조성된 아름다운 정원 자체가 하나의 작품과 같이 돋보이는 곳이다. 이 아다치 정원은 일본 최고의 정원이라는 평가를 받기도 한다. 나는 일본 정원의 인공미를 별로 좋아하는 편은 아니지만, 이 정원의 정갈한 아름다움은 감탄을 불러일으키기에 충분했다. 미술관의 통유리창을 통해 내다본 정원은 한 폭의 그림과 다름없었다. 고운 흙을 빗자루로 쓸어낸 자국까지 인공적으로 만들어 놓았다. 어디라도 손을 대면 망가져 버릴 것 같은 완벽한 조화와 평정의 모습이었다. 정원에 나가지 못하고 실내에서만 바라보도록 해놓은 이유를 알만 했다. 미술관 카페에서 정원을 바라보며 마신 차 한 잔의 그윽한 맛을 오래도록 잊지 못했다.

여행 중 매일 저녁 온천욕을 즐길 수 있었다. 특히 동해를 배경으로 한 백사청송의 경치와 바다에서 솟아나는 온천수가 일품인 가이케이 해수온천, 호수의 바닥에서 온천수가 솟아 나와 호수 안에서 호수를 바라보며 노천욕을 즐겼던 하와이 온천은 이색적이면서도 훌륭했다.

쿠로가와와 유후인

2014년 2월 남편과 함께 떠난 3일간의 쿠로가와 온천여행은 매우 여유로웠던 여행으로 기억에 남는다. 쿠로가와 온천은 일본의 좋은 온천 4위를 차지한다고 하였다. 그 몇 해 전 학과 교수들과 일본 규슈 지역

여행과 인생

을 여행하면서 쿠로가와 마을에 잠시 들렀는데, 그 조용한 겨울 분위기가 퍽 마음에 들었었다. 한 시간 남짓 온천욕을 하고 부리나케 떠나 아쉬움이 남았던 터라 이번에 개별여행을 하면서 그 아쉬움을 해소하고 싶었다.

쿠로가와는 후쿠오카 공항에서 내려 버스를 타고 접근할 수 있는 곳이지만, 후쿠오카 공항에 비행기가 도착하는 시간과 쿠로가와행 버스가 출발하는 시간이 맞지 않아 시간 공백을 처리해야 했다. 유후인에 먼저 들러 점심을 먹고 유후인을 둘러본 후, 유후인에서 쿠로가와행 버스를 탔다. 귀국할 때도 유후인에서 시간을 보내다가 후쿠오카 공항으로 가는 일정을 잡았다. 료칸에서 쿠로가와 버스정류장까지 송영 버스를 제공해 주었다.

번잡한 것이 싫어 마을에서 조금 떨어져 있는 료칸을 숙소로 정했다. 계곡 면에 자리한 조용하고 아담하고 품격 있는 료칸이었다. 식사도 서비스도 모두 좋았다. 우리가 기대했던 깔끔한 가이세키도 으뜸이었다. 방에서 바라본 전망도 일품. 창밖으로 바로 눈이 쌓인 계곡과 숲이 보였다. 실내 온천장에서도 나무와 계곡, 폭포가 한눈에 들어왔고, 널찍한 노천탕은 앞이 확 트인 채 눈 덮인 자연에 둘러싸여 있었다. 싸늘한 공기와 따끈한 온천수의 조화는 언제나 나를 행복하게 한다. 때마침 눈이 많이 와서 설경도 아름다웠다. 료칸 주변에는 산책로가 조성되어 있었는데, 눈이 쌓여 애석하게도 많이 걸을 수는 없었다.

다음 날 쿠로가와 마을을 한 바퀴 둘러보았다. 아늑하면서 전통적인 색채가 물씬 나는 마을이다. 검은색과 황토색이 주를 이룬 전통적 형태의 온천장들이 늘어서 있어 전체적인 마을 풍광이 무척 정취가 있다. 실개천 위에 나무다리도 놓여 있고, 지나가는 사람들이 화롯불을 쬐며 잠시 발을 담글 수 있는 작은 온천들도 곳곳에 보였다. 며칠간 내린 눈이 빚어내는 설경도 쿠로가와의 매력을 더해주었다.

외곽으로 나오면 대나무 숲을 만날 수 있다. 역시 눈부신 설경이 바람에 부딪히는 대나무 소리와 함께 고즈넉하고 평화로운 분위기를 연출하였다. 두툼한 돈가스가 이곳의 별미라고 하여 료칸에서 소개해 준 돈가스 식당에서 점심을 먹었다. 어느 한국인 아빠가 어린 아들을 데리고 돈가스 식당에 들어왔길래 잠시 대화를 나누었다.

일본에서 여성들이 선호하는 온천지 1순위라고 하는 유후인에는 지난번 학과 교수들과의 여행 때도 들른 적이 있었고, 쿠로가와에 가는 길에도 들러 여기저기 둘러볼 기회가 있었다. 그 시원한 호수와 아기자기한 시장이 눈길을 끌었으나, 집에 돌아올 때 다시 한번 들러 몇 시간씩 머물 만한 곳은 아니었다. 퍽 지루했다.

남편은 가족 경영을 하거나 주인 혼자 요리하고 접대하는 일본의 작은 식당 카운터에 앉아 주인장과 이야기 나누는 것을 좋아한다. 돌아오는 날 유후인에서 우연히 82세 할아버지가 혼자 운영하는 자그마한 식당에 들어가서 점심을 먹게 되었다. 60년간 운영해 온 식당이라는데, 맛은 없었고 그렇다고 가격이 싸지도 않았다. 남편이 할아버지와 일본어로 대화를 나누며, 일본어 실습을 한 것에 의미를 부여했다.

쿠로가와는 녹음이 우거진 여름에 한 번 더 방문해 볼 의사가 있지만 유후인을 거쳐 오고 가야 하는 이 경로는 사양이다. 이후에 다시 가 볼까 하여 몇 차례 버스 경로를 검토해 보았으나, 여러 해가 지난 후에도 여전히 버스 시간표가 그때와 같아, 더 이상 방문하지 못했다.

설국 여행 에치고 유자와-다자와-모리오카

2024년 구정연휴에 아들네와 함께 일본 여행을 다녀왔다. 원래 우리는 복잡하고 경비가 많이 드는 연휴나 주말, 성수기를 피해서 여행을 다닌다. 현직에 있을 때도 주로 방학을 이용했으므로 평일 여행이 가능했고, 종강하자마자 출발하면 성수기를 피할 수 있었다. 그러나 아들이 직장을 잡고 결혼한 후 아들 부부가 휴가를 마음대로 내기 어려워져, 지난해부터 구정연휴에 맞추어 가족여행을 떠나고 있다.

이번 여행은 닷새 동안 신칸센 열차로 여유 있게 다니는 일정이어서 그런지 열다섯 명의 일행이 대부분 고령층이었다. 아들네를 제외하고는 우리 부부가 가장 젊어 보였다.

여행상품의 제목이 '설국열차 타고 떠나는 일본 겨울 온천여행'이듯이, 신칸센 열차를 타고 눈이 많이 오는 지역을 여행하며 온천욕을 즐기는 것이 이 여행의 콘셉트였다. 첫 번째 목적지는 니가타현의 에치고 유자와다. 일본에 첫 번째 노벨문학상을 안겨준 가와바타 야스나리川瑞康成의 소설 〈설국〉의 배경이 되었던 곳으로, 저자는 이곳에 직접 거주하며 소설을 집필했다. 〈설국〉은 눈이 많이 오는 지방의 풍경과 풍습, 사람들이 살아가는 모습을 매우 서정적으로 묘사한 소설이다.

"국경의 긴 터널을 빠져나오자, 눈의 고장이었다"라는 문장으로 소설이 시작되는데, 이 첫 문장은 그 아름다움으로 소설보다 더 유명하다. 우리나라에서만 수십만 권이 팔린 베스트셀러라는데, 나는 아직 읽어 보지 않아서 여행을 떠나기 전 도서관에서 빌려다가 독파했다. 묘사의 서정성을 높이 평가받는 작품이며 줄거리는 그다지 흥미롭지도, 감동적이지도, 의미심장하지도 않아, 내 취향의 책은 아니다.

기대와는 달리 에치고 유자와에는 눈이 별로 보이지 않았다. 한 주 전에 눈이 많이 내렸다고 하나, 우리가 도착했을 때는 이미 다 녹아있었다. 설경 말고는 별로 볼 것이 없는 동네여서 크게 실망스러웠다. 우리가 갔을 때도 진눈깨비가 내리고 있었지만 쌓이지 않았다. 어쩌랴. 사람의 힘으로 어쩔 수 있는 일이 아닌데. 최근에는 기후 온난화로 일본에서도 눈을 보기가 점점 어려워진다고 한다. 그래서 동계 스포츠 대회가 취소되는 일도 빈번하다고 한다. 아들네와 나누는 즐거운 대화와 온천욕으로 만족해야 했다.

그러나 아키타현은 우리의 기대를 저버리지 않았다. 모리요시산의 수빙樹氷은 전무후무한 설경을 보여 주고 있었다. 수빙은 빙점 아래에서도 얼지 않은 구름이나 안개의 입자가 나무나 풀에 부딪혀서 얼어붙는 현상을 말한다. 스키장 곤돌라를 타고 모리요시산 정상부에 올랐다. 부츠로 갈아 신고 5분 정도 눈 쌓인 언덕을 걸어 올라가니 기기묘묘한 형체의 새하얀 수빙 숲이 눈앞에 펼쳐졌다. 장관이었다. 며느리도 환호하며, 이런 멋진 풍경을 보게 해 주어 감사하다고 애교스러운 인사말을 했다. 멀리 건너편에는 눈 덮인 산봉우리들이 절경을 이루고

  여행과 인생

있었다. 언덕 위까지 한바퀴 트레킹을 하고 내려왔다. 다섯 살짜리 손녀가 따라올 수 있을까 염려했는데, 기우에 불과했다. 어찌나 깔깔대며 잘 따라오던지. 언덕을 내려와서 눈 위를 걷기 쉽게 만들어 놓은 스노우 슈즈로 갈아 신고 주변의 다른 언덕을 잠시 걸었다. 참으로 진귀한 체험이었다.

다음 날 아침 작은 버스를 타고 드라마 〈아이리스〉 촬영지였던 우윳빛의 츠루노유 노천온천으로 출발했다. 작은 버스를 운행한 이유가 있었다. 눈이 워낙 많이 오는 곳인데, 길마다 쌓인 눈을 길옆으로 치워놓아 설벽이 만들어져 있었다. 큰 차량은 통과하기 어려워 보였다. 지난해 12월에 왔던 첫 팀은 폭설이 내린 데다가 큰 버스를 운행하여, 수시간 지체했음에도 불구하고 목적지에 가지 못하고 중간에 되돌아왔다고 했다. 버스 안에 앉아 있던 우리는 황홀한 설경에 넋을 잃었지만, 운전기사와 가이드는 매우 힘들었을 것이다.

드디어 계곡에 자리한 노천온천에 도착했다. 아름다운 설경에 모두 탄성을 지르며 열심히 사진을 찍었다. 전날 밤에 눈이 꽤 많이 내려 하얀 세상이 더 하얘져 있었다. 눈 덮인 자연에 둘러싸인 노천온천은 물이 불투명한 에메랄드 빛깔이어서 물속이 보이지 않았다. 그래서 남탕은 혼탕으로 운영하는 모양이다. 날씨도 춥고 탈의실도 제대로 갖추어져 있지 않아, 며느리와 나는 온천욕을 포기하고, 손녀만 온천물에 다리를 담그도록 했다. 무척 좋아했다. 나오지 않으려 하여 달래느라 애를 먹었다. 남편과 아들을 포함한 남성들은 모두 온천에 몸을 담그고 나왔단다. 에치고 유자와에서 놓친 설경을 아키타에서 원 없이 감상했다.

드라마 아이리스 촬영지이자 일본에서 가장 수심이 깊은 호수라는 다자와호와 카쿠노다테 무사마을을 거쳐 이와테현의 현청 소재지 모리오키시로 이동했다. 〈뉴욕타임스〉가 선정한 '2023년 방문해야 할 52개 도시' 중 2위(1위는 런던)를 차지한 곳이라 하여 기대를 많이 했는데, 실제로는 특색이 없는 평범한 도시였다. 이곳 관광과장도 자기네 도시가 〈뉴욕타임스〉 기사에 실린다는 것을 사전에 알지 못했고, 그것을 알게 되었을 때 매우 놀랐다고 할 정도로 유명 관광지와는 거리가 있는 도시인 듯했다. 우리 가이드는 서양인의 관점이 다를 수 있고, 오래 체류할수록 그 진가가 발휘되는 도시가 아닌가 싶다고 했다.

지난해 구정연휴 일본 여행은 나고야로 들어가 오쿠히다 온센쿄, 다카야마의 시라카와 합장촌, 게로 온천을 돌아보는 일정이었는데, 버스를 타고 이동하는 시간이 길었다. 또 저녁 늦게 숙소에 도착하는 바람에 숙소의 시설을 이용하지도 못하고 다음 날 아침 일찍 출발하곤 했다. 이번 여행에서는 오후 서너 시면 호텔로 돌아와 온천욕을 하며 쉴 수 있어서 휴식을 취하기 좋았다. 리조트 호텔에 아이들이 눈밭에서 놀 수 있는 시설이 있어서 손녀도 아빠를 귀찮게 하며 즐거워했다.

무엇보다 아들네와 함께 시간을 보내며 많이 웃고 많은 이야기를 나눌 수 있어서, 그것만으로도 큰 수확이었다. 일행 중 한 분이 요즈음 자식들은 부모와 같이 여행하는 것을 꺼려할뿐더러, 아들과 며느리는 더욱 그러하므로, 우리 아이들이 딸과 사위인 줄 알았다고 하셨다. 아버지와 아들이 부자지간이 아니라 친구 같다고 부러워하셨다.

다만 이번 여행에서는 숙소에 료칸이 포함되지 않았고, 석식도 가이

여행과 인생

세키가 제공되지 않아 아쉬웠다. 요즈음은 비용 문제로 상당수의 전통 료칸이 양식 호텔식으로 개조되고 조식과 석식도 호텔식 뷔페로 바뀌었다고 한다. 조식과 석식 모두 비슷비슷한 호텔식 뷔페여서 갈수록 질렸다. 점심에만 그 고장의 별미를 먹어볼 기회가 있었으나, 그나마도 이동하느라 기차 안에서 도시락으로 점심을 때울 때도 있었다. 남편과 아들은 먹는 것을 매우 중시하는 사람들이라 식사에 아쉬움이 많았다.

최고最古 호텔로 기네스북에 오른 호시료칸

이시카와현 고마쓰시 중심가에서 10킬로미터 정도 떨어진 아와즈 온천의 호시료칸法師旅館은 일본의 료칸과 일본 온천의 진수를 맛볼 수 있게 해주었던 곳이다. 1천3백 년의 역사를 지닌 호시료칸은 세계에서 가장 오래된 호텔로 기네스북에도 올라가 있다. 당시 사장은 46대째 가업을 잇고 있었다. 료칸의 주변과 근교에 대중교통으로 접근할 수 있는 관광지가 여러 곳 있어서 온천 휴식과 관광을 모두 즐길 수 있는 여건을 두루 갖추고 있다.

우리 부부는 2010년 9월 말 추석연휴 때, 항공편과 호시료칸을 예약해 주는 여행사의 상품을 이용하여 2박 3일 일정으로 료칸 온천여행을 다녀왔다. 고마쓰 공항에 도착하니 호시료칸에서 마음씨 좋아 보이는 나이 지긋한 게시下司 씨가 마중 나와 있었다. 그는 영어를 유창하게 구사했다. 남편이 일본어로 말을 건넸음에도 불구하고 계속 영어를 사용했다.

체크인 시간까지 시간이 많이 남아 있어 게시씨에게 짐을 맡기고 먼저 주변을 관광했다. 고마쓰를 순환하는 버스를 타고 차창 밖으로 고마쓰 외곽을 한 바퀴 돌아본 후, 호시료칸(718년)과 생일이 거의 비슷한 '나타데라'라는 오래된 절과 전통공예마을 '유노쿠니노모리'에 내려 한 바퀴 둘러보았다.

료칸에서 보내준 버스를 타고 료칸에 도착하자 직원이 우리를 호시료칸의 얼굴인 다실로 안내했다. 료칸에서 가장 전망 좋은 공간을 개조해 만들었다는 이 다실에서 호시료칸 특유의 일본식 정원을 바라보며 은은한 향이 가득한 차를 음미했다.

온천욕을 마치고, 우리가 무척 기대했던 가이세키를 먹을 시간이 되었다. 이 료칸에서는 고객이 체류하는 동안 여직원 한 사람이 각 고객을 전담하는 모양이어서, 우리도 어느 젊은 여직원의 전담 서비스를 받았다.

가이세키는 음식을 하나씩 날라다 주는 코스요리로 알고 있는데 이 여직원은 후식까지 한꺼번에 차려놓고 다 먹으면 연락하라고 하였다. 어느 것을 먼저 먹어야 하느냐는 남편의 질문에 아무거나 먼저 먹어도 상관없다는 답변이 돌아왔다. 일반적으로 가이세키는 나오는 음식을 순서대로 적은 메뉴를 식탁 위에 놓아둔다. 그리고 음식에 대해 하나하나 설명도 해준다. 격식도 없이 아무렇게나 먹으라고 하는 느낌이 들어 기분이 언짢았다. 나중에 밥과 일본식 된장국을 들고 들어왔

     여행과 인생

길래, 요리를 하나씩 순차적으로 내오는 것으로 알고 있는데 왜 한꺼번에 주느냐고 물었다. 한국 사람들은 식사를 한꺼번에 차려놓고 먹기 때문에 손님들이 그렇게 요구하더란다. 그래서 한국 사람들에게는 그렇게 접대한다고 했다. 물론 옆에서 들락날락하는 것을 불편하게 여기는 사람도 있을 수 있다. 그러나 같은 한국인이라도 사람마다 기호가 다를 수 있는데 물어보지도 않고 그렇게 한다는 것은 이런 고급 료칸, 그것도 고객 맞춤형 훌륭한 서비스로 유명한 료칸에서 있을 수 없는 실수였다. 십분 양보하더라도 후식까지 미리 차려놓는 접대는 도를 넘어섰다. 우리를 소홀히 대한다는 생각을 지울 수가 없었다. 부드럽게 말하기는 했지만, 우리가 불만을 표시하고 있다는 것을 그쪽에서도 알아차린 것 같았다. 다음 날은 다 먹을 때까지 들락날락하며, 옆에서 성의껏 접대했다.

다음 날 료칸 바로 앞에서 떠나는 특급 버스를 타고 한 시간가량 걸려 가나자와를 방문했다. 전날 저녁 우리가 가나자와에 가겠다는 일정을 료칸에 알렸더니, 한국말을 곧잘 하는 직원이 와서 친절하게 교통편을 설명해 주었다. 아침에는 버스 타는 곳까지 직접 안내해 주었고, 곧이어 인계받은 다른 직원이 와서 돌아오는 버스는 내리는 위치가 타는 곳과 조금 다르다고 또 데리고 가서 설명해 주었다. 유치원생을 대하듯 친절하고 세심하게 고객을 안내한다는 인상을 받았다.

일본 3대 정원 중 하나인 가나자와의 겐로쿠엔에는 푸르름이 가득했다. '겐로쿠엔兼六園'은 여섯 가지 특징을 겸하고 있는 정원이라는 뜻인데, 이 여섯 가지 특징에는 광대함, 한적함, 기교, 고색창연, 물길, 그리고 조망이 포함된다. 연못과 두 다리를 지닌 석등, 분수, 돌길, 다리, 시내, 다실, 인공 언덕, 수려한 나무, 숲길을 갖춘 이 정원은 과연 이 여섯 가지 장점을 모두 지니고 있었다.

겐로쿠엔 바로 옆에 새로 복원된 흰색의 가나자와성과 무사들의 저택지를 둘러본 후, 우리 수산시장에 해당하는 오미초 시장에 들러 점심을 먹었다. 가성비가 매우 좋은 식사여서 우리 둘 다 무척 만족했다. 돌아올 때는 JR 기차를 이용했다. 버스보다 시간도 적게 걸리고, 차비도 적게 들었다. 기차에 올라 게시씨에게 아와즈 기차역 도착 시간을 알려주고 픽업을 부탁했다.

호시료칸은 정원이 일품이다. 4백 년이나 자란 적송이 은근한 자태를 드러내고 있었고, 오랜 세월 쌓은 연륜을 과시하듯 두터운 이끼가 근처의 바위와 나무줄기를 덮고 있었다. 정원의 연못에는 건장한 장정의 팔뚝보다 더 큰 잉어들이 가득 떠다니고 있었다. 귀빈용 객실이 정원 한가운데 따로 마련되어 있었는데, 게시씨는 우리가 떠나기 전에 그 객실을 구경할 수 있도록 배려해 주었다. 객실 안에서 사진도 몇 장 찍어주었다. 천황을 위해 지은 곳이었으나, 정작 그 천황은 한 번도 들리지 않았고, 후대 천황들이 방문했다고 한다. 서양식으로 스위트룸인 이 객실은 당시 하루 숙박비가 3천 달러라고 했다. 손님이 한 달에 한두 번 숙박하는데, 너무 비싸서 하루 정도만 묵는다고 했다. 그러나 내 취향은 아니었다. 휑뎅그렁하게 느껴질 정도로 큰 다다미방에 단출한 가구로 꾸며진 객실은 호텔 스위트룸에 비하면 너무 황량했다. 그러나 게시씨의 친절은 호시료칸에 호감을 품도록 하는데 크게 도움이 되었다.

중국

중국은 워낙 국토가 넓기도 하고 역사도 오래되어, 다양한 볼거리가 무궁무진한 나라이다. 그러나 일본과 달리 여행 친화적이지 않아, 예닐곱 차례 방문하는 것으로 그쳤다. 중국의 경제가 아직 고도로 성장하기 전인 1990년대에는 여행 인프라가 취약했다. 지저분하고, 질서 의식도 부족하고, 바가지요금도 과해 기분을 상하게 하는 일이 많았다. 그래도 그때는 중국인들이 일반적으로 우리나라 사람들에게 호의적이었고, 우리나라를 동경하는 듯한 태도를 보이고 있었다. 그러나 중국의 경제가 성장한 후에는 은연중에 고압적인 태도가 느껴졌고, 특히 우리나라와의 관계가 껄끄러워지게 되면서부터는 중국에 가고 싶은 동기 자체가 사라져 버렸다. 2016년에 장자제张家界에 가 본 것이 마지막 중국 방문이다.

내가 중국에서 방문한 곳은 상하이, 베이징, 옌벤延边과 백두산, 항저우杭州, 쑤저우蘇州, 시안西安, 황룽黃龍, 주자이거우九寨溝, 뤄양洛陽, 룽먼석굴龍門石窟, 쑹산산崇山 샤오린쓰少林寺, 정저우郑州, 창사長沙, 평황고성鳳凰古城, 장자제와 위안자제袁家界, 그리고 홍콩과 마카오 등이다.

상하이와 베이징

중국에서 첫발을 디딘 곳은 상하이다. 1997년 9월 나흘간의 국제

행사 참석차 상하이를 방문했다. 숙소 도착 후 저녁 공식 행사 시작까지 시간이 남아 숙소 주변을 거닐었다. 대형 백화점과 이마트에서 상하이 주민들의 생활 수준과 물가를 대강 파악할 수 있었다. 물건의 질은 형편없었으나, 물가는 매우 높은 편이었다. 상하이 주민들이 어떻게 이런 비싼 물건들을 살 수 있는지 그들의 구매력을 가늠하기 힘들었다. 당시 상하이시의 1인당 국민소득은 3천 달러 수준으로 중국 전체 1인당 국민소득 4백 달러에 비해 상당히 높기는 했지만, 그래도 내 셈법으로는 그 정도 소득으로는 이런 물건을 사기 힘들 것이라고 생각될 만큼 물가가 높았다. 그렇다고 상류층만 구매하는 것이 아니라 중산층도 사서 사용한다니 상하이 주민들의 구매력에 대한 의문점은 상하이를 떠날 때까지 해소되지 않았다.

이번 행사의 일정은 세미나와 현장 방문으로 계획되어 있었다. 세미나 첫날 있었던 내 발표에 대한 청중들의 반응이 좋아, 행사 내내 유쾌한 기분을 유지할 수 있었다. 세미나를 마치고 상하이에서 가장 우수한 중학교와 유치원, 그리고 한국의 방송대학 격인 TV대학을 방문했다. 방문한 중학교는 최고 수준답게 모범적이었고, 특히 학생들의 영어 실력이 대단했다. 나에게 영어 인터뷰를 요청해 올 정도였다. 예체능 특기 교육에도 신경을 많이 쓰고 있었다. 유치원에는 280명의 아동이 재원하고 있었는데, 이곳 유치원은 모두 이렇게 규모가 크다고 했다. 자녀를 일주일간 유치원에 맡겨 놓고 주말에만 찾아가는 기숙형 유치원 과정도 있었다. 시설을 많이 갖추고는 있었으나, 어딘지 모르게 낙후되었다는 인상을 받았다. 원생들이 보여준 다양한 유희 가운데

 여행과 인생

한국 무용도 있었는데, 북한 춤이었다. 당시 중국이 정치적으로나 경제적으로나 남한에 상당히 우호적이고 의존적인 상황이었으나, 빠른 변화가 어려운 문화적인 면에서는 여전히 북한의 영향 아래에 있었음을 시사했다.

시내 관광 일정도 있었다. 당시 아시아에서 가장 높은 탑이었던 동방명주 TV 탑에도 올라가 보았다. 러시아에서 온 참석자는 5년 전에 비해 정말 몰라볼 정도로 고층 건물이 많이 들어섰다고 놀라워했다. 일과 후 혼자 택시를 타고 다녀온 유명한 상가 거리 난징로는 홍콩처럼 불빛이 찬란했고 대형 백화점과 각종 상점이 즐비하게 늘어서 있었다.

그러나 뒷골목에서는 상하이가 여전히 빈곤에서 벗어나지 못하고 있음을 확인할 수 있었다. 한 사람이 간신히 누울 수 있을 정도의 작은 방에서 사는 독거노인들이 방문을 열어놓고 좁은 골목길에 나와 추레하게 앉아 있는 모습이 눈에 띄었다. 신흥개발지역이 대부분 그렇듯이 상하이도 계획성 없이 마구잡이로 건설이 진행되고 있는 듯한 인상이었고, 녹지공간도 거의 보이지 않았다. 매연도 심하고, 신호등이 있어도 자동차나 사람이나 지키지 않았다. 고속도로에서 중앙선의 개념은 교통순경이 있는 곳에서만 존재한다고 했다. 빈부격차가 자본주의 사회보다 오히려 더 심하고, 부패도 심하다고 했다.

중국 사람들 대부분이 일정 수준의 삶의 질을 누리기 위해서는 오랜 시일이 걸릴 것이라는 생각이 들었다. 그러나 일단 궤도에 오르면 놀랄만한 힘을 발휘할 수 있을 것이라는 생각도 아울러 들었다. 대국의 국민이라는 사실에서 우러나오는 강한 자긍심도 느껴졌다. 5년 후 학과 교수들과 중국 여행을 하면서 항저우, 쑤저우와 함께 상하이를 다시 한번 방문했다. 푸둥 지역의 놀라운 발전상을 목격하기는 했으나, 뒷골목은 여전히 가난했다.

상하이 세미나를 마치고 남편과 아들을 베이징에서 만나 함께 3박 4일간 베이징 관광 길에 올랐다. 남편과 아들은 패키지여행 상품으로 베이징에 도착했고, 나는 상하이에서 비행기를 타고 베이징으로 날아가 베이징 공항에서 패키지여행 팀과 합류했다.

명과 청 왕조의 궁궐인 쯔진청紫禁城을 보자 입이 딱 벌어졌다. 순간 우리나라 경복궁이 떠올랐다. '대국은 대국'이라는 생각을 하지 않을 수 없었다. 극히 일부만 개방했다고 하는데도 엄청나게 넓었다. 돌계단의 섬세한 조각도 일품이었다. 기와에도 한 장 한 장 노란 옷을 입혀 지붕이 전부 금빛으로 빛났다.

밍스싼링明十三陵, 완리창청萬里長城, 롱칭샤龍慶峽, 톈탄天壇공원, 베이하이北海공원, 이허위안頤和園을 둘러보았다. 인공 호수인 롱칭샤는 그때까지 내가 본 자연경관으로는 가장 멋진 곳이었다. 미국의 그랜드캐니언, 노르웨이와 뉴질랜드의 피오르 등 그 전후로 아름답다고 소문난 곳을 다녀보았지만, 이때의 인상이 너무 강렬하여 지금도 중국 얘기가 나오면 빠뜨리지 않고 롱칭샤를 언급한다. 끝이 모나지 않게 솟아오른 기암절벽과 전혀 오염되지 않은 진초록의 잔잔한 수면-동양화에서 볼 수 있는 한 폭의 그림 같은 곳이었다. 중국의 산수화가 왜 그런 모습을 하고 있는지 그 이유를 알 것 같았다. 40분 정도 선상 유람을 하며 망중한을 즐겼다. 다만 그렇게 황홀한 자연경관에 네온사인을 달아놓아 어울리지도 않았을 뿐 아니라, 절벽에 글자를 새겨놓아 자연훼손의 감마저 들었다. 베이징에는 자연 속에 그런 인공물을 덧붙여 놓아 오히려 자연미를 훼손시키는 곳이 도처에서 발견되었다.

이때만 해도 중국에서는 이중가격제를 시행하여 기념품 가게와 같은 공식적인 상점에서는 외국인에게는 3~4배 높은 가격으로 물건을 판매했다. 일행 중에 캐나다와 미국에서 온 젊은 청년들이 세 명 있었는데, 기념품 가게에서 산 물건이 관광지 노점상에서 파는 똑같은 물건보다 서너 배 비쌌다는 것을 알고 매우 불쾌해했다.

북한 학자들을 만나본 옌볜과 백두산

대학으로 직장을 옮기고 나서도 이전 직장이었던 한국교육개발원의 연구 사업에 이런저런 방식으로 관여하고 있었다. 2003년 통일교육 관련 연구 사업에 공동연구자로 참여하면서 옌볜에서 한국교육개발원과 중국 및 북한 학술단체가 공동주최하는 국제학술회의에 참석할 기회가 있었다. 한국과 중국 및 북한 학자들이 참석하여 발표하고 토론하는 자리였다.

북한에서는 김일성대학 교수들이 참석했다. 나로서는 난생처음 북한 사람들을 만나본 자리였다. 아마도 교수뿐만 아니라 북한의 정보부 직원이 동행한 것 같았다. 북한 사람들은 다들 평범하게 보였고, 적대감 같은 것을 내색하지는 않았다. 회의 기간 내내 민감한 얘기들을 피하며 잘 어울려 지냈다. 다만 교수들이 눈에 띄게 말라보여, 김일성대학 교수와 같은 엘리트 계층조차 충분히 먹지 못해서 그런 것이 아닌가 하는 추측도 해 보았다. 원래 체질이 그럴진대 내가 지나치게 비약했을 수도 있을 것이다. 여교수 두 명은 모두 한복을 입고 있었고, 여흥 시간에 음악이 나오자 거리낌 없이 나가 덩실덩실 춤을 잘도 추었다. 예전 우리나라 할머니들이 관광버스에서 추었던 구식 춤이었다. 북한에서는 가무歌舞가 초·중등학교의 교육 내용에 들어있고, 모임에서 이런 춤을 추는 것이 자연스러운 것 같았다. 자리에 앉아 있던 나를 끌어내어 같이 춤추자고 할 정도였으니.

학술회의를 마치고 한국 팀은 백두산을 방문했다. 백두산으로 가는 길은 폭이 좁고 비포장도로가 많아 이동하기가 수월하지 않았다. 정작 백두산에 도착해서는 천지 바로 입구까지 차를 타고 올라갈 수 있게 해놓아 무척 편리하기는 했으나, 자연훼손이 염려될 지경이었다. 날씨가 화창하여 천지의 멋진 모습을 있는 그대로 볼 수 있는 행운이 따랐다.

두만강은 내가 생각했던 푸른 물이 넘실대는 강이 아니었다. 상류여서 그랬겠지만, 강폭도 넓지 않았고 실개천 몇 가닥이 흐르고 있는 듯한 모습이었다. 충분히 헤엄쳐서 건널만했다. 대신 경계가 삼엄했다. 두만강 건너편에 있는 북한의 전답이 바로 코앞에서 보였다. 논밭이 질서정연하게 구획되어 있지 않았고 마치 누더기 같은 모습이었다. 그 경사진 산비탈까지 나무를 다 베어버리고 논밭을 일굴 정도였으니, 식량난이 얼마나 심각한지 짐작할 만했다.

    여행과 인생

역사적 도시와 천혜의 자연: 시안-황룽-주자이거우-뤄양-룽먼석굴-쑹산산 샤오린쓰-정저우

고생스럽기는 했어도 무척 재미있었던 여행이다. 평소에 가고 싶었던 명승지를 두루 포함한 패키지 상품이 나와서 2010년 여름방학에 남편과 함께 5박 6일간의 여행을 떠났다.

시안에서 찾아간 첫 번째 명소는 그 유명한 병마용갱. 중국 최초의 통일 황제인 진시황이 자신의 사후 세계를 위하여 조성한 곳이다. 진시황릉에서 1킬로미터 정도 떨어진 곳에 있는 유적지로 20세기 가장 위대한 고고학적 발견이라고 일컬어진다. 1974년에 우물을 파던 농민에 의해 우연히 발견되어 발굴 작업이 시작되었고, 지금까지 네 개의 갱도가 발굴되었다. 이 중 처음 세 개의 갱도는 진시황 병마용 박물관을 만들어 보존하면서 일반인에게 공개하고 있다. 박물관에는 흙을 구워 실제 크기로 만든 수천 구의 병사와 장교, 전차, 말, 곡예사, 악사 등 다양한 인물과 사물의 테라코타 모형이 전시되어 있고, 진행 중인 발굴 작업도 부분적으로 개방되어 있었다.

언덕 위에 피라미드 형태로 자리하고 있는 진시황릉을 버스 차창 밖으로 구경하였다. 진시황릉 완공 후 1세기가 지난 즈음에 집필된 쓰마첸司馬遷의 〈사기史記〉에 의하면, 진시황릉은 지상의 황궁을 재현한다는 취지에 따라 황궁과 동일한 규모로 건설되었으며, 수은이 흐르는 5천여 개의 강과 수십 개의 망루, 그리고 도성 안에 있는 온갖 보물과 병사로 화려하게 조성되었다고 전해진다. 그러나 이 황릉은 아직 발굴 작업을 시작도 하지 않고 있다. 다량의 수은이 공기 중에 방출될 우려를 비롯해 아직 여러 난제를 해결할 수 있을 정도로 중국의 발굴 기술이 충분히 발전하지 못하여, 기술이 완벽해질 때까지 기다리기로 했다고 한다. 병마용갱은 황릉을 만든 후 황릉 주변에 구덩이를 파고 병마용을 넣고 다시 묻은 것에 불과한데도 그렇게 엄청난 위용을 자랑하고 있으니, 황릉이 발굴되면 얼마나 대단할지 기대가 된다.

당 황제 현종이 애첩 양귀비를 위해 만든 황실 휴양 온천 화칭츠華淸池에서 관람한 〈장한가長恨歌〉는 압권이었다. 장한가는 당나라의 유명한 시인 바이주이白居易가 당 현종과 애첩 양귀비의 애틋한 사랑 이야기를 주제로 하여 지은 장편 서사시 〈장한가〉를 바탕으로 제작한 야외 대형 역사 가무쇼 즉, 야외 뮤지컬이다. 쇼의 줄거리도 흥미로웠거니와 그 웅장한 스케일에 입이 딱 벌어졌다. 출연진이 총 2천 명이나 되며, 지역 주민들까지 엑스트라로 동원되었다고 했다. 무대가 물 위아래로 오르락내리락하고, 공중에서 사람이 날라 오는 것처럼 보이게 하는 과학기술도 사용되었다. 주변의 산까지 무대로 활용하여 레이저 쇼와 화려한 조명을 아낌없이 쏟아내었다. 멀리 리산에 반짝이는 등을 설치하여 마치 별처럼 보이게 했다. 무대 의상과 소품도 화려했다. 중국에는 장한가를 포함해 몇 개의 유명한 대형 야외 가무 쇼가 있는데, 장한가에 매료되어 이후 대형 가무 쇼가 상영되는 곳마다 빠짐없이 관람했다. 모두 볼만했으나, 장한가가 준 강렬한 첫인상을 따라가지는 못했다.

다음 날 시안 공항을 출발하여 해발 3천5백 미터가 넘는 산에 자리

여행과 인생

한 황룽 풍경구로 이동했다. 이 높은 산의 일부를 뭉툭 깎아내어 그 위에 공항을 만들었으니, 참으로 '대단한' 나라이기는 하다.

황룽은 방문하기 전에는 전혀 몰랐던 곳이었으나, 우리에게 이루 말할 수 없는 비경을 선사해 주었다. 해발 4천2백 미터 지점부터 아래로 3천5백 미터 지점까지 수천 개의 석회암 연못이 계단식으로 펼쳐져 있고, 철분 성분으로 누렇게 된 돌들이 이 연못들과 어우러져 멋진 풍경을 연출하고 있었다. 유네스코 세계자연유산으로 지정된 곳이다. 물속의 나무들이 화석이 된 채로 자라나면서 연꽃 같은 경계를 만들어 예쁜 연못들이 생겨났다고 한다. 석회질이 침전된 강바닥에 물이 고여 계단식으로 만들어졌는데, 하얀 석회암에 고인 맑은 물은 깊이와 보는 각도에 따라 다양한 빛깔을 내며 용의 비늘처럼 반짝인다. 석회암 연못 외에도 폭포와 석회 동굴, 그리고 사원도 빼어난 경관에 일조하고 있었다. 위에서 보면 누런 용과 같은 모양이라고 해서 황룽黃龍이라는 이름이 붙었다고 한다. 고산증으로 다소 고생하긴 했으나, 별천지와 같은 곳이었다.

다음날은 내가 고대하던 쓰촨성의 주자이거우에 가는 날이다. 주자이거우九寨溝라는 이름은 아홉 개의 장족 마을로 이루어져 있다는 데서 유래했다고 한다. 주자이거우는 폭포와 호수와 계곡으로 천혜의 비경이 펼쳐지는 곳으로, 중국인들이 죽기 전에 가장 가 보고 싶어 하는 1위 관광지라고 했다. "황산산黃山을 보고 나면 다른 산을 보지 않고, 주자이거우의 물을 보고 나면 다른 물을 보지 않는다"는 말이 있을 정도로 그 신비롭고 아름다운 물빛을 인정받는 곳이다. 40여 개의 해자가 있는 수이정거우^{树正沟}를 비롯해 우차이츠^{五彩池}, 슈쩡준하이^{树正郡海}, 우화하이^{五花海}, 뉘르랑^{诺日朗} 폭포, 창하이^{長海} 모두 경이롭고 환상적이었다. 나의 기대를 충분히 충족시켰다.

재미있으면서도 실망스러운 에피소드 한 가지. 물에 들어가지 말라는 주의 표시판을 중국어와 영어, 한국어, 일본어로 써놓았는데, 한국어로는 "위험! 해변을 벗기지 마시오"라고 번역해 놓았다. 중국 관광계가 한국어에 얼마나 무지한지 알 수 있었다. 하긴 영어 문법도 틀려 있었으니.

2017년에 규모 7.0의 강진으로 주자이거우 대부분 지역이 훼손되어 관광이 중단되었다는 소식을 접했다. 우리가 여행 가기 몇 해 전에도 쓰촨성에 대지진이 발생하여 주자이거우가 큰 피해를 입었다는 소식을 듣고 실망했던 적이 있다. 그래도 다행스럽게 곧 복구되어 우리가 관광할 수 있게 되었으나, 이번에는 주자이거우가 직격탄을 맞아 그때보다 피해 규모가 훨씬 더 큰 것 같았다. 한편으로 안타까웠으나, 다른 한편으로 그 전에 다녀와 다행이라는 안도감이 든 것도 사실이다.

다시 시안으로 돌아갔다가 기차를 타고 뤄양으로 이동하는 일정이 기다리고 있었다. 시안 공항에서 나와 산시성 최대 규모를 자랑하는 역사박물관을 둘러본 후, 35~40℃에 육박하는 한여름의 뙤약볕에 시안의 기차역까지 꽤 먼 거리를 가방을 끌고 땀을 뻘뻘 흘리며 걸어가야 했다. 그해 2월에 시안과 뤄양 사이에 한국의 KTX에 해당하는 고속열차가 개통되어 차량으로 약 다섯 시간, 일반 열차로 약 네 시간 걸리는 거리를 두 시간 정도에 이동할 수 있게 되었다. 우리는 이 열차를

여행과 인생

이용했다.

뤄양, 우리나라 발음으로 '낙양洛陽'은 내 귀에 퍽 익숙하게 들렸다. 삼국지의 무대가 되었던 도시였기 때문이었다. 초등학교 때부터 삼국지를 여러 차례 열심히 독파한 덕에 후한 말 뤄양을 배경으로 전개되었던 위·오·촉 삼국 간 투쟁사를 훤히 꿰뚫게 되었다. 뤄양은 후한에서 오대후당五代後唐에 이르기까지 9왕조의 도읍지였고 따라서 구조고도九朝古都로 불린다. 후한부터 당대까지 국제적인 경제문화 중심지로 번창했던 곳이다. 수많은 석굴이 1킬로미터 범위에 들어서 있는 석굴군群인 룽먼석굴과 룽먼석굴이 내려다보이는 샹산쓰香山寺, 그리고 중국 4대 시성 중 한 사람인 바이주이白居易 묘에 들렀다가 샤오린쓰 본원으로 향했다.

무협 소설과 무술영화의 단골인 샤오린쓰는 역시 흥미로운 곳이었다. 우리에게는 '소림사'로 익숙한 샤오린쓰는 샤오린파 무술의 발원지로 쑹산산에 위치해 있다. 당나라 초기에 당 태종 이스민李世民이 절체절명의 위기에 처하자, 이곳의 용맹스럽고 무예 실력이 뛰어난 열세 명의 승려가 위험을 무릅쓰고 그를 구출해 냈다고 한다. 당 태종은 감복하여 이곳을 '천하제일명찰天下第一名刹'로 지정했다. 그 후 당 태종은 왕명으로 이곳의 승려 군인들이 무술을 연마하며 술을 마실 수 있는 특권을 부여하기도 했다. 샤오린쓰는 송나라 시대에 이르러 승려 수가 2천 명이 넘을 정도로 그 위세가 성장했고, 명나라 시대에 절정기를 맞이했다.

샤오린쓰에 도착하자마자 사찰에서 준비한 점심을 먹었다. 새우와 소고기볶음 같은 음식이 나와 기이하게 생각했더니 야채로 만든 것이라고 했다. 모든 음식이 맛깔스러웠다. 샤오린쓰는 이제 상업화에 많은 관심을 기울이고 있는 듯, 관광 콘텐츠를 개발해 가고 있었다. 샤오린 무술 쇼도 공연하고 있어 재미있게 관람했다.

샤오린쓰가 위치한 쑹산산은 바위로 이루어진 악산岳山이다. 상당히 오랜 기간 기 수련을 해오고 있던 남편은 쑹산산의 기운이 매우 좋다고 했다. 쑹산산의 깎아지른 절벽에 설치한 잔도栈道 역시 압권이었다. 지금은 잔도를 여러 차례 경험해 보아 별 감흥이 없지만, 그때는 잔도를 처음 본 것이어서 어떻게 이런 절벽에 이런 선반을 만들 수 있는지 매우 감탄했었다. 너무 아찔하여 아예 잔도에 발을 들여놓지 않은 사람, 잔도를 조금 걸어가다 되돌아온 사람, 끝까지 갔다가 되돌아온 사람으로 나뉘었다. 우리는 마지막 부류에 속했다. 남편은 한술 더 떠서 잔도를 유리로 만들어 놓았으면 더 흥미진진했을 것이라 했다. 몇 해 후 중국을 여행할 때 우리는 정말 유리로 만든 잔도를 경험했다. 다시 정저우로 이동하여 귀국 길에 올랐다.

이번 여행은 방문지 모두 각각 특색 있고, 흥미로웠다. 자연은 자연대로, 인공적인 명소는 명소대로 감탄을 불러일으키기에 충분했다. 특히 중국의 거대한 스케일은 언제나 우리를 압도했다. 인구, 땅덩어리, 문화유산, 자연, 모든 면에서 대국이라는 느낌이 확실하게 와닿았다. 동시에 중국의 무질서, 오만, 그리고 위협적인 가능성을 모두 체험할 수 있었다. 중국 사람들의 사고와 가치체계가 개방적이고 포용적으로 변화하지 못한 채 중국의 힘이 강해지면 세계 질서가 어떻게 바뀔까 염려

   여행과 인생

도 되었다.

집에 돌아오니 군에 입대해서 훈련받고 있던 아들의 편지가 기다리고 있었다. 어렵사리 기회를 얻어 처음으로 집에 전화했으나 우리가 받지 않아 실망했다는 내용이었다. 우리가 여행을 떠난다고 미리 편지를 보내고 출발했으나, 아들이 전화 통화를 시도하기 전에 받아보지 못한 모양이었다. 아들이 실망하는 모습이 보지 않아도 눈에 선했다. 미안한 마음에 짐도 풀지 않고, 해명 편지부터 썼다. 그동안 아들에게 한 번도 편지를 쓰지 않았던 남편도 처음으로 장문의 편지를 써서 보냈다. 안 그래도 우리 부부는 아들이 군에 가 있는 동안에는 모든 것을 아들의 군 생활과 관련짓는 버릇이 생겼다. 시안에서 뙤약볕에 기차역으로 짐을 끌고 걸어가면서도, 아들이 더위에 훈련받느라 고생한다고 우리도 이렇게 고생하는 모양이라고 넋두리했었다.

평황고성과 장자제

2016년 6월 말, 오랜만에 아들까지 동반하여 여행길에 나섰다. 수많은 사람의 입에 오르내리는 장자제를 우리는 그때까지 아직 가 보지 못했다. 장자제와 함께 평황고성까지 관광하는 패키지여행 상품을 이용했다.

창사 국제공항에 내려 먼저 평황까지 버스로 6시간을 달렸다. 후난성에 위치한 천년 고도 평황고성은 뛰강을 중심으로 26개 소수민족이

4천 년간 살아오면서 독특한 문화를 형성해 온 곳이다. 봉황새와 비슷하게 생긴 산기슭 아래에 자리 잡은 고성이라고 하여 펑황鳳凰고성이라는 이름을 갖게 되었다고 한다.

펑황고성은 아름다웠다. 특히 밤의 펑황고성은 황홀경이었다. 마을 한가운데를 가로지르는 퉈강의 양안에는 옛 모습을 지닌 5~6층 높이의 수상 가옥들이 퉈강과 아름다운 조화를 이루고 있었고, 퉈강을 남북으로 이어주는 다리인 홍교 위에는 홍교예술로라 불리는 가옥 형태의 건물이 길게 들어서 있었다. 우리는 이 홍교예술로 안에서 차를 한 잔씩 마시며 화려한 불빛이 강물 위로 어른거리는 모습을 유유자적하게 바라보았다. 다음 날 아침에는 퉈강에서 작은 배를 타고 퉈강과 홍교, 그리고 수상가옥이 어우러진 낮의 모습을 감상했다. 펑황고성 시내에도 고성박물관 등 볼거리가 있다.

펑황고성에서 장자제까지는 버스로 세 시간 정도 소요되었다. 먼저 석회암 용암동굴인 황룽동굴을 둘러보았다. 황룽동굴은 총면적이 20헥타르, 길이가 약 10킬로미터, 수직 고도가 약 160미터나 된다. 전부 4층으로 이루어져 있는 종유동굴군에는 수많은 석순과 석주, 석종유가 줄지어 있었다. 가장 멋있고 높은 석순이라는 딩하이선전定海神針은 높이가 19.2미터, 굵은 부위가 40센티미터나 될 만큼 거대했다. 천장까지 6미터 더 자랄 수 있다는데, 천장까지 닿으려면 6억 년이 걸린다고 했다. 석순들이 갖가지 색으로 밝혀 놓은 조명을 받아 예술품 같았다.

드디어 장자제. 유람선을 타고 반 자연, 반 인공 호수인 바오펑호수寶峰湖를 유람하는 관광으로부터 시작하여 이틀간 티엔먼산天門山, 바이

여행과 인생

정샤百丈峽, 티엔즈산天子山 자연보호구, 위안자제 풍경구, 실리화랑十里
画廊, 징비엔시金鞭溪 등을 둘러보았다. '신선이 사는 동네'라는 표현이
딱 들어맞을 듯한 절경이었다. 어디에서도 보기 어려운 유일무이한 대
자연의 향연. 거기에 거대한 에스컬레이터와 케이블카, 모노레일, 잔
도 등 중국이기에 가능할 것 같은 인공물이 더해져 진정으로 흥미진진
한 명소 중의 명소였다. 특히 칼로 잘라놓은 듯한 절벽과 협곡, 절벽에
서 쏟아지는 폭포, 대협곡에서의 트레킹은 원시 삼림 속에서 흘러나오
는 맑은 공기와 함께 나를 무아지경으로 빠져들게 했다.

이번에도 뮤지컬 쇼를 두 차례 관람했다. 인간 세상의 사랑을 갈망하
는 여우와 시골 노총각의 사랑을 주제로 하는 〈티엔먼후셴天門狐仙〉 쇼
와 소수민족인 토가족의 전설을 바탕으로 만든 〈메일리샹시魅力湘西〉
쇼. 티엔먼산의 티엔먼동굴을 배경으로 한 노천 공연장은 한 번에 2천8
백 명 정도를 수용할 수 있을 정도의 거대한 규모를 자랑한다. 비가 부
슬부슬 내려 비옷까지 챙겨입고 관람했다. 시안의 〈장한가〉처럼 화려
한 무대조명이 압권이었으나, 여러 면에서 장한가만큼 인상적이지는
않았다. 〈메일리샹시〉 쇼는 샹시湘西문화의 축소판이자 토가족 소수민
족 풍속의 영혼이라고 했다. 눈요깃거리는 되었으나 예술성이나 참신
성 면에서 높은 점수를 주기 어려웠다.

불행하게도 날씨는 우리의 관광을 도와주지 않았다. 장자제 체류 중
에 폭우가 쏟아져, 관광을 힘들게 했다. 신발이 다 젖고 반바지를 입어
야 할 정도로 도로에 물이 찼다. 특히 티엔먼산, 티엔즈산 등 높은 곳에
서 내려다보는 전망이 장자제의 하이라이트였으나, 구름에 가려져 아

무엇도 보이지 않았다. 17년 전 루체른에서 아름다운 알프스 전망을 보겠다고 리기산에 올랐으나 구름 때문에 아무것도 보지 못하고 내려왔던 실망스러운 추억이 되살아났다. 장자제 날씨는 복불복이어서 관광객이 장자제 전망을 제대로 볼 수 있는 날이 많지 않다고 했다. 아쉽기는 했으나 그것 말고도 볼 것이 무궁무진했으므로 '과연 장자제'라는 평가는 여전히 유효했다.

홍콩과 마카오

　내가 처음 홍콩을 방문했을 때가 1990년대 초였으니, 아직 홍콩이 중국으로 반환되기 전이었다. 외국 학자들과 공동연구의 일환으로 마련된 세미나에 참석하기 위해서 방문한 것이었다. 2년 후 학술회의 참석차 홍콩을 한 번 더 방문했다.

　홍콩에 도착해서 가장 놀랐던 사실은 영어가 잘 통하지 않는다는 것이었다. 국제적인 도시인 데다가 영국령이었기 때문에 영어가 일상화되어 있을 줄 알았다. 공항을 빠져나와 홍콩에서 가장 유명한 고급 호텔 중 한 곳에 가야 했는데, 택시 운전사에게 호텔의 영어 이름을 말해도, 영어로 적어서 보여주어도, 이해하지 못했다. 무전으로 누군가에게 연락하여 나에게 그 무전기에 호텔 이름을 말하라고 했다. 중국어를 알아들을 수 없었던 나는 무슨 말인지 몰라 한참을 서로 다른 소리만 하다가 드디어 눈치로 알아채고, 무전기에 호텔 이름을 말했더니,

　여행과 인생

그쪽에서 그 호텔 이름을 중국어로 번역하여 운전기사에게 알려주었다. 간신히 호텔에 도착할 수 있었다. 두 번째 방문 때는 홍콩중문대학교^{Chinese University of Hong Kong}의 게스트하우스에서 머물렀다. 도착 첫날 구내식당에서 저녁을 먹으려고 시도했으나 말이 통하지 않아 주문에 실패하고, 슈퍼마켓에서 먹을거리를 사다가 해결한 경험이 있다.

홍콩에는 두 명문대학으로 홍콩중문대학교와 홍콩대학교^{University of Hong Kong}가 있다. 홍콩중문대학교는 중국 색채가 강하고, 홍콩대학교는 영국 색채가 강한 대학이다. 강의에서 사용하는 언어도 전자는 중국어이고 후자는 영어라고 하였다. 두 대학의 캠퍼스를 모두 다녀보았는데, 홍콩대학교 학생들은 영어가 유창한 반면, 홍콩중문대학교 학생들은 영어를 잘하지 못했다. 둘 다 세계적으로 인정받는 우수한 대학인데, 학교의 정책에 따라 영어 실력에 그렇게 큰 차이가 있었다. 지금은 어떻게 달라졌는지 모르겠다.

첫 방문에서 가장 인상적이었던 것은 쭉쭉 뻗은 타워형 고층 아파트들이 빚어내는 스카이라인이었다. 그때만 해도 우리나라의 고층 아파트는 12~13층의 판상형 아파트였으므로 타워형 고층 아파트의 빌딩숲이 퍽 멋져 보였다. 딤섬을 비롯한 음식도 맛있었고, 홍콩에 대해 전반적으로 좋은 인상을 가지고 돌아왔다.

2012년 여름에는 제대하고 복학을 준비하고 있던 아들과 함께 마카오까지 포함하여 3박 4일간 가족여행을 다녀왔다. 전에 홍콩을 방문했을 때는 여름일 때도 주로 실내에 머물렀고, 겨울에 갔을 때도 그리 춥지 않았으므로 날씨 때문에 고생하지는 않았다. 홍콩은 겨울에도 날씨가 따뜻하므로 기본적으로 고급 호텔조차도 실내에 난방시설이 없었다. 세미나에 참석했던 그해 겨울에 유독 기온이 떨어져서 발표자와 사회자 할 것 없이 모두 외투를 입은 채 세미나에 참석했다. 사실 혹독한 겨울 추위에 익숙한 나는 별로 춥게 느끼지 않았지만, 동남아 사람들은 조금만 기온이 내려가도 호들갑을 떤다.

이번 여름에 방문한 홍콩은 습도와 온도가 모두 높아 불쾌지수가 매우 높았다. 더욱이 많이 걸어야 하는 곳이라 무척 짜증스러웠다. 더운 것을 좋아하는 아들은 역동적이고 매력적인 홍콩을 여전히 좋아하지만, 남편은 그 지긋지긋하게 후덥지근한 홍콩의 무더위에 질려 지금도 다시는 가고 싶지 않다고 고개를 절레절레 흔든다. 특히 도착 첫날 홍콩에 장기간 체류한 경험이 있던 시동생이 꼭 가 보라고 추천한 에버딘 아웃렛을 찾아가느라 고생한 데다가, 막상 가 보니 듣던 것과 달리 살 것도 별로 없어서, 고생은 고생대로 하고 시간만 낭비했던 실망스러운 경험이 있다. 이래저래 남편은 홍콩에 대해 좋지 않은 감정을 품고 있다.

당시 아들의 대학 친구가 홍콩의 한 대형 헤지펀드사에서 인턴십을 마치고 다음 진로를 검토하고 있었다. 하루 시간을 내어 우리에게 유명한 딤섬 뷔페 레스토랑을 소개해 주었다. 서비스가 늦어 흡족하지는 않았지만, 그동안 먹어 보지 못했던 다양한 종류의 딤섬을 맛있게 실컷 먹고 그 아들 친구에게 고마워했던 기억이 난다. 지금은 우리나라에도 그 레스토랑의 지점이 들어와 있다.

서울은 먹자골목이 따로 있기는 해도 어디에 가든지 음식점이 눈에 띠지만, 홍콩은 식당가가 따로 있어 일반 거리에서 식당을 찾기가 쉽지 않았다. 시내를 돌아다니다가 식당을 찾지 못해 허기질 때가 종종 있었다. 대신 명품 가게는 어디를 가든지 눈에 띄었다. 그야말로 쇼핑 천국이다. 홍콩 음식은 모두 맛있었다. 홍콩을 좋아하지 않는 남편도 홍콩의 음식만은 높이 평가한다.

마카오는 관광지로서 그런대로 괜찮은 곳이다. 유네스코 세계문화 유산으로 등재된 상 파울루 성당 유적도 성당의 전면부만 남아 있기는 하지만 볼만했고, 카지노 호텔도 이탈리아의 베네치아를 재현해 놓은 곳이 있어서 구경할만했다. 베네치안 버스 정류장을 놓치는 바람에 일정상 포기했던 콜로안섬에 의도하지 않게 잠시 머물 수 있었다. 섬의 해안가에 자리 잡은 평화로운 시골 마을 타이파 빌리지에서 에그 타르트로 유명하다는 카페에 들러 커피와 함께 에그 타르트를 맛보았다. 달콤하고 바삭바삭한 맛이 마음에 들어 서울에 돌아와서도 종종 에그 타르트를 사 먹곤 하였다. 지난해 포르투갈에서 원조 에그 타르트를 먹을 때, 이 마카오 시골 마을 카페와 에그 타르트의 추억이 아련히 떠올랐다. 마카오는 1999년까지 포르투갈령이었기 때문에 포르투갈 음식점이 많았다. 점심 겸 저녁을 포르투갈 레스토랑에서 먹었는데 역시 훌륭했다. 음식에 까다로운 남편도 만족스러워했다.

태풍이 몰려오는 바람에 마카오에서 조금만 늦었더라면 홍콩으로 돌아오는 데 문제가 생길 뻔했으나, 아슬아슬하게 페리에 올라 안전하게 귀환할 수 있었다. 서울로 돌아오는 날 태풍으로 활주로가 폐쇄되어 두 시간 지연되기는 했지만, 그래도 무사하게 귀국했다. 최근 신문에 실린 마카오 홍보 기사를 보니 그동안 화려한 호텔이 많이 생겼고, 이런 호텔을 중심으로 흥미로운 테마파크가 여러 곳 개발되었다고 한다. 손녀가 조금 더 크면 한번 데리고 가 볼만할 것 같다.

타일랜드: 방콕–파타야 | 치앙마이

동남아시아 국가로는 타일랜드와 싱가포르, 베트남과 캄보디아, 필리핀, 타이완을 다녀왔다. 말레이시아와 미얀마는 인근 국가를 방문했다가 국경을 건너 잠시 구경하고 돌아온 적이 있다. 학과 교수들과 함께 갔던 필리핀 여행에 관해서는 보관해 놓은 자료도 없고 오래전 일이어서 기억에 남는 것이 별로 없다. 2017년 추석연휴에 3박 4일간 남편과 같이 다녀왔던 타이완은 표면이 거북 등 껍데기 같은 거대한 바위들이 독특한 형상으로 해안가의 광활한 모래사장에 흩어져 있던 예류해안공원을 제외하고는 크게 인상적인 것이 없는 곳이었다. 더욱이 날씨도 무덥고 가이드의 안내도 마음에 들지 않아 짜증이 많이 났었다. 다만 여행 기간 내내 타이베이의 한 호텔에 머물며 화롄, 예리우, 지우펀 등 여러 관광지를 당일로 다녀오는 일정이었으므로, 짐을 풀었다 쌌다 하지 않아도 되었던 것이 무엇보다 큰 장점이기는 했다. 다음에서는 비교적 기억에 많이 남아 있는 타일랜드와 베트남, 그리고 캄보디아를 중심으로 기술하였다.

타일랜드에서는 2003년 여름에 가족과 방콕과 파타야를, 그리고

2010년 초에 대학원 제자들과 치앙마이를 다녀왔다. 그 사이 2006년 9월에 스탠퍼드대학교 유학 시절 지도교수께서 주관하여 세계 각지에서 활동하고 있던 스탠퍼드대학 출신 제자들을 초청한 세미나에 참석하느라, 방콕에 며칠 다녀온 적이 있다. 학기 중에 어렵사리 빼낸 일정이라 세미나에만 참석하고 아무것도 구경하지 못한 채 곧바로 돌아왔지만, 이때 지도교수님을 비롯해 함께 공부했던 동문을 오랜만에 만나 매우 반가워했던 기억이 난다.

타일랜드는 역사가 오래된 나라여서 볼만한 유적이 많다. 그리고 해변에 위치한 파타야나 푸켓처럼 자연경관이 아름다운 곳도 있다. 다만 가족과 방문할 당시 방콕은 교통체증과 공기오염이 심해 그리 쾌적한 도시는 아니었다.

현직에 있을 때 대학원 박사과정 지도 학생들과 함께 종종 국내외 여행을 다녀왔다. 해외로는 일본과 튀르키예를 다녀왔고, 치앙마이는 세 번째 해외여행이었다. 치앙마이는 한여름에도 서늘하고, 골프장도 많아 우리나라 사람들이 은퇴 후 많이 이주해 온다고 했다. 방콕에 견줄 수는 없지만 그런대로 볼만한 유적도 있고, 코끼리 타기, 뗏목 타기, 뱀쇼 등 다양한 놀거리도 있었다. 텔레비전에서 많이 보았던 목이 긴 원주민 카렌족도 만났다. 그러나 무엇보다 의미가 있었던 것은 학생들과 보내는 시간이었다. 교수가 어렵게 느껴지는 학교와 달리 여행지에서는 학생들이 교수에게 스스럼없이 다가올 수 있고, 학생들 간에도 친밀감이 깊어져 좋은 점이 많다. 사진이 취미인 제자가 여행이 끝나면 멋진 사진들을 보내주어 그것도 좋았다.

베트남: 하노이-할롱 베이 | 다낭-호이안-후에

베트남에는 2004년 여름에 한 차례, 2016년 겨울에 한 차례 다녀왔다. 2004년 여름에 가족 모두 함께 다녀온 하노이와 할롱 베이 여행은 후덥지근하기는 했어도 나름 즐거웠다. 그러나 2016년 겨울에 부부가 다녀온 다낭과 호이안, 그리고 후에 여행은 날씨 때문에 고생을 많이 했다. 베트남은 겨울이 우기이므로 비가 많이 올 것을 예상하기는 했지만, 떠나기 전부터 폭우가 쏟아져 여행에 제약이 따랐다. 사전에 이런 정보에 접한 후 위약금을 감수하고도 여행상품을 취소한 고객들이 많았다. 우리는 그런 사실도 모르고 3박 5일간의 여행을 떠났고, 현지에 가서야 우리 외에 70대 여성 두 분만 이 여행에 참여한 것을 알게 되었다.

다행히 다낭과 호이안에서는 비가 잦아들어 다낭의 해변에 자리 잡은 리조트에서 여유롭게 자유 시간을 보내고, 주요 명소를 둘러볼 수 있었다. 홍수로 물에 잠겼던 호이안 구시가지는 우리가 방문했을 때도 여전히 여기저기 물에 잠긴 곳이 있었고, 물에 잠긴 도로 위에 작은 보트가 다니기까지 했으나, 투본강 투어를 제외하고는 예정된 일정을 소화할 수 있었다. 호이안은 유네스코세계문화유산으로 등재된 예쁜 전통 마을이다. 좁은 골목에는 전통의상과 기념품을 판매하는 상점들이 늘어서 있어 아기자기한 분위기를 자아낸다. 특히 아름다운 정원을 갖춘 강변의 한 레스토랑에서 점심을 먹은 후, 정원에서 사진을 찍으며 여유로운 시간을 보냈던 것이 기억에 많이 남는다.

다음 날 방문한 후에는 19세기 초 통일베트남의 수도로 건설된 곳이며, 1945년까지 응우옌 왕조 치하의 정치, 문화, 종교의 중심지였던 곳이다. 봉건시대의 독특한 아름다움과 자연미를 간직하고 있는 유서 깊은 도시로 알려져 있다. 베트남 마지막 왕조의 왕궁과 왕릉, 사원 등을 방문했다. 그러나 계속 굵은 빗줄기가 쏟아져 다니기도 힘들었고 으슬으슬 춥기도 했다.

후에에서 묵은 호텔은 수풀 우거진 아름답고 넓은 정원이 일품이었다. 정원에 빌라처럼 지어진 객실도 무척 운치가 있었다. 꽤 넓은 수영장도 있었으나, 많은 비 때문에 이 호텔의 시설을 충분히 이용할 수 없어 안타까웠다.

급기야 운전기사 겸 가이드가 먼저 독한 감기에 걸렸고, 이어 동행한 두 여성도 감기로 힘들어했다. 이 두 여성은 구경도 하지 않고 시간 대부분을 차 안에 머물러 있었다. 우리 부부만 케이블카를 타고 바나산 국립공원에 올라갔지만, 비구름 때문에 아무것도 보이지 않았다. 이곳은 놀이공원이어서 우리가 즐길 수 있는 곳은 아니었다. 추위에 덜덜 떨며 시간을 보내다가 일정보다 일찍 내려왔다. 근사한 레스토랑에서 훌륭한 메뉴로 마지막 저녁 식사가 제공되었으나, 점심을 늦게 먹은 데다가 컨디션도 좋지 않아 거의 먹지 못했다. 서울 같았으면 포장해서 가지고 나왔을 텐데 무척 아까웠다.

이번 여행은 비가 와서 어려운 점이 많았음에도 억지로 원래 계획된 일정을 다 소화하느라 별 의미도 없이 무리수를 둔 감이 있었다. 다들 마음에 들어 하는 다낭을 우리는 높이 평가할 수 없는 이유인 것 같다.

캄보디아: 프놈펜-시엠레아프

2004년 여름, 첫 번째 베트남 여행에서 하노이와 할롱 베이를 관광한 후 캄보디아로 건너가 여행을 계속했다. 캄보디아는 앙코르와트로 유명하지만, 수도인 프놈펜에도 왕궁과 왕궁 안 불교사원인 실버 파고다, 왓 프놈 사원 등 볼거리가 있고, 앙코르와트 외에도 앙코르 유적지가 많다.

앙코르와트는 천 년의 역사를 간직하고 있는 세계 최대의 석조 사원으로 1860년 앙리무오라는 식물학자에 의해 발견되었다. 이 사원은 힌두교의 신 및 그의 대리자인 왕에게 바쳐졌는데, 이 사원 내의 건축물 각각에는 크메르 왕국과 힌두 신화를 보여주는 부조가 새겨져 있다. 호수 및 운하와 연결한 관개수로를 이용하여 막강한 부의 기반을 마련했다고 한다. 멀리서 바라본 앙코르와트 전경은 과연 장관이었다. 몇 해 후 나의 앙코르와트 방문 얘기를 들은 대학원 제자가 사진작가인 아내가 찍은 앙코르와트 사진을 액자로 만들어 선물했다. 이 액자는 오랫동안 내 연구실에 걸려 있었다.

앙코르 톰의 타프롬 사원에는 거대한 나무가 유적지의 돌을 뚫고 힘차게 자라나, 마치 나무뿌리가 건물을 집어삼키고 있는 듯 보였다. 앙코르와트가 거대한 건축물 자체로 빛이 난다면, 타프롬 사원은 황폐함 속에서 풍겨 나오는 독특한 신비감이 장관을 이루고 있었다. 프랑스 고고학자들은 자연의 파괴력이 어떻게 인간의 유적을 파괴하는지 알려주기 위해서 나무를 잘라내지 않고 그대로 방치 해두었다고 한다.

영화 '툼 레이더'의 유명한 액션 장면을 이곳에서 촬영했다고 하여 더욱 유명해진 곳이다.

앙코르 톰을 대표하는 바이욘 사원은 12세기 말에 앙코르 톰의 중심에 건립된 불교사원으로, 50여 개의 돌탑이 거대한 바위산 모양을 이루고 있다. 돌탑에는 2백여 개의 얼굴이 새겨져 있는데, 표정이 모두 다르다고 한다. 회랑의 벽면에는 그 당시 크메르인들의 역사와 일상생활을 책 대신 기록한 부조가 새겨져 있다. 앙코르와트가 힌두교의 철학에 따라 지어진 사원이라면 바이욘 사원은 불교 양식에 따라 지어진 사원이어서 설립 목적이나, 설계, 건축과 장식에 있어 뚜렷한 차이가 있다고 한다.

캄보디아에서 인상적이었던 또 하나의 경험은 톤레사프 호수에서 작은 배를 타고 낡고 가난이 뚝뚝 흐르는 수상가옥들을 둘러본 것이다. 이런 곳에서도 행복한 표정으로 살아가고 있다니.

호텔 수영장에서 수영하다가 결막염에 걸렸다. 이런 일이 자주 발생하는지 호텔에서는 결막염 약을 비치하고 있었다. 걱정을 많이 했으나 다행히 투약 후 금방 호전되어 여행을 계속하는 데 지장이 없었다.

미국이나 유럽과 같이 국민소득이 높은 나라에서는 인건비가 비싸고 동물보호 의식이 강하므로 사람이나 동물을 동원하는 관광 프로그램이 드물다. 반면 동남아시아 국가에서는 사람과 동물을 동원한 프로그램이 많다. 베트남에서는 강에서 사람들을 작은 배에 태우고 노를 저어 가다가 큰 바위들이 가로막자, 노를 젓던 사공들이 배에서 내려 사람을 태운 채 배를 짊어지고 바위를 넘어갔다. 필리핀에서는 어린아이가 망아지에 사람을 태우고 경사가 급한 산길을 땀을 뻘뻘 흘리며 한참 걸어 올라갔다. 재미는 있었으나, 미안하고 안쓰러운 마음이 들어 가시방석에 앉아 있는 듯했다. 가이드는 그들에게는 그것이 돈벌이이므로 미안해할 것 없이 많이 이용해 주어야 한다고 했다. 씁쓸했다.

튀르키예: 이스탄불-에페수스-쉬린제-보드룸-파묵칼레-안탈리아-코니아-카파도키아-앙카라

2008년 1월 말 대학원 박사과정 제자들과 9일간 튀르키예(당시 명칭은 터키)에 다녀왔다. 이스탄불과 에페수스, 쉬린제, 보드룸, 파묵칼레, 안탈리아, 코니아, 카파도키아, 앙카라를 다녀오는 일정이었다. 제자들과 함께하는 해외여행은 일본 여행에 이어 두 번째였다.

튀르키예는 6·25 전쟁 때 우리나라에 파병한 인연 때문에 우리나라와 '형제의 나라'로 일컬어지고 있다. 실제로 여행 내내 한국인에게 상당히 호의적이라는 것을 느낄 수 있었다. 로마 시대와 기독교 문화권을 거쳐 오스만제국과 이슬람 문화권에 속했던 곳으로 국토 전역에 수많은 역사적, 종교적 유적지가 존재한다. 성경의 사도행전에 나오는 사도 바울의 전도 여행지 중에는 튀르키예에 속하는 곳이 많으므로, 기독교 신자들이 성지순례지로 많이 방문하는 곳이기도 하다.

저녁에 이스탄불에 도착한 후 호텔에서 하루 묵고 바로 다음 날 이즈미르행 비행기를 탔다. 이즈미르에 도착해서는 다시 버스를 타고 에

여행과 인생

페수스로 이동했다. 우리에게는 신약성경에 나오는 '에베소'가 더 익숙한 이름이다.

에페수스는 기독교 신약 세계에서 중요한 위치를 차지하고 있는 도시이다. 예수님의 죽음 이후 제자 사도 요한이 예수님의 어머니 마리아를 돌보며 남은 생애를 보냈던 곳으로 전해지고 있다. 사도 바울은 이곳에서 3년간 머물며, 복음화를 지도하고 자신의 뒤를 이어 전도 활동을 이끌어갈 동역자를 양성했다. 2만 5천 명을 수용할 수 있었던 것으로 추정되는 로마 시대의 원형극장, 아시아 총독이었던 셀수스를 기념하는 셀수스 도서관, 시리아풍 신들의 부조로 아름답게 장식된 하드리아누스 신전, 공중목욕탕 등 관광 거리가 많다. 게다가 따사로운 햇볕이 내리쬐는 에게해와 지중해의 여유로움까지 즐길 수 있는 곳이다.

이어 포도주 마을로 알려진 쉬린제로 이동하여 마을을 간단히 둘러보고, 노천카페에 앉아 멀리 또 하나의 절경을 이루고 있는 산기슭의 하얀 집들을 바라보며 와인을 시음했다. 한 제자가 여기서 찍은 독사진을 크게 확대해 주었다. 멀리 산기슭에 붉은 지붕을 얹은 하얀 집들과 그 앞에 서 있는 호리호리한 사이프러스 나무 한 그루가 흐릿하게 배경을 이루고, 내 바로 옆에는 목재 테이블 위에 예스러운 등잔이 놓여 있는 사진이다. 이 사진을 은퇴할 때까지 연구실 작업대의 판유리 아래 넣어놓았다.

다음은 에게해 남쪽 끝에 있는 보드룸을 거쳐 파묵칼레를 방문하는 일정이었다. 목화솜으로 이루어진 성이라는 뜻의 파묵칼레는 도시가 마치 눈이 내린 듯 온통 새하얀 모습이었다. 칼슘 성분의 온천수가 흘러내리면서 계단식 석회층을 새하얀 모습으로 바꾸어 놓았다고 한다. 더욱이 이 온천수는 질병 치료에도 효과가 있다고 알려져 치유와 휴양을 위해 많은 유명 인사가 방문했다고 한다. 괴도한 개발로 온천수가 많이 줄어들었다고 하는데, 아직 광활한 노천온천에 푸른색을 띤 따뜻한 온천수가 고여 있어서 잠시 신발을 벗고 온천수에 발을 담가 보았다. 온천수도 온천수지만, 흰색 석회층에 둘러싸인 푸른색 노천온천의 풍광이 인상적이었다. 파묵칼레에서 투숙한 호텔에 온천이 있어서 온천욕도 즐길 수 있었다.

이어 지중해 연안에 위치한 튀르키예의 대표적인 휴양지 안탈리아와 종교도시 코니아를 거쳐 튀르키예 자연관광의 하이라이트인 카파도키아로 이동했다. 카파도키아는 튀르키예 중앙 아나톨리아에 위치한 지역을 총괄하는 이름으로, 하나의 행정적 지명을 뜻하는 것이 아니므로 지도상에서는 찾을 수 없다. 카이세리, 네브쉐하르, 괴레메 등이 있는 지역을 지칭한다. 카파도키아 지역은 약 3백만 년 전의 화산 폭발과 대규모 지진 활동으로 잿빛 응회암이 뒤덮여 있고, 그 후 오랜 풍화작용을 거쳐 형성된 버섯모양의 독특한 암석이 광범위하게 흩어져 있는 곳이다. 어디서도 만나보기 어려운 장관이었다. 특히 기암들을 비롯해 온 천지가 눈에 덮여 이 경이로운 풍광에 신비로움을 더해 주었다.

카파도키아 역시 초기 기독교 형성기에 중요한 역할을 했던 곳이다. 로마제국의 박해를 받던 기독교인들이 탄압을 피해 이곳으로 몰려와 바위에 굴을 파고 거주했다. 7세기 말경에는 아랍인들의 침략을 피해

여행과 인생

이곳으로 도피하여 암굴 속에 새로운 문화를 남겨 놓았다. 지금도 수천 개의 기암에 굴을 뚫어 만든 카파도키아 동굴수도원이 남아 있어 그 안에 직접 들어가 둘러볼 수 있었다. 동굴을 호텔로 꾸며놓은 곳도 있고, 동굴 식당도 있다.

튀르키예의 수도 앙카라로 이동하여 한국 공원의 한국전 위령탑을 둘러보고, 앙카라 근교의 소금호수를 관광한 후, 항공편을 이용하여 출발지인 이스탄불로 돌아왔다. 이스탄불의 하이라이트는 우리가 흔히 성 소피아 사원이라고 부르는 아야 소피아이다. 원래 동로마제국, 즉 비잔틴 시대 그리스 정교의 본산지 성당으로서 비잔틴 건축을 대표하는 대성당이었으나, 15세기 중엽 콘스탄티노플이 오스만제국에 의해 함락된 후 이슬람 사원으로 사용되다가, 우리가 방문할 당시에는 그리스 정교와 이슬람교가 공존하는 박물관이 되어 있었다. 그러나 2020년 튀르크 당국은 아야 소피아를 다시 이슬람 사원으로 전환하기로 결정했다.

이스탄불의 또 하나의 보석은 블루 모스크로 불리는 술탄 아흐메트 모스크이다. 내부는 푸른색이 감도는 화려하고 정교한 문양의 타일로 장식되어 있고, 2백여 개의 창을 통해 들어오는 햇빛이 반사하고 산란해 아름다운 푸른빛을 만들어 낸다고 하여 블루 모스크라는 애칭이 생겼다.

지하 물 저장고로 사용되었던 지하 궁전 예레바탄사라이, 오스만제국 황제들의 궁전 톱카프 궁전과 보석관, 그리고 튀르키예의 베르사유라고 불리는 돌마바흐체 궁전을 관람한 후, 크루즈에 탑승하여 이스탄

불을 아시아와 유럽 대륙으로 나누는 보스포루스 해협을 관광했다. 튀르키예 최고 공연이라고 하는 벨리댄스도 관람했다. 떠나기 전날 저녁에는 전통시장 그랜드바자르에 들러 구경도 하고, 기념품도 사고, 푸른 터키석으로 만든 목걸이용 펜던트도 하나 샀다. 어느 여행지에선가 당시 한국에서 유행하던 캐시미어 머플러인 파시미나 머플러를 몇 개 구입해 남편과 함께 지금까지 종종 착용하고 다닌다.

튀르키예 음식은 우리 입맛에 잘 맞았다. 특식도 여러 차례 제공되었는데, 애석하게도 여행 초기부터 배탈이 나서 마음껏 먹을 수가 없었다. 카파도키아의 동굴 식당에서 나온 튀르키예 전통식 항아리케밥인 춉녭케밥은 케밥의 재료와 각종 야채, 버섯 등을 호리병 모양의 토기에 넣어 화덕에서 오랫동안 은근히 익힌 요리로, 맛도 맛이지만 먹는 방법이 흥미로웠다. 웨이터가 망치로 호리병 윗부분을 깨서 요리를 꺼내고 야채와 밥이 준비되어 있는 접시에 옮겨 주었다.

튀르키예는 동서양 문화에 걸쳐 볼거리도 많고, 음식도 우리 입맛에 맞고, 사람들도 한국인에게 우호적이어서 처음 해외여행을 계획하는 사람들에게 가장 권하고 싶은 여행지 중 하나이다. 그러나 내가 제자들과 미리 다녀오는 바람에 남편은 아직 튀르키예에 가 볼 기회를 만들지 못했다. 얼마 전 텔레비전에서 튀르키예 동부 지역을 중심으로 음식에 초점을 맞추어 소개하는 프로그램을 방영했다. 먹는 것에 큰 비중을 두는 남편은 튀르키예에서 한 달 살기를 하며 동부 지역까지 다녀오자고 했다. 튀르키예는 면적이 남한의 여섯 배에 달하는 데다가 동서로 길기 때문에 동부 지역에 가려면 워낙 원거리 이동을 해야 한다. 더욱이 동부 지역은 여행 인프라도 잘 조성되어 있지 않으므로 우리 나이에 개별여행은 쉽지 않을 것 같다. 동부 지역을 포함한 패키지 여행 상품이 나오면 남편과 함께 튀르키예를 다시 한번 방문해 보아야 겠다.

아랍에미리트: 두바이-아부다비

아랍에미리트는 가장 최근인 2024년 3월에 다녀온 여행지이다. 두바이는 몇 차례 공항을 경유한 적은 있지만, 방문해 본 적은 아직 없었다. 만기가 다가오는 대한항공 마일리지로 두바이 왕복 항공권을 구매하여 남편과 두바이에서 4박 5일, 아부다비에서 2박 3일간 체류하였다. 두바이에서는 시내를 중심으로 동서 양쪽을 다 오고 가야 하므로 시내 한복판에 있는 호텔을, 아부다비에서는 해변에 있는 리조트 호텔을 예약했다. 아랍에미리트의 성수기는 겨울이므로 이때 호텔 숙박비는 천정부지로 오르며, 3월에 접어들면 다소 내려간다. 날씨가 더워질수록 점점 더 내려가 한여름에는 성수기의 70퍼센트까지 내려간다고 한다.

두바이의 주요 관광 명소는 세계 최고층 빌딩 부르즈 칼리파 및 세계 최대 규모 쇼핑몰 두바이 몰을 중심으로 한 다운타운과 동쪽 크릭(운하) 건너편의 알 시프·알 파히디 역사 지구, 그리고 북서쪽의 인공섬 팜 주메이라와 그 부근에 몰려 있다. 최신공법을 적용한 기상천외

한 건축물 관람과 명품 쇼핑이 두바이 관광의 주요 아이템이다. 그 외에 테마파크가 많아 아이들을 동반할 때는 테마파크에서 시간을 보내도 좋을 것 같다. 우리는 주로 전철과 택시를 이용하여 이 세 지역의 명소들을 둘러보았다.

결론적으로 말하면 이번 여행은 매우 힘들었다. 우선 내 다리에 문제가 생겨, 걷는 데 어려움이 있었다. 떠나기 전날 오른쪽 무릎 옆쪽에 가벼운 통증이 있었는데, 갈수록 심해졌다. 파스를 부치고 견디긴 했지만, 무리가 많이 갔다. 아부다비에서는 모두 택시로 이동했음에도 다리의 상태가 많이 안 좋아져서 루브르 박물관에서는 휠체어를 이용하는 사태까지 벌어졌다. 급기야 귀국할 때는 항공사에 휠체어 서비스를 신청하여 두바이 공항과 인천공항에서 모두 휠체어 서비스를 받았다.

날씨는 그리 덥지 않고 대체로 좋았으나 도착 다음 날 하루가 문제였다. 두바이에 역사적인 폭우가 쏟아졌다. 일 년 동안 내릴 비가 하루에 다 쏟아졌다고 한다. 우리나라 언론에서도 대대적으로 보도할 정도로 드물고 심각한 현상이었다. 비가 거의 오지 않는 지역이어서 배수 시설이 취약한 탓인지 길거리 곳곳에 물난리가 났다. 물로 길이 막혀 걸어 다닐 수가 없을 정도였다. 첫날이라 길도 익숙지 않아 쓸데없이 많이 걸었다.

바람까지 세차게 불어 일단 실내 일정을 잡았다. 두바이 몰. 소문대로 엄청나게 크고 온갖 명품 가게가 자리 잡고 있었다. 상점뿐 아니라 수족관과 실내 폭포, 다양한 조형물 등 눈요깃거리가 많았으나, 그래 봐야 명품에 별 관심이 없는 우리에게는 규모가 큰 쇼핑몰 그 이상도

여행과 인생

이하도 아니었다. 두바이 몰과 다리로 연결된 현대적 전통시장 수크 알 바하르를 둘러보고 그곳 음식점 한 곳에서 점심을 먹었다. 매우 크고 분위기도 고급스러운 음식점이었는데 금상첨화로 남편이 좋아하는 양고기 전문점이었다. 팁까지 5백 디르함. 거의 2십만 원 가까운 금액이었으나, 음식의 양과 질에 비추어 가성비는 낮은 편이었다. 그 유명한 두바이 분수 쇼를 구경할 수 있는 위치에 자리 잡고 있어서 음식값이 더 비싼 모양이었다.

더 이상 실내 일정을 잡기가 마땅치 않았고, 그렇다고 일찌감치 호텔로 돌아가기도 애매했다. 날짜를 계산해 보니 오후에 어디 한 곳을 가야 두바이 여행 버킷리스트를 채울 수 있었다. 전철을 타고 두바이 동쪽에 위치한 알 시프 · 알 파히디 역사지구를 찾아 나섰다. 가는 길에 차창 밖으로 버킷리스트 중 두 가지인 '두바이 프레임'과 '미래 박물관'이 보였다. 미래 박물관은 내부를 관람하고 싶었으나 입장권이 매진되어 어차피 내부에 들어가지 못할 상황이었으므로 차창 밖으로 내다보며 사진을 찍는 것으로 만족했다. 두바이 프레임은 접근성이 좋지 않아 역시 전철에서 사진을 찍는 것으로 대신했다.

폭풍우를 헤치고 역사 지구에 도착하였으나, 기막히게도 폭우로 상점이나 문화센터 등 가봐야 할 곳들의 문이 모두 닫혀 있었다. 외관만 보고 돌아올 수밖에 없었다. 역사 지구를 방문한 후 '아브라'라는 배를 타고 크릭을 건너 금시장과 향료시장을 방문하는 것이 일반적으로 정해진 일정이다. 그런데 우리가 배를 타러 갔더니 금시장도 비 때문에 곧 문을 닫는다고 했다. 포기하고 돌아섰다. 금시장과 향료시장 구경은 두바이를 떠나기 전날 전철을 타고 가서 미션을 수행했다.

비싼 점심을 먹었음에도 계속 배고파하던 남편은 차 한 잔 마실까 하여 들어간 레스토랑에서 이른 저녁을 주문해 먹었다. 나는 식당 직원이 권유한 아라비아 커피를 마셔보았는데, 커다란 아라비아 커피포트에 담긴 커피를 작은 잔에 한없이 따라 마시게 되어 있었다. 커피 맛이 아니라 숭늉 맛이 났다. 맛은 별로 없었으나 특별한 체험이긴 했다. 양이 너무 많아 카페인 걱정을 했더니, 아라비아 커피에는 카페인이 없다고 했다. 정말인지는 확인해 보아야 할 사안이다.

두바이에는 야경이 좋은 곳이 많다. 호텔의 40층에 있던 우리 방에서도 두바이 시내의 멋진 경치를 조망할 수 있었다. 조명을 밝힌 부르즈 칼리파가 바로 눈앞에 보였고, 이리저리 뻗어 있는 도로에도 조명이 켜져 있어 전망이 예술이었다. 두바이는 그 많은 고층 건물과 도로에 밤새도록 조명을 켜놓고 있으니, 전력 수요가 엄청나게 많을 것임을 짐작할 수 있었다. 아마 원자력발전이 필수적일 것이며, 우리나라가 중요한 사업 파트너가 될 수밖에 없을 것이라는, 희망 섞인 애국심이 발동했다. 마리나의 야경은 마리나 야간 디너 선택 관광을 신청하여 선상에서 저녁 식사를 하며 구경했다.

두바이 몰의 분수 쇼 야경을 꼭 보아야 한다고 권유하는 블로그들이 많았으나, 일정상 자유롭게 야경을 볼 수 있는 날이 이날밖에 없었다. 여전히 비가 쏟아지고 다리에 통증이 있음에도 내친김에 두바이 몰에 다시 들려 야간 분수 쇼를 보기로 했다. 전철역에서 두바이 몰까지 실내에 긴 무빙워크가 일곱 개나 된다. 즉, 무척 먼 거리를 가야 한다. 무빙워크를 이용하기는 했어도 이 먼 거리를 아픈 다리로 하루에 네 번이나 오갔다. 야간 분수 쇼는 멋지긴 했으나, 아직 일몰 전이라 조명이 켜지지 않았다. 결국 분수 쇼 야경은 보지 못하고 말았다. 첫날 비바람 속에서 무리한 탓에, 그 이후 일정이 꼬이고 첫날부터 몸이 지쳤다. 첫날 걸음 수가 2만 보를 넘었다.

두바이는 서울보다 큰 대도시여서 도보나 대중교통으로 이동하기 쉽지 않았다. 전철은 지상으로 다녀 바깥을 구경하기에 좋았지만, 두 노선밖에 없었다. 동맥은 있는데 실핏줄이 없는 셈이다. 그래서 명소에 가려면 대부분 전철역에 내려서 한참 걸어야 했다. 내 다리의 통증이 악화된 이유이다.

다음 날은 다리 통증과 체력 관리를 위해 미리 설치해 둔 카림 앱(두바이에서 우버는 비싸다)을 이용하여 택시로 이동했다. 팜 아일랜드 전망대, 돛단배 모양의 버즈 알 아랍을 가장 잘 볼 수 있는 전통시장 수크 메디낫 주메이라, 에미리트 몰, 마리나 워크를 방문했다. 마리나 워크는 빌딩 숲속에 하얀 요트가 정박해 있는 운하를 따라 산책로가 조성되어 있고, 그 산책로를 따라 카페와 음식점이 늘어서 있는 곳. 강한 햇살만 피할 수 있다면 여유롭게 쉴 수 있는 곳이다.

두바이 체류 마지막 날 부르즈 칼리파 전망대에 올랐다. 입장료가 매우 비싸기도 했고 전망대에 올라가 봐야 다 그렇고 그렇다고 남편은 외관을 보는 것으로 만족하자고 했으나, 그래도 이곳까지 와서 두바이의 랜드마크 관광을 빼놓을 수는 없었다. 가격이 두 배인 VIP 입장권을 이용한 사람들의 후기는 대체로 긍정적이었던 반면, 일반 입장권을 이용한 사람들의 경우 기다리는 데만 서너 시간을 소모하였다고 불평이 많았다. 은근히 걱정되었으나 다음 날 아침 전망대에 도착해보니, 우려와는 달리 입장객이 거의 없어 무사통과할 수 있었다. 후기도 믿을 것이 못 된다. 요일, 날짜, 시간에 따라 붐비는 정도에 차이가 많은 모양이었다.

두바이는 관광산업에의 의존도가 높은 도시임에도 불구하고 여행 인프라가 아직 취약했다. 결정적으로 신용이라는 사회자본이 부족했다. 사막 투어는 서울에서부터 예약했고, 마리나 야간 디너 투어는 현지에서 예약하여 다녀왔으나, 둘 다 기대 이하였다. 시간 낭비도 심했고 가이드도 믿을 수가 없었다. 마리나 디너 투어가 끝나고 가이드와 만나기로 한 장소에 왔는데, 차도, 사람도 보이지 않아 한참을 방황했다. 가이드가 다른 곳에 가서 있다가 느지막하게 돌아온 것이다.

사막 투어는 완전히 수준 미달. 대중적인 사막 투어 상품에는 우리가 이용하지 않을 항목이 많아 남들이 이용하는 동안 기다려야 하므로 일부러 단순한 상품을 골랐으나, 가이드는 우리를 상품에 포함되어 있지 않은 선택 프로그램 운영 장소에 먼저 데리고 갔다. 하필 같이 출발한 나머지 두 팀은 가이드의 설득에 부응하여 선택 프로그램을 이용했고, 우리는 근 한 시간을 하는 일 없이 기다려야 했다. 저녁 식사와 쇼도 비슷한 방식으로 진행되었다. 더욱이 모래언덕이 있는 사막을 볼 수 있으리라 기대했으나, 이틀 전 쏟아진 폭우 때문인지 사막이 망가진 상태였다. 모래사막이 아니라 진흙 사막 같아 보였다. 가장 기대한 프로그램이었는데, 대실망이었다.

그러나 호텔은 기대 이상이었다. 유일하게 조식이 포함되어 있던 호라이즌 딜럭스 룸을 예약했는데, 방이 넓었고 이 방의 투숙객 전용 클럽도 있어 이 전용 클럽에서 기다리지 않고 입·퇴실 수속을 밟을 수 있었다. 클럽 안에는 이 외에도 투숙객 전용 식당, 전용 실내 수영장과 운동시설, '오후 티타임'과 간단한 요기 거리가 나오는 저녁의 '행복한 시간' 등 다양한 서비스가 무료로 제공되었다. 우리는 밖에서 돌아다니느라 거의 이용을 못 했지만, 지금까지 내가 묵어보았던 객실 중에서 서비스가 가장 고급이었다. 이 호텔 4층에는 부르즈 칼리파의 야경을 바라보며 즐길 수 있는 근사한 옥외 수영장이 있다.

두바이에서 아부다비까지는 카림 앱으로 택시를 불러 이동했다. 아부다비의 호텔까지 한 시간 반 정도 걸렸다. 카림 앱에서 산출한 예상 금액보다 63디르함이나 추가되었다. 길이 특별히 막힌 것도 아니었는데, 차이가 나도 너무 났다. 또 한 번 이 나라 신용에 의문이 들었다. 더욱이 운전기사가 팁까지 요구하였다.

이 나라의 팁 문화는 중구난방이다. 고급 식당에서는 팁을 받는다. 계산서에 아예 15%, 20% 등 퍼센티지를 제시해 놓고 선택하도록 한다. 나머지는 선택적인 듯 보였다. 택시에서 팁을 요구한 것은 두바이에서 아부다비로 가는 택시가 유일했다.

아부다비에서 투숙한 호텔은 낡았지만, 로비와 방이 넓고 주변 환경도 좋았다. 마리나 리조트라고 하여 리조트 요금을 추가로 받더니, 바닷물이 들어와 형성된 작은 호수 주변에 해수욕과 휴식을 취할 수 있는 부대 시설이 잘 갖추어져 있었다. 창밖을 내다보면 빽빽한 고층 건물

숲이 보이던 두바이 호텔과 대조적으로, 이곳에서는 에메랄드 빛깔의 해수와 일광욕을 즐기는 사람들이 내려다보였다. 마음을 편안하게 만드는 곳이었다.

우선 점심이 급선무. 마리나 주변을 돌아보니 점심시간이 지나 식당들이 대부분 문을 닫았고, 레바논 음식점 한 군데에서 점심이 가능하다고 했다. 실내장식이 고급스럽고 멋진 미셸린 인증 식당이었다. 정작 음식값은 합리적이었으나, 물과 와인 가격이 매우 비쌌다. 케밥 두 접시와 샐러드를 주문했는데 양이 엄청나게 많았다. 우리가 주문할 때 직원이 다소 의아한 표정을 지은 이유가 있었다. 맛도 괜찮았다. 남은 음식을 포장해 달라고 했더니 아랍식 화덕 구이 빵 또띠야 여러 장을 새로 넣어주었다. 서비스도 좋았고, 인심도 후했다.

식사 후 잠시 마리나의 산책로를 걸었다. 이 산책로가 시내의 아름다운 코니쉬 해변까지 연결되어 있어 그곳까지 걷고 싶었으나, 아쉽게도 다리의 통증으로 포기해야 했다. 마리나에는 태국식 스파도 있었고, 해산물 식당 피시마켓Fish Market도 있었다. 피시마켓에 잠시 들어가 어떻게 이용하는지 설명을 들었다. 생선과 조개류 등을 진열해 놓은 해산물 진열대에서 원하는 해산물을 골라 원하는 요리법을 선택하면 요리를 만들어 주는 시스템이었다. 가격도 합리적이고 마음에 들어, 떠나기 전에 꼭 한번 와 보고 싶었다.

아부다비의 하이라이트 세이크 자이드 그랜드 모스크의 야경은 근사했다. 흰색 천연 대리석으로 만들어진 외벽과 네 개의 첨탑, 82개의 흰색 돔, 그리고 천 개의 기둥으로 이루어졌다는 그랜드 모스크가 조

   여행과 인생

명을 받아 보라색으로 빛나고 있었다. 그랜드 모스크는 이 나라 국부를 기리기 위해 그 아들이 만든 사원이다. 엄청난 규모에 매우 화려했다. 돈이 많은 나라의 티가 역력했다. 찬란하게 빛나는 샹들리에는 크리스털 제품으로 유명한 스와로브스키 회사가 특수 제작했고, 대리석은 그리스에서 가져왔다고 한다. 1천2백 명의 장인이 2년에 걸쳐 만들었다는 1천7백 평 크기의 기도실 카펫 역시 상상을 초월한다. 이란에서 공수한 것으로 세계에서 가장 큰 카펫이라고 한다. 모스크 안에서는 복장을 철저하게 통제하였고, 여성은 머리카락이 보이지 않도록 반드시 머리를 가려야 했다. 머리를 가린 스카프가 나도 모르는 사이에 흘러내리자, 경비원이 즉시 지적했다.

다음날 문화지구로 특화되어 있는 사디야트섬으로 이동하여 가장 기대가 컸던 '아브라함 가족의 집Abrahamic Family House'과 루브르 아부다비 박물관을 방문했다. 아브라함 가족의 집은 종교적인 장소이다. 2023년 3월에 개장했으므로 아직 잘 알려지지 않았으나, 종교인들에게는 의미가 매우 깊은 곳이다. 아브라함을 조상으로 하는 세 종교인 기독교, 이슬람교, 유대교의 공존과 평화를 상징하고 염원하기 위해 각 종교의 예배당을 작은 규모로 지어 놓은 곳이다. 세 종교 간 평등을 보장한다는 취지로, 예배당 건물의 높이와 넓이를 통일하고 동일한 재료를 활용하는 조건 아래, 각 종교의 상징을 드러낼 수 있도록 건축이 진행되었다. 세 예배당은 먼저 파사드에서 큰 차이를 볼 수 있었는데, 각각 독자적인 종교적 의미를 함의하고 있었다. 각 예배당은 매우 간결하고 현대적이었다. 실제로 이곳에서 예배를 드린다고 했다. 미리 안내 자료를 읽어가기도 했고, 표준 영어를 사용하는 요르단 출신 가이드의 효율적인 설명도 도움이 되었다. 루프탑에 정원과 카페가 조성되어 있으나 아직 황량했다. 주변 환경을 조성하려면 시간이 걸릴 것 같았다.

루브르 박물관은 아브라함 가족의 집에서 걸어서 10분 정도면 갈 수 있는 거리지만, 다리 통증 때문에 택시를 이용했다. 루브르 안에서는 남편이 미는 휠체어를 타고 편안하게 관람할 수 있었다. 남편이 고생을 많이 했다.

루브르는 건축물이 전시 작품보다 더 유명한 곳이라고 해도 과언이 아니다. 건물을 둘러싸고 흐르는 물과 구멍이 송송 뚫린 그물 무늬의 나지막한 돔 형태 천장, 천장의 구멍을 통해 내리비치는 햇빛, 그리고 반듯하게 각진 흰색 건물이 어우러져 현대적이면서 아름답다. 바깥부터 둘러보고 내부 작품을 관람했다. 수많은 명품 미술관을 관람한 경험이 있는 나로서는 전시품에 그다지 눈길이 가지 않았다. 올가을에 수강했던 현대 미술과 건축 강좌에서 미술관이나 박물관 건축은 건축물을 독창적이고 아름답게 만드는 것도 중요하지만, 건축물의 위용이 전시품을 압도하여 전시품 관람에 지장을 주어서는 곤란하다는 설명을 들었다. 이 설명을 들으면서 루브르 아부다비가 떠올랐다. 바다가 내려다보이는 박물관 내 한 식당 테라스에 자리를 잡고 점심을 먹었다. 남편은 역시 양고기 볶음밥, 나는 베트남식 쌀국수, 그리고 물과 커피.

루브르 박물관을 나오니 바로 옆에 잠자리 날개 모양의 지붕이 위로

여행과 인생

솟구쳐 있는 이색적인 건물이 보였다. 자이드 국립 박물관의 건설 현장이었다. 사디야트섬은 구겐하임 아부다비도 완공을 앞두고 있다. 이 두 박물관이 완성되면 사디야트섬은 명실상부한 문화지구가 될 것이라고 한다.

택시를 타고 호텔에 돌아왔는데, 남편의 휴대전화가 없었다. 나를 챙기느라 신경 쓰는 바람에 휴대전화가 택시에 떨어진 것을 모르고 내린 모양이다. 남편 휴대전화 번호로 전화했더니 천만다행으로 택시 기사가 전화를 받았다. 그랜드 모스크에 있으므로 호텔까지 오려면 택시비를 내야 한다고 했다. 돈이 문제가 아니었다. 십년감수했다.

귀국일 아침 일찍 방문했던 일종의 민속촌인 헤리티지 빌리지는 무료이긴 했지만, 볼만한 것이 거의 없었다. 역사와 문화가 없는 나라의 진면목을 보여주었다. 반면 카스르 알 와탄 대통령 궁은 거대하고 화려했다. 진짜 금인지는 모르겠으나, 화장실까지 금색으로 빛났다. 대통령 선물실에 우리나라 선물 두 점과 무궁화 훈장이 전시되어 있었다. 다른 나라에서는 호화로운 선물들도 많이 했던데 우리나라 선물은 소박하면서도(값으로 따지면 어떨지 모르겠다) 품위 있는 달항아리와 백자 두 점. 우리나라다웠다.

마지막 일정은 외국에서 대통령이 오면 묵는다는 에미리트 팰리스 호텔의 ‘르 카페’에서 금 커피와 금 아이스크림 시식. 상술에 호구 잡힌 것이지만, 너도나도 금 커피를 언급하니 터무니없이 비싸기는 해도 한 번 먹어 보아야 할 것 같았다. 카페에서 접대하는 직원은 젊은 태국 여성이었는데 한국어를 곧잘 했다. 독학으로 배웠다고 했다.

두바이 공항으로 출발하기 전 첫날 들러 본 마리나의 피시마켓에서 점심을 먹었다. 남편은 오징어 두 마리, 나는 홍합 2백 그램을 선택하여, 각각 토마토소스로 볶은 요리를 XO소스 볶음밥과 함께 주문했다. 모두 맛이 탁월했다. 볶음밥은 양이 많아 두 사람이 먹고도 남았다. 나머지 음식을 포장해 줄지 물어왔다. 이곳에서는 남은 음식을 포장해 주는 것이 관행인 모양이었다. 아부다비를 떠나는 날이 아니었다면 당연히 포장해 왔을 것이다. 아부다비에서의 마지막 식사가 참으로 마음에 들어 행복했다. 이곳은 누구에게나 추천하고 싶은 식당이다.

두바이 공항으로 이동하던 중 두바이 시내에 들어서자, 도로가 무척 붐볐다. 두바이 공항 근처에 가니 더 복잡했다. 두바이 국제공항은 규모가 무척 큰 데도 이렇게 붐비니, 허브공항의 역할을 톡톡히 하는 듯하다. 그래서 아부다비와 두바이 사이에 공항을 하나 더 만들었다고 한다. 택시비는 두바이에서 아부다비로 이동할 때보다 쌌고, 팁도 요구하지 않았다.

대한항공 카운터에 갔더니 미리 앱으로 요청해 놓은 휠체어 서비스를 연결해 주었다. 휠체어 담당자가 항공사 라운지에 데려다 놓고 나갔다가 탑승 시간이 되면 데리러 와서 탑승구, 항공기 입구, 기내 좌석 중 요청한 곳까지 데려다주는 시스템이었다. 나는 항공기 입구까지 요청했다. 짐 검색부터 출국수속까지 일사천리로 진행되었다.

비행기에서 자리에 앉자 사무장이 찾아와 자신이 홍익대 졸업생이라고, 기내에 본인 말고 홍익대 졸업생 승무원이 또 한 명 있다고 인사를 했다. 나한테 직접 배운 것도 아닌데 찾아와서 인사까지 해주어 고

여행과 인생

맙고 반가웠다. 승무원들은 출발 전에 손님들의 회원 정보를 살펴보고 신상을 파악하는 모양이다. 밤 9시 출발 항공편이어서 타자마자 저녁을 먹고 잠이 들어 아침 식사가 나올 무렵에서야 눈을 떴다. 특별식을 사전에 온라인으로 주문할 수 있어 신청해 보았다. 나는 해산물을 좋아하므로 해산물 요리를 주문했더니, 저녁뿐 아니라 아침도 무거운 해산물 요리가 나왔다. 아침에는 가벼운 죽을 먹고 싶었는데.

인천공항에 도착하니 항공기 문 앞에 휠체어가 대기하고 있었다. 또 일사천리로 출국장을 통과하여 택시 승차장까지 데려다주었다. 참 편리한 서비스이다. 이용하기가 까다롭지 않아 혹시 이 제도를 악용하는 사례가 나오지는 않을까 우려되기도 했다. 오는 길에 병원에 들러 치료를 받고 돌아왔다. 무릎 관절과 연결되는 인대의 근에 손상을 입은 데다가 많이 걸어 인대가 붓고, 염증이 생기고, 부근에 물이 찼다고 했다. 병원과 한의원을 번갈아 다니며, 꽤 오래도록 치료받았다.

두바이는 한 번 방문으로 족하다는 생각이다. 멋진 건축물, 인공 섬, 최고층 건물 등 신기한 관광자원이 많고 쇼핑의 천국이지만, 도시 전체를 아우르는 문화와 역사가 보이지 않았다. 정서와 감성을 자극할 만한 요소는 찾아보기 어려운 곳이다.

반면 아부다비에서는 그랜드 모스크, 대통령 궁, 아브라함 가족의 집, 루브르 아부다비 박물관 등 내부를 관람할 곳이 많아 어느 정도 문화적인 체험을 할 수 있었다. 개인적으로는 번잡한 두바이보다 여유로운 아부다비가 더 마음에 들었다. 호텔 위치의 영향도 있었을 것이다. 마리나를 옆에 끼고 있어 여유와 평온함을 안겨주었던 아부다비의 호텔이 낡기는 했어도 여행을 마무리 짓는 데 훌륭한 역할을 했다.

두바이에 다녀온 지 한 달 반이 지나 두바이에 또 한차례 폭우가 쏟아졌다. 이번에는 지난번보다 더 많은 양의 폭우가 내려 비행기 운행도 멈춰 설 정도였고, 사막 속에 자동차가 파묻히는 사태까지 벌어졌다. 아들이 두바이에 살고 있던 남편 후배는 우리가 다녀왔던 에미리트 몰에서 폭포수처럼 비가 새는 모습이 담긴 동영상을 보내주었다. 남편과 나는 우리가 체류할 동안 겪은 폭우가 그만하길 천만다행이라고 가슴을 쓸어내렸다.

 여행과 인생

오세아니아

오스트레일리아: 시드니-브리즈번 | 멜버른- 필립 아일랜드

오스트레일리아는 1997년 여름에 가족과 함께 패키지여행을 다녀왔고, 이후 학술회의 참석차 두 번 더 방문했다. 첫 번째 여행 때는 시드니와 브리즈번을 관광했다. 남반구는 겨울이어서 날씨가 서늘할 줄 알았더니, 30℃가 넘는 더운 날씨가 이어졌다. 그때 이미 이상기온 현상이 발생한 모양이었다.

오스트레일리아는 역사가 오래되지 않은 나라여서 볼만한 문화유적은 거의 없고, 오페라하우스를 포함한 시드니의 깔끔한 시내와 미항의 모습, 미숫가루와 같이 고운 모래를 자랑하는 브리즈번의 해변, 그리고 다양한 놀이 행사와 시설이 주된 관광거리였다. 여행객 중에 초등학교 저학년인 아들 또래의 아이들도 몇 명 있었고, 한국에서 따라간 젊은 여성 인솔자가 아이들과 잘 놀아주어 아들은 시종일관 즐거워했다. 더욱이 놀이기구가 많은 테마파크와 동물원에도 들렀고, 양털 깎기, 캥거루 먹이 주기와 같은 체험 프로그램도 있어서 아들에게는 안성맞춤의 관광패키지였다.

두 번째로 시드니를 방문한 것은 아시아 교육 관련 저서 집필에 참여했던 집필진이 시드니 국제학술대회를 위해 구성한 세션에서 발표하기 위해서였다. 발표가 끝난 후 세션 참석자들과 함께 음료를 한 잔씩 마시러 야외 카페에 들렀다. 우리 테이블이 낮은 담벼락 바로 옆에 있었으므로 가방들을 담 아래 나란히 놓아두고 담소를 나눈 후 자리에서 일어나보니, 커다란 내 핸드백이 보이지 않았다. 그때의 그 아찔함은 형언할 길이 없다. 그나마 여권과 귀국편 항공권을 호텔에 두고 나온 것은 천만다행이었으나, 현금, 신용카드, 카메라를 비롯해 여행에 필요한 모든 것이 이 핸드백에 들어있었다. 앞이 깜깜했다. 초면이었던 세션 참석자들은 귀국 비행기를 타러 곧 출발해야 했다. 학회 마지막 날이어서 학회는 이미 폐회했고, 주최 측도 다 철수한 상태라 도움을 청할 곳도 없었다.

고맙게도 그때 처음 만난 오스트레일리아 출신 홍콩대학교 교수가 필요한 곳에 일일이 데리고 다니며 도움을 주었다. 혹시 현금과 돈이 되는 것을 빼낸 후 백을 버리고 갔을지도 몰라 주변 건물의 화장실과 쓰레기통을 다 뒤져보고 경찰서에 가서 신고도 했지만, 성과는 없었

        여행과 인생

다. 안내센터에서 수신자 부담으로 전화를 걸어 남편에게 자초지종을 얘기했더니, 다음 날 현금인출기에서 현금을 찾을 수 있도록 거래 은행에 조치해 주었다. 현금이나 신용카드가 없어 당장은 식사를 비롯해 아무것도 할 수 없었으나, 홍콩대학 교수가 아내를 불러내어 같이 저녁 식사를 할 수 있도록 배려해 주었다. 다음 날 아침 일찍 인근의 현금인출기에서 현금을 찾은 후, 계획대로 하루 종일 시드니의 다운타운을 둘러보았다.

2002년에는 멜버른에서 '학습 도시' 관련 대규모 학술대회가 있어 세 번째로 오스트레일리아를 방문했다. '백호주의白濠主義'라는 말이 있듯이 오스트레일리아로 이주해 온 백인들은 오랫동안 원주민을 비롯해 유색인종을 차별해 왔다. 이 학술대회의 한 일정으로 원주민에 대한 차별을 반성하는 대규모 행사가 진행되었다. 최근에는 경제적으로 어려움을 겪고 있는 오스트레일리아가 보수화되어 유색인종에 대한 차별이 다시 심해졌다고 하는데, 그때는 다문화주의가 절정에 달하여 유색인종에 대한 포용 정책이 대세가 되어 있던 시기였다.

일과 후 저녁 시간을 이용해 작은 펭귄들이 서식하고 있는 멜버른 근교의 필립 아일랜드에 다녀왔다. 관광센터에 도착하니 작은 펭귄 몇 마리가 사람들이 다니는 길에서 뒤뚱거리며 걸어 다니고 있는 귀여운 모습이 보였다. 길을 잃은 펭귄이었을까? 길을 따라 해변으로 내려가니 바닷가에서 무리 지어 뒤뚱뒤뚱 걷고 있는 야생의 작은 펭귄들이 장관을 이루고 있었다. 멜버른은 시드니와 비슷한 분위기의 도시였으나, 필립 아일랜드는 완전히 새로운 신선한 야생의 체험장이었다.

뉴질랜드: 퀸스타운-밀퍼드 사운드-마운트 쿡- 크라이스트처치-오클랜드-로토루아

　2012년 2월, 남편과 6박 8일간 뉴질랜드 여행을 다녀왔다. 북섬의 오클랜드에 도착한 후, 곧바로 국내선을 타고 남섬의 퀸스타운으로 이동하여 여정을 시작했다. 퀸스타운의 푸르고 잔잔한 그림 같은 호숫가와 호수가 내려다보이는 언덕 위에 자리한 주택들 모두 그 간결함과 세련미로 눈길을 끌었다.

　뉴질랜드 피오르로 유명한 밀퍼드 사운드는 퀸스타운에서 버스로 4시간 30분 정도 소요되었다. 가는 길은 끝없는 목초지와 그 멀리 보이는 만년설, 그리고 구름에 덮인 산봉우리들이 장관을 이루었다. 간간이 검은색과 흰색의 소들이 풀을 뜯고 있는 평화로운 모습도 보였다. 밀퍼드 사운드에 가까워지니, 깎아지른 듯한 바위 절벽이 보이기 시작했다. 밀퍼드 사운드는 빙하에 의해 형성되어 바다가 15킬로미터 정도 내륙 안으로 뻗어 들어온 곳이다. 가장 높은 곳은 1천2백 미터나 되는 기암절벽들이 솟아 있어 경관이 웅장하다. 영화 '반지의 제왕'의 촬영지로도 유명한 곳이다. 유람선이 이동하는 내내 기암절벽, 수많은 폭포, 바위 위에 올라와 앉아 있는 작은 물개들이 지나쳐 갔다. 피오르라고 하여 더 좁은 협곡을 기대했으나, 생각보다 바닷길이 넓었고, 소문만큼 인상적이지는 않았다.

　이어 옛 서부 시대의 탄광촌 정취가 남아 있는 애로우 타운을 둘러본 후, 아름다운 경관을 자랑하는 와나카 호수, 밀퍼드 사운드와 함께

　　　　　　　　　　　　　　　여행과 인생

'반지의 제왕'의 배경이 되었던 트와이젤, 해발 3,724미터에 이르는 뉴질랜드 최고봉 아오라키 마운트 쿡 국립공원을 관광했다. 이곳에서 언젠가 트레킹해 보고 싶은 생각이 들었다. 마운트 쿡 전망대에서 에메랄드빛 푸카키 호수와 어우러진 마운트 쿡의 만년설과 광대한 캔터베리 대평원의 전망을 감상했다. 남섬의 경관을 한마디로 표현한다면 '푸르름과 척박함이 빚어내는 신묘한 아름다움'이라고 할 수 있을 것 같다.

버스를 타고 네 시간 반 정도 달려 남섬의 북동 연안에 있는 대도시 크라이스트처치로 이동했다. 크라이스트처치는 바로 전해에 발생한 대지진으로 큰 손상을 입어 복구 작업이 한창이었다. 이 도시의 상징과도 같은 크라이스트처치 대성당도 지진으로 완전히 파괴되어 폐허가 되어 있었다. 그럼에도 이 도시는 영국적 분위기가 물씬 나는 고풍스러운 건물들로 여전히 중후한 멋을 풍기고 있었다. 크라이스트처치에는 수백 개의 크고 작은 공원이 있다고 한다. 우리는 그중에서도 뉴질랜드에서 가장 아름다운 공원으로 알려진 해글리공원 안의 식물정원을 둘러보았다. 식물정원에는 울창한 숲과 바싹 마른 고목, 다양한 꽃들이 가득했다.

크라이스트처치에서 항공편을 이용하여 다시 북섬의 오클랜드로 돌아왔다. 아름다운 연안 도시 오클랜드가 면해 있는 바다에는 수많은 요트와 흰 돛이 점점이 떠 있었다. 남섬은 그림 같은 호수와 피오르, 깎아지른 듯한 기암절벽이 만들어 내는 광활한 자연 풍광이 관광의 중심이라면, 북섬은 이모저모로 흥미로운 경관과 재미있는 이벤트들로 다양한 눈요깃거리를 즐길 수 있는 곳이다.

오클랜드 남서쪽에 위치한 석회 종유동굴 와이모토 동굴에는 수없이 많은 반딧불이 천장을 뒤덮고 있어 지하 강물을 따라 보트를 타고 이동하며 이 반딧불의 움직임을 체험할 수 있다. 많은 관람객이 방문하고 있는 탓에 반딧불 개체수가 현격히 줄어들고 있어 개체 보존에 매우 신경을 쓰고 있었다. 호수와 온천과 유황의 도시로 유명한 로토루아에서는 폴리네시안 스파에서 유황온천욕을, 그리고 아름드리나무들이 쭉쭉 뻗어 있는 울창한 레드우드 숲에서 삼림욕을 즐겼다. 레드우드 숲은 뉴질랜드 여행 중 가장 마음에 드는 곳이었으나, 빡빡한 일정 때문에 맛만 보고 떠나게 되어 가이드에게 아쉬움을 토로했던 기억이 난다. 뉴질랜드의 전형적인 농장을 재현했다고 하는 아그로돔 농장을 방문하여. 다채로운 양들의 쇼를 관람한 후, 양과 알파카에게 먹이를 주며 동물과 함께 노는 시간을 갖기도 하였다.

마지막 일정으로 테푸이아 지열 지대와 마오리 민속 마을을 방문했다. 테푸이아에는 5백여 개의 못과 65개의 분출구가 생성되어 있다고 한다. 지열로 데워진 지하수가 지상 30여 미터까지 솟아오르는 포후트 간헐천, 진흙이 물처럼 끊고 있는 열탕, 시야를 가릴 정도로 진하게 뿜어져 나오는 수증기와 유황 연기-유황불이 타오르는 지옥의 모습이 이와 비슷할까? 마오리 원주민들의 전통가옥과 각종 공예품, 뉴질랜드 천연기념물인 키위새를 구경한 후 오클랜드로 귀환하여 귀국길에 올랐다.

뉴질랜드는 어디를 둘러보아도 녹음이 우거진 숲과 푸른 잔디가 눈

     여행과 인생

에 띄는 푸르름 그 자체였다. 한 가지 놀라웠던 것은 안경 쓴 아이들을 거의 볼 수 없다는 것이었다. 당시 우리나라에서는 초등학교 교실에서 절반 이상의 아이들이 안경을 쓰고 있었다. 자연환경이 좋아서 그런 것 같다는 추측을 해 보았다.

지열을 이용한 전통 요리법으로 만든 항이식 요리, 사슴이 뛰어노는 전원 목장의 바비큐, 로토루아 호수 전경이 내려다보이는 스카이라인 전망대에서의 현지식, 와나카 호숫가 롯지 호텔의 아름다운 정원에서 먹은 점심, 마운트 쿡 호숫가의 연어회 등 특색있는 음식과 식당도 여행의 맛을 더해주었다. 경륜이 많은 가이드들 역시 역사와 문화가 없어 자칫 밋밋해질 수 있는 여행을 감칠맛 나게 해주었다.

다만 쇼핑 전략이 치밀하여 많은 돈을 쓰게 하는 것이 흠이라면 흠이었다. 뉴질랜드는 환경친화적인 나라로 유명한 만큼 좋은 제품들이 많았다. 가이드의 안내에 따르면 이제는 올가닉organic 시대에서 로가닉rawganic 시대로 바뀌었다고 한다. 인위적인 것을 거부하는 뉴질랜드에서는 방목을 비롯해 모든 것이 자연적이며, 생산물들이 다 신뢰할 만하다고 했다. 건강기능식품, 화장품, 양모와 알파카 제품 등 모두 다 좋다는 데, 값이 상당히 비싼 데다가 낱개로 팔지도 않고 여러 개 묶음으로만 판매하여 많이 지출할 수밖에 없도록 하였다.

여행 중 기념품 외에는 거의 물건을 사지 않는 우리도 뉴질랜드에서는 쇼핑을 많이 했다. 남편 지인이 뉴질랜드에서 사 온 알파카 침구가 너무 좋다고 자랑하더라고 하여, 우리도 큰마음 먹고 알파카 침구를 구입했다. 침대 패드용 알파카 침구를 하나 사면 알파카 방석 한 개나 양모 이불 두 개를 덤으로 끼워준다고 했다. 양모 이불 하나만 해도 값이 꽤 나가는데 두 개씩이나 끼워준다니, 그때 뭔가 수상쩍다는 생각을 했어야 했다. 우리는 당연히 값이 더 나가는 양모 이불 두 개를 선택했는데, 집에 와서 덮어보니 너무 무거웠다. 조금 덮다가 지금까지 장 속에 처박아 두고 있다. 그러나 알파카 침구는 이음매가 미어져 여러 차례 수선을 맡길 정도로 오랫동안 요긴하게 사용했다. 그러다가 이것 역시 수선비가 너무 많이 들어 몇 해 전부터는 장 속에 처박힌 신세가 되었다.

뉴질랜드는 지금까지 우리가 여행 다닌 곳 중에서 쇼핑에 경비를 가장 많이 지출했던 곳이다. 여행하면서 그곳에서 좋다는 제품들을 사는 것도 여행의 맛이 아니겠는가!

여행과 인생

북아메리카
캐나다

    미국은 장기간의 유학과 연구년 생활을 한 곳이고, 아들이 고등학교와 대학교를 다닌 곳이라 아무래도 방문한 곳이 많다. 샌프란시스코, 요세미티, 유진, 오리건주 포틀랜드, 몬테레이, 카멜, 샌타모니카, 샌타바버라, 로스앤젤레스, 라스베이거스, 그랜드캐니언, 시카고, 매디슨, 신시내티, 뉴욕, 보스턴, 뉴헤이븐, 메인주 포틀랜드, 앨런타운, 워싱턴 D.C., 애틀랜타, 채터누가 등. 이 외에 버몬트주와 뉴햄프셔주의 몇 개 도시를 방문한 적이 있으나, 도시 이름은 기억나지 않는다. 미국 주요 도시 여행에 대해서는 유학과 연구년 시절을 다룬 장에서 이미 기술한 바 있고, 나머지 도시들은 잠시 머물렀던 곳이라 별로 기억에 남는 것이 없어 별도의 기술 없이 지나치려고 한다. 다만 20년 전 버몬트주와 뉴햄프셔주, 메인주 등 뉴잉글랜드 지역에서 숨 막히게 아름답던 단풍을 보

고 감탄했던 기억과 메인주의 포틀랜드항구에서 싱싱한 가재 요리를 마음껏 먹었던 기억은 아직도 생생하다. 남아메리카 여행 역시 연구년 시절을 기술한 장에서 다루었으므로 이곳에서는 생략하기로 한다.

밴쿠버-빅토리아-캘거리-밴프-토론토-나이아가라

2001년 여름 초등학생 아들의 방학에 맞추어 캐나다로 가족여행을 떠났다. 밴쿠버에 도착하여 밴쿠버섬에 있는 빅토리아 시내와 부차트 가든을 둘러보고, 캘거리의 밴프 국립공원, 토론토, 나이아가라 폭포를 관광하는 일정이었다.

캐나다 여행에서 가장 인상적이었던 곳은 뭐니 뭐니 해도 밴프 국립공원과 나이아가라 폭포이다. 밴프는 빙하와 빙하가 녹아 형성된 맑고 잔잔한 에메랄드 빛깔의 호수, 그리고 울창한 침엽수림이 어우러져 장관을 이루고 있었다. 이 자연이 빚어내는 절경 속에 그림처럼 자리하고 있던 고성 풍의 페어몬트 밴프 스프링스 호텔은 꼭 한번 묵어보고 싶은 충동을 불러일으키기에 충분했다. 약 130년 역사와 전통, 그리고 보우호수와 보우폭포가 한눈에 보이는 아름다운 전망을 자랑하는 호텔로 유네스코 세계문화유산에 등재되어 있다고 한다. 캐나다 여행에서 돌아온 후 지금까지도 다음 여행지를 고민할 때 이 호텔에 머물면서 숲속을 산책하며 휴식을 취하는 일정을 하나의 대안으로 검토해 보곤 한다. 로키산맥의 진주라고 불리는 호수 레이크 루이스도 절경이었

여행과 인생

고, 요호 국립공원도 아름다웠다. 어디로 눈을 돌려도 황홀한 경치가 펼쳐지는 곳이다.

나이아가라 폭포의 웅장함은 역시 기대를 저버리지 않았다. 나이아가라 폭포는 남미의 이구아수 폭포 및 아프리카의 빅토리아 폭포와 함께 세계 3대 폭포로 꼽힌다. 캐나다와 미국의 접경지역에 있으므로 양쪽에서 다 보아야 폭포를 제대로 보았다고 할 수 있다. 캐나다 폭포가 미국 폭포에 비해 규모와 경관이 더 뛰어날 뿐 아니라, 캐나다 쪽에 관광 인프라가 더 잘 조성되어 있어, 나이아가라 폭포 하면 일반적으로 캐나다 폭포를 떠올린다. 우리는 양쪽에서 다 구경하였다. 배를 타고 폭포의 안쪽에도 들어가 보았고, 물보라를 뒤집어쓰며 폭포 위쪽에서 폭포가 떨어지는 지점 직전까지 가 보기도 했다. 우리 가족만 탄 경비행기에서 폭포와 주변 경관을 내려다보기도 했다. 누구보다 아들이 무척 재미있어했다.

단풍철에 퀘벡과 몬트리올을 비롯해 캐나다 동부를 여행하며 단풍 구경을 하고 싶어, 여러 차례 궁리해 본 적이 있다. 캐나다는 대중교통으로 이동하기가 불편한 곳이므로 우리처럼 운전을 꺼리는 사람들은 개별여행이 어렵다. 지난해부터 단풍철 한 달 정도만 떠나는 캐나다 동부 여행 패키지 상품이 눈에 띄어 살펴보았으나, 남편은 이미 여러 번 다녀온 나이아가라 폭포에서 이틀이나 체류하는 일정이 마음에 들지 않았고, 상품 가격도 너무 비싸 더 기다려 보기로 했다. 코로나 사태가 끝나고 패키지여행 상품 가격이 천정부지로 오르고 있어 장거리 여행은 부담이 크다.

유럽

러시아: 상트페테르부르크-블라미디르-수즈달- 세르기예프 포사트-모스크바

러시아는 공산주의 체제에서 벗어났다고는 하지만, 아직도 그 잔재가 많이 남아 있는 나라여서 선뜻 방문할 마음이 들지 않았다. 2011년 8월에 큰마음 먹고 패키지 상품을 이용하여 남편과 5박 7일간의 러시아 여행에 나섰다. 서쪽의 상트페테르부르크에서부터 여정을 시작하여 '황금의 고리'를 거쳐 모스크바에서 마치는 일정이었다.

상트페테르부르크는 유럽풍의 하늘색 건축물과 네바강이 어우러져 도시 전체가 아름다웠다. 늪지대에 건설된 부산 크기의 인공도시로, 네바강 하류의 101개 섬과 수많은 운하가 당시 365개의 다리로 연결되어

여행과 인생

'물의 도시'로 일컬어졌다. 귀족들이 많이 거주했다고 하여 '귀족의 도시'로 불리기도 한다. 1924년 레닌 사후에 그를 기념하여 '레닌그라드'로 개칭되었으나, 러시아의 개방화가 진행되면서 1991년 다시 옛 이름을 되찾았다.

상트페테르부르크는 러시아를 대표하는 세계적인 음악가들을 배출한 도시이기도 하다. 림스키코르사코프, 차이콥스키, 프로코피예프, 라흐마니노프, 쇼스타코비치 등 그 이름만 들어도 가슴이 벅차오르는 위대한 음악가들이 바로 마린스키 극장 건너편의 상트페테르부르크 콘서바토리에서 음악을 배웠다. 체홉과 도스토옙스키, 푸시킨과 같은 대문호가 작품을 창작했던 도시이기도 하다. 진정한 예술가의 도시라고 하겠다.

상트페테르부르크는 18세기 초부터 2백 년간 로마노프 왕조의 수도로서 정치, 경제, 문화, 예술의 중심이 되었으므로, 표트르 대제의 여름궁전이었던 페테르고프 궁전과 예카테리나 여제의 여름궁전, 에르미타주 국립 박물관, 성 이사악 대성당, 카잔 성당 등 볼거리가 많다. 원래 러시아 황제들의 겨울궁전이었던 에르미타주 국립 박물관은 세계 3대 박물관 중 하나라는 명성에 걸맞게 수많은 걸작품을 소장하고 있다. 궁전들은 매우 화려했고, 특히 페테르고프 궁전은 셀 수 없이 많은 분수와 금빛 조각상, 그리고 인공운하로 화려함의 극치를 보여주고 있었다.

네바강변의 한 건물에 붙어 있는 커다란 SAMSUNG 로고가 눈에 확연히 들어왔다. 러시아에 삼성이 저렇듯 번듯하게 자리하고 있다니!

격세지감을 느끼면서도 감격스러웠다.

항공편으로 모스크바에 도착한 후 다시 버스를 타고 '황금의 고리'에 속하는 블라디미르로 이동했다. 황금의 고리는 모스크바 인근에 고리 모양으로 퍼져 있는 러시아 문화유적 도시들의 군집으로, 고대 루시의 주요 8개 도시를 일컫는다. 이 도시들을 선으로 이으면 약 740킬로미터에 달하는 고리 모양의 순환 경로가 형성되므로 이러한 이름으로 불리게 되었다고 한다. 12~18세기 러시아 건축 양식을 보존하고 있는 황금 고리 도시들은 러시아 문화와 예술 형성의 주축이 되었다. 우리는 이 도시들 가운데 블라디미르와 수즈달, 그리고 세르기예프 포사트를 방문했다.

블라디미르와 수즈달에 있는 성벽과 교회, 수도원 등 중세 석회암 건축물들을 일컬어 '블라디미르와 수즈달의 백색 기념물군'이라고 부를 만큼 이 두 도시에는 그 역사 · 문화적 가치를 인정받고 있는 유적이 많다. 블라디미르에서 군사박물관으로 사용되고 있는 황금의 문과 성벽으로 둘러싸인 성 드미트리 수도원, 우스펜스키 대성당을 관람한 후, 버스로 한 시간 정도 달려 수즈달에 도착했다. 9세기에 형성된 이 유서 깊은 아담한 도시는 50여 개의 교회와 수도원 등 중세 때부터 내려오는 뛰어난 건축물 덕분에 '하늘 아래 열린 박물관'이라는 별칭을 갖고 있다. 블라디미르와 함께 유네스코 세계문화유산에 등재되어 있다.

10세기경에 축조된 크렘린과 목조 건축 박물관을 방문했다. 크렘린은 러시아 도시의 중앙에 위치한 성채를 의미하며, 일반적으로 교회와 궁전, 성벽으로 이루어져 있다. 끝이 뾰족하거나 반구형 돔 형태인 유

     여행과 인생

럽의 가톨릭 성당과 달리 러시아 정교의 성당은 양파 모양의 돔을 얹은 것이 특징이다. 수즈달 크렘린의 교회들은 여러 개의 양파 모양 돔이 파란색, 짙은 회색, 또는 금색으로 채색되어 있고, 본체의 흰색 회벽과 어우러져 동화 속의 건물 같은 모습이다. 목조 건축 박물관은 러시아의 농노들이 살던 전형적인 마을을 그대로 재현해 놓은 곳으로, 우리는 목조 가옥의 내부까지 들어가서 러시아 농노들이 사용했던 집기들과 삶의 모습을 엿볼 수 있었다.

숙소에 체크인한 후 저녁 식사 때까지 주어진 자유 시간을 이용하여 수즈달 마을을 천천히 둘러보았다. 마을에는 실개천이 흐르고 있었고, 그 주변으로 가꾸어지지 않은 야생의 푸른 풀밭이 펼쳐져 있었다. 멀리 교회의 채색된 양파 모양 돔들이 그림 같은 배경을 이루었다. 수염을 기르고 검은색 로브(긴 가운)를 입은 정교회 수도사들이 걸어가는 모습도 보였다. 소박하고 정겨운 시골 풍경이었다. 이런 목가적인 소도시 풍광이 인상적이어서, 수즈달이 상트페테르부르크나 모스크바보다 더 오래도록 기억에 남았다.

또 하나의 황금 고리 도시이자 러시아 정교의 중심지인 세르기예프 포사트로 이동했다. 현재 러시아 정교회 총주교구청의 소재지이며, 러시아의 역사·종교보호지구로 지정되어 있다. 트로이체(성 삼위일체) 세르기예프 수도원 건축군은 14~18세기에 세워진 많은 교회들을 비롯해 30채가 넘는 건축물과 탑으로 이루어진 이 도시 최고의 명승지이다. 수도원 광장에 들어서자 먼저 금빛 별무늬가 박힌 양파 모양의 푸른색 돔 수 개가 가운데 금색 돔을 둘러싸고 있는 흰색 외벽의 성당이 눈에 들어왔다. 성모승천 대성당이었다. 이어 붉은색 외관에 금빛 돔을 얹은 트로이체 성당, 흰색과 옥색이 섞인 종탑, 스몰렌스카야 이콘 교회, 니콘 수도원 등 수많은 건축물이 그 아름다운 자태를 뽐내고 있었다.

수도원에 군사적 기능이 결합된 트로이체 세르기예프 수도원의 형태는 러시아 정교회 수도원의 뛰어난 본보기가 되었다고 한다. 또한 러시아의 전통 건축 양식과 서유럽의 전통 건축 양식이 결합하여 새롭게 창조된 동유럽의 전통 건축 양식을 보여주며, 이는 후대 러시아 건축의 모델이 되었다고 한다.

마지막 일정인 모스크바 관광을 시작했다. 먼저 러시아 전통 인형 마트료시카의 원산지를 방문했다. 마트료시카는 나무로 만든 속이 빈 오뚜기 모양의 인형 속에 조금 작은 인형이 여러 개 차곡차곡 들어있어서 열어도 열어도 인형이 나오는 민속 공예품이다. 보통 여섯 개 정도 들어있다고 한다. 우리도 한 세트 구입했다.

모스크바의 관광거리 중 하나로 알려진 지하철 역사에는 에스컬레이터가 감탄스러울 정도로 매우 깊고 길게 설치되어 있었다. 지금까지도 우리나라 지하철 역사에서는 그렇게 깊은 에스컬레이터를 보지 못했으니, 당시 러시아의 기술에 무척 놀란 것도 이상한 일이 아니다. 천장은 터널처럼 금빛 반구형 모양을 하고 있었고, 에스컬레이터 옆면에는 조명등이 일렬로 설치되어 있었다. 조명등의 모양도 에스컬레이터에 따라 길쭉한 형태에서부터 둥그런 형태에 이르기까지 다양하여 에스컬레이터가 일종의 예술작품처럼 보였다. 역사의 벽에 장식된 벽화 역시 예술이었고, 역사 바닥은 색을 입힌 타일 모자이크 형태로 만들어져 있어 역사 전체가 미술관을 연상시켰다. 우리는 역사 하나만 구경했으나, 역사마다 내부를 특징적으로 꾸며놓았다고 한다. 모스크바의 지하철 역사는 역시 관광거리가 맞았다.

대통령 관저가 있는 크렘린궁을 시작으로 본격적인 모스크바 관광에 나섰다. 우리가 흔히 크레믈린이라고 부르는 모스크바 크렘린은 24킬로미터가 넘는 삼각형 모양의 성벽과 20개의 성문, 19개의 망루로 둘러싸여 있으며, 성벽 안에는 궁전과 사원, 탑, 관청 등 많은 건축물이 들어서 있다. 크렘린은 원래 일반명사이지만, 크렘린 가운데 모스크바 크렘린이 가장 크고 유명하여, 첫 글자인 'K'를 대문자로 쓰면 모스크바의 크렘린을 가리킨다고 한다. 모스크바 크렘린 궁전은 오랫동안 러시아 황제의 거처이자 러시아 정교회의 중심지였으며, 현대에 이르러서는 구소련의 정부 청사로 사용되었다.

크렘린 궁전 안팎에도 매혹적인 성당이 가득했다. 박물관으로 사용되고 있는 십이사도 사원과 성모승천 총주교좌 대성당인 우스펜스키 성당, 황실 예배당으로 사용되었던 블라고베르첸스키 성당, 황실 무덤이 있는 아르헹켈리스키 성당, 궁전 밖의 성 바실리 성당을 관람했다. 우스펜스키 성당은 크렘린 안에 있는 네 개의 성당 중 가장 오래된 성당으로 러시아 황제의 대관식이 이곳에서 거행되었고, 대주교와 총주교가 안치되어 있다. 블라고베르첸스키 성당은 크고 작은 여러 개의 금빛 돔과 금빛 지붕이 흰색 외벽과 어우러져 아름답게 빛나고 있었다. 궁전 밖으로 나오면 본체와 여러 개의 양파 모양 돔 모두 알록달록한 색상, 그리고 다채로운 모양과 무늬로 화려하고도 예쁘게 채색되어

있는 성당이 보인다. 성 바실리 성당이다. 러시아 교회 건축의 백미로
알려질 만했다.

크렘린 궁전 안의 많은 건축물은 이탈리아 건축가들에 의해 건축되었
는데, 이것은 당시 건축술이 뒤떨어졌던 러시아가 이탈리아 건축가들
을 적극적으로 초빙해 활용했기 때문이라고 한다. 이것으로 인해 궁전
의 건축물들은 서구적이면서도 러시아적인 독특한 아름다움을 지니게
되었다고 한다. 이번에도 길 건너 커다란 SAMSUNG 로고가 보였다.

크렘린 밖으로 나와 마침맞게 진행된 경비병 교대식을 구경하고, 붉
은 광장을 돌아보았다. 러시아 최고급 국영 백화점인 굼 백화점에 들
어서면 먼저 매우 밝다는 느낌이 든다. 천장이 유리로 되어 있어 채광
이 뛰어나기 때문이다. 고급 제품들도 많았고, 중앙홀에 있는 작은 분
수를 비롯해 내부 장식에도 꽤 신경을 많이 썼다는 인상을 받았다. 당
시 러시아의 1인당 국민소득(GDP)이 7천 달러 정도였는데, 모스크바의
1인당 국민소득은 2만 5천 달러 정도였으니, 모스크바 시민들에게 이
고급 백화점을 이용할 수 있을 만한 구매력이 있다는 것이 이상한 현
상은 아니었다. 백화점에는 카페도 많아 자유 시간 동안 카페에서 잠
시 휴식을 취했다.

다음 날 공항으로 떠나기 전 모스크바 시내가 한눈에 보이는 바라뵤
비 언덕에 올라 스탈린 양식의 건물이 돋보이는 러시아 최고의 명문대
학 모스크바국립대학교를 조망하는 것으로 러시아 여행을 마무리했다.

러시아에서는 갖가지 색과 무늬, 그리고 양파 모양의 돔으로 특징지
어지는 러시아 정교회 성당이 가장 인상적이었다. 서유럽 성당들이 웅

장하고 장엄하고 엄숙하다면 러시아 성당은 동화 속의 성과 같이 예쁘고 오색찬란했다. 특히 황금의 고리로 알려진 소도시들의 독특한 성당들은 눈을 황홀하게 했다. 또 성당의 채색된 돔과 소박하고 정겨운 주변의 풍광이 어우러져 은은한 아름다움을 풍기고 있던 수즈달은 마음을 평온하게 하는 곳으로, 퍽 마음에 들었다.

명승지 관광 외에 대공의 저택에서 먹은 격조 높은 점심 식사와 러시아 국립 발레단의 민속무용 쇼도 기억에 남는다. 상트페테르부르크 시내 관광 첫날 니콜라에프스키 궁전이라고 불리는 니콜라이 대공의 저택에서 풀코스의 갈라 점심 정찬을 했다. 정찬에는 국제 피아노 경연대회에서 우승한 피아니스트의 연주가 곁들여졌다. 패키지여행에서는 쉽게 경험하기 어려운 우아하고 격식 있는 식사였다. 모스크바에서는 러시아 국립 발레단인 '코스트로마'가 공연한 민속무용 쇼 '코스트로마'를 관람했다. 제국 시대의 러시아 정신에서부터 사회주의 열망, 전시의 애국심과 단합, 현대 러시아의 빛나는 재능과 풍요가 모두 녹아 있으며, 국가의 전통적 댄스와 현대 발레의 요소가 다양하게 섞여 있는 쇼로서, 러시아에서 가장 비싼 무대 쇼 중 하나라고 소개되어 있었다. 한마디로 러시아의 모든 것을 다 보여주는 쇼라는 얘기였다. 너무 많은 것을 보여주려고 해서인지, 산만하고 지루한 감이 없지 않았으나, 무대와 의상이 매우 화려하여 충분히 눈요기가 되었다.

한 가지 아쉬웠던 것은 러시아의 울창한 숲을 체험하지 못한 것이다. 빽빽이 들어찬 쭉쭉 뻗은 침엽수 사이로 햇빛이 살짝 내리비치는 러시아의 숲. 영화 〈닥터 지바고〉에서 주인공 유리 지바고가 바리키노로 가던 도중 기차가 정차하는 사이에 잠시 내려 들어갔다가 기차를 놓칠 뻔했던 울창한 숲(이 숲은 러시아가 아니라 핀란드에서 촬영했다고 한다). 나는 러시아의 이런 숲을 동경했다. 러시아 여행에서 돌아온 후 러시아 숲을 관통하는 시베리아 횡단 열차를 한번 타 보고 싶어 이런 여행 상품이 없나 여행사 사이트를 열심히 찾아보기도 했다. 시베리아 횡단 열차를 타 보는 상품은 있었으나, 애석하게도 숲을 통과하는 경로는 아니었다.

스페인: 마드리드-바르셀로나-세비야-론다- 말라가-그라나다-코르도바-톨레도

2007년 여름방학이 거의 끝나갈 무렵 우리 부부는 11일간 스페인에 다녀왔다. 더위가 조금이라도 누그러질까 기대하며 여름의 끝자락인 8월 말에 출발하여 개강 직전에 돌아오는 일정을 잡았으나, 스페인은 역시 더웠다. 그래도 습기가 없어서 그늘에 들어가면 서늘했다.

마드리드에 도착하여 마드리드와 인근의 세고비아를 관광하고, 바르셀로나로 이동하여 인근의 몬세랏까지 관광을 마친 후, 포르투갈의 리스보아로 건너가 리스보아와 인근의 신트라와 카보다 호카를 관광했다. 이어 다시 스페인으로 건너와 남부 안달루시아 지방을 여행한 후 톨레도를 거쳐 마드리드로 귀환하는 일정이었다. 안달루시아 지방에서는 세비야, 론다, 말라가, 미하스, 그라나다, 코르도바에 들렀다.

                                                여행과 인생

스페인 일주에 포르투갈의 리스보아와 근교 관광까지 포함하는 대장정이었다. 포르투갈에 대해서는 5장에서 다루었기 때문에 이곳에서는 건너뛰기로 한다.

현지 가이드는 스페인의 한 대학원에서 석사과정을 밟고 있던 엘리트 가이드였는데, 스페인과 포르투갈의 역사, 문화, 예술, 사회 전반에 걸쳐 지식수준이 매우 높을 뿐 아니라, 많은 것을 알려주려는 열의도 강해 퍽 만족스러웠다. 2023년 포르투를 거점으로 포르투갈 한 달 살기를 결정한 배경에는 포르투를 추천한 이 가이드의 영향도 컸다. 이 가이드는 일반인들에게 잘 알려지지 않은 재미있는 이야기도 많이 들려주었다. 스페인에는 건국 신화가 없고, 민족주의나 국가관도 찾아보기 어렵다고 했다. 국가國歌는 '국왕 행진곡Marcha Real'인데, 공식적인 가사가 없어 '룰루랄라....' 하며 부른다고 했다.

수도 마드리드에 도착한 후 바로 다음 날과 귀국 전 마지막 날 마드리드를 관광했다. 마드리드에서 첫 번째 방문지는 스페인 최고의 미술관인 프라도 미술관. 이 미술관은 중세부터 18세기 에스파냐 및 유럽 여러 나라의 회화를 전시하고 있는데, 그중에서도 그레코, 벨라스케스, 고야, 루벤스, 반다이크 등 세계적으로 유명한 화가의 작품을 관람할 수 있었다. 마지막 날에는 왕궁과 그랑비아 거리, 스페인 광장 등을 둘러보았다. 마드리드는 스페인의 수도이기는 하지만 프라도 미술관을 제외하고는 다른 도시에 비해 인상적인 곳이 많지 않았다.

마드리드 인근의 세고비아에서는 흔히 세고비아 성으로 불리는 알카사르와 로마 수도교, 뾰족하고 가는 첨탑으로 둘러싸인 흰색의 세고

비아 대성당을 둘러볼 수 있었다. 세고비아 기타가 유명하여 세고비아
라는 도시가 기타와 관련된 곳인 줄 알았으나, 기타와는 전혀 관련이
없는 곳으로, 2천 년 역사를 자랑하는 고도라고 했다. 무려 2천 년 전
에 화강암으로 축조된 로마 수도교는 그 규모와 건축 기술에 완전히
압도당할 지경이었다. 로마 시대 토목 공학 기술을 보여주는 가장 뛰
어난 유적 중 하나라고 할 만했다.

가우디의 도시라고 해도 과언이 아닌 바르셀로나에서는 그 유명한
가우디의 사그라다 파밀리아(예수, 마리아, 요셉을 가리키는 성가족을 의미) 성
당과 구엘 공원, 람블라스 거리, 바르셀로나 올림픽 경기장, 몬주익성
을 돌아보았다. 1882년에 착공한 사그라다 파밀리아 성당은 여러 차례
건설의 중단과 재개를 되풀이하였으나 여전히 미완성인 상태였다. 최
근에 착공한 지 144년, 가우디 사망 100주기가 되는 2026년에 완공 예
정이라는 외신 보도를 접했다. 바르셀로나 올림픽 경기장의 우측에는
1992년 바르셀로나 올림픽에서 마라톤 금메달을 수상한 황영조 선수
의 기념 공간이 조성되어 있다. 해외에서 우리나라에 대한 긍정적인
상징물을 만날 때는 언제나 감격스럽다.

바르셀로나 인근에 있는 몬세랏은 그 장엄한 자연경관으로 탄성을 자
아내는 매우 감동적인 곳이다. '톱니 모양의 산'이라는 뜻을 지닌 몬세
랏에는 바위산 첨봉이 연이어 있으며, 그 사이사이에 깊은 협곡들이 있
어 산 위쪽은 마치 손가락 같은 수많은 암석 봉우리가 위로 솟아 있는
것처럼 보인다. 이 톱니 모양의 산을 배경으로 산타마리아 데 몬세랏
수도원이 들어서 있다. 수도원 앞 광장에 들어서서 이 바위산을 보는

                                    여행과 인생

순간 어디에서도 보기 어려운 장대한 자연경관임을 확신할 수 있었다. 수도원 안으로 들어가 나무로 만든 검은 마리아상을 관람했다. 마리아상이 검은 이유에 대해서는 흑인을 상징했다는 설도 있지만 신자들이 봉헌하는 촛불에 오랜 시간 그을려서 검게 변했다는 것이 정설이라고 한다. 몬세랏이 너무도 인상적이어서 아들이 친구와 바르셀로나로 여행을 떠난다고 했을 때 꼭 가 보도록 권유했고, 아들에게도 이곳이 매우 인상적이었던 것 같다.

남부 안달루시아 지방은 스페인에서 가장 마음에 들었던 곳이다. 가이드에 의하면 스페인을 '정열의 나라'라고 하지만, 실제로 정열적인 곳은 안달루시아 지방에 국한되며, 마드리드나 바르셀로나 사람들은 차갑다고 했다.

안달루시아의 대표적인 도시 세비야는 인구 67만 명의 대도시로 콜럼버스의 항해가 시작된 곳이다. 세비야의 랜드마크인 세비야 대성당은 15세기 약 백년에 걸쳐 이슬람 모스크를 개조해 만든 성당으로 로마의 산 피에트로 대성당과 런던의 세인트 폴 대성당 다음으로 규모가 큰 성당이라고 한다. 콜럼버스의 묘도 이곳에 있다.

안달루시아는 플라멩코의 본고장이기도 하여, 우리도 세비야에서 빨간색의 화려한 드레스를 입고 정열적으로 춤을 추는 무용수의 플라멩코 쇼를 관람했다. 플라멩코는 스페인의 춤으로 알려져 있지만, 사실은 피 끓는 한이 담긴 집시의 춤이라고 한다. 춤과 기타 연주, 노래로 이루어져 있는데, 기타 연주자들은 무용수의 발 움직임에 맞추어 연주한다고 했다. 세비야는 수많은 오페라의 배경이 되었던 곳으로도 유명하다. 피가로의 결혼, 세비야의 이발사, 카르멘 등 무려 120개의 오페라가 세비야를 배경으로 만들어졌다고 한다.

성채도시 론다를 경유하여 쾌청일수가 연중 325일을 기록하는 코스타 델 솔(태양의 해안)의 중심도시이자 휴양도시 말라가로 이동했다. 호텔을 미하스에 잡았기 때문에 미하스도 둘러볼 기회가 있었다. 미하스는 이번 여행에서 방문한 곳 중 가장 매력적이고 사랑스러운 마을이었다. 형형색색의 꽃으로 장식한 하얀 집, 어디에서도 지중해를 내려다볼 수 있는 미하스 언덕, 골목골목 아기자기한 기념품 가게. 밤에는 가톨릭 축제가 있어서 주민들이 불을 밝힌 성모 마리아상을 들고 행진하는 광경도 구경할 수 있었다. 아침에는 호텔 2층 테라스에서 태양이 작열하는 푸른 지중해를 내려다보며, 산들산들 불어오는 바람을 맞으며, 한가로이 식사를 즐겼다. 이 행복했던 순간을 지금도 잊을 수 없다. 아마 이 순간은 내가 이 작은 마을을 기억하며 그리워하게 된 중요한 이유가 되었을 것이다.

그라나다의 보물 알람브라는 아랍어로 '붉은 성'이라는 뜻이다. 성곽에 사용된 석벽이 다량의 붉은 철을 함유하고 있기 때문에 붙여진 이름이다. 원래 군사 요새로 지어졌다가 이슬람 세력이 황혼기에 접어든 13세기 중반부터 백년에 걸쳐 이슬람 마지막 왕조인 나사리 왕조의 왕들에 의해 부분적으로 건축이 진행되었다. 대리석 기둥과 아치형 건물, 투명하게 드러나는 천장, 기하학적 무늬의 모자이크 등을 눈여겨볼 만하다. 알람브라의 내부는 화려했으나, 건물의 외관은 반듯반듯하게 각이 져 있고 외벽이 요란하게 채색되거나 장식되어 있지 않아 담백한 느낌을 주었다. 코마레스 궁 앞 아라야네스 정원의 사각형 연못 위에 반사된 궁의 모습은 알람브라의 상징으로, 알람브라를 알리는 모든 엽서나 팜플렛에 등장한다. 역시 아름다웠다.

코르도바는 이슬람 세력이 이베리아반도를 지배했을 당시 수도의 역할을 했던 곳이다. 이슬람 문화와 중세 가톨릭 문화가 혼재된 모습을 볼 수 있는 또 하나의 도시이다. 코르도바에서는 2만 명을 수용할 수 있는 메스키타와 유태인지구를 관광했다. 메스키타는 모스크를 뜻하는 스페인의 일반명사이지만 고유명사로 사용되면 이곳에 있는 가톨릭교회 주교좌 성당 코르도바 산타마리아 성당을 가리킨다. 코르도바의 메스키타는 원래 모스크로 지어진 건물을 증개축하고, 기본적인 외관은 유지한 채 기독교적인 요소를 추가하여 성당으로 사용했기 때문에 두 문화가 공존하는 모습으로 남아 있다. 적색과 백색이 교차하는 문양으로 장식된 아치들은 채색된 것이 아니라 적색과 백색의 돌을 짜맞춘 것이라고 했다. 아라비안나이트에서는 메스키타를 "천정을 통해 별빛 세 개가 모이는 곳"이라고 묘사했다고 한다.

메스키타 주변에 하얀 집들이 늘어서 있는 곳이 옛날 유대인들이 살던 유대인 지구이다. 이곳에서 유대인의 회당인 시나고그와 거리를 둘러보았다. 특히 흰색 외벽 전체에 작은 화분을 층층이 달아놓은 건물들이 예뻐 그 앞에서 사진을 많이 찍었다.

톨레도로 이동하는 도중에 세르반테스의 소설 〈돈키호테〉의 배경이 되었다는 라만차 언덕의 콘수에그라 풍차마을에 잠시 들렀다. 돈키호테가 무찔러야 할 거인으로 생각하고 밤새 열심히 싸웠던 그 풍차의 배경이 된 곳이다. 자그마한 언덕에 하얀 풍차가 몇 대 보였다. 그뿐이었다.

티호강에 둘러싸여 있는 톨레도는 중세의 모습을 그대로 간직한 스페인의 옛 수도로서 1581년 수도가 마드리드로 이전될 때까지 스페인의 중심지였다. 가톨릭, 이슬람, 유대교의 문화유적이 공존하는 곳으로 스페인에서 역사·문화적 의의가 가장 큰 도시라고 할 수 있다. 스페인 가톨릭의 총본산인 톨레도 대성당, 엘 그레코의 걸작 〈오르가스 백작의 매장〉이 있어 유명한 산토토메 교회, 구시가지를 둘러보았다.

스페인은 볼거리가 무궁무진한 나라였다. 유럽이지만 8세기부터 8백 년간 이슬람교의 영향권 아래에 있었으므로 서구 문화와 이슬람 문화의 혼재에서 비롯된 이국적인 모습을 보여주고 있었다. 스페인 여행은 제네바 ILO 근무 후 8년 만에 처음으로 떠난 유럽 여행이었다는 점, 이슬람 문화를 엿볼 수 있는 지역을 처음 방문해 보았다는 점, 지중해의 푸른 바다와 강렬한 햇빛을 처음으로 맛보았다는 점, 지중해 연안의 맛있는 음식과 가성비 좋은 와인을 제대로 맛볼 수 있었다는 점 등의 이유로 매우 인상적이었고, 여행 내내 행복했다. 이후 누군가 여행했던 곳 중에서 어디가 가장 좋았느냐고 물어오면 스페인을 꼽곤 했다. 특히 안달루시아 지방은 다음 '한 달 살기' 도시로 세비야를 고려하고 있을 정도로 마음에 들었다.

여행과 인생

크로아티아: 자그레브-두브로브니크-스플리트-트로기르-플리트비체

2013년 7월 우리 부부는 9일간 발칸반도 여행을 다녀왔다. 오스트리아 제2의 도시 그라츠에서 출발하여 발칸반도의 크로아티아와 보스니아 헤르체고비나, 그리고 슬로베니아를 다녀오는 일정이었다. 빈에 도착한 후 남쪽으로 오스트리아의 그라츠, 크로아티아의 자그레브, 보스니아 헤르체고비나의 사라예보와 모스타르, 크로아티아의 두브로브니크까지 내려간 후, 다시 아드리아해를 따라 북쪽으로 올라가면서 크로아티아의 스플리트, 트로기르, 플리트비체, 슬로베니아의 포스토이나, 블레드와 류블랴나까지 관광하고 빈에서 귀국길에 올랐다.

발칸반도의 이 세 나라는 원래 유고슬라비아 연방에 속해있었으나, 1989년 베를린 장벽이 무너진 후 1991년부터 차례로 분리독립을 선언하여 유고 연방의 해체를 이끌었다. 이후 1990년대 중엽까지 민족과 종교 갈등으로 대규모 학살이 자행되는 등 제2차 세계대전 종식 이후 최악의 내전이 벌어져 한때 화약고로 불렸던 곳이다.

크로아티아의 수도 자그레브에서 가장 오래된 성 마르코 성당은 알록달록한 모자이크 형태의 지붕이 인상적이다. 지붕 가운데 두 개의 큰 문양이 있는데, 왼쪽 문양은 크로아티아를, 오른쪽 문양은 자그레브를 상징한다. 혹자는 지붕이 레고 블록을 연상시킨다고 하는데, 어쨌든 외관이 특이해서 자그레브 하면 가장 많이 떠올리는 랜드마크이다.

해안 도시 두브로브니크는 아드리아해의 보석이라 불린다. 대리석 조각으로 짜 맞혀진 구시가지 거리의 바닥은 수많은 사람의 발길로 반질 반질하게 닳아 있었다. 최근에 주민들이 관광객의 캐리어 끄는 소리에 불만을 제기하여 캐리어를 끌지 못하도록 규제한다는 소식을 들었다. 중심 거리를 따라 상점과 노천카페가 늘어서 있었고, 곳곳에 궁전과 성 당, 수도원이 보였다. 둘레 2킬로미터에 이르는 성벽에 올라 아름다운 아드리아 해안과 두브로브니크 구시가지를 조망하였다. 무척 뜨거웠고 사람들이 워낙 많아 서로 부딪히지 않도록 이리저리 피해 가며 다녀야 했다. 하얀 요트가 정박해 있는 코발트 빛의 작은 만에 자리한 운치 있 는 노천 레스토랑에서 점심을 먹고, 달마시안 해안을 감상하며 스플리 트로 이동했다.

스플리트는 크로아티아 제2의 도시이자 최대 항구도시이다. 로마 황 제 디오클레티아누스가 만든 도시라고 하여 황제의 도시라 불린다. 아드 리아해 연안 최대 로마 유적인 디오클레티아누스 궁전과 성 도미니우스 성당, 크로아티아어로 예배를 볼 수 있도록 투쟁한 그레고리우스 닌 동 상 등을 둘러보았다. 해안을 따라 야자수가 줄지어 서 있는 아름다운 리 바 거리를 산책한 후 역시 유네스코 세계문화유산으로 등재된 중세 유럽 도시 트로기르를 거쳐 플리트비체 호수 국립공원에 도착했다.

플리트비체 호수 국립공원은 유네스코 세계자연유산에 등재된 곳으 로, 16개의 호수, 90여 개의 폭포, 호수 위의 나무다리, 숲이 어우러져 절경을 자랑하는 곳이다. 물빛은 보는 각도와 물의 깊이에 따라 투명 한 파란색에서부터 초록색까지 다양하게 변화한다. 유럽에서 가장 아 름다운 자연적 가치를 지닌 곳으로 평가받고 있다고 한다. 중국의 주

여행과 인생

자이거우와 비슷한 곳이다. 모처럼 여유롭게 자연 속을 거닐었다. 싱그러운 숲속 길을 산책하는 것은 언제라도 상쾌하다.

보스니아 헤르체고비나: 사라예보-모스타르

크로아티아 자그레브의 관광을 마치고 보스니아 헤르체고비나에 들어서니, 담벼락 여기저기에 총탄 자국이 뚜렷한, 다 쓰러져 가는 집들이 보였다. 참혹했던 내전의 상흔이다. 보스니아인, 세르비아인, 크로아티아인 등이 함께 거주했던 보스니아는 크로아티아와 세르비아의 교차 지점에 있어, 1990년대 초에 유고 연방이 붕괴한 이후부터 1990년대 말까지 동·서 분쟁의 무대가 되었던 곳이다. 크로아티아와 세르비아가 주축이 되어 보스니아를 지배하기 위한 전쟁을 벌였을 뿐 아니라, 이 지역을 자기 민족과 종교로만 이루어진 곳으로 만들려고 하는 과정에서 보스니아인들을 인종청소와 인종적 강간의 대상으로 삼기도 했다.

반면 수도 사라예보는 매력적인 모습을 보여주고 있었다. 동서양의 문화가 공존하고, 이슬람교, 가톨릭 동방정교, 유대교, 개신교 등 다양한 종교들이 혼재하는 매우 흥미로운 도시였다. 그러나 이 다양성이 내전의 원인이 되었다는 참담한 사실을 상기해야만 했다.

사라예보는 우리 세대에게 비교적 친숙한 도시이다. 거기에는 적어도 두 가지 이유가 있다. 첫 번째 이유는 이곳에서 오스트리아-헝가리제국의 황태자 부부가 암살되어 제1차 세계대전 발발의 계기가 되었다는 역사적 사실로 세계의 주목을 받은 도시라는 점이다. 두 번째 이유는 1974년에 당시 유고 연방에 속했던 사라예보의 세계 여자 탁구 선수권 대회에서 우리나라 여자 탁구가 세계를 제패했다는 사실이다. 이때 이에리사가 열아홉 살의 어린 나이로 크게 활약하여 우리 세대는 지금도 그때의 이에리사를 기억한다. 지금은 우리나라 스포츠의 위상이 많이 높아졌지만, 당시는 우리나라 스포츠가 세계를 제패한다는 것을 상상하기 어려운 시절이었다. 그만큼 사라예보 탁구대회 우승은 우리의 뇌리에서 영원히 사라지지 않는 감격스러운 사건이었다.

오스만제국 시대에 형성된 구시가지에서 서쪽으로 가면 합스부르크 시대에 만들어진 신시가지가 이어진다. 좀 더 서쪽으로 가면 공산주의 시대에 조성된 거리 풍경이 펼쳐진다. 사라예보 관광은 황태자 부부의 암살 사건이 발생했던 자그마한 라틴 다리에서부터 시작되었다. 이어 사라예보에서 가장 중요한 이슬람 건축물인 가지 후스레프베그 모스크, 오스만제국의 색채가 뚜렷하게 남아 있는 튀르크인들의 거리이자 모스크와 상점과 카페들이 모여 있는 사라예보 관광의 중심지 바슈카르지아, 지금도 식수로 사용하고 있는 구시가지의 상징 세빌리 샘, 파리의 노트르담 성당을 모방하여 축조된 대성당, 유대교 회당 시나고그 등을 둘러보았다.

보스니아 내전 시 최대 격전지였던 모스타르 관광의 핵심은 네레트바강 위에 놓여 있는 모스타르 다리이다. 보행자 전용 다리인 모스타르 다리는 아치형이면서도 다리 상판이 완만한 삼각형처럼 부드럽게

여행과 인생

각이 져 있는 독특한 모습을 하고 있다. 1993년 크로아티아군의 공습 때 완전히 파괴되었다가 2004년 세계 각국의 지원으로 재건되었다. 다리에는 참혹한 내전을 잊지 말자는 취지로 'Don't forget 93'이라는 문구가 새겨져 있다. 현재는 보스니아의 이슬람계와 크로아티아계를 이어주는 평화의 상징물로 자리 잡았다고 한다.

슬로베니아: 포스토이나-블레드-류블랴나

슬로베니아의 포스토이나 종유동굴은 길이가 20킬로미터에 달하는 카르스트 동굴로, 1959년 관광용 전동기차를 설치하여 편리하게 구경할 수 있도록 만들어 놓았다. 중국 쓰촨성에 있는 황룽동과 비슷한 유형의 동굴인데, 길이는 두 배 더 길다.

지금도 사진이나 영상에 나오면 하던 일을 멈추고 유심히 바라보는 아름다운 호수 마을 블레드. 고요하고 잔잔한 블레드 호수, 호수를 둘러싼 푸른 숲, 호수 한 가운데 나무로 뒤덮인 작은 블레드 섬과 섬 위에 우뚝 서있는 아담한 하얀 색 성당, 그리고 깎아지른 듯한 바위 절벽 위에 우뚝 솟아 있는 자그마한 블레드 성이 어우러진 모습은 한 폭의 그림이다. 8백여 년 동안 유고슬라비아 왕가의 여름 별장으로 사용되었다는 블레드 성을 둘러본 후 블레드 시내를 구경했다. 호텔과 별장이 많이 들어선 단아하고 아름다운 도시였다. 블레드는 후에 한 달 살기 장소로 고려해 보았을 만큼 인상적이고 마음에 들었던 곳이다. 남편은 이곳에 며칠 머물렀으면 좋겠다고 했으나, 하루도 묵어보지 못한 채 곧바로 슬로베니아의 수도 류블랴나로 출발했다.

인구 30만의 류블랴나에는 로마의 유적, 그리고 오스트리아 지배와 나폴레옹 시대를 거치면서 형성된 다양한 서유럽 문화유적들이 잘 보존되어 있어서 도시 전체가 전통적인 유럽 분위기를 물씬 풍긴다. 거리 한편에는 피렌체에서 활동했던 르네상스 시대의 화가 마사초의 작품 〈에덴동산에서 추방되는 아담과 이브〉의 모습을 그대로 형상화한 청동상이 서 있어서 한참 동안 흥미롭게 바라보았다. 구시가지를 휘감아 돌고 있는 루블라니차강을 따라 중세풍의 건물이 늘어서 있고 카페와 레스토랑도 즐비하며 대학도시답게 젊은이들로 생기가 넘쳐, 도시 전체가 낭만적이었다.

류블랴나를 마지막으로 발칸반도를 돌아보는 긴 여정을 마쳤다. 이번 여행은 버스 이동 거리가 매우 길었으나, 중간중간 적절한 간격으로 방문 도시들이 배치되어, 생각만큼 피로도가 높지는 않았다. 뚜렷이 기억에 남는 랜드마크는 없었지만, 중세 분위기가 물씬 풍기는 소도시들, 아름다운 아드리아해, 플리트비체의 푸른 호수와 숲, 포스토이나 종유동굴, 호수 가운데 떠 있는 섬 위의 아담한 성당과 바위 절벽 위의 성채가 어우러진 그림 같은 블레드 호수의 풍광 등 다채로운 장면을 감상하며 잔잔하고 평온한 아름다움을 맛볼 수 있었다. 내전의 아픔을 간직한 강 위의 모스타르 다리와 담벼락에 남아 있던 탄흔은 특히 인상적이었고 전쟁이라는 인류 최대의 악惡에 대해 성찰해 보게 했다.

  여행과 인생

체코: 프라하-카를로비바리-플젠-체스키크룸로프-
레드니체·발티체

2014년 6월 말 종강하자마자 우리 부부는 9일간 체코와 오스트리아, 그리고 헝가리 3개국을 다녀왔다. 나는 제네바 ILO 근무 시절 오스트리아의 빈과 잘츠부르크, 그리고 체코의 프라하를 다녀온 적이 있지만, 남편은 아직 가 보기 전이라 함께 다녀오기로 했다. 오스트리아는 내가 전에 갔던 경로와 거의 비슷했으나, 체코는 내가 방문했던 프라하 외에 소도시들이 일정에 포함되어 있었고, 헝가리는 우리 부부 모두 초행이었다. 체코 프라하에서 출발하여 카를로비바리, 플젠, 체스키크룸로프를 돌아보고, 오스트리아로 건너가 잘츠부르크와 잘츠카머구트, 그리고 빈을 관광했다. 이어 헝가리로 넘어가 부다페스트를 방문하고, 다시 체코로 넘어와 레드니체 · 발티체와 프라하를 관광한 후 귀국하는 일정이었다.

체코는 보헤미아 왕국과 합스부르크 제국 시대의 유적이 잘 보존되어 있을 뿐 아니라, 대문호 카프카, 작곡가 드보르자크와 스메타나를 배출한 역사적, 문화적인 나라이다. 프라하에 도착한 바로 다음 날 버스로 두 시간 반 정도의 거리에 있는 카를로비바리로 이동하여 관광을 시작했다. 가는 길에는 넓은 평원에 노란 유채꽃이 가득 피어있었다.

역대 왕들의 온천 휴양지였다는 카를로비바리는 아름답고 전통적인 유럽 색채가 강한 온천마을이다. 예로부터 주민들이 온천수를 마시곤 했으므로 음수대 주변에 기둥을 세우고 독특한 회랑이나 정자를 지

없는데, 이것을 '콜로나다Colonnade'라고 한다. 아치형 터널 형태, 로마 신전 형태, 레이스 장식 형태 등 모양이 다양하다. 통유리로 된 천장이 높은 건물 안에서 간헐천이 뿜어져 나오는 브르지델니 콜로나다를 포함하여 여러 개의 멋진 콜로나다를 둘러보았다. 인솔자가 하나씩 사준 자그마한 기념품용 컵으로 온천수를 마셔보고, 컵은 집으로 가져와 기념품용 장식장에 진열해 놓았다.

유네스코 세계문화유산으로 등재된 체스키크롬로프와 레드니체·발티체는 어디에서 사진을 찍어도 그림 같은 배경이 나오는 전형적인 유럽 소도시이다. 체스키크롬로프의 구시가지와 성은 14세기부터 17세기까지 3세기에 걸쳐 형성되었으므로, 거리에서 고딕과 르네상스, 바로크 양식 등 다양한 건축 양식을 볼 수 있다. 햇볕이 쨍쨍 내리쬐어 덥기는 했지만, 성과 스보르노스티 광장, 망토 다리, 중세풍의 건물로 가득 찬 구시가지를 여유 있게 돌아볼 수 있었다.

유럽에서 가장 영향력 있는 가문 중 하나였던 리히텐슈타인 공국의 리히텐슈타인 가문 공작들은 17~20세기에 자신들의 영지였던 남부 브로츨라프 지역에 레드니체성과 발티체성을 축조하고 개축하였다. 더불어 우아한 프랑스식 정원과 낭만적인 영국식 정원을 넓게 조성하였다. 공원마다 귀족들의 연회를 위한 작은 파빌리온을 설치해 놓아 아름다움을 더해준다. 여러 시기의 기념비적 요소와 토속적, 이국적 자연 요소들이 조화롭게 어우러진 경관은 뛰어난 창의성이 표출된 것이라고 평가받고 있다.[29] 이곳은 아직 관광객들이 많이 찾지 않는 곳이어서 한적했다. 여유롭게 둘러보고, 발티체성 지하에 있는 와인 살롱(국립

여행과 인생

와인협회)에서 와인을 시음했다.

체코에서 마지막 여행지인 수도 프라하는 유럽에서 중세의 모습을 가장 잘 보존하고 있는 도시 중 하나이다. 두 번째 방문이었는데, 다행히 중요한 명소들이 모두 기억에 남아 있었다. 뾰족하고 화려한 두 개의 첨탑이 높게 솟아 있어 프라하 어디를 가더라도 눈에 띄는 틴 성당, 매시 정각이 되면 종소리와 함께 작은 창문이 열리면서 인형으로 된 암탉과 그리스도 열두 제자가 하나씩 천천히 나타났다가 사라지는 구시청사 탑(구시청사는 제2차 세계대전 때 독일군의 폭격을 받아 파괴되고 지금은 탑만 남아 있다)의 천문시계, 체코 현대사의 중요한 성지이자 프라하 최대의 번화가 바츨라프 광장, 그리고 프라하성을 관광했다.

프라하성은 체코를 대표하는 국가적 상징물이자, 유럽에서도 손꼽히는 거대한 성으로, 성안에는 성 비트 성당, 구왕궁, 성 이르지 바실리카와 수도원, 황금 소로, 왕실 정원 등 많은 건축물이 들어서 있다. 9세기 말부터 건축을 시작하여 18세기 말에야 현재와 같은 모습이 되었다고 한다. 프라하성에서 내려다보는 프라하의 전경도 일품이다. 황금 소로는 포르투갈의 좁은 골목처럼 파스텔 톤의 집들이 오밀조밀 들어서 있는 좁고 예쁜 거리이다. 프라하에서 가장 예쁘고 작은 거리로 알려져 있다고 한다. 프란츠 카프카의 작업실이 있어서 더욱 유명하다. 16세기 후반에는 성을 지키던 수비대원들이 거주하던 곳이었는데, 17세기에 연금술사와 금 세공업자들이 이주해 오면서 황금 소로라는 애칭이 생겼다고 한다. 이 거리의 집들은 대부분 기념품 가게이다.

프라하에 와서 카를교를 빼놓을 수는 없다. 블타바강(우리에게는 독일

명칭 몰다우강으로 알려져 있다)을 사이에 두고 프라하를 연결하는 13개 다리 중 가장 아름답고 유명한 다리이다. 보행자 전용도로로 지정되어 있어, 다리 난간에 늘어서 있는 30개의 조각상과 노점상, 그리고 아름다운 프라하 전경을 구경하며 유유자적하게 거닐기 좋다. 다만 사람들이 너무 많아 부딪치지 않도록 조심해야 한다. 산책하듯 한가로이 걷다가 액세서리 노점상에서 목걸이 펜던트를 하나 샀다. 상인이 직접 만든 것이라고 했다. 구시가지 광장에 있는 백년 전통의 레스토랑 '유프린스'라는 곳에서 저녁 식사를 하며 프라하의 야경과 구시가지의 전경을 감상했다. 숙소가 시내에 있었으므로 우리 부부는 밤에 따로 나와 구시가지 일대와 카를교의 야경을 원 없이 둘러보았다.

이번 체코 여행에서는 그동안 우리에게 잘 알려지지 않았던 아름다운 소도시 카를로비바리, 체스키크룸로프, 레드니체·발티체를 북적거리는 여행객들에 치이지 않고 여유롭고 평온한 분위기에서 둘러볼 수 있었던 것이 가장 큰 수확이었다. 과거 라거맥주를 최초로 생산한 도시 플젠의 중세 맥주 공장에서 맥주 시음을 한 것도 색다른 체험이었다.

오스트리아: 잘츠부르크–잘츠카머구트–빈 | 그라츠

잘츠부르크에 도착하자 먼저 후니쿨라를 타고 호엔잘츠부르크성으로 올라갔다. 성에서 저녁 식사를 마친 후, 가장 기대했던 프로그램인 모차르트 콘서트를 관람했다. 시차 적응을 문제 삼아 일찍 내려가자는 일행도 있었으나, 다행히 인솔자가 프로그램대로 진행하여 근사한 콘서트를 끝까지 감상할 수 있었다. 다음 날 미라벨 궁전과 정원, 모차르트 생가, 게트라이데 거리 등 16년 전에 ILO 스태프와 방문했던 곳을 다시 둘러보고, 잘츠카머구트 지역의 할슈타트로 이동했다.

할슈타트도 지난번에 방문했던 곳이지만, 빙하 호수와 알프스가 어우러져 워낙 아름다움을 자랑하는 곳이어서 두 번째 방문도 기대가 되었다. 유람선에 올라 잘츠카머구트 호수를 유람하는 내내 뾰족지붕의 샬레, 그 뒤의 푸른 언덕과 울창한 숲으로 뒤덮인 산들을 바라보며, 그림 같던 스위스 알프스의 추억에 잠겼다. 유람선에서 내리니, 예쁜 알프스 샬레, 성당의 첨탑, 호숫가의 아름다운 정원이 우리를 기다리고 있었다. 또 한 폭의 그림이었다. 안타깝게도 비가 세차게 내려, 우산을 쓴 채로 골목골목을 돌아보았다.

잘츠부르크와 할슈타트가 전체적인 경관이 아름다운 곳이라면, 빈은 볼 것이 많은 동네다. 프린츠 오이겐 왕자의 여름 별궁인 벨베데레 궁전과 미술관, 프랑스 베르사유 궁전에 자극받아 지었다는 쇤브룬 궁전과 정원, 훈데르트바서 하우스, 모차르트의 결혼식과 장례식이 거행되었던 빈의 상징 슈테판 성당, 빈에서 가장 화려하고 번화한 보행자 전용 도로인 케른트너 거리 등을 돌아보았다. 벨베데레 궁전은 상궁과 하궁으로 나뉘어져 있는데, 이중 상궁은 왕가의 연회장에 미술작품을 전시해 놓은 미술관이다. 구스타프 클림트의 〈키스〉와 〈유디트〉, 에곤 실레의 〈포옹〉과 〈가족〉 등 유명 작품을 관람할 수 있었다. 〈키스〉는 빛나는 색채를 진짜 금으로 표현했다고 하여 더욱 유명하다.

훈데르트바서 하우스는 지난번 빈 여행 때 와보지 못한 곳인 데다가 동화 속에 나올 법한 그 비현실적인 모습이 매우 인상적이었다. 이상적인 주거 건물을 지어보자는 빈시 당국의 의뢰로 화가이자 건축가이자 생태주의자인 프리덴슈라이히 훈데르트바서 Friedensreich Hundertwasser가 1985년 빈 도심에 지은 시영주택이다. 삭막하고 특징이나 국적 없는 주택이 아니라 자연과 조화를 이루면서도 위엄 있는 왕궁과도 같은 대중의 집을 짓겠다는 그의 이상을 실현한 주택이라고 한다. 건물의 높이는 3층부터 9층까지 다양하다. 주택 52가구와 상업시설 다섯 곳, 놀이터, 윈터가든으로 이루어져 있다. 각 층의 외벽이 푸른색, 붉은색, 노란색, 흰색 등 알록달록한 색으로 채색되어 있고, 층과 층 사이가 반듯한 직선이 아니라 비뚤비뚤한 곡선 형태로 이어져 있다. 내부 복도가 곡선이기 때문인 것 같다. 창틀도 각각 서로 다른 모양을 하고 있다. 옥상에는 나무를 비롯해 다양한 식물이 우거져 있다. 일반인들이 거주하는 공간이므로 내부 출입이 불가능하다. 대신 이 건물 바로 앞쪽에 있는 '훈데르트바서 마을'에서 역시 매우 독특하고 강렬한 색상의 실내장식을 구경하며 사진을 찍었다.

전년도에 발칸반도의 세 나라와 함께 방문했던 그라츠는 빈에서 남서쪽으로 2백 킬로미터 떨어져 있는 오스트리아 제2의 도시다. 여섯 개의 대학을 보유하고 있는 대학도시이며, 영화배우이자 캘리포니아 주지사를 지냈던 아놀드 슈워제네거의 고향이기도 하다. 유네스코 세계문화유산으로 등재된 구시가지는 보존이 잘 되어 있어 전형적인 중

여행과 인생

세 유럽 도시의 분위기를 제대로 맛볼 수 있다. 전통적인 건축물뿐만 아니라, 2003년 그라츠 시가 유럽문화수도로 선정되면서 프로젝트의 일환으로 건설된 인공섬 무어인젤과 현대 미술 전시장 쿤스트 하우스도 볼만했다. 독특한 모양의 무어인젤은 입을 반쯤 벌린 조개 또는 강물의 소용돌이를 형상화했다고도 하고, 강을 사이에 두고 거주지가 나누어져 있는 상류층과 서민층을 연결하여 마치 악수하는 듯한 모습을 형상화했다고도 전해진다. 강수량에 따라 높이가 조절되며, 다리 역할을 겸한 야외 문화공간과 카페 등을 갖추고 있다. 서울 한강 반포대교 새빛섬이 벤치마킹한 인공섬이라고 한다. 쿤스트 하우스는 중세풍 건물들 위에 불시착한 우주선 같은 모양을 하고 있어 '친근한 외계인'이라는 별명이 붙었다. 구시가지의 전통적인 건축물과 어울리지는 않았으나, 그 독특한 외관이 인상적이다. 케이블카를 타고 슬로스베르크 언덕에 올라가 그라츠의 상징과도 같은 시계탑도 보고, 그라츠 시내 전경도 조망했다. 쿤스트 하우스의 기이한 형상이 한눈에 들어왔다.

헝가리: 부다페스트

헝가리는 오랫동안 튀르크와 합스부르크 왕가의 지배를 받았고, 두 차례의 세계대전에서 패전국으로 전락한 후 수많은 난관을 헤쳐 나가야 했다. 그럼에도 1989년 동유럽에서 처음으로 개방화와 자유화를 단행하여 비약적으로 발전하고 있는 나라이다. 수도 부다페스트는 원래 다뉴브강을 사이에 두고, 부다와 페스트 지역으로 분리되어 있었으나, 지금은 하나의 도시로 통합되어 있다. 지하에는 백여 개의 온천이 있어 '물의 도시' 또는 '온천 도시'로 불린다고 한다.

구시가지 강 쪽 언덕 위에 고깔모자를 씌운 듯한 지붕이 얹힌 일곱 개의 흰색 탑이 보였다. 어부의 요새이다. 일곱 개는 헝가리를 건국한 일곱 마자르족을 상징하는 것이라고 한다. 이름의 유래에 대해서는 옛날 이곳에서 어부들이 적의 공격을 막았다는 설과 이 언덕의 시장을 지켰던 어부 조합이 있었다는 설이 전해진다. 이곳에서는 다뉴브강과 구시가지가 시원하게 내려다보인다. 강 건너 흰색 건물 위에 붉은 돔이 올라앉은 웅장한 국회의사당이 한눈에 들어왔다.

부다페스트 시내를 조망하기에 훌륭한 겔레르트 언덕과 자유의 여신상, 1896년 헝가리 건국 천 년을 기념하여 세워진 영웅광장, 국립미술관으로 사용되고 있는 부다 왕궁, 성 이슈트반 대성당, 부다와 페스트 지역을 연결한 최초의 다리인 세체니 다리 등을 둘러보고 디너 크루즈에 나섰다. 유람선을 타고 부다페스트와 다뉴브강의 야경을 감상하며 저녁 식사를 하는 프로그램인데, 여름이라 일몰 시간이 늦어 우리는 아쉽게도 그 아름답다는 부다페스트의 야경 대신 아직 환한 낮의 전경을 감상해야 했다. 더욱이 일행 중 우리와 같은 단지에 살고 있는 모녀가 우리를 알아보아 이 모녀와 대화를 나누느라 사진도 많이 찍지 못했다. 우리 부부와 이 어머니가 모두 단지 내 수영장을 자주 이용하므로 알아본 모양이다.

  여행과 인생

프랑스: 생폴드방스-에즈-니스-칸-마르세유- 엑상프로방스-아비뇽-아를-카르카손-보르도- 생테밀리옹-투르-루아르-생말로-몽생미셸-파리

어느 시점부터인가 여행사들이 한 번에 여러 나라를 관광하는 상품 대신 한 나라를 집중적으로 돌아보는 상품을 내놓기 시작했다. 2015년 여름 우리 부부가 11일간 다녀온 프랑스 일주도 이런 유형의 패키지 상품이었다. 프랑스 남동부 프로방스, 더 정확하게는 프로방스알프코트다쥐르Provence-Alpes-Côte d'Azur 지방에서부터 시작하여 남서부, 중부, 북서부를 거쳐 파리에서 마치는 일정이었다.

파리에 도착한 후 곧바로 국내선 비행기로 갈아타고 니스로 날아가 다음날부터 니스를 거점으로 아름다운 프로방스 여행을 시작하였다. 생폴드방스, 에즈, 니스, 칸, 마르세유, 엑상프로방스, 아비뇽, 아를, 그리고 에즈와 바로 이웃하고 있는 모나코는 모두 강렬한 햇살과 푸른 지중해를 배경으로 그림 같은 풍광을 선사하는 곳이다. 수많은 세계적인 화가들이 왜 프로방스 지방을 그렇게 사랑했는지 어렴풋이나마 이해할 수 있었다.

생폴드방스는 인구 2천8백 명의 작은 마을이지만 프랑스 전역에 걸쳐 가장 많은 사람이 방문하는 곳이라고 한다. 1920년대 들어 마티스, 샤갈, 피카소, 브라크, 폴롱 등 이름만 들어도 가슴이 뛰는 현대 화가들이 이 마을의 풍광과 색채에 반해 이곳에서 작품 활동을 시작했다. 이 나라 저 나라를 떠돌던 샤갈은 말년에 이 마을에서 20년 가까운 세월을 보내며 작품을 남겼고, 사후에 이 마을 공동묘지에 묻혔다. 마을의 중심지에서 우측으로 올라가면 영화배우 이브 몽탕과 시몬느 시뇨레가 살던 집이 나온다. 조약돌을 박아 놓고, 군데군데 태양 모양으로 장식해 놓은 길바닥도 특이하고, 곳곳에 분수와 아치형 통로가 있는 골목골목도 매우 예쁘다. 옛 중세 요새 마을의 정취와 현대 예술의 자취를 모두 간직한 채 지중해를 내려다보고 있는 아름다운 마을이다.

험준한 바위산 봉우리에 둥지같이 자리하고 있는 요새 마을 에즈는 "니스에 가면 에즈부터 가라"는 말이 있을 정도로 유명한 곳이다. 니체가 〈차라투스트라는 이렇게 말했다〉를 집필할 때 영감을 받은 곳임을 증명하듯이 '니체의 거리Chemin de Nietzsche' 안내판이 보였다. 훼손되지 않은 아늑한 중세마을에서 미로 같은 골목길을 거닐며, 쪽빛 지중해 전경과 프로방스의 햇살을 즐겼다. 소박함과 느림에서 오는 평온함을 누릴 수 있게 하는 마을이다. 에즈 마을을 떠나기 전에 그라스에 있는 향수공장 프라고나르를 방문했다. 지중해성 온화한 기후 덕분에 프랑스 전체 천연 에센셜오일의 3분의 2를 이곳에서 생산하고 공급한다고 했다. 오일의 품질도 뛰어나므로 유명한 향수 회사들이 이곳에 밀집되어 있고, 이곳에서 향수 장인을 양성하고 있다.

에즈의 동쪽 리비에라 해안에 위치한 이웃 나라 모나코를 잠시 방문했다. 하얀 요트가 정박해 있는 평화로운 항구와 카지노가 있는 멋진 호텔들, 그리고 야자수와 푸른 잔디로 조성된 넓은 광장이 어우러진 몬테카를로의 자태가 매혹적이었다. 도심도 아름다웠지만 이동하는 길에 절벽 위에서 내려다본 지중해와 점점이 떠 있는 하얀 요트가 빛어내는 전경도 일품이었다.

니스에서 샤갈 미술관을 방문했다. 외관이 현대적이면서 단아한 이 미술관은 샤갈이 1966년 프랑스 정부에 기증한 17점의 회화로 시작하여 현재 세계에서 가장 많은 약 450점의 샤갈 작품을 보유한 샤갈 전용 전시 공간이다. '국립 마르크 샤갈 성서 이야기 미술관'이라는 공식 명칭에서 알 수 있듯이 샤갈 작품 중에서 주로 성서를 주제로 하거나 종교적인 색채가 짙은 그림을 소장하고 있다. 성당을 장식하는 그림을 그리고 싶어 했던 샤갈은 구약 성서 '아가서'를 주제로 그림을 그려 니스 인근에 있는 방스라는 작은 마을의 성당에 걸어놓으려 했으나, 지나치게 선정적이라는 이유로 거절당했다고 한다. 이것을 안타깝게 여긴 당시 문화부 장관 앙드레 말로의 제안으로 이 미술관이 탄생하게 되었다. 미술관 관람 후 프롬나드 데 장글레 광장을 둘러보고 야자수가 줄지어 서 있는 해변의 한 카페에서 잠시 커피를 마시며, 여유를 부렸다.

휴양도시 칸에서는 칸 국제 영화제의 시상식장인 팔레 데 페스티벌에 데 콩그레의 레드 카펫을 밟아 보았다. 이 시상식장은 영상으로 볼 때와는 달리 규모도 그다지 크지 않았고, 배우들이 카메라 플래시 세례를 받으며 걸어가는 레드 카펫도 길지 않았다. 평소에는 약식으로 관광객들을 위한 포토 존을 만들어 놓은 것 같았다. 계단에서 배우처럼 레드 카펫을 밟고 사진을 찍었다. 사진을 찍어주던 가이드는 우리의 자세가 너무 진부하다며 좀 더 참신한 자세를 요구했으나 우리에게는 그런 재능과 숫기가 없는 것을 어찌하랴!

거점을 니스에서 마르세유로 옮겨, 엑상프로방스와 아비뇽, 아를을 관광했다. 날씨는 점점 더워졌다. 26~28℃를 기록했던 최고기온이 33℃까지 치솟았다.

프랑스 제1의 항구도시인 마르세유는 기원전 6백 년경 그리스인에 의해 건설된 프랑스에서 가장 오래된 도시이다. 다양한 인종이 섞여 있는 대도시이며, 마르세유 어디에서나 보이는 로만 비잔틴 양식의 노트르담 드 라 가르드 대성당을 비롯해 잘 보존된 화려한 문화유적과 이국적인 모습을 모두 간직하고 있는 도시로 알려져 있다. 마르세유에 도착하니, 이전에 방문한 아름답고 단아한 도시들과 확연히 다른 분위기가 느껴졌다. 배와 사람으로 북적이는 항구와 바다로부터 풍겨오는 비릿한 생선 냄새-어수선하고 소란스러웠으나 사람 사는 동네같이 활기가 느껴졌다.

엑상프로방스 주차장에 도착하자 분수가 많은 도시로 알려진 곳답게 먼저 하얀 석상들이 세워져 있는 분수가 보였다. 하늘을 거의 가릴 정도로 가로수가 우거진 미라보 거리에는 가장 멋지다는 세 개의 분수가 이어져 있고, 거리 양쪽으로 17~18세기 건물들과 예쁜 카페들이 줄지어 자리하고 있었다. 우리는 미라보 거리를 산책하듯 걸었다. 세잔의 고향답게 그의 동상을 비롯해 곳곳에 세잔의 흔적이 보였다. 세잔의 작업실이었던 '세잔 아틀리에'에는 그가 사망했던 1906년 당시의 모습이 그대로 보존되어 있었다. 그가 그림에 사용하던 소품들이 진열되어 있었고, 특히 그의 정물화에 단골로 등장하는 다양한 색상의 사과들이 여기저기 놓여 있었다. 그의 그림에 많은 영감을 주었던 생트 빅

여행과 인생

투아르산을 그린 미완성 그림도 볼 수 있었다. 이 산은 엑상프로방스에서 동쪽으로 15킬로미터 떨어진 곳에 있다. 작업실 바깥에는 녹음이 우거지고 테이블과 의자가 갖추어진 정원이 조성되어 있어 잠시 쉬면서 더위를 식혔다.

엑상프로방스에서 북서쪽으로 한 시간 거리에 있는 역사적 도시 아비뇽에 도착했을 때는 최고기온이 36℃를 기록했다. 점점 더 뜨거워지고 있었다. 아비뇽은 유럽 종교 역사상 가장 중요한 사건 중 하나였던 아비뇽 유수가 일어난 곳이다. 아비뇽 유수는 14세기에 신성 로마제국이 당시 로마에 있던 서방교회의 교황청을 강제로 아비뇽으로 이전시켜 약 70년간 머무르게 한 사건이다. 이때 아비뇽은 제2의 바티칸이 된 것이었다. 교황청을 다시 로마로 옮겨야 한다는 여론이 빗발치자, 교황 그레고리오 11세가 로마로 귀환하며 아비뇽 유수는 종식되었다. 피카소의 작품 중에 〈아비뇽의 처녀들〉이라는 유명한 작품이 있어서, 이 아비뇽과 관계가 있나 했더니, 부끄럽게도 피카소 작품의 아비뇽은 스페인 바르셀로나에 있는 윤락가의 명칭이라고 한다. 매우 육중한 성벽으로 둘러싸인 아비뇽 교황청과 지금은 대부분 유실되었으나 22개의 아치가 받치고 있던 아름다운 석교 생 베네제 다리를 둘러보고 아를로 이동했다.

아를은 유네스코 세계문화유산으로 등재될 정도로 로마의 원형 경기장과 고대 극장 등 고대 로마 시대의 유적이 많은 곳이다. 그러나 그보다 반 고흐의 자취를 찾아볼 수 있는 곳으로 더 매력을 발산하고 있는 도시라고 해도 과언이 아니다. 아를이 가까워지자 차창 밖으로 고흐 그림의 단골 주제 해바라기가 만개한 들판이 스쳐 지나갔다. 고흐는 15개월 동안 아를에 머물면서 〈해바라기〉, 〈밤의 카페 테라스〉, 〈아를의 별이 빛나는 밤〉, 〈아를의 여인〉 등 3백여 점의 작품을 그렸다고 한다. 정원이 아름다운 '에스파스 반 고흐'는 고흐가 입원해 있던 정신병원을 고흐의 그림 〈아를 요양원의 정원〉과 똑같은 모습으로 복원해 놓고 관광객을 맞이하고 있었다. 고흐의 작품 사본을 정원에 전시해 실물과 비교할 수 있게 해 놓았다. 고흐가 그린 '밤의 카페 테라스'의 실제 장소라고 하는(예술사를 전공했던 대학원 제자에 의하면 이곳이 아니라는 말도 있다), 샛노란 차양을 달아놓은 '밤의 카페Le Café la Nuit' 테라스 파라솔 아래에서 시원한 맥주를 마시며 고흐의 자취를 느껴보았다. 작품 〈랑글루아 교 아래에서 빨래하는 사람들〉에는 아를의 도개교가 그려져 있다. 원래 그림에 나오는 곳은 제2차 세계대전 때 폭격으로 완전히 파괴되었고 이후 그곳에 운하가 건설되었는데, 이를 아쉬워하는 사람들이 많아지자, 아를시에서 남쪽으로 약 2킬로미터 떨어진 곳에 전쟁 중에도 유일하게 보존된 목재 도개교를 옮겨 놓았다고 한다. 이 도개교 앞에도 고흐의 작품 사본이 전시되어 있었다. 우리도 그림 옆에서 실물 도개교를 배경으로 사진을 찍었다. 아를을 끝으로 아름답고 환상적인 프로방스 여행을 마치고, 서쪽으로 이동하여 카르카손에 도착했다.

카르카손은 고대 로마 식민지이자 중세 시대 이단 종교의 박해지로 잘 알려진 요새 도시이다. 포도밭에 둘러싸여 있는 요새 씨떼는 성벽의 길이가 3킬로미터에 이르는 유럽에서 가장 큰 요새로 동화 속에 나오는 전형적인 중세 고성의 모습을 하고 있었다. 그 안에는 우리가 방

　　　　　　　　　여행과 인생

문할 당시 주민 140명이 거주하고 있다고 하였다. 요새는 꽁딸 성(백작성)을 내부 성벽과 외부 성벽이 둘러싼 이중구조로 되어 있으며, 내부 성벽에는 끝을 회색 원뿔 모양으로 처리한 24개의 탑이, 외부 성벽에는 끝에 분홍색 원뿔을 얹은 14개의 탑이 세워져 있어 전망이 아름답다. 성곽 위에 올라가 한 바퀴 돌며 사진을 찍었다. 사진에서도 이 원뿔을 얹은 탑들이 인상적인 배경을 만들어 주고 있었다.

이제 북쪽으로 올라가기 시작했다. 카르카손에서 북서쪽으로 네 시간 달려 프랑스 남서부에 위치한 항구도시 보르도에 도착했다. 우리에게는 와인으로 친숙해 있으나, 유네스코 세계문화유산으로 지정된 유적들도 많아 이를 보려는 관광객들이 끊이지 않는다고 하였다. 캥콩스 광장, 생 탕드레 대성당과 시가지를 둘러보고 보르도에서 한 시간 거리인 와인 산지 생테밀리옹으로 이동했다. 끝이 보이지 않는 진초록의 포도밭이 눈앞에 펼쳐졌다. 가는 길에 등급도 없는 가장 비싼 와인을 생산한다는 포므롤 지역의 샤토 페트뤼스에 잠시 들렸다가, 생테밀리옹에서 보르도 와인의 최고 와이너리에 속한다는 샤토 슈발 블랑을 방문하였다. 전형적인 프랑스인 외모를 지닌 핸섬한 주인장으로부터 와인에 대해 설명을 듣고 와인을 시음했다. 건물 주위에 평온한 기분이 들게 하는 정원이 조성되어 있어, 잠시 산책을 하며 여유로운 시간을 보냈다.

프랑스의 중부에 속하는 투르로 이동해 고풍스럽고 아름다운 고성에서 하루를 묵었다. 이 고성 호텔에는 우아한 귀족 부부의 침실에서부터 하인의 방에 이르기까지 여러 유형의 방이 있었다. 어느 방에 배정되느냐는 복불복이다. 우리는 운 좋게도 귀족 부부가 사용했을 듯 보이는 최상의 방을 배정받았다. 아름다운 정원과 숲까지 갖춘 더할 나위 없이 훌륭한 숙소였으나, 좋지 않은 방에 배정받은 사람들은 당연히 불만스러워했다. 이후 다른 여행에서도 고성에 묵은 적이 몇 차례 있는데, 고성 자체는 아름다웠으나 늘 이런 불공평의 문제가 따라다녔다. 딜레마다.

투르에서 차로 30분 거리에 있는 루아르 계곡에는 수많은 고성이 자리하고 있다. 그중에서도 앙부아즈성은 단연 으뜸이다. 이 성은 15~16세기 르네상스 시대에 프랑스 왕들의 강력한 왕권을 상징하는 왕궁으로 자리 잡게 되어 정치, 경제, 예술 활동의 중심지가 되었다. 이탈리아의 찬란한 예술을 선망하던 프랑스의 왕가는 이탈리아로부터 예술가와 문학가를 앙부아즈로 초대하여 이들에게 자신들의 영향과 프랑스적 요소가 가미된 독창적인 초기 프랑스 르네상스 양식을 창조하도록 하였다. 즉 이곳은 르네상스 예술이 이탈리아에서 프랑스로 처음 넘어온 곳이라고 할 수 있다. 성 내부를 관람하고 테라스를 찾았다. 루아르강 계곡의 환상적인 경관이 파노라마처럼 펼쳐졌다. 온갖 권모술수가 난무했던 역사적 사건의 현장답지 않게 평화로운 모습이었다.

앙부아즈는 레오나르도 다 빈치의 자취가 남아 있는 곳이기도 하다. 이미 이탈리아에서 명성을 얻었던 다 빈치는 〈모나리자〉를 비롯해 자신이 가장 아끼는 그림 몇 점을 들고 64세의 나이로 이곳에 도착했다. 그는 프랑수와 1세의 전속 화가이자 건축가로서 거처와 연봉과 직위와 앙부아즈에 매장될 특권을 보장받았다. 그가 1519년 67세로 사망했을

 여행과 인생

때 그의 유언에 따라 앙부아즈성 내의 성 플로랑뗑 예배당에 매장되었는데, 이후 이 예배당이 철거되자 그의 유골은 성 위베르 예배당으로 이장되었다. 성 플로랑뗑 예배당의 첫 번째 무덤 자리에는 다 빈치의 흉상이 세워져 있다. 전형적인 고딕 양식의 성 위베르 예배당에서 레오나르도 다 빈치의 무덤을 관람했다.

셰르강을 가로질러 다리 형태로 지어진 쉬농소성은 루아르에 있는 성들 가운데서도 가장 낭만적인 경관을 자랑하는 곳이지만, 동시에 가장 사연이 많은 성이기도 하다. 왕의 정부와 왕비들이 장악하여 암투를 벌이던 곳이며, 왕가의 거주가 끝난 후에도 줄곧 귀부인들이 소유하여 '여인들의 성'이라는 별칭이 붙었다고 한다. 쉬농소성은 다섯 개의 아치로 이루어진 다리 위에 우아한 3층 갤러리가 들어선 채 중심 건물과 연결되어, 성이 마치 물 위에 떠 있는 듯 보인다. 동화 속에 나오는 아름다운 성과 다름없었다. 성안의 모든 방은 매일 아침 정원에서 딴 생화로 장식되어 있었다. 왕비 카트린 드 메디치가 조성한 아름다운 이탈리아식 정원을 산책했으나, 33℃가 넘는 날씨에 뙤약볕 속에서 걷는 것은 산책이라기보다 고역이었다. 날씨가 시원했다면 이 고성이 훨씬 더 아름다워 보였을 것이다.

네 시간의 장거리 버스 여행 끝에 프랑스 북서쪽에 위치한 생말로에 도착했다. 생말로는 20년 전 몽생미셸로 가는 길에 거쳐 갔던 곳이다. 그때 밝은색을 입힌 버스 정류장 부스에 매우 감탄했던 기억이 있을 뿐 그 외에는 아무것도 아는 바가 없던 도시다. 바다를 내려다보며 성곽길을 걸었다. 바람이 무척 셌다. 멀리 바다 한가운데 솟아 있는 요새, 하얀 갈매기, 성곽 아래로 나무 기둥을 촘촘히 세워 놓은 방파제, 성곽 안쪽의 아름다운 건물, 모두 절경이었다.

그러나 그날 저녁에 대단한 사건이 벌어졌다. 생말로에서 일찍이 경험해 보지 못한 더위로 인해 시 전체가 정전되고 말았다. 인구 백만 명이 전기 없이 하루를 보냈다. 정전 사태는 우리 여행에도 직격탄을 날렸다. 호텔 엘리베이터가 우리 일행 한 분을 태운 채로 멈춰 선 것이다. 유·무선 전화가 모두 불통이 되었고, 어찌어찌 간신히 구조대와 연락을 취했으나 구조대는 한 시간이 넘어서야 도착했다. 그동안 안에 갇힌 일행분이 불안해하지 않도록 밖에서 계속 말을 건넸다. 프랑스라는 선진국에서 정전이 되었다고 이렇게 속수무책일 수가 있을까? 웬만한 고층 건물에는 정전 시 비상전력 공급 시스템이 가동되는 우리나라가 진정한 선진국이라는 생각이 들었다. 다행히 갇힌 일행분은 별 탈이 없었다.

생말로에서 동쪽으로 한 시간 정도를 달려 몽생미셸에 도착했다. 천년의 역사를 지닌 몽생미셸은 작은 바위섬 전체에 고딕과 로마네스크 양식으로 지어진 장엄한 수도원이다. 708년 노르망디의 주교였던 생 오베르가 꿈속에 나타난 대천사 미카엘의 명을 받고 이곳에 작은 교회당을 지은 것이 이 수도원의 시작이다. 이후 본당이 세워지고 수도원 절벽 아래에 마을이 조성되었다. 방문할 당시 이 섬에는 주민 41명이 거주한다고 했다. 20년 전 방문했을 때만큼의 감동은 아니었으나, 여전히 숨이 멎을 만큼 멋진 곳임이 틀림없었다. 특히 멀리서 바라보는 경관은 말로 표현할 수 없을 정도로 장관이다. 돌아가는 길에 얼룩

소들이 풀을 뜯고 있는 푸른 초원을 사이에 두고 멀리 보이는 몽생미셸의 전경은 바다를 배경으로 바라보이는 전경과 또 다른 신선한 멋을 풍기고 있었다. 다만 두 번이나 방문했음에도 야경을 보지 못한 것이 못내 아쉬웠다.

마지막 여행지 파리에 도착했다. 기온이 39℃까지 치솟았다. 교통체증까지 매우 심했다. 설상가상으로 공항 가는 길에 고가도로에서 화재가 발생하였다. 아직 벌건 불이 꺼지지 않은 채 검은 연기가 피어오르고 있는 화재 현장을 버스가 과감하게 통과하는 불상사도 경험했다. 후끈한 열기를 느낄 정도였으니, 얼마나 심각한 상황이었는지 짐작할 만하다. 파리에서는 개선문, 샹젤리제 거리, 노트르담 대성당, 콩코르드 광장, 센 강변 등 파리의 단골 명소 외에 인상파 화가들의 작품이 집중적으로 전시된 오르세 미술관을 관람한 것이 큰 수확이었다. 파리를 방문할 때마다 이 미술관에 들르고 싶었으나, 여건이 허락되지 않았다. 이번에 그 한을 풀었다.

이번 프랑스 일주 여행은 방문지, 숙소, 음식 등 여러 가지 면에서 퍽 만족스러웠다. 인상파 화가들이 활동했던 프로방스의 아름다운 소도시, 푸른 지중해와 강렬한 햇빛, 동화 속에 나올 것 같은 예쁜 고성들과 고풍스러운 중세 골목, 초록빛이 가득한 와이너리, 두 번째 방문이었지만 여전히 감동적이었던 몽생미셸, 인상파 화가들의 작품을 만날 수 있었던 오르세 마술관 모두 아직도 가슴 속에 그때의 울림이 남아 있다. 특히 프로방스 지방은 완벽한 힐링의 장소였다. 관광 중간중간에 음료를 마시며 쉴 수 있던 시간이 꽤 많아 비교적 여유로웠던 것도 마음에 들었다. 그중에서도 고흐의 그림에 담긴 '밤의 카페' 앞 테라스의 파라솔 아래서 시원한 맥주를 마시며 보낸 시간은 이번 여행의 하이라이트였다. 분위기가 특이한 루아르 지역의 동굴식당에서 먹은 이색적인 점심도 기억에 남는다. 무엇보다 화덕에 직접 구운 빵 후예 Fouées가 일품이었다.

다만 주로 반나절만 관광하는 '느린 여행'이었음에도, 이동 거리가 길어 바삐 움직여야 하는 날이 많았다. 전국 일주 여행이니 어쩔 수 없이 감수해야 할 문제이긴 하다. 더운 날씨는 여행자에게는 크나큰 악조건이었다. 특히 파리는 더위가 살인적이었고, 공기도 좋지 않았으며, 교통체증도 심해 짜증이 많이 났다. 아름답거나 낭만적인 도시라고 음미할 겨를이 없었다. 다음 연구년을 보낼 곳으로 파리를 생각해 보기도 했으나, 이 생각이 싹 없어져 버렸다. 이번에 방문한 파리는 정이 가지 않았다. 날씨나 계절 같은 여행 환경이 여행지의 인상에 얼마나 큰 영향을 미치는지 절실히 체험했던 여행이다.

노르웨이: 오슬로-릴레함메르-롬-게이랑에르피오르-브릭스달-스케이-송네피오르-플롬-베르겐

2017년 여름 결혼 30주년 기념으로 아들까지 동반하여 9일간 북유럽 여행을 다녀왔다. 노르웨이를 중심으로 하여 덴마크의 코펜하겐, 핀란드의 헬싱키, 스웨덴의 스톡홀름까지 둘러보는 일정이었다. 처음 타

보는 크루즈선 탑승 일정도 있었다. 노르웨이는 약 20년 전 ILO 근무 당시 다녀온 적이 있다. 그때 계획했던 모든 것이 어긋나서 고생하기는 했지만, 오슬로의 핵심 관광지는 다 다녀본 터였다. 다만 당시 갑작스러운 사고로 폐쇄되어 안타깝게도 포기해야 했던 송네피오르를 이번 기회에 가 볼 수 있어서 나름대로 기대가 되었다. 당시 노르웨이의 장엄한 경관에 감동하여 다음에 가족들과 차를 빌려 숲속 곳곳을 누비며 다녀보면 좋겠다는 희망을 품었는데, 이번에 개별여행 대신 단체여행을 하게 되어 그 희망을 실현하지는 못했다.

전체 면적의 4분의 3이 삼림과 전원 지대라고 하는 오슬로는 유럽의 다른 수도와 달리 한적한 느낌을 주었다. 노벨 평화상 시상식이 열리는 오슬로 시청사부터 관광을 시작했다. 시청사는 건물 내외의 벽과 천장, 바닥이 온통 노르웨이를 대표하는 예술가들의 그림과 조각 작품으로 장식되어 있어 매우 화려했다. 그림들은 주로 노르웨이 역사를 표현했다고 한다. 지난번 방문 때도 인상 깊었던 비겔란 조각공원은 여전히 인상적이었다.

노르웨이는 피오르로 유명하다. 피오르는 협곡 양쪽으로 깎아지른 절벽이 형성되어 있고 많은 폭포가 발달하여 장관을 이룬다. 또 깊은 협곡을 따라 내륙까지 들어온 바닷물이 호수처럼 잔잔하여 풍광이 아름답다. 뉴질랜드의 밀퍼드 사운드를 포함하여 세계 여러 곳에 피오르가 있지만, 세계에서 가장 규모가 큰 3대 피오르가 모두 노르웨이에 있다. 노르웨이 서쪽 해안에 인접해 있는 송네피오르, 게이랑에르피오르, 하르당에르피오르가 그것들이다. 지난번 노르웨이 여행 때 방문하려다가 폐쇄되어 포기했던 송네피오르는 길이가 205킬로미터, 계곡의 깊이가 무려 약 3천 미터에 달하는 세계에서 가장 길고 깊은 피오르다. 베르겐의 북부에 위치한 게이랑에르피오르는 약 1천5백 미터 높이의 산들 사이에 깊은 'V'자 형으로 형성된 16킬로미터 길이의 피오르다. 우리는 이번에 이 두 피오르를 방문했다.

게이랑에르피오르로 가는 길에는 만년설과 호수와 깊은 협곡이 어우러진 환상적인 파노라마가 펼쳐졌다. 만년설은 저 멀리에도 보였고 바로 눈앞에도 보였다. 버스 안에서 차창을 내다보며 정신없이 사진을 찍었다. 전망대 한곳에서 버스가 정차하여 여유를 가지고 빼어난 경관을 사진에 담을 수 있었다. 푸르다 못해 검푸르기까지 한 장엄한 산과 산마루의 만년설을 배경으로 나이 지긋한 부부가 나무 탁자를 사이에 두고 앉아 따사로운 햇볕을 쬐며 담소를 나누고 있었다. 광대한 대자연 속의 정겨운 부부 한 쌍―창조주가 창조를 마치신 후 "지으신 그 모든 것을 보시니 보시기에 심히 좋았더라" 하신 창세기 말씀이 떠올랐다. 당신의 창조 세계에서 바로 이렇듯 사랑스러운 인간과 경이로운 자연의 조화로운 모습을 기대하셨을 것이라는 생각이 머릿속을 스쳤다.

저 아래 피오르에 하얀 유람선이 보였다. 우리는 그 유람선을 타고 게이랑에르피오르를 구경하며, 브릭스달까지 유람했다. 브릭스달은 노르웨이에서 가장 규모가 큰 빙하로 유명한 곳이다. 햇살에 반짝이는 푸르스름한 빙하는 여름에도 녹지 않지만, 지구 온난화의 영향으로 점점 줄어들고 있다고 한다. 전동열차를 타고 빙하 입구까지 올라갔다.

송네피오르 관광은 선착장에서 페리에 탑승하면서부터 시작되었다.

   여행과 인생

송네피오르의 지류인 에울란피오르 안쪽 끝에 위치한 플롬에 도착한 후 플롬과 뮈르달을 연결하는 플롬 산악열차에 올랐다. 길이 20킬로미터의 산악열차 구간은 가파른 협곡과 20개의 터널을 통과하여 50분 정도 가는데, 빙하와 설산, 빙하 폭포 등 철로 변의 경관이 빼어났다. ILO 시절 노르웨이 여행 때 송네피오르에 가기 위해 이곳으로 가는 경로를 열심히 탐색했기 때문에 송네피오르와 관련된 모든 지명이 매우 친숙하게 들렸다. 드디어 여행계획을 세운 지 근 이십 년 만에 송네피오르를 감상할 수 있었다. 내 생애 버킷리스트 하나를 완수한 것 같은 느낌이었다.

노르웨이 제2의 도시 베르겐에 도착하자 바람이 많이 불고 날씨가 몹시 쌀쌀했다. 두꺼운 패딩을 입고 다니는 사람들도 많았다. 나도 가지고 있던 옷을 모두 껴입었다. 베르겐도 복잡한 해안선으로 이루어진 피오르 지역이다. 베르겐 산책의 중심인 구시가지 브뤼겐에는 붉은색, 하얀색, 노란색, 분홍색, 오렌지색 등 다채로운 색상의 목조 본체 위에 삼각형 모양의 지붕을 얹은 건물이 늘어서 있었다. 북유럽 사진에서 종종 보이던 바로 그 모습이었다. 지금의 건물들은 18세기 초 화재가 발생한 후 원형대로 복원해 놓은 것이라고 했다. 거리에 면해 있는 건물들은 주로 식당과 양품점들이고, 거리 뒤쪽으로 들어가 있는 건물들은 예술가들의 스튜디오로 사용되고 있었다. 이 건물들을 둘러보고 어시장이 들어서 있는 부두 광장에서 풍성한 해산물을 구경했다. 광장에 활기가 넘쳤다.

후니쿨라를 타고 플뢰엔산 전망대에 올라가니, 들쭉날쭉한 해안선을 끼고 있는 베르겐의 아름다운 전경이 한눈에 들어왔다. 전망대의 뒤쪽에는 녹음이 우거진 나무들과 이끼 낀 바위들로 이루어진 울창한 숲이 있다. 자유 시간이 주어져서 싱그러운 숲 내음을 맡으며 이 보물과도 같은 숲길을 산책했다.

덴마크, 핀란드, 스웨덴: 덴마크 코펜하겐-
핀란드 헬싱키-스웨덴 스톡홀름

덴마크 코펜하겐 시내는 전통적 분위기를 가미한 현대적인 건물과 유서 깊은 궁전 및 교회가 잘 어우러져 있었고 푸른 녹지가 많았다. 안데르센의 동화에 나오는 인어공주 동상, 신년 축하 축제가 열리는 게피온 분수대, 덴마크 왕실 주거지인 아말리엔보르 궁전 외관, 중심가 스트뢰이어트 거리와 뉘하운 항구 등을 관광했다. 안데르센 동화의 인어공주가 유명한 것에 비하면 인어공주 동상은 초라하다는 표현이 적절할 것 같다. 뉘하운은 뾰족지붕을 얹은 다양한 색깔의 건물들이 늘어서 있어 베르겐과 비슷한 분위기를 풍기고 있었다. 코펜하겐 근교의 프레데릭스보르 궁전과 아름다운 바로크 양식의 정원도 볼만하다.

핀란드는 OECD가 2천년대 초부터 15세 학생을 대상으로 3년마다 실시해 오고 있는 국제학업성취도평가PISA(피사)에서 우리나라와 함께 가장 우수한 성적을 나타내어 유명해진 나라다. 우리나라 학생들은 성취도는 높지만, 절대적인 공부 시간이 많아 학습 효율이 높지 않은 데

비해, 핀란드 학생들은 절대적인 공부 시간은 가장 적은 편에 속하는
데도 불구하고 우수한 성적을 나타내고 있으니, 교육제도가 우수하다
는 평가를 받을 수밖에 없었다. 많은 나라에서 핀란드의 교육체제를
배우러 다녀갔고, 우리나라 교육 관계자들도 핀란드를 많이 방문했다.
최근에는 핀란드 학생들의 성취도가 많이 떨어져 핀란드 교육 당국이
고민하고 있다고 하지만, 오랫동안 우수한 교육으로 명성을 유지해 온
터라, 교육학자인 나는 지금도 핀란드 하면 PISA와 교육이 가장 먼저
떠오른다.

수도 헬싱키에서 핀란드가 낳은 세계적인 음악가 시벨리우스를 기
념하는 시벨리우스 공원, 암벽을 폭파하여 만든 암석 교회인 템펠리아
우키오 교회, 각종 국가의 종교행사가 열리는 헬싱키 대성당, 러시아
정교 성당인 우스펜스키 대성당, 원로원 광장, 마켓 광장 등을 관광했
다. 가장 인상적이었던 곳은 템펠리아우키오 암석 교회. 동굴을 파서
만든 교회는 몇 차례 가 본 경험이 있지만, 이렇게 규모가 크고 현대적
이면서도 건물 내부에 천연 암석의 분위기를 그대로 살린 교회를 보는
것은 아마 처음이자 마지막일 듯싶었다. 이 암석 교회는 화강암으로
된 암반을 깎아 만든 교회로, 건물 내부는 천연 암석을 벽 표면에 그대
로 노출시켰으며, 외부는 깎아낸 돌들을 이용하여 소음과 외부 충격
을 차단하였다. 천장과 맞닿아 있는 독특한 모양의 창들이 건물 상부
를 삥 둘러싸고 있었고, 이 창들을 통해 들어오는 자연광이 빛의 향연
을 펼치고 있었다. 울퉁불퉁한 암석 벽 위에 파이프 오르간도 설치되
어 있었다. 이 독특한 공간이 만들어 내는 음향을 듣고 싶었으나 안타

깝게도 기회가 닿지 않았다.

헬싱키에서 스웨덴의 스톡홀름으로 이동하기 위해 크루즈 선 실야 라인에 승선하여 배에서 하루 숙박했다. 초호화 크루즈 선은 아니었으나, 각종 식당과 카페, 바는 말할 것도 없고, 면세점을 비롯한 상점, 카지노, 스파, 다양한 놀이시설, 공연과 쇼 등 그 안에서 생활하기에 부족함이 없는 인프라가 갖추어져 있었다. 남편은 오래전부터 편하게 여행할 수 있는 크루즈에 관심을 보였다. 이번에 크루즈 선을 타 보고는 크루즈 여행을 더욱 동경하게 된 것 같다. 노르웨이의 피오르 유람선 갑판에서 햇빛이 너무 강해 양산을 폈다가 세찬 바람에 양산살이 부러졌다. 실야 라인 크루즈 선 상점에서 핀란드 고유 디자인으로 만들어진 작은 양산 하나를 샀다. 그 양산을 지금까지 가지고 다닌다.

스톡홀름은 발트해와 멜라렌 호수가 만나는 지점에 여러 개의 섬을 50여 개의 다리로 연결하여 조성한 도시이다. 도시 면적의 30퍼센트 이상이 수로로, 30퍼센트는 녹지로 이루어져 있어 아름답고 청정하다. 세계에서 가장 아름다운 도시 중 하나로 꼽히고 있다고 한다. 시청사 앞 광장에서 호수 건너편의 첨탑들과 예스러운 건물들이 어우러진 아름답고 평화로운 풍광을 바라보며 잠시 망중한을 즐겼다. 사람들도 그다지 많지 않아 번잡하지도 않았다. 쾌청한 하늘에 날씨는 서늘했고 공기는 신선했다. 더욱이 스웨덴은 사회복지도 잘되어 있어서 한때 지상낙원이라는 소리를 듣던 곳이다. 남편에게 이곳에서 살아도 좋겠다고 했더니, 옆에 있던 현지 가이드가 의미심장한 미소를 지으며 "정말요?"하고 물었다. 지금 보고 있는 모습이 전부가 아니라는 듯한 표정

여행과 인생

이었다. 살인적인 물가와 주거비, 낮은 의료 접근성, 높은 세금 부담, 과도한 평등주의 등 스웨덴의 어두운 면을 염두에 둔 것이 아닐까라고 추측해 보았다. 노벨상(노벨평화상 제외) 시상식 직후 수상자 축하 만찬이 열리는 화려한 스톡홀름 시청사, 스웨덴 왕실의 공식 거주지인 스웨덴 왕궁 외관, 중세 골목길과 건물들이 잘 보존된 감라스탄 구시가지와 대광장, 17세기 처녀 항해 때 침몰한 초호화 목조 군함 바사호를 통째로 전시하고 있는 바사 박물관 등을 관광한 후 오슬로로 돌아와 귀국하였다.

북유럽은 피오르의 협곡, 만년설, 호수, 폭포, 빙하, 숲 등 빼어난 자연경관이 관광의 핵심이다. 다소 인공적인 요소가 가미된 아기자기하고 예쁜 알프스와는 달리 야생 그대로의 장대한 대자연의 파노라마가 펼쳐지는 곳이다. 어느 곳을 둘러보아도 청정 그 자체였고, 서늘하고 청량한 날씨가 이어졌다. 강렬한 태양이 내리쬐는 스페인의 안달루시아나 프랑스의 프로방스를 무척 좋아했던 나로서는 이 지역들과는 전혀 다른 신선한 매력을 느꼈다.

역사적, 문화적 의의가 큰 유적들이 많은 유럽의 다른 도시와는 달리 북유럽의 도시들은 전통적인 분위기를 어느 정도 보존하고 있으면서도 세련되고 현대적인 분위기를 물씬 풍기고 있었다. 몇 해가 지난 후 아들은 북유럽 여행에서 기억에 남는 것이 별로 없다고 했다. 아마 걸출한 문화유적을 만나지 못했기 때문인 것 같다.

영국과 아일랜드

우리 부부는 2018년 6월 말에서 7월 초에 걸쳐, 11일간 영국의 잉글랜드, 스코틀랜드, 웨일스, 북아일랜드 전역과 아일랜드를 일주하는 여행을 다녀왔다. 영국 날씨는 '하루에 사계절이 다 들어 있다'는 말이 딱 들어맞았다. 더웠다가, 추웠다가, 맑았다가, 흐렸다가, 비가 내렸다가 하는 변덕스러운 날씨가 이어졌다. 날씨가 변화무쌍하다고 하여 사계절 옷을 다 준비해 갔는데, 그 옷들을 거의 다 입었으니!

잉글랜드와 웨일스: 런던–윈저–스윈던–옥스퍼드–스트랫퍼드어폰에이번–윈더미어–그래스미어–체스터–버밍엄–코츠월드 버튼온더워터–카디프–바스–스톤헨지–솔즈베리

런던 히스로 공항은 유럽에서 첫 번째, 세계에서 세 번째로 번잡한 공항이라고 한다. 2018년 당시 국제선 탑승객 기준으로 두바이에 이어 2위를 차지했다. 그러나 공항 인프라는 그에 걸맞지 않았다. 입국 심사 대기 줄이 길어 우리 일행이 입국장을 통과하는데 거의 두 시간 넘게 걸렸다. 반면 비즈니스클래스 이상 탑승객은 패스트트랙을 이용할 수 있어 입출국 절차를 밟는데 10분 정도면 충분했다. 매우 자본주의적이었다.

런던 시내도 사람과 차로 무척 복잡했다. 걸어가는 것이 훨씬 빠를 상황이었으나, 우리는 버스 안에서 마냥 기다리며 거북이처럼 움직였다.

런던은 대표적인 다문화·다인종 도시이다. 2020년 기준으로 유색인종의 비율이 40퍼센트나 되었다. 즉, 백인은 60퍼센트이며, 그중 영국계 백인은 45퍼센트에 불과했다. 길거리에는 정말 백인이 눈에 잘 띄지 않았다.

국회의사당과 런던의 랜드마크 빅벤 시계탑, 엘리자베스 여왕이 살고 있던 비킹검 궁전, 왕들의 대관식이 거행되었던 웨스트민스터 사원의 외관을 대강 둘러보고 내셔널 갤러리를 관람했다. 빅벤 시계탑은 보수공사 중이라 가림막이 설치되어 있었다. 나도 남편도 이미 런던을 방문하여 주요 명소들을 돌아본 터라, 반나절 동안의 간단한 관광이 오히려 반가웠다. 아마 이 영국 일주 상품을 선택한 여행객들은 이미 런던을 방문한 경험이 있을 것이고, 여행사에서 이를 고려하여 다른 곳에 시간을 더 할애했을 것이다.

먼저 영국 왕실의 공식 거처 세 곳 중 하나인 윈저성을 관광한 후, 스윈턴을 경유하여 대학도시 옥스퍼드를 방문했다. 옥스퍼드는 13세기에 최초의 칼리지가 설립된 후 여러 유수의 대학들이 집중적으로 설립되어 오늘날 세계적인 대학도시로 발전한 곳이다. 옥스퍼드 시내에 들어서자 자전거 거치대에 주차된 수많은 자전거가 눈에 띄었다. 역시 대학도시다웠다. 자전거를 타고 캠퍼스 안팎을 누비던 스탠퍼드대학교 유학 시절이 떠올랐다.

옥스퍼드대학교는 케임브리지대학교와 함께 영국 대학교의 양대 산맥을 이루는 공립 명문대학교이자 세계 최상위 대학교로서 30여 개의 칼리지와 PPH^{Permanent Private Hall}로 약칭하는 상설사설학당(외부 종교기관이 성직자 양성과 신학교육을 목적으로 설립·운영하는 옥스퍼드대학교 협력 교육기관)으로 구성된 대학 연합체이다. 중앙 캠퍼스가 별도로 없고, 학교 건물과 시설들이 도심 곳곳에 흩어져 있다. 대학 건물들은 부드러운 황색의 중세 석재로 지어져 있고, 수도원처럼 푸른 잔디가 깔린 안뜰 쿼드랭글을 갖춘 캠퍼스도 눈에 띄었다. 영화 〈해리 포터〉 시리즈의 촬영지이자 이곳 수학과 교수였던 루이스 캐롤이 쓴 〈이상한 나라의 앨리스〉의 무대이기도 한 크라이스트처치 칼리지, 옥스퍼드대학교의 중앙도서관인 보들리언 도서관, 세인트 메리 버진 대학 교회 등을 관람하고 자유 시간을 이용하여 도심 곳곳을 둘러보았다. 이 아담하면서도 고풍스러운 대학도시가 마음에 들었다.

영국의 대문호 셰익스피어가 탄생하고 사망한 작은 도시 스트랫퍼드어폰에이번에 들어선 순간 온통 셰익스피어의 흔적을 만나게 된다. 이 도시에는 현재 박물관으로 보존된 셰익스피어 생가, 그의 아내 앤 해서웨이의 집, 현재 공원이 된 그가 만년을 지낸 집터, 그의 아내와 함께 묻혀 있는 묘지가 있다. 중심 거리 한쪽에는 셰익스피어가 다녔던 문법학교^{grammar school}의 교실로 추정되는 건물에 셰익스피어의 얼굴과 그의 교실이었음을 알리는 특색 있는 표지판이 걸려 있었다. 마을의 담벼락에는 셰익스피어와 관련된 화려한 포스터가 붙어 있었고, 목재 골조에 하얀 석회를 칠한 영국 특유의 목조건물도 매력적인 분위기를 풍기고 있었다. 셰익스피어 생가의 정원에 설치된 간이 무대에서 옛날 복장을 한 배우들이 연기를 하고 있었다.

 여행과 인생

레이크 디스트릭트의 그래스미어는 아름다운 윈더미어 호수와 산자락, 그리고 한적한 농가가 목가적인 분위기를 자아내는 마을이다. 많은 작가와 예술가들이 이곳 윈더미어 호수 지역에서 영감을 받았다고 한다. 그 중 한 사람이 서정시의 대가 윌리엄 워즈워스이다. 워즈워스는 그의 동반자였던 누이와 함께 이곳의 한 오두막집으로 이주한 후 이곳에서 결혼하고 자녀를 낳으며 삼십 년 가까이 살았다. '도브 코티지Dove Cottage'라는 이름으로 보존된 이 오두막집의 소박한 정원은 워즈워스의 시상에 영감을 주었을 듯 서정적이고 목가적이었다.

스코틀랜드와 북아일랜드, 그리고 아일랜드까지 여행을 마친 후, 아일랜드 더블린에서 페리를 타고 다시 잉글랜드로 건너와 2천 년의 역사를 간직하고 있는 체스터를 방문했다. 체스터는 영국에서도 중세의 모습을 가장 잘 간직하고 있는 도시로 유명하다고 한다. 영국에서 지금까지 가장 잘 보존된 성곽이 체스터 시를 둘러싸고 있으며, 성벽 안에는 중세의 분위기가 물씬 풍기는 건물들이 늘어서 있다. 먼저 체스터 성당에 들러 과거에도 식당으로 사용되었던 널찍한 리펙토리 카페에서 우아하게 점심 식사를 즐겼다. 이 식당은 돌벽과 스테인드글라스로 장식되어 있어 중후했다. 아름다운 성당 정원을 둘러보고 체스터 중심가를 거닐었다. 검정과 흰색으로 장식된 매우 독특한 건물들이 눈길을 끌었다. 아름다운 체스터의 전경을 조망하며 성벽 위를 걷다 보니 성벽 위의 한 지점에 무척 예쁘고 화려하게 장식된 철제 시계탑이 서 있었다. 저마다 시계탑을 배경으로 사진을 찍느라 바빴다. 나도 몇 장 찍었다.

코츠월드로 가는 길에 버밍엄에서 저녁을 먹고 하루 숙박했다. 그날 저녁에 영국과 스웨덴의 월드컵 경기가 있었다. 우리가 식사했던 펍은 작은 텔레비전을 양쪽에 달아놓았고, 사람들은 맥주를 들고 서서 소리를 지르며 경기를 시청했다. 이 펍뿐만 아니라 거리의 많은 펍과 식당들이 월드컵 중계를 볼 수 있다는 홍보 간판을 세워 놓고 손님을 끌고 있었고, 거리에는 만일의 사태에 대비하여 경찰들이 배치되어 있었다. 축구의 종주국 영국의 축구에 대한 열정을 직접 목격한 순간이었다.

코츠월드의 '월드wold'는 낮은 구릉과 높은 언덕, 넓은 계곡이 지속적으로 반복되는 지형을 일컫는 말이다. 따라서 월드로 불리는 곳은 전반적으로 아름답다. 코츠월드는 옛날 영어로 '양떼와 오두막집이 있는 언덕'이라는 뜻으로, 구릉지대에 형성되어 전통적인 전원 풍경을 보존하고 있는 여러 마을을 통틀어 지칭한다. 은퇴자들이 영국 내에서 가장 살고 싶어 하는 곳이라고 한다.

코츠월드의 여러 마을 중에서도 아름답기로 소문난 버튼온더워터는 맑고 잔잔한 실개천 위에 다섯 개의 나지막한 아치형 석조 다리가 설치되어 있어 '코츠월드의 베네치아'라는 별칭으로 불린다고 했다. 개천가의 녹음이 우거진 나무들, 꽃 화분을 내다 놓은 벌꿀색 돌담집, 잘 가꾸어진 정원, 한적한 거리 – 완벽한 목가적인 전원마을의 모습이었다. 우리가 방문했을 때는 거리에 사람이 별로 많지 않았으나, 성수기에는 주민보다 관광객이 더 많을 정도로 외지인들로 붐벼서 주민들의 불평이 많다고 했다. 우리가 주택가를 걸어가니 창문을 닫는 주민이

   여행과 인생

있었다. 조용한 곳에 살고 싶어 이곳에 터전을 잡았을 그들의 불만에 충분히 공감이 갔다.

웨일스의 수도 카디프에서 카디프 성을 관람하고, 기원전 로마인에 의해 개발된 온천 지역 바스에서 로마 공중목욕탕 로만바스와 바스수도원, 로열 크레센트 등을 둘러보았다. 로열 크레센트는 30여 채의 대주택들이 180미터에 걸쳐 초승달 모양으로 길게 이어져 있고, 그 앞에는 잔디밭이 드넓게 펼쳐져 있어, 풍경이 멋진 곳이다. 넷플릭스 드라마 〈브리저튼〉의 배경이 되었던 곳이라는데, 이 드라마를 볼 때 전혀 기억나지 않았다. 그때 찍은 사진을 보면 감탄한 생각은 나지만, 드라마와 연결 지을 수는 없었다. 여행지에 대한 기억이라는 것이 이렇게 허망하다.

선사시대의 수수께끼 유적인 스톤헨지를 보러 갔다. 솔즈베리 평원에 높이 8미터, 무게 50톤에 달하는 거석 80여 개가 세워져 있는데, 누가, 어떻게, 무슨 용도로 만들었는지는 아직 확실히 밝혀진 바가 없다. 학창 시절에 교과서에 실려 있던 유적이어서 관심 있게 보고 사진도 많이 찍었으나, 새로이 얻은 정보는 별로 없다.

마지막 여행지는 넓은 잔디밭에 우뚝 서 있는 솔즈베리 대성당. 13세기에 영국식 초기 고딕 양식으로 지어진 성당으로 하늘을 찌를 듯한 첨탑이 영국에서 가장 높을 뿐 아니라 유럽에서 세 번째로 높다고 한다. 솔즈베리 성당은 건축적으로도 의의가 있지만, 1215년 잉글랜드 국왕의 권한을 최초로 제한하여 민주주의의 초석을 다진 대헌장 '마그나 카르타'의 원본이 그 안에 보관되어 있어 그 역사적 의의로 더 주목받는 곳이다. 잉글랜드에는 네 부의 마그나 카르타 원본이 남아 있는데, 이곳에 보관된 원본의 상태가 가장 양호하다고 한다. 대성당 뒤쪽 중정을 지나 마그나 카르타가 보관된 방으로 가서 마그나 카르타 원본을 보았다. 라틴어로 쓰여 있어 읽을 수는 없었지만, 세계사적으로 대단한 가치를 지닌 위대한 문건을 보았다는 사실에 흥분되었다.

스코틀랜드: 에든버러-로슬린

스코틀랜드에 다녀온 동료 교수는 삭막한 벌판만 보고 왔다고 했다. 북쪽 지역 하일랜드에 다녀온 모양이었다. 우리는 스코틀랜드의 남쪽 끝에 있는 주도 에든버러와 로슬린만 방문하였으므로 스코틀랜드의 진수는 맛보지 못한 셈이다.

에든버러에 도착하여 호텔 방에만 들어갔는데도 벌써 스코틀랜드의 분위기를 느낄 수 있었다. 스코틀랜드의 상징인 붉은색 바탕에 검은색 체크무늬 침대 스프레드가 우리를 기다리고 있었다.

먼저 스코틀랜드의 랜드마크인 에든버러성과 위스키 박물관을 관람했다. 에든버러성은 가파른 절벽을 이루고 있는 바위산 위에 거대한 모습으로 솟아 있어 에든버러 어디서나 근사하게 잘 보인다. 성 내부에는 전쟁과 관련된 여러 개의 박물관이 있고, 옛날 감옥을 재현해 놓은 곳도 있다. 성에서 조망하는 에든버러의 풍광 역시 일품이다. 스코틀랜드가 위스키의 본산임을 상기시키듯 에든버러성 바로 아래에 위스키 박물관이 자리 잡고 있다. 이 박물관에서 위스키에 관한 많은 정보를 얻고 위스키 시음도 했다. 버스로 이동하면서 스코틀랜드의 대문호 월터 스콧의 으리으리한 기념탑, 옛날에 귀족들만 지나갈 수 있었다는 왕가의 전용도로 로열마일, 에든버러의 전경이 시원하게 내려다보이는 잔디 언덕 칼턴 힐, 그 언덕 위에 나폴레옹과의 전쟁에서 전사한 사람들을 추모하기 위해 파르테논 신전을 본떠 세웠다는 국립 스코틀랜드 기념물, 왕관 모양의 지붕이 독특한 성 자일스 성당 등을 둘러보았다.

에든버러는 런던 다음으로 많은 관광객이 찾는 도시인만큼 볼 것이 많고 분위기가 매력적인 곳이라고 한다. 그러나 우리는 중요한 명소만 짧게 방문했다가 바삐 이동하느라 도시의 분위기를 즐길 여유가 없었다. 중간에 차도 마시고, 사진도 찍으며, 여유롭게 거리를 걷는 시간이 많을수록 그 여행지의 전체적인 윤곽과 분위기가 기억에 많이 남는다. 버스가 데려다주는 대로 가서 명소만 보고 다시 이동하는 여행은 여행이 끝나면 어디가 어디인지 잘 기억나지 않는다. 명소의 사진만 남을 뿐이다. 에든버러가 그랬다. 비교적 시간을 많이 보냈던 에든버러성과 위스키 박물관을 제외하면 사진을 다시 보고서도 어딘지 생각이 잘 나지 않았다.

시골길을 달려 댄 브라운의 소설과 영화 〈다빈치 코드〉의 배경이 되었다는 오래된 로슬린 예배당을 방문했다. 로슬린도 작고 한적한 마을인데, 로슬린 예배당은 그 마을에서도 주택가를 벗어나 더 외딴곳에 자리하고 있었다. 다빈치 코드에서 성배가 최종적으로 숨겨져 있던 장소로 나오는 곳이다. 외관은 작고 오래되어 소박한 느낌을 주지만 안으로 들어가면 화려한 문양의 다양한 조각들을 볼 수 있다. 예배당 주변은 무너진 돌담과 나무들, 그리고 따사로운 햇살이 어우러져 고즈넉한 분위기를 연출했다. 이곳에서 잠시 여유로운 시간을 보냈다. 에든버러 시내보다 이곳이 더 기억에 남는 이유인 것 같다.

북아일랜드: 벨파스트-부쉬밀스 자이언츠 코즈웨이

스코틀랜드 킬마녹에서 하루 숙박하고, 다음 날 페리에 승선하여 북아일랜드 케언리안 항구에서 하선한 후, 벨파스트로 이동했다. 북아일랜드에서 처음 방문한 곳은 벨파스트 해양 호수가 내려다보이는 언덕 위의 예쁘장한 벨파스트 성. 붉은색 창틀로 장식된 벽돌담, 그리고 고풍스러운 나선형 계단이 아기자기한 정원과 어우러져 아담하면서도 아름다운 자태를 뽐내고 있었다.

다음날 벨파스트에서 버스로 한 시간 정도 달려 이번 여행에서 가장 인상적이었던 자이언츠 코즈웨이를 방문했다. 자이언츠 코즈웨이는 코즈웨이 해안을 따라 뻗어나간 현무암 절벽 기슭에 고대 화산활동으로 형성된 주상절리로, 약 4만 개의 다각형 현무암 기둥들이 바다 위로 솟아올라 장관을 이루고 있는 곳이다. 기둥의 상층부는 절벽에서 시작되어 이어지다가 바다 밑으로 들어간다. 기둥은 주로 육각형의 형태를 띠지만, 사각형, 오각형, 칠각형, 팔각형의 형태를 지닌 기둥도 있다. 평균 높이는 6~7미터이며, 가장 높은 기둥은 12미터에 이른다. 기둥은

여행과 인생

계단처럼 규칙적으로 층을 이루고 있기도 하고, 12미터 높이의 규칙적인 기둥 60개가 한데 몰려 있기도 하다. 이 지방에 살던 거인족이 스코틀랜드의 스태파 섬으로 건너가기 위해 만든 길이라는 민간 전승에 따라 '거인의 방죽길'이라는 뜻의 자이언츠 코즈웨이라는 이름이 붙었다고 한다. 방문센터에서 15~20분 정도 잘 닦아놓은 산책로를 걸어가면 자이언츠 코즈웨이의 하이라이트가 나온다. 정말 대단한 풍광이었다. 기둥 위를 걸어 다닐 수 있지만 바람이 많이 불고 위험하여 조심해야 한다.

벨파스트는 약 백년 전에 비극의 초호화 여객선 타이타닉호가 건조되어 아메리칸드림을 품은 아일랜드인들을 태우고 출항한 곳이다. 이를 기념하여 항구에 타이타닉호와 비슷한 형태로 타이타닉 박물관을 만들어 놓았다. 이 박물관에는 건조 당시 벨파스트의 산업과 경제, 배가 만들어지는 과정, 배의 내부, 출항 후 배 안에서의 생활, 빙산에 부딪힌 후의 상황, 생존자들의 이야기 등을 영상물로 재현해 놓았다. 파도치는 바다의 동영상을 배경으로 하여 만들어 놓은 난간 앞에서 타이타닉 주인공처럼 팔을 벌리고 사진을 찍었다.

아일랜드 더블린

잉글랜드, 스코틀랜드, 웨일스, 북아일랜드는 영국에 속하며, 아일랜드는 영국에서 분리된 독립 국가다. 화폐도 파운드가 아니라 유로

화를 사용한다. 수도 더블린은 금융 산업이 경제의 중심을 차지하는 곳이므로 2008년 세계 금융위기 때 심각한 타격을 받았다. 방문 당시 경제가 회복하는 중이기는 하지만, 아직 완전히 회복한 상태는 아니라고 했다. 그래도 거리는 생동감이 있었다. 더블린은 이십 대 젊은이들의 인구 비중이 높아 활기찬 도시라고 했다. 날씨도 화창하여 더욱 활기 있어 보였다.

먼저 4백 년 역사를 자랑하는 더블린 트리니티대학교를 방문했다. 16세기 말 여왕 엘리자베스 1세가 옥스퍼드대학교와 케임브리지대학교를 모델로 하여 설립한 후 더블린에 기증한 대학이다. 세계 10대 아름다운 도서관에 속한다는 올드 라이브러리는 고풍스러우면서도 찬란했다. 층고가 매우 높은 진한 갈색의 실내 서고에 고서들이 빽빽이 꽂혀있었다. 이 고서 중에는 인간이 아닌 천사가 그린 책 또는 세계에서 가장 아름다운 책이라고 불리는 9세기 복음서 〈켈트의 서〉도 포함되어 있다. 서고 옆에는 누군지 모를 인물들의 석고 흉상이 양쪽으로 나란히 전시되어 있었고, 현존하는 가장 오래된 아일랜드 하프라는 브라이언 보루 하프가 유리관 안에 전시되어 있었다. 도서관이라기보다 전시관이라는 표현이 맞을 정도로 관람객이 많았다.

8백 년 역사를 지닌 세인트 패트릭 성당을 관람하고 더블린 시내를 간단히 돌아본 후 페리를 타고 다시 잉글랜드로 넘어가 여행을 계속했다. 아일랜드까지 와서 더블린만 둘러보고 돌아가기는 아쉬웠지만, 일정상 어쩔 수 없었다.

   여행과 인생

한때 '해가 지지 않는' 대영제국이었던 영국은 세계에서 '명예혁명'으로 일컬어지는 시민혁명과 산업혁명이 가장 일찍 일어나 가장 빠르게 근대사회로 진입한 국가다. 세계사의 무대에서 매우 중요한 위치를 차지했던 나라였기 때문에 여행 내내 볼 것뿐만 아니라 들을 것도 많았다. 보는 것이 절반, 듣는 것이 절반을 차지하는 여행이었다고 해도 과언이 아니다. 다행히 현지 가이드가 매우 박식했다. 그는 영국에서 박사학위를 받고 직장생활을 하다가 지금은 음식점을 경영하며 가이드도 병행하고 있다고 했다. 영국과 아일랜드의 역사를 꿰뚫고 있어, 그가 전해주는 역사 이야기를 통해 학창 시절에 배웠던 세계사를 상기하며 역사 공부를 많이 했다. 특히 솔즈베리 성당에서 전제군주의 절대권력에 제동을 가하여 민주주의 시발점으로 평가받고 있는 마그나 카르타를 직접 두 눈으로 본 것은 의의가 크다.

유럽은 성, 궁전, 성당이 주요 볼거리인데, 다른 유럽 국가에서 이미 멋진 건축물을 많이 본 터이고, 그렇다고 건축물의 비교에 관심을 가질 만큼 건축학적인 전문성을 지닌 것도 아니어서, 이번 여행에서는 건축물에서 그다지 깊은 인상을 받지 못했다. 또 영국에는 세계적으로 이름난 예술가들이 많은 것도 아니어서, 미술이나 음악과 관련된 관광 소재도 많지 않았다. 반면 영국은 셰익스피어나 워즈워스, 월터 스콧과 같은 대문호들이 많이 탄생한 곳이라, 이들을 소재로 한 관광거리가 잘 개발되어 있었다. 이들 외에도 우리가 청소년기부터 즐겨 읽던 수많은 명작의 작가들이 배출된 곳이므로 영국에서 다른 문화예술 장르에 비해 유독 문학이 발달한 이유가 궁금해졌다.

영국에서는 의외로 그 자연에서 감흥을 많이 받았다. 무엇보다 자이언츠 코즈웨이의 주상절리는 숨을 멎게 할 만큼 감동적이었고, 코츠월드의 버튼온더워터와 같이 아담하고 목가적인 전원마을의 분위기도 기억에 많이 남았다. 스코틀랜드에 초원이 많다는 것은 알고 있었으나, 영국의 다른 지역에서도 드넓게 펼쳐진 초원이 많이 보여 의외였다. 이동하는 내내 푸른 초원에서 소나 양들이 한가로이 풀을 뜯고 있는 풍경을 볼 수 있었고, 이 풍경은 마음을 평화롭게 했다.

하루 숙박했던 아름다운 윈더미어 호숫가의 고성호텔도 인상적이었다. 고풍스러운 건물과 실내, 꽃과 나무와 잔디로 예쁘게 조성된 정원, 정원 앞에 펼쳐진 잔잔한 호수, 사람들을 거의 볼 수 없는 한적함 ― 이 모든 환경이 낮의 뜨거운 햇빛과 관광으로 지친 몸에 생기를 불어넣어 주었다. 요트가 정박해 있는 옆 마을까지 호젓한 호숫가 산책로를 따라 여유롭게 거닐었던 시간이 지금도 그립다.

날씨가 변덕스럽기는 했지만, 카디프에서 갑작스럽게 비가 쏟아졌던 하루를 제외하고는 줄곧 화창했고, 일교차가 크기는 했어도 대체로 온화했다. 다만 영국의 식재료는 고기와 감자가 거의 전부여서 스페인과 남프랑스의 지중해식 요리가 그리웠다. 특히 먹거리를 중시하는 남편은 '피시앤칩스fish & chips' 외에는 영국 음식을 매우 못마땅해했다.

여행과 인생

이탈리아 시칠리아와 로마: 팔레르모-에리체-체팔루-타오르미나—사보카-시라쿠사-노토-포잘로-로마

 교수라는 직업의 특성상 학기 중에는 수업 때문에 꼼짝할 수 없는 처지이므로 더운 여름방학과 추운 겨울방학을 이용해서 여행을 다닐 수밖에 없었다. 그래서 날씨가 가장 좋을 때인 5월경에 여행해 보는 것이 숙원이었다. 2018년 9월부터 2019년 8월까지로 예정된 연구년은 절호의 기회였다. 2019년 5월 초에 5월의 싱그러운 날씨와 가장 어울릴 듯한 이탈리아 시칠리아에 다녀오기로 계획을 세웠다. 전년도 11월에 이미 한 달간 이탈리아의 피렌체와 토스카나, 그리고 남부 소도시를 여행했던 터라, 반년 만에 또 장거리 이탈리아 여행을 한다는 것이 여러 가지로 부담스러웠지만, 어렵사리 맞이한 이번 기회를 놓치기 싫었다. 개별여행을 해 볼까도 생각했으나, 시칠리아는 거점지역을 정해놓고 대중교통을 이용하여 다니기에 불편한 지역이라는 판단이 서서 여행사의 패키지 상품을 선택했다. 9일간 시칠리아와 그 옆의 몰타까지 함께 다녀오는 일정이었다. 로마 공항을 이용했으므로 여행 마지막 날 로마에서 하루 관광하는 일정도 포함되어 있었다.

 이제는 우리나라 여행사 패키지 상품도 여행객들의 개별적인 요구사항을 반영할 수 있도록 유연성을 높이고 있는 듯하다. 인천공항에서 함께 출발하지 않고, 다른 지역에서 여행하다가 시칠리아에서 합류하는 여행객들이 꽤 많았다. 여행을 마치고 돌아갈 때도 곧바로 귀국하지 않고 다른 여행지로 떠나는 일행도 있었다. 시간적 여유만 있다면 유럽을 여러 차례 오가는 것보다 한 번에 가능하면 많은 곳을 둘러보고 가는 것도 비용 면에서나 시차 적응 면에서 효율적일 것이라는 생각이 들었다.

시칠리아는 우리에게 마피아의 본거지로 잘 알려진 곳이다. 지금도 마피아가 활동하고 있으나, 현재는 합법적인 지위에서 각종 행정과 이권 사업에 참여하고 있으므로 노골적으로 강력범죄를 저지르지는 않는다고 한다. 시칠리아를 마피아와 관련지어 생각하게 된 데에는 이곳을 주요 배경으로 삼았던 명화 〈대부〉의 영향도 크다. 대부의 출연 배우 중 상당수가 실제로 시칠리아 출신이며, 주인공 마이클 콜레오네 역을 맡았던 알 파치노의 조부모도 시칠리아 콜레오네 사람들이라고 한다.

그러나 시칠리아는 이러한 어두운 그림자와 동시에 마이클 콜레오네가 잠시 피신하여 머물다가 첫 번째 아내를 만나 결혼식을 올렸던 아름답고 목가적인 마을의 풍경으로 다가오는 곳이기도 하다. 또 〈시네마 천국〉, 〈말레나〉 등의 영화를 연출한 이탈리아 감독 주세페 토르나토레의 고향이자 그의 작품 속 배경이 되었던 곳이기도 하다.

남한의 약 4분의 1 면적을 지닌 시칠리아는 지중해의 중앙부에 자리하고 있는 데다가 이탈리아반도와 북아프리카 사이에 위치하여 오래전부터 전략적 요충지 역할을 해 왔다. 따라서 그리스, 카르타고, 로마, 아랍, 노르만, 독일 호엔슈타우펜 왕가, 프랑스 앙주 가문, 스페인 아라곤 왕국 등 다양한 세력들의 지배를 받았고, 다양한 민족의 문화

 여행과 인생

가 혼합된 시칠리아만의 문화적 특색을 간직하고 있다. 농업과 관광업을 제외하고는 산업이 발달하지 못하여 경제적으로는 낙후된 편이다.

로마에서 국내선으로 갈아타고 팔레르모 공항에 도착한 후 곧바로 시칠리아 서쪽 끝 해발 750미터 위에 조성된 바위 도시 에리체로 이동했다. 염전 도시 트라파니에서 케이블카를 타고 올라가 먼저 성곽 안의 아담하고 소박하게 보이는 식당에서 점심을 먹었다. 날씨는 더할 나위 없이 쾌청했고 새파란 하늘에는 하얀 구름 몇 조각이 떠다녔다. 성곽에서 내려다보이는 지중해의 빛깔 역시 눈부시게 푸르고 잔잔했다. 트라파니의 시칠리아식 염전도 내려다보였다.

잘 조성된 산책로를 따라 마을을 한 바퀴 돌아보았다. 세월의 흔적이 묻어나는 성곽과 성채, 외벽이 벗겨져 가는 아랍 노르만 양식의 소박한 성당, 좁은 돌담길, 돌바닥, 돌계단, 좁은 골목의 건물 사이에 걸려 있는 운치 있는 가로등, 예쁜 테라스 카페와 식당과 기념품 가게가 자리한 아담한 광장 - 전형적인 중세마을의 모습이었다.

노점상에서 팔고 있던 인형이 내가 손녀에게 주려고 털실과 솜과 도안을 구입하여 만든 인형과 모습은 조금 달랐지만, 만든 방식이 똑같았다. 아무리 글로벌한 세계라고는 하지만 어떻게 내가 저 멀리 한국에서 만든 인형과 거의 동일한 인형을 이 시골 마을에서 볼 수 있을까? 사진을 찍어 아들과 며느리에게 보냈더니, 그들도 놀랍다는 반응을 보내왔다.

시칠리아의 중심도시 팔레르모의 구시가지는 다양한 양식의 건축물들이 야자수와 어우러져 독특한 분위기를 연출하고 있었다. 그러나 뒷

골목의 집들은 보수가 되지 않아 쇠락한 느낌을 주는 곳이 많았다. 담장의 회벽칠이 벗겨져 속의 벽돌이 그대로 드러나 있는 집, 곧 허물어질 것 같은 낡은 건물들이 음산한 분위기를 풍기며 차창 밖으로 스쳐지나갔다.

먼저 번영을 누리던 노르만 시대의 대표적인 건축물 노르만 왕궁과 왕궁 내부에 있는 팔라티나 예배당을 관람했다. 라틴과 비잔틴 양식이 공존하는 팔라티나 예배당은 성서의 이야기를 담은 황금빛 모자이크가 벽면을 가득 채우고 있었고, 아랍풍의 목재 천정은 벌집을 연결해 놓은 모양으로, 바닥은 기하학적 무늬의 타일 모자이크로 장식되어 있어 매우 화려하고 아름다웠다.

비잔틴, 아랍, 노르만, 네오고딕 문화가 혼재된 팔레르모 대성당, 모퉁이 건물들의 코너를 모두 조각상으로 화려하게 꾸며놓은 콰트로 칸티 사거리, 프레토리아 광장의 분수를 돌아보았다. 삼십여 개의 하얀 석상으로 둘러싸인 프레토리아 분수를 보며 지난해 다녀온 피렌체 예술의 분위기가 느껴진다고 생각했는데, 아니나 다를까 16세기에 피렌체에서 제작되어 이곳으로 옮겨진 것이라고 했다.

팔레르모에서 동쪽으로 약 한 시간 거리에 있는 언덕 위의 작은 마을 체팔루는 영화 〈시네마 천국〉의 배경이 된 도시로 유명하다. 그러나 정작 주 촬영지는 작은 시골 마을 팔라조 아드리아노이며, 체팔루는 야외 영화 상영 장소인 해변 등 일부 장면의 배경으로 국한되었다고 한다. 시칠리아 여행 전후로 〈시네마 천국〉을 보았음에도 배경들이 체팔루와 잘 연결되지 않았던 이유이다. 평화로운 해변에서 잠시 산책한 후, 팔레르모 팔라티나 예배당의 탄생에 직접적인 영향을 미쳤던 체팔루 대성당과 오래된 중세 공중 빨래터를 둘러보고 시칠리아의 동부로 이동했다.

해안 절벽에 자리한 타오르미나는 과거 그리스, 로마 시대부터 겨울 휴양지로 알려진 곳이며, 지금도 그 아름다운 풍경에 반해 많은 사람이 찾고 있는 세계적인 휴양지다. 골목골목이 예뻐 사진을 찍으면 그림같이 나온다. 도심 자체도 예쁘거니와 도심으로 연결되는 산비탈의 풍광들도 퍽 아름답다. 이곳에서는 유럽에서 가장 높은 활화산인 에트나 화산을 비교적 가까이에서 조망할 수 있다.

타오르미나에는 고대 그리스와 로마 시대의 극장, 저수지, 궁전 등 유적이 많이 남아 있지만, 도심이 그리 넓지 않으므로 우리는 반나절 동안 주요 명소를 돌아보고 반나절은 자유 시간을 가졌다. 반원형의 고대 그리스 극장은 원형이 잘 보존되어 그 가치를 인정받고 있으며, 관람석에 앉아 바라보는 푸른 바다와 에트나 화산의 전망도 빼어나다. 지금도 공연장으로 활용되고 있어 우리가 방문했을 때도 공연을 준비하고 있었다. 시칠리아의 상징적인 기념물인 '무어인의 머리'는 시칠리아 전역에서 만날 수 있지만, 특히 타오르미나에서 자주 눈에 띄었다. 기념품 상점을 가득 채우고 있는 것은 물론 식당의 장식품으로도 많이 사용되고 있었다. 우리도 이곳에서 남녀 한 쌍을 샀다.

타오르미나에 머물며, 차로 50분 거리에 있는 영화 〈대부〉 촬영지 사보카에 다녀왔다. 사보카는 영화 〈대부〉 1편에서 마이클 콜레오네가 가문을 위해 범죄를 저지르고 도피하여 잠시 머물다가, 순박한 처자를 만나 사랑을 나누고 결혼까지 했던 목가적인 마을이다. 결국에는 자동차 폭발 사고로 아내가 자기 대신 사망하는 비극을 겪어야 했던 마을. 구불구불 산비탈 길을 오르면 작은 광장과 비텔리 바가 나온다. 이 바는 신부의 아버지가 운영하던 선술집으로 마이클이 신부에게 청혼한 곳이다. 우리는 지극히 목가적인 풍광을 감상하며, 결혼식 후 신혼부부가 걸어 내려왔던 웨딩 길을 천천히 거꾸로 걸어 올라가, 결혼식이 열렸던 소박한 성 니콜로 성당을 둘러보았다. 우리 일행 외에는 사람들을 거의 볼 수 없었고, 구름 낀 날씨에 비가 오락가락하여, 햇살이 내리쬐던 영화 속의 따사로운 마을 풍광과 달리 다소 스산한 느낌이 들었다.

그리스 시대에 건설되어 그 어떤 도시보다도 그리스 색채가 진하게 남아 있는 항구도시 시라쿠사로 이동했다. 이 도시가 특별히 '그리스적'인 이유는 온전하게 간직된 그리스 유적이 많기 때문이기도 하지만, 고대 그리스 연극 아카데미를 운영하는 등 그리스의 정신문화도 계승하고 있기 때문이라고 한다. 이곳은 수학자이며 과학자인 아르키메데스의 고향이기도 하고, 철학자 플라톤이 수년간 머물며 자신의 학문을 연마한 곳이기도 하다.

네아폴리스 고고학 공원에서 로마와 그리스 유적들을 둘러보고, '디오니시오의 귀'라고 불리는 동굴에도 들어가 보았다. 귀처럼 생긴 이 동굴에서는 소리가 반사되어 모든 소리가 크게 들린다. 동굴의 이름은 기원전 4세기경 폭군 디오니시오에 대해 당시 시민들이 "귀만 열면 반역자들의 속삭임까지 들릴 텐데"라며 한탄하던 말에서 유래했다고 한

    여행과 인생

다. 동굴 안은 사람들이 반사되는 소리를 듣기 위해 손뼉을 치거나 노래를 부르고 있어 시끌벅적했다.

시라쿠사와 이후 방문한 노토는 바로크 양식 건물이 돋보이는 곳이다. 17세기 말에 일어난 대지진으로 시칠리아 남동부 도시들이 붕괴하자, 이 지역을 '시칠리아 바로크 양식'으로 재건하고자 힘썼던 당대 건축가들 덕분에 재건된 도시에 화려하고 웅장한 후기 바로크식 건축물이 들어섰다. 웅장한 베이지색 대리석 건물인 시라쿠사 대성당과 노토의 진한 베이지색 대성당은 시칠리아 바로크 양식 건축물의 아름다움을 완벽하게 보여주고 있었다. 노토 구시가지에는 골목마다 구획 별로 노란색에 가까운 진한 베이지색의 바로크 양식 건물이 좌우에 줄지어 서 있고 집집에 설치되어 있는 발코니 밑 부분의 지지대도 바로크 양식으로 조각된 것을 볼 수 있다. 시라쿠사에서 영화 〈말레나〉의 주인공 모니카 벨루치가 뭇 남성들의 시선을 한 몸에 받으며 꼿꼿하게 걸어가던 두오모 광장과 백색 대리석 바닥에 도리아식 기둥이 남아 있는 미네르바 광장을 거닐었다. 광장의 바닥은 반들반들 윤이 났다.

몰타로 이동하기 위해 포잘로 항구에서 페리에 탑승하였다. 하루 종일 시라쿠사와 노토를 관광하느라 지친 데다가, 쌀쌀한 포잘로 항구에서 간단한 저녁을 먹고 밤늦게 출발하는 페리를 기다리느라 완전히 녹초가 되었다. 이번 여행에서 가장 힘들었던 하루였다.

18세기 말에 20개월간 이탈리아를 여행했던 괴테는 시칠리아의 첫 도착지 팔레르모에서 열흘가량 머문 후 "시칠리아 없는 이탈리아란 우리들 마음에 아무런 심상도 만들어 내지 못한다. 시칠리아야말로 모든 것을 푸는 열쇠를 가지고 있다(괴테1, 405)"라고 시칠리아를 극찬했다. 그러나 괴테가 시칠리아에 약 한 달 반 정도 체류한 후 이 섬을 떠날 무렵 "우리가 시칠리아에서 본 것이라고는 대체로 자연의 흉폭한 행위와 시간의 끈질긴 농락, 인간들 서로의 적대적 분열에 의한 증오 같은 것으로부터 자기를 지키려는 인류의 공허한 노력뿐이었다(괴테2, 77)"라고 시칠리아에 대해 비관적으로 평가하였다. 아마 화산의 폭발로 인해 철저하게 파괴된 도시와 폐허, 그리고 수많은 민족의 반복된 파괴와 재건의 자취를 따라가며 시칠리아에 관한 생각이 바뀌었던 것 같다.

그때로부터 약 240년이 지났으니, 시칠리아도 많이 변화했을 터이지만, 그럼에도 우리가 목도한 시칠리아 역시 일관된 콘셉트를 잡기 어려운 곳이었다. 시칠리아를 일관되고 정연하게 흐르는 어떤 문화적 정체성이 잘 떠오르지 않는 그런 곳이었다. 팔레르모와 소도시 간, 그리고 베이지색이 감도는 남동부 도시와 나머지 도시 간에는 분위기가 크게 달랐다. 목가적인 곳과 도회적인 곳, 그리고 팔레르모의 뒷골목과 같은 어두운 곳과 새파란 지중해가 내려다보이는 에리카의 성채 마을과 같은 밝은 곳이 공존했다. 기독교적인 것과 이슬람적인 것, 노르만적인 것과 이탈리아적인 것과 그리스적인 것이 혼재되어 있었다. 다양한 문화권의 지배를 받아온 오랜 역사에 기인한 현상일 것이다.

시칠리아와 몰타 여행을 마치고 마지막 여행지 로마로 이동했다. 로마에서 산피에트로 광장, 콜로세움, 포로로마노, 캄피돌리오 언덕, 트레비 분수, 판테온, 스페인 광장 등 로마의 필수 코스를 돌아보았다. 이십 년 전 가족과 함께 로마의 명소들을 구석구석 찾아다녔던 기억이

                                                      여행과 인생

되살아났다. 아직 5월 초입인데도 로마는 더웠다.

일행 중 한 분의 추천으로 스페인 광장 맞은편 콘도티 거리에 있는 250년 전통의 커피숍 '안티코 카페 그레코Antico Caffè Greco'에 들러 커피를 마셨다. 이 카페는 괴테, 스탕달, 찰스 디킨스, 안데르센 등 저명한 문인들과 예술가들이 즐겨 찾던 장소라고 한다. 우리 말고도 일행 중 몇 분이 들르는 것으로 보아 역시 유명한 곳인 모양이었다. 많은 미술 작품이 전시되어 있는 고풍스럽고 격조 있는 분위기가 흡족하여, 상당히 비싼 커피값이 아깝지 않았다.

이번 여행에서는 숙소도 음식도 마음에 들었다. 특히 팔레르모에서 묵었던 빌라 호텔은 퍽 인상적이었다. 호텔 건물은 품격이 있었고, 넓은 정원은 야자수를 비롯한 많은 나무와 신전의 기둥 같은 조형물로 아름답게 조성되어 있었다. 정원의 바로 앞에는 잔잔한 푸른 바다가 시원하게 펼쳐졌다. 정원의 야경은 더욱 근사했다. 타오르미나의 빌라는 내려다보이는 전망도 훌륭했을 뿐 아니라, 인근에 아름답고 고풍스러운 공원이 있어서 산책하기 좋았다. 이 공원은 아말피 해안의 안쪽에 자리하고 있던 아담한 마을 라벨로의 아름다운 정원 빌라 침브로네를 상기시켰다. 이탈리아 음식은 대체로 우리 입맛에 잘 맞는다. 이번에도 음식이 좋았고, 방문한 식당들의 분위기도 전반적으로 마음에 들었다.

몰타: 발레타-고조섬-임디나

몰타^{Malta}는 현지에서는 '말타'라는 발음으로 불린다. 가이드는 몰타를 방문한 경험이 있는지 여부를 발음으로 구분한다고 했다. 몰타, 정확히 몰타공화국은 시칠리아섬에서 남쪽으로 97킬로미터 떨어져 있으며, 몰타섬과 코미노섬, 고조섬 등 여섯 개의 섬으로 이루어져 있다. 신약성서의 사도행전에는 사도 바울이 로마로 압송될 때 배가 풍랑을 만나 파선하여 수십 일 표류하다가 기적적으로 멜리데섬에 도착했다고 기술되어 있는데, 이곳이 바로 지금의 몰타섬에 있는 임디나이다. 사도행전에는 이곳에서 독사에게 물린 바울이 전혀 상하지 않았던 이적과, 바울이 열병을 앓던 추장 보블리오의 부친을 안수하여 치유한 사건이 기록되어 있다.

몰타는 시칠리아와 마찬가지로 여러 민족과 왕국의 지배를 받다가 1800년에 영국령이 되었고, 1964년 영국으로부터 독립하여 현재 영연방 국가에 속해있다. 공용어로 몰타어와 영어를 사용하므로, 우리나라에서 이곳으로 영어연수를 오는 젊은이들도 상당수 있다고 한다. 아름답고, 날씨도 좋고, 물가도 상대적으로 싸기 때문에 젊은이들이 선호하는 모양이다.

시칠리아의 포잘로 항구에서 몰타의 수도 발레타까지는 배로 1시간 45분 정도 걸렸다. 몰타는 온통 연한 황토색으로 우리를 맞이했다. 발레타 항구에서 페리를 타고 고조섬으로 이동하여 관광을 시작했다. 먼저 청동기시대의 거대 구조물 간티야 신전에서 이 신전의 고고학적 의

의에 관해 설명을 들은 후, 고조섬의 중심지 빅토리아에 있는 요새 '더 시타델'을 방문했다. 노천카페가 몰려 있는 인디펜던트 광장을 지나 오르막길을 따라가니 우뚝 솟아 있는 '더 시타델'의 육중한 모습이 다가왔다. 요새 마을의 건물들 역시 연한 황토색 일색이다. 좁은 골목 곳곳에 양쪽 건물이 아치로 연결되어 있고, 길바닥에는 흰색 돌이 깔려 있어 그 자체로도 아름다울 뿐 아니라, 아름다운 고조 경관을 즐길 수 있는 전망대 역할을 하고 있다. 요새 안의 고조 대성당은 소박하고 단순해 보였으나, 우리가 들어가 보지 못한 내부는 빨강과 금색으로 화려하게 장식되어 있다고 한다. 바람이 강하게 불어 모자가 날아갈 지경이었다. 스카프를 모자 위에 히잡처럼 싸매고 성채 마을을 둘러보았다.

몰타섬으로 귀환하여 7천 년 역사를 지닌 몰타의 수도 발레타를 관광했다. 발레타의 가장 중심에 자리하고 있는 성 요한 대성당은 세계에서 가장 아름다운 성당중 하나로 꼽힌다. 몰타의 심장이라고 일컬어지는 이 성당을 이해하기 위해서는 성 요한 기사단The Order of the Knights of St. John에 대해 잠시 살펴볼 필요가 있다.

성 요한 기사단은 11세기 초 유럽에서 예루살렘으로 오는 성지순례자들을 돕기 위해 아말피에서 온 상인들이 결성한 조직이다. 이들은 예루살렘의 세례 요한 무덤 위에 세워진 호스피스병원에서 구호기사단으로 출발했다가, 제1차 십자군 원정 때 성지와 순례자를 보호하기 위한 조직으로 발전하게 된다. 이후 예루살렘이 이슬람 세력에게 정복되자 로데스를 거쳐 몰타로 이주하여 정착하였다. 이들은 당시 지중해를 지배하고 있던 스페인 국왕 카를 5세로부터 몰타를 이양받아 270여

년간 통치하게 되며, 이때부터 몰타는 하나의 국가로 인정되었다. 16세기 중엽 이슬람 오스만제국이 몰타를 점령하기 위해 막대한 군사를 투입했으나 성 요한 기사단이 이들의 공격을 결사 항전으로 막아냄으로써, 서유럽 기독교 국가를 정복하려는 오스만제국의 꿈을 좌절시키는 데 혁혁한 공을 세웠다. 이후 몰타섬에 새로운 도시를 건설하여 몰타 공방전 당시 성 요한 기사단을 지휘했던 기사단장 발레타의 이름을 붙인 것이 바로 지금의 수도 발레타이다. 성 요한 기사단은 나폴레옹의 몰타 점령과 동시에 국가의 지위를 상실하게 되지만, 지금도 상징적인 의미의 국가로 인정받고 있다. 로마에 거점을 두고 백여 개국과 외교관계를 맺고 있으며, 독자적인 기사단 여권도 사용할 수 있다. 우리나라에도 성 요한 기사단 한국지부가 있다.

성 요한 기사단은 발레타를 건설하면서 일반 성당의 역할과 그들의 종교적 본부 역할을 동시에 수행할 성당을 지어 세례자 성 요한에게 헌정하였다. 이 성당이 바로 성 요한 대성당이다. 성 요한 대성당의 외관은 소박하고 평범하지만, 내부에 들어서면 그 화려함에 저절로 탄성이 나온다. 우리도 한동안 입을 다물지 못했다. 전체 벽면과 기둥, 천장이 모두 황금으로 번쩍번쩍 빛났고 대리석 바닥을 비롯해 모든 공간이 화려한 바로크 장식으로 빈틈없이 채워져 있었다. 그 넓은 면을 부조로 조각하여 금을 씌웠으니, 그 찬란함을 어디에 견주랴!

성당 내부는 성 요한과 관련된 서사가 가득하다. 특히 신도석의 천장에는 요한의 탄생에서부터 참수에 이르는 요한의 일대기가 프레스코 기법으로 그려져 있어 눈길을 끈다. 마티아 프레티가 이 천장화를

 여행과 인생

그리는 데 6년이 걸렸다고 한다. 2층으로 올라가면 천장화를 더욱 가까이에서 감상할 수 있고, 성당 내부를 위에서 내려다보며 다시 한번 감탄하게 된다. 아니 성당을 둘러보는 내내 감탄을 멈출 수가 없었다.

중앙 제단의 양옆으로는 여덟 개의 아치형 공간에 여덟 개의 예배당이 늘어서 있다. 기사단의 출신 지역별로 꾸며놓은 예배당이다. 이 예배당들 역시 화려하다. 오라토리움에는 카라바조의 그림 〈세례자 요한의 참수〉가 전시되어 있다. 이 그림을 보기 위해 성 요한 대성당을 방문하는 사람들이 있을 정도로 유명한 작품이다. 카라바조 그림에서 보이는 빛의 흐름은 또 한번 감탄을 불러일으켰다.

성 요한 대성당 관람을 마치고 발레타에서 가장 높은 곳에 위치한 '상부 바라카' 정원을 방문했다. 이곳에서 조금 더 동쪽으로 내려가면 '하부 바라카' 정원이 나온다. 두 곳에서 모두 언덕 아래로 펼쳐진 그랜드 항구의 전경을 볼 수 있으나 상부 바라카 정원에서 바라보는 항구의 전망이 더 시원하다. 그랜드 항구는 중세 시대의 모습을 그대로 간직하고 있는 전 세계 유일의 항구라고 한다. 정원에서 내려다보면 건너편 작은 반도에 들어선 오래된 '세 요새 도시'가 보인다. 역시 반도에 위치한 발레타는 세 면이 바다에 면해 있고 절벽 위에 자리하고 있어 천혜의 요새로서 손색이 없다.

상부 바라카 정원은 17세기 중엽에 '사도 베드로와 사도 바울의 요새' 위에 연병장과 기사들의 휴식 공간으로 만들어졌으나, 19세기 초 영국 군대가 프랑스군을 몰타에서 몰아낸 후 공원으로 조성되어 일반에게 공개되었다. 지금도 포대가 있어 매일 정오와 오후 4시에 예포를 울린다. 길게 뻗어 있는 테라스 아치, 공원 바닥을 뒤뚱거리며 걸어 다니는 비둘기들, 그리고 꽃과 분수와 다양한 조각들이 가득한 이 정원은 본래의 목적과는 상반되게 참으로 아름답고 평화로웠다. 쾌청한 날씨에 살랑살랑 불어오는 바람도 우리의 기분을 '업'시켜 주었다. 이곳에서 꽤 오래 머물며 한가로운 시간을 보냈다. 몰타의 옛 수도 임디나 관광을 끝으로 몰타 여행을 마치고, 로마로 이동했다.

아무런 사전 지식도, 기대도 갖지 않은 채 방문했던 몰타는 무척 인상적이었다. 남편도 시칠리아보다 몰타가 더 좋다고 했다. 몰타는 도시 전체가 연한 황토색 빛깔로 다가왔다. 중세 모습을 간직한 아름다운 항구, 골목골목이 운치 있는 요새 마을, 눈부시게 화려한 성 요한 대성당, 아름답고 평화롭고 전망 좋은 바라크 정원, 시내에서 바로 접근할 수 있는 푸른 바다가 우리를 행복하게 하는 곳이었다.

이번 여행에서는 예기치 않게 여고 동창들을 무려 네 명이나 만났다. 그중 두 명은 동기동창, 그중 한 명은 초등학교까지 동창이었다. 나머지 두 명은 선배. 졸업한 지 사십여 년 만에 만났으니, 처음에는 알아보지 못한 것이 이상한 일이 아니다. 며칠 지난 후 같은 식사 테이블에 앉게 되어 호구조사 끝에 알아보게 되었다. 남편 형제 부부 대가족이 함께 여행 중이던 한 친구는 이탈리아 본토 여행을 마치고 팔레르모에서 우리 팀에 합류했고, 나머지 한 친구는 흔치 않게 직장 후배와 동행했다. 이 친구들과 심심찮게 대화를 나누며 회포를 풀었다.

아프리카

에티오피아

　기획재정부와 한국개발연구원이 주관하는 국제협력 사업인 '경제발전경험공유사업KSP'의 일환으로 에티오피아 경제발전정책 협력 사업이 추진되고 있었다. 나도 이 사업에 참여하여 우리나라 경제발전 경험을 바탕으로 에티오피아의 산업화에 기여할 수 있는 고등교육 정책에 관해 연구·자문하는 과제를 맡았다. 내가 오랫동안 연구해 왔던 주제였다. 2015년 9월부터 2016년 5월까지 한국 정책 연구·자문 팀이 세 차례에 걸쳐 에티오피아를 방문하고, 에티오피아 관료들이 한 차례 우리나라를 방문하는 일정을 소화하며, 정책 연구보고서를 산출하는 것이 이 사업의 개요다. 우리 팀은 연구진 교수 세 명과 정책 연구·자문단을 대표하는 단장 한 명, 우리를 지원하는 한국개발연구원 스태프 세 명, 그리고 한두 명의 인턴으로 구성되었다.

사업도 사업이지만 처음으로 아프리카 대륙을 밟아 본다는 사실에 가슴이 뛰었다. 아프리카를 방문하려면 황열 백신 접종을 하고 접종 증명서를 발급받아 지참해야 한다. 백신 접종 후 근육통이 있었으나, 운동을 많이 하던 때라 운동 때문이라고 생각했다. 나중에 알고 보니 그때 그 근육통이 접종 후유증이었다.

수도 아디스아바바는 고원지대에 위치해 있어서 날씨가 그리 덥지 않았다. 날씨로 보면 전혀 아프리카 같지 않은 곳이다. 아디스아바바에 머무는 닷새 동안 그곳 관료들을 만나고 관계기관을 방문하느라 아프리카의 진면목을 보지는 못했으나, 미지의 아프리카 대륙에 처음으로 발을 들여놓았다는 점에서 의미가 컸다. 호텔도 좋았고, 음식도 입맛에 맞지는 않았지만, 그런대로 괜찮았다. 놀랍게도 한국 식당도 있었다.

에티오피아는 국민의 교육열이 높고, 부패도 적어 아프리카에서도 국제협력의 효과가 상대적으로 큰 나라에 속한다. 그래서 국제협력을 시도하고자 하는 선진국들이 많다. 우리나라에서도 공공부문과 민간부문 할 것 없이 국제협력 사업을 위해 상당히 많은 기관과 사람들이 에티오피아에 진출해 있었다.

물가가 쌀 것이라는 기대와 달리 외국인이 피부로 느끼는 물가는 매우 비쌌다. 주택을 포함하여 외국인 대상 시설과 내국인 대상 시설이 분리되어 있었고, 물가도 이원화되어 있었다. 외국인들이 거주하는 주택은 임대료가 터무니없이 비쌌고, 외국인들이 출입하는 식당이나 호텔 물가도 매우 비쌌다. 아마 우리나라에서도 1950년대와 1960년대에

여행과 인생

는 그렇지 않았을까 싶다.

9월 말 첫 번째로 아디스아바바에 도착한 날이 휴일인 덕분에 일이 시작되기 전 몇 군데 시내 관광을 했다. 곧 별로 볼 것도 살 것도 없는 동네라는 것을 알게 되었다. 나는 해외여행이나 해외 출장길에 가족 선물 외에는 선물을 사는 일이 거의 없다. 그러나 이번에는 특별히 커피로 유명한 에티오피아 방문을 기념하여 친지에게 줄 요량으로, 에티오피아 커피 원두를 무려 스물다섯 봉지나 샀다. 이곳에 여러 번 와본 적이 있는 한국개발연구원 직원에게 농담 반 진담 반으로 혹시 세관에서 커피 원두 장사꾼으로 오해받는 것 아니냐고 했더니, 아디스아바바에 오면 첫 방문 때는 누구나 그 정도 사 간다고 했다. 짐을 꾸리는 데 애로사항이 있었으나, 받는 사람들이 좋아하는 것을 보는 것도 큰 즐거움이었다.

12월 말 두 번째 출장 때는 대학들을 방문했다. 아디스아바바국립대학교에는 한국 기업 삼성으로부터 지원받는 삼성훈련센터가 설치되어 있었다. 아디스아바바에서 차로 두 시간 거리에 있는 아다마대학교는 한국과학기술원KAIST을 벤치마킹한 대학으로 포항공대와 국제협력을 하고 있었으며, 총장도 한국인이고 한국인 교수도 열 명 넘게 재직하고 있었다. 이들 중에는 은퇴한 교수들이 많았다. 은퇴 후에 이렇게 환경이 열악한 곳에 와서 자신의 경륜을 활용하여 도움을 주는 일에 헌신한다는 것은 멋져 보이지만 아무나 할 수 있는 일은 아니다. 아디스아바바는 그나마 날씨가 좋아 다행이지만, 문화시설이 거의 없는 이런 곳에 몇 년씩 체류하는 것 자체만으로도 봉사요 희생이라 할 수 있을 것 같았다.

　이번 출장길에서는 한국인이 경영하는 봉제공장도 방문할 수 있었다. 휴일이어서 근로자는 보이지 않았으나, 강당처럼 넓디넓은 공간에 줄지어 배치되어는 재봉틀이 우리나라 1960년대 봉제공장을 연상시켰다. 이 회사는 베트남에서 오이엠 방식의 하청생산 공장을 운영하고 있었는데, 베트남도 인건비가 올라서 공장을 이곳으로 옮겼다고 했다. 에티오피아 사람들은 언어장벽은 있지만 성실하고 손재주가 있어서 잘 가르치면 생산성이 높다고 했다. 베트남에서 사람을 데려다가 감독을 맡겨 운영하고 있었다. 사장님에 의하면 아프리카의 기후와 거리, 물류 운송 등의 어려움 때문에 한국에서는 아프리카 진출을 꺼리지만, 에티오피아는 기후가 좋고 인적자원도 우수하므로, 한국 기업들이 많이 진출하면 좋을 것이라고 했다. 이번 출장길에는 아디스아바바를 벗어나 보기는 했지만, 여전히 아프리카의 진수를 볼 수는 없었다. 다행히 아디스아바바 정부 측에서 아프리카 민속 쇼를 볼 수 있는 토속 식당으로 안내하여 아프리카 쇼와 음악을 체험할 수 있었다.

　2016년 5월 마지막 출장길에서야 아쉬우나마 그런대로 아프리카다운 모습을 볼 기회가 있었다. 우리나라에서 1970년대에 실시했던 새마을운동을 한국국제협력단KOICA이 주관하여 보급한 '아듀라알라'라는 시골 마을이었다. KOICA 사업 전에는 몇 킬로미터 떨어진 곳까지 걸어가서 불결한 개천 물을 길어다가 먹곤 했는데, KOICA 사업의 일환으로 이 마을까지 물길을 끌어들여 이런 불편을 덜게 되었다고 한다. 그러나 아직도 정수되지 않은 물을 그것도 시간제로 공급하고 있었다.

　　　　　여행과 인생

부녀자 소득 증대를 위한 가내수공업 훈련, 유치원 건립 등 많은 사업을 시행해 오고 있었다.

놀라웠던 것은 아직 대학도 졸업하지 않은 젊은 한국 여성이 이곳에서 팀장으로 활약하고 있다는 사실이었다. 한국에서 KOICA 사업에 지원하여, 다니던 대학을 휴학하고 이곳에 와서 활동하고 있다고 했다. 이곳 마을 주민들과 스스럼없이 소통하며, 이들을 도와주고 지도하며, 그렇게 늠름하게 살아가고 있었다. 한국의 젊은이들이 소위 '일류' 대학과 '일류' 직장에 진입하기 위해 전력 질주하고 있는 것만은 아니구나, 나름대로 다양한 삶의 방식을 추구하며 주체적으로 살아가고 있구나 라는 깨달음을 얻은 시간이었다. 참으로 대단하다는 생각이 들었다.

메마르고 먼지가 풀풀 나는 누런 벌판에 아프리카 특유의 메마르고 앙상한 나무가 띄엄띄엄 서 있는 전형적인 아프리카의 풍경이 눈에 들어왔다. 이 풍경을 사진에 담으려 하니, 아기를 등에 업은 조금 큰 여자아이부터 아장아장 걷는 어린아이에 이르기까지 아이들이 하나둘씩 카메라 앞에 와서 섰다. 사진에 찍히고 싶은 것이었다. 사진을 여러 장 찍은 후 들여다보니 사진마다 아이들이 하나씩 늘었다. 아이들의 옷매무새는 추레했으나 표정은 밝았다. 걸어가고 있으면 옆에 와서 살며시 손을 잡는 아이들도 있었다. 부와 행복은 비례하지 않는다는 말이 생각났다.

이번 에티오피아 여행에서는 아프리카 초원의 야생동물 대신 아듀라알라에서 아프리카 소를 보는 것으로 만족해야 했다. 운영자 측에 공무가 끝난 후 하루 이틀 추가로 시간을 내어 개인적으로 비용을 부담하고 아프리카다운 모습을 볼 수 있는 곳에 들러 보자고 여러 차례 졸랐지만, 매번 공식 출장이므로 사적인 일정을 잡을 수 없다는 반응이 돌아왔다. 세 차례나 아프리카 대륙에 발을 들여놓고도 도시의 관공서만 오간 것이 아쉽기는 했으나, 우리나라 공공기관에서 세금을 쓰는 방식이 매우 엄격해졌다는 것에 높은 점수를 주었다.

세렝게티와 같은 초원에서 야생동물을 보고 싶었던 나는 에티오피아 출장 이후 남편에게 아프리카에서 사파리 투어를 해 보자고 여러 차례 권해보았으나, 남편은 아프리카 여행에 손사래를 쳤다. 위생이나 안전, 음식이나 숙박시설 등 여행 인프라가 걱정되는 모양이었다. 그러나 남편이 드디어 내년 초에 사파리 투어와 빅토리아 폭포 관광이 포함된 아프리카 패키지여행을 다녀오는 데 동의했다. 나의 끈질긴 설득에 두 손 든 것이다. 내년 여름에 만료되는 나의 황열 백신 유효 기간 안에 갈 수 있게 되어 다행이다.

미주

1 데이비드 크렐 · 도널드 베이츠 지음, 박우정 옮김(2014). 좋은 유럽인 니체: 니체가 살고 숨쉬고 느낀 유럽을 거닐다. 글항아리, 8.

2 이 절은 김영화(2023). 60대 부부의 피렌체와 토스카나, 그리고 남부 이탈리아 소도시 한 달 살기(1판 수정)(퍼플)에서 발췌, 재구성하였다.

3 이 절은 김영화(2023). 60대 부부의 포르투갈 한 달 살기: 포르투와 리스보아, 그리고 근교 소도시(바른북스)에서 발췌, 재구성하였다.

4 김영하(2019). 여행의 이유. 문학동네, 87.

5 블레즈 파스칼 저, 김화영 옮김(2022). 팡세 – 분류된 단장. 선한청지기, 136.

6 정여울(2018). 내성적인 여행자. 해냄, 43~45에서 재인용.

7 알랭 드 보통 저, 정영목 옮김(2011). 여행의 기술. 청미래, 55~56. 이하 이 문헌의 출처 인용은 본문에 (드 보통, 페이지 수)를 삽입하는 방식으로 처리하였다.

8 '그랜드 투어'에 대해서는 별도의 인용이 없는 한 설혜심(2020). 그랜드 투어: 엘리트 교육의 최종 단계(㈜휴머니스트출판그룹)를 참고하였다.

9 두산백과. '그랜드 투어'

10 괴테는 로마를 빨리 보고 싶은 마음에 피렌체에 짧게 머물렀지만, 2차 로마 여행을 마치고 독일 바이마르로 귀향하는 길에 피렌체에 들러 며칠간 체류했다. 그러나 〈이탈리아 기행〉에는 2차 로마 여행까지만 기록했다.

11 파비안 직스투스 쾨르너 저, 배명자 역(2014). 저니맨-생에 한번, 반드시 떠나야 할 여행이 있다. 위즈덤하우스, 319.

12 파비안 직스투스 쾨르너, 위의 책, 331.

13 안철택(2017). 니체의 여행-니체의 주요 여행지를 통해서 본 그의 삶과 철학. 독어독문학, 58(1), 181.

14 데이비드 크렐 · 도널드 베이츠, 위의 책, 9, 11.

15 안철택. 위의 글, 190.

16 데이비드 크렐 · 도널드 베이츠, 위의 책, 418~419.

17 프리드리히 니체 저, 백승영 옮김(2002). 바그너의 경우·우상의 황혼·안티크리스트·이 사람을 보라·디오니소스 송가·니체 대 바그너(1988~1989). 책세상, 419.

18 Giorgio Coll & Mazzino Montinary(eds.)(1980). Fridrich Nietzsche, Sämtliche Werke, Kritische Studienausgabe(프리드리히 니체 전집: 비평적 연구판). Berlin and Munich: Walter de Gruyter & Deutscher Taschenbuch Verlag[이하 약어 FNSW로 표기하였다] 6, 335~337. 데이비드 크렐·도널드 베이츠, 위의 책, 368~369에서 재인용.

19 Giorgio Coll & Mazzino Montinary(eds.)(1986). Fridrich Nietzsche, Sämtliche Briefe, Kritische Studienausgabe(프리드리히 니체 서간 전집: 비평적 연구판). Berlin and Munich: Walter de Gruyter & Deutscher Taschenbuch Verlag[이하 약어 FNSB로 표기하였다] 6, 466~467. 데이비드 크렐·도널드 베이츠, 위의 책, 373에서 재인용.

20 임석규. 2024.2.21. "80대는 흔하고, 104살 현역도 있다…'백전노장' 지휘자의 세계." 한겨레 네이버 뉴스.

21 임석규, 위의 글.

22 파비안 직스투스 쾨르너, 위의 책, 316.

23 FNSB 8, 56. 데이비드 크렐·도널드 베이츠, 위의 책, 393에서 재인용.

24 FNSB 6, 150. 이진우(2010). 니체의 차라투스트라를 찾아서. 책세상, 233에서 재인용.

25 FNSB 8, 600. 데이비드 크렐·도널드 베이츠, 위의 책, 365에서 재인용.

26 파스칼 메르시어 저, 전은경 옮김(2007). 리스본행 야간열차. 들녘, 123.

27 무라카미 하루키 저, 김진욱 옮김(2018). 나는 여행기를 이렇게 쓴다. 문학사상, 7~8.

28 블레즈 파스칼, 위의 책, 78.

29 유네스코와 유산; 체코관광청 공식 블로그

여행과 인생

초판 1쇄 발행   2024. 12. 18.

지은이   김영화
펴낸이   김병호
펴낸곳   주식회사 바른북스

편집진행   황금주
디자인   김민지

등록   2019년 4월 3일 제2019-000040호
주소   서울시 성동구 연무장5길 9-16, 301호 (성수동2가, 블루스톤타워)
대표전화   070-7857-9719 | **경영지원**   02-3409-9719 | **팩스**   070-7610-9820

• 바른북스는 여러분의 다양한 아이디어와 원고 투고를 설레는 마음으로 기다리고 있습니다.

이메일   barunbooks21@naver.com | **원고투고**   barunbooks21@naver.com
홈페이지   www.barunbooks.com | **공식 블로그**   blog.naver.com/barunbooks7
공식 포스트   post.naver.com/barunbooks7 | **페이스북**   facebook.com/barunbooks7

ⓒ 김영화, 2024
ISBN 979-11-7263-873-3 03810